LES ANNÉES DE CHIEN

Une œuvre de commande, dont Brauxel est à la fois le premier auteur et le commanditaire. Il a confié la deuxième partie à Liebenau, Harry de son prénom, amoureux de Tulla, sa cousine. Et c'est Walter Matern, le fils du meunier de la Vistule, oracle « ès vers de farine », qui rédigera le troisième et dernier volet.

Un triptyque, donc. *Avant le nazisme*, Walter Matern et Edouard Amsel, le juif, peuplent d'épouvantails le plat pays des bords de la Vistule. Racines généalogiques de la lignée des chiens qui « feront l'histoire ». *Pendant le nazisme* : les lettres d'amour de Harry Liebenau à sa cousine brossent un tableau cruel du Dantzig des petites gens. Les drapeaux commencent à claquer. Et les chiens font carrière en la personne de Prinz, préféré du Führer. La guerre confirme cette distinction en faisant de l'« opération chien du Führer » la dernière entreprise du IIIᵉ Reich. *Après le nazisme*, les materniades : ce sont les règlements de compte de Matern avec les anciens nazis. Sur ses talons, le chien Prinz suit son nouveau maître et le traque. Jusqu'à la mine où Brauxel enseigne à une société d'épouvantails l'art de parfaire les absurdités humaines.

Mais cette passion pour les épouvantails, Edouard Amsel en était lui aussi possédé. Aurait-il trouvé dans la parodie de la vie une raison de survivre ?

Né en 1927 à Dantzig, Günter Grass étudie la peinture et la sculpture avant de se tourner vers la littérature. C'est au cours d'un long séjour à Paris qu'il écrit son premier roman, Le Tambour, *qui, traduit en onze langues, lui assure une fulgurante renommée. Tandis qu'il confirme son génie de conteur et de satiriste dans des œuvres romanesques comme* Les Années de chien, Le Chat et la Souris, *il sait, par ailleurs, évoquer ses expériences et ses préoccupations politiques dans* Évidences politiques, Journal d'un escargot, Les Enfants par la tête *et* Propos d'un sans-patrie. *À* L'Appel du crapaud *qui aborde la réconciliation germano-polonaise, succède* Toute une histoire, *le roman monumental sur l'Allemagne réunifiée.*

Günter Grass

LES ANNÉES
DE CHIEN

ROMAN

*Traduit de l'allemand
par Jean Amsler*

Éditions du Seuil

TEXTE INTÉGRAL

TITRE ORIGINAL
Hundejahre
ÉDITEUR ORIGINAL
Luchterhand Verlag, 1963.
© 1993, Steidl Verlag Göttingen.

ISBN 2-02-032369-9
(ISBN 2-02-001496-3, éd. brochée;
2-02-001768-7, éd. reliée; 2-02-003812-9, éd. de luxe;
2-02-005937-1, 1ʳᵉ publication poche)

© Éditions du Seuil, 1965, pour la traduction française.

LIVRE PREMIER

ÉQUIPES DU MATIN

Raconte, toi. Non, racontez, vous ! Ou bien c'est toi qui racontes. Faut-il que ce soit le comédien qui commence ? Ou bien les épouvantails, tous pêle-mêle ? Ou bien attendrons-nous que les huit planètes se soient ramassées dans le signe du Verseau ? S'il vous plaît, commencez ! En fin de compte c'est votre chien qui en ce temps-là. Mais avant mon chien, votre chien, ou bien le chien né du chien. Il faut que quelqu'un commence : toi, ou lui, ou vous, ou moi... Il y a longtemps, longtemps, bien des soleils, bien des couchants, longtemps avant notre existence, jour après jour, sans nous refléter coulait la Vistule, et sans trêve elle se jetait.

Celui qui pour le moment tient la plume est pour l'instant appelé Brauxel ; il dirige une mine qui ne produit ni potasse, ni minerai, ni houille et occupe cependant cent trente-quatre ouvriers et employés dans ses galeries de desserte et ses niveaux partiels, ses chambres à degrés et ses coupes tranversales, à la caisse des salaires et à l'emballage : d'un changement d'équipe au suivant.

Jadis, la Vistule non régularisée coulait dangereusement. Alors on appela mille terrassiers et, en l'an 1895, on fit creuser à partir d'Einlage en direction du nord, entre les villages de tombolo de Schiewenhorst et de Nickelswalde, un ouvrage qu'on nomma la Tranchée. Donnant à la Vistule une embouchure neuve et rectiligne, elle réduisit le danger d'inondation.

Le scripteur écrit Brauksel, le plus souvent, comme Castrop-Rauxel et parfois comme Häksel. Quand il en a envie, Brauxel écrit son nom comme Weichsel. L'instinct, la digue et le pédantisme dictent et ne se contredisent pas.

De l'horizon à l'horizon couraient les digues de la Vistule ; leur rôle était de s'arc-bouter contre les hautes eaux printanières et contre la crue de la Saint-Dominique sous le contrôle du

commissaire à la régulation des digues siégeant à Marienwerder. Malheur quand il y avait des souris dans la digue.

L'homme qui pour le moment tient la plume, dirige la mine
et écrit son nom de façon différente, a utilisé soixante-treize
mégots de cigarettes, butin de la tabagie des deux derniers
jours, pour retracer sur son bureau évacué le cours de la
Vistule avant et après la régulation ; des bribes de tabac et la
cendre farineuse signifient le fleuve et ses trois embouchures ;
des allumettes consumées sont les digues et l'endiguent.

Il y a bien des soleils, bien des couchants : voici M. le Commissaire à la régulation des digues qui arrive du pays de Kulm
où en l'an 55, près de Kokotzko, à hauteur du cimetière
mennonite, la digue fut crevée — des semaines plus tard, il y
avait encore des cercueils dans les arbres — mais lui, à pied, à
cheval ou en bateau, en redingote et jamais sans sa flasque
d'arak dans sa vaste sacoche, lui, Wilhelm Ehrental (il avait
écrit, en vers à l'ancienne, mais non sans humour, ces *Épîtres
édifiantes de la digue* qui peu après leur parution furent
envoyées à tous les comtes de la digue, maires de village et
prédicants mennonites avec une dédicace amicale), lui, qui
sera nommé ici pour ne l'être plus jamais, il inspecte le
revêtement, les blocailles et les épis, tant à l'amont qu'à l'aval,
chasse de la digue des porcelets parce qu'aux termes de
l'ordonnance de police, paragraphe huit, de novembre 1847, il
est interdit à tout bétail de plume ou de poil de pâturer ou
fouiller sur la digue.

A main gauche se couchait le soleil. Brauxel brise une
allumette : la seconde embouchure de la Vistule prit naissance
sans intervention des terrassiers le 2 février 1840 quand le
fleuve, par suite de l'embâcle, rompit la flèche de sable en aval
de Plehmendorf, enleva deux villages et permit la fondation de
deux nouvelles bourgades, villages de pêcheurs : Neufähr-
Ouest et Neufähr-Est. Mais si riches que soient les deux
Neufähr en histoires, en ragots de village et en événements
inouïs, nous aurons affaire pour l'essentiel aux villages situés à
l'est et à l'ouest de la première mais plus récente embouchure :
Schiewenhorst et Nickelswalde sont ou furent à droite et à
gauche de la Tranchée de la Vistule les derniers villages reliés
par un service régulier de bac ; car à cinq cents mètres en aval,
aujourd'hui encore, la mer libre mêle encore aujourd'hui son
eau salée à 0,8 pour cent à l'apport gris cendré, souvent jaune
glaiseux de la vaste République de Pologne.

Brauchsel récite pour lui seul des paroles de conjuration :

« La Vistule est malgré les nombreux bancs de sable un large fleuve navigable qui va s'élargissant indéfiniment dans le souvenir... » ; sur son bureau devenu pour lui une maquette du delta vistulien, il fait circuler en guise de bac un reste de gomme à effacer et, comme l'équipe du matin est arrivée et que le jour commence à grand bruit de moineaux, il plante à présent le jeune Walter Matern — accent sur la deuxième syllabe — neuf ans, face au soleil couchant, sur le couronnement de la digue de Nickelswalde ; il grince des dents.

Que se passe-t-il quand à neuf ans le fils d'un meunier se tient debout sur la digue, regarde le fleuve, est exposé au soleil couchant et grince des dents contre le vent ? Il tient ça de sa grand-mère qui, neuf ans d'affilée, fut clouée à son fauteuil et ne pouvait que ribouler des prunelles.

Maints objets s'en vont à la dérive sous les yeux de Walter Matern. De Montau à Käsemark, c'est la crue. Ici, aux approches immédiates de l'embouchure, la mer y contribue. On dit qu'il y avait des souris dans la digue. Toujours, quand une digue crève, on dit qu'il y avait des souris dedans. Paraît que des catholiques venus de Pologne auraient au cours de la nuit installé des souris dans la digue, à ce que disent les mennonites. D'autres prétendent avoir vu le comte de la digue sur son cheval aubère avec son cavalier ; le comte s'élança dans le fleuve en crue ainsi que l'ordonne la légende, mais ça ne servit pas à grand-chose : car la Vistule emporta tout le tribunal juré de la digue. Et la Vistule emporta les souris catholiques venues de Pologne. Et elle emporta pareillement les mennonites durs avec crochets et œillets mais sans poches, emporta les mennonites mous avec boutons, boutonnières et poches où se loge le Diable, emporta aussi de Güttland trois protestants et l'instituteur, le socialo. Emporta le bétail mugissant et les berceaux sculptés de Güttland, bref tout Güttland : les lits, les armoires, les horloges et les canaris de Güttland ; emporta le pasteur de Güttland — il était dur et avait des crochets et des œillets — et aussi la fille du pasteur, une beauté à ce qu'il paraît.

Tout cela passait au fil de l'eau, et bien davantage. Qu'entraîne un fleuve comme la Vistule ? Ce qui tombe en morceaux : le bois, le verre, les crayons, les alliances entre Brauxel et Brauchsel, des chaises, des os, et aussi des couchers de soleil. Des choses si longtemps oubliées reviennent à la nage sur le ventre et sur le dos et émergent dans le souvenir grâce à la Vistule : vint Adalbert. Adalbert vient à pied. Il est frappé

de la hache. Mais Swantopolk se fait baptiser. Qu'advient-il
des filles de Mestwin ? L'une d'elles se sauva pieds nus. Qui
l'emmena ? Le géant Miligedo à la massue de plomb ? Perkunos le rouge feu ? Le blême Pikollos qui regarde toujours de
bas en haut ? L'adolescent Potrimpos rit et mâche son épi de
blé. On abat les chênes. Les dents grinçantes — et la petite fille
du duc Kynstute qui entra au couvent ; douze chevaliers sans
tête et douze nonnes sans tête qui dansent dans le moulin : le
moulin va tout doux, moulin va plus vite, moud des âmes en
farine, mais la neige qui tombe est beaucoup plus claire ; le
moulin va lentement, le moulin va vite, elle a mangé à une
seule assiette avec douze chevaliers ; le moulin va doucement,
le moulin se hâte, douze chevaliers, dans la cave vont
muguetant douze nonnes ; le moulin va lentement, le moulin
va vite, ainsi fêtent-ils la Chandeleur en pétant et en faisant la
turlutaine ; moulin s'attarde, moulin va plus vite... Mais le
jour où le moulin prit feu par l'intérieur et fut incendié, le jour
que des calèches emportèrent chevaliers et nonnes sans tête,
quand beaucoup plus tard — soleils couchants — saint Bruno
alla au feu et que le brigand Bobrowski avec son acolyte
Materna, auquel tout remonte, mit le feu à des maisons
préalablement rançonnées — soleils couchants, soleils —
Napoléon avant et après : alors la ville fut assiégée dans les
règles car ils employèrent plusieurs fois et avec un succès
variable des fusées à la Congrève ; mais dans la ville et sur les
remparts, sur les bastions du Loup, de l'Ours, du Cheval bai,
sur les bastions de l'Entorse, du Troulala et du Lapin
toussèrent les Français de Rapp, crachèrent les Polonais avec
leur prince Radziwill, s'amena le corps d'armée du capitaine
manchot de Chambure. Mais le 5 août survint la crue de la
Saint-Dominique ; elle escalada sans échelles les bastions du
Cheval bai, du Lapin et de l'Entorse, mouilla la poudre, fit
foirer dans un sifflement les fusées à la Congrève et amena de
nombreux poissons, surtout des brochets, dans les ruelles et
dans les cuisines ; par miracle tous furent rassasiés, bien que
les magasins aient été incendiés le long de la rue du Houblon
— soleils couchants. Tout ce qui va bien au teint de la Vistule,
ce qui colore un fleuve comme la Vistule : soleils couchants,
sang, glaise et cendre. D'ailleurs, autant en emporte le vent.
Tous les ordres ne sont pas exécutés. Les rivières qui veulent
aller au ciel se jettent dans la Vistule.

DEUXIÈME ÉQUIPE DU MATIN

Elle roule, ici, la Vistule, sur le bureau de Brauxel ; et, sur la digue de Schiewenhorst, jour après jour c'est le soleil qui roule. Et, sur la digue de Nickelswalde se tient debout Walter Matern qui grince des dents ; car le soleil se couche. Les digues nues vont s'amincissant avec la perspective. Seuls sont fixes, sur les couronnements de digues, les ailes des moulins à vent, les clochers massifs et des peupliers. Napoléon les fit planter pour son artillerie. Lui seul est debout. A la rigueur le chien. Mais il est parti à l'aventure ici ou là. Derrière lui, déjà dans l'ombre et sous le niveau de la rivière, s'étend le Werder qui sent le beurre, le petit lait. Les fromageries, odeur hygiénique, odeur lactée qui vous ferait vomir. Neuf ans, les jambes écartées, les genoux violacés comme toujours les petits garçons en mars, Walter Matern est debout, écarte les dix doigts, pince les yeux, fait saillir toutes les cicatrices de chutes, batailles et barbelés qui marquent sa tête tondue, grince des dents de gauche à droite — il tient ça de sa grand-mère — et cherche une pierre.

Il n'y a pas de pierre sur la digue. Mais il cherche. Il trouve des bâtons de bois mort. Mais ça ne se lance pas contre le vent. Mais il veut, doit, veut lancer. Il pourrait siffler Senta, ici ou là, mais il ne siffle pas, il grimace seulement — ça use le vent — et veut lancer quelque chose. Il pourrait attirer sur lui, du bas de la digue, en faisant hep ! hep ! le regard d'Amsel, mais il a la bouche pleine de cerises et non de hep ! hep ! — il veut, doit, veut quand même, bien qu'il n'ait pas de pierre dans sa poche ; d'habitude, il en a toujours une ou deux dans une poche ou dans l'autre.

Les pierres s'appellent ici zellacks. Les protestants disent zellacks. Les rares catholiques aussi. Les mennonites durs ! zellacks ; les mous ! zellacks. Même Amsel, qui fait volontiers exception, dit zellack quand il veut dire pierre ; et Senta va chercher une pierre quand on lui dit : « Apporte un zellack. » Kriwe dit zellack, et Kornelius Kabrun, Beiter, Folchert, Auguste Sponagel et la commandante Von Ankum disent tous ; et le pasteur Daniel Kliewer de Pasewark dit à sa communauté dure ou molle : « Alors le p'tit David a pris un zellack, et il l'a lancé au giant. Le Goliath… » Car un zellack est une pierre maniable. Grosse comme un œuf de pigeon.

Cependant Walter Matern n'en trouve ni ailleurs ni dans ses

poches. A droite, rien que des miettes et des graines de tournesol ; à gauche, entre des ficelles et des restes crissants de sauterelles — tandis qu'en haut ça grince, tandis que le soleil a disparu, que coule roule la Vistule, charriant des choses venues de Güttland, venues de Montau, qu'Amsel se tient penché et que sans arrêt passent des nuages, que Senta met le nez au vent, que les mouettes passent avec le vent, que les digues filent, nues, nettes, nettes, loin jusqu'à l'horizon, filent — il trouve son couteau de poche. Les couchants de l'Est durent plus longtemps que ceux de l'Ouest ; tous les enfants le savent. Alors la Vistule coule d'un ciel à celui d'en face. Déjà, au débarcadère de Schiewenhorst, le bac à vapeur se détache et tente avec un acharnement oblique d'acheminer vers Nickelswalde, contre la rivière, deux wagons du tacot pour la ligne de Stutthof. A ce moment précis, le morceau de cuir nommé Kriwe détourne du vent son visage en croûte de vache et clignote de ses yeux sans cils, promenant ses regards sur la crête de la digue : un petit coup sur les voilures tournantes et pour dénombrer les peupliers. Aperçoit quelque chose d'immobile qui ne se penche pas, mais tient la main dans sa poche. Et il laisse son regard dévaler le talus : voici quelque chose de curieusement rond qui se penche pour ôter sans doute quelque chose à la Vistule. C'est Amsel, il cherche des vieux habits — pour quoi faire des vieux habits ? — tous les enfants le savent.

Mais Kriwe Face-de-Cuir ne sait pas ce que Walter Matern, en cherchant dans sa poche un zellack, trouva dans sa poche. Tandis que Kriwe détourne du vent son visage, le couteau de poche s'échauffe dans la main de Walter Matern. C'est un cadeau d'Amsel. Trois lames, un tire-bouchon, une scie, un poinçon. Amsel, un grassouillet rougeaud, risible quand il pleure. Amsel est à la pêche au pied de la digue, dans la vase, car la Vistule, parce qu'il y a grandes eaux de Montau jusqu'à Käsemark, et bien qu'elle baisse d'un doigt, puis d'un autre, apporte jusqu'à la crête de la digue des choses qui précédemment étaient à Palschau.

Rideau. Le soleil disparu derrière la digue a laissé une rougeur qui s'intensifie. Alors — et cela, seul Brauxel peut le savoir — Walter Matern ferme le poing sur son couteau dans sa poche. Senta, partie très loin pour chercher des souris, est sensiblement aussi noire que le ciel est rouge au-dessus de la digue de Schiewenhorst. Voici qu'un chat à la dérive se prend dans les bois flottés. Les mouettes se rassemblent en vol : un papier de soie déchiré se froisse, se lisse, s'ouvre ; et les yeux de verre en têtes d'épingles voient tout ce qui dérive au fil de l'eau, se prend aux rives, court à nouveau, s'arrête ou ne fait que rester là, comme les deux mille taches de rousseur d'Amsel ; il porte aussi un casque pareil à ceux qu'on portait devant Verdun. Et le casque glisse, retombe sur la nuque, reglisse en avant tandis qu'Amsel pêche dans la vase des lattes de clôture et des rames à haricots, et des vieux habits lourds comme plomb : alors le chat se détache, part en tournant sur lui-même, échoit aux mouettes. Les souris dans la digue s'agitent à nouveau. Et le bac approche toujours. Voici qu'à la dérive passe un chien jaune qui tournoie. Senta se tient le nez au vent. Oblique et mordant, le bac apporte deux wagons. Dérive à son tour un veau ; il a vécu. Maintenant le vent trébuche, mais sans changer de direction. Les mouettes demeurent immobiles dans l'air, hésitantes. Walter Matern — tandis que le bac, le vent, le veau, le soleil derrière la digue, les souris dans la digue, les mouettes sur place — retire de sa poche la main fermée qui tient le couteau et, tandis que coule la Vistule, l'amène devant son pull-over et, face au rouge qui s'intensifie sur l'autre rive, fait blanchir tous ses doigts.

TROISIÈME ÉQUIPE DU MATIN

Tous les enfants, entre Hildesheim et Sarstedt, savent ce qu'on extrait de la mine Brauksel, entre Hildesheim et Sarstedt.

Tous les enfants savent pourquoi le 128e régiment d'infanterie dut laisser à Bohnsack ce casque d'acier que porte Amsel, avec d'autres casques identiques, un tas de treillis et quelques cuisines roulantes quand, en 1920, il s'en alla par le train.

Revoici le chat. Tous les enfants le savent : ce n'est pas le même chat ; seules l'ignorent les souris et les mouettes. Le chat est mouillé trempé. Voici que passe à la dérive quelque chose, pas un chien ni un mouton ; c'est une armoire à habits. L'armoire ne heurte pas le bac. Et quand Amsel ôte de la vase une rame à haricots et que le poing de Walter Matern se met à trembler sur le couteau de poche, le chat est libéré : s'en va dérivant vers la haute mer qui va jusqu'au ciel. Les mouettes rétrécissent, les souris se remuent dans la digue, la Vistule coule, le poing qui tient le couteau de poche tremble, le vent s'appelle Nord-Ouest, les digues s'amincissent, la haute mer

pousse tant qu'elle peut contre la rivière, le soleil continue à se
coucher sans en plus finir et toujours le bac s'apporte lui-même
avec les deux wagons : le bac ne chavire pas, les digues
tiennent bon, les souris n'ont pas peur, le soleil ne reviendra
pas, la Vistule ne remontera pas, le bac ne fera pas demi-tour,
le chat, les mouettes ne veulent pas, ni les nuages, ni le
régiment d'infanterie, Senta ne veut pas retourner en loup,
mais rester sage, sage, sage... Walter Matern également ne
veut pas réintégrer à sa poche ce couteau de poche dont lui fit
cadeau le gros courtaud gras Amsel ; il réussirait plutôt à
blanchir d'un ton supplémentaire la teinte crayeuse du poing
qu'il tient fermé le couteau. Et en haut les dents grincent
de gauche à droite. Il détend sa prise tandis que tout coule,
approche, sombre, tournoie, augmente et diminue, le poing se
dessine autour du couteau, le sang refoulé rentre dans la main
relâchée ; Walter Matern ramène en arrière le poing qui tient
l'objet devenu chaud ; le voici debout sur une jambe, un pied,
un avant-pied ; cinq orteils dans une bottine à lacets sans
chaussette soulèvent le poids de son corps, il laisse tout son
poids glisser dans la main arrière ; il ne vise pas, il grince à
peine ; et en ce moment fugitif, à la dérive, couchant, perdu —
car même Brauchsel ne peut pas le sauver, car il a oublié,
oublié quelque chose — maintenant donc qu'Amsel relève les
yeux de la vase qui frange le pied de la digue et, du dos de la
main gauche renvoie sur sa nuque le casque d'acier, libérant
une partie de ses deux mille taches de rousseur pour en couvrir
une autre, la main de Walter Matern est loin en avant, vide,
légère, et ne montre plus que les places où s'imprima un
couteau de poche ayant trois lames, un tire-bouchon, une scie
et un poinçon ; dans l'armature s'étaient incrustés du sable
marin, un reste de confiture, des aiguilles de pin, de la farine et
une trace de sang de taupe ; il aurait pu l'échanger contre un
timbre de bicyclette neuf ; il n'avait pas été volé, c'était Amsel
qui l'avait acheté, avec de l'argent qu'il avait gagné, à la
boutique de sa mère, puis qui l'avait donné en cadeau à son
ami Walter Matern ; il avait, l'été d'avant, cloué un papillon
sur la porte du hangar à Folchert, atteint quatre rats en un seul
jour sous la passerelle du débarcadère du bac à Kriwe, failli
tuer un lapin dans les dunes et, deux semaines auparavant,
frappé une taupe avant que Senta pût l'attraper. La face
interne de la main conserve les marques du même couteau à
l'aide duquel Walter Matern et Eduard Amsel, quand ils
avaient huit ans et se piquaient de fraternité du sang,

s'égratignèrent le gras du bras, parce que Kornelius Kabrun, en avait parlé : il avait été dans le Sud-Ouest africain allemand et s'y connaissait en Hottentots.

QUATRIÈME ÉQUIPE DU MATIN

Entre-temps — car pendant que Brauxel dévoile le passé d'un couteau, et que ce même couteau devenu projectile obéit à l'impulsion du jet, à la force du vent contraire et à sa pesanteur propre, il reste suffisamment de temps pour enregistrer, d'une relève matinale à la suivante, une journée de travail et dire entre-temps — entre-temps donc Amsel avait, du dos de la main, renvoyé son casque d'acier sur sa nuque. D'un regard, il enjamba le talus de la digue, saisit dans le même regard le lanceur, envoya ce regard à la poursuite du projectile ; et le couteau de poche, selon Brauxel, atteignit entre-temps ce point final qui s'impose à tout objet qui monte ; tandis que la Vistule coule, que le chat dérive, que la mouette crie, que le bac approche, que la chienne Senta est noire et que le soleil n'en finit plus de se coucher.

Entre-temps — car lorsqu'un projectile a atteint le point en question, après quoi commence la descente, il marque un temps d'hésitation, simule l'immobilité — tandis que le couteau de poche reste immobile ainsi là-haut, Amsel retire son regard du point où est l'objet et — voici déjà que le couteau tombe vers la rivière par à-coups, car il est plus fortement exposé au vent contraire — retrouve dans sa vue son ami Walter Matern qui oscille toujours sur l'avant-pied et les pointes des orteils dans ses bottines sans chaussettes, tient haut et loin de lui sa main droite, tandis que son bras gauche rame pour sauvegarder son équilibre.

Entre-temps — car Walter Matern oscille sur une seule jambe, en peine de son équilibre, tandis que la Vistule et le chat, les souris et le bac, le chien et le soleil, tandis que le couteau de poche tombe dans la Vistule — l'équipe du matin est descendue à la mine Brauchsel, l'équipe de nuit est remontée au jour et partie à vélo, le garde-vestiaire a fermé à clé, les moineaux ont commencé la journée dans toutes les gouttières… En ce temps-là, par un bref regard et un appel immédiatement lancé, Amsel parvint à faire perdre à Walter Matern l'équilibre conservé de justesse. Certes le jeune garçon debout sur le couronnement de la digue de Nickelswalde ne tomba pas, mais fut embarqué dans un tel tourbillonnement trébuchant qu'il perdit de vue son couteau avant qu'il ne touchât la Vistule et ne devînt invisible.

« Heh ! Grinceur ! s'écrie Amsel. T'as toujours grincé des dents et lancé des choses comme ça ? »

Walter Matern, à qui s'adresse ici l'épithète de grinceur, se retrouve à nouveau debout, les jambes écartées et les genoux tendus, et frotte la paume de sa main droite qui continue à présenter en négatif les profils rouges persistants d'un couteau.

« T'as bien vu qu'y fallait bien que je lance, pourquoi que tu demandes.

— Mais c'est pas un zellack que t'as lancé.

— Et quand ça serait pas un zellack.

— Qu'est-ce que tu lances donc, quand t'as pas de zellack ?

— Ben si j'avais eu un zellack, j'aurais lancé un zellack.

— Si t'avais envoyé la Senta, elle t'en aurait apporté un.

— Ça peut toujours se dire après, qu'on aurait envoyé la Senta. T'iras, toi, envoyer un cagouince, quand il est après les souris.

— Alors qu'est-ce que t'as lancé, pisque t'avais pas un zellack ?

— Qu'est-ce que tu demandes tout le temps. N'importe quel machin. T'as bien vu.

— T'as lancé un couteau.

— L'était à moi, le couteau. Donné est donné. Et si j'avais eu un zellack, j'aurais pas lancé le couteau, j'aurais lancé le zellack.

— Si t'avais dit quelque chose, un mot, que tu trouvais pas de zellack, je t'en aurais passé un ; y en a ce qu'il faut ici.

— Pourquoi que tu donnes des conseils, maintenant qu'il est loin.

— P'têt' que j'aurai un couteau neuf pour l'Ascension.

— Mais moi j'en veux pas.

— Mais si je te le donne, tu le prendras bien.

— Parie que non ?

— Parie que si ?

— Chiche ?

— Chiche ! »

Et ils topent là : des hussards contre une loupe ; Amsel tend vers le haut de la digue sa main grêlée de taches de rousseur, Walter Matern tend vers l'eau sa main encore marquée par le couteau de poche, et tout en serrant la main d'Amsel, il le tire sur le couronnement.

Amsel ne se départit pas de sa gentillesse : « T'es bien comme ta mémé du moulin. Elle grince des trois quatre dents qui lui restent. Seulement elle lance rien. Elle tape seulement à coups de cuiller. »

Sur la digue, Amsel est un peu plus petit que Walter Matern. Tandis qu'il parle, son pouce, par-dessus son épaule montre où se trouvent, derrière la digue, le village égrené de Nickelswalde et le moulin sur attache des Matern. Amsel hisse le long du talus un faisceau embarrassé de lattes de toiture, de rames à haricots, de guenilles tordues pour en essorer l'eau. Sans arrêt, le dos de sa main doit relever le bord antérieur du casque d'acier. Le bac s'est amarré au débarcadère de Nickelswalde. On entend les deux wagons. Senta grossit, diminue, grossit, s'approche ; elle est noire. Encore du petit bétail crevé qui s'en va au fil de l'eau. La Vistule coule en roulant des épaules. Walter Matern enroule sa main droite dans le bord inférieur effrangé de son pull-over. Senta se tient sur ses quatre pattes entre l'un et l'autre. Sa langue qui pend hors de la gueule à gauche frémit. Elle regarde Walter Matern, parce qu'il grince des dents. Il a ça de sa grand-mère qui resta neuf ans clouée à son fauteuil et ne faisait que ribouler des yeux.

A présent ils s'en vont : leurs silhouettes de taille inégale s'éloignent vers le débarcadère du bac. En noir, la chienne. Un demi-pas en avant, Amsel. Derrière, Walter Matern. Il traîne le ballot d'Amsel. Derrière le ballot, tandis que tous trois vont se rapetissant sur la digue, l'herbe lentement se redresse.

CINQUIÈME ÉQUIPE DU MATIN

Donc Brauksel, comme prévu, s'est penché sur le papier et, pendant que d'autres chroniqueurs se penchaient également et au bon moment sur le passé pour commencer à inscrire leurs notes, il a fait couler la Vistule. Cela l'amuse encore de se souvenir avec précision : il y a bien, bien des années, lorsque l'enfant vint au monde mais ne pouvait pas encore, faute de dents parce qu'il était né sans dents comme tous les enfants, grincer des dents, la grand-mère Matern était clouée à son fauteuil dans la chambre du haut ; neuf ans qu'elle ne pouvait remuer que les prunelles, que gargouiller et baver.

La chambre du haut était au-dessus de la cuisine et donnait sur la salle par une fenêtre d'où l'on pouvait observer le travail des servantes, par une autre fenêtre sur le moulin à vent Matern : avec sa cage carrée sur son soubassement, c'était un authentique moulin à vent sur attache ; et cela depuis cent ans. Les Matern l'avaient fait construire en 1815, peu après la prise de la ville et de la citadelle de Danzig par les armées victorieuses de Russie et de Prusse ; Auguste Matern, grand-père de notre grand-mère fixée à son fauteuil, tandis que le siège était conduit longuement et flegmatiquement jusqu'à son terme, avait su mener une double affaire ; tout d'abord il commença, moyennant de bons écus, à construire au printemps des échelles d'assaut ; d'autre part, il savait et fit, moyennant des écus à la feuille et des devises brabançonnes encore meilleures, savoir par lettre secrète au général-comte d'Heudelet qu'il était bien curieux que les Russes fissent fabriquer en quantité des échelles au printemps, alors qu'il n'y a pas encore de pommes à cueillir.

Lorsqu'enfin le gouverneur, le comte Rapp, eut signé la capitulation de la place forte, Auguste Matern compta, dans sa retraite de Nickelswalde, les espèces danoises et les pièces de deux-tiers, les roubles en hausse légère, les marks de Hambourg, les écus à la feuille et les écus royaux prussiens, le petit sac de florins hollandais ainsi que les papiers fraîchement émis à Danzig, il se trouva bien pourvu et s'adonna aux joies de la reconstruction ; il fit abattre jusqu'à la sole le vieux moulin où, après la défaite de la Prusse, la reine Louise en fuite était censée avoir passé une nuit ; ce moulin historique dont la voilure avait d'abord souffert d'une attaque danoise venue de la mer, puis lors de l'engagement de nuit avec les fourrageurs volontaires du capitaine de Chambure, il le fit raser jusqu'au soubassement dont le bois était encore bon et, sur les soles anciennes, il construisit ce moulin neuf qui était toujours planté sur son attache quand la grand-mère Matern dut s'asseoir, définitivement immobile, dans son fauteuil. Ici Brauxel, avant qu'il ne soit trop tard, veut bien concéder qu'Auguste Matern, de l'argent gagné avec plus ou moins de difficulté et de facilité, ne fit pas que construire le nouveau moulin à vent sur attache, mais qu'il offrit à la chapelle de Steegen, où il y avait des catholiques, une Madone très enrichie d'or à la feuille, mais qui ne déclencha pas de pèlerinages notables, ni ne produisit de miracles.

Le catholicisme de la famille Matern, comme il sied à une

lignée de meuniers, dépendait du vent et comme il y a toujours dans le Werder une brise utilisable, le moulin Matern tournait aussi toute l'année et détournait ses habitants de trop aller à l'église, ce qui aurait vexé les mennonites. Seuls les baptêmes, enterrements, noces et fêtes carillonnées amenaient à Steegen une fraction de la famille ; une fois par an, au surplus, lors de la procession du Saint-Sacrement par les champs de Steegen, le moulin, de son échafaud avec tous ses étais, jusqu'à l'arbre de mouture, en passant par la trémie, le grand pivot et la queue, et surtout sur sa voilure, recevait sa part de bénédiction et d'eau bénite ; un luxe que les Matern n'auraient jamais pu se permettre dans des villages mennonites durs comme Junkeracker et Pasewark. Les mennonites du village de Nickelswalde, cultivant du blé sur les sols gras du Werder et acculés à se rendre au moulin catholique, se montraient mennonites plus raffinés ; ils avaient, par conséquent, des boutons, des boutonnières et de vraies poches dans lesquelles on pouvait mettre quelque chose. Seul le pêcheur et petit cultivateur Simon Beister était un vrai mennonite à crochets et œillets, dur et sans poches ; c'est pourquoi il avait au-dessus de sa remise à bateau un panneau de bois peint où était écrit en caractères bizarres :

> Avec crochets et œillets
> A celui-ci, Dieu donne grâce ;
> Avec boutons et goussets
> Celui-là le Diable l'embrasse.

Mais Simon Beister resta le seul habitant de Nickelswalde qui ne fît pas moudre son blé au moulin catholique, mais à celui de Pasewark. Cependant ce ne doit pas être lui qui, en l'an treize, juste avant qu'éclatât la Grande Guerre, aurait incité un vacher dévoyé de Frienhuben à incendier le moulin Matern à grand renfort d'allume-feux. La fricasse était déjà dans le soubassement et la queue quand Perkun, le jeune chien de berger du valet Pawel, que tout le monde appelait Paulo, se mit, tout noir et la queue à l'horizontale, à décrire des cercles de plus en plus étroits autour de la motte, du soubassement et du moulin et que ses abois secs attirèrent hors de la maison le valet et le meunier.

Pawel ou Paul avait ramené la bête du pays de Lituanie et, sur demande, produisait une espèce d'arbre généalogique où chacun pouvait voir que la grand-mère de Perkun, du côté paternel, avait été une louve latvienne, russe ou polonaise.

Et Perkun engendra Senta ; et Senta mit bas Harras ; et

Harras engendra Prinz ; et Prinz fit l'Histoire... Mais en
attendant, la grand-mère Matern est toujours immobilisée dans
son fauteuil et ne peut remuer que les prunelles. Inerte, elle
doit regarder ce que sa belle-fille fait dans la maison, ce que
son fils fait au moulin, ce que sa fille Lorchen fait avec le valet.
Mais le valet s'en va-t-en guerre, il y reste, et Lorchen perd
l'esprit : depuis lors, dans la maison, dans le potager, dans le
moulin, sur les digues, dans les orties derrière la remise à
Folchert, devant et derrière les dunes, pieds-nus sur la plage
ou parmi les mûres bleues des boisements littoraux, elle ne
faisait que chercher son Paulo. On ne put jamais savoir si ce
furent les Prussiens ou les Russes qui l'envoyèrent sous terre.
Seul le chien Perkun accompagne la douce vieille fille dont il
partageait le maître défunt.

SIXIÈME ÉQUIPE DU MATIN

Il y a bien longtemps — Brauxel compte sur ses doigts —
lorsque le monde était dans la troisième année de guerre, Paulo
resté cadavre en Masurie, que Lorchen vagabondait avec le
chien, mais que le meunier Matern continuait à coltiner
légalement des sacs parce qu'il avait l'oreille dure des deux
côtés, par un jour ensoleillé, comme on devait célébrer un
baptême — le gamin lanceur de couteau des équipes précédentes reçut en guise d'avant-train le prénom de Walter — la
grand-mère Matern était clouée dans son fauteuil, roulait des
yeux, bredouillait et salivait et pourtant n'arrivait pas à émettre
un mot cohérent.

Elle était dans la chambre du haut, et parcourue d'ombres
frénétiques. Elle jetait un éclair, se fondait dans une demi-
obscurité, se trouvait assise en pleine lumière, puis dans le
noir. De même des pièces d'ameublement, le dessus du
bonheur-du-jour, le couvercle en ronde-bosse du bahut et le
velours rouge, inutilisé depuis neuf ans, du prie-Dieu en bois
sculpté s'effaçaient, montraient des profils, s'obscurcissaient,
massifs : poussière clignotante, clair-obscur sans poussière sur
la grand-mère et sur ses meubles. Sa coiffe et la coupe en verre
bleu étaient sur le bonheur-du-jour. Les manches effrangées
de la camisole, le bois du plancher, astiqué à mort, où la tortue
mobile, grande comme la main, que lui avait donnée le valet
Paul, passait d'un coin à l'autre, accrochait des lumières et

survivait au valet, tout en marquant dans les feuilles vertes de salade le motif en demi-cercle de son petit bec. Et toutes les feuilles de salade éparses dans la chambre du haut, avec leurs ornements en bec de tortue, paraissaient frappées d'une vive lumière ; car dehors, derrière la maison, le moulin Matern travaillait par vent de huit mètres-seconde, moulait du blé en farine avec ses quatre ailes qui masquaient le soleil quatre fois toutes les trois secondes et demie.

Au même moment où les démons de la lumière et des ténèbres jouaient à cache-cache dans la chambre de la grand-mère, une voiture menait l'enfant sur la route, traversait Pasewark et Junkeracker, en direction de Steegen où avait lieu le baptême ; les tournesols le long de la clôture limitant le potager Matern du côté de la route devenaient de plus en plus grands, s'adoraient l'un l'autre et se voyaient sans interruption magnifiés par le même soleil qu'éteignait quatre fois en trois secondes et demie la voilure du moulin à vent ; car le moulin n'avait pas pris place entre le soleil et les soleils, seulement — encore n'était-ce que le matin — entre la grand-mère immobile et un soleil qui, dans le Werder, ne luisait pas toujours, mais souvent.

Depuis combien de temps la grand-mère était-elle immobilisée ?

Neuf ans dans la chambre du haut.

Depuis combien de temps derrière les asters, les fleurs de givre, les vesces ou les volubilis ?

Neuf ans durant ombre et lumière, ombre et lumière, à côté du moulin à vent.

Qui l'avait clouée à sa chaise de façon si durable ?

C'était sa belle-fille Ernestine, née Stange, qui lui avait infligé cela.

Comment cela put-il se passer ?

Cette protestante de Junkeracker avait commencé par refouler de la cuisine Tilde Matern qui en ce temps-là n'était pas grand-mère, mais plutôt robuste et forte en gueule, puis elle s'était mise au large dans la salle et désormais ce fut elle qui frotta les vitres pour le jour du Saint-Sacrement. Quand Stine expulsa sa belle-mère des étables, pour la première fois on en vint aux mains parmi les poules qui y perdirent des plumes : les deux femmes se tapèrent dessus à coups d'auges à buvée.

Cela doit s'être passé, suppute Brauxel, en l'an 1905 ; car lorsque deux ans plus tard Stine Matern, née Stange, ne demandait toujours pas de pommes vertes et de concombres au

vinaigre et continuait à être inébranlablement réglée sur le
calendrier, Tilde Matern dit à sa belle-fille qui, les bras croisés,
se tenait debout devant elle dans la chambre du haut : « C'est
ce que je m'ai toujours dit ; les protestants, c'est le diantre avec
ses souris qu'ils ont dans le cul. Et ça vous y grignote les sangs
si bien qu'il en sort pus ren. Ça fait que puer ! »

Ces paroles furent suivies d'une guerre de religion faite à
coups de cuillers de bois ; à la fin de quoi la catholique se
retrouva dans le fauteuil : car ce fauteuil de chêne placé devant
la fenêtre, entre le poêle de catelles et le prie-Dieu, recueillit
une Tilde Matern assommée. Depuis neuf ans donc elle était
assise là, dans ce fauteuil, quand Lorchen ou les servantes,
pour la propreté, ne l'en ôtaient pas le temps d'un besoin.

Les neuf ans passés, il fut prouvé que les protestants n'ont
pas dans le sein quelque souriceau diabolique qui ronge tout et
ne laisse rien germer ; au contraire, un fils fut porté à terme, vit
le jour, et on lui sectionna le cordon ombilical ; tandis que, par
temps favorable, on vaquait au baptême à Steegen, la grand-
mère, opiniâtrement et toujours en place, était clouée dans la
chambre d'en haut. Sous la chambre, dans la cuisine, une oie
était au four et sifflait dans sa propre graisse. Et ce par la
troisième année de guerre, quand les oies étaient devenues si
rares qu'on mettait l'anser domesticus au rang des espèces en
voie d'extinction. Lorchen Matern, avec cette poitrine plate
qu'elle tenait de sa mère, ses cheveux frisés, Lorchen qui
n'avait pas eu de mari — car Paulo était rentré sous terre et
n'avait laissé que son chien noir — et qui devait prendre garde
à l'oie au four, n'était pas dans la cuisine, n'arrosait jamais
l'oie, oubliait de retourner l'oie, ne disait pas de formules sur
l'oie histoire de la faire venir à point, s'alignait plutôt sur les
tournesols le long de la clôture — le nouveau valet du meunier
l'avait chaulée de frais au printemps — et parlait d'abord
gentiment, puis sur un ton soucieux à quelqu'un ; deux
phrases de mauvaise humeur, puis à nouveau un ton de
familiarité ; ce quelqu'un ne passait pas sur la route en bottes
graissées et cependant crissantes, ne portait pas de culottes
bouffantes, et pourtant s'appelait Paul ou Paulo ; il devait
rendre à Lorchen Matern au regard mouillé quelque chose
qu'il lui avait pris. Mais Paul ne rendait pas ; pourtant l'heure
était propice — beaucoup de silence, tout au plus un bourdonnement d'insectes — et le vent, à la vitesse de huit mètres-
seconde, chaussait exactement la pointure qu'il fallait pour
fouler le moulin perché de telle sorte qu'il tournait un rien plus

vite que le vent ; en une seule passe, il devait moudre le blé de Miehlke — c'était justement lui qui faisait moudre — et le bluter en farine de blé.

Car le moulin Matern ne chômait pas, bien qu'on baptisât un fils de meunier à Steegen, dans la chapelle de bois. Quand il y avait le vent pour moudre, il fallait moudre. Un moulin à vent ne connaît que des jours avec et sans vent utile. Lorchen Matern ne connaissait que des jours où Paulo passait sur la route et des jours où personne ne passait, personne n'était à la clôture. Parce que le moulin moulait, Paulo passait et s'arrêtait. Perkun aboyait. Loin derrière les peupliers de Napoléon, derrière les fermes Folchert, Miehlke, Kabrun, Beister, Momber et Kriewe, derrière l'école plate et l'estaminet Lührmann et la laiterie, les voix des vaches se relayaient. Alors, amicalement, Lorchen dit plusieurs fois « Paulo, Paulo », tandis que l'oie au four, faute d'être arrosée, retournée, conjurée, de plus en plus dominicale, venait de plus en plus à point. « Allons, rends-moi ça. Et ne sois pas comme ça. Et ne te fais pas comme ça. Et rends-moi donc ça pisque j'en ai besoin. Et donne donc, et ne sois pas, et si tu m' le rends pas... »

Personne ne rendit rien. Le chien Perkun tourna la tête sur son cou et suivit du regard en couinant le passant qui s'en allait. Sous les vaches, le lait s'amassait. Le moulin à vent, avec son mancheron, était sur son perchoir et moulait. Les tournesols se récitaient l'un à l'autre des oraisons de soleils. L'air était muet. Et l'oie dans le four se mit tout doucement, puis vite à brûler, et en sentant si fort que la grand-mère Matern, dans sa chambre d'en haut au-dessus de la cuisine, fit tourner ses prunelles encore plus vite que ne le pouvaient les ailes du moulin. Tandis qu'à Steegen on quittait la chapelle baptismale, que dans la chambre du haut la tortue grande comme la main évoluait d'une lame de plancher polie à la suivante, là-haut, dans sa chambre, l'odeur d'oie brûlée qui remontait la mit dans tous ses états : dans l'ombre, le soleil, l'ombre, elle bredouillait, salivait et soufflait. D'abord elle refoula par ses narines les poils que toutes les grand-mères ont dans le nez mais, quand l'âcre fumet remplit la chambre où palpitait le soleil, fit hésiter la tortue et se ratatiner les feuilles de salade, ce ne furent plus des poils qui lui sortirent du nez, mais de la vapeur. Neuf ans de rancune grand-maternelle s'exhalaient : la locomotive grand-maternelle prenait de la vitesse. Vésuve. Etna. Stromboli. L'élément favori de l'Enfer, le feu faisait tressaillir la grand-mère déchaînée, contribuait à la façon d'un

dragon à renforcer le contraste soleil-ombre et tentait, par un
éclairage alternatif de reproduire après neuf ans le sec grincement de dents de jadis. Elle y parvint : de gauche à droite,
agacés par l'odeur de brûlé, les chicots qui lui restaient
entrèrent en action ; et enfin un craquement, un éclatement se
mêla au souffle du dragon, à l'émission de vapeur, au
crachement de feu, au grincement des dents : ce fauteuil de
chêne assemblé avant l'époque napoléonienne qui avait neuf
années durant, sauf les brèves pauses de propreté, porté la
grand-mère, renonça et se défit ; la tortue en fut projetée en
l'air et retomba sur le dos. Simultanément, plusieurs catelles
du poêle se fendirent en étoile. En bas, l'oie éclatée rendit sa
farce. Une farine de bois, plus fine que n'en put jamais moudre
le moulin Matern, ce fut tout ce qui resta du fauteuil ; elle
s'éleva en un nuage foisonnant telle qu'un monument baroque,
pompeusement éclairé, élevé à la caducité de toutes choses, et
enveloppa la grand-mère Matern ; elle n'avait pas fait comme le
fauteuil, n'était pas devenue poussière. Sur les feuilles de
salade ratatinées, sur la tortue gisant les pattes en l'air, sur les
meubles et le plancher se déposa seulement une poussière de
bois ; elle, effrayante, ne se déposa pas, elle était debout,
crépitante, électrique, éclairée par éclipses — car les ailes du
moulin poursuivaient leur jeu alternatif — droite au milieu de
la poussière et des vermoulures, grinçant de gauche à droite, et
son grincement s'acheva en un premier pas : elle marchait de la
lumière à l'ombre, marchait claire, marchait sombre, enjamba
la tortue à bout d'elle-même, dont le ventre était d'un beau
jaune soufre, après neuf ans de station assise, elle marchait,
sachant où elle allait, sans glisser sur les feuilles de salade ; elle
repoussa d'un coup de pied la porte de la chambre ; ce monstre
de grand-mère descendit en pantoufles de feutre l'escalier de la
cuisine ; à présent, sur les dalles semées de copeaux, elle
plongeait à deux mains dans une étagère et tentait, par toutes
sortes de trucs de grand-mère, de sauver l'oie baptismale qui
commençait à brûler. Et elle arriva tout de même à sauver
quelque chose en éteignant et grattant les parties carbonisées et
en changeant l'oie de plat. Mais quiconque à Nickelswalde
avait des oreilles entendit la grand-mère qui, tout en s'affairant
au sauvetage, criait furieusement et avec toute l'effrayante
netteté d'une gorge reposée : « Charogne, 'spèce de charogne !
Où es-tu, charogne ! Lorchen, 'spèce de charogne. Comment
que j' te vas, charogne. Damnée charogne ! Charogne, 'spèce
de charogne ! »

Déjà, brandissant la mouvette de bois dur, elle sortait de la cuisine enfumée, elle était au milieu du jardin bourdonnant ; le malin était derrière elle. Du pied gauche elle foulait les fraises, du droit les choux-fleurs ; elle évita les traîtrises crochues des groseilliers épineux ; pour la première fois depuis des années, elle était à nouveau parmi les haricots grimpants, puis elle fut entre les tournesols et, levant haut la main droite, soutenue par l'alternance régulière des ailes du moulin, elle tapait à tour de bras sur la pauvre Lorchen, sur les tournesols aussi, mais non sur Perkun qui, la queue basse, détalait noir entre les espaliers de haricots grimpants.

Malgré les coups, et bien que Paulo ne fût pas là le moins du monde, la pauvre Lorchen gémissait vers lui : « Mais aide-moi donc, Paulo, mais aide-moi donc... » Mais rien ne venait que les coups et le refrain de la grand-mère déchaînée : « Charogne, 'spèce de charogne ! Foutue charogne ! »

SEPTIÈME ÉQUIPE DU MATIN

Brauksel se demande si, pour la fête de Résurrection de la grand-mère Matern, il n'a pas un peu forcé la mise en scène infernale. N'eût-ce pas été suffisamment miraculeux si la bonne dame, en toute simplicité et les jambes un peu gourdes, s'était levée pour descendre à la cuisine et sauver l'oie ? Fallait-il souffler de la fumée par les narines, cracher du feu ? Fendre le poêle de catelles et ratatiner des feuilles de salade ? Y fallait-il une tortue mourante et le fauteuil tombé en poussière ?

Si Brauksel, devenu de nos jours un homme sérieux de la libre économie de marché (comme a toujours dit M. Erhard) répond affirmativement à ces questions et s'en tient au feu et à la fumée, il devra invoquer des raisons. Il n'y avait et n'y a qu'une raison au grand tralala dans lequel fut célébrée la résurrection de la grand-mère : les Matern, surtout la branche de la famille où l'on grinçait des dents depuis le bandit médiéval Materna, en passant par la grand-mère, une authentique Matern — elle avait épousé son cousin — jusqu'au néophyte Walter Matern, avaient un sens inné de la scène grandiose, style opéra ; et en effet, et très véridiquement, la grand-mère Matern en mai dix-sept ne se mit pas en route sans rien dire et comme si c'était chose toute naturelle, pour sauver l'oie, mais au contraire elle tira au préalable le feu d'artifice ci-dessus décrit.

Il faut ajouter : tandis que la grand-mère Matern tentait de sauver l'oie et, un instant plus tard, s'en prenait à la pauvre Lorchen à coups de cuiller à pot, les trois chars à deux chevaux, venus de Steegen, traversaient sans s'arrêter Junkeracker, Pasewark, ramenant à Nickelswalde les gens affamés du baptême. Et quelque démangeaison qu'éprouve Brauxel de relater le repas qui suivit — comme l'oie ne rendait pas assez, on prit à la cave de la choucroute et du salé — il lui faut encore laisser les gens à table sans témoin. Personne ne saura jamais comment les Romeike et les Kabrun, Miehlke et la veuve Stange s'empiffrèrent d'oie roussie, de choucroute et de salé et de courge au vinaigre en pleine troisième année de guerre. Brauxel regrette en particulier la grande scène que fit alors la grand-mère déchaînée, redevenue alerte ; seule, la veuve Amsel sera détachée sur ce fond d'idylle villageoise, car elle est la mère de notre gros Eduard Amsel qui, pendant les équipes une à quatre, pêchait dans les hautes eaux de la Vistule des rames à haricots, des lattes de solivage et des vieux habits lourds comme du plomb ; c'est lui qui, à l'égal de Walter Matern, doit être maintenant baptisé par la suite.

HUITIÈME ÉQUIPE DU MATIN

Il y a bien, bien longtemps, bien des années — car Brauksel se raconte de préférence des contes de fée — vivait à Schiewenhorst, village de pêcheurs situé à gauche de l'embouchure de la Vistule, le négociant Albrecht Amsel. Il vendait du pétrole, de la toile à voile, des bidons pour l'eau potable, des cordages, des filets, des coffres à anguilles, des nasses, de l'attirail de pêche en tout genre, du goudron, de la peinture, du papier de verre, du fil, de la toile huilée, de la poix et du suif, mais il tenait aussi boutique d'outillage, de la cognée au couteau de poche, avait en stock de petits établis, des pierres à aiguiser, des chambres à air de bicyclette, des lampes à carbure, des palans, des treuils et des étaux. Le biscuit de mer s'empilait devant les gilets de liège ; une bouée de sauvetage qu'il n'y avait plus qu'à munir d'inscriptions ceignait le grand bocal aux bonbons de sucre d'orge ; on tirait d'une dame-jeanne ventrue une eau-de-vie de grain appelée « brotchen » ; il vendait des tissus au mètre, des coupons d'étoffe, mais aussi des vêtements neufs ou de la friperie, et des porte-manteaux, des machines à coudre usagées et des boules antimites. Et malgré les boules, la poix et le pétrole, la laque en feuille et le carbure, ce que sentait la boutique d'Albrecht Amsel — une vaste baraque en bois, sur soubassement de béton, qu'on repeignait en vert wagon tous les sept ans — c'était d'abord, et avec insistance, l'eau de Cologne et ensuite seulement, avant même qu'on pût seulement subodorer les boules antimites, les poissons fumés ; car Albrecht Amsel, en marge de tout son petit commerce, faisait figure de gros acheteur en poissons de rivière et de mer : des caisses en bois de pin ultra-léger, jaune d'or et pleines de flétans fumés, d'anguilles fumées, de sprats en vrac ou en paquets, de lamproies, de laitance de morue et de saumon de la Vistule fortement ou légèrement fumé montraient, marqué au fer rouge sur leurs planches de bout, le nom de la firme. A. Amsel — Poissons frais — Poissons fumés — Schiewenhorst Grand Werder, et on les ouvrait avec un pied de biche de taille moyenne au marché de Danzig ; entre la rue de la Lavande et la rue des Hobereaux, entre l'église des Dominicains et le fossé de la Vieille-Ville, c'était un édifice de briques : le bois sec explosait sèchement. Les clous en couinant s'arrachaient des planchettes latérales. Et, du haut des ogives néogothiques, la lumière d'un marché couvert tombait sur des poissons fumés de frais.

De plus, ce négociant voyait loin ; il avait à cœur l'avenir des fumeries de poisson du delta de la Vistule et le long de la flèche de sable plus à l'est ; Albrecht Amsel employait un maçon spécialiste des cheminées qui, de Plehnendorf à Einlage, donc dans tous les villages de la Vistule morte, auxquels les cheminées des fumeries donnaient un bizarre aspect de ruines, trouvait du travail à suffisance : là, il fallait remédier à une cheminée qui tirait mal ; ici, reconstruire à neuf une de ces fortes cheminées de fumerie qui dominaient tous les bosquets de lilas et les maisons basses des pêcheurs ; tout cela au nom d'Albrecht Amsel que, non sans raison, on appelait riche. Le riche Amsel, disait-on, ou bien : « Le juif Amsel. » Naturellement Amsel n'était pas juif. Bien qu'il ne fût pas davantage mennonite, il se nommait bon protestant ; il avait à Bohnsack, dans le temple des pêcheurs, une place attitrée qu'il occupait chaque dimanche sans faute, et épousa Lottchen Tiede, une rousse encline à l'embonpoint, fille d'un gros paysan de Gross-Zünder ; c'était significatif : comment Albrecht Amsel pouvait-il être juif, si le gros paysan Tiede, qui n'allait de Gross-Zünder à Käsemark qu'en attelage de quatre chevaux et en bottes vernies, qui avait ses entrées chez le sous-préfet, qui faisait servir ses fils dans la cavalerie, plus exactement chez les hussards de Langfuhr, un régiment assez cher, lui donnait quand même en justes noces sa fille Charlotte !

Plus tard, beaucoup de gens auraient dit que le vieux Tiede n'avait donné sa Charlotte au juif Amsel que pour un seul motif : parce qu'à l'égal de nombreux fermiers, commerçants, pêcheurs, meuniers — y compris le meunier Matern de Nickelswalde — il avait chez Albrecht Amsel une ardoise importante, dangereusement importante, assez importante pour nuire à l'entretien prolongé de son attelage de quatre chevaux. De plus, à ce qu'on disait histoire de prouver quelque chose, Albrecht Amsel, devant la Commission provinciale de régulation des marchés, avait refusé sans ambages de favoriser à l'excès l'élevage porcin.

Brauksel, qui sait tout mieux que personne, tire en bas de toutes les suppositions un trait provisoire ; en effet que ce fût l'amour ou les traites en retard qui eussent amené à son foyer Charlotte Tiede, qu'il occupât le dimanche sa place à l'office dans le temple des pêcheurs de Bohnsack en qualité de juif baptisé ou de chrétien baptisé, toujours est-il qu'Albrecht Amsel, l'actif négociant des rives de la Vistule — soit dit en passant : un homme aux larges épaules, fondateur avec d'autres du club de gymnastique Bohnsack 05, reconnu d'utilité publique, et solide baryton dans la chorale du temple — s'éleva sur les rives de Somme et de Marne au grade de sous-lieutenant de réserve, fut plusieurs fois décoré et tomba, deux petits mois avant la naissance de son fils Eduard, en dix-sept, devant Verdun.

NEUVIÈME ÉQUIPE DU MATIN

Walter Matern, sous le choc du Bélier, vit le jour en avril. Les Poissons de mars, avec un agile brio, éjectèrent Eduard Amsel du creux de sa mère. En mai, quand l'oie brûla et que se releva la grand-mère Matern, le fils du meunier fut baptisé. Façon catholique. Dès fin avril, le fils du défunt négociant Albrecht Amsel reçut le bon baptême évangélique en le temple des pêcheurs de Bohnsack où, selon l'usage local, il fut aspergé pour moitié avec de l'eau puisée à la Vistule, d'eau baltique pour l'autre moitié.

Quoi que racontent les autres chroniqueurs qui alternent à qui mieux mieux avec Brauksel depuis neuf relèves matinales, il leur faudra — en contradiction avec l'opinion de Brauksel — en ce qui concerne le nourrisson de Schiewenhorst il leur faudra, dis-je, me concéder ceci : Eduard Amsel, alias Eddi Amsel, alias Haseloff, autrement dit Bouche d'Or etc., est parmi tous les personnages animant cet écrit commémoratif — depuis bientôt dix ans, la mine Brauchsel n'extrait ni charbon, ni minerai, ni potasse — le héros le plus agile, Brauxel excepté.

Sa vocation consista d'emblée à inventer des épouvantails. Pourtant il n'avait pas de haine à l'endroit des oiseaux ; en revanche les oiseaux, de quelque volée et de quelque plumage qu'ils fussent, avaient quelque chose contre lui et son esprit fertile en épouvantails. Tout de suite après le baptême — les cloches n'avaient pas encore terminé — ils le reconnurent. Eduard Amsel, un bébé rebondi, était encore sous le maillot bien tendu de son baptême et ne marquait nullement si les oiseaux lui disaient quoi que ce fût. La marraine s'appelait Gertrude Karweise et, par la suite, elle lui tricota bon an mal an des chaussettes de laine pour la Noël, avec ponctualité. En tête du cortège de baptême aux cent têtes, invité à un interminable gueuleton, les bras robustes de Gertrude portaient le nouveau chrétien. La veuve Amsel, née Tiede, était restée chez elle pour surveiller la mise du couvert, donnait ses dernières instructions à la cuisine et goûtait les sauces. Mais tous les Tiede de Gross-Zünder, sauf les quatre fils qui lors vivaient dangereusement dans la cavalerie — l'avant-dernier fut tué plus tard — vêtus de bon drap, suivaient le nourrisson. On longeait la Vistule Morte : Christian Glomme, pêcheur à Schiewenhorst et Mme Marthe Glomme, née Liedke ; Herbert Kienast et sa femme Johanna, née Probst ; Carl Jakob Ayke, dont le fils Daniel Ayke avait péri au Doggerbank au service de la Marine impériale ; la veuve de pêcheur Brigitte Kabus, dont le cotre était commandé par son frère Jakob Nilenz ; entre les belles-filles d'Ernst Wilhelm Tiede — robes citadines rose, vert tilleul et violette sur talons hauts — son drap noir brossé à blanc : le vieux pasteur Blech — un descendant du célèbre diacre A. F. Blech qui avait, étant pasteur de Sainte-Marie, tenu la chronique municipale de Danzig de 1807 à 1814, au temps de l'occupation française. Friedrich Bollhagen, gros propriétaire de fumeries à Westlich-Neufähr marchait à côté du capitaine de vaisseau retraité Bronsard lequel, pour la durée de la guerre, avait trouvé une occupation en se portant volontaire à Plehnendorf pour la manœuvre des écluses. August Sponagel, l'aubergiste de Wesslinken, avait une tête de moins que la majoresse Van Ankum. Vu que Dirk Heinrich Von Ankum, gros propriétaire à Klein-Zünder, avait cessé d'exister début 15, Sponagel tenait la majoresse à son bras immobile fléchi. A la queue, derrière le ménage Busenitz qui tenait un négoce de charbon à Bohnsack, venait Erich Lau, maire du village de Schiewenhorst, un invalide de guerre, avec sa femme Margarete Lau, enceinte jusqu'au nez, laquelle, étant la fille de Momber, le maire de Nickelswalde, n'avait pas déchu en se mariant. L'inspecteur des digues Haberland, qui était très à cheval sur le service, avait dû prendre congé dès le portail du temple. Il se peut qu'à la suite encore une grosse d'enfants, tous trop blonds dans leurs vêtements trop solennels, ait prolongé le cortège.

Des chemins sablonneux, où serpentaient, mal recouvertes de poussière, les racines des pins cembro, longeaient la rive droite du fleuve jusqu'aux chars à deux chevaux laissés en attente, jusqu'à l'attelage à quatre chevaux que le vieux Tiede, malgré le temps de guerre et les réquisitions, avait su conserver. On avait du sable dans les chaussures. Le capitaine Bronsard s'étouffa de rire avec bruit, puis toussa longuement. Les conversations étaient tenues en réserve pour le banquet. Le boisement littoral sentait la Prusse. A peine si la rivière coulait : un bras mort de la Vistule qui ne prenait un peu d'eau que loin à l'aval, grâce à l'apport de la Mottlau. Un soleil prudent luisait sur les habits de fête. Dans leurs robes rose, vert tilleul et violette, les belles-filles à Tiede frissonnaient et c'est volontiers qu'elles auraient eu les grands fichus drapés des veuves. Peut-être les nombreux grands deuils, la colossale majoresse et l'oscillante, monumentale démarche de l'invalide favorisèrent-ils un événement qui s'était préparé dès le début : à peine fut-on sorti du temple des pêcheurs, à Bohnsack, qu'un nuage de mouettes s'éleva sur la place ; et pourtant d'habitude, il n'y avait pas moyen de les remuer. Pas de pigeons, car les temples de pêcheurs ont des mouettes, non des pigeons. Maintenant voici que montent en oblique, venus des roseaux de la berge et des radeaux d'herbes le butor, le héron bihoreau, la sterne et la sarcelle, d'hiver ou d'été, le pluvier et la barge, le râle marouette, le bécasseau minute, la guifette et le cocorli. Tous les grèbes s'y mettent, l'huîtrier pie, le courlis, le milouin, la tadorne, l'oie bernache, le martin-pêcheur, l'effarvatte et les locustelles, la bécasse et les fuligules. Les pins du boisement littoral lancent les corbeaux. Sansonnets et merles désertent le cimetière et les jardins devant les maisons blanchies à la chaux des pêcheurs. Venus des lilas et de l'épine rouge, voici des hoche-queues, les rouges-queues, les rouges-gorges, les gorges-bleues, les mésanges bleues, les noires, les charbonnières, et la nonnette des saules, les pinsons et les grives — la draine, la litorne, la musicienne et la mauvis — le traquet motteux, le pipit farlouse, le pouillot véloce et le fitis — tsilp-tsalp-tsilp-tsalp ! — une nuée de moineaux tombe ou s'envole des gouttières, des fils électriques ; les hirondelles quittent l'étable ou l'écurie ; tout ce qui a nom d'oiseau, est classé oiseau prend son vol, s'éparpille, file en flèche dès qu'apparaît le maillot de baptême ; la brise de mer les porte au-dessus de la rivière ; un nuage noir, convulsivement jeté en tous sens, amas hétéroclite d'oiseaux qui d'ordinaire se fuient, mais affolés d'un identique effroi : mouettes et corbeaux ; le couple d'autours au milieu de passereaux bigarrés ; la pie, la pie !

Et cinq cents oiseaux, les moineaux déduits, dans leur fuite en masse vont s'interposer entre le soleil et le cortège du baptême. Et cinq cents oiseaux projettent sur les invités, le maillot de baptême et le nourrisson leur ombre augurale.

Et cinq cents oiseaux — vous compterez les moineaux si vous voulez — produisent ceci : les invités, du maire invalide Lau jusqu'aux Tiede se resserrent et, d'abord en silence, puis avec des murmures et des regards affolés jetés en tous sens, se bousculent vers l'avant et prennent le pas accéléré. August Sponagel trébuche sur des racines de pin. Entre le capitaine Bronsard et le pasteur Blech qui lève sans conviction les bras et tente professionnellement de calmer les esprits, la colossale majoresse s'élance au pas de charge et donne la cadence à tous ! Les Glomme et Kienast avec Madame, le père Ayke et la mère Kabus, Bollhagen et le ménage Busenitz ; même l'invalide Lau et sa femme enceinte jusque-là — elle n'accouchera cependant pas à la surprise, comme on aurait pu le craindre, mais aura plus tard une petite fille normale — suivent le train en soufflant comme des phoques — seule reste en arrière la marraine aux bras robustes et c'est bonne dernière qu'elle atteint les chars en attente et le double attelage des Tiede garés entre les premiers peupliers de la grand-route qui mène à Schiewenhorst.

Le nourrisson cria-t-il ? Il ne pleurnichait pas et ne dormait pas davantage. Est-ce que la nuée formée de cinq cents oiseaux

et de moineaux innombrables, moineaux francs ou friquets, se
dissipa quand à l'instant les voitures s'ébranlèrent en hâte sans
la moindre solennité ? Longtemps encore, au-dessus de la
paresseuse rivière, la nuée ne connut pas de repos ; tantôt elle
était sur Bohnsack, tantôt elle pointait sur les bois et les dunes,
puis coulait au large sur l'autre rive, laissant sur une prairie
marécageuse tomber une corneille : on la voyait se détacher en
gris, immobile. Il fallait que les attelages de deux et de quatre
entrent dans Schiewenhorst pour que la nuée subdivisée en
espèces, retrouve la place du temple, le cimetière, les jardins et
les écuries, les roselières et les lilas, et les pois ; mais jusqu'au
soir, à une heure où les gens du baptême, repus et abreuvés,
écrasaient leurs coudes sur la longue table, l'agitation demeura
dans des cœurs d'oiseau de tailles diverses ; car l'esprit fertile
en épouvantails d'Eduard Amsel s'était communiqué à tous les
oiseaux, alors que lui-même était encore en maillot de baptême. Désormais ils le connaissaient.

DIXIÈME ÉQUIPE DU MATIN

Qui veut savoir si le négociant Albrecht Amsel, sous-
lieutenant de réserve, était peut-être juif quand même ? Les
gens de Schiewenhorst, d'Einlage et de Neufähr n'étaient pas
sans quelque motif de l'appeler un juif riche. Et le nom ?
N'est-il pas typique ? Hein ? le merle — c'est cela que signifie
Amsel — peut provenir du pays de Hollande ; en effet, au
début du Moyen Age, des colons hollandais drainèrent la
dépression vistulienne, apportèrent des particularités linguistiques, des moulins à vent et leurs noms.

Brauksel, après avoir solennellement affirmé à plusieurs
reprises au cours des équipes déjà enregistrées, qu'A. Amsel
n'était pas un juif, après avoir dit en propres termes « naturellement Amsel n'était pas juif », peut maintenant, de façon
aussi légitime — puisqu'aussi bien toute origine est arbitraire
— vouloir nous persuader que « naturellement Amsel était
juif ». Il était issu d'une vieille famille de tailleurs juifs établis
de longue date à Stargard-en-Prusse ; de bonne heure, à seize
ans, il avait dû quitter Stargard pour Schneidemühl, Franc-
fort-sur-l'Oder, Berlin enfin — car la maison de son père était
pleine d'enfants — et revint quatorze ans plus tard — bien
changé, converti à la vraie foi ainsi qu'à l'aisance — par
Schneidemühl, Neustadt et Dirschau, à l'embouchure de la

Vistule. Lorsque Albert Amsel acquit son commerce à de bonnes conditions, la tranchée qui avait fait de Schiewenhorst un village riverain du fleuve n'avait pas un an d'âge.

C'est ainsi qu'il débuta dans son commerce. Qu'aurait-il pu entreprendre d'autre ? Ainsi qu'il chanta dans la chorale du temple. Et pourquoi n'aurait-il pas tenu à la chorale l'emploi de baryton ? Donc, avec quelques autres, il fonda une société de gymnastique et fut, parmi tous les habitants du village, celui qui crut le plus fermement qu'Amsel n'était pas juif, que le nom venait du hollandais : beaucoup de gens s'appellent Pic ou Lepic ; un fameux explorateur de l'Afrique tenait son nom du rossignol ; seul Adler, aigle, est un nom juif typique, Amsel, merle, jamais : le fils du tailleur, quatorze ans durant, s'était préoccupé d'oublier ses origines et, accessoirement, mais avec un égal succès, d'amasser une fortune protestante bon teint.

Alors, en l'an 1903, un jeune homme blasé nommé Otto Weininger écrivit un livre. Ce livre unique en son genre s'appelait *Sexe et Caractère,* fut édité simultanément à Vienne et à Leipzig et se donna six cents pages durant beaucoup de mal pour dénier l'âme à la femme. En cette époque d'émancipation féministe, le sujet était d'une brûlante actualité ; mais comme le chapitre XIII de ce livre unique en son genre sous le titre « le Judaïsme » refusait également l'âme aux juifs en tant que race femelle, cette nouveauté atteignit des tirages élevés, pharamineux et fut introduite dans des familles où autrement on ne lisait que la Bible. Ainsi le coup de génie de Weininger entra aussi dans la maison d'Albrecht Amsel.

Peut-être le négociant n'aurait-il jamais ouvert ce gros bouquin s'il avait su qu'un M. Pfennig était en train de dénoncer l'Otto Weininger comme plagiaire ; car dès 1906 parut une brochure agressive qui accusait grossièrement feu Weininger — car le jeune homme s'était lui-même achevé de sa propre main — et un certain Swoboda, collègue de Weininger. Même Siegmund Freud, qui avait qualifié Weininger de jeune homme extrêmement doué, ne put, pour autant qu'il approuvât le ton de la brochure agressive, passer outre au fait constaté : l'idée centrale de Weininger, la bisexualité, n'était pas originale : elle était venue tout d'abord à un M. Fliess. Albrecht Amsel, dans son ignorance, ouvrit donc le livre et lut dans Weininger — lequel, par une note, se considérait lui-même comme juif — : Le juif n'a pas d'âme. Le juif ne chante pas. Le juif ne fait pas de sport. Le juif doit surmonter en lui-même le judaïsme... Et Albrecht Amsel surmonta : il chantait au temple, il fonda le club gymnique Bohnsack 1905, reconnu d'utilité publique ; mieux : en tenue adéquate, il se mit de la section, pratiqua les barres parallèles et la barre fixe, le saut en hauteur et en longueur, le passage du témoin et, malgré des résistances — ici encore il fut fondateur et pionnier —, il introduisit le jeu de thèque, un sport relativement jeune, qu'il acclimata sur les rives gauches et droites des trois bouches de la Vistule.

Brauksel, qui tient ici de son mieux la plume, aurait, comme les villageois du Werder, tout ignoré de la petite ville de Stargard-en-Prusse et du grand-père tailleur d'Eduard Amsel, si Charlotte Amsel, née Tiede, s'était tue. Bien des années après la mortelle journée de Verdun, elle ouvrit la bouche.

Le jeune Amsel dont il s'agira désormais, non sans des entractes, était accouru de la ville au lit d'agonie de sa mère ; et sa mère, qui succombait au diabète, dit d'une voix fiévreuse à l'oreille de son fils : « Et encore, mon petit. Pardonne à ta pauvre mère. L'Amsel que tu ne connais pas, mais qui était ton père pour de vrai, c'était un circoncis, comme on dit. Pourvu seulement qu'ils ne t'attrapent pas, maintenant qu'ils sont si rudes avec les lois. »

Eduard Amsel hérita au temps des lois rudes — non encore appliquées sur le territoire de l'Etat-libre de Danzig — le commerce et la fortune, la maison et l'inventaire ainsi qu'un rayon de livres : *les Rois de la Prusse, les Grands Hommes de la Prusse, le Vieux Fritz, Anecdotes, le Comte Schlieffen, le Choral de Leuthen, Frédéric et Katte, la Barbarina* — et le livre exceptionnel d'Otto Weininger qu'Amsel, tandis que les autres livres s'égaraient petit à petit, emporta pourtant avec lui. Il le lisait à sa manière, lisait aussi les notes marginales qu'avait inscrites son père, le gymnaste choriste ; il sauva le bouquin tant que durèrent les temps difficiles et fit en sorte qu'il peut être aujourd'hui, à tout moment, ouvert sur le bureau de Brauxel : souvent Weininger a soufflé au rédacteur l'une ou l'autre de ses inspirations. L'épouvantail est créé à l'image de l'homme.

ONZIÈME ÉQUIPE DU MATIN

Les cheveux de Brauksel repoussent. Tandis qu'il écrit ou bien dirige la mine, ils repoussent. Tandis qu'il mange, marche, sommeille, aspire ou retient l'air, qu'arrive en courant l'équipe du matin, que s'en va l'équipe de nuit ou que les moineaux commencent leur journée, ils poussent. Oui, pendant que le coiffeur aux doigts froids raccourcit sur demande les cheveux de Brauksel, parce que l'année tire à sa fin, ils continuent à pousser sous les ciseaux. Un jour Brauksel, comme Weininger, sera mort, mais ses cheveux, ses ongles de doigts et d'orteils lui survivront quelque temps — de même que ce livre consacré à la construction d'épouvantails efficaces sera lu quand le rédacteur en sera depuis longtemps décédé.

Hier, il était question de lois rudes. Mais au temps où notre récit ne fait que commencer les lois sont encore indulgentes et ne punissent pas les origines d'Amsel ; Charlotte Amsel, née Tiede, ignore le terrible diabète ; Albrecht Amsel n'était pas juif, « naturellement », Eduard Amsel à son image est bon protestant, porte la chevelure rousse à pousse rapide de sa mère et, grassouillet, déjà nanti de toutes ses taches de rousseur, évolue entre les filets de pêche mis à sécher et considère de préférence le monde environnant à travers des filets de pêche : rien d'étonnant si bientôt le monde lui apparaît comme un vaste motif à mailles qu'il déforme à l'aide de rames à haricots.

Epouvantails ! On prétend ici qu'au début — c'est à quelque cinq ans et demi qu'il bâtit son premier épouvantail notoire — le petit Eduard Amsel n'avait pas l'intention de bâtir des épouvantails. En revanche les gens du village et les représentants de passage qui parcouraient le Werder en offrant des assurances-incendie et des échantillons de semences, les paysans revenant de chez le notaire, tous ceux qui le regardaient quand il faisait grelotter ses figures au vent sur la digue à côté du débarcadère de Schiewenhorst s'orientaient dans ce sens ; et Kriwe dit à Herbert Kienast : « Mon petit vieux, vise un peu ce qu'a fait le môme à Amsel : aussi vrai que je te dis, c'est des épouvantails à zoiseaux. »

Pas plus que juste après son baptême, Eduard Amsel n'eut jamais plus tard aucune hostilité contre les oiseaux ; mais tout ce qui, à droite et à gauche de la Vistule, se laissait porter sur l'aile du vent avait un sentiment contraire à ses productions, dites épouvantails. Ces derniers, et il en bâtissait un chaque jour, ne se ressemblaient jamais. Il démolissait le lendemain ce qu'il avait bâti la veille en trois heures de travail à l'aide d'un pantalon rayé, d'une espèce de guenille à carreaux vastes ayant l'aspect d'une jaquette, d'un chapeau sans bord, soutenus par une échelle incomplète, de surcroît vermoulue, et une brassée d'osier frais ; les mêmes accessoires lui fournissaient un exemplaire unique d'un autre sexe, d'une autre religion — mais en tout cas une structure qui tenait à distance les oiseaux.

Toutes ces constructions périssables trahissaient de façon toujours neuve l'application et le don d'imagination de leur architecte : mais pourtant c'était le sens aiguisé qu'avait de la réalité multiforme Eduard Amsel, c'était son œil, curieux sur des joues rebondies, qui adornait ses productions de détails pris sur le vif, leur assurait une fonction et en faisait des chefs-d'œuvre d'épouvante. Car ils se distinguaient des épouvantails indigènes, qu'on voyait branler dans les jardins et les champs d'alentour non seulement par la forme ; mais aussi par l'effet : si les épouvantails façon X ne pouvaient enregistrer auprès du monde ailé que de minces succès, à peine des succès d'estime, ses créations à lui, construites sans intention contre rien, avaient la faculté d'inspirer aux oiseaux une terreur panique.

Ses épouvantails paraissaient vivants ; quand on les regardait assez longtemps, ils l'étaient déjà en cours de création, ils l'étaient encore pleinement quand, à demi démolis, ils n'étaient plus que des torses, ils prenaient leur course sur la digue, et faisaient des signes, menaçaient, maniaient un outil, saluaient d'un bord à l'autre, se laissaient porter par le vent, faisaient la causette au soleil, bénissaient le fleuve et ses poissons, comptaient les peupliers, rattrapaient les nuages, abattaient les flèches des clochers, voulaient aller au ciel, prendre le bac à l'abordage, poursuivre et fuir ; car ils n'étaient jamais anonymes, ils avaient des significations : c'étaient le pêcheur Johann Lickfett, le pasteur Blech ; le passeur Kriwe revenait plus souvent qu'à son tour, avec sa bouche ouverte et sa tête en biais ; c'étaient le capitaine Bronsard, l'inspecteur Haberland, et tout ce que le plat pays comportait d'autres indigènes. C'est ainsi que la majoresse Von Ankum, fortement ossue, et ce bien qu'elle eût sa reposée à Klein-Zünder et prît rarement la pose dans les parages du bac, fut pour trois jours domiciliée sur la digue de Schiewenhorst ; ogresse épouvantable aux volatiles et aux petits enfants, elle s'y tint durant trois jours.

A peu de temps de là, quand Eduard Amsel commença d'aller à l'école, ce fut M. Olschewski, le jeune instituteur public de l'école communale de Nickelswalde — car Schiewenhorst n'entretenait pas d'école — qui dut faire le pied de grue quand son pupille le plus moucheté de son le planta sur la

grande dune à droite de l'embouchure en guise d'épouvante-
oiseaux. Entre les neuf pins tordus par le vent, sur la crête de la
dune, Amsel plaça le sosie du maître et se mit à ses pieds
chaussés de toile à voile, en manière de leçons de choses et
d'étude du milieu, le Werder plat comme une crêpe, depuis la
Vistule jusqu'à la Nogat, ainsi que le pays-bas du fleuve
jusqu'aux clochers de Danzig-Ville, jusqu'aux vallonnements
et aux bois derrière la ville, la haute mer jusqu'à la presqu'île
de Hela vaguement devinée, y compris les bateaux mouillés
dans la rade.

DOUZIÈME ÉQUIPE DU MATIN

L'année s'achève. Une singulière fin d'année parce qu'en
raison de la crise berlinoise la Saint-Sylvestre peut être célébrée
avec des bougies, non avec des pétards. De plus on avait
récemment, en ce pays de Basse-Saxe, porté en terre Hinrich
Kopf, un père de la patrie en personne naturelle ; raison de
plus pour ne pas faire éclater de pétards à minuit. En accord
avec le conseil d'entreprise, Brauxel a fait préventivement
placarder dans le vestiaire, dans le bâtiment administratif, de
même au vestiaire et sur la recette l'avis suivant : Aux ouvriers
et employés des Etablissements Brauxel and Co — Export
Import — il est vivement recommandé de célébrer la Saint-
Sylvestre dans le calme et conformément à la gravité de
l'heure. Le rédacteur ne put s'empêcher de se citer lui-même ;
il fit imprimer sur vélin à la cuve, en caractères raffinés, la
sentence « l'épouvantail est créé à l'image de l'homme » ;
clients et relations d'affaires la reçurent en guise de vœux.

La première année qu'il fut à l'école, Eduard Amsel fut
comblé. Sa rondeur risible et ses taches de rousseur, quand il
tombait une fois par jour sous les yeux de deux villages, lui
valurent le rôle de souffre-douleur. Peu importait le nom des
jeux pratiqués ; il y était impliqué, mieux, on jouait avec lui.
Certes Amsel junior pleura quand la horde le traîna dans les
orties derrière le hangar à Folchert, l'attacha à un piquet avec
une vieille corde pourrie puant le goudron et le soumit à une
torture qui, pour manquer de fantaisie, n'en était pas moins
douloureuse ; mais à travers des larmes qui, comme on devrait
le savoir, confèrent une optique floue et cependant ultra-
précise, ses petits yeux gris-vert ne cessèrent pas d'observer,

d'apprécier et de percevoir objectivement les gestes typiques. Deux trois jours après une tournée de ce genre — possible qu'entre dix coups et avec d'autres injures et sobriquets, on ait proféré avec et sans intention le mot de « juif ! » — cette scène de violence se trouva reproduite, entre les dunes ou directement sur la plage où venait la lécher la mer, en un seul et unique épouvantail aux multiples bras.

Ces rossées et ces illustrations consécutives à de préalables tannées prirent fin par l'intervention de Walter Matern, lui qui, un bon bout de temps, avait mis la main à la pâte et lancé avec ou sans intention le mot « juif », un jour qu'il avait peut-être découvert sur la plage un épouvantail dépenaillé qui cependant tapait aveuglément à tort et à travers et n'était pas sans lui ressembler mais le multipliait par neuf sous forme d'épouvantail, laissa — si l'on peut dire — ses poings réfléchir le temps de cinq coups de poing, puis il se remit à cogner ; mais ce n'était plus Amsel junior qui dut encaisser quand les poings de Walter Matern reprirent leur liberté de manœuvre ; il s'en prit aux bourreaux d'Amsel avec tant d'ardeur et en grinçant des dents que longtemps encore, dans l'air tiède de l'été, derrière le hangar à Folchert, il donna des coups de poing ; même quand il n'y eut plus personne derrière le hangar, sauf Amsel qui clignait des yeux.

Quand des amitiés sont nouées pendant ou après des bagarres, il faut, ainsi que l'ont à tous enseigné les films à suspense, qu'elles soient mises à l'épreuve souvent et avec suspense. Bien des épreuves seront imposées à l'amitié Amsel-Matern dans ce livre — rien que pour ce motif, il traînera en longueur. Dès le début les poings de Matern eurent beaucoup à faire en faveur de cette amitié : les galopins des pêcheurs et des paysans ne voulaient pas concevoir la brusque éclosion de ce lien d'amitié ; à peine l'école finie, ils empoignaient Amsel gigotant et, selon la coutume, l'entraînaient derrière le hangar à Folchert. Car lentement coulait la Vistule, lentement s'effilaient les digues, changeaient les saisons, lentement cheminaient les nuages, lentement le plat pays passait de la lampe à pétrole à l'éclairage électrique ; on était long à comprendre dans les villages de part et d'autre de la Vistule : celui qui veut s'en prendre à Amsel junior doit d'abord causer deux mots à Walter Matern. Lentement, le miracle de l'amitié commençait à opérer des prodiges. Un tableau qui valait bien les nombreuses situations en couleurs résultant d'une jeune amitié à la campagne, entre les figures définitives de la vie rurale —

paysan, valet de ferme, pasteur, instituteur, postier, colpor-
teur, fromager, inspecteur de la Fédération syndicale des
producteurs de lait, élève des Eaux et Forêts et idiot du village
— persista de nombreuses années, exemplairement unique,
sans être photographié ; quelque part dans les dunes, adossé à
la forêt littorale avec ses lagons, Amsel travaille. Etalées,
rangées en bon ordre gisent à terre des pièces d'habillement de
coupes variées. Aucune mode ne prévaut. Lestés de bois flotté
ou de petits tas de sable, le treillis de la défunte armée
prussienne et le butin bigarré des crues, devenu raide comme
la morue sèche, sont empêchés de s'envoler. Chemises de nuit,
redingotes, falzars sans plafond, blouses de cuisine, camisoles,
souquenilles, uniformes de fantaisie ratatinés, rideaux avec
trous pour regarder au travers, corsets, devantiers, habits de
cocher, sangles abdominales contre les hernies, chauffe-tétons,
tapis mâchurés, intestins de cravates, fanions des fêtes de tir
et tout un trousseau de nappes et chemins de table, par leurs
relents attirent les mouches. La chenille-scolopendre des
chapeaux de feutre dur ou taupé, des casquettes, des bonnets,
des casques, des képis, des bérets, des bonnets de nuit, des
coiffes, des chapskas, des gibus, calots, doubles-décalitres,
capelines, cabriolets, panamas, décrit des méandres, va pour se
mordre la queue, gît brodée de mouches et attend de trouver
son emploi.

  Le soleil juxtapose des ombres portées à tout ce qui est piqué
dans le sable : lattes de clôtures, fragments d'échelles, rames à
haricots, les cannes lisses ou noueuses, les simples gourdins,
tels que les rejettent la mer et le fleuve ; ces ombres sont de
longueurs diverses et suivent la course du temps. De plus : une
montagne de ficelles, de fil d'archal, de cordages à demi
pourris, de cuir friable, de voilettes feutrées, de houppes de
laine et de bottes de paille, noircies de moisissure, telles
qu'elles glissent du toit délabré des granges. Des bouteilles
ventrues, des seaux à lait sans fond, des pots de chambre et des
pot-au-feu sont à part. Et, parmi tous ces stocks, étonnamment
leste : Eduard Amsel. Il sue, il marche nu-pieds sur les
chardons de rivage ; mais il ne s'aperçoit de rien ; il gémit,
grogne, rit tout seul, plante ici une rame à haricots, jette en
travers une latte, ajoute du fil de fer — en effet, il ne noue
rien ; il jette l'une contre l'autre des choses qui tiennent par
miracle — fait grimper à la rame sur trois tours et demi un
rideau brun-rouge lamé d'argent, permet à une poignée de
paille feutrée de faire la tête au-dessus du pot à moutarde,

préfère une casquette plate, échange le couvre-chef estudiantin contre un chapeau quaker, ravage la chenille de coiffures, disperse les mouches multicolores ; la durée d'un instant, il pense laisser prévaloir un bonnet de nuit et confirme enfin dans la fonction de couvre-chef un capuchon de cafetière matelassé, empesé par la dernière crue. Il comprend à temps qu'il manque à l'ensemble un gilet, un gilet luisant par-derrière ; parmi les hardes et guenilles moisies, il choisit et jette sans regarder, en biais sur l'épaule de sa créature, le gilet qui prend place sous le capuchon de cafetière. Voici déjà qu'il plante à gauche un bout d'échelle lasse, deux gourdins d'une toise en croix à droite, y croise un morceau de clôture large de trois lattes ; sur cette arabesque tarabiscotée, il jette un treillis raide qui tombe à point ; à l'aide d'un vieux ceinturon et de houppes de laine, il donne à cette figure quelque allure d'autorité militaire, car il la conçoit pour la mettre à la tête de son groupe ; puis il se charge de tissu, s'append de cuir, s'enlace de cordages, se coiffe d'une septuple casquette, et, dans une nuée de mouches, il évolue de côté, au sud-est et à tribord de sa troupe d'enfants perdus qui devient de plus en plus un groupe d'épouvantails, car dans les dunes, de l'élyme des sables, des pins du boisement littoral s'élèvent des oiseaux ordinaires et — vus sous l'angle de l'ornithologie — rares. Cause et effet : ils se rassemblent en une nuée au-dessus de l'atelier où vaque Eduard Amsel. Leurs pattes d'oiseaux inscrivent leur peur en signes de plus en plus serrés, abrupts et biscornus. Le texte renferme la racine Krah, laisse apparaître le cri marukruh d'un ramier, s'achève, quand il s'achève, en Pih ; mais il contient aussi des doses importantes d'ouebu, beaucoup de ökk, le räätch du col-vert et le beuglement du butor étoilé en guise de ferment. Toutes les frayeurs s'expriment, stimulées par l'industrie d'Amsel. Mais qui est-ce qui fait sa ronde sur les crêtes de dunes où ruisselle à petit bruit le sable, qui préserve la paix nécessaire à lépouvantravail de son ami ?

Ces poings sont à Walter Matern. Il a sept ans ; son regard gris parcourt la mer comme si elle lui appartenait. La jeune chienne Senta jappe aux vagues essoufflées de la Baltique. Perkun n'existe plus. Une des nombreuses maladies canines l'a emporté. Perkun engendra Senta. Senta, de la lignée de Perkun, mettra bas Harras. Harras, de la lignée de Perkun, engendrera Prinz. Prinz, de la lignée de Perkun Senta Harras — sans parler de la louve lituanienne qui hurla au début —

fera l'Histoire... mais pour l'instant Senta se contente d'aboyer
à la débile Baltique. Quant à lui, pieds nus dans le sable, par le
seul effet de sa volonté et grâce à une légère vibration qui,
partie des genoux, descend jusqu'à la plante des pieds, il peut
s'enfoncer de plus en plus profond dans la dune. Bientôt le
sable atteindra le bord retroussé, raidi de sel, de son pantalon
de droguet ; alors Walter Matern d'un bond exécuté de pied
ferme se dégage, éparpille du sable au vent, disparaît de sur la
dune ; Senta laisse là les courtes vagues ; tous deux ont sans
doute repéré quelque chose ; lui, brun et vert en droguet et en
laine ; elle noire et allongée, franchissent la première crête de
dune et plongent dans les folles avoines, puis émergent à
nouveau ailleurs — pendant ce temps, la mer a mollement
claqué six fois sur la plage — lentement, comme ennuyés. Ce
n'était rien du tout. Grumeaux d'air. Soupes de vent. Pas
même un lapin.

Mais là-haut, où venus de la baie de Putzig des nuages de
tailles passablement égales flottent devant un tablier bleu de
laveuse et se dirigent vers le Haff, les oiseaux ne veulent pas
interrompre leurs cris enroués ou stridents : c'est leur façon de
donner aux épouvantails presque achevés d'Amsel leur brevet
d'épouvantails achevés.

TREIZIÈME ÉQUIPE DU MATIN

Un calme dont on aurait voulu remercier quelqu'un régna
jusqu'à la fin de l'année dans les emprises de l'exploitation.
Sous la surveillance du chef porion Wernicke, les apprentis
lancèrent du haut du chevalement quelques jolies fusées
figurant notre marque de fabrique, l'oiseau bien connu.
Malheureusement la couche nuageuse était trop basse pour que
la féerie pût se développer de façon satisfaisante.

Faire des bonshommes : ce jeu pratiqué dans les dunes, au
sommet des digues ou dans une clairière du boisement littoral
où pullulaient les mûres bleues, fut affecté d'une signification
supplémentaire lorsqu'un soir — le bac avait déjà cessé son
trafic — Kriwe le passeur escorta le long du bois le maire de
Schiewenhorst accompagné de sa fillette à carreaux rouges et
blancs ; Eduard Amsel, sous la garde constante de son ami
Walter Matern et de la chienne Senta, avait aligné là, devant
l'escarpement brusque où s'amorçait la dune, six ou sept

produits de sa façon, sans toutefois les placer en ordre serré.

Le soleil se laissait choir au-dessus de Schiewenhorst, les amis lançaient des ombres allongées, l'ombre d'Amsel paraissait quand même plus pleine ; le soleil descendant prouvait à quel point ce gamin était gros ; plus tard, ils le deviendra davantage encore.

Tous deux restèrent immobiles quand Kriwe, son dos de travers et sa face de cuir, le fermier invalide Lau remorquant sa fillette arrivèrent avec trois ombres. Senta demeura vigilante et grogna brièvement, le regard vide — résultat d'une longue pratique — des deux gamins placés sur la crête de la dune dépassait les épouvantails alignés, la prairie en pente où habitaient les taupes, et s'égarait en direction du moulin à vent Matern. Il était au complet avec son mancheron sur son échafaud, et le tout était soutenu à hauteur de vent par un petit tertre circulaire ; mais il ne marchait pas.

Mais au pied du tertre, qui était là, debout, portant du côté droit un sac qui se cassait au-dessus de l'épaule ? C'était le blanc meunier Matern. Immobile comme la voilure, comme les deux garçons sur la crête de la dune, comme Senta, quoique pour d'autres motifs.

Kriwe étendit lentement son bras gauche aux doigts noueux couleur de cuir. Hedwige Lau, habillée en dimanche même les jours de semaine, enfonçait dans le sable la pointe de sa chaussure vernie noire à barrette. L'index de Kriwe pointait sur l'exposition Amsel : « Mon 'ieux. Les v'là, ce que j'avais dit. » Et son index évoluait minutieusement d'un épouvantail à l'autre. La tête approximativement octaédrique du cultivateur Lau suivit par rectifications successives l'index de cuir et, jusqu'à la fin de la présentation — il y avait sept épouvantails — il resta en retard de deux.

« Le gamin fait des épouvantails, mon 'ieux, il ne t'en reste pas un, d'oiseau. »

Comme la chaussure vernie fouillait le sable, le mouvement se transmettait à l'ourlet de la robe et aux nœuds de ruban assortis que la fillette portait à ses nattes. Le cultivateur Lau se grattait la tête sous sa casquette et repassait en revue, avec une lenteur déjà solennelle, les sept épouvantails, cette fois en sens inverse. Amsel et Walter Matern, à croupetons sur la crête de la dune, laissaient leurs jambes brimbaler inégalement dans la pente ; leurs regards demeuraient captifs de l'immobile voilure du moulin à vent. Les demi-bas à élastiques d'Amsel étranglaient au-dessous du genou ses mollets grassouillets : la chair rose se renflait en cuisse de poupée. Au pied du tertre, le meunier blanc demeurait figé. Son épaule droite cassait par le milieu le sac de cinquante kilos. Le meunier était bien visible ; au demeurant, il était bien ailleurs. « Si tu voulais, mon 'ieux, j' pourrais y demander au gamin pour voir ce que ça peut coûter un épouvantail comme ça, si ça coûte quéqu' chose. » Personne ne peut hocher la tête avec une lenteur égale à celle du maire de village Erich Lau. Sa fillette avait dimanche tous les jours. Senta, la tête oblique, suivait ou devançait tous les gestes ; car la chienne était trop jeune pour ne pas devancer obligatoirement des injonctions sans hâte. Quand on avait baptisé Amsel et que les oiseaux avaient donné un premier présage, Hedwige Lau nageait encore dans l'amnios. Le sable marin abîme les chaussures vernies. Kriwe, sur ses sabots, se tourna à demi vers la crête de la dune, cracha latéralement un jus brun qui boula dans le sable : « Dis voir, petit gars, on voudrait bien savoir ce que coûterait un épouvantail comme ça pou' l' jardin, si ça coûte quéqu' chose. »

Le lointain meunier blanc avec le sac cassé par le milieu sur l'épaule ne laissa pas tomber le sac, Hedwige Lau n'ôta pas du sable son soulier verni, mais Senta bondit brusquement sur place en soulevant la poussière quand Eduard Amsel se laissa dévaler du haut de la dune. Il roula deux fois sur lui-même. L'instant d'après, sur l'élan de ses deux roulades, il était entre les deux hommes en vestes de laine, juste devant le vernis fouilleur d'Hedwige Lau.

Là-bas, le lointain meunier blanc commença de gravir le tertre du moulin. Le soulier verni chômait, et un petit rire en miettes de petit pain sec commença d'émouvoir la robe et les nœuds de ruban rouges et blancs. Un achat devait être effectué. Le pouce renversé d'Amsel indiqua les souliers vernis. Le cultivateur Lau secoua opiniâtrement la tête : les souliers n'étaient pas à vendre, il les retirait provisoirement du commerce. L'offre de troc fit place au cliquettement de la devise dure. Tandis qu'Amsel et Kriwe, mais rarement le maire Erich Lau, calculaient en effaçant et ressuscitant des doigts, Walter Matern était toujours assis sur la crête de la dune et, à en croire les bruits qu'il faisait avec ses dents, élevait des objections contre une affaire que par la suite il appela « bedit gômerce ».

Kriwe et Eduard Amsel se mirent d'accord plus promptement que le cultivateur Lau ne pouvait hocher la tête. Déjà la fille grattait à nouveau avec son soulier. Un épouvantail faisait cinquante pfennigs. Le meunier n'était plus en vue. Le moulin travaillait. Senta était au pied. Pour trois épouvantails, Amsel demandait un florin. Par-dessus le marché, et non sans motif, puisqu'il désirait étendre son commerce, il demandait par épouvantail trois chiffons et, en guise de pot-de-vin, les souliers vernis à barrettes d'Hedwige Lau, dès qu'ils pourraient être considérés comme usés.

O jour de sobre solennité quand pour la première fois s'effectue une affaire ! Le lendemain matin, le maire chargea le bac de transporter les trois épouvantails sur l'autre rive, à Schiewenhorst, et il les fit planter dans son blé derrière la ligne de chemin de fer.

Lau, comme beaucoup de cultivateurs de Werder, cultivait ou bien de la variété Epp ou bien du blé de Cujavie ; c'étaient deux races sans barbe que cette circonstance exposait aux déprédations des oiseaux ; les épouvantails furent ainsi à même de donner leur mesure. Avec leurs chauffe-cafetières, leurs casques de paille, leurs baudriers croisés, ils pouvaient passer pour les trois derniers grenadiers du Ier Régiment de la Garde à la bataille de Torgau qui, selon Schlieffen, fut meurtrière. C'est dès cet âge tendre qu'Amsel laissa prévaloir sa dilection pour l'exactitude prussienne ; en tout cas les trois bonshommes firent leur effet : un silence de mort s'établit dans le blé d'été mûrissant, naguère livré aux ébats et aux bruyants pillages des oiseaux.

Cela se dit à la ronde. Bientôt vinrent des paysans des deux rives, de Junkeracker et de Pasewark, d'Einlage et de Schnakenburg, loin au fin fond du Werder, il en vint de Jungfer, de Scharpau et de Ladekopp. Kriwe servait d'intermédiaire ; mais Amsel n'augmenta pas ses prix d'emblée et, sur les représentations que lui fit Walter Matern, n'accepta qu'une commande sur deux, puis sur trois. Il se disait, et répétait à tous ses clients qu'il ne voulait pas bâcler l'ouvrage et ne produirait au plus qu'un épouvantail par jour, deux à la rigueur. Il refusa l'aide qu'on lui offrait. Seul Walter Matern avait le droit de l'aider ; il remontait des matériaux bruts des deux rives du fleuve et, de ses deux poings et avec l'aide d'un chien noir, continuait à protéger l'artiste et son œuvre.

Brauxel pourrait encore nous raconter qu'Amsel eut bientôt les moyens de louer pour peu de chose le hangar à Folchert ; il était certes un peu démoli, mais fermait toujours à clé. Dans ce réduit de bois qui passait pour hanté depuis qu'on ne savait qui s'était, à une époque quelconque, pour des raisons quelcon-

ques, pendu à l'une quelconque de ses poutres, sous un toit
donc bien fait pour inspirer tout artiste se trouvait entreposé
tout ce que la main d'Amsel devait faire vivre sous forme
d'épouvantail. Par temps de pluie, le hangar devenait atelier.
On y travaillait selon toutes les règles de l'art, car Amsel faisait
fructifier son capital et avait acheté à sa mère, au prix coûtant,
des marteaux, deux scies égoïnes, des perceuses, des pinces,
des chasse-clous et ce couteau de poche qui avait trois lames,
un poinçon, un tire-bouchon et une scie. Il en fit cadeau à
Walter Matern. Et deux ans plus tard Walter Matern, un jour
qu'il ne trouvait pas une pierre sur la digue de Nickelswade, le
lança dans la Vistule en crue. Nous sommes au courant.

QUATORZIÈME ÉQUIPE DU MATIN

Ces messieurs devraient prendre exemple sur le carnet
d'Amsel et tenir une comptabilité régulière. Combien de fois
Brauchsel a-t-il décrit à ses deux co-auteurs le processus de
travail ? Deux voyages aux frais de la firme nous réunirent et
nous mirent à même, ces messieurs ne manquant de rien, de
prendre des notes et d'élaborer un plan de travail et quelques
schémas. Et voici qu'au rebours de mon attente les questions
s'accumulent : « Quand le manuscrit doit-il être déposé ? Les
pages de manuscrit seront-elles à trente ou trente-quatre
lignes ? Etes-vous d'accord sur la forme épistolaire, ou bien
faut-il donner la préférence à une forme moderne, style
nouvelle vague française ? Suffit-il de décrire le ruisseau de
Striess comme une rigole allant de Hochstriess à Leegstriess ?
Ou bien faut-il faire mention de circonstances historiques,
comme le conflit de frontière entre la ville de Danzig et le
monastère cistercien d'Oliva ? Citer peut-être le bref de
confirmation que prit le duc Swantopolk, petit-fils de Subis-
law Ier, qui fonda le monastère ? Ce document est de 1235. Le
ruisseau de Striess y est nommé en relation avec le lac de
Saspe : « *lacum saspi usque in rivulum strieza...* » Ou bien le
document de confirmation de Mestwin II, en 1282, où le
ruisseau frontière de Striess est décrit comme suit : « *Praefa-
tum rivulum striesz usque in vislam...* » Ou bien les lettres
patentes confirmant dans toutes leurs possessions les monastères d'Oliva et de Sarnowitz, de l'an 1291 ? le ruisseau de Striess
y est une fois écrit Stricze, et, en un autre passage, il est dit :

« ... *Prefatum fluvium strycze cum utroque littore a laco colpin unde scaturit descendendo in Wislam...* »

Monsieur mon autre co-auteur ne lésine pas sur les questions, et toutes ses lettres sont parsemées du désir de toucher une avance. « ... peut-être m'est-il permis de rappeler que la convention verbale était la suivante : chaque co-auteur recevra dès le début du travail sur le manuscrit... » M. le Comédien doit toucher son avance. Cependant ces messieurs devraient tenir pour sacré le carnet d'Amsel, sinon en exemplaire original, du moins en photocopie.

C'est un livre de bord qui doit l'avoir inspiré. Sur tous les bateaux, même sur un bac, il faut en tenir un. Kriwe, un homme de cuir crevassé, sec comme le hareng, l'œil gris comme un ciel de mars, sans cils et légèrement de guingois : ça lui permet quand même de maintenir le bac à vapeur de guingois contre le courant quand il le pilote d'un débarcadère à l'autre. Chariots paysans, harengères avec paniers pleins de flétans, le pasteur, des écoliers, des voyageurs de passage, des représentants de commerce avec leur valise d'échantillons, les voitures et wagons du tacot du Werder, le bétail pour l'abattoir et le bétail sélectionné, les noces et les enterrements avec cercueil et couronnes, tout cela Kriwe, passeur bigle, le véhiculait outre-fleuve en inscrivant tout événement dans son livre de bord. Entre le ponton et la proue du bac, renforcée de tôle, on n'aurait pas plus glisser un pfennig, tant Kriwe savait aborder avec précision et sans heurt. De plus il fut pendant bien longtemps un représentant de confiance pour les amis Walter Matern et Eduard Amsel : à peine s'il demandait du tabac pour les affaires conclues ; de pourcentage, jamais. Quand le bac avait suspendu son trafic, il conduisait les deux garçons en des lieux que Kriwe était seul à connaître. Il suggérait à Amsel d'étudier ce qu'un saule peut recéler d'effroi ; en effet les théories artistiques de Kriwe et d'Amsel, toutes consignées plus tard dans le carnet, débouchaient sur cette proposition : « Il faut de préférence emprunter ses modèles à la nature. » Sous le nom de Haseloff, des années plus tard, Amsel, dans le même carnet, élargit la proposition en ces termes : « Tout ce qu'on peut empailler est dans la nature, par exemple la poupée. »

Mais le saule creux où Amsel conduisit ses amis secouait ses ramures et n'était pas encore empaillé. Le moulin, à plat sur le décor, travaillait. Lentement, le dernier tacot du soir entrait dans la courbe et sonnait plus vite qu'il ne roulait. Le beurre fondait, le lait tournait à l'aigre. Quatre pieds nus, deux bottés à l'huile de poisson. D'abord la pelouse sèche et les orties, puis du trèfle. Sauter deux clôtures, ouvrir trois portes de pâturage, escalader encore une clôture. De part et d'autre du ruisseau, les saules se rapprochaient d'un pas, reculaient d'un pas, esquissaient un demi-tour, avaient des hanches, des nombrils ; et un saule — car même parmi les saules il y a le maître-saule — était creux-creux ; trois jours plus tard Amsel fournit le remplissage : accroupi sur ses talons, grassouillet, souriant, il étudie l'intérieur d'un saule parce que Kriwe a dit comme ça... Et, prisonnier du saule, il passe en revue curieusement les saules à gauche et à droite du ruisseau : un surtout, il a trois têtes, il tient un pied au sec et baigne l'autre pied dans le ruisseau parce que jadis le géant Miligedo à la massue de plomb lui a marché sur son pied de saule ; c'est lui qu'Amsel choisit pour modèle. Et le saule demeure immobile, bien qu'on dirait qu'il est prêt à se sauver, d'autant que le brouillard monte du sol — le temps est jeune, c'est dans un siècle la rentrée des classes — et, venu du fleuve, crapahute sur les prairies et dévore les traces des saules qui bordent le ruisseau : seule bientôt la tête du saule tenant la pose flottera triple sur le brouillard et dialoguera entre elles trois.

Alors Amsel quitte son logement ; mais il ne veut pas rentrer chez lui où sa mère somnolente compulse ses livres de comptes et refait encore une fois tous les calculs ; il veut être là comme témoin à l'heure de l'allaitement dont parlait Kriwe. Walter Matern aussi. Senta est absente, car Kriwe a dit : « Mon 'ieux, n'emmenez pas le clebs ; il pourrait couiner et s'affoler quand ça commencera. »

Donc sans la chienne. Entre eux deux existe un trou ayant quatre pattes et une queue. Leurs pieds nus marchent en silence sur les prairies grises ; quand ils se retournent pour scruter le brouillard bouillant, ils sont pour crier : Ici ! Au pied ! Au pied ! mais ils restent silencieux, parce que Kriwe a dit... Des monuments devant eux : des vaches dans une soupe nébuleuse. Près des vaches, juste entre le chanvre de Beister et les pâtures de part et d'autre du ruisseau, couchés dans la rosée, ils attendent. Le gris des digues se dégrade en partant du boisement littoral. Au-dessus des vapeurs et des peupliers de la chaussée allant à Pasewark, le moulin à vent Matern érige sa voilure en croix. On dirait un découpage plat obtenu à la scie à chantourner. Il n'y a pas de meunier qui moule de si bonne heure le blé en farine. Les coqs se taisent encore, mais ne vont pas tarder. Les silhouettes rapprochées des neuf pins cembro de la grande dune, pareillement infléchies du nord-ouest au sud-est par le vent. Crapauds — ou bien des bœufs ? — ce sont des crapauds ou des bœufs qui mugissent. Les grenouilles, qui sont plus sveltes, disent leur prière. Moustiques sur un seul registre. Quelque chose, en tout cas pas un vanneau, lance un appel ou s'annonce. Toujours pas de coq. Les vaches, îles dans la brume, respirent. Le cœur d'Amsel galope sur un toit de tôle. Celui de Walter Matern enfonce une porte à coups de pied. Une vache beugle chaudement. Les autres vaches soufflent de leur ventre une chaleur d'intimité. Quel est ce bruit dans le brouillard ? Les cœurs sur la tôle et contre les portes, qui appelle qui, neuf vaches, crapauds, bœufs, mousti-ques... Et soudain — sans aucun signal précurseur — silence. Exeunt grenouilles, crapauds, bœufs, moustiques, rien n'ap-pelle, n'entend, ne répond ; des vaches se couchent, tandis qu'Amsel et son ami, réprimant leurs battements de cœur, collent leur oreille à la rosée, dans le trèfle : les voilà ! Un bruit de froissement provient du ruisseau. Les serpillères ont cette façon de sangloter, mais ordonné et sans crescendo — pluff, pluff, pchich... pluff, pluff, pchich. Des korrigans ? Des nonnes sans tête ? Des lutins, des trolls ? Qui va là ? Balderle, Aschmatei, Beng ? Le chevalier Peege Peegod ? L'incendiaire Bobrowski et son acolyte Materna qui est à l'origine de tout ? La fillette du roi Kynstute, qui s'appelait Tulla ? Voici qu'elles luisent : en pleine terre, riches en mucus, onze, quinze, dix-sept brunes anguilles de rivière veulent prendre un bain de rosée ; c'est leur heure ; elles glissent, poussent, filent dans le trèfle et ont une direction où elles coulent. Leur trace baveuse laisse le trèfle couché. Le silence tient en respect le chœur des crapauds, des bœufs, des moustiques. Les sveltes grenouilles se retiennent. Rien n'appelle, donc rien ne répond. Les vaches sont couchées au chaud sur leur flanc pie noir. Les pis se vantent ! fauves, jaunâtres, tendus comme chaque matin : neuf vaches, trente-six tétines, dix-huit anguilles. Elles se placent, se fixent pour téter, prolongent en noir brunâtre les tétines marquées de rose : ça suce, ça boit, ça en prend pour sa soif. Au début, les anguilles tremblent. Qui fait plaisir à qui ? Ensuite les vaches laissent l'une après l'autre tomber dans le trèfle leurs têtes alourdies. Le lait coule. Les anguilles se gonflent. De nouveau, les crapauds beuglent. Les moustiques repartent. Les grenouilles légères. Toujours pas de coq, mais Walter Matern a une voix grossie. Il voudrait y aller et les prendre à la main. Ce serait facile, enfantin. Mais Amsel ne veut rien entendre ; déjà il conçoit un projet. Les anguilles retournent au ruisseau. Les vaches soupirent. Le premier coq. Le moulin va lentement. Le tacot sonne en abordant la courbe. Amsel décide de construire un nouvel épouvantail.

Il fut frappant ; on put obtenir pour rien une vessie de cochon, car on avait tué chez Lickfett. Cela rendait la rotondité du pis. La peau fumée de vraies anguilles, bourrée de paille et de fil de fer roulé en boudin fut cousue et fixée à la vessie ; à l'envers, car les anguilles, pareilles à de gros cheveux serpentaient dans l'air et faisaient l'appui renversé sur le pis. La tête de Méduse montée sur deux perches fourchues, fut hissée au-dessus du blé de Karweise.

Et tel que Karweise avait acheté l'épouvantail — plus tard, on lui jeta en guise de manteau sur ses deux perches fourchues la peau trouée d'une vache noire — tel le nouvel épouvantail fut inscrit par Amsel, d'abord à l'état de projet — sans manteau et plus efficient — puis à l'état de produit fini, avec la peau brute en lambeaux — dans son carnet-journal.

QUINZIÈME ÉQUIPE DU MATIN

M. le Comédien fait des difficultés ! Tandis que Brauxel et le jeune homme écrivent chaque jour — le premier travaille sur le carnet d'Amsel, le second sur sa cousine, à qui il écrit des lettres — l'autre a ramassé au début de l'année une légère grippe. Il doit décrocher, il n'a pas les soins qu'il faudrait, il a toujours été sujet en cette saison, il demande à nouveau qu'on lui permette de rappeler cette avance promise. Le mandat est parti, M. le Comédien ! Mettez-vous en quarantaine, M. le Comédien ; cela ne saurait nuire à votre manuscrit. Ô Joie austère de pouvoir être zélé : il y avait un carnet-journal où Amsel notait en merveilleux caractères Sütterlin fraîchement appris à l'école ce qu'il avait dépensé pour confectionner des épouvantails de champ ou de jardin. La vessie de cochon ne coûta rien ; quant à l'inutilisable peau de vache brute, Kriwe la lui fournit contre deux carottes de tabac à chiquer.

Solde est un beau mot bien rond. Il y avait un journal où Amsel enregistrait en chiffres ventrus ou anguleux ce qu'il avait perçu pour la vente de divers épouvantails. Les anguilles au pis rapportèrent un florin sonnant.

Eduard Amsel tint ce journal deux ans à la file ; il traça des lignes verticales et horizontales, calligraphia du Sütterlin à pointes et du Sütterlin aux mille arabesques, ajouta au dossier de quelques épouvantails des schémas de construction et des études de couleurs ; il perpétua ainsi presque tous les épouvantails qu'il avait vendus et, après coup, se donna des notes à l'encre rouge ainsi qu'à ses productions. Plus tard, étant lycéen, il mit de côté le petit cahier plusieurs fois cassé et relié de toile cirée noire fragile ; des années plus tard, quand il dut fuir la cité vistulienne pour enterrer sa mère, il le retrouva dans une caisse servant de banquette. Parmi les reliques de son père, les livres sur les batailles et les héros de la Prusse, sous le livre épais d'Otto Weininger, le journal avait été conservé ; il avait encore une bonne douzaine de pages disponibles qu'Amsel, par la suite, sous les espèces de Haseloff et de Bouche d'Or, remplit irrégulièrement de sentences, à des années d'intervalle.

Aujourd'hui Brauxel, dont un procuriste et sept employés tiennent les livres, possède l'émouvant fascicule dans des fragments de toile cirée. Non pas qu'il utilise comme guide-âne le délicat document original ! Il est dans le coffre-fort avec les contrats, les papiers de valeur, les licences et les secrets élaborés par l'entreprise, tandis qu'une photocopie du journal, placée entre un cendrier lardé de mégots et une tasse tiède de café matinal, sert de document pour le travail.

La première page du cahier est remplie d'une seule phrase plutôt peinte qu'écrite : « Epouvantails faits et vendus par Eduard-Heinrich Amsel. »

Là-dessus, presque en manière de devise, écrit plus petit et sans date : « Commencé à Pâques parce qu'on ne doit rien oublier. Kriwe l'a dit l'autre jour. »

Maintenant Brauksel est d'avis qu'il n'est guère sensé de reproduire la diction patoise écrasée du jeune écolier Eduard Amsel, huit ans ; en tout cas le charme de cette langue, destinée à s'éteindre avec les fédérations de réfugiés, pourrait rendre service, comme langue morte, par exemple comme le latin, tant qu'il s'agit de rédiger ce manuscrit au style direct. Brauchsel ne devrait écrire en patois que pour ouvrir la bouche à Amsel, à son ami Walter, à Kriwe ou à la grand-mère Matern quand ils parlent werdérien. Quand on citera le journal, on pourra chercher la valeur du cahier non pas dans l'orthographe hardie de l'écolier de village, mais plutôt dans les efforts précoces et conséquents qu'il fit pour élaborer l'épouvantail ;

telle est du moins l'opinion de Brauchsel ; on ne saurait donc que styliser le style écolier d'Amsel, moitié en patois, moitié en contrefaçon, par exemple comme ceci : « Jourd'hui après traire, 1 florin de plus pour l'épouvantail qu'est sur un pied et qu'à l'autre en biais que c'est Wilhelm Ledwormer qui l'a u. Avait aussi un casque d'ulan et un bout de doublure dedans que c'était de la chèvre. »

Brauksel, plus honnêtement, tente de fournir la description des croquis d'accompagnement : avec un tas de crayons de couleurs : brun, cinabre, lilas, vert végétal, bleu de Prusse ; mais le trait pur ne suffit pas à montrer leur force de coloris ; il faut au contraire les superposer pour restituer la caducité de vêtements usagés ; c'est ainsi qu'a été fixé cet épouvantail « qu'est sur un pied et qu'a l'autre en biais », après coup et non pas en étude préliminaire. A côté du dessin aux crayons de couleurs, on est surpris de l'authentique esquisse de construction, jetée en quelques traits noirs et encore fraîche ! La position « qu'est sur un pied » est indiquée par une échelle légèrement inclinée vers l'avant ; la position « qu'a l'autre en biais » ne peut être que cette perche qui, placée à un angle de quarante-sept degrés, tente une attitude en s'écartant à gauche de l'échelle à la façon d'un danseur, tandis que l'échelle tend discrètement vers la droite. L'esquisse de construction, mais aussi le dessin aux crayons exécuté après coup, soit le portrait d'un danseur ayant sur lui le tardif reflet d'un uniforme de grande tenue tel qu'en portaient jadis, à la bataille de Liegnitz, les mousquetaires du régiment d'infanterie du prince d'Anhalt-Dessau.

Bref, le journal d'Amsel grouille d'épouvantails en uniforme : voici un grenadier du troisième bataillon de la Garde donnant l'assaut au cimetière de Leuthen ; le pauvre homme de Toggenburg, dans le régiment d'infanterie von Itzenplitz ; ici capitule, à Maxen, un hussard de Bellingen ; des uhlans bleu et blanc de Natzmer et des dragons de Schorlem combattent à pied ; bleu à revers rouge, survit un fusilier du régiment Baron de la Motte-Fouqué ; bref, tout ce qui, pendant sept ans de guerre, et même avant, s'était battu entre la Bohême, la Saxe, la Silésie et la Poméranie, ce qui réchappa de Mollwitz, perdit sa tabatière à Katholisch-Hennersdorf, prêta serment à Frédéric à Pirna, déserta à Kolin et acquit à Rossbach une prompte gloire, tout cela revenait vivant sous les mains d'Amsel ; mais cela ne servait plus à chasser une vague armée d'Empire, mais les oiseaux du delta de la Vistule.

Tandis que Seydlitz devait reconduire le sire de Hildburghau-
sen — « voilà qu'au moins mon martyre est fini » — par
Weimar, Erfurt, Saalfeld, jusqu'au Main, les paysans Lickfett,
Mommsen, Beister, Folchert et Karweise se tenaient pour
satisfaits quand les épouvantails attestés au journal d'Amsel
faisaient lever les oiseaux du delta, les chassaient du blé sans
barbe variété Epp et leur assignaient pour séjour les marronniers, les saules, les aulnes, peupliers et pins de rivage.

SEIZIÈME ÉQUIPE DU MATIN

Il exprime ses remerciements. Il téléphone, en P.C.V.
naturellement, sept bonnes minutes de suite : l'argent est
arrivé, il va déjà mieux, la grippe a dépassé son point
culminant, va déclinant, demain, au plus tard après-demain il
se remet à la machine ; comme il le fut déjà mentionné, il est
malheureusement dans l'obligation d'écrire directement à la
machine, car il ne se sent pas capable de lire sa propre écriture ;
mais à ce qu'il paraît il aurait eu des idées excellentes pendant
son attaque de grippe... Comme si les idées écloses dans la
fièvre pouvaient à température normale garder leur valeur
d'idées. M. le Comédien ne croit guère à la comptabilité en
partie double bien que Brauxel, après avoir des années durant
calculé pour lui de minutieux bilans, lui ait permis de dégager
laborieusement un solde créditeur.

Il se peut qu'Eduard Amsel, disciple doué, ne se soit pas
contenté d'apprendre la tenue de livres dans le seul livre de
bord de Kriwe, mais qu'il ait pris aussi exemple sur sa mère
quand, jusqu'aux heures de la soirée, elle soupirait sur ses
livres de compte ; sans doute l'aidait-il à inscrire, classer,
récapituler.

Charlotte Amsel, née Tiede, malgré les difficultés économi-
ques des années d'après-guerre, sut maintenir en vie la firme
A. Amsel et même, ce que le défunt n'aurait jamais osé en
temps de crise, la transformer et l'élargir. Elle commença à
tenir commerce de cotres de pêche achetés tout neufs aux
chantiers Klawitter, ou d'occasion qu'elle faisait radouber à
Strohdeich, ainsi que de moteurs hors-bord. Elle vendait les
cotres ou les louait — ce qui rapportait davantage — à de
jeunes pêcheurs venant de se marier.

Eduard était trop respectueux pour jamais reproduire sous

forme d'épouvantail, même allusivement, les traits de sa mère ; en revanche il copiait avec un acharnement redoublé, depuis l'âge de sept ans, la clientèle du magasin : quand elle louait des cotres de pêche, lui plaçait des épouvantails extra-stables, confectionnés exprès pour la location. Plusieurs pages du journal attestent combien de fois et à qui furent loués des épouvantails. Par totalisation verticale Brauxel suppute ce qu'ils rapportèrent à Amsel en distribuant de l'épouvante : un joli denier. Ici, nous nous contenterons de citer en particulier un seul épouvantail qui, si à la vérité il ne fut pas d'un rapport exceptionnel, influença de façon décisive le déroulement de notre récit et, par là, l'évolution des épouvantails.

Après l'étude des saules au bord du ruisseau, Amsel avait construit et vendu un épouvantail mettant en œuvre le motif des « Anguilles buvant du lait » ; naquit alors, sur les mesures du saule tricéphale, ainsi que sur le modèle de la grand-mère Matern brandissant la cuiller de bois et grinçant des dents, une maquette qui fut également enregistrée dans le journal d'Amsel. Mais à côté du croquis de montage était inscrite une phrase qui mettait cette production en relief par rapport à toutes les autres : « Faut le démolir jourd'hui pasque Kriwe a dit on n'en aura que des ennuis. »

Max Folchert, qui puait quelque peu au nez de la famille Matern, avait loué selon tarif chez Amsel l'épouvantail hybride, moitié saule moitié grand-mère, et l'avait planté dans son jardin qui touchait la chaussée menant à Stutthof et faisait face au potager Matern, juste contre la clôture. Il s'avéra bientôt que l'épouvantail d'emprunt ne faisait pas que chasser les oiseaux ; il rendait ombrageux les chevaux de telle sorte que, prenant le mors aux dents, ils détalaient en faisant feu des quatre fers. Les vaches rentrant à l'étable se dispersaient affolées quand le saule brandissant la cuiller jetait son ombre sur le chemin. A tout ce bétail effarouché s'associait la pauvre Lorchen aux cheveux frisés qui chaque jour avait à souffrir de la grand-mère à cuiller de bois. Et voilà qu'elle était persécutée par une autre grand-mère, qui par-dessus le marché avait trois têtes et s'était déguisée en saule ; Lorchen fut à ce point prise en tenaille qu'on la voyait errer éparse au vent par les champs et la pinède, sur les dunes et les digues, par la maison et le jardin ; peu s'en fallut qu'une fois elle ne se mît dans la voiture tournante du moulin ; heureusement le frère de Lorchen, le meunier Matern, put la retenir par son tablier. Sur les conseils de Kriwe, et contre le gré du vieux Folchert qui, par la suite, fut prompt à demander restitution d'une partie de la taxe locative, Walter Matern et Eduard Amsel durent détruire l'épouvantail au cours de la nuit.

Ainsi donc pour la première fois un artiste avait dû comprendre que ses œuvres, à condition d'être assez intensément inspirées de la nature, n'avaient pas de pouvoir contre les seuls oiseaux du ciel, mais aussi contre les chevaux et les vaches, voire contre la pauvre Lorchen, donc contre l'homme, qu'elles pouvaient troubler la paisible démarche de la vie rurale. Cette vue philosophique coûta au jeune Amsel le sacrifice d'un de ses épouvantails les mieux réussis ; par la suite, il ne prit plus jamais modèle sur les saules, bien qu'à l'occasion, par temps de brouillard bas, il trouvât place dans un saule creux ou jugeât dignes de remarque les anguilles assoiffées rampant du ruisseau jusqu'aux vaches étendues. Il évita prudemment d'associer l'homme à l'arbre et, par un contrôle qu'il s'imposa de lui-même, ne choisit plus pour modèles que les paysans du Werder : anguleux, anodins, ils étaient suffisamment efficaces, traités en épouvantails. Sous l'aspect de grenadiers, fusiliers, caporaux, enseignes et officiers du roi de Prusse, il fit planer le menu peuple agreste par-dessus les jardins, le blé et le seigle. Il perfectionna tranquillement son système de location et se rendit même coupable de corruption — l'affaire n'eut pas de suite — en induisant par des cadeaux judicieux un contrôleur du tacot du Werder à transporter gratuitement dans les wagons de la compagnie les épouvantails locatifs d'Amsel — ou l'histoire de la Prusse, rendue utile à quelque chose.

DIX-SEPTIÈME ÉQUIPE DU MATIN

Le comédien proteste. La grippe finissante n'a pu l'empêcher d'étudier avec minutie les plans de travail de Brauxel, qui furent envoyés à tous les co-auteurs. Il ne lui convient pas que le meunier Matern se voie élever un monument pendant cette équipe du matin. Il trouve que ce droit lui revient. Brauksel qui craint pour la cohésion de son collectif d'auteurs, renonce au tableau grandiose, mais insiste pour refléter cette partie du meunier qui a déjà jeté ses lumières sur le journal d'Amsel.

Si, à l'âge de huit ans, il épluchait de préférence les champs de bataille de la Prusse à la recherche de costumes sans maîtres, il y avait pourtant un modèle, le susdit meunier Matern, qui était copié au naturel sans addition d'ingrédient prussien, avec son sac de farine sur l'épaule.

Cela donnait un épouvantail de guingois, car le meunier était tout de travers. Parce qu'il jetait sur l'épaule droite les sacs de grain et de farine, cette épaule était plus large d'un travers de main si bien que n'importe qui, voyant le meunier de face, devait combattre le désir irrésistible de prendre à deux mains la tête du meunier et de la remettre en ordre. Comme il ne se faisait tailler sur mesure ni ses blouses de travail ni ses habits du dimanche, tout ce qu'il mettait en guise de veste, de blouse ou de manteau semblait aller de travers, faisait des plis autour du cou, avait à droite une manche trop courte et des coutures éclatées en permanence. Il clignait sans arrêt de l'œil droit. De ce même côté du visage, même quand il portait sur l'épaule droite un sac de cent livres, ça lui remontait le coin de la bouche, le nez suivait. De plus — et c'est pourquoi ce portrait est dessiné — son oreille droite écrasée, froissée, collait au crâne, chargée latéralement depuis des décennies par mille quintaux et davantage, tandis que son oreille gauche, par comparaison, mais de naissance, était fortement écartée. A proprement parler, le meunier Matern, vu de face, n'avait qu'une oreille ; mais l'oreille manquante, ou seulement reconnaissable en bas-relief, était la plus importante.

Il ne rentrait pas tout à fait dans ce monde, quoiqu'il y rentrât plutôt que la pauvre Lorchen. On se racontait dans les villages que la grand-mère Matern, quand il était petit, lui avait trop souvent pris sa mesure avec la louche. On rapportait au bandit et incendiaire médiéval Materna, qui avec son acolyte périt dans la Tour de Justice, les pires conséquences. Les mennonites durs et mous se confiaient, et le mennonite dur, sans poches, Simon Beister affirmait que le catholicisme ne réussissait pas aux Matern ; surtout le gamin, qui était toujours à traîner avec le gros Amsel d'en face, avait quand il grinçait des dents un air diaboliquement catholique ; on n'avait qu'à regarder le chien ; même la damnation éternelle ne pouvait être plus noire. Au demeurant, le meunier Matern était d'une nature plutôt douce et — comme la pauvre Lorchen — avait à peine d'ennemis dans les villages ; en revanche, on l'y moquait ferme.

L'oreille du meunier — et quand on dit l'oreille du meunier, c'est toujours à la droite qu'on pense, adhérente, écrasée par les sacs de farine — l'oreille du meunier donc est deux fois

digne d'être mentionnée : d'abord parce qu'Amsel, dans un
épouvantail qu'il nota dans son journal comme schéma de
construction, la laissa hardiment choir ; une seconde fois parce
que cette oreille de meunier était sourde à tout bruit coutumier
comme toux, parole, prêche, cantique, cloches de vaches,
forgeage de fers à cheval, à tout aboiement de chien, chant
d'oiseau, cricri de grillon, et en revanche ultra-sensible, et cela
jusqu'au niveau du murmure, du chuchotis, des messes basses,
à tout ce qui était discuté à l'intérieur d'un sac de graine, d'un
sac de farine. Que ce fût du froment nu ou à barbe, à peine
cultivé dans le Werder ; qu'il fût battu d'une céréale à l'axe
fibreux ou cassant ; de grain de brasserie, de blé à semoule, de
blé à farine, de blé à nouilles ou d'amidonnerie, vitreux, demi-
vitreux, farineux, l'oreille du meunier, sourde à tout autre
bruit, reconnaissait au bruit quel pourcentage de graines de
vesce, de grains charbonnés ou germés il contenait. Il reconnaissait aussi à l'oreille la variété d'échantillons qu'il n'avait
pas vus : Frankenstein jaune pâle, multicolore de Cujavie,
Probstein rougeâtre, froment rouge qui, sur sol limoneux,
fournit un bon grain de brasserie, blé anglais à grosse tête et
deux variétés qu'on cultivait dans le Werder à titre expérimen-
tal : blé Urtoba sibérien d'hiver et Schliephackes blanc, variété
n° 5.

L'oreille sourde du meunier se montrait encore plus fine
quand il s'agissait de farine. En qualité de témoin auriculaire,
il percevait combien le sac contenait de charançons, nymphes
et larves comprises, combien d'ichneumons et de teignes du
blé y habitaient ; de même il pouvait, l'oreille collée au sac,
dire exactement combien de vers de farine — ténébrio molitor
— se trouvaient dans un quintal de farine de blé. De plus — et
cela est étonnant en vérité — grâce à son oreille aplatie il savait
aussitôt ou après quelques minutes de guet supersensible
combien de morts avaient à déplorer les vers de farine vivant
dans le sac ; l'œil droit fermé, le coin de la bouche remonté à
droite, et le nez à la suite, il opinait non sans rouerie que le
bruit causé par les vers de farine vivants révélait le chiffre des
pertes en vermine décédée.

Les Babyloniens plantaient un blé dont les grains étaient
gros comme des pois, dit Hérodote ; mais peut-on accorder
créance à Hérodote ?

Le meunier Anton Matern rendait des avis détaillés sur le
grain et la farine : croyait-on le meunier Matern ?

L'essai fut fait à l'estaminet Lührmann, entre la ferme

Folchert et la fromagerie Lührmann. L'estaminet s'y prêtait et avec dans ce domaine un passé visible. Il y avait là, premièrement, planté dans la table de bois, un clou d'un pouce, prétendument de deux pouces qu'Erich Block, brasseur à Tiegenhof, avait, pour voir, enfoncé dans le madrier de son poing nu et d'un seul coup ; deuxièmement le plafond blanchi à la chaux de la salle d'auberge portait des marques d'une autre sorte : des empreintes de bottes, une douzaine environ, émettaient l'inquiétante impression que, la tête en bas, quelque individu de provenance succube, s'était promené au plafond du débit. Ç'avait été une sobre démonstration de force quand Hermann Karweise, prenant un représentant de l'assurance-incendie qui mettait en doute la force de Karweise, l'avait à plusieurs reprises, tête au plancher, semelles en l'air, lancé contre le plafond en rattrapant chaque fois son homme pour qu'il ne se fît pas de mal et que par la suite il pût considérer de quoi avaient l'air, marquées au plafond de l'estaminet, les empreintes de ses chaussures, preuves d'une épreuve de force effectuée dans le Werder.

Quand Anton Matern subit l'examen, il n'y fut guère question de force — le meunier faisait chétif — plutôt d'esprit. C'est dimanche. Porte et fenêtres closes. Dehors reste l'été. Seuls, quatre attrape-mouches bruyants rappellent la saison sur quatre notes différentes. Dans la table, le clou d'un pouce ; les empreintes de souliers sur le plafond gris, jadis blanchi à la chaux. Les habituelles photos de fêtes de tir et récompenses. Peu de bouteilles en verre vert bouteille, contenant de l'eau-de-vie, sur le rayon. Le gros tabac canastre, les cirages et le petit-lait se puent réciproquement à l'odeur ; courte victoire de l'haleine alcoolisée qui a pris son élan la veille au soir. Ils parlent, chiquent, parient. Karweise, Momber et le jeune Folchert mettent comme enjeu un tonnelet de bière Bock de Neuteich. Silencieux, couvant un petit verre d'Electeur — ici personne ne s'en jette que les citadins — le meunier Matern engage un tonnelet identique. Lührmann, de derrière le comptoir, rapporte le sac de vingt livres et, le crible à farine en main, se tient prêt à la contre-épreuve. D'abord, le temps qu'il se concentre, le sac reste à plat sur les mains du meunier bougrement de guingois, puis il couche le coussin contre son oreille aplatie. Aussitôt, comme personne ne chique plus, ne parle patois, à peine si on souffle sa rogomme, les attrape-mouches haussent le ton : que vaut le chant de cygnes mourants au théâtre en regard du thrène funèbre de mouches versicolores dans le plat pays ?

Lührmann a glissé sous la main libre du meunier une table d'ardoise avec un crayon attaché à l'aide d'une ficelle. Sont marqués dessus, puisqu'il s'agit d'un recensement : primo Larves ; secundo Nymphes ; tertio Vers. Le meunier est toujours à l'écoute. Les mouches bourdonnent, le petit-lait et les cirages prédominent, parce que chacun retient son haleine au tord-boyau. Alors la main maladroite rampe — car à droite le meunier soutient légèrement le sac — sur la table de bois et atteint la table d'ardoise : derrière larves, le style griffe un raide dix-sept. Vingt-deux nymphes, écrit-il. L'éponge efface ; et à mesure que sèche la tache humide, on lit avec davantage de netteté qu'il n'y a que dix-neuf nymphes ; huit vers vivants habiteraient dans le sac. Et en guise de supplément le meunier inscrit sur l'ardoise sonore : « Vers morts dans le sac : cinq. » L'instant qui suit, et l'haleine alcoolisée submerge la domination des cirages et du caillé. Quelqu'un a mis moins fort le chant d'adieu des mouches. Lührmann, avec le tamis, prend de l'importance.

Pour en finir brièvement : le total annoncé de larves parcheminées, molles, cornées seulement aux pointes, bien développées, dites vers de farine, était exact à l'unité près. Seul manquait un ver mort sur les cinq annoncés à l'estime ; peut-être, sûrement que desséché et fragmenté il a pu traverser le tamis.

Ainsi le meunier Anton Matern reçut son tonnelet de bière double de Neuteich et donna aux personnes présentes, surtout à Karweise, à Momber et au jeune Folchert, qui avaient parié la bière, une prophétie en guise de consolation et de viatique pour rentrer chez eux. Comme ça, et tout en épaulant le tonnelet où, l'instant d'avant, était situé le sac de farine interrogé, il causait comme par ouï-dire : lui, le meunier à l'oreille aplatie, tandis que les vingt livres étaient sur le côté de sa tête, avait nettement entendu, avec son oreille aplatie, plusieurs vers de farine — il ne pouvait dire exactement combien, car ils parlaient pêle-mêle — donner leur avis sur les perspectives de la récolte. On pourrait, selon les vers de farine, couper le blé Epp une semaine avant les Sept-Frères, et le blé de Cujavie, de même que le Schliephackes variété n° 5, deux jours après les Sept-Frères.

Des années avant qu'Amsel construisît un épouvantail copié sur le meunier clairvoyant, une expression et salutation obtint droit de cité : « Salut, l'ami ; qu'est-ce que dit le ver de farine à Matern. »

Qu'on en sourie ainsi ou autrement : beaucoup questionnaient le meunier pour qu'à son tour il questionnât le sac rebondi qui donnait des renseignements : quand planter le blé d'hiver, quand le blé d'été ; le sac qui savait assez exactement quand il faudrait couper, quand il faudrait rentrer la récolte. Avant même que l'épouvantail fût construit et eût été dessiné sous forme de croquis de montage dans le journal d'Amsel, le meunier publia d'autres pronostics, sinistres ceux-là, qui, jusqu'à ce jour où le comédien de Düsseldorf veut faire du meunier un édifice monumental, se sont vérifiés plutôt dans le genre sinistre que dans le genre gai.

Car il ne voyait pas que des menaces d'ergot vénéneux, des chutes de grêle à hauteur d'assurance, des légions de mulots dans un proche avenir ; il prophétisa à un jour près les effondrements de la cote à la bourse des céréales de Berlin ou de Budapest, les krachs bancaires de l'année 30, la mort d'Hindenburg, la dévaluation du florin danzigois en mai 35 ; le jour où les armes prirent la parole lui fut aussi prédit par les vers de farine.

Naturellement, grâce à son oreille plate, il en savait sur la chienne Senta, qui mit bas Harras, plus que la chienne n'en avait l'air, quand elle était à côté du meunier, noire.

Après la grande guerre en revanche, quand le meunier campait entre Krefeld et Düren avec sa carte de réfugié, il savait toujours lire dans un sac de vingt livres, qui avait traversé avec lui l'exode et les calamités de la guerre... Mais aux termes de l'accord passé entre les auteurs du collectif, ce n'est pas Brauxel, mais M. le Comédien, qui racontera cette histoire.

DIX-HUITIÈME ÉQUIPE DU MATIN

Corbeaux dans la neige — quel sujet ! La neige encapuchonne les excavatrices et les treuils du temps où l'on extrayait la potasse. Brauxel fera brûler la neige ; qui en effet consentirait à ce spectacle : corbeaux dans la neige qui, si on les regarde longtemps, se transforment en nonnes dans la neige : la neige doit disparaître. Avant de rentrer à l'abri, les hommes de l'équipe de nuit doivent faire une demi-heure supplémentaire

payée ; ou bien Brauksel fera monter du niveau 790 les modèles
neufs déjà testés, pour les mettre en action sur le terrain
enneigé : Perkunos, Pikollos, Potrimpos — alors les corbeaux
aussi bien que les nonnes pourront voir à voir, et il n'y aura
plus besoin de brûler la neige. Sans mouchetures, elle s'éten-
dra devant la fenêtre de Brauchsel et sera descriptible !

Et la Vistule coule, et le moulin moud, et le tacot roule, et le
beurre fond, et le lait s'épaissit ; un peu de sucre dessus, et la
cuiller y tient debout, et voici le bac, et le soleil s'en va,
revient, et le sable marin marche, et la mer lèche le sable... Les
enfants courent pieds nus, trouvent des mûres bleues et
cherchent de l'ombre et marchent sur des chardons et déterrent des souris et grimpent nu-pieds dans des saules creux...
Mais qui cherche de l'ombre, marche sur les chardons, grimpe
dans le saule et déterre la souris, trouvera dans la digue une
fille morte et toute desséchée : Tulla Tulla, c'est la petite
enfant du duc Swantopolk ; elle n'arrêtait pas, avec sa pelle, de
chercher des souris dans le sable, mordait à belles incisives, ne
portait jamais de bas ni de souliers : les enfants courent pieds
nus, et les saules s'ébrouent, et coule coule la Vistule, et le
soleil tantôt se couche et tantôt reparaît, et le bac s'approche ou
s'en va, ou bien reste amarré et grince tandis que le lait se
prend au point que la cuiller y tient debout toute seule, et
lentement roule le tacot qui sonne à toute vitesse en abordant le
virage. Le moulin aussi fait tic-tac par vent de huit mètres-
seconde. Et le meunier entend ce que dit le ver. Et les dents
grincent quand Walter Matern promène ses dents de gauche à
droite. De même la grand-mère : à travers le jardin elle
pourchasse la pauvre Lorchen. Noire et pleine, Senta se fraie
un chemin à travers un espalier de haricots grimpants. Car elle
s'approche, effrayante, lève un bras anguleux : et dans la main
du bras est placée la louche de bois, qui jette une ombre sur la
pauvre Lorchen folle et grandit, engraisse de plus en plus...
Mais aussi Eduard Amsel, qui regarde partout et n'oublie rien,
parce que son journal garde tout, demande à présent un peu
davantage : un florin vingt pour un seul épouvantail.

Voici pourquoi. Depuis que M. Olschewski, dans l'école
basse, parle de tous les dieux qu'il y eut jadis, encore
aujourd'hui, qu'il y avait déjà en ce temps-là, Amsel est
adonné à la mythologie.

Au début, il arriva que le chien de berger d'un brandevinier
vint par le tacot avec son maître de Stutthof à Nickelswalde.
L'animal s'appelait Pluto, avait un pédigree sans tache et dut

couvrir Senta, et ce avec succès. Dans l'école basse, Amsel voulut savoir ce que voulait dire Pluto. M. Olschewski, un jeune instituteur enragé de réformes, qui aimait s'inspirer des questions posées par les élèves, remplit désormais les heures inscrites au programme comme « Etude du milieu local » de verbeuses histoires où régnèrent d'abord Wotan, Baldur, Hera, Fafnir, l'Egyptienne Isis. Il redondait d'une éloquence toute particulière quand il logeait, dans les branches gémissantes des chênes, les vieux dieux borusses Perkunos, Pikollos, Potrimpos.

Naturellement Amsel ne se contentait pas d'écouter ; il transposait avec art ce qui prenait place au journal : il animait Perkunos incandescent à l'aide de taies d'oreiller recuites où des gens étaient morts. Un billot de chêne crevassé où Amsel avait coincé à gauche et à droite des fers à cheval usés, où il avait greffé dans les fissures des plumes de queue de coqs abattus, faisait la tête de Perkunos. L'épouvantail rougeoyant, parfaite image d'un dieu du feu, ne resta que peu de temps exposé sur la digue ; tout de suite il fut placé pour un florin vingt et prit le chemin de Ladekopp, à l'intérieur du Werder.

Le blême Pikollos dont on dit qu'il regardait toujours de bas en haut et qui de ce fait gérait aux temps païens les affaires de la mort ne fut pas confectionné avec les dessus-de-lits de jeunes ou de vieux défunts ; il était trop simple de costumer le dieu de la mort avec des linceuls. Mais — un déménagement fournit les accessoires — une robe de mariée raide, jaunâtre, cassante, sentant le musc et la crotte de souris en fit les frais. Cette garde-robe, virilement drapée, donna à Pikollos un effrayant prestige ; et le dieu, quand l'épouvantail de la mort nuptiale fut vendu à un maraîcher de Schusterkrug, rapporta deux florins net.

Quant à Potrimpos, le jeune éphèbe toujours rieur, à l'épi de blé entre les dents, si frappant qu'il apparût sous la main inspirée d'Amsel, il ne rapporta qu'un florin, bien que Potrimpos protégeât les semailles d'automne et de printemps contre la nielle, la sanve et le lierre terrestre, les chiendents, les vesces et le pourpier, ainsi que du toxique ergot de seigle. Plus d'une semaine, le jeune épouvantail resta offert sur la digue ; le corps était de noisetier argenté en papier d'étain, ceinturé de peaux de chat ; des coquilles d'œuf jaunies au safran faisaient un cliquetis raccrocheur ; puis enfin il fut acheté un florin par un cultivateur de Fischer-Barke. Sa femme, enceinte et, pour ce motif, plus encline à la mythologie, trouva joli cet épouvantail prometteur de fécondité ; il y avait de quoi rire : des semaines plus tard, elle accoucha de jumeaux.

Mais Senta avait aussi reçu sa part des charmes de l'éphèbe Potrimpos ; exactement soixante-quatre jours après, la chienne mit bas sous la sole du moulin Matern six chiots noirs, aveugles mais de bonne lignée. Tous les six furent inscrits et peu à peu vendus ; parmi eux un mâle, Harras, dont il sera encore souvent question au livre second ; car un M. Liebenau acheta Harras pour en faire un chien de garde dans sa menuiserie. Donnant suite à une annonce que le meunier Matern avait insérée aux *Dernières Nouvelles,* le maître-menuisier vint par le tacot à Nickelswalde et conclut l'affaire.

Au commencement du début il y eut, on dit, dans le pays de Lituanie une louve dont le petit-fils, le chien noir Perkun, engendra la chienne Senta ; et Pluto couvrit Senta et Senta mis bas six chiots ; parmi eux le mâle Harras ; et Harras engendra Prinz ; et Prinz, dans des livres que Brauxel n'aura pas besoin d'écrire, fera l'histoire.

Mais jamais Amsel n'a copié un épouvantail sur un chien, pas même sur Senta qui traînait partout entre lui et Walter Matern. Dans son journal, tous les épouvantails, sauf celui des anguilles buveuses de lait et l'autre — moitié grand-mère, moitié saule à trois têtes — s'inspiraient d'hommes ou de dieux.

Parallèlement à l'heure de classe, adaptés au sujet enseigné que l'instituteur Olschewski répandait, au milieu d'un zinzin de mouches et d'un bourdonnement estival, sur les élèves somnolents, naquirent successivement des fabrications avifuges qui prirent pour modèle, outre les dieux, la série des Grands-Maîtres de l'Ordre teutonique, de Hermann Balke, par Konrad von Wallenrod, jusqu'au sire de Jungingen ; il y eut grand cliquetis de tôle ondulée rouillée, et bien du papier huilé blanc se fendit en croix noires sur des douves de tonneaux pleins de clous. Kniprode, Letzkau et le sire de Plauen firent face à tel ou tel des princes Jagellons, au grand Casimir, au trop fameux bandit Bobrowski, à Beneke, à Martin Barde-wieck et au pauvre Leszczynski. Amsel ne pouvait se rassasier d'histoire brandebourgeoise ; d'Albrecht-Achille jusqu'à Zie-ten, il épluche les siècles et soutira, de la lie de l'histoire est-européenne, des épantiaux contre les oiseaux du ciel.

Sensiblement à l'époque où le père de Harry Liebenau, le maître-menuisier, acheta le chien Harras au meunier Anton Matern, mais où le monde n'avait pas encore pris note ni de

Harry Liebenau ni de sa cousine Tulla, ceux qui savaient lire purent, à la rubrique folklorique des *Dernières Nouvelles,* lire un article qui se répandait en long et en large, poétiquement, sur le thème du Grand Werder ; le pays et les gens, les singularités des nids de cigognes et des maisons rustiques, voire les poteaux des avant-toits étaient décrits avec un luxe d'érudition. Et la partie médiane de cette dissertation, telle que Brauksel l'a obtenue en demandant une photocopie aux Archives des Périodiques de l'Allemagne de l'Est, disait et dit, quant au sens : « Bien que tout dans le Grand Werder aille de son train coutumier et que la technique, source de tant de transformations, n'y ait pas encore fait son entrée, un change-ment étonnant se fait sentir toutefois dans un domaine peut-être secondaire : les épouvantails dans les vastes, onduleux champs de blé de cette vaste et magnifique contrée, lesquels voici peu d'années étaient d'un utilitarisme banal, en tout cas plutôt comiques et tristes, mais toujours non sans affinités avec les épouvantails d'autres provinces — montrent à présent, entre Einlage, Jungfer et Ladekopp, mais aussi en remontant jusqu'à Käsemark et Montau, et même, par places, jusque dans la région au sud de Neuteich, un nouveau visage changeant : l'élément fantastique se mêle à l'antique héritage du folklore ; des silhouettes réjouissantes, mais aussi des jardins bénis du ciel ; ne serait-il pas opportun dès aujourd'hui d'attirer l'attention des musées folkloriques compétents, voire du Musée du Land, sur ce trésor d'art populaire naïf, mais maître de sa forme ? Il nous semble en effet qu'au milieu de notre civilisation niveleuse refleurit encore un coup, ou une nouvelle fois, l'héritage nordique : esprit viking et naïveté chrétienne en une symbiose est-allemande. En particulier, un groupe de trois figures, dans un champ de froment ondulant à perte de vue entre Scharpau et Bärwalde, et rappelant avec une urgence économe le groupe de la Crucifixion sur le Golgotha, le Seigneur et les deux larrons, va au cœur du voyageur marchant parmi les guérets, l'ondulation à perte de vue des blés, par sa piété naïve — et le voyageur ne sait pas pourquoi. »

Eh bien, personne ne devra croire qu'Amsel aurait produit ce groupe — dans son journal, il n'avait esquissé qu'un larron — sous l'empire d'une piété enfantine et pour l'amour de Dieu : selon le journal, il rapporta deux florins vingt.

Qu'advenait-il de tout l'argent que les paysans du canton du Grand Werder versaient dans une main tendue, que ce fût de bon cœur ou bien après un bref maquignonnage ? Walter

Matern conservait cette richesse croissante dans une bourse de cuir. Il la surveillait, tandis qu'une ombre régnait sur son front et qu'il grinçait des dents. Entre les peupliers de la chaussée, par les layons venteux du boisement littoral, il la portait, le lacet enroulé au poignet, pleine de monnaie argent de l'Etat-libre ; il passait le fleuve avec elle ; il la balançait en l'air, la heurtait aux clôtures de jardins, en manière de provocation contre son genou, et l'ouvrait avec cérémonie quand un paysan devenait client.

Ce n'était pas Amsel qui encaissait. Tandis qu'Amsel jouait l'indifférence, Walter Matern énonçait le prix de vente, scellait l'achat par une poignée de main à la façon des marchands de bestiaux et empochait la monnaie. De plus, Walter Matern avait compétence pour le transport des épouvantails vendus aussi bien que loués. Il devenait dépendant. Amsel faisait de lui son Pazlak. En de brèves bouffées de révolte, il tentait de s'évader. L'histoire du couteau de poche n'est qu'une de ces tentatives vaines ; car Amsel, tout court de pattes et gros qu'il était, voire sphérique, le précédait toujours. Quand tous deux marchaient sur la digue, le fils du meunier, à la façon des Pazlaks, des gardes du corps, des laquais, se tenait un demi-pas en arrière du créateur d'épouvantails toujours nouveaux. De même, le laquais apportait à son maître les matériaux : rames à haricots et hardes humides, tout ce qu'avait charrié la Vistule.

DIX-NEUVIÈME ÉQUIPE DU MATIN

« Paazlak ! Paazlak ! », chinaient les gamins, quand Walter Matern faisait le laquais de son ami Eduard Amsel. Beaucoup de chineurs du bon Dieu sont punis ; mais qui poursuivra au nom de la loi tous les pots de pommade rancis qui quotidiennement chinent le Diable ? Tous deux — Brauksel veut dire à présent le fils du meunier et le gros plein de soupe d'en face — étaient, comme le bon Dieu et le Diable, à ce point braqués l'un sur l'autre que le chinage des jeunes villageois leur semblait un miel. De plus tous deux, comme le Diable et Dieu, s'étaient marqués du même couteau.

Ainsi unis — car l'office occasionnel de laquais était un acte de charité — les amis étaient souvent ensemble dans la chambre du haut, dont l'éclairage était déterminé par le soleil et la voilure du moulin à vent Matern. Ils se pelotonnaient sur de petits tabourets, l'un à côté de l'autre, aux pieds de la grand-mère Matern. Dehors, c'était une fin d'après-midi. Les vers de bois faisaient trêve. Les ombres du moulin tombaient ailleurs. Le poulailler était mis pianissimo, car les fenêtres étaient closes. Seule, sur l'attrape-mouches, une mouche engluée mourait sans en plus finir. Deux étages en dessous de la mouche, d'un ton de mauvaise humeur, comme si nulle oreille n'était assez bonne pour écouter ses histoires, la grand-mère racontait toujours les mêmes histoires de grand-mère. De ses mains osseuses de vieille femme, elle indiquait toutes les dimensions intervenant dans le récit, racontait des histoires de hautes eaux, de vaches ensorcelées, les habituelles histoires d'anguilles, le forgeron borgne, le cheval à trois pattes, comment la fille du duc Kynstute s'en alla déterrer des souris, et l'histoire du marsouin géant que la tempête avait jeté à la côte en aval de Bohnsack, juste l'année où Napoléon entra en Russie.

Mais toujours — et quelques longs détours qu'elle fît — appâtée par les adroites questions intermédiaires d'Amsel, elle retombait dans les couloirs et les souterrains sombres de l'infinie histoire — pas encore finie aujourd'hui — des douze nonnes sans tête et des douze chevaliers portant sous le bras leur tête et leur casque et qui, dans quatre coches — deux attelés de blanc, deux attelés de noir — traversaient Tiegenhof en cahotant sur le pavé, s'arrêtaient devant une hôtellerie vide, y entraient à douze fois deux. Musique. A vent, à bois, à cordes pincées. Avec coup de langue et nasillements experts. Des chansons pas bien avec des refrains pas bien, poussées par des gosiers virils — c'étaient les têtes et les casques sous le bras fléchi des chevaliers — alternaient avec un mince chœur d'église comme en chantent les religieuses. Puis c'étaient à nouveau les nonnes sans tête qui, tenant à deux mains leurs têtes devant elles, lançaient à plusieurs voix des paroles licencieuses sur une mélodie lubrique, et de danser, et de battre du pied le sol en criant à tue-tête pour se la tourner. Et de temps à autre une humble procession quasiment immobile sur place projetait par la fenêtre de l'hôtellerie, sur le pavé en têtes de chat, deux fois douze ombres sans tête ; après quoi la turlutaine, le coup de langue et le bruit sourd du plancher reprenaient, détachant le mortier des murs et les chevilles de la charpente. Enfin, sur le matin, juste avant le chant des coqs, les quatre coches arrivaient sans cocher, attelés de noir, attelés de blanc. Et douze chevaliers de ferraille d'où tombait une poussière de rouille, enveloppés d'un voile dans le haut, avec des visages de nonnes couleur de vers blancs, quittaient l'hôtellerie de Tiegenhof. Et douze nonnes — mais qui portaient par-dessus l'habit de leur ordre des heaumes de chevaliers à visière fermée — quittaient l'hôtellerie. Ils montaient à six, et six, et six, et six dans les quatre coches, aubères devant, moreaux devant, mais sans se mélanger — ils avaient déjà échangé leurs têtes — et s'en allaient par le bourg accablé dont le pavé retentissait encore une fois. Aujourd'hui encore, disait la grand-mère Matern avant de reprendre le fil de son histoire et de diriger les coches sur d'autres lieux, pour les faire s'arrêter devant chapelles et châteaux, aujourd'hui encore, dans l'hôtellerie déserte personne ne veut loger, on entend à ce qu'il paraît encore dans la cheminée des cantiques pieux et des prières blasphématoires qui sortent par-derrière.

Là-dessus, les deux amis seraient bien volontiers allés à Tiegenhof. Mais chaque fois qu'ils se mettaient en chemin, ils n'allaient jamais que jusqu'à Steegen, au plus jusqu'à Ladekopp. C'est seulement l'hiver suivant — car naturellement, pour un constructeur d'épouvantails, l'hiver devait être la morte saison, véritablement créatrice — qu'Eduard Amsel trouva sur place l'occasion de prendre les mesures des fantômes sans tête ; c'est ainsi qu'il construisit ses premiers épouvantails mécaniques, pour lesquels il fallut prélever une part considérable de la fortune conservée dans le petit sac de cuir.

VINGTIÈME ÉQUIPE DU MATIN

Le dégel fait un trou dans la tête de Brauxel. De plus, il goutte sur le revêtement de zinc, devant sa fenêtre. Etant donné que, dans le bâtiment administratif, des locaux sans fenêtres sont vacants, Brauksel pourrait éviter cette thérapie ; mais Brauchsel reste et souhaite avoir un trou dans la tête : celluloïd — quitte à être poupée, ce sera avec de petits trous dans son front de celluloïd. Car Brauxel vécut déjà une fois le dégel et se transforma sous l'eau de fonte du bonhomme de neige décroissant ; mais auparavant, il y a bien des fontes des neiges, la Vistule coulait sous une épaisse carapace de glace où circulaient des traîneaux à chevaux. La jeunesse rurale des

villages de pêcheurs riverains s'essayait à la voile sur glace sur
des patins courbes appelés *schaiffen*. Deux enfants laissaient le
vent emplir une voile faite d'un drap de lit cloué sur des lattes
de toiture et se faisaient pousser à toute vitesse. Toutes les
bouches fumaient. La neige était lourde et il fallait la travailler
à la pelle. Derrière les dunes, les sombres et les terres portaient
la même neige. Neige sur les deux digues. La neige de la plage
se confondait avec celle de la surface glacée qui recouvrait la
mer sans rives et ses poissons. Coiffé d'un bonnet de neige mis
de travers, soufflé par le vent d'est, le moulin à vent Matern,
les jambes en X, montait la garde sur son blanc tertre rond, au
milieu de prairies blanches qui ne sauvaient la face que grâce à
leurs dures clôtures, et moulait. Les peupliers de Napoléon
étaient au sucre en poudre. Le boisement littoral avait été
barbouillé de blanc en tube par un peintre du dimanche.
Quand la neige devint grise, le moulin fit la pause du soir et fut
tourné de travers au vent. Le meunier et le valet rentrèrent
chez eux. Le meunier en biais marchait dans les traces du
valet. La chienne noire Senta, nerveuse depuis qu'on avait
vendu ses chiots, marquait ses traces propres et mordait la
neige. En face du moulin, plutôt sur le côté, sur une clôture
dont ils avaient au préalable abattu la neige en donnant des
coups de talon, étaient assis Walter Matern et Eddi Amsel, en
vêtements épais, moufles aux poings.

D'abord ils observèrent un silence rectiligne. Puis ils eurent
un entretien obscur et technique. Il était question de moulins à
un seul train de meules, de moulins hollandais sans queue ni
soubassement, mais avec trois meules et une meule en
boisseau ; ils parlaient de la voilure, de la dérive qui se règle
d'elle-même quand la vitesse du vent augmente. Anche,
chausse à farine, épée de bascule de frein, cribles à farine : tout
cela existait. Entre le rouet et le frein il y avait des relations.
Seuls les enfants chantent sans savoir : le moulin va lentement,
le moulin va plus vite. Amsel et Walter Matern ne chantaient
pas, mais savaient pourquoi et quand un moulin : le moulin
marche lentement ou plus vite selon que l'arbre de la voilure
est freiné à peine ou fortement. Même quand tombait la neige,
mais que le vent donnait ses huit mètres-seconde, le moulin
moulait régulièrement dans la tourmente inégale. Rien au
monde ne ressemble à un moulin fonctionnant par neige
tombante ; même pas les pompiers quand, sous la pluie, ils
doivent éteindre le château d'eau en flammes.

Mais quand le moulin fit la pause et que la voilure découpée

à la scie demeura immobile dans la tourmente, il apparut — et
seulement parce qu'Amsel pinçait ses yeux de souris — que le
moulin ne chômait pas encore. Sans bruit défilait le chasse-
neige, tantôt gris, tantôt blanc, tantôt noir, venu de la grande
dune. Les peupliers de la chaussée planaient dans l'air. Dans
l'estaminet Lührmann, une lumière jaune d'œuf était allumée.
Pas de tacot qui carillonne en abordant la courbe. Le vent
devint mordant. Les broussailles geignaient. Amsel brûlait.
Son ami sommeillait. Amsel voyait quelque chose. Son ami ne
voyait rien. Les petits doigts d'Amsel se frottèrent à l'intérieur
des moufles, s'échappèrent, cherchèrent et trouvèrent dans la
poche gauche de la vareuse le soulier verni droit à boucle :
courant dans la ligne ! Aucun flocon de neige ne s'arrêtait sur la
peau d'Amsel. Sa bouche se faisait pointue et il entrait dans ses
yeux pincés beaucoup plus qu'on ne saurait dire d'un coup : ils
apparaissaient l'un derrière l'autre. Sans cocher. Et le moulin
rigide. Quatre traîneaux, deux attelés de blanc — ça se
confond — deux de moreaux — ça se détache, et ils descendent
en s'entraidant : douze et douze, tous sans tête. Et un chevalier
sans tête conduit au moulin une nonne sans tête. Au total,
douze chevaliers sans tête conduisent douze nonnes sans tête
— mais chevaliers et nonnes portent leurs têtes sous le bras ou
sur leur ventre — à l'intérieur du moulin. Mais ils se
compliquent l'existence sur le sentier foulé ; car malgré
l'égalité des voiles, l'identité des armures, ils traînent entre
leurs dents des différends anciens, du temps où ils levèrent le
camp de Ragnit : la première nonne et le quatrième chevalier
ne se causent pas. Mais tous deux devisent volontiers avec le
chevalier Fitzwater qui connaît le pays de Latvie comme les
trous de sa cotte de mailles. La neuvième nonne aurait dû
accoucher en mai, mais il n'en fut rien parce que le huitième
chevalier — il s'appelle Engelhard Rabe — leur coupa la tête
avec leur sixième et neuvième voile, à elle et à la sixième
nonne ; il prit à cet effet l'épée du gros dixième chevalier qui
était toujours assis sur la poutre et, derrière sa visière rabattue,
arrachait à belles dents la viande des os d'un poulet. Et tout
cela parce que la bannière de Saint-Georges n'était pas finie de
broder et que la rivière Szeszupe n'était pas convenablement
gelée. Tandis que le reste des nonnes n'en brodaient que plus
vite — le dernier carré rouge était presque fini — vint la
troisième nonne de cire, qui suivait toujours dans l'ombre le
onzième chevalier ; elle apportait le plat pour mettre sous le
sang qui coulait. Alors la septième se mit à rire, puis la

deuxième, la quatrième, la cinquième nonnes ; elles jetèrent derrière elles leur broderie et offrirent au huitième chevalier, le noir Engelhard Rabe, leurs têtes ceintes du voile. Lui, qui n'y allait pas de main morte, commença par ôter la tête, le poulet et casque, non sans la visière, au dixième chevalier qui perché sur la poutre, se gavait de poulet derrière sa visière ; et le gros décapité, qui mâchait quand même aida le huitième chevalier noir, la seconde nonne, la troisième nonne de cire qui se tenait toujours dans l'ombre, et sur-le-champ les nonnes quatrième et cinquième à déposer leurs têtes, leurs voiles et, en ce qui concerne Engelhard Rabe, sa tête. Ils se repassaient le plat en riant. Peu de nonnes seulement travaillaient à broder la bannière de Saint-Georges, bien que la Szeszupe fût convenablement gelée, bien qu'Angloys sans milord de Lancastre fussent déjà au camp, bien que les rapports sur les chemins fussent présentés, que le prince Witold dût se tenir à distance et que Wallenrod appelât déjà son monde au banquet. Mais le plat était plein et débordait. La dixième nonne, la grosse — car, de même qu'il y avait un gros chevalier, il y avait une grosse nonne — devait venir de sa démarche dandinée, élever encore trois fois le plat ; à la dernière fois, la Szeszupe était déjà libre de glace et Ursula, la huitième nonne, que partout on appelait brièvement et tendrement Tulla, devait s'agenouiller et tendre sa nuque duvetée. Elle n'avait prononcé ses vœux qu'en mars, et les avait déjà douze fois rompus. Mais elle ne savait pas avec lequel ni dans quel ordre, car tous avaient gardé leur visière baissée ; et maintenant c'était aussi avec les Anglais de Henry Derby ; pas longtemps qu'elle était au camp et pourtant à la va-vite. Il y avait aussi un Percy qui en était, mais pas Henry, mais Thomas Percy. Pour lui Tulla avait brodé au petit point une bannière exprès, bien que Wallenrod ait défendu les bannières particulières. Jacod Doutremer et Peege Peegod voulaient s'y ranger. A la fin, Wallenrod vint à la rencontre du sire de Lancastre. Il abattit la bannière format de poche de Thomas Percy, fit porter par le sire de Hattenstein sur l'autre rive du cours d'eau libre de glace la bannière de Saint-Georges achevée de justesse et fit mander à la huitième de mettre le genou en terre pendant qu'on jetait un pont, pendant quoi se noyèrent quatre chevaux et un varlet. Elle chantait mieux qu'avant elle n'avaient chanté la onzième et la douzième nonne. Elle savait chanter du nez, chanter comme le grillon et en même temps laisser sa langue rose flotter dans sa bouche grenat. Le sire de Lancastre pleurait derrière sa visière, car il aurait mieux aimé rester dans sa chacunière, mais il était en pétard avec la famille, et devint quand même roi par la suite. Soudain, et comme personne ne voulait plus franchir la Szeszupe, préférant retourner en larmes à la maison, voilà que le plus jeune des chevaliers sauta au bas d'un arbre où il avait dormi et, d'un pas élastique, se dirigea vers la nuque duvetée. Il était remonté de Mörs et avait voulu convertir les Bartes. Mais ils étaient déjà tous convertis, et Bartenstein fondé. Il ne restait plus que la Lituanie, mais, entre-temps, le duvet sur la nuque de Tulla. Il l'atteignit sur la dernière vertèbre, jeta aussitôt son épée en l'air et la reçut en plein sur sa nuque. Car telle était l'adresse du sixième chevalier, le plus jeune. Le quatrième chevalier, qui ne parlait pas à la première nonne, voulut en faire autant, mais pas de chance : au premier essai il décapita la dixième, la grosse ; au deuxième essai la première nonne, qui n'était pas causante ; ainsi elles perdirent l'une sa tête bouffie de graisse, l'autre son air malgracieux. Alors le troisième chevalier, qui ne changeait jamais sa chemise de mailles et passait pour sage, dut aller chercher le plat, puisqu'il ne restait plus de nonnes.

Ce qui restait de chevaliers avec tête, suivi des Angloys sans bannière, des gens de Hanau avec bannière, et des gens d'armes de Ragnit, s'en fut faire un petit tour en la Lituanie sans routes. Le duc Kynstute gargouillait dans les marécages. Sous les fougères géantes chevrotait sa fille. Pourtant il y avait de mauvais présages faisant broncher les chevaux. Au bout du compte, Potrimpos n'était toujours pas enterré ; Perkunos ne voulait pas brûler ; et Pikollos n'avait pas les yeux crevés ; il continuait à regarder de bas en haut. Ah ! ils auraient dû tourner un film. Il y avait assez de figurants, et de la nature à foison. Douze cents jambards, des arbalètes, des harnais pectoraux, des demi-bottes pourrissantes, des harnais mâchurés, soixante-dix balles de lin empesé, douze tonneaux d'encre, vingt mille torches, des chandelles de suif, des étrilles à chevaux, des rouleaux de fil à bâche, des bâtons de réglisse — le chewing-gum du XIVe siècle — des armuriers noirs de suie, des couples de chiens, des chevaliers teutoniques jouant au tric-trac, des harpistes, jongleurs, meneurs de bêtes de bât, des gallons de bière d'orge, des faisceaux de gonfanons, des flèches, des lances et des tournebroches pour Simon Bache, Erik Cruse, Claus Schone, Richard Westrau, Spanmerle, Tylman et Robert Wendell ; ponts jetés, passages de rivières, embuscades, pluies continuelles : fagots d'éclairs, chênes fracassés, chevaux effrayés, hiboux qui lorgnent, renards qui détalent, traits qui sifflent dans l'air ; les Chevaliers Teutoniques deviennent nerveux ; et, dans le fourré d'aulnes, la voyante aveugle crie : « Wela ! Wela ! » (Arrière ! Arrière !) ... Mais c'est seulement en juillet qu'ils revirent ce cours d'eau qu'en termes obscurs chante encore de nos jours le poète Bobrowski. Les eaux claires de la Szeszupe tintaient aux pierres de ses rives. Des vieilles connaissances en quantité : les douze nonnes sans tête étaient assises là, tenaient de la main gauche leur tête dans leur voile et, de la main droite, puisaient l'eau de la Szeszupe pour rafraîchir leurs visages brûlants. A l'arrière-plan, courroucés, se tenaient les chevaliers sans tête qui ne voulaient pas se refraîchir. Alors le reste des chevaliers avec tête décidèrent de faire cause commune avec ceux qui étaient déjà sans. Près de Ragnit, ils abattirent réciproquement et simultanément leurs têtes casquées, attelèrent leurs chevaux à quatre grossiers chariots et s'en allèrent avec moreaux et aubères par le pays tant convoité que non converti.

Ils exaltèrent Potrimpos, laissèrent tomber le Christ, aveuglèrent derechef en vain Pikollos et reprirent la croix. Ils descendaient dans les auberges, les chapelles et les moulins, traversaient les siècles en s'amusant ; effrayèrent les Polonais, les Hussites et les Suédois ; ils furent à Zorndorf ; quand Seydlitz avec ses escadrons franchit la dépression de Zabern et quand le Corse battit précipitamment en retraite, ils trouvèrent sur son chemin quatre calèches sans maître. Ils les échangèrent contre des chariots de croisade et, dans leurs calèches à ressorts, furent témoins de la seconde bataille de Tannenberg qui, tout aussi peu que la première, eut lieu près de Tannenberg. Au milieu des cohortes équestres débandées de Boudienny, ils purent encore virer de bord quand Pilsudski, avec l'aide de la Vierge Marie, fut vainqueur dans la boucle de la Vistule ; et, pendant les années qu'Amsel bâtissait des épouvantails et les mettait en vente, ils firent inlassablement la navette entre Tapiau et Neuteich. Douze et douze, ils avaient le ferme propos de rester sans repos jusqu'à leur délivrance, quand chacun pourrait porter sa tête, ou bien quand n'importe quel tronc, n'importe quelle tête.

La dernière fois qu'ils avaient frayé, c'était à Scharpau, ensuite à Fischer-Babke. Déjà la deuxième nonne portait à l'occasion la face du quatrième chevalier, mais continuait à ne pas lui adresser la parole. Alors, entre les dunes et la chaussée menant à Stutthof, ils passèrent à travers champs, s'arrêtèrent

— seul Amsel les vit — devant le moulin Matern et descendi-
rent. C'est justement le 2 février ou la Chandeleur, ils veulent
la fêter. Ils s'aident l'un l'autre à descendre des calèches, à
grimper la butte, à entrer au moulin. Mais tout de suite
l'atelier et le grenier des sacs sont pleins de fredons, de
flonflons, de cris brefs, de sacrements en bribes et de prières à
l'envers. On siffle entre ses dents et sur les épées tandis que
tombe la neige venue peut-être de la dune. Amsel s'échauffe et
frotte le soulier verni au fond de sa poche, mais son ami reste à
l'écart et rêvasse en dedans. Mi-temps, car à l'intérieur ils se
roulent dans la farine, chevauchent le pivot, coincent leurs
doigts entre l'axe et le frein et, puisque c'est la Chandeleur,
tournent le moulin face au vent ; lentement il tourne, encore
indocile ; alors douze têtes entonnent la suave séquence : la
Mère de Dieu était dans la douleur — O Pikoll, combien froids
sont demeurés sept d'entre nous douze qui étions froids —
Juxta crucem lacrimosa — O Perkun, nous brûlons douze, si je
tombe en cendres, reste onze — *Dum pendebat filius* — O
Potrimp, en pulvérisant la farine, nous pleurerons le sang du
Christ... Alors enfin, tandis que le sasseur secoue la tête et le
casque du huitième chevalier, le noir, avec la tête souriante de
la dixième nonne, le moulin à vent en bois de Matern va
toujours plus vite, bien que nul vent ne se fasse sentir. Déjà le
plus jeune, le chevalier du Bas-Rhin, lance à la huitième nonne
sa tête qui chante, la visière largement ouverte. Elle fait
l'ignorante, ne veut pas reconnaître, s'appelle Ursula et non
Tulla, se suffit à soi-même et chevauche la cheville qui sert à
caler la barre de presse. Voici qu'il grelotte. Le moulin va
lentement, le moulin va plus vite ; les têtes gueulent âprement
dans la trémie ; grattements à sec sur la cheville de bois ;
corbeaux dans la farine ; les chevrons du toit gémissent et les
solives se promènent ; des torses montent et descendent
l'escalier ; du grenier aux sacs au plancher des meules, une
métamorphose s'instaure ; le vieux moulin Matern rajeuni
résonne du son des cantiques et — seul Amsel, grâce à sa
chaussure vernie à bride, le voit — devient un chevalier planté
sur le soubassement et qui se démène à tour de bras et qui
frappe la neige tombante ; devient — Amsel, avec son soulier,
est le seul à comprendre — une nonne vêtue de l'ample habit
de son ordre et qui, gonflée de haricots et d'extase, laisse ses
manches tourner en rond : chevalier-moulin à vent et nonne-
moulin à vent : pauvreté, pauvreté, pauvreté. Mais on boit du
lait de jument fermenté. De l'eau-de-vie de nielle. Les incisives

rongent de petits os de renard, tandis que les torses ont encore faim : pauvreté, réglisse, guimauve. Puis quand même monte là-dessus et mets-toi dessous, têtes à part ; et de cette grande crucifixion s'élève la pure voix de l'ascèse, du ravissement, le cantique limpide de la discipline agréable à Dieu. Le chevalier-moulin à vent brandit le fouet qui frappe la nonne-moulin à vent — *Amen* — ou bien pas encore *amen* ; car tandis que sans bruit et sans ardeur une neige tombe du ciel, qu'Amsel, les yeux rétrécis, perché sur la clôture, sent dans la poche gauche de sa vareuse le soulier verni à bride droit d'Hedwige Lau, et déjà fait son plan, elle s'est éveillée, la petite flamme qui sommeille en chaque moulin à vent.

Et ils quittèrent le moulin qui ralentit, qui bientôt ne va plus qu'à peine, après que chaque tête eût au petit bonheur trouvé un tronc. Quant au moulin, tandis qu'ils remontaient dans leurs quatre calèches et s'en allaient glissant vers les dunes, le moulin se mit à brûler ; d'abord en dedans puis à cœur ouvert. Alors Amsel se laissa glisser de sur sa clôture et entraîna son ami : « Au feu ! Au feu ! », crièrent-ils vers le village ; mais il n'y avait plus rien à sauver.

VINGT ET UNIÈME ÉQUIPE DU MATIN

Enfin les œuvres graphiques sont arrivées. Brauksel les a fait aussitôt mettre sous verre et afficher. Formats moyens : « Accumulation de nonnes entre la cathédrale et la Gare centrale de Cologne. Congrès eucharistique de Munich. Nonnes et corbeaux et corbeaux et nonnes. » Puis les feuillets en grand format normalisé Din A 1, gouache noire, en partie déshabillés : Prise d'habit d'une novice ; Grande-Abbesse. Abbesse accroupie — une pochade réussie, l'artiste en demande cinq cents marks. C'est normal, absolument normal. Le feuillet est aussitôt transmis au bureau de construction. Nous prenons des moteurs électriques silencieux : nonne du moulin à vent brandit discipline en forme de moulin à vent...

Car la police était encore à enquêter sur le lieu du sinistre, on soupçonnait un incendie volontaire, et déjà Amsel bâtissait son premier épouvantail mécanique ; le printemps suivant, quand toute neige devint superflue et qu'il s'avéra que le mennonite Simon Beister avait incendié le moulin à vent catholique pour raisons religieuses, il bâtit son deuxième. Il mit dans cette affaire beaucoup d'argent puisé à la bourse de cuir. D'après les esquisses de son journal, il confectionna un chevalier-moulin et une nonne-moulin, les plaça tous deux sur un échafaud avec une voilure assortie à leur costume ; mais ni le chevalier ni la nonne ne répondirent à ce qu'Eduard Amsel, inspiré, avait conçu par cette nuit de neige de vers la Chandeleur ; pourtant ils trouvèrent rapidement preneur ; l'artiste cependant demeurait insatisfait ; et même les Etablissements Brauxel et Cie ne pourront clore avant la mi-octobre la petite série expérimentale et passer à la production en grande série.

VINGT-DEUXIÈME ÉQUIPE DU MATIN

Après l'incendie du moulin, le bac, puis le tacot du Werder emmenèrent à la ville le mennonite Simon Beister, sans poches ni boutons, donc mennonite dur, petit cultivateur et pêcheur, qui avait mis le feu pour des motifs religieux. On le mit ensuite à la prison municipale de Schiesstange qui était à Neugarten, au pied de la Butte-à-la-Grêle ; dans les années qui suivirent, elle devint le domicile de Simon Beister.

Senta, de la race de Perkun, qui avait mis bas six chiots dont le noir se détachait si bien sur le meunier blanc, donna quelques signes de nervosité canine quand tous les chiots furent vendus ; et, aussitôt après l'incendie du moulin, elle perdit à ce point la tête — elle déchira un mouton comme le font les loups et attaqua un représentant de l'assurance-incendie — que le meunier Matern dut envoyer son fils Walter chez Erich Lau, le maire de Schiewenhorst : le père d'Hedwige Lau possédait un fusil.

L'incendie du moulin apporta aussi quelque changement aux deux amis. La grâce du destin, ou plutôt l'instituteur, la veuve Amsel et le meunier Matern, ainsi que le Dr Battke, proviseur, firent de Walter Matern et d'Eduard Amsel, alors âgés de dix ans deux lycéens qui parvinrent à s'asseoir sur le même banc d'école. Tandis qu'étaient encore en cours les travaux de construction du nouveau moulin à vent Matern — on avait abandonné le projet d'un moulin hollandais en maçonnerie avec toiture tournante, parce que la forme historique du moulin de la reine Louise devait être sauvegardée — la fête de Pâques eut lieu ; les eaux étaient modérément hautes, les souris reprenaient leurs ravages et les chatons de saules éclataient ; et peu de temps après la fête, Walter Matern et Eduard Amsel portaient les casquettes de velours vert du Lycée moderne Saint-Jean. Tous deux avaient le même tour de tête. Tous deux avaient la même pointure de chaussure, sauf qu'Amsel était plus gros, beaucoup plus gros. De plus, Amsel n'avait qu'un tourbillon de cheveux. Walter Matern en avait deux, ce qui, comme on dit, annonce une mort précoce.

Le chemin des écoliers allant de l'embouchure de la Vistule au Lycée moderne Saint-Jean fit des deux amis des voyageurs. Les lycéens voyageurs voient et mentent beaucoup. Les lycéens voyageurs peuvent dormir assis. Ce sont des lycéens qui font leurs devoirs dans le train et s'habituent ainsi à une écriture tremblée, jusque dans les années qui suivent, quand il n'y a plus de devoirs à faire, leur graphisme se modifie à peine, à peine s'il perd son tremblement. C'est pourquoi le comédien doit taper son manuscrit directement à la machine ; pour avoir été lycéen voyageur il écrit encore aujourd'hui de façon spastique illisible, secoué qu'il est sur des rails imaginaires.

Le tacot partait de la gare du Delta, que les citadins appelaient « gare de Ville-Basse », desservait Knüppelkrug, Gottwalde, franchissait la Vistule Morte par le bac de Schusterkrug, puis, à Schiewenhorst, le bac à vapeur lui faisait franchir la Tranchée pour aller à Nickelswalde. Dès que la locomotive du tacot avait hissé un par un sur la digue les quatre wagons du tacot, il repartait, ayant déposé Amsel à Schiewenhorst, Matern à Nickelswalde, par Pasewark, Junkeracker, Steegen, vers le terminus, vers Stutthof.

Tous les lycéens voyageurs montaient dans la première voiture derrière la locomotive. D'Einlage venaient Peter Illing et Arnold Mathrey. A Schusterkrug montaient Gregor Knessin et Joachim Bertulek. A Schiewenhorst, chaque jour de classe, Hedwige Lau se faisait conduire à la gare par sa mère. Souvent l'enfant avait de l'amygdalite et ne venait pas. N'était-il pas indécent que la locomotive à thorax étroit du tacot partît même sans Hedwige Lau ? La fillette du maire de village était en sixième depuis Pâques comme Walter Matern et Eduard Amsel. Plus tard, à partir de la quatrième, elle devint plus robuste ; elle n'avait plus d'amygdalite et, comme personne n'avait plus à trembler pour sa vie, elle devint si ennuyeuse que Brauxel n'aura plus besoin de la mettre sur son papier. Mais pour l'instant Amsel a encore un regard de reste pour une fillette calme à l'air endormi, jolie peut-être, seulement comme on l'est sur le littoral. Les cheveux un peu trop clairs, les yeux

un peu trop bleus, avec sa peau exagérément fraîche et son
livre d'anglais ouvert, elle est assise en face de lui. Hedwige
Lau porte des nattes pendantes. Même quand le tacot approche de la ville, elle sent le beurre et la laiterie. Amsel pince les
yeux et laisse scintiller le blond littoral des nattes. Dehors,
après Klein-Plehnendorf, le Port-au-Bois commence avec ses
premières scies à grumes. Les mouettes relaient les hirondelles, les poteaux télégraphiques restent. Amsel ouvre son
journal. Les nattes d'Hedwige Lau pendent librement et se
balancent juste au-dessus du livre d'anglais ouvert. Amsel
croque une esquisse dans son journal : joli, joli ! Au lieu des
nattes qu'il rejette pour raisons formelles, il fait deux macarons
de cheveux qui doivent cacher deux oreilles bien irriguées.
Mais il ne dit pas : fais comme ceci, c'est mieux, les nattes sont
idiotes, tu devrais porter des macarons ; non ; tandis que
dehors Kneiab commence, il pose sans mot dire son journal à
plat sur le livre d'anglais ouvert et Hedwige regarde, bat
aussitôt des cils en guise d'approbation, presque d'obéissance,
bien qu'Amsel n'ait pas l'allure d'un gars à qui les écolières ont
coutume d'obéir.

VINGT-TROISIÈME ÉQUIPE DU MATIN

Brauxel nourrit à l'endroit des lames de rasoir encore
inutilisées une aversion qui ne saurait être désarmée. Un
factotum qui jadis, au temps de la Burbach-Potasse S.A., a,
comme tireur, attaqué d'intéressants gisements de sel, inaugure les lames de rasoir de Brauchsel, les lui apporte après un
premier rasage, et Brauksel n'a pas de répulsion à surmonter.
Amsel en avait une, de naissance, également forte, quoique
l'objet n'en fût pas les lames de rasoir. Il ne pouvait souffrir les
vêtements neufs, sentant le neuf. Même l'odeur du linge frais
le forçait à lutter contre un début de nausée. Tant qu'il était
allé à l'école au village, son allergie avait été contenue dans des
limites naturelles, car l'espoir de Schiewenhorst comme de
Nickelswalde achevait d'user sur les bancs des tissus amincis,
pochés, souvent rapiécés. Mais le Lycée moderne exigeait une
autre tenue. Sa mère le fit rhabiller à neuf, avec l'odeur ; la
casquette de velours vert fut déjà nommée ; s'y associèrent des
chemises de polo, des culottes gris sable de drap coûteux, une
jaquette de singe savant à boutons de nacre et — peut-être sur

la demande d'Amsel — des souliers vernis à brides ; car Amsel n'avait rien contre les brides et le cuir verni, ni contre la jaquette de singe et les boutons de nacre ; seulement la perspective que tous ces vêtements neufs colleraient à sa peau, qui était celle d'un constructeur d'épouvantails, le faisait frissonner ; surtout qu'il réagissait au linge frais et aux vêtements non portés par des eczémas prurigineux ; de même Brauxel, après s'être rasé avec une lame neuve, doit redouter l'apparition de l'affreux feu du rasoir.

Par bonheur, Matern pouvait venir en aide à son ami. Son costume de classe avait été taillé dans du drap retourné, ses bottines à lacets avaient déjà été deux fois chez le cordonnier ; la mère de Matern, qui était économe, avait acheté d'occasion la casquette de lycéen, et de la sorte le parcours ferroviaire des voyageurs, quinze bons jours durant, commença par une cérémonie identique : dans un des wagons de marchandises, entre d'innocents bestiaux promis à l'abattoir, les amis changeaient de vêtements scolaires ; c'était facile en ce qui concernait les chaussures et la casquette, mais le reste, la culotte et la chemise de Walter Matern, qui n'était pourtant pas un gringalet, étaient étroites pour son ami, inconfortables, et pourtant c'était pour lui un réconfort, parce qu'ils avaient été portés et retournés, parce qu'ils sentaient le vieux et non le neuf. Inutile de dire que les vêtements neufs d'Amsel flottaient à la godille autour de son copain ; de même le vernis et les brides, les boutons de nacre et le ridicule petit boléro de singe lui allaient comme des guêtres à un lapin. Amsel, ses pieds de constructeur d'épouvantails fourrés dans de gros cuir labouré de plis d'aisance, était absolument ravi de l'aspect que prenaient ses chaussures à boucle aux pieds de Walter Matern. Il dut les assouplir jusqu'au jour où Amsel les jugea suffisamment portées et les trouva aussi crevassées que le soulier verni crevassé qui était dans sa gibecière et signifiait quelque chose.

Cet échange de vêtements, anticipons, fut pendant des années un élément constitutif, sinon le ciment de l'amitié entre Walter Matern et Eduard Amsel. Même les mouchoirs que sa mère lui avait par précaution mis elle-même, tout frais, dans la poche, pliés couture sur couture, c'était le copain qui devait les inaugurer, de même les bas et socquettes. Ce n'était pas assez d'échanger les vêtements : Amsel marquait une sensibilité analogue à l'endroit des crayons et porte-plumes neufs ; Walter Matern devait les tailler en pointe, ôter sa façon à la gomme neuve, les roder à la calligraphie Sütterlin — sûrement qu'il

aurait dû le premier, comme le factotum de Brauksel, se raser
avec les lames si dès cette époque un duvet roussâtre avait mûri
sur la face grêlée d'Amsel.

VINGT-QUATRIÈME ÉQUIPE DU MATIN

Qui est là, s'est soulagé après le petit déjeuner et contemple
ses excréments ? Un homme, pensif et soucieux, se penche sur
son passé. Pourquoi ne regarder jamais qu'un crâne de mort,
luisant et léger ? Air de théâtre, monologues d'Hamlet, gestes
d'acteur ? Brauxel, qui tient ici la plume, lève les yeux, tire la
chasse d'eau et, tandis qu'il contemplait, s'est souvenu d'une
situation qui donna aux deux amis — Amsel, dans le genre
sobre, Walter Matern dans le genre acteur — l'occasion
d'amorcer une méditation théâtrale.

Le lycée de la rue des Bouchers se répartissait de façon
abracadabrante et confuse entre les locaux d'un ancien couvent
de Franciscains, avait donc une préhistoire et était pour tous
deux un lycée idéal parce qu'il existait dans les salles de
l'ancien couvent une multitude d'accès à des cachettes qui
n'étaient connues ni des professeurs ni du concierge.

Brauksel, qui dirige une exploitation minière ne produisant
ni potasse ni minerai ni charbon et demeurant pourtant en
service jusqu'au niveau 890, aurait trouvé un agrément égal à
cet embrouillamini souterrain : car sous toutes les classes, sous
la salle de gym et le pissoir, sous la salle des fêtes, même sous la
salle des professeurs s'étendaient des boyaux menant à des
culs-de-sac, à des puits, à des galeries, mais aussi au cercle
vicieux et à l'erreur quand on les suivait. Quand après Pâques
l'école commença, Amsel pénétra le premier dans la salle de
classe qui était au rez-de-chaussée. Bas sur pattes et portant les
chaussures de Matern, il avança à petits pas sur les lames
huilées du parquet, renifla quelque peu : ses narines roses
humaient un air de cave, un air de théâtre ! Il s'arrêta, engrena
les uns dans les autres ses petits doigts en saucisses, vibra
élastiquement sur les pointes des chaussures et, quand il eut
exécuté ici et là des temps de ressort et pris le vent, il s'arrêta
sur l'une des lames, traçant à la pointe du pied droit une croix.
Comme cette démarche ne récoltait pas l'approbation d'un
sifflement compréhensif, il regarda derrière lui par-dessus son
cou capitonné : là-bas était Walter Matern, dans les vernis à

brides d'Amsel ; il ne comprit pas, n'offrit d'abord qu'un visage fermé de jeune veau mâle ; puis, à partir de la racine du nez, et en remontant, il saisit, et enfin émit entre ses dents un sifflement d'intelligence. La rumeur confuse d'une cavité était perceptible sous les planches ; du coup, tous deux se sentirent comme chez eux dans la classe de sixième, même si, devant les fenêtres de cette classe, ne coulait pas entre les digues, roulant des épaules, la Vistule.

Mais après une semaine de lycée, tous deux, comme ils en avaient après les rivières, avaient trouvé l'accès d'un petit cours d'eau, qui leur tint lieu de Vistule. Dans le vestiaire de la salle de gym qui avait été la bibliothèque des Franciscains, il fallait lever une trappe. Le rectangle engagé dans le plancher, dont les joints étaient mastiqués des résidus d'une propreté quasi centenaire, mais ne pouvaient échapper au regard d'Amsel, fut soulevé par Walter Matern : odeur de cave, air de théâtre ! Ils avaient trouvé l'amorce d'un boyau sec, méphitique qui se différenciait des autres boyaux courant sous les classes par le fait qu'il débouchait sur le collecteur et, par les égouts, conduisait à la Radaune. Ce petit cours d'eau au nom mystérieux venait des lacs de Radaune dans le canton de Berent ; riche en poissons et en écrevisses, elle passait près de Petershagen, à côté du Marché-Neuf de la ville. En partie visible, en partie souterraine, elle serpentait à travers la Vieille-Ville et débouchait, souvent enjambée de ponts et embellie de cygnes et de saules pleureurs, dans la Mottlau, entre Karfenseigen et le Brabank, juste avant le confluent de la Vistule Morte.

Amsel et son ami, dès que le vestiaire n'eut plus d'yeux, purent soulever la trappe du plancher — ils le firent — s'engager à quatre pattes dans un boyau — ils s'engagèrent — descendre un puits sensiblement à hauteur du pissoir — Walter Matern descendit le premier sur des crampons scellés dans la maçonnerie à intervalles réguliers — parvenus au fond du puits, ouvrir sans peine une grille rouillée — Walter Matern ouvrit — et suivre un égout à sec, malodorant et hanté de rats — ils le suivirent chacun dans les chaussures de l'autre. Pour être précis : sous le rempart de Wieben, sous le bastion des Chars où est le bâtiment de l'Assurance régionale, sous les jardins publics de la ville, sous les voies de chemin de fer entre Petershagen et la Gare centrale, l'égout conduisait à la Radaune. En face du cimetière Saint-Sauveur, situé entre la rue du Grenadier et le temple des Mennonites, au pied du

Mont-l'Evêque, l'égout s'ouvrait largement. Sur le côté de
l'orifice, à nouveau, des crampons s'élevaient le long de la
berge maçonnée presque verticale jusqu'à la balustrade tarabiscotée. Là, derrière, une vue comme Brauxel la connaît par
beaucoup d'estampes : au-dessus des parcs où s'épanouit la
jeune verdure de mai s'enlève en rouge brique le panorama de
la ville : de la Porte d'Oliva jusqu'à la Porte de Leege, de
Sainte-Catherine à Saint-Pierre au Marais-aux-Grenouilles un
nombre imposant de clochers divers par leur hauteur et leur
grosseur attestent leurs anciennetés diverses.

Les amis firent deux ou trois fois cette excursion par l'égout.
Walter Matern en profita pour assommer une bonne douzaine
de rats. Quand pour la seconde fois ils revirent le jour au-
dessus de la Radaune, ils furent remarqués, mais non dénon-
cés, par des retraités qui tuaient le temps à bavarder dans le
parc. Déjà ils en avaient assez — car la Radaune n'était pas la
Vistule — quand, en dessous de la salle de gym, mais avant le
puits menant au collecteur municipal ils tombèrent sur une
ramification médiocrement bouchée d'une maçonnerie de
briques. La lampe-torche d'Amsel la découvrit. Il fallait suivre
un boyau divergent. Il avait de la pente. L'égout maçonné à
hauteur d'homme où débouchait le boyau n'était pas un
rameau du réseau municipal ; friable, suintant, médiéval, il
menait sous l'église archigothique de la Trinité. La Sainte-
Trinité était à côté du musée, à moins de cent pas du lycée
moderne. Un samedi que les deux amis étaient libres après
quatre heures de classe, deux heures avant le départ du train
du Werder, ils firent cette découverte qu'on raconte ici non
seulement parce que les souterrains médiévaux se prêtent à
merveille à la description, mais encore parce que la découverte
parut considérable au bizuth Eduard Amsel, de sixième, et
donna à cet autre bizuth, Walter Matern, l'occasion de jouer la
comédie et de grincer des dents. De plus Brauxel, qui dirige
une mine, sait s'exprimer de façon particulièrement choisie
sous terre.

Le Grinceur — Amsel a trouvé le nom, les condisciples le
répètent — le Grinceur donc ouvre la voie. A gauche il tient la
torche, à droite un bâton pour effrayer et, s'il le faut,
assommer les rats d'égout. Il n'y a pas beaucoup de rats. La
maçonnerie est râpeuse, friable, sèche au toucher. L'air est
frais, mais non sépulcral, plutôt mouvant, même si on ne se
rend pas compte d'où viennent les vents coulis. Le pas
n'éveille pas un écho comme dans les égouts de la ville. Comme

le boyau et le raccordement, le couloir à hauteur d'homme a une forte pente, Walter Matern porte ses propres souliers, car les souliers vernis à boucles d'Amsel ont assez souffert dans les boyaux ; maintenant il évolue en souliers usagés. C'est de là-bas que vient le courant d'air, la bonne aération : sortons du trou ! Pour un peu, ils auraient passé sans voir, si Amsel. A leur gauche. Par le trou ; sept briques en hauteur, cinq en largeur, Amsel pousse le Grinceur. Le passage d'Amsel est plus laborieux. La torche en travers entre les dents, le Grinceur tire Amsel à force à travers le trou et fait de son mieux pour transformer en hardes usuelles pour l'école le costume presque neuf d'Amsel. Tous deux se redressent et reprennent haleine brièvement. Ils se trouvent sur le fond spacieux d'un puits circulaire. Aussitôt leurs regards sont attirés par la lumière délayée qui filtre d'en haut : la grille ajourée, habilement forgée qui ferme le haut du puits est scellée dans le sol dallé de l'église de la Trinité ; ils vérifieront cela ensuite. Suivant la lumière amincie, quatre yeux redescendent le puits et, en bas, la torche le leur montre, gît, devant quatre pointes de souliers, le squelette.

Il est tordu, incomplet ; certains détails sont bousculés ou se chevauchent. L'omoplate droite a enfoncé quatre côtes. Le sternum, avec l'appendice xiphoïde, se plante dans les côtes de droite. A gauche manque la clavicule. La colonne vertébrale est cassée au-dessus de la première lombaire. Bras et jambes, presque au complet, rassemblés de façon lâche : un homme tombé dans le puits.

Le Grinceur, figé, se laisse prendre la torche. Amsel commence à éclairer le squelette. Il en résulte des effets de lumière et d'ombre sans qu'Amsel y prenne garde. De la pointe de son soulier verni à boucles — Brauxel n'aura bientôt plus à parler de vernis — il trace, dans les décombres farineux, que recouvre seulement une croûte superficielle, une ligne faisant le tour de tous les membres tombés, prend du recul, repasse le contour avec le cône lumineux de sa torche, pince les yeux, comme toujours quand il voit quelque chose qui ressemble à un modèle, tient la tête oblique, laisse jouer sa langue, cache un œil, tourne sur place, regarde derrière lui par-dessus son épaule, tire de quelque part un miroir de poche, jongle avec la lumière, le squelette et le reflet, envoie derrière lui sous son bras replié la lumière de la torche, incline le miroir de poche, se met sur la pointe des pieds pour augmenter le rayon, s'agenouille rapidement pour comparer, se retrouve de

face sans miroir, rectifie la trace ici ou là, exagère de son
soulier traceur la gesticulation du cadavre tombé, la corrige en
effaçant et en refaisant le dessin, harmonise, souligne, adoucit,
recherche la statique, le mouvant, l'extase, se concentre sur un
croquis à faire du squelette, de mémoire, chez soi, éternisé
dans le journal. Ne pas s'étonner si Amsel, ayant achevé toutes
les études préalables, désire ramasser le crâne placé entre les
clavicules incomplètes du squelette, pour le mettre objectivement dans son cartable, avec les livres et les cahiers, la
chaussure fatiguée d'Hedwige Lau. Il veut porter le crâne au
bord de la Vistule et le mettre à l'un de ses épouvantails encore
à l'état d'armature, ou peut-être esquissé un instant plus tôt
dans la poussière. Déjà sa main aux cinq gros doigts curieusement écarquillés est sur les restes de clavicules ; il va plonger
les doigts dans les orbites et soulever le crâne avec précaution ;
quand le Grinceur, qui longtemps a joué l'immobilité, voire
l'absence, commence à grincer de plusieurs dents. Il fait
comme toujours : de gauche à droite. Mais l'acoustique du
puits rehausse et élargit le bruit de façon si crûment prémoni-
toire qu'Amsel interrompt son geste, jette derrière lui un
regard par-dessus son dos rond et braque la torche sur son ami.

Le Grinceur ne parle pas. Le grincement de dents sera
suffisamment expressif. Il signifie : Amsel ne doit pas écarter
un doigt. Amsel ne doit pas prendre. Le crâne n'est pas là pour
être emporté. Ne le dérange pas. N'y touche pas. Crâne.
Golgotha. Dolmen. Grincement de dents.

Mais Amsel, qui manque toujours de garnitures et d'accessoires, donc du strict nécessaire, veut déjà relancer sa main en
direction du crâne et — on ne trouve pas un crâne tous les
jours — montre à nouveau sa main écarquillée dans le cône de
poussière grouillante qu'émet la torche. Alors il reçoit un coup
ou deux du bâton qui d'abord n'avait touché que les rats. Et
l'acoustique du puits rehausse un mot, émis entre les coups :
« juif ! » Walter Matern traite son ami de « juif ! » et frappe.
Amsel tombe sur le côté près du squelette. La poussière
s'élève, se recouche minutieusement. Amsel se relève. Qui
peut ainsi verser de grosses larmes roulant par saccades ? De
plus Amsel, tout en riboulant des deux yeux et en lançant des
perles dans la poussière du fond de puits, commence à ricaner
sur le mode narquois : « *Walter is a very silly boy.* » Il répète
plusieurs fois cette phrase de sixième et imite en même temps
le prof d'anglais, car toujours, même tout en versant des
larmes, il faut qu'il imite quelqu'un, soi-même s'il le faut.

« *Walter is a very silly boy.* » Et tout de suite après, comme on parle dans le Werder : « Ça, c'est mon crâne. Je l'ai trouvé, ce crâne. Je voudrais seulement l'essayer, ce crâne. Et pis je le rapporte ici bien sûr. »

Mais il n'y a pas moyen de dire un mot au Grinceur. Le spectacle des os épars recroqueville son visage sur le nœud des sourcils. Il croise les bras, s'appuie sur le bâton, se pétrifie en méditation. Toujours quand il voit quelque chose de mort ! un chat crevé au fil de l'eau, des rats qu'il a tués de sa main, des mouettes qu'a éventrées son couteau lancé en l'air, quand il voit un poisson ballonné que les vaguelettes apportent sur la plage, ou bien parce qu'il voit le squelette dont Amsel veut prendre le crâne, il faut qu'il grince des dents de gauche à droite. Son visage de taurillon se déforme en grimace. Le regard, habituellement vague à stupide, devient pénétrant, s'enténèbre, laisse présumer une haine à dispersion aveugle : un air de théâtre souffle dans les galeries, culs-de-sac, retraits, réduits et puits de mine sous la Trinité gothique. A deux reprises, le Grinceur se frappe le front de son propre poing, se penche, saisit, élève le crâne, l'amène à lui, élève ses pensées, le contemple, tandis qu'Eduard Amsel s'accroupit sur le côté.

Qui est là, qui s'accroupit et s'allège ? Qui est là debout et tient à bout de bras le crâne d'un autre ? Qui regarde curieusement derrière soi et contemple ses excréments ? Qui fixe les yeux sur un crâne luisant et cherche à se reconnaître ? Qui n'a pas de vers, mais en eut, à cause de la salade ? Qui tient le crâne léger et voit des vers qui un jour rongeront le sien ? Qui ? Qui ? Deux hommes : pensifs et soucieux. Chacun a ses raisons. Tous deux sont amis. Walter Matern dépose le crâne sur le sol où il l'a trouvé. Amsel gratte de son soulier dans l'ordure et cherche, cherche, cherche. Walter Matern parle d'une voix forte et lance de grands mots dans le vide : « Maintenant, on s'en va. Ici c'est l'empire des morts. P'têt' que c'est Jan Bobrowski ou Materna, d'où c'est que vient notre famille. » Amsel n'écoute pas ces pures suppositions. Il ne peut croire que le grand bandit Bobrowski ou le bandit, incendiaire et précurseur Materna a pu un jour fournir la chair à ce squelette. Il ramasse un objet métallique, gratte tout autour, le frotte et exhibe un bouton de métal qu'il désigne avec assurance comme le bouton d'un dragon napoléonien.

Second siège de Danzig, telle est la date qu'il attribue au bouton avant de le confier à sa poche. Le Grinceur ne proteste pas ; à peine s'il a écouté ; il est toujours avec le bandit

Bobrowski ou l'ancêtre Materna. L'excrément qui refroidit refoule les deux amis par le trou de muraille. Walter Matern passe en tête. Amsel, à reculons, la torche braquée sur le crâne, se fraie à force un chemin par le trou.

VINGT-CINQUIÈME ÉQUIPE DU MATIN

Changement d'équipe chez Brauxel & C° : les amis avaient hâte de rentrer. Le tacot n'attendait jamais plus de dix minutes à la station de Ville-Basse.

Changement d'équipe chez Brauxel & C° : aujourd'hui nous célébrons le deux cent cinquantième du Grand Frédéric ; Brauxel devrait garnir une des chambres à degrés de sujets exclusivement frédériciens : un royaume de Prusse sous terre !

Changement d'équipe chez Brauxel & C° : dans le vestiaire contigu à la salle de gym du Lycée moderne Saint-Jean, Walter Matern réadaptait le panneau carré dans le plancher. Ils s'époussetèrent réciproquement.

Changement d'équipe chez Brauxel & C° : que nous apportera la grande conjonction des 4 et 5 février ? Dans le signe du Verseau, Uranus entre en opposition imparfaite, tandis que Neptune se met en quadrature. Deux aspects éminemment critiques ! Surmonterons-nous, Brauksel surmontera-t-il sans dommage la Grande Conjonction ? Sera-t-il possible de mener à bonne fin cet écrit traitant de Walter Matern, de la chienne Senta, de la Vistule, d'Eduard Amsel et de ses épouvantails ? Brauksel, qui pour l'instant tient la plume, veut en dépit des aspects critiques éviter le ton d'Apocalypse et rédiger posément la suite de l'histoire ; quoiqu'un autodafé ressemble de près à une petite Apocalypse.

Changement d'équipe chez Brauxel & C° : ayant épousseté de leurs habits le résidu médiéval, Walter Matern et Eduard Amsel s'en vont ; ils descendent la rue des Chats, remontent la Lastadie. Ils suivent la rue des Forges-d'Ancres. Derrière l'Office des Chèques postaux se trouve le nouveau garage à bateaux des clubs scolaires d'aviron : on met sur chantier des bateaux. Ils attendent que le tablier du Pont-aux-Vaches soit rabaissé et, tout en marchant, crachent plusieurs fois du haut du pont dans la Mottlau. Cris de mouettes. Des camions à chevaux roulent sur les madriers. On roule des tonneaux de bière ; un docker saoul qui s'accroche à un docker à jeun veut avaler comme ça un hareng salé tout entier… « J' te parie… J' te parie… » Ils traversent l'Ile des Entrepôts : Erich Karkutsch — Farines. Semences. Légumes secs ; Fischer & Nickel — Courroies de transmission, produits d'amiante ; ils marchent sur des voies ferrées, des restes de chou vert, des flocons de kapok. Chez Eugen Flakowski, Articles pour selliers et tapissiers, ils s'arrêtent : des balles de varech, du jute, des toisons de raphia, du crin de cheval, des rouleaux de phormium, des anneaux de porcelaine et des houppes, des passementeries à perte de vue ! Ils prennent en biais par le boyau puant de la rue aux Moines, traversent la Neuve-Mottlau. Ils remontent Mattenbuden, prennent la baladeuse du tramway en direction de Heubude, mais sans aller plus loin que la Porte de Langgarten, et atteignent en temps utile la gare de ce tacot qui relance le beurre et le caillé, qui prend lentement le virage en sonnant vite et va dans le Werder. Eduard Amsel n'a toujours pas lâché le bouton du dragon napoléonien, et le tient au chaud dans sa poche.

Les amis — et tous deux restèrent frères par le sang malgré la tête de mort et le mot juif, inséparablement — ne parlèrent plus du squelette gisant sous l'église de la Trinité. Une fois seulement, dans la rue du Pot-au-Lait, entre le magasin d'articles de sport Deutschendorff et une succursale des laiteries Valtinat, devant la vitrine d'un magasin qui montrait des écureuils, des martres, des chouettes, des coqs de bruyère en parade, tous empaillés, et un aigle empaillé battant des ailes et tenant dans ses serres un agneau empaillé, devant une vitrine dont le rayonnage en gradins descendait par degrés jusqu'au ras de la vitre, devant les pièges à rats, les pièges à renards, les paquets d'insecticides, les sachets d'antimites, la Mort-aux-Mouches, le Trépas-des-Cafards, la Fin-des-Rats, devant l'outillage du chasseur en chambre, devant l'aliment pour oiseaux, le biscuit pour chiens, les aquariums vides, les pochettes pleines de mouches et de daphnies séchées, devant des grenouilles, salamandres et serpents accommodés en bocaux à l'alcool, devant d'incroyables papillons sous verre, des scarabées dix-cors, des araignées poilues et des hippocampes rituels, devant le squelette humain à droite à côté du rayon, devant celui du chimpanzé, à gauche de l'escalier, devant le squelette d'un chat marchant, aux pieds d'un chimpanzé plus petit, devant le rayon supérieur où étaient exposés, hautement instructifs, les crânes de l'homme, de la femme, du vieillard, de l'enfant, du prématuré et du fœtus, devant cette encyclopé-

dique vitrine — on pouvait avoir de jeunes chiens à l'intérieur,
et y faire noyer de jeunes chats par spécialiste breveté d'Etat
— devant la vitrine astiquée deux fois par semaine, Walter
Matern tout à trac proposa à son ami d'acheter avec l'argent
restant dans le sac une tête de mort par-ci, une tête de mort
par-là, afin de les utiliser dans le montage des épouvantails.
Amsel déclina l'offre ; il dit, avec une brièveté marquée, mais
sans la sécheresse d'un homme offensé, plutôt avec la concision
que confère la supériorité intellectuelle, que le thème Tête-de-
Mort n'était nullement dépassé ni éliminé ; seulement il n'était
pas assez brûlant pour qu'on dût lui sacrifier ce qui restait
d'argent ; quitte à acheter, on pouvait trouver à bas prix et à la
livre, chez les paysans et les volailleux du Werder, des plumes
d'oie, de canard et de poule de qualité inférieure ; il, lui,
Amsel, avait en l'esprit le plan d'une entreprise contradic-
toire : un oiseau géant qui serait un épouvantail à oiseaux —
c'était la vitrine de la rue du Pot-au-Lait, pleine d'animaux
empaillés, qui l'avait inspiré ; surtout l'aigle sur l'agneau.

O saint, ô ridicule moment de l'inspiration : un ange touche
le front. Muses à bouches gourmandes, effrangées. Planètes
dans Verseau. Une tuile tombe. L'œuf a deux jaunes. Le
cendrier déborde. Une goutte tombe sur un toit : celluloïd.
Court-circuit. Cartons à chapeaux. Qui est-ce qui tourne le
coin : le soulier verni à barrette. Qui entre sans frapper : la
Barbarina, la reine de la glace, les bonshommes de neige. Ce
qui se laisse empailler : Dieu, les anguilles et les oiseaux. Ce
qu'on extrait de gisements souterrains : la houille, le minerai,
la potasse, les épouvantails, le passé.

Cet épouvantail naît peu de temps après. Pour des années,
c'est le dernier que construit Amsel. Car il figure en point
d'orgue sous le titre sans doute ironiquement décerné de
« Grand Oiseau Couic-Couic » — ce n'est pas Amsel, mais le
passeur Kriwe qui, selon document, a proposé le nom — dans
ce journal — le schéma de montage et l'étude en couleurs y
sont notés — qui aujourd'hui encore bénéficie d'une sécurité
relative dans le coffre-fort de Brauxel.

Des hardes — ainsi s'exprime à peu près le journal —
doivent être enduites de poix ou de goudron. Une fois
enduites, les hardes reçoivent extérieurement, si la matière y
suffit, intérieurement une garniture de plumes collées. Grandes et petites. Surtout pas de naturel, pas naturel.

Quand le Grand Oiseau Couic-Couic, goudronné, emplumé,
excédant la taille d'un homme, fut terminé et fit sensation sur

la digue, ses plumes étaient hérissées de façon vraiment peu naturelle. Dans l'ensemble, il vous donnait le frisson. Les plus endurcies des harengères juraient, croyant que le bestiau pouvait vous jeter un sort si on le regardait ; on y attraperait un goitre, un œil paralysé ou une fausse-couche. Les hommes demeuraient immobiles, roides et gauches, mais en laissaient refroidir leurs pipes. Johann Lickfett dit : « Mon 'ieux, j' voudrais pas l'avoir même pour rien. »

Il fut malaisé de trouver preneur. Pourtant il n'était pas cher malgré le goudron et les plumes. Les matins, solitaire, il se dressait contre le ciel sur la digue de Nickelswalde. Quand les lycéens étaient de retour, alors seulement quelques-uns, comme par hasard, longeaient la digue ; mais ils faisaient halte à bonne distance, évaluaient, étaient d'avis que, palabraient et ne voulaient rien savoir pour acheter. Pas de mouettes devant le ciel nu. Les souris de la digue déménageaient. La Vistule ne pouvait pas faire un détour, sans quoi. Partout il y avait des hannetons, sauf à Nickelswalde. Lorsque l'instituteur Olschewski, toujours un peu surexcité, eut marqué son intérêt par un rire beaucoup trop sonore — il se disait un homme éclairé — et ce par goût de la rigolade plus que pour protéger ses vingt mètres carrés de jardin qu'il avait sur son devant, le Grand Oiseau Couic-Couic dut être bradé très au-dessous du prix établi. Transport sur la petite charrette d'Olschewski.

Deux semaines durant, le monstre fut là dans le jardin de devant, et son ombre frappait la petite maison de plain-pied, crépie de blanc où habitait l'instituteur. Pas un oiseau n'osait faire couic. Le vent de mer ébouriffait des plumes goudronnées. Les chattes devenues hystériques fuyaient le village. Les écoliers faisaient un détour ; la nuit, ils avaient des cauchemars, faisaient pipi au lit et se réveillaient en hurlant, les doigts glacés. A Schiewenhorst, Hedwige Lau fit de l'amygdalite et de surcroît se mit brusquement à saigner du nez. Le vieux Folchert, en fendant du bois, se fit sauter une bûche dans l'œil. Ce fut long à guérir. Quand la grand-mère Matern chut à la renverse au milieu de la basse-cour, beaucoup dirent que c'était un coup du Grand Oiseau ; d'ailleurs, il y avait des semaines que les poules et même le coq transportaient dans leur bec des brins de paille en tous sens ; ça voulait dire, depuis toujours, un décès. Quelqu'un de la maison du meunier, d'abord la pauvre Lorchen, avait entendu le ver de bois, horloge des morts. La grand-mère Matern prit note de tous les présages et commanda les sacrements. Elle mourut satisfaite parmi les poules porte-pailles. Dans le cercueil elle avait l'air plutôt paisible. Elle portait des gants blancs et tenait entre ses doigts recroquevillés un petit mouchoir de dentelle parfumé de lavande. Il y avait des fleurs tant qu'il en fallait. Par malheur, avant de clore le cercueil, on oublia de lui retirer les grandes aiguilles qu'elle avait dans les cheveux et de les déposer en une terre bénie suivant le rite catholique. A cette négligence sont dus les élancements hémicrâniens qui, dès après l'enterrement, affligèrent la meunière Matern, née Stange, de façon ininterrompue.

Tandis que le cadavre était exposé dans la chambre du haut, que les gens en vêtements raides se pressaient dans la cuisine, sur l'escalier de la chambre et jetaient par-dessus le cadavre leurs « Ben voilà qu'elle n'est plus ! » « L'a plus besoin de marchander », « Elle a plus de soucis et entre dans le repos éternel », le passeur Kriwe demanda l'autorisation de toucher avec l'index droit de la défunte une de ses rares dents qui lui faisait mal depuis des jours et baignait dans le pus. Le meunier, entre la fenêtre et le fauteuil, faisait en noir et sans sac ni ténébrion une impression bizarre ; aucun éclairage alternatif ne le mettait en éclipse, car le nouveau moulin ne marchait pas encore ; il fit lentement de la tête un signe positif : doucement on ôta le gant de droite à la grand-mère Matern, et Kriwe porta sa dent malade au contact de l'index fléchi : ô saint, ô ridicule moment où intervient miraculeuse guérison : un ange touche du doigt, met la main sur, passe à rebrousse-poil et croise les pouces. Sang de crapaud, œil de corneille, lait de jument. Pendant les Douze Nuits à cheval sur la Saint-Sylvestre, trois fois par-dessus l'épaule gauche, sept fois vers l'Est. Epingles à cheveux. Poils pubiens. Duvet de la nuque. Déterrer, semer au vent, boire du jus rendu, verser sur le seuil, la nuit, seul, devant que chante le coq, à la Saint-Mathieu. Ergot de seigle. Graisse de nouveau-né. Sueur de morts. Suaire. Doigts de mort : car il paraît qu'effectivement le pus où baignait la dent de Kriwe régressa quand eut lieu le contact avec l'index de la défunte grand-mère Matern ; de même la douleur, si l'on prend pour argent comptant que doigt de mort guérit mal aux dents, aurait diminué puis disparu.

Quand on sortit le cercueil à bras d'homme et qu'il passa cahoté devant la ferme Folchert, puis devant la petite maison de l'instituteur et son jardin de devant, un des porteurs funéraires trébucha parce que le Grand Oiseau Couic-Couic était toujours debout dans les haricots de l'instituteur. Trébucher veut dire quelque chose. C'est un signe avertisseur. Le faux-pas d'un croquemort provoqua la décision : les cultivateurs et les pêcheurs de plusieurs villages firent une pétition auprès de l'instituteur Olschewski et menacèrent de gueuler encore plus fort auprès de l'inspecteur primaire.

Le lundi suivant, quand Amsel et Walter Matern rentrèrent du lycée par le tacot, l'instituteur Olschewski les attendait au ponton de Schiewenhorst. Il portait culottes de golf, veste de sport à grands carreaux, chaussures de plage et chapeau de paille. Tandis que le train manœuvrait, il parla aux deux garçons, et Kriwe le passeur appuyait ses paroles. Il dit que ça n'allait plus ; certains parents s'étaient plaints, voulaient écrire à l'inspecteur primaire ; à Tiegenhof, on avait déjà eu vent de l'affaire ; sans doute, la superstition habituelle jouait un certain rôle ; surtout pour expliquer le décès regrettable de la grand-mère Matern — « cette excellente femme ! » — tout cela en plein xxᵉ siècle, au temps des lumières, mais personne, en particulier ici, dans les villages de la Vistule, ne pouvait aller à contre-courant : si beau que fût l'épouvantail, il était trop au-dessus des capacités de villageois, surtout de villageois du Werder.

L'instituteur Olschewski dit en propres termes à son ancien élève Eduard Amsel : « Mon garçon, tu vas maintenant au lycée, tu as fait un pas considérable dans le vaste monde. Désormais le village te sera trop étroit. Puisse ton application, ce chose artistique qui est en toi, ce, comme on dit, don de Dieu, se manifester à nouveau là-bas. Mais ici ça suffit. Tu sais que je te veux du bien. »

Le lendemain eut un petit air d'Apocalypse : Amsel liquidait ses stocks entreposés dans la remise à Folchert. Cela veut dire que Matern ouvrit le cadenas et qu'un nombre étonnant de volontaires emportèrent les matériaux du passementier — c'est ainsi que dans les villages on appelait Amsel : quatre épouvantails commencés, des fagots de lattes à toiture et de tuteurs pour fleurs. Le kapok volait en flocons. Des matelas vomissaient leur varech. Le crin de cheval jaillissait des capitons de sofa. Le cabasset, la belle perruque à marteaux de Krampitz, le shako, les chapeaux-tromblons, les pennaches, les coiffes à la papillon, les chapeaux de feutre, paille, velours taupé, le Calabrais, le Wellington offert par les Tiede de Gross-Zünder, tout ce qui peut ombrager un vertex, passait de tête en tête, sortait de l'ombre du hangar et s'épanouissait au soleil jaune miel. « V'là le passementier ! » La caisse d'Amsel, dont

le contenu aurait rendu fou un escadron d'adjudants de
quartier, versait des ruches, des paillettes, des perles de strass,
des godrons, des tuyautés et des bordures, un nuage de fine
dentelle, des ganses de sofa et des houppes de soie embaumant
l'œillet. Quiconque était valide, tous ceux qui voulaient aider
le faiseux tiraient du tas quelque chose, l'emportait au-dehors,
le rejetait en tas : saute-en-barque et rase-pets, pantalons et
longue litevka vert rainette à la polonaise. C'était un voyageur
en laiterie de passage qui avait donné en cadeau à Amsel un
petit gilet de zouave et un vrai gilet bleu prune. Huih ! le
corset ! Le corset ! Deux s'enveloppaient d'une cape à la
Blücher. Des mariées dansaient la gigue en toilette fleurant
bon la lavande. D'autres faisaient la course en sac dans des
caleçons. Vert tilleul, la robe-chemisier. Le manchon fournissait une balle. Dans une cape, une portée de jeunes souris.
Accrocs carrés. Plus de col. Rabats blancs et fixe-moustaches.
Violettes en tissu, tulipes de cire, plaques de colliers pour
chiens et pensées séchées, emplâtres de beauté, paillettes de
mites « Au passementier, au passementier ! » Sans y regarder à
la pointure, qui enfilait ou forçait son pied dans une galoche,
des escarpins, des richelieus, des bottes à lacets, à tirants, à
revers, crevait à coups de chaussures à la poulaine les rideaux
d'une comtesse, duchesse, voire princesse ou reine. Les
reliques de la Prusse, de la Cujavie et de la Ville-Libre
tombaient en un tas : quelle fête dans les orties derrière le
hangar de Folchert ! « Au passementier ! » Et tout en haut du
tas informe, qui ne cessait de libérer des mites se tenaient,
érigé sur des rames de haricots, le scandale public, le
croquemitaine, Baal goudronné, serpent à plumes, Gucumatz,
Huitzil-Opochtli, le Grand Oiseau Couic-Couic.

Le soleil luit presque à la verticale. Allumé de la main de
Kriwe avec le briquet de Kriwe, le feu se propage rapidement.
Tous reculent à quelques pas retenus, mais restent et veulent
être témoins de la grande crémation. Tandis que Walter
Matern, comme toujours dans les exécutions, se comporte
bruyamment et cherche à couvrir de son grincement de dents le
crépitement du feu, Eduard Amsel, dit le « passementier »,
que certains au cours de cette joyeuse cérémonie, appellent
Itzig, se tient négligemment sur ses jambes grêlées de son ; il
frotte l'une contre l'autre avec application ses paumes coussi-
nées, pince les yeux et voit quelque chose. Pas une fumée
couleur de purée de pois ; ni un cuir qui grésille, ni un envol
ardent d'étincelles et de mites ne lui font resserrer en étroites

fentes de visée ses yeux qu'il avait ronds ; en revanche l'oiseau en flamme aux mille mèches, dont la fumée noire se rabat et rampe sur les orties, lui inspire des idées prestes et d'autres friandises. Car en même temps que la bête enflammée, créature de haillons, de goudron et de plumes, s'ébroue, crépite et, au comble de la vie, fait un dernier effort pour voler, puis s'effondre en poudre d'étoiles, Amsel a résolu à part soi et dans son journal de reprendre plus tard, quand il sera grand, l'idée de l'Oiseau Couic-Couic : il veut bâtir un oiseau géant qui sans trêve brûle, flambe et poudroie, mais qui pourtant jamais ne se consume, parce qu'éternellement, de tout temps et par nature, apocalyptique et décoratif à la fois, il brûle, flambe et poudroie.

VINGT-SIXIÈME ÉQUIPE DU MATIN

Peu de jours avant le 4 février, avant que cette conjoncture critique ne remette en question le monde, Brauxel décide d'enrichir d'un numéro de catalogue ses offres de service, son pandémonium : il veut faire construire le perpetuum mobile enflammé en forme d'oiseau suggéré par Amsel. Ce bas monde n'est pas si riche en idées qu'on doive renoncer tête basse à l'une des plus jolies inspirations, même si le monde devait disparaître pour cause de conjoncture astrale après un petit nombre de relèves du matin ; d'autant qu'après l'autodafé derrière la remise à Folchert Eduard Amsel donna un exemple d'attitude stoïque en aidant à éteindre la cassine qu'une flammèche volante avait incendiée.

Peu de semaines après la crémation publique des stocks amséliens et du dernier modèle ornithobole, après un incendie qui, nous le verrons, enflamma dans la petite tête d'Amsel toute sorte d'amadou et y alluma un brasier impossible à éteindre, la veuve Lottchen Amsel, née Tiede, et M. Anton Matern, meunier à Nickelswalde, reçurent des lettres bleues précisant quel jour et à quelle heure M. le proviseur Battke, docteur ès lettres, avait fixé une audience dans le cabinet directorial du Lycée moderne Saint-Jean.

Par le seul, même et éternel tacot, la veuve Amsel et le meunier Matern — assis l'un en face de l'autre à des coins-fenêtre — se rendirent à la ville. A la Porte de Langgarten ils prirent le tramway jusqu'au Pont des Pots-à-Lait. Etant arrivés de bonne heure, ils purent encore régler quelques affaires. Elle devait aller chez Hahn et Löchel, puis chez Haubold et Lanser ; lui, à cause du moulin neuf, chez l'entrepreneur Prochnow, dans la rue des Cigognes. Sur le Marché-Long ils se retrouvèrent, burent un verre chez Springer, prirent ensuite un taxi — ils auraient aussi bien pu aller à pied — et arrivèrent trop tôt dans la rue des Bouchers.

Pour donner une durée arrondie, ils durent attendre dix minutes dans l'antichambre du docteur Rasmus Battke, jusqu'au moment où le proviseur en chaussures gris clair, en vêtements sport par ailleurs, l'air important, sans binocle, se montra dans l'antichambre. D'une main petite sur un bras court, il les pria d'entrer dans son bureau et, comme ces braves gens de la campagne n'osaient pas s'asseoir dans les fauteuils de club, il lança d'un ton engageant : « Pas de cérémonies, s'il vous plaît. Je me réjouis sincèrement de connaître les parents de deux écoliers donnant tant de promesses. »

Trois murs en bibliothèque, un mur en fenêtres. Son tabac à pipe avait l'odeur anglaise. Schopenhauer rongeait son frein entre les rayons, parce que Schopenhauer... Verre d'eau, carafe, débourre-pipe sur le bureau rouge sang de bœuf, que protégeait un feutre vert. Quatre mains, gauches, sur les appuis capitonnés de cuir. Le meunier Matern montrait au proviseur son oreille décollée et non pas celle qui entendait le ver de farine. La veuve Amsel, à chaque proposition subordonnée du loquace proviseur, hochait la tête. Furent traités premièrement : la situation économique à la campagne, donc le règlement de marché en instance, rendu nécessaire par les lois douanières polonaises, et les problèmes des fromageries du Grand Werder. Deuxièmement : le Grand Werder en général et, en particulier, les champs de blés ondulant au loin, ondulant au vent ; les avantages de la variété Epp contre la nielle — « mais quel pays vaste et fécond, oui, oui... » Troisièmement, le docteur Rasmus Battke poursuivit : deux écoliers aussi bien doués, quoique de façon totalement différente — le petit Eduard n'avait qu'à se baisser pour ramasser — deux écoliers unis d'une si fertile amitié — comme c'était émouvant, le petit Matern protégeant son ami des taquineries assurément non malintentionnées de leurs condisciples — bref, deux élèves aussi dignes d'être bienveillamment poussés qu'Eduard Amsel mais aussi que Walter Matern étaient du fait du long parcours fastidieux, quoique très amusant, qu'ils effectuaient par le chemin de fer à voie étroite, plus que gênés pour donner leur plein rendement, lui, le proviseur de l'établissement, un vieux routier de l'école, comme on pouvait le croire, et rompu depuis des années au problème des élèves de l'extérieur, proposait pour ce motif de changer de lycée les deux garçons avant même que les vacances d'été ne survinssent, bref le lundi suivant. Le Conradinum de Langfuhr, dont le directeur, un ami de longue date, était déjà au courant et était d'accord, disposait d'un internat, en bon allemand d'un foyer d'habitation pour lycéens, où un nombre considérable d'internes, en bon allemand habitants du foyer scolaire, moyennant une indemnité adéquate — le Conradinum bénéficiait des revenus d'une fondation honorifique — pouvaient habiter, manger, dormir ; en un mot, tous deux seraient en bonnes mains là-bas ; lui, le directeur de l'établissement, ne pouvait que corroborer.

Ainsi donc, le lundi suivant, Eduard Amsel et Walter Matern troquèrent les casquettes en velours vert de Saint-Jean contre les casquettes rouges du Conradinum. Eux et leurs valises, par l'office du tortillard, quittèrent les bouches de la Vistule, le Grand Werder, les digues d'un horizon à l'autre, les peupliers de Napoléon, les fumeries de poisson, le bac à Kriwe, le moulin neuf sur son soubassement neuf, les anguilles entre les saules et les vaches, leur père et leur mère, la pauvre Lorchen, les mennonites durs et mous, Folchert, Kabrun, Lickfett, Momber, Lührmann, Karweise, l'instituteur Olschewski et le fantôme de la grand-mère Matern qui hantait la maison parce qu'on avait oublié de verser en croix sur le seuil l'eau de la toilette funéraire.

VINGT-SEPTIÈME ÉQUIPE DU MATIN

Les fils des gros cultivateurs, les fils des grands propriétaires fonciers, les fils de la noblesse rurale, légèrement endettée, de Prusse occidentale, les fils de briquetiers kachoubes, le fils du pharmacien de Neuteich, le fils du pasteur de Hohenstein, le fils du conseiller général de Stüblau, Heini Kadlubek d'Otroschken, le petit Probst de Schönwärling, les frères Dyck de Ladekopp, Bobbe Ehlers de Quatschien, Rudi Kiesau de Straschin, Waldemar Burau de Prangschin et Dirk-Heinrich von Pelz-Stilowski de Kladau-sur-Kladau ; donc les fils de roturiers, de gentilshommes, de fermiers et de pasteurs

devinrent, pas tous en même temps, mais la plupart peu de
temps après Pâques, internes de l'internat situé à côté du
Conradinum. Le Lycée moderne avait pu se maintenir comme
institution culturelle privée pendant des dizaines d'années
grâce à la Fondation conradienne ; mais quand Walter Matern
et Eduard Amsel devinrent conradiens, la ville allouait déjà de
fortes subventions. C'est pourquoi le Conradinum devait être
qualifié Lycée municipal. Seul l'internat ne l'était pas encore,
mais demeurait toujours passe-temps privé conradien et objet
de subventions.

Le dortoir des sixièmes, cinquièmes et quatrièmes encore
appelé petit dortoir, était au rez-de-chaussée, ses fenêtres
donnaient sur le jardin scolaire, en direction des groseilles à
maquereau. Il y en avait toujours un qui faisait pipi au lit. Ça
se sentait ; ça sentait aussi les matelas de varech. Les deux amis
dormaient dans des lits voisins sous un chromo figurant la
Porte de la Grue, l'Observatoire et le Pont-Long en hiver, par
débâcle. Tous deux ne faisaient pas pipi au lit, ou si peu. Le
baptême des bizuths, une tentative de passer au cirage noir le
séant d'Amsel, fut repoussé par Matern en un tournemain.
Dans la cour de récréation, tous deux, sous le même marron-
nier, faisaient bande à part. Etaient tolérés à la rigueur le petit
Probst et Heini Kadlubek, fils d'un marchand de charbon ; ils
pouvaient écouter quand Walter Matern observait un long,
sombre silence rectiligne, quand Eduard Amsel développait
son volapük secret et dénommait à neuf son nouvel entourage.

« Sel xuaesio ici en em tnesialp erèug. »

Les oiseaux ici ne me plaisent guère.

« Sel xuaeniom ed al elliv en tnos sap xuec sed spmahc. »

Les moineaux de la ville ne sont pas ceux des champs.

« Draude lesma elrap à l'srevne. »

Sans effort, couramment, il mettait mot à mot cul par-dessus
tête des phrases longues et courtes et était même capable
d'écraser la nouvelle langue rétrograde en parler du Werder :
Dodendeetz devenant Zteednedod. Un C incommode, un ps
imprononçable, le difficile Sch, un Ur à se casser la figure
s'abolissaient au rabot du patois bas-allemand et, au lieu de
Liebärchen, il disait en simplifiant Nehkräbeil. Walter Matern
le comprenait normalement, rendit aussi de brèves réponses
parallèlement retournées, la plupart sans faute : « Iuo uo
non ? » Le petit Probst en restait ahuri. Heini Kadlubek,
appelé « Kebuldak », s'entendait passablement à jaspiner en
rétrograde.

Beaucoup d'inventions, égales en valeur aux astuces linguistiques d'Amsel, furent déjà faites dans les cours de récréation de ce monde, tombèrent plus tard dans l'oubli et sont finalement exhumées et reprises avec application par des vieillards puérils dans des parcs municipaux conçus comme réplique des cours de récréation. Quand Dieu allait encore à l'école, l'idée lui vint, dans la cour de récréation céleste, de créer le monde avec son copain, le petit Diable, un garçon doué : le 4 février de cette année, à ce que Brauxel lit dans nombre de chroniques, ce monde doit finir ; cela fut décidé dans des cours de récréation.

En outre, les cours de récréation ont un trait commun avec les basses-cours : la pavane du coq de service ressemble à la déambulation du professeur assurant la surveillance. Les coqs aussi, quand ils marchent, tiennent les mains derrière le dos, se retournent à l'improviste et jettent alentour un regard punitif.

Le professeur Oswald Brunies — le collectif d'auteurs se propose de lui élever un monument — étant de surveillance, procure un plaisir tombant sous le sens à l'inventeur de la comparaison du coq et de la basse-cour : tous les neuf pas, de la pointe de sa chaussure gauche, il fouille le gravier de la cour ; et qui plus est, il fléchit la jambe, le professeur — une habitude significative — le professeur Oswald Brunies cherche quelque chose : pas de l'or, pas un cœur, pas la chance, Dieu ; ni la gloire, il cherche des cailloux rares. La cour de récréation couverte de gravier chatoie d'un éclat micacé.

Ne pas s'étonner si, l'un après l'autre, parfois à deux, des élèves s'approchent et, sérieusement, ou bien par habituel esprit de canular scolaire, lui montrent des cailloux banals qu'ils ont ramassés par terre. Mais le professeur Oswald Brunies prend chacun, fût-ce le plus misérable caillou roulé, entre le pouce et l'index de la main gauche, le tient à contre-jour, puis l'expose au jour, prend à droite une loupe fixée à un élastique dans la pochette de son veston brun tourbe luisant par places, fait, d'une main experte et mesurée, évoluer entre le caillou et l'œil la loupe fixée à l'élastique qui s'allonge, laisse élégamment la loupe, confiante en l'élastique, réintégrer la pochette ; tout de suite, il a le caillou dans la paume de la main gauche, l'y fait rouler selon un rayon minuscule, puis avec une audace croissante au ras du bord de sa main et le rejette en frappant de sa main droite libre le dessous de sa main gauche. « Joli, mais superflu ! » dit le professeur Oswald Brunies ; et la même main qui l'instant d'avant faisait encore graviter le caillou superflu plonge dans un sac en papier qui, chaque fois qu'ici on parlera d'Oswald Brunies, s'égueule brun et froissé à la poche latérale de sa veste. Par des circuits ornementaux pareils à ceux qu'en la sainte Messe parcourt la main du prêtre, il porte à sa bouche un bonbon de sucre d'orge puisé dans le cornet ; il officie, suce, suçaille, salive, fait fondre, fait filer le suc entre ses dents noircies de tabac, fait circuler d'une joue à l'autre et, tandis que se réduit la récréation, qu'en l'âme confuse de nombreux écoliers s'accroît l'angoisse des fins de récréation, que dans les marronniers les moineaux aspirent à la fin de la récré, qu'il se panade, fouille du pied le gravier de la cour et rejette des cailloux superflus, il laisse le bonbon de sucre d'orge devenir plus petit et plus pareil à du verre.

Petite récré, grande récréation. Jeux à la récré, propos de récré. Petit pain et misère de la récréation : angoisse, pense Brauksel : dans un instant, la sonnerie...

Cours de récréation vides, en proie aux moineaux. Mille fois vu et filmé : le vent déplace le papier gras d'une tartine sur une cour de récréation vide, infiniment mélancolique, prussienne, humaniste, couverte de gravier.

La cour de récréation du Conradinum se composait de la Petite Cour quadrangulaire, irrégulièrement ombragée de vieux marronniers qui en faisaient une fûtaie claire, et de la Grande Cour oblongue qui la continuait à gauche, sans clôture, cernée à intervalles réguliers de jeunes tilleuls qui se tenaient à des bâtons. La salle de gym néogothique, l'urinoir néogothique, et le bâtiment scolaire néogothique à quatre étages, équipé d'un clocher sans cloche, rouge vieille brique et escaladé de lierre limitaient trois côtés de la Petite Cour de récréation et la protégeaient des vents qui, venus par la Grande Cour, envoyaient du coin oriental des sillages de poussière ; car seul le jardin scolaire bas, avec sa clôture de treillage métallique, à mailles étroites, et l'internat à deux étages, également gothique, se mettaient en travers du vent. Jusqu'au jour où, plus tard, derrière le pignon sud de la salle de gym, on aménagea un moderne terrain de sport avec piste en cendrée et gazons, la Grande Cour de récréation dut servir de terrain de jeu pendant les classes de gym. Mentionnons encore un échafaudage de bois goudronné, longueur quinze mètres, situé entre les jeunes tilleuls et la clôture du jardin scolaire. La roue avant en haut, on pouvait sous cet abri ranger les bicyclettes. Un petit jeu : dès que les roues avant dressées étaient mises en mouvement à coups de main plate, le gravier demeuré adhérent après un bref parcours dans la Grande Cour de récréation se détachait du pneumatique et crépitait contre les groseillers à maquereau du jardin scolaire derrière la clôture de treillage métallique.

Quiconque dut un jour, sur un terrain de gym couvert de gravier, jouer au handball, au football, à la balle au prisonnier, au faustball, voire à la thèque, au premier pas qu'il fait sur le gravier, se souviendra de tous les genoux écorchés, de ces plaies contuses qui guérissent mal, se couvrent de croûtes purulentes et font de tout terrain de gym gravillonné une terre abreuvée de sang. Peu de choses seulement en ce monde se marquent aussi éternellement qu'un gravier.

Mais pour lui, le coq de la cour de récré, pour le professeur Oswald Brunies panadeur et suçaillant — on lui fera un monument — pour lui, avec sa loupe au bout d'un élastique, son cornet gluant dans la poche poisseuse de sa veste, pour lui qui rejetait ou mettait de côté pierres et pierrailles, des cailloux rares, de préférence des gneiss micacés — muscovite, biotite — qui collectionnait, observait, rejetait ou réservait le quartz, le feldspath et la hornblende, pour lui la Grande Cour de récréation du Conradinum n'était pas un embêtement ouvrant des plaies, mais une occasion permanente de gratter la terre avec la pointe de sa chaussure gauche chaque fois qu'il avait fait neuf pas. Car Oswald Brunies, qui enseignait pour ainsi dire tout — géographie, histoire, allemand, latin, en cas de besoin religion — n'était pas ce prof de gym partout redouté à la poitrine crêpue de noir, aux jambes sourcilleuses, à sifflet à roulette, portant la clé de la resserre à matériel. Jamais Brunies n'a fait trembler un jeune garçon sous la barre fixe, souffrir aux barres parallèles, pleurer aux cordes de grimper brûlantes un jeune garçon. Jamais il n'a exigé d'Amsel le rétablissement à l'allemande ou le saut de brochet par-dessus le cheval en long toujours trop long. Jamais il n'a pourchassé sur le gravier mordant Amsel et ses genoux charnus.

Cinquante ans, moustache roussie par le cigare. Toutes les extrémités de poils de barbe sucrées par le bonbon de sucre d'orge toujours neuf. Sur sa tête rousse, un feutre gris auquel souvent demeuraient accrochés, le temps d'une matinée, les glouterons qu'on y avait lancés. Des houppes de cheveux laineux sortant de chaque oreille. Une figure tissue de rides laissées par le rire, le sourire, l'hilarité. Eichendorff niché dans le sourcil hirsute. La roue du moulin, les compagnons gaillards et la nuit fantastique autour des ailes du nez toujours mobiles.

Et rien qu'aux coins de la bouche, mais aussi à la racine du nez, en travers, quelques comédons : Heine, le Conte d'Hiver et l'étouffe-chrétien de Raabe. Et avec ça on l'aimait bien sans jamais le prendre au sérieux. Célibataire en feutre à la Bismarck, et professeur principal en sixième : dans celle-ci Walter Matern et Eduard Amsel, les deux amis venus des bouches de la Vistule. Ils ne sentaient pas trop l'étable, tous deux, le lait caillé et les poissons fumés ; évanouie aussi l'odeur de brûlé qui demeura dans leurs cheveux et leurs habits après la crémation publique derrière la remise à Folchert.

VINGT-HUITIÈME ÉQUIPE DU MATIN

Le changement d'équipe effectué à l'heure dite, après des ennuis d'affaires — les traités agraires de Bruxelles créeront aux Etablissements Brauxel & C° des difficultés de débouchés — retour au gravier de la cour. La scolarité des deux amis promettait de devenir gaie. A peine les avait-on mutés de Saint-Jean au Conradinum, à peine s'étaient-ils acclimatés à l'internat confiné, puant les mauvais sujets — qui ne connaît des histoires d'internat ? — à peine s'étaient-ils inculqué le cailloutage de la Grande Cour que le bruit se répandit : dans une semaine, la sixième s'en va pour quinze jours à Saskoschin. Le professeur Brunies et Mallenbrand, le prof de gym, exerceront la surveillance.

Saskoschin ! Quel mot délicat.

Le Foyer rural scolaire était dans la forêt domaniale de Saskoschin, le plus proche village un peu important s'appelait Meisterwalde. L'autobus postal y conduisit la classe et les deux professeurs par Schüddelkau, Straschin-Prangschin, Salau-le-Grand. Un village en amas. La place de marché sablonneuse assez grande pour en faire un foirail. Alentour, des poteaux de bois avec des anneaux de vieux fer pour enchaîner les bêtes. Mares luisantes striées à chaque coup de vent ; peu avant l'arrivée de l'autobus postal, une averse était tombée. Mais pas de bouses de vache, de crottins de cheval ; pourtant quelques pelotons de moineaux qui sans arrêt se regroupèrent et portèrent leur bruit au carré quand Amsel descendit de l'autobus. Des fermes basses, partiellement couvertes de chaume, ourlaient de leurs petites fenêtres la place du marché Il y avait un bâtiment neuf à deux étages, non crépi, le magasins Hirsch. Des charrues neuves de fabrique, des herses, des rateaux-faneurs pensaient être vendus. Des timons de voitures pointaient vers le ciel. En face, plus sur le côté, une usine de brique rouge, morte, fenêtres clouées, barrait la vue. C'était seulement fin octobre que la campagne betteravière mettrait dans la boîte de la vie, de la puanteur et des salaires.

L'habituelle succursale de la Caisse d'Epargne de la ville de Danzig, deux églises, la laiterie, une tache de couleur : la boîte aux lettres. Et devant la boutique du coiffeur une seconde tache colorée : le disque de laiton jaune miel, suspendu de biais dans le vent, émettait des signaux lumineux quand changeaient les nuages. Un village froid, sans ombres.

Meisterwalde, comme tout le pays au sud de la ville, appartenait au canton des Hauts-de-Danzig. Un sol misérable, comparé aux polders de la dépression vistulienne. Betteraves, pommes de terre, avoine polonaise sans barbe, seigle de pays vitreux. Chaque pas heurtait une pierre. Les paysans qui marchaient à travers champs se penchaient à chaque pas, ramassaient un spécimen parmi la foule, le lançaient à l'aveuglette, furieusement : et il tombait sur le champ d'un autre. Ces gestes, même le dimanche : paysans marchent sous casquettes noires dont visières vernissées reluisent, droit à travers betteraves, tiennent à gauche parapluies, se penchent pour ramasser dans champ, lancent n'importe où ; et pierres de tomber, moineaux pétrifiés contre qui nul, pas même Eduard Amsel, ne savait inventer d'épouvantails.

Donc Meisterwalde, c'était ça ! dos noirs courbés, pointes de parapluies menaçant les cieux, ramasser et lancer ; quant à l'explication de tant de pierres : il paraît que le Diable, un jour qu'on lui refusait ce qui avait été promis sous la foi du serment, avait payé les paysans de leur parjure en vomissant une nuit sur tout le finage, les champs et les prés, les âmes des damnés qu'il avait en tas dans l'estomac. Alors il apparut que les âmes des damnés étaient des pierres et qu'il n'y avait rien à faire, quand bien même les paysans ramasseraient et lanceraient jusqu'à en devenir vieux et tordus.

Sur une distance de trois kilomètres, la classe, en formation lâche, le professeur Brunies en tête, le professeur Mallenbrand en serre-file, dut s'en aller à pied d'abord par une campagne accidentée sur laquelle, à gauche et à droite de la grand-route, un seigle déjà grand grelottait parmi la semence de pierres, puis par les approches de la forêt de Saskoschin ; enfin,

derrière les hêtres, une muraille blanchie à la chaux annonça le
foyer scolaire.

Maigre, maigre ! Brauxel, qui pour l'instant tient la plume,
souffre d'une incapacité de décrire des paysages déserts. Ce ne
sont pas les points de départ qui lui manquent ; mais à peine a-
t-il jeté en pochade à la gouache une colline légèrement
ondulée, le vert satiné et les nombreux dégradés stiftériens des
collines à l'arrière-plan, jusqu'au lointain bleu-gris sous l'horizon, puis les inévitables cailloux de la région environnant
Meisterwalde, comme le Diable le fit jadis, dans le premier
plan encore inarticulé, planté les buissons qui fixent l'avant-
plan, quand alors donc il dit : buisson de genévrier, buisson de
nouzille, genêt vert luisant, pins de rivage, pins cembro,
halliers, en boule, en cône, en pinceau dévalant la côte,
gravissant le coteau : buisson sec, buisson d'épine, buisson
dans le vent, buisson qui chuchote — car dans la contrée il
vente toujours — il lui démange déjà de souffler la vie dans le
désert de Stifter. Brauksel dit : et derrière le troisième buisson
en comptant de gauche, à trois pouces au-dessus de l'arpent et
demi de betteraves fourragères, non, pas le buisson de
noisetier — oh ! ces broussailles ! — là-bas, là-bas, là-bas, en
dessous du beau grand bloc erratique, fixé, tapissé de mousse,
en tout cas derrière le troisième buisson à partir de la gauche,
au milieu du paysage désert, un homme se tient caché.

Pas un semeur. Pas le paysan au labour qu'aiment les
chromos. Un homme dans les quarante-cinq ans. Blême, brun,
noir, aventureux, caché derrière le buisson. Nez d'aigle,
oreilles spatulées, plus de dents. Moré, l'homme, a Angustri,
l'anneau, à son petit doigt et, pendant les futures équipes du
matin, tandis que les lycéens jouent à la thèque et que Brunies
suce ses bonbons de sucre d'orge, il gagnera en importance,
parce qu'il porte un petit paquet. Qu'y a-t-il dans le petit
paquet ? Comment s'appelle l'homme ?

C'est le tzigane Bidandengero, et le petit paquet pleurniche.

VINGT-NEUVIÈME ÉQUIPE DU MATIN

Le sport de ces années scolaires s'appelait la thèque. Déjà,
sur le gravier de la grande cour de récréation du Conradinum,
c'était un exploit qu'une chandelle frappée avec tant d'habileté
que, tandis que la balle perçait le ciel, puis retombait en cuir,

une partie de l'équipe du batteur de chandelle pouvait courir en éventail jusqu'aux deux buts placés dans le terrain de jeu, revenir en courant et accumuler des points ; à côté de cela, cinquante-cinq petits soleils à la barre fixe ou dix-sept tractions étaient du tout-venant. Au foyer scolaire rural de Saskoschin, on jouait à la thèque avant et après midi, avec encadrement de quelques vagues heures de classe. C'est avec des yeux trois fois différents que Walter Matern, son ami Eduard Amsel et le professeur Mallenbrand voyaient ce jeu.

Pour Mallenbrand, le jeu de thèque était une vision du monde. Walter Matern était un champion de la chandelle. Il battait et recevait la chandelle d'une main souple et passait aussitôt le cuir, sans interruption, à un coéquipier : cela rapportait à son équipe des points supplémentaires.

Quant à Eduard Amsel, il se faufilait à travers le terrain de thèque comme à travers le Purgatoire. Gros et bas sur pattes, il offrait le gibier idéal pour être encerclé et touché. Il était le point vulnérable de son équipe. On le chassait dans les règles. Ils le cernaient et exécutaient à quatre autour de lui une danse à laquelle ils faisaient participer la balle de cuir. On essayait sur lui de voluptueuses feintes jusqu'à ce qu'il se roulât dans l'herbe, sentant déjà le cuir plein avant que n'arrivât la balle.

La balle ne lui apportait de salut que si c'était son ami qui battait une chandelle ; et Walter Matern ne battait de chandelles que pour permettre à Amsel de se risquer à travers le terrain tandis que la balle allait au ciel. Cependant toutes les chandelles ne restaient pas en l'air assez longtemps ; peu de jours s'étaient écoulés en étude de la vision du monde par le jeu que la peau d'Amsel était marbrée de plusieurs lunes bleu-noir qui se fanèrent lentement.

Dès cette époque on pratiquait le changement d'équipe. Amesel avait connu la douceur de l'enfance à gauche et à droite de la Vistule ; maintenant commençait, loin de la Vistule, la passion d'Amsel. Elle ne finira pas de si tôt. Car le professeur Mallebrand avait renom d'expert ; il avait écrit un livre ou un chapitre d'un livre sur les sports scolaires. Il s'y exprimait avec concision, mais sans omission, sur le jeu de thèque. Dans l'avant-propos, il était d'avis que le caractère national du jeu apparaissait particulièrement par référence au football omninational. Puis, point par point, il établissait les règles : un seul coup de sifflet veut dire : balle morte. Le point valable est constaté par un double coup de sifflet de l'arbitre. On ne doit pas courir avec la balle. Des balles à toutes les sauces : balles à

la verticale, dites chandelles, balles longues, balles rasantes, en
coin, courtes, fausses chandelles, balles roulantes, dites roulet-
tes, balles rampantes, balles circulantes, balles arrêtées, balle
au but et balles à trois. La balle reçoit son impulsion par une
frappe en hauteur ou en longueur, exécutée en extension ou en
rotation, par des frappes plates avec fouetté de l'avant-bras et
par le coup à deux mains, pour lequel il faut d'abord lancer la
balle à hauteur d'épaule. Pour reprendre une balle haute, dite
chandelle, l'œil du récepteur, sa main prête à la réception et la
balle elle-même doivent être en ligne droite, disait Mallenbrand. En outre, et ce trait fit la célébrité du professeur, sur sa
proposition, la distance à courir jusqu'aux buts fut élevée de
cinq mètres, et ainsi portée à vingt-cinq. Cette difficulté accrue
— Amsel la sentit passer — fut adoptée par presque tous les
lycéens du Nord et de l'Est. Il était un ennemi déclaré du
football et beaucoup le tenaient pour un catholique de stricte
observance. Autour du cou, devant sa poitrine velue pendait le
sifflet à roulette en métal : un coup de sifflet simple voulait
dire : balle morte. Un coup double : l'élève Eduard Amsel
vient d'être touché valablement. Souvent il sifflait des chandelles que Walter Matern avait battues pour son ami : sous
prétexte qu'il avait mordu !

Mais la chandelle suivante est bonne. Aussi celle d'après.
Mais celle d'encore après dévie : la balle attaquée de biais par
la batte s'éloigne du champ de jeu et atterrit en froissant les
feuilles dans la forêt mixte qui borde le terrain. Mallenbrand
siffle une fois — la balle est morte ! — et Walter Matern
s'élance en courant vers la clôture ; il l'a déjà franchie ; il
cherche dans la mousse et les broussailles de la lisière ; alors un
noisetier lui lance la balle.

Le temps de rattraper et de regarder : des feuilles enchevê-
trées se dégagent la tête et le buste d'un homme. A l'oreille, la
gauche, un anneau de laiton se balance parce que l'homme rit
sans bruit. Sombre, blême, brun. Il n'a plus une seule dent.
Bidandengero, ça veut dire en tzigane : n'a plus de dents. Il a
sous le bras un petit paquet qui pleurniche. Walter Matern,
tenant à deux mains la balle de cuir, se fraie à reculons un
chemin dans le bois. Il ne dira rien à personne, pas même à
Amsel, du rieur silencieux derrière le noisetier. Dès le matin
suivant, et encore l'après-midi, Walter Matern fit exprès de
battre une chandelle oblique, destinée à retomber dans le bois.
Avant que Mallenbrand ait pu siffler, il traversait en flèche le
terrain de jeu et la clôture. Ni un buisson, ni le sous-bois ne lui

renvoyèrent de balle. Il trouva la première sous une fougère, après avoir longtemps cherché ; quant à l'autre, les fourmis rouges devaient l'avoir emportée.

TRENTIÈME ÉQUIPE DU MATIN

Traits de crayon et moineaux s'activent : ombrer et réserver ; multiplier et exploser.

Application d'abeille, de fourmi, de leghorn ; Saxons travailleurs et lavandières zélées.

Equipes du matin, lettres d'amour, materniades ; Brauxel et ses co-auteurs allèrent à l'école chez un qui, sa vie durant, s'activa sur la tôle vernie.

Et les huit planètes ? Soleil, Lune, Mars, Jupiter, Mercure, Vénus, Saturne, Uranus auxquels pourrait, à ce qu'insinuent les calendriers astrologiques, s'associer la lune clandestine Lilith ? Furent-ils donc vingt mille ans en route pour que la mauvaise conjonction s'opérât dans le signe du Verseau ?

Toutes les chandelles ne sont pas gagnantes. C'est pourquoi il fallait travailler assidûment les chandelles, et même les chandelles obliques, intentionnellement ratées.

Une construction de bois ouverte, la halle de sieste, limitait le côté nord de la prairie. Quarante-cinq couchettes de bois, quarante-cinq couvertures à poils rudes, à l'haleine âcre, correctement pliées, au pied des couchettes, étaient prêtes chaque jour pour la sieste méridienne d'une heure et demie que faisaient les Sixièmes. Et après le repos de midi Walter Matern, à l'est de la halle de sieste, travaillait la chandelle.

Le Foyer rural scolaire, la halle de repos, la prairie de thèque et la clôture de treillage courant d'un coin à l'autre étaient étroitement enserrés par l'immobile et bruissante forêt de Saskoschin, un boisement mixte avec sangliers, blaireaux, vipères et une frontière politique coupant à travers bois. Car elle commençait en territoire polonais, s'amorçait sur les sablonnières désertes de la lande de Tuchel par des pins cembro et des pins sylvestres, recevait sur les ondulations de Koschnévie un apport de bouleaux et de hêtres, poussait au nord dans le climat plus doux du littoral : la forêt mixte venait sur les marnes diluviales et s'achevait au-dessus de la côte baltique en forêt de feuillus.

Quelquefois, des Tziganes des bois franchissaient la frontière. Ils passaient pour inoffensifs et se nourrissaient de lapins de garenne, de hérissons, et du rétamage des chaudrons. Ils fournissaient le Foyer en cèpes, girolles et oronges des Césars. Le garde forestier requérait leur aide quand des guêpes ou des frelons, nichés dans des troncs d'arbres creux à proximité des chemins de desserte, effrayaient les chevaux des transports de bois. Ils s'appelaient eux-mêmes Gakkos, se disaient l'un à l'autre Moré ! Etaient en général qualifiés de Bohémiens, ou encore de Tziganes.

Et un jour un Gakko lança à un élève de sixième une balle de thèque qui était tombée dans la forêt mixte à l'issue d'une chandelle manquée. Moré rit en silence.

Alors l'élève de sixième travailla la chandelle manquée après avoir travaillé la chandelle.

L'élève de sixième réussit à frapper deux chandelles manquées qui tombèrent dans la forêt mixte mais nul Bohémien ne lui renvoya la balle de cuir.

Où Walter Matern travaillait-il la chandelle et la chandelle manquée ? Au bout de la halle de repos, vers l'est, se trouvait un bassin de natation d'environ sept mètres sur sept dans lequel on ne pouvait pas nager car il était hors d'usage, bouché, et perdait l'eau ; seulement un peu d'eau pluviale s'évaporait dans le carré de béton crevassé. Bien que les lycéens ne pussent se baigner dans le bassin, les visites ne lui manquaient pas cependant : de jeunes grenouilles grosses comme des bonbons de sucre d'orge, vies froides, y sautelaient à qui mieux mieux comme si elles travaillaient le sautèlement — plus rares étaient les crapauds poussifs — mais toujours des grenouilles, un congrès, une récréation, un ballet, un stade de grenouilles ; qu'on pouvait gonfler avec un brin de paille, mettre dans le col de chemise de quelqu'un, écraser en marchant dessus, fourrer dans les chaussures. On pouvait fourrer des grenouilles dans la soupe aux pois toujours légèrement brûlée, dans le lit, l'encrier, dans une enveloppe de lettre ; ou les lancer pour travailler les chandelles.

Chaque jour, dans le bassin de natation à sec, Walter Matern travaillait. Il prélevait des grenouilles glabres sur le stock inépuisable. Quand il frappait trente fois, trente grenouilles bleuâtres devaient laisser leur jeune vie. La plupart du temps, vingt-sept grenouilles brun-noir seulement devaient y passer quand Walter Matern récitait son ambitieux exercice. Son intention n'était pas de projeter les grenouilles bleu-vert en hauteur, au-dessus des arbres de la bruissante et silencieuse forêt de Saskoschin. Aussi ne travaillait-il pas la simple frappe d'une vulgaire grenouille avec un point quelconque de la batte. Il n'entendait pas se perfectionner dans la frappe des balles longues, plates, des vicieuses balles courtes — de toute façon Heini Kadlubek était l'impeccable champion des balles longues —; ce que voulait bien plutôt Walter Matern, c'était frapper les grenouilles de colorations diverses avec cette partie de la batte qui, si la batte était menée réglementairement de bas en haut le long du corps à la verticale, promettait la réussite d'une chandelle modèle, exactement verticale, offrant peu de prise au vent. Si, au lieu des grenouilles changeantes, la balle de thèque en cuir brun terne, luisante seulement aux coutures, avait opposé sa résistance au gros bout de la batte, Matern aurait en une demi-heure méridienne réussi douze chandelles extraordinaires et quinze ou seize passables. Pour être juste, il faut dire encore : malgré l'application et les chandelles, le nombre des grenouilles dans le bassin de natation sans eau ne diminuait pas : gaiement elles sautaient à des distances et hauteurs inégales tandis que Matern au milieu d'elles posait la Mort des Grenouilles ou le Batracoctone. Elles ne comprenaient pas ou bien elles étaient à tel point conscientes de leur nombre — apparentées aux moineaux sur ce point — que nulle panique ne pouvait éclater parmi les grenouilles du bassin.

Par temps humide on trouvait aussi dans le bassin mortel des salamandres et de simples lézards. Ces petites bêtes mobiles n'avaient pourtant pas à craindre la batte ; car chez les sixièmes un jeu acquérait droit de cité, jeu dont les règles ne coûtaient que leurs queues aux tritons et aux salamandres.

On procède à une épreuve de cran : il s'agit d'avaler en état de mobilité ces queues palpitantes, égarées, que larguent les tritons et salamandres quand on les prend à la main — on peut aussi les faire tomber en frappant d'un doigt tendu — d'avaler donc des fragments vivants. Selon les possibilités, il faut avaler l'une après l'autre plusieurs queues bondissant sur le béton. Quand on fait ça, on est un héros. Il faut aussi faire descendre les trois à cinq queues agitées sans verser de l'eau par-dessus, mais en mâchant des croûtons de pain. Quand on loge dans ses intérieurs les queues inlassables de triton, de salamandre ou de lézard, il est cependant interdit de changer de visage. Amsel le peut. Amsel, persécuté et martyrisé à la thèque, reconnaît et saisit sa chance à la déglutition des queues de tritons ; non seulement il assimile à son corps rond sur jambes courtes sept queues vivaces, mais il est encore en mesure, pour peu qu'on lui promette de le dispenser de la partie de thèque prévue pour l'après-midi et de l'incorporer à la corvée de patates aux cuisines, de fournir la contre-épreuve. Une minute après avoir avalé sept fois, il peut, sans se mettre le doigt dans le cou, par le seul effet de sa volonté ou plus encore par la peur impuissante que lui inspire la balle de cuir, restituer les sept queues ; et tiens ! elles remuent encore, quoique moins vivaces, parce que les mucosités les gênent, sur le béton du bassin de natation, au milieu de grenouilles sautelantes dont le nombre n'a pas diminué bien que Walter Matern travaillât la chandelle peu avant qu'Amsel n'avalât des queues de salamandres et ne fournît la contre-épreuve.

Les sixièmes sont impressionnés. Ils n'arrêtent pas de recompter les sept queues ressuscitées, tapent dans le dos rond d'Amsel, parsemé de taches de rousseur et promettent, si Mallenbrand ne s'y oppose pas, de renoncer à le sacrifier sur l'autel de la thèque post-méridienne. Mais si Mallenbrand devait faire objection à la désignation d'Amsel pour le service aux cuisines, ils entendent bien, à la thèque, faire seulement semblant.

Cette négociation a pour auditoire un grand nombre de grenouilles. Les sept queues de salamandres avalées et rejetées s'endorment lentement. Walter Matern, appuyé à sa batte, se tient à proximité de la clôture de treillage et scrute les halliers de la forêt de Saskoschin qui se dresse à l'entour. Cherche-t-il quelque chose ?

TRENTE ET UNIÈME ÉQUIPE DU MATIN

Que va-t-il nous tomber ? Demain, rapport aux nombreuses étoiles qui forment au-dessus de nous un magma effervescent, Brauksel descendra au fond avec l'équipe du matin et, sous terre, aux archives situées au niveau huit cent cinquante — jadis, c'est là qu'étaient entreposés les explosifs des tireurs — mettra un point final à son rapport, toujours soucieux d'écrire dans un esprit équanime.

Il passe la première semaine au Foyer rural scolaire de Saskoschin à jouer à la thèque, à effectuer des promenades en bon ordre et à suivre des classes à régime réduit. Débit régulier de grenouilles et à l'occasion, selon le temps qu'il fait, déglutition de queues de salamandres d'une part ; chansons vespérales en tas autour du feu de camp — dos froid, faces cuites — d'autre part. Quelqu'un s'ouvre le genou ! Deux ont mal à la gorge. D'abord le petit Probst a un orgelet ; puis Jochen Witulski a un orgelet. Un stylo est volé, ou bien Horst Behlau l'a perdu : ennuyeuses perquisitions. Bobbe Ehlers, un bon joueur au service, doit retourner prématurément à Quatschin parce que sa mère est tombée gravement malade ; tandis que l'un des frères Dyck qui, à l'internat, jouait le pisse-au-lit, peut rendre compte que son lit reste sec au Foyer rural de Saskoschin, son frère, sec jusqu'à ce jour, arrose régulièrement son lit du Foyer, ainsi que sa couchette de la halle de repos. La prairie de thèque chatoie, veuve de joueurs. Le sommeil d'Amsel perle à son front lisse. Du regard, Walter Matern détaille la lointaine clôture de treillage métallique, la forêt qui en fait l'au-delà. Rien. Avec de la patience, on voit des monticules grandir sur la prairie de thèque : les taupes fouissent même en plein midi. Pois au lard — toujours légèrement brûlés — au menu de midi. Ce soir, il doit y avoir des chanterelles sautées et de la soupe aux mûres avec du gâteau de semoule, mais il y aura autre chose. Cet après-dîner on écrira des cartes postales à la famille.

Pas de feu de camp. Quelques-uns jouent aux petits chevaux, d'autres au char ou aux dames. Dans le réfectoire, le bruit sec des pongistes au travail lutte contre la rumeur de la ténébreuse forêt domaniale. Dans sa chambre, le professeur Brunies, tout en réduisant un bonbon de sucre d'orge, classe le butin d'une journée de collecte : la contrée est riche en biotite et en muscovite : quand ça se heurte, ça fait un bruit de gneiss. Le mica joue l'argent quand les gneiss grincent ; aucun mica ne luit quand Walter Matern grince des dents.

Au bord de la prairie de thèque, sous les ombres de la nuit, il est assis sur le renflement bétonné du bassin de natation riche en grenouilles et pauvre en eau. A côté de lui, Amsel : « Snad al têrof li tiaf rion. »

Walter Matern, l'œil fixe, scrute la paroi proche, encore plus proche, de la forêt de Saskoschin.

Amsel frotte les places que la balle de thèque frappa dans l'après-midi. Derrière quel buisson ? Est-ce qu'il rit silencieusement ? Est-ce que le petit paquet ? Est-ce que Bidandengero ?

Ce ne sont pas des gneiss micacés ; Walter Matern grince de gauche à droite. Des crapauds asthmatiques lui répondent. La forêt aux oiseaux ahane. Aucune Vistule ne se jette.

TRENTE-DEUXIÈME ÉQUIPE DU MATIN

Brauxel, sous terre, écrit : Hou ! comme il fait sombre dans la forêt allemande ; le Barbale se promène. Des trolls sylvestres se lutinent. Hou ! Comme il fait noir dans la forêt polonaise ! Les Gakkos changent de quartier, les Rômes. Aschmatei ! Aschmatei ! Ou bien Beng Dirach Belzébuth que les paysans appellent le Diantre. Des doigts de servantes qui jadis furent trop curieuses, devenus rats de cave. Veilleuses ; autant il en brûle, autant il en dort. Balderle marche sur la mousse efta fois efta quarante-neuf. — Hou ! Mais c'est dans la forêt germano-polonaise qu'il fait le plus sombre : là, Beng se courbe, Balderle s'envole, les veilleuses clignotent au vent, les fourmis se promènent, les arbres s'enchevêtrent, les Rômes changent de canton : la Bibi de Leopold et Bibi la tante, et Bibi la sœur et la Bibi d'Estersweh, la Bibi de Gaschpari, trestous craquent des soufrantes, font un petit feu et finissent par savoir : la vierge Mascharia montre au gamin du charpentier où il faut lui verser du lait d'une jatte blanche comme un plumage d'oie. Et il coule vert, et chargé de résine et rassemble les serpents, au nombre de quarante-neuf, efta fois efta.

Dans la fougère, la frontière court à cloche-pied. De ce côté-ci et de l'autre, des champignons rouges et blancs sont aux prises avec des fourmis noir-blanc-rouge. Estersweh, mon enfant ma sœur ! Qui est-ce qui cherche sa petite sœur en ces lieux ? Des glands tombent dans la mousse. Ketterle lance appel, car des étincelles jaillissent : le gneiss gisant près du granit se frotte à lui. Le schiste crisse. Qui donc entend cela ?

Romno, Moré, le Rôme caché derrière le hallier. Bidandengero : N'a-pas-de-dents, mais l'oreille fine : les glands roulent, le schiste glisse, la bottine heurte, petit paquet dodo, bottine vient, les champignons se liquéfient ; le serpent s'échappe et glisse au siècle suivant, les mûres bleues éclatent, les fougères, osmonde et scolopendres frémissent, mais devant qui ? Une lumière pénètre dans le trou de la serrure, descend marche par marche dans la forêt mixte. Ketterle est la pie — Por, sa plume, vole. Des bottines grincent gratis. Alors le pion, le bachoteur, le prof, le pet-de-loup, le pédago rit à l'intérieur ; Brunies, Oswald Brunies ! rit parce que les cailloux se frottent au point de faire des étincelles : du gneiss, schisteux, grenu, écailleux, nodulaire : gneiss à deux micas, feldspath et quartz. Rare, extrêmement rare, dit-il ; et d'avancer le pied, de tirer la loupe fixée à un élastique, et de sourire discrètement sous son feutre à la Bismarck.

Il élève aussi un beau granit micacé rougeâtre et le tourne au soleil couchant qui descend à l'échelle sous la futaie mixte, jusqu'à ce que les mille facettes miroitantes puissent dire piiih, l'une après l'autre et seulement peu à la fois. Son pas chaussé de bottines frôle le buisson. Derrière est assis, édenté, Bidandengero, parfaitement immobile. Le petit paquet fait dodo. Romno n'imite plus la pie. Ketterle ne lance plus d'appel. Por, sa plume, ne vole plus. Parce que le prof, et cætera, est tout proche : Oswald Brunies.

Au fond des bois, sous son chapeau, il rit ; car, dans la forêt domaniale germano-polonaise de Saskoschin, à l'endroit le plus sombre, il a trouvé un granit micacé couleur chair d'une extrême rareté. Mais parce que les mille miroirs miniature ne veulent pas mettre fin à leur piiih polyphone, le professeur Oswald Brunies sent une amertume sèche lui monter à la bouche. Il faut ramasser des ramilles et des pommes de pin, édifier un foyer à l'aide de trois pierres très médiocrement coruscantes. La boîte suédoise livre les soufrantes pyrophores, en pleine forêt ; aussitôt Ketterle crie à nouveau : Por — la pie perd une plume.

Le professeur a une casserole dans sa musette. Elle est graisseuse, noirâtre, encollée de paillettes de mica ; en effet, il ne conserve pas seulement la casserole dans sa musette, mais aussi la pierraille micacée, voire les rarissimes gneiss à deux micas. Mais la musette du maître, outre la casserole et le mica, restitue encore divers sacs et sachets bruns et bleus de grosseur différente. De plus, un flacon sans étiquette et une boîte en fer-blanc dont le couvercle se dévisse. Le petit feu de camp crépite sèchement. La résine gargouille et bave. Des paillettes de mica gambadent dans la casserole chaude. La casserole sursaute quand il y verse du contenu de la bouteille. Le feu de camp grésille entre trois pierres. Deux cuillerées à café de la boîte en fer-blanc. Verser avec précaution du grand sac bleu et du cornet brun. Un manche de cuiller est prélevé d'un sachet bleu, une prise d'un petit sachet brun. Remuer à gauche et poudrer de la main gauche à l'aide d'une poudreuse minuscule. Tourner à droite : déjà la pie récidive tandis que loin, au-delà de la frontière, on continue à chercher Estersweh, bien que le vent ne porte pas.

Le prof se met à genoux et souffle à pleins poumons ; le feu se ranime et brasille. Il faut tourner jusqu'à ce que lentement la pâte se prenne, durcisse, s'endorme. Au-dessus de la casserole fumante où crèvent des bulles, il promène son nez de pédagogue, aux deux narines farcies de longs poils : des gouttes pendent à sa moustache roussie, se candissent, se vitrifient tandis qu'il tourne à contre-pâte. De toutes les directions débouchent des fourmis. Indécise, une fumée grasse rampe sur la mousse, s'effiloche dans la fougère. La lumière oblique en marche fait gueuler le tas de pierrailles micacées — qui l'a monté ? piiih ! piiih ! piiih ! Alors, sur le feu, la pâte prend un coup de brûlé, mais c'est dans la recette. Il faut que le brun roux y monte. Il étale un parchemin et l'enduit de graisse. A deux mains, il soulève la casserole : une pâte épaisse, visqueuse coule brune, bulleuse, large comme une lave, sur le papier graissé, se couvre aussitôt d'une membrane vitreuse, puis de rides que précipite la fraîcheur soudaine, devient sombre. Vite, avant qu'elle ne refroidisse, un couteau que dirige la main du professeur divise le flan en carrés à la grandeur d'un bonbon ; car ce que le professeur Oswald Brunies, au sein de la forêt germano-polonaise, sous les arbres de la forêt domaniale de Saskoschin, a cuisiné entre Estersweh et le cri de Ketterle, ce sont des bonbons au sucre d'orge.

Parce qu'il a faim de sucré. Parce que sa réserve de sucré était épuisée. Que sa musette est toujours pleine de sachets et de boîtes métalliques. Que dans les sachets, les boîtes, et dans la bouteille il y a toujours prêts du sucre d'orge, du sucre, du gingembre, de l'anis et de la corne de cerf. Qu'à l'aide de la poudreuse minuscule — c'est un secret à lui — il a saupoudré de girofle pilé la pâte en train de se coaguler ; à présent la forêt sent les épices, et les champignons, les mûres bleues, le feuillage décagénaire, les fougères et la gemme renoncent à sentir plus fort. Les fourmis perdent la tramontane. Les serpents dans la mousse se candissent. Ketterle pousse un cri différent. Por, sa plume, colle. Comment va-t-il falloir chercher Estersweh ? Par la voie de sucre ou par la voie d'acide ? Et qui est-ce qui pleure derrière son buisson, et renifle d'avoir été dans la fumée charbonneuse ? Est-ce que par hasard le petit paquet aurait ingéré du pavot pour rester aussi tranquille quand le professeur, sans rien entendre, faisait sauter, de la casserole qui grinçait sous le manche d'une cuillère, des restes de lave refroidie ?

Le professeur Oswald Brunies porte sous sa moustache

sucrifiée les éclats qui n'ont pas sauté dans la mousse ou entre les cailloux micacés ; il salive, suçotte, suçaille, laisse fondre. Il s'agenouille à côté du brasier affaissé qui n'exhale plus qu'un mince filet de fumée ; ses doigts poisseux, entre lesquels il écrase inlassablement des fourmis, brisent en quelque cinquante petits carrés préfigurés le flan durci de verre brun étalé sur le papier graissé. Avec des fragments de fourmis confites, il met le brai sucré dans un grand sac bleu qui avant l'opération était plein de sucre. Tout, à savoir la casserole, les sacs froissés, le sac plein de la provision fraîchement constituée, la boîte de fer blanc, la bouteille vide, de même la poudreuse minuscule rejoignent les cailloux micacés dans la musette. Le voici debout, la cuillère croûtée de caramel occupe sa bouche pédagogique. Ses bottines à lacets et son chapeau Bismarck cheminent à nouveau sur la mousse. Il ne laisse derrière lui que le papier gras et de minuscules parcelles. Voici qu'apparaissent, à grand bruit, marchant dans les mûres bleues, entre les troncs de la futaie verte, les lycéens ; le petit Probst pleure : il s'est fourré parmi des guêpes. Six l'ont piqué. Quatre camarades doivent le porter. Le professeur Brunies salue son collègue le professeur Mallenbrand.

Quand la classe partit, fut partie, ne fut plus qu'appels, rires, cris et les voix des surveillants, la pie cria trois fois. Por : de nouveau sa plume vole. Alors Bidandengero quitta son buisson. A leur tour les autres Gakkos, Gaschpari, Hite et Léopold, se déprirent des buissons, glissèrent des arbres. Ils se rencontrèrent à côté du papier gras qui avait servi de litière au flan de pâte à bonbons. Il était noir de fourmis et se mouvait en direction de la Pologne. Alors les Gakkos obéirent aux fourmis : Hite, Gaschpari, Léopold et Bidandengero filaient sans bruit sur la mousse, fendant les fougeraies : cap au sud. Le dernier, Bidandengero, entre les fûts d'arbres, devint plus petit. Un mince vagissement s'en fut avec lui, comme si son petit paquet, comme si un marmot, un môme affamé sans dents, si Estersweh avait pleuré.

Mais la frontière proche permettait un va-et-vient rapide. Deux jours après la fabrication de bonbons au fond des bois, Walter Matern, debout, jambes écartées, dans le cercle de frappe, à l'opposé de son habitude, et pour le seul motif que Heini Kadlubek avait dit qu'il ne savait frapper que des chandelles et non des balles longues, envoya une balle longue qui franchit les deux piquets de base, la base et le bassin de natation sans eau avec grenouilles. Walter Matern envoya la balle de thèque dans la forêt. Avant que Mallenbrand ne vînt recompter les balles, il dut partir à la poursuite du cuir, escalader la clôture de treillage, entrer dans la forêt mixte.

Mais il ne trouvait pas la balle et cherchait toujours où il n'y en avait pas. Il releva toutes les palmes de fougère. Devant un terrier de renard à demi effondré et qu'il savait inhabité, il se mit à genoux. A l'aide d'une branche, il fouilla le trou et fit ébouler la terre. Il était pour se mettre à plat ventre et fourrer dans le terrier un bras tentaculaire quand la pie cria, la plume vola, la balle de cuir l'atteignit : quel buisson l'avait lancée ?

Le buisson, c'était l'homme. Le petit paquet observait le silence. L'anneau de cuivre jaune se balançait à l'oreille de l'homme, parce que l'homme riait sans bruit. Rouge clair, sa langue flottait dans sa bouche édentée. Une ficelle effrangée coupait l'étoffe sur son épaule gauche : devant, trois hérissons pendaient à la ficelle. Ils saignaient de leurs nez pointus. Quand l'homme se tourna d'un rien, il avait un sac pendu derrière lui qui faisait contrepoids. L'homme avait tressé en raides nattes divergentes ses longues mèches de cheveux noirs huileux. C'était déjà la coutume chez les housards de Zieten.

« Vous êtes hussard ?

— Un peu hussard, un peu rétameur.

— Comment donc que vous vous appelez ?

— Bi-dan-den-gero. N'a pus de dents.

— Et les hérissons ?

— Pour les manger cuits dans la glaise.

— Et le paquet là devant ?

— Estersweh, petite Estersweh.

— Et la musette là derrière ? Et que cherchez-vous ici ? Et avec quoi que vous attrapez les hérissons ? Et où habitez-vous ? Et c'est-y vrai que vous avez un si drôle de nom ? Et si le garde forestier vous pince ? Et c'est-y vrai que les Tziganes ? Et l'anneau au petit doigt ? Et le petit paquet sur le devant ? »

Por — alors à nouveau la pie cria de l'intérieur de la futaie mixte. Bidandengero était pressé. Il dit qu'il devait aller à l'usine sans fenêtres. C'est là qu'était M. l'Instituteur. Il attendait du miel sauvage pour ses bonbons. Il voulait aussi apporter à M. l'Instituteur des micas et encore un petit cadeau.

Walter Matern tenait la balle de cuir ; il était là, sans savoir quelle direction, que faire. Enfin il songeait à s'en revenir en escaladant la clôture de treillage, à rejoindre la prairie de thèque — car la partie continuait — Amsel déboucha des buissons comme une balle, ne posa pas de questions, avait tout entendu et ne connaissait qu'une direction : Bidandengero... Il entraîna son ami à sa suite. Ils suivirent l'homme aux hérissons morts et, quand ils l'eurent perdu, un sang clair écoulé de trois museaux pointus marquait les fougères. Ils lurent cette piste. Et quand, à court de suc, les hérissons passés à la ficelle de Bidandengero cessèrent l'émission, la pie cria pour eux : Por — la plume de Ketterle volait à l'avant-garde. La forêt devenue plus dense serrait les rangs. Des rameaux frappaient Amsel à la face. Walter Matern foulait des champignons pie rouge, tombait dans la mousse et enfonçait les dents dans le coussin. Un renard devint pierre. Les arbres faisaient des grimaces. Les visages traversaient les toiles d'araignée. Les doigts poissés de résine. L'écorce avait une saveur aigrelette. La futaie mixte s'écartait. Sur les pierres entassées du professeur le soleil descendait son escalier. Concert d'après-midi : gneiss, augite en intermède, hornblende, schiste, mica, Mozart, gazouillis des castrats depuis le Kyrie jusqu'à la ronde Dona Nobis : piiih polyphone — mais pas de professeur coiffé d'un chapeau Bismarck.

Rien que le foyer froid. Parti le papier graissé. Et seulement quand passée l'éclaircie, les hêtres se resserrèrent jusqu'au point de masquer le ciel, alors ils rattrapèrent le papier : noir de fourmis, il allait bon train. Elles voulaient, comme Bidandengero avec ses hérissons, emporter leur proie à l'abri, au-delà de la frontière. Elles restaient à la traîne, comme Walter Matern et son ami filant le train à l'appel de la pie : ici ici ici ! Ils traversaient la fougère ; elle leur montait au genou ; ils évoluaient entre les fûts de hêtre correctement rassemblés ; à travers une verte lumière d'église. Derechef englouti, lointain, retrouvé : Bidandengero. Mais plus tout seul, Ketterle avait appelé les Gakkos. Gaschpari et Hite, Léopold et la Bibi de Gaschpari, la tante Bibi et la Bibi de Léopold, tous les rômes, les gitans et les housards des bois s'étaient rassemblés sous les hêtres, dans la fougère chuchoteuse, autour de Bidandengero. La Bibi de Gaschpari tirait Barbouze, la chèvre.

Et quant à nouveau la futaie s'éclaircit, huit ou neuf Gakkos avec Barbouze la chèvre quittèrent le couvert. Ils plongèrent jusqu'aux aisselles dans l'herbe montée en graine de la prairie sans arbres, creusée en auge, qui s'étendait au loin vers le sud à travers bois : et, sur la prairie ouverte se dresse l'usine que la lumière fait scintiller.

L'unique étage est incendié. Brique non crépie, noircie de suie autour des fenêtres vides. Du soubassement jusqu'à mi-hauteur, la cheminée fendue bâille comme une denture de brique ébréchée. Pourtant elle reste d'aplomb et doit dépasser d'un rien les hêtres qui encerclent coude à coude la prairie forestière. Mais ce n'est pas une cheminée de briqueterie, bien que la région en soit pleine. Jadis, il en sortait la fumée d'une distillerie et, maintenant que l'usine est morte, la cheminée froide, elle porte un nid de cigogne qui la déborde largement. Mais le nid est mort aussi. Une paille pourrissante noirâtre couvre le conduit crevé et papillote au soleil, vide.

Déployés en éventail, ils s'approchent de l'usine. Plus de pie qui crie. Les Gakkos nagent dans l'herbe haute. Au-dessus de la prairie forestière tanguent des papillons ivres. Amsel et Walter Matern atteignent la lisière, se couchent à plat ventre, coulent un regard par-dessus les chaumes érigés en hallebardes, ils voient tous les Gakkos entrer en même temps dans l'usine, mais en escaladant différentes embrasures de fenêtres. La Bibi de Gaschpari a lié Barbouze à un piton de la muraille.

Une chèvre blanche à longs poils. L'usine n'est plus seule à papilloter au soleil ; la paille noirâtre sur la cheminée crevée, et la prairie scintillent, Barbouze aussi se noie dans la lumière. Il est dangereux de suivre du regard les papillons ivres. Ils ont un plan sans importance.

Amsel n'est pas sûr qu'ils soient déjà en territoire polonais. Walter Matern pense avoir reconnu derrière une embrasure de fenêtre la tête de Bidandengero : les cadenettes suiffeuses à la façon des housards, le cuivre jaune à l'oreille, tout disparaît à nouveau.

Amsel prétend avoir vu le chapeau Bismarck d'abord dans une fenêtre, puis brièvement dans l'embrasure suivante.

Personne ne voit la frontière. Rien que des piérides du chou qui volètent. Et, au-dessus des bourdons aux tonalités diverses, une rumeur qui s'enfle et diminue parvient de l'usine. Pas de youhous, de jurons ou de cris discernables. Ce serait plutôt une cantilène qui monte avec accompagnement de flûtiau. La chèvre Barbouze chevrote deux salves sèches contre le ciel.

Alors, par la quatrième fenêtre en partant de la gauche, le premier Gakko saute : Hite entraîne à sa suite la Bibi de Hite. Elle délie Barbouze. En voici encore un, deux, qui bondissent en faloupes multicolores de frimants : Gaschpari et Léopold, dont la Bibi a quatorze jupes. Aucun ne franchit la porte ouverte, tous les Tziganes passent par les embrasures de fenêtres ; en dernier, tête la première, Bidandengero.

Car tous les Rômes ont juré par la Maschari : jamais par les portes, toujours par les fenêtres.

Déployés en éventail comme ils étaient venus, les Gakkos nagent à travers la brise tremblante en direction de la forêt qui les avale. Encore une fois la chèvre blanche. Ketterle n'appelle pas. Por, sa plume ne vole pas. Silence, jusqu'au moment où se rétablit le zonzon de la prairie forestière : les papillons volètent. Des bourdons comme des biplans, des libellules prient, des mouches précieuses, des guêpes et d'analogues insectes porte-dards.

Et qui referma le livre d'images ? Qui a pressé goutte à goutte un citron sur les nuages de juin façon artisanale ? Qui a laissé le lait tourner en grenouille ? Comment se fait-il que la peau d'Amsel et de Walter Matern devint grumeleuse comme si on l'avait aspergée de grésil ?

Le petit paquet. Le moutard. Le marmot sans dents. Estersweh cria ; son cri sortit de l'usine morte et courut sur la prairie vivante. Par la porte noire, non par les fenêtres obscures, le chapeau Bismarck fut craché sous le ciel ; le prof, le pion, le maître : Oswald Brunies était là debout sous le soleil avec le petit paquet, ne sachant comment le tenir, et criait : « Bidandengero, Bidandengero ! » mais la forêt ne répondit pas. Ni Amsel, ni Walter Matern, que le cri avait mis debout et qui se dirigeaient pas à pas vers la fabrique à travers l'herbe sifflante, ni le professeur Brunies, le petit paquet dans les bras, qui s'époumonne à crier, ni l'univers de la prairie forestière, droit sorti d'un livre d'images, rien ne marque le moindre étonnement quand se produisit un nouveau miracle : venant du sud, venant de Pologne, battant des ailes avec mesure, des cigognes passaient par-dessus la prairie. Deux d'entre elles décrivirent des méandres solennels et se laissèrent l'une après l'autre tomber dans le nid noirâtre dépenaillé coiffant la cheminée crevée de l'usine.

Aussitôt elles craquetèrent. Tous les yeux, ceux du maître dans le chapeau Bismarck, ceux des élèves grimpèrent à la cheminée. Le bébé cessa de crier. Adebar, adebar, cigogne ! Walter Matern voulait donner au petit paquet cette balle de cuir qu'il avait emportée si loin, par où tout avait commencé. Adebar, adebar ! Mais la petite fille de six mois avait déjà quelque chose à mettre à son doigt et avec quoi jouer : Angustri, l'anneau d'argent de Bidandengero.

Jenny Brunies doit aujourd'hui encore le porter à son doigt.

DERNIÈRE ÉQUIPE DU MATIN

Ce n'était rien sans doute. Aucun univers ne disparut de façon perceptible. Brauxel peut derechef écrire à la surface. Le seul avantage que présenta la date du 4 février, c'est que les trois manuscrits furent terminés à la date fixée ; Brauchsel peut déposer sur son paquet d'Equipes du matin les Lettres d'amour de Harry Liebenau ; et sur les Equipes et les Lettres il empilera des Confessions du comédien. S'il faut un mot de conclusion, Brauksel l'écrira, car c'est lui qui dirige la mine et le collectif d'auteurs, paie les avances, fixe les délais et lira les corrections.

Comment était-ce quand le jeune Harry Liebenau vint nous trouver et revendiqua la paternité du Livre second ? Brauxel lui fit subir un examen. Jusqu'à ce jour il avait écrit et publié des textes lyriques. Toutes ses pièces radiophoniques ont été diffusées. Il put produire des critiques flatteuses et encourageantes. Son style était qualifié de prenant, réconfortant, raboteux. Brauchsel l'interrogea d'abord sur Danzig : « Comment, mon jeune ami, s'appelaient les ruelles reliant la rue du Houblon à la nouvelle Mottlau ? »

Harry Liebenau les dévida sans effort : « Rue du Vanneau, rue de la Béquille, rue des Souris, rue de la Brûlée, rue aux Moines, rue des Juifs, rue du Pot-au-Lait, rue des Rubans, rue de la Tour et rue de l'Echelle. »

« Comment, jeune homme, s'informa Brauksel, entendez-vous expliquer d'où la rue des Porte-Chaises a tiré son joli nom ? »

Harry Liebenau expliqua non sans quelque détail qu'au XVIIIe siècle c'était dans cette rue que stationnaient les chaises à porteurs des patriciens et haultes dames ; c'étaient les taxis de l'époque, grâce auxquels on pouvait, sans gâter ses habits précieux, se faire véhiculer à travers la crotte et la pestilence.

Quand Brauxel demanda qui, en l'an 1936, avait introduit dans la Schupo danzigoise la moderne matraque de caoutchouc à l'italienne, Harry Liebenau répondit d'une traite comme un soldat à l'instruction : « Ce fut le préfet de Police Friboess ! » Pourtant je ne me tins pas encore pour satisfait : « Qui était, mon jeune ami — c'est à peine si vous vous en souviendrez — le dernier président du Parti du Centre à Danzig ? Comment s'appelait ce brave homme ? » Harry Liebenau s'était bien préparé ; même il en remontait à Brauxel : « Un ecclésiastique, le professeur Richard Stachnik, docteur en théologie, devint en 1933 président du Parti du Centre et député à la Diète populaire. En 1937, après dissolution du Parti du Centre, il est détenu pendant six mois ; en 1944 il est déporté au camp de concentration de Stutthof, mais admis à quitter le camp au bout de peu de temps. De son vivant, le docteur Stachnik instruisit le procès de canonisation de la bienheureuse Dorothée von Montau qui en l'an 1392 se fit emmurer à côté de la cathédrale de Marienwerder. »

Il me vint encore à l'esprit une quantité de questions épineuses. Le cours du ruisseau de Striess, les noms de toutes les chocolateries de Langfuhr, la hauteur de la Butte-aux-Pois dans le bois de Jäschkental... J'obtins des réponses satisfaisantes. Quand, à la question : quels acteurs connus ont-ils débuté au Théâtre municipal de Danzig ? Harry Liebenau cita aussitôt Renate Müller, trop tôt disparue, et le jeune premier de cinéma Hans Söhnker, je fis signe de mon fauteuil que l'examen était terminé avec plein succès.

C'est ainsi qu'après trois séances de travail nous tombâmes d'accord pour relier par une transition les « Equipes » de Brauxel et les « Lettres d'amour » de Harry Liebenau. La voici :

Tulla Pokriefke naquit le 11 juin 1927.

Quand naquit Tulla, le temps était variable, plutôt nuageux. Plus tard, une tendance aux précipitations se fit sentir. Des vents variables faibles agitaient les marronniers du parc Kleinhammer.

Quand naquit Tulla, le docteur Luther, chancelier honoraire du Reich, venant de Koenigsberg et se rendant à Berlin, atterrit sur l'aérodrome de Danzig-Langfuhr. A Koenigsberg, il avait parlé à un congrès colonial ; à Langfuhr, il prit un casse-croûte au restaurant de l'aérodrome.

Lorsque naquit Tulla, l'orchestre de la Schupo de Danzig, sous la direction du chef de musique de première classe Ernst Stieberitz, donna un concert dans les jardins du casino de Zoppot.

Lorsque naquit Tulla, l'aviateur Lindbergh, vainqueur de l'Atlantique, se rendit à bord du croiseur *Memphis*.

Lorsque naquit Tulla, selon le rapport de police du 11 de ce mois, dix-sept personnes furent appréhendées.

Lorsque naquit Tulla, arrivée à Genève de la délégation danzigoise à la quarante-cinquième session de la Société des Nations.

Lorsque naquit Tulla, on observa à la Bourse de Berlin des achats étrangers en rayonne et en valeurs d'électricité. Les Houillères d'Essen enregistrèrent une hausse : quatre et demi pour cent. Chez Ilse et Zinc Stolberg : plus trois pour cent. Hausse également sur quelques valeurs spécialisées. Ainsi Glanzstoff accusa quatre pour cent de mieux, Bemberg deux.

Lorsque naquit Tulla, le théâtre de l'Odéon donnait le film *Son plus grand bluff* avec Harry Piel dans son double rôle à succès.

Lorsque naquit Tulla, le Parti ouvrier allemand national-socialiste, région de Danzig, invita le monde à une grande manifestation à la maison Saint-Joseph, rue des Potiers, de cinq à huit. Sur le sujet « Travailleurs allemands du poing et du front — unissez-vous ! » on devait entendre un discours du camarade Heinz Haake, de Cologne-sur-le-Rhin. Le jour qui suivit la naissance de Tulla, la manifestation organisée sous le mot d'ordre : « Peuple en détresse, qui te sauvera ? » dans la salle rouge du casino de Zoppot devait être répétée. « Apparaissez en masses ! » signait un M. Hohenfeld, membre de la Diète populaire.

Lorsque naquit Tulla, le taux d'escompte de la Banque de Danzig demeura fixé à cinq et demi pour cent. La rente en seigle neuf florins soixante : une somme.

Lorsque naquit Tulla, le livre *l'Etre et le Temps* n'avait pas encore paru ; mais il était imprimé et annoncé.

Lorsque naquit Tulla, le docteur Citron avait encore son cabinet à Langfuhr ; plus tard il dut fuir en Suède.

Lorsque naquit Tulla, le carillon du beffroi de l'hôtel-de-ville jouait aux heures paires *Honneur à Dieu seul dans le ciel,* et aux heures impaires *la Céleste Milice des anges.* Le carillon de Sainte-Catherine faisait entendre à toutes les heures : *Seigneur Jésus, tourne-toi vers nous.*

Lorsque naquit Tulla, le cargo suédois *Oddewold* venant d'Oxelösund arriva à vide.

Lorsque naquit Tulla, le cargo danois *Sophie* prit la mer avec un chargement de bois pour Grimsby.

Lorsque naquit Tulla, les petites robes en reps pour enfants coûtaient deux florins cinquante aux Grands-Magasins Sternfeld. Les jupes princesse pour fillettes coûtaient deux florins soixante-cinq. Seaux jouets, quatre-vingt-cinq pfennigs. Arrosoirs, un florin vingt-cinq. Et les tambours en fer battu, vernis avec accessoires, étaient donnés pour un florin et soixante-quinze pfennigs.

Lorsque naquit Tulla, c'était samedi.

Lorsque naquit, le soleil se leva à trois heures onze.

Lorsque, il se coucha à huit heures dix-huit.

Lorsque naquit Tulla, son cousin Harry Liebenau était âgé d'un mois et quatre jours.

Lorsque naquit Tulla, le professeur Oswald Brunies adopta une enfant trouvée qui perçait ses dents de lait.

Lorsque naquit Tulla, Harras, le chien de garde de son oncle, avait un an et deux mois.

LIVRE SECOND

LETTRES D'AMOUR

Chère Cousine Tulla,

on me conseille de te mettre, ainsi que ton nom usuel, tout au début, de t'adresser la parole sans façon, puisque tu fus, es et seras le sujet, comme au début d'une lettre. Cependant c'est à moi que s'adresse ce récit, à moi seul, incurablement ; ou bien est-ce à toi que je m'adresse, pour me faire un récit ? Votre famille, les Pokriefke et les Dams, était originaire de Koschnévie.

Chère Cousine,

puisque chacune des paroles que je t'adresse est en vain, puisque toutes mes paroles, même quand c'est à moi que, mû par une volonté roide, j'adresse mon récit, ne s'adressent qu'à toi, nous allons pour en finir faire une paix sur chiffon de papier, et bétonner un étroit soubassement pour mon gagne-pain et mon passe-temps : je te raconte. Tu n'écoutes pas. Et la formule liminaire — comme si je t'écrivais une et cent lettres — restera la canne de pure forme que j'aurais envie de jeter dès maintenant, que souvent je jetterai, pris de fureur au bras, dans le ruisseau de Striess, dans la mer, dans l'étang par actions : mais le chien, noir sur quatre pattes, bien dressé, me la rapportera.

Chère Tulla,

ma mère, née Pokriefke et sœur de ton père August Pokriefke, était originaire de Koschnévie. Je naquis en bonne et due forme le 7 mai, alors que Jenny Brunies était âgée de quelque six mois. Dix-sept ans plus tard, quelqu'un me prit entre le pouce et l'index et me plaça comme chargeur à bord d'un blindé grandeur nature. En pleine Silésie, dans une contrée qui ne m'est donc pas aussi familière que la Koschnévie au sud de Konitz, le blindé prit position et, pour des raisons de camouflage, s'introduisit à reculons dans une remise de bois que des souffleurs de verre silésiens avaient remplie de leurs productions. Tandis que jusqu'à cet instant je n'avais cessé de chercher une rime à ton nom, Tulla, le blindé prenant position et les cris des verreries offusquées eurent pour effet que ton cousin Harry se convertit au langage sans rime : désormais il n'écrivit plus et n'écrit plus que des phrases simples, maintenant qu'un M. Brauxel me conseille d'écrire un roman, un vrai roman sans rime.

Chère Cousine Tulla,
je ne connais pas le lac de Constance et les filles qui sont là-bas ; mais je sais tout sur toi et sur la Koschnévie. Tu naquis le 11 juin. La Koschnévie est située par cinquante-trois degrés un tiers de latitude nord et trente-cinq degrés de longitude est. Tu pesais lors de ta naissance quatre livres trois cents grammes. Sept villages font partie de la Koschnévie proprement dite : Frankenhagen, Petztin, Deutsch-Cekzin, Granau, Lichtnau, Schlangenthin et Osterwick. Tes deux frères aînés Sigismond et Alexandre virent encore le jour en Koschnévie ; Tulla et son frère Konrad furent inscrits à l'état civil de Langfuhr. Le nom de Pokreifke se trouve dès avant 1772 dans le registre paroissial d'Osterwick. Les Dams, famille de ta mère, sont nommés des années après les partages de la Pologne, d'abord à Frankenhagen, puis à Schlangenthin ; ils sont probablement immigrés de la Poméranie prussienne ; car je suis tenté de mettre en doute que Dams dérive de Damerau, village archiépiscopal, surtout que Damerau fut donné dès 1275 à l'archevêque de Gniezno avec Obkass et Gross-Zirkwitz ; Damerau s'appelait alors Louisseva Dambrova, à l'occasion Dubrawa, et ne fait pas proprement partie de la Koschnévie : les Dams sont des immigrés.

Chère Cousine,
tu vins au monde dans l'Elsenstrasse. Nous habitions dans la même maison. L'immeuble locatif appartenait à mon père, le

maître-menuisier Liebenau. En face, un peu plus loin, dans la maison dite par actions habitait mon futur maître, le professeur Oswald Brunies. Il avait adopté une fillette qu'il nomma Jenny, bien que dans notre contrée personne ne s'appelât jamais Jenny. Le chien de berger noir qui gardait la cour de la menuiserie s'appelait Harras. Tu fus baptisée Ursula, mais tout de suite appelée Tulla. Cet appellatif remonte vraisemblablement à l'esprit aquatique koschnève Thula qui résidait dans le lac d'Osterwick et s'écrivait diversement : Duller, Tolle, Tullatsch, Thula ou Dul, Tul, Thul. Du temps où les Pokriefke habitaient encore Osterwick, ils étaient comme métayers sur la côte de Mosbrauch près du lac, sur la route de Konitz. Depuis le milieu du XIVᵉ siècle jusqu'au jour où naquit Tulla, en l'an vingt-sept, Osterwick s'écrivit comme suit : Osterwig, Ostirwich, Osterwigh, Osterwig, Osterwyk, Ostrow. Les Koschnèves disaient : Oustewitsch. La racine polonaise du nom de village Osterwick, le mot Ostrow, désigne une île dans un cours d'eau ou un lac ; car le village d'Osterwick, à ses origines, se trouvait donc au XIVᵉ siècle sur l'île du lac d'Osterwick. Aulnes et bouleaux bordaient l'eau riche en carpes. En plus des carpes et corassins, gardons et de l'obligatoire brochet, il y avait dans le lac un veau à chanfrein rouge qui savait parler la nuit de la Saint-Jean, un légendaire pont de cuir, deux sacs pleins d'or du temps des algarades hussites et un capricieux esprit des eaux : Thula Duller Dul.

Chère Tulla,
    mon père le maître-menuisier aimait souvent dire : « Les Pokriefke n'arriveront jamais à rien. Ils auraient mieux fait de rester d'où ils viennent, avec leur cabus. »
    Les allusions au chou blanc de Koschnévie étaient destinées à ma mère, née Pokriefke ; car c'était elle qui avait tiré son frère, avec sa femme et deux enfants, de la sablonneuse Koschnévie pour les amener dans la banlieue urbaine. Pour répondre au vœu qu'elle avait exprimé, le maître-menuisier Liebenau avait donné un emploi de manœuvre en menuiserie à August Pokriefke, ci-devant petit ménager et journalier. Ma mère avait su persuader mon père de louer pour un prix doux à la famille de quatre personnes — Erna Pokriefke était déjà enceinte de Tulla — l'appartement de deux pièces et demie qui était devenu libre un étage au-dessus de nous.

De tous ces bienfaits ta mère a su peu de gré à mon père. Mieux, chaque fois qu'on se chamaillait en famille, c'était à lui et à sa menuiserie qu'elle imputait la surdité de Konrad, son fils sourd-muet, la scie circulaire rugissant du matin au soir, notre scie qui ne s'arrêtait qu'à l'occasion, qui faisait hurler tous les chiens du quartier, et hurler aussi à s'en rendre enroué notre chien Harras, bref c'était notre scie qui avait fait se faner et rendu sourdes les oreilles minuscules de Konrad avant qu'il ne fût à terme.

Le maître-menuisier écoutait flegmatiquement Erna Pokriefke car elle rouspétait à la façon koschnève. Qui pouvait comprendre ? Qui pouvait prononcer des choses pareilles ? Les habitants de Koschnévie ne disaient pas Kirchhof, mais Tchatchoff. Baësch était Berg, Wäsch était Weg, la « Preistewäs » était le Pré-au-Clerc, la Wiese du Priester d'Osterwick, qui mesurait bien deux arpents de Kulm. Quand August Pokriefke racontait ses pérégrinations entre les villages de Koschnévie, c'est-à-dire ses tournées de colportage à Cekzin, Abrau, Gersdorf, Damerau et Sclangenthin, on entendait quelque chose de ce genre :

« J'suis-t'été pa' l'wäsch na Cetchzia. J'suis pa' l'wäsch na Obrog, na Tjesdöep, pa' l'wäsch na Domärog, j'suis-t'été na Slagentin... » S'il décrivait un voyage en chemin de fer à Konitz, le parcours « Einsenbahnstrecke » devenait « Isäbonsträtch vâKauntz ». Quand des plaisantins lui demandaient combien d'arpents de terre il avait possédés à Osterwick, il disait cent douze arpents de Kulm, puis corrigeait dans un clignement de l'œil en faisant allusion aux célèbres sables éoliens de Koschnévie : « S'ment y en a un cent qu'est toujours pas arrivé. »

Tu admettras, Tulla,

que ton père était un piètre manœuvre. Le chef-mécanicien ne pouvait même pas le mettre à la scie circulaire. Compte non tenu du fait que sa courroie de transmission sautait toujours, il massacrait les lames de scie les plus coûteuses en découpant pour se chauffer du bois d'emballage farci de clous. Il n'y avait qu'une tâche qu'il exécutait ponctuellement et à la satisfaction de tous les compagnons : le pot de colle était toujours au chaud et prêt à l'emploi sur le poêle de fer de l'étage au-dessus de la chambre des machines, où cinq compagnons-menuisiers travaillaient à cinq raboteuses. La colle faisait des bulles, gargouillait boudeuse, pouvait tourner au jaune miel, au terreux, pouvait devenir soupe aux pois et se couvrir de peaux d'éléphant. A demi refroidie, à demi pâteuse encore, la colle escaladait le bord du pot, coulait en chandelles, mastiquait la moindre fissure de l'émail et ne permettait plus qu'on identifiât en le pot à colle sa précédente nature de pot-au-feu. On remuait la colle bouillante à l'aide d'un fragment de latte de toiture. Mais le bois se recouvrait de peaux superposées, pesait de plus en plus lourd dans la main d'August Pokriefke et, dès que les cinq compagnons qualifiaient de bitte d'éléphant ce monstre corné il fallait le remplacer par un nouveau fragment de toujours la même latte apparemment inépuisable.

Colle d'os, colle d'ébéniste ! Sur un rayon oblique, couvert d'un doigt de poussière, les plaques de colle brune étaient empilées. De ma troisième à ma dix-septième année, je portai fidèlement un fragment de colle d'ébéniste dans la poche de ma culotte ; pour moi, la colle était sacrée ; j'appelais ton père un dieu de la colle ; car le dieu de la colle d'os n'avait pas que des doigts pleins de colle qui, quand il les agitait, craquaient sèchement, il laissait partout de l'odeur qu'il traînait partout avec lui. Votre logement de deux pièces et demie, ta mère, tes frères sentaient comme lui. Mais ce fut sa fille qu'il barbouilla de son odeur avec le plus de générosité. Il la grattouillait avec ses doigts pleins de colle. Il aspergeait l'enfant de colle en particules en lui faisant les marionnettes. Bref, le dieu de la colle d'os transforma Tulla en une môme à la colle d'ébéniste, car Tulla pouvait aller n'importe où, y rester, y courir, elle pouvait passer en courant n'importe où, tout ce que Tulla prenait, rejetait, touchait brièvement ou longuement, ses oripeaux, ses vêtements, ses cachettes, ses jouets quels qu'ils fussent : copeaux de bois, clous, charnières, en tout lieu et à tout objet qui avait rencontré Tulla, il restait, fugitif ou infernal, irrépressible, un relent de colle d'os. Ton cousin Harry collait aussi à toi : pendant quelques années nous fûmes la paire et sentîmes pareillement.

Chère Tulla,
quand nous avions quatre ans, on dit que tu étais décalcifiée. On prétendait la même chose du sol marneux de la Koschné-vie. La marne à galets des époques diluviales où se formèrent

les moraines de fond contient, comme on sait, du carbonate de chaux. Seules les couches marneuses ravinées et délavées des champs de Koschnévie étaient décalcifiées. Aucun engrais n'y pouvait rien, ni les subventions de l'Etat. Aucune procession dans les champs — les Koschnèves étaient catholiques dans leur totalité — n'injectait de chaux aux terres ; mais toi, le docteur Hollatz te donna des comprimés de chaux ; et bientôt, à cinq ans, tu n'étais plus décalcifiée. Aucune de tes dents de lait ne branlait. Tes incisives avançaient un tantinet ; elles ne devaient pas tarder à devenir le fléau de Jenny Brunies, l'enfant trouvée de la maison d'en face, un peu plus loin.

Tulla et moi n'avons jamais cru que tziganes et cigognes aient joué un rôle dans la trouvaille. C'était une parfaite histoire à la Papa Brunies : chez lui, rien ne se passait naturellement, partout il flairait des forces cachées, il avait toujours le chic pour évoluer dans la lumière diffuse de l'étrangeté, qu'il nourrît d'exemplaires toujours neufs et souvent splendides sa manie des gneiss micacés — il y avait dans l'Allemagne farfelue de semblables originaux avec lesquels il entretenait une correspondance — soit que dans la rue, dans la cour de récréation ou dans sa classe il se comportât comme un ancien druide celte, comme un dieu pruzze du chêne ou comme Zoroastre — on disait qu'il était franc-maçon — il laissait paraître des qualités que tout le monde aime à retrouver chez ses originaux. Mais seule Jenny, seule la fréquentation de cette petite enfant-poupée fit du professeur Oswald Brunies un original dont la portée excéda le cadre du lycée, s'étendit à l'Elsenstrasse et aux rues adjacentes et parallèles, dans le grand petit faubourg de Langfuhr.

Jenny, enfant, était grosse. Même quand Eddi Amsel gravitait autour de Jenny et de Brunies, l'enfant n'en faisait pas plus gracile pour deux sous. Lui et son ami Walter Matern — tous deux étaient les élèves du professeur Brunies — passaient à tort ou à raison pour avoir été témoins de la merveilleuse découverte de Jenny. En tout cas, Amsel et Matern faisaient à eux deux la moitié de ce quatuor qui faisait sourire notre Elsenstrasse et tout Langfuhr.

Pour Tulla, je peins un tableau précoce :

je te montre un monsieur au nez en patate, plissé de partout, qui porte sur un feutre de cheveux gris fer un chapeau mou à larges bords. Il se pavane dans des pèlerines de loden vert. A gauche et à droite de lui, deux lycéens tentent de garder le pas. Eddi Amsel est ce qu'on appelle couramment un gros plein de soupe. Ses vêtements sont tendus à éclater. Des fossettes marquent ses genoux. Là où l'on voit sa viande, elle lève en taches de rousseur. L'ensemble tremblote, comme désossé. Tout différent son ami : ossu, flegmatique, il se tient à côté de Brunies et fait comme s'il était commis à la garde du professeur, d'Eddi Amsel et de la boulotte Jenny. A cinq ans, la fillette est encore couchée dans une grande voiture d'enfant, parce qu'elle marche difficilement. Brunies pousse. Quelquefois, c'est Eddi Amsel qui pousse, rarement c'est le Grinceur. Et au pied s'égueule un sac de papier brun à demi ouvert. Les mômes de la moitié du quartier suivent la voiture d'enfant qu'on pousse ; ils essaient d'avoir des bonbons qu'ils appellent du nan-nan.

Tulla, moi et les autres enfants devions attendre d'être devant la maison par actions, en face de chez nous, pour recevoir une poignée puisée au sac brun dès que le professeur Brunies avait arrêté la voiture haute sur roues ; ce faisant, jamais il n'oubliait de se servir, même quand sa bouche mâchonnante de vieux bonhomme n'était pas encore venue à bout du reste vitreux. Quelquefois Eddi Amsel suçait un bonbon pour lui tenir compagnie. Jamais je ne vis Walter Matern accepter un bonbon. Mais les doigts de Jenny étaient englués de sucre d'orge polyédrique qui collait aussi fort que la colle de menuisier aux doigts de Tulla qui la roulait en billes ; elle jouait avec.

Chère Cousine,

je veux comprendre quelque chose à toi et à ta colle ; il en sera de même pour les Koschnèves et la Koschnévie. Il serait contraire au bon sens de vouloir fonder l'appellatif Koschnève sur une explication prétendument historique demeurée sans appui dans les documents. On dit ainsi que les Koschnèves, pendant les insurrections polonaises, se seraient laissés aller à une haine formidable des Allemands ; c'est pourquoi on pourrait dériver la notion collective de Koschnève, en alle-

mand Koschneider, à celle de Kopfschneider, en allemand
coupeurs de têtes. Quelque motif que j'aie de m'associer à cette
interprétation — toi, la Koschnève émaciée, tu avais toutes
dispositions pour ce métier — je m'en tiendrai cependant à
l'explication terre à terre, mais raisonnable selon laquelle un
scribe de starostie de Tuchel, nommé Kosznewski aurait signé
en 1484 un document fixant officiellement les droits et devoirs
de tous les villages qui plus tard, d'après le signataire du
document, furent appelés villages koschnèves. Il reste un
coefficient d'incertitude. On peut sans doute décortiquer de la
sorte les noms de lieux et de cours d'eau ; mais Tulla, qui était
une entité plutôt qu'une fille, ne se laisse pas décrypter par le
brave Kosznewski, scribe de starostie.

Tulla,
    sa peau blanche strictement tendue, pouvait rester une
demi-heure, pendue la tête en bas à la barre où l'on battait les
tapis, et en même temps chanter du nez. Partout des os en
saillie, des muscles que n'entravait aucun coussin adipeux ;
Tulla était une chose toujours courante, sautante, grimpante,
volante en somme. Comme Tulla avait les yeux enfoncés,
rapprochés, taillés tout petits de sa mère, ce qu'elle avait de
plus grand dans la figure, c'étaient les narines. Quand Tulla se
fâchait — plusieurs fois par jour elle devenait dure, rigide,
méchante — elle révulsait les yeux de telle sorte qu'on
n'apercevait plus qu'une sclérotique veinulée comme à travers
des fentes de visée. Ses yeux révulsés et méchants ressemblaient à des yeux crevés, à ceux des cagous et trimardeurs qui
se donnent pour des mendiants aveugles. Nous disions, quand
elle devenait rigide et se mettait à trembler : « Tiens, Tulla
ferme ses f'nêtes. »
    Je suis depuis toujours après ma cousine, plus exactement :
à deux pas derrière toi et ta colle d'os, je tentais de suivre ton
odeur. Tes frères Sigismond et Alexandre étaient déjà d'âge
scolaire et volaient de leurs propres ailes. Seul s'associait à
nous Konrad, le sourd-muet. Toi et lui, moi par tolérance.
Nous demeurions assis dans la remise à bois sous le toit
goudronné ; car toi et lui, vous saviez parler avec les mains.
Rentrer ou croiser certains doigts signifiait quelque chose et
me rendait méfiant. Toi et lui, vous vous racontiez des
histoires qui te faisaient rire en dedans et le secouaient en

silence. Toi et lui, vous tiriez des plans dont je fournissais la victime la plupart du temps. Si quelqu'un l'a aimé, ce gamin à la tête bouclée, c'est toi ; tandis que vous m'incitiez à mettre ma main sous ta robe. Il faisait chaud sous le toit goudronné de la remise à bois. Le bois sentait l'aigre. Ma main avait un goût salé. Je ne pouvais la retirer, ça collait : ta colle d'os. Dehors chantait la scie circulaire, ronronnait la raboteuse, hurlait la rectifieuse. Dehors couinait Harras, notre chien de garde.

Ecoute, Tulla,

c'était lui : un chien de berger allongé, noir, aux oreilles droites, à queue longue. Pas un Grœnendael belge à longs poils, mais un chien de berger allemand à poil dur. Mon père, le maître-menuisier, l'avait acheté tout petit, peu avant notre naissance, à Nickelswalde, un village des bouches de la Vistule. Le propriétaire demanda trente florins ; c'était le meunier de la reine Louise, à Nickelswalde. Harras avait une gueule robuste, aux babines sèches, bien jointives. Ses yeux sombres, légèrement obliques suivaient mes pas. Le cou net, sans fanon ni peau molle. La longueur du tronc excédait de six centimètres la hauteur à l'épaule : je l'ai vérifié mètre en main. On pouvait regarder Harras de tous les côtés : les pattes étaient toujours droites. Les orteils étaient bien serrés. La plante du pied convenablement dure. Sa croupe longue retombait légèrement. Les épaules, les cuisses, les jarrets robustes, bien musclés. Et chaque poil droit, adhérent, rude et noir. Le duvet aussi était noir. Pas la teinte de loup : sombre sur fond jaune ou gris. Non, partout, jusqu'aux oreilles à peine inclinées vers l'avant, sur sa poitrine en voûte profonde, le long des cuisses modérément chaussées, son poil luisait, noir. De tous les noirs ensemble : parapluie, ecclésiastique, veuvage, S.S., tableau scolaire, falange, merle, Othello, Ruhr, violette, tomate, citron, farine, lait, neige.

Harras cherchait, trouvait, jappait, apportait et cherchait des pistes, le nez à terre. Dans un concours de chiens de garde sur les Prés-Bourgeois, il fut décevant. Harras était mâle reproducteur et inscrit au registre d'élevage. La tenue en laisse clochait : il tirait. Bon pour signaler en aboyant, mais moyen dans la recherche de traces étrangères. Le maître-menuisier Liebenau l'avait fait dresser à la caserne de police de Hochstriess. Ils le déshabituèrent de manger ses propres excréments : une manie des jeunes chiens. Son matricule était le nombre 517 estampé sur métal. Total en travers : 13.

Partout à Langfuhr, à Schellmühl, dans la colonie de Schichau, de Saspe à Brösen, en remontant le chemin de Jäschkental, en descendant Heiligenbrunn, aux alentours du terrain Heinrich-Ehlers, derrière le crématoire, devant les grands magasins Sternfeld, au bord de l'étang par actions, dans les tranchées de la Schupo, à certains arbres du parc Uphagen, à certains tilleuls de l'avenue Hindenburg, contre les socles de colonnes Litfass grosses d'événements à venir, contre les mâts de drapeau de la Halle des Sports infestée de manifestations politiques, aux becs de gaz encore obscurs du faubourg de Langfuhr, Harras mit ses marques ; il leur resta fidèle pendant des années de chien.

Au garrot, Harras mesurait soixante-quatre centimètres. A cinq ans, Tulla mesurait un mètre cinq centimètres. Son cousin Harry la dépassait de quatre. Son père, le maître-menuisier, qui avait une belle stature, mesurait un mètre quatre-vingt-deux le matin et deux centimètres de moins après sa journée de travail. August et Erna Pokriefke ainsi que Johanna Liebenau, née Pokriefke, n'excédaient pas un mètre soixante-deux : c'est une petite race, les Koschnèves !

Chère cousine Tulla,
je me moquerais bien de la Koschnévie, si vous autres, les Pokriefke, n'en étiez pas originaires. Mais voici donc que je sais : les villages de Koschnévie appartinrent de 1237 à 1308 aux ducs de Pomérélie. Après l'extinction de ces derniers, les Koschnèves payèrent tribut aux chevaliers teutoniques jusqu'en 1466. Jusqu'en 1772, ils firent partie du royaume de Pologne. Lors de l'adjudication européenne qui suivit, la Koschnévie fut refilée aux Prussiens. Ils maintinrent l'ordre jusqu'en 1920. A partir de février 20, les villages de Koschnévie furent à la République de Pologne ; enfin, à partir de l'automne 39, ils appartinrent au Reich Grand-Allemand comme partie de la région Danzig-Prusse-Occidentale : tout cela par force. Epingles de sûreté tordues. Gonfanons flottant au vent. Dragonnades : Suédois, Hussites, Waffen-S.S. Si tu ne veux pas, alors. De fond en comble. Depuis ce matin à quatre heures quarante-cinq. Traits de compas sur les feuilles de la table de mesure. Contre-attaque a repris Schlangenthin.

Pointes blindées allemandes sur la route de Damerau. Nos troupes contiennent une poussée massive au nord-ouest d'Osterwick. Attaques de dégagement lancées par 12ᵉ division de campagne de la Luftwaffe enrayées au sud de Könitz. Dans le cadre de la rectification du front, le territoire dit Koschnévie est évacué. Des formations résiduelles prennent position au sud de Danzig. Des faiseurs d'intoxe, des croquemitaines, d'épouvantables farceurs secouent à nouveau le presse-papier, le poing...

O Tulla,
comment pourrai-je te parler de la Koschnévie, de Harras et de ses marques, de colle d'os, de bonbons de sucre d'orge et de la voiture d'enfant s'il devient obligatoire de regarder le poing ! — il faut qu'elle roule. Il y eut une fois une voiture d'enfant qui roulait. Voici bien des années que roulait une voiture d'enfant sur quatre roues hautes. Sur quatre roues hautes à l'ancienne mode, laquée brun et cassante à tous les plis. Les rayons chromés, les ressorts, les poignées pour pousser la voiture étaient marqués de places grises effeuillées. Elles s'agrandissaient de jour en jour insensiblement : tout passe. Il était une fois. Lorsque pendant l'été de l'an 1932 : jadis, alors, quand j'étais un petit garçon de cinq ans, au temps des jeux Olympiques de Los Angeles, il y avait déjà des poings fonctionnant vite, à sec et sur terre ; et pourtant, comme si personne ne s'apercevait du courant d'air, on poussait simultanément au soleil ou à l'ombre des millions de voitures d'enfant à roues hautes et basses.

Sur quatre roues hautes à l'ancienne mode, pendant l'été 32, roulait une voiture d'enfant laquée noir, quelque peu vétuste, que le lycéen Eddi Amsel, familier de toutes les boutiques de brocante, avait achetée en marchandant ferme dans la Tagnetergasse. Alternativement lui, le professeur Oswald Brunies ou Walter Matern poussait le véhicule. Les planches goudronnées, huilées et cependant sèches où était poussée la voiture d'enfant étaient celles de l'estacade de Brösen. L'aimable station balnéaire — ouverte depuis 1823 — était exactement à égale distance de Neufahrwasser et de Glettkau, dans la baie de Danzig : avec son village de pêcheurs aux maisons basses, son casino porte-coupole, les pensions Germania, Eugenia et Else, les dunes à mi-hauteur, le petit bois littoral, les bateaux de

pêche et l'établissement de bains tripartite, la tour de guet de la
Société allemande de Sauvetage et l'estacade longue de quarante-huit mètres. L'estacade de Brösen avait deux étages et
détachait à main droite un court brise-lames contre les vagues
de la Baltique. Les dimanches, régulièrement, douze drapeaux
y tiraient sur douze mâts ; au début, seulement les drapeaux de
villes riveraines de la Baltique et, petit à petit, de plus en plus,
des drapeaux à croix gammée.

Sous les drapeaux, sur les planches roule la voiture d'enfant.
C'est au tour du professeur Brunies de pousser ; il est habillé
en beaucoup trop noir et ombragé d'un feutre mou ; il sera
relayé par le gros Amsel ou par le robuste Matern. Assise dans
la voiture, Jenny, qui a bientôt six ans, n'a pas le droit de
courir.

« Si on faisait courir un peu Jenny ? S'il vous plaît, monsieur
le Professeur. Essayons seulement. Nous la tiendrons à gauche
et à droite. »

Jenny Brunies n'a pas le droit. « Faut-il perdre peut-être
cette enfant ? La laisser malmener dans la cohue dominicale ? »
Ça vient, ça va, se rencontre, se sépare, s'incline, fait semblant
de ne pas se voir. Ça fait des signaux, se prend sous le bras,
montre le môle, la direction d'Adlerhorst, nourrit les mouettes
de ce qu'on a apporté exprès, salue, se souvient, se vexe... Et
tous les gens ont de si beaux habits : le tissu à grandes fleurs
des grandes occasions. Sans manches, tenue de saison. Costume tennis et uniforme de yachtman. Cravates au vent d'est.
Insatiables, les appareils-photo. Chapeaux de paille avec ruban
neuf anti-sueur. Chaussures de toile blanchies à la pâte
dentifrice. Les hauts talons redoutent les joints entre les
madriers de l'estacade. Des capitaines de vaisseau de pacotille
ont braqué des jumelles. Ou bien des mains s'ouvrent en
auvent sur des yeux scrutant le large. Autant de costumes
marins que d'enfants : ils courent, jouent, se cachent ou ont
peur. Je vois quéqu'chose que tu vois pas. Un deux trois nous
irons au bois. Un hareng que j' te prends, un hareng saur que
j' te sors. Tiens, voici M. Anglicker du Marché-Neuf avec ses
jumeaux. Ils ont ces nœuds de ruban en hélice d'avion et
promènent sur des glaces à la framboise de pâles langues
également lentes. M. Koschnick de la Hertastrasse avec
Madame et des visiteurs venus du Reich. M. Selke fait
regarder ses fils par la jumelle l'un après l'autre : panache de
fumée, superstructures, le « *Kaiser* » arrive. M. et
Mme Behrendt n'ont plus de tourteau pour les mouettes.

Mme Grunau, à qui appartient la blanchisserie du Champ de Manœuvre, avec ses trois apprenties. Le boulanger Scheffler de l'allée Kleinhammer avec sa femme qui rit. Heini Pilenz et Hotten Sonntag sans parents. Et là-bas M. Pokriefke aux doigts englués. A son bras, sa femme ridée comme une pomme n'arrête pas de remuer la tête comme un rat. Il faut qu'elle crie : « Tulla ! » Et « Alexandre, viens ici ! » Et « Sigismond, fais attention à Konrad ! » Car, sur l'estacade, des Koschnèves ne se conduisent pas en Koschnèves d'origine, bien que le maître-menuisier Liebenau et sa femme soient absents. Les dimanches matin, il doit rester à l'atelier et dessiner pour que le chef-mécanicien sache le lundi matin ce qui passe à la scie circulaire. Elle ne sort jamais sans son mari. Mais son fils est là parce que Tulla est là. Tous deux sont plus jeunes que Jenny et peuvent courir. Ils peuvent sauter à cloche-pied en zigzag derrière le professeur Brunies et ses élèves un peu gênés. Ils peuvent longer l'estacade jusqu'au bout, où elle forme un triangle pointu battu par le vent. Ils peuvent descendre à l'étage inférieur par les escaliers situés à droite et à gauche, où sont assis des pêcheurs à la ligne qui prennent des dards. Ils peuvent courir en sandales sur les plats-bords étroits et dans la charpente de l'estacade. Sous cinq cents chaussures du dimanche, sous le choc léger des cannes et des ombrelles, ils peuvent habiter en paix. Ici règne une fraîche ombre verdâtre. Ici, sous les planches, pas de jours de semaine. L'eau sent fort ; elle est transparente jusqu'au fond où roulent des coquilles et des bouteilles. Aux pilotis qui supportent l'estacade et le peuple qui la peuple, des barbes de varech flottent indécises ; çà et là des épinoches, argentées, remuantes, banales. Des mégots tombent du niveau supérieur, se défont, brunâtres, attirent des poissons grands comme le doigt, les repoussent. Des essaims réagissent par à-coups, s'élancent, hésitent, virent, se défont, se rassemblent un étage plus bas et s'en vont où flottent d'autres barbes de varech. Le papier d'une tartine de beurre s'alourdit, se tord. Entre les poutres goudronnées, Tulla retrousse sa petite robe du dimanche déjà tachée de goudron. Son cousin doit tenir dessous sa main plate. Mais il ne veut pas et regarde ailleurs. Alors elle non plus ; elle bondit de l'entrecroisement des poutres sur le plat-bord et court en faisant claquer ses sandales ; ses nattes volent, les pêcheurs à la ligne se réveillent ; elle a déjà remonté l'escalier de l'estacade, des douze drapeaux, du dimanche matin ; et son cousin Harry la suit à son relent de colle qui crie plus haut que l'odeur des barbes de varech, des poutres goudronnées où la corruption mord quand même, que l'odeur des plats-bords séchés par le vent, plus haut que l'air marin.

Et toi, Tulla,

un dimanche matin tu dis : « Laissez-la donc pour voir. Je veux voir comme elle court. »

Par miracle, le professeur Brunies approuve d'un signe de tête, et Jenny peut courir sur les planches de l'estacade. Quelques-uns rient, beaucoup sourient : Jenny est si grosse et court sur deux colonnes adipeuses tassées dans des demi-bas blancs qui boudinent au genou et dans des chaussures vernies à barrettes.

« Amsel ! », dit Brunies sous son feutre noir. « Quand tu étais enfant, disons à six ans, as-tu souffert de ta, disons franchement, de ton obésité ?

— Pas particulièrement, monsieur le professeur. Matern montait toujours la garde. Seulement sur les bancs de l'école j'avais du mal à m'asseoir ; le banc était trop étroit. »

Brunies offre des bonbons. La voiture d'enfant vide reste à l'écart. Matern guide Jenny avec une maladroite prudence. Les drapeaux tirent tous dans le même sens. Tulla ne veut pas guider Jenny. Espérons que la voiture d'enfant ne va pas se mettre à rouler toute seule. Brunies suce des bonbons de sucre d'orge. Jenny ne veut pas aller avec Tulla ; elle pleurerait presque, mais Matern est là, et Eddi Amsel imite promptement et exactement une basse-cour. Tulla vire sur ses talons. Devant l'extrémité de l'estacade, rassemblement : on va chanter. Le visage de Tulla devient triangulaire et si petit que la rage prend le dessus. A la pointe de l'estacade, on chante. Tulla révulse les yeux : fenêtres fermées. Devant, des Jeunesses hitlériennes en demi-cercle. Une rage émaciée de Koschnévie : Dul, Dul, Tuller. Tous les gamins ne sont pas en uniforme, mais tous chantent en chœur et beaucoup de gens écoutent et hochent une tête approbative. « Nous aimons les tempêtes... », chantent-ils tous, et le seul qui ne chante pas s'efforce de tenir à la verticale un fanion triangulaire noir où une rune est cousue. La voiture d'enfant est vide, abandonnée. Maintenant ils chantent : « Et le matin de bonne heure, cette heure-là est notre heure. » Puis une chanson gaie : « Un qui s'appelait Christophe Colomb. » Un grand frisé de quinze ans qui porte le bras droit en écharpe — réellement blessé peut-être — d'une voix à demi impérieuse, à demi embarrassée, invite les auditeurs à reprendre au moins le refrain. Des jeunes filles bras dessus bras dessous et de vaillants époux, parmi eux M. Pokriefke, M. Behrendt et M. Matzerath, négociant en produits exotiques, chantent en chœur. Le vent de nord-est aligne les drapeaux et aplatit les fausses notes du chant joyeux. Si l'on prête l'oreille, on entend battre, tantôt sous, tantôt sur la chanson, un tambour d'enfant. Ce doit être le fils du négociant en produits exotiques. Il n'a pas toute sa tête. « Gloria Viktoria » et « Wiedewiedewitt Jucheirassa », tel est le refrain de la chanson qui n'en finit plus : reprendre en chœur devient lentement un devoir. On regarde alentour : « Pourquoi pas encore lui ? » On lorgne de côté : « M. et Mme Ropinski chantent aussi. Même le vieux Sawatzki, pourtant socialo jusqu'à la moelle, s'y met. Eh bien allons-y ! Du courage ! Puisque M. Zureck et le secrétaire des Postes Bronski chantent avec, bien que tous deux employés à la Poste polonaise de la place Hévélius. » Wiedewiedewitt Boumboum. « Et M. le Professeur ? Est-ce qu'il ne peut pas au moins repousser de côté son éternel bonbon et faire comme si ? » Gloriaviktoria ! A l'écart, la voiture d'enfant, vide, sur quatre roues hautes. Le vernis noir reluit, crevassé. « Wiedewiedewitt Jucheirassa ! » Papa Brunies veut prendre Jenny sur son bras et soulager ses colonnes grasses chaussées de vernis noirs à barrettes. Mais ses élèves — « Gloriaviktoria ! » surtout le lycéen Walter Matern, protestent. Eddi Amsel chante avec le chœur : « Wiedewiedewitt Jucheirassa ! » Comme il est obèse, il a un soprano velouté de petit garçon qui, à certains passages du refrain, par exemple à Jucheirassa, se couvre d'écume argentée. On appelle ça une voix perchée. Beaucoup regardent à la ronde pour voir d'où jaillit cette eau cristalline. Parce qu'au rebours de toute attente la chanson de Christophe Colomb avait une strophe dernière, ils chantent une chanson de récolte : « J'ai rempli mon chariot. » Voici qu'ils chantent, bien qu'un air de ce genre rende mieux le soir : « Il n'est pas de plus beau pays. » Eddi Amsel fait faire les pieds au mur à son soprano garçonnet. Brunies suce au vu de tout le monde avec un petit air de se moquer. Matern s'assombrit sous un ciel sans nuages. La voiture d'enfant jette une ombre solitaire...

Où est Tulla ?

Son cousin a chanté six strophes de la chanson de Christophe
Colomb. Pendant la septième strophe il s'est esquivé. Seul
souffle un air marin ; plus de relents de colle ; car Auguste
Pokriefke, avec sa femme et le sourd-muet Konrad, se tient sur
le côté ouest de la pointe de l'estacade, tandis que le vent a
sauté du nord-est à l'est. Ils chantent. Konrad ouvre aussi la
bouche aux bons endroits, met silencieusement les lèvres en
pointe et, quand le canon « Frère Jacques » est attaqué et se
défend bien, il ne manque pas une rentrée.

Où est Tulla ?

Ses frères Sigismond et Alexandre ont gagné au large. Son
cousin Harry les voit tous deux sur le brise-lames. Ils se
risquent à plonger la tête la première. Sigismond travaille le
saut périlleux et le saut avec départ en appui tendu renversé.
Les vêtements des frères, lestés de leurs souliers, sont déposés
sur les étais éventés de l'estacade. Tulla n'est pas là. Venant de
l'estacade de Glettkau — on peut même distinguer la grande
estacade de Zoppot — le vapeur de promenade s'approche
conformément à l'horaire. Il est blanc et arbore un grand
panache de fumée noire, comme les bateaux à vapeur des
dessins d'enfants. Ceux qui veulent aller par le bateau de
Brösen à Neufahrwasser se pressent sur le flanc gauche de
l'estacade. Où est Tulla ? La Jeunesse hitlérienne chante
encore, mais personne n'écoute plus, parce que le navire ne
cesse de grandir. Eddi Amsel a aussi retiré son soprano. Le
tambour d'enfant a délaissé le rythme des chansons et s'adonne
au pilonnement des machines : c'est le vapeur *Hecht*. Mais le
vapeur *Schwan* a un aspect exactement identique. Seul le
navire à roues *Paul Beneke* a un autre aspect. Premièrement il a
des roues à aubes ; deuxièmement il est plus grand, beaucoup
plus grand ; et troisièmement il circule entre Danzig-Pont
long, Zoppot, Udingen et Hela — il ne vient pas à Brösen et
Glettkau. Où est Tulla ? On dirait d'abord que le vapeur *Hecht*
ne veut pas atterrir à l'estacade de Brösen, puis il vire de bord
et se trouve accosté plus vite qu'on aurait cru. Il n'écume pas
seulement à la proue et à la poupe. A regret il marche sur place
et festonne la mer. On jette des cordes : les bittes d'amarrage
crissent. Des tampons d'abordage couleur tabac amortissent à
bâbord le choc de l'accostage. Tous les enfants et quelques

femmes ont peur, parce que le vapeur *Hecht* va actionner sa sirène à l'instant. Des enfants se bouchent les oreilles, ouvrent la bouche, tremblent d'avance : alors il lance un appel grave, qui culbute à la fin, et le voici amarré. On se remet à lécher les gaufrettes glacées, mais quelques enfants sur le navire et sur l'estacade pleurent, continuent à se boucher les oreilles et regardent fixement la cheminée parce qu'ils savent qu'avant de déborder le vapeur *Hecht* actionnera encore une fois sa sirène et lâchera une vapeur blanche qui sent les œufs pourris.

Où est Tulla ?

C'est joli, un bateau à vapeur blanc, quand il n'a pas de taches de rouille. Le vapeur *Brochet* n'en a pas une, seulement le pavillon de l'Etat-libre de Danzig et le guidon de l'armement « Vistule » sont fanés et effrangés. Ceux qui quittent le bord — Ceux qui vont à bord. Tulla ? Son cousin regarde derrière lui : sur le côté droit de l'estacade il n'y a que l'éternelle voiture d'enfant sur quatre roues hautes. Elle jette une ombre déformée de onze heures du matin qui se relie sans couture à l'ombre de la balustrade. De ce ramas d'ombres s'approche une ombre maigre sans ramifications : Tulla vient de sous l'estacade. Elle était avec les flottantes barbes de varech, les pêcheurs ensorcelés, les épinoches qui font l'exercice. Osseuse, en robe courte, elle grimpe l'escalier. Ses genoux frappent la bordure au crochet. De l'escalier, elle veut gagner directement la voiture. Les derniers passagers montent à bord du *Brochet*. Quelques enfants pleurent encore ou recommencent déjà. Tulla a croisé les bras derrière le dos. Bien qu'en hiver elle ait la peau bleue et blanche elle brunit rapidement. Un brun-jaune sec. Un brun couleur de colle réserve les marques de vaccins : un, deux, trois, quatre îlots sur le bras gauche restent fauves, gros comme des cerises et impossibles à ne pas voir. Chaque vapeur amène des mouettes, emmène des mouettes. Le côté tribord du navire échange des propos avec le côté bâbord de l'estacade. « Et repassez faire un tour. Et portez le film à développer, ça nous intéresse. Et bonjour à tous, tu entends ? » Tulla est à côté de la voiture d'enfant inoccupée. Le vapeur hurle haut, bas et s'étrangle. Tulla ne se bouche pas les oreilles. Son cousin voudrait se boucher les oreilles, mais il ne le fait pas. Le sourd-muet Konrad, entre Erna et Auguste Pokriefke, regarde le remous du navire et se bouche les deux oreilles. Le cornet à bonbons, brun papier d'emballage, est au pied de la voiture. Tulla ne prend pas de bonbon. Sur le brise-lames, deux garçons luttent avec un garçon ; deux tombent à l'eau ; tous trois rient. Le professeur Brunies a fini par prendre Jenny sur son bras. Jenny ne sait pas si elle doit pleurer parce que le vapeur a fait tut ! Le professeur et ses élèves lui conseillent de ne pas pleurer. Eddi Amsel a fait quatre nœuds à son mouchoir et a mis sur ses cheveux de renard le bonnet ainsi constitué. Comme d'habitude il a l'air ridicule, il n'a pas l'air plus ridicule à cause du mouchoir à quatre pointes. Walter Matern, sinistrement, regarde le navire blanc qui se détache en tremblant de l'estacade. Hommes, femmes, enfants, jeunes hitlériens à bord avec leur fanion noir, font des signes, rient, lancent des appels. Les mouettes tournent en rond, tombent, montent et regardent, leurs têtes obliquement vissées. Tulla Pokriefke pousse légèrement du pied la roue arrière droite de la voiture d'enfant : à peine si l'ombre a bougé. Hommes, femmes et enfants se détachent lentement du flanc gauche de la pointe de l'estacade ; le navire *Brochet* dessine une fumée noire, vire de bord en tanguant et, diminuant rapidement, met le cap sur l'entrée du port de Neufahrwasser. Dans la mer calme il creuse une trace écumeuse qui aussitôt s'efface. Toutes les mouettes ne le suivent pas. Tulla passe à l'action : elle rejette la tête en arrière, nattes comprises, la ramène vivement en avant et crache. Son cousin rougit comme un coquelicot. Il regarde alentour si quelqu'un d'autre regardait quand Tulla crachait dans la voiture d'enfant. Près de la balustrade de gauche de l'estacade est embusqué un petit garçon de trois ans en costume marin. Un ruban de soie à inscription rebrodée en or ceint son béret marin : « SMS Seydlitz ». Les extrémités des rubans frémissent au nordet. A son corps est suspendu un tambour d'enfant en fer-blanc. De ses poings naissent des baguettes de tambour au bois élimé. Il ne joue pas du tambour, a les yeux bleus et regarde Tulla cracher dans la voiture pour la deuxième fois. Beaucoup de chaussures d'été, de chaussures de toile, de sandales, de cannes et d'ombrelles s'approchent, venues de la flèche de l'estacade, quand Tulla vise pour la troisième fois.

Je ne sais pas si, sauf moi et le fils du négociant en produits exotiques, quelqu'un fut témoin quand ma cousine, trois fois de suite, cracha dans la voiture d'enfant inoccupée de Jenny, puis, maigre et chagrine, s'éloigna lentement, traînant les pieds, en direction du casino.

Chère Cousine,

je ne saurais toujours pas m'arrêter de te placer sur les planches chatoyantes de l'estacade, à Brösen. Un dimanche de l'année suivante, mais le mois du même nom, donc pendant l'août orageux, riche en méduses, quand de nouveau hommes, femmes et enfants quittaient le poussiéreux faubourg de Langfuhr avec leurs sacs de bain et leurs animaux de caoutchouc pour se rendre à Brösen, pour se déposer en majorité sur la plage et à l'établissement de bains, pour se promener en plus petit nombre sur l'estacade, un jour que huit pavillons des villes de la Baltique et quatre bannières à croix gammée pendaient à douze mâts de drapeau, qu'un grain s'échafaudait sur Oxhöft, que les méduses urticantes piquaient, et que fleurissaient dans la mer tiède les méduses bleuâtres laiteuses qui ne piquent pas, un jour en août donc, Jenny se perdit.

Le professeur Brunies, de la tête, avait fait signe. Walter Matern avait ôté Jenny de sa voiture d'enfant, et Eddi Amsel était distrait quand Jenny s'égara dans la foule endimanchée. L'orage champignonnait au-dessus d'Oxhöft. Walter Matern ne trouvait pas Jenny ; Eddi Amsel non plus. Je la trouvai parce que je cherchais ma cousine Tulla : je te cherchais toujours et trouvais le plus souvent Jenny Brunies.

Alors, comme l'orage se multipliait, venu de l'est, je les trouvai toutes deux, et Tulla tenait par le collier notre Harras que mon père m'avait permis d'emmener.

Sur un des plats-bords qui couraient en long et en travers sous l'estacade, au bout d'une coursive sans issue, dans un cul-de-sac, je les trouvai toutes deux. Cachées par les entretoises et les étais, en petite robe blanche, dans une lumière verte changeante, dans une ombre claire : Jenny Brunies ; au-dessus d'elle : le froissement des légères chaussures d'été ; sous elle : lèchement, glouglou, clapotis, soupirs — et boulue, renfrognée, en larmes : Jenny. Car Tulla lui faisait peur. Tulla donna l'ordre à notre Harras de lécher le visage de Jenny. Et Harras obéit à Tulla.

« Dis voir merde », dit Tulla, et Jenny répéta.

« Dis voir : mon papa n'arrête pas de péter », dit Tulla, et Jenny admit ce que le professeur faisait quelquefois.

« Dis voir : mon frère vole tout le temps », dit Tulla.

Mais Jenny dit : « Voyons j'ai pas de frère, vraiment pas. »

Alors Tulla plongea d'un bras sous le plat-bord et ramena une tremblotante méduse qui ne pique pas. Elle dut contenir à deux mains le gâteau de gélatine vitreuse, au centre capitonné duquel débouchaient des veinules et des nodules indigo.

« Tu vas le manger qu'il n'en reste plus », ordonna Tulla. « Ça n'a pas de goût, vas-y ! » Jenny demeura pétrifiée, et Tulla lui montra comment on mange les méduses. Elle en avala pour deux cuillerées à soupe, refoula cette gelée entre ses dents et en fit gicler un jet grumeleux par l'interstice de ses deux incisives supérieures. Bien haut au-dessus de l'estacade, le front orageux entamait le soleil.

« Maintenant que t'as vu comme on fait, fais-le. »

L'envie de pleurer s'étendit sur le visage de Jenny. Tulla devint menaçante : « Faut-il que j'appelle le chien ? » Avant que Tulla ait pu lancer notre Harras sur Jenny — il ne lui aurait sûrement pas fait de mal — je le sifflai à mon pied. Il n'obéit pas aussitôt, mais tourna vers moi la tête avec le collier. Je le tenais. Mais là-haut, encore à distance, il tonnait. Tulla, à bout portant, me claqua sur la chemise le reste de la méduse, me bouscula puis s'en alla. Harras voulut la suivre. Je dus crier à deux reprises : « Reste là ! » A gauche, je tenais le chien, à droite je pris Jenny par la main et la conduisis sur l'estacade avant l'orage ; là, le professeur Brunies et ses élèves, parmi les baigneurs en déroute, cherchaient Jenny, criaient : « Jenny ! » et redoutaient le pire.

Avant la première rafale, le syndicat d'initiatives amena huit drapeaux différents et quatre drapeaux pareils. Papa Brunies tenait la voiture d'enfant par le guidon ; les premières gouttes, là-haut, se détachèrent. Walter Matern remit Jenny dans la voiture ; elles continuèrent à trembler. Même quand nous fûmes à l'abri et que le professeur Brunies me tendit trois bonbons de sucre d'orge au bout de ses doigts tremblants, la voiture d'enfant tremblait toujours. L'orage, comme un théâtre ambulant, poursuivait sa route à grand spectacle.

Ma cousine Tulla,

sur la même estacade, dut un jour pleurer à chaudes larmes. Nous savions alors déjà écrire notre nom. Jenny ne se faisait plus véhiculer en voiture d'enfant mais allait à petits pas, comme nous, à l'école Pestalozzi. Les vacances revinrent ponctuellement, ramenant les billets à tarif scolaire, le temps de baignade et, toujours neuve, l'estacade de Brösen. Aux douze mâts de drapeau tiraient maintenant, quand le vent soufflait, six drapeaux de l'Etat-libre et six drapeaux à croix gammée, qui n'appartenaient plus au Syndicat d'Initiatives, mais au groupe local du Parti. Et, avant la fin des vacances d'été, un matin, peu après onze heures, Konrad Pokriefke se noya.

Ton frère, le blondin bouclé, qui riait sans bruit, chantait avec, comprenait tout. Plus jamais il ne parlerait avec ses mains : coude, front, paupière inférieure, doigt en croix contre l'oreille droite, deux doigts joue à joue ! Tulla et Konrad. Rien qu'un doigt à replier, parce que sans le brise-lames…

Ce fut la faute de l'hiver. La glace, le dégel, les glaçons de dérive et les tempêtes de février avaient sévèrement éprouvé l'estacade. Certes, le Syndicat d'initiatives avait fait réparer l'estacade dans une certaine mesure ; peinte en blanc et équipée de nouveaux mâts de drapeau, elle était flambant neuve et signifiait les vacances ; mais une partie des vieux pilotis, arrachés loin sous le niveau de l'eau par la banquise et les grosses lames déferlantes, émergeaient encore perfidement du fond et provoquèrent la perte du petit frère de Tulla.

Cette année-là, il avait été interdit de se baigner le long du brise-lames ; pourtant il y avait bon nombre de gars qui, venant de la baignade populaire, prenaient pour but le brise-lames et l'utilisaient comme girafe pour plonger. Sigismond et Alexandre Pokriefke n'avaient pas emmené leur frère ; il nageait à leur suite comme un petit chien, gigotait des bras et des jambes et savait nager, quoique pas dans les règles. Tous trois ensemble sautèrent peut-être cinquante fois du brise-lames et ressortirent cinquante fois. Puis ils sautèrent ensemble encore dix-sept fois mais ne ressortirent que seize fois tous trois ensemble. Personne n'aurait si vite remarqué que Konrad ne remontait pas si notre Harras n'avait pas été comme fou. Du haut de l'estacade, il avait compté aussi, courait en tous sens sur le brise-lames, jappait ici ou là sur un ton incertain, enfin il s'arrêta, hurlant vers le ciel.

Justement le vapeur *Cygne* accostait ; mais tout le peuple se pressa sur le côté droit de l'estacade. Seul le marchand de glaces qui ne comprit jamais continuait à crier ses parfums : « Vanille, citron, petit muguet, fraise, vanille, citron… »

Walter Matern n'ôta que ses chaussures et piqua une tête du haut du garde-fou. Il s'enfonça juste à la hauteur de la place que notre Harras avait marquée d'abord en hurlant, puis en grattant le sol à deux pattes. Eddi Amsel tenait les chaussures de son ami. Il remonta, plongea de nouveau. Par bonheur, Jenny n'avait pas à regarder : le professeur était avec elle sous les arbres, dans le parc du casino. Il fallut que Sigismond Pokriefke et un homme qui n'était pas du piquet de sauvetage viennent alternativement à son aide ; alors on put dégager le petit sourd-muet Konrad Pokriefke dont la tête s'était coincée entre deux pieux brisés, à peu de distance du fond.

A peine l'avaient-ils couché sur le plat-bord que le service de sauvetage arrivait avec l'appareil à carbogène. Le vapeur *Cygne* lança un second signal et prit son cap balnéaire. Personne ne coupa le courant au marchand de glace : « Vanille, citron, petit muguet... » La tête de Konrad était cyanosée. Il avait les mains et les pieds jaunes comme tous les noyés. Son oreille droite s'était écorchée à l'attache du lobe entre les pieux : son sang rouge clair coulait sur les planches. Ses yeux ne voulaient pas se fermer. La chevelure bouclée avait gardé ses boucles sous l'eau. Noyé, il paraissait plus petit que vivant, et une mare autour de lui s'élargissait.

Pendant les tentatives de réanimation — ils lui appliquèrent l'appareil à carbogène comme il le fallait — je tins fermée la bouche de Tulla. Quand on ôta l'appareil, elle me mordit la main et cria ensuite, couvrant la voix du marchand de glace, cria vers le ciel parce qu'elle ne pourrait plus parler sans bruit, avec les doigts, joue contre joue, avec le signe du front et le signe de l'amour, des heures durant : cachés dans la remise à bois, au frais sous l'estacade, en secret dans les fossés des fortifs ou bien tout à découvert et cependant en secret dans l'Elsenstrasse remuante.

Chère Tulla,
ton cri devait avoir le souffle long : aujourd'hui encore il niche dans mes oreilles et tient la note qui grimpe au ciel.

Cette année-là et l'année suivante, il fut impossible d'amener notre Harras sur le brise-lames. Il restait près de Tulla qui, elle aussi, laissait de côté l'estacade. Leur accord avait une préhistoire.

L'été de la même année, mais peu avant que le sourd-muet Konrad Pokriefke ne se noie en se baignant, Harras fut invité à couvrir. La Schupo connaissait le pedigree du chien et une fois l'autre, chaque année, envoyait une lettre signée d'un lieute-nant de police appelé Mirchau. Mon père ne disait jamais non à ces lettres conçues dans un style passablement impérieux ; d'abord, surtout comme maître-menuisier, il ne voulait pas avoir d'ennuis avec la police ; ensuite la saillie, quand elle était faite par un mâle comme Harras, rapportait chaque fois une petite somme ; enfin mon père, c'était éclatant, était fier de son chien de berger : quand tous deux s'en allaient à la saillie taxée, chacun aurait pu croire que la Schupo n'avait pas invité Harras à la saillie, mais mon père.

Pour la première fois, je pus l'accompagner ; je n'étais pas informé, mais pas ignorant non plus. Mon père, malgré la chaleur, portait un complet qu'il sortait seulement quand la corporation de la menuiserie avait une réunion. Le gilet, d'un gris sérieux, bombait sur son ventre. Sous le feutre taupé il tenait le second choix brun clair à quinze pfennigs pièce. A peine Harras était-il détaché de sa niche et neutralisé par une muselière — parce qu'on allait à la Schupo — il se sauva et manifesta son vieux vice : la tenue en laisse était infâme ; nous fûmes à Hochstriess plus vite que nous aurions pu y être, à en juger par le reste important du cigare.

Hochstriess était le nom d'une rue partant de la Grande-Rue de Langfuhr vers le sud. A gauche, des pavillons jumelés où habitaient des officiers de police et leurs familles ; à droite, les sombres casernes de brique construites pour les hussards de Mackensen, devenues cantonnements de police. A l'entrée sur le chemin de Pelonken qu'on utilisait à peine, il n'y avait pas de guérite, seulement une barrière basculante et un poste de garde ; mon père, sans ôter son chapeau, montra la lettre du lieutenant Mirchau. Mon père connaissait le chemin ; pourtant un maréchal des logis-chef nous accompagna par des cours de caserne gravillonnées où des policiers en treillis gris faisaient l'exercice ou formaient un demi-cercle autour d'un supérieur. Toutes les recrues tenaient les mains négligemment derrière le dos comme prescrit et donnaient l'impression d'écouter un exposé. Dans le trou entre les garages de police et la salle de gym, la brise de terre roulait la poussière en cornets pointus mobiles. Le long des interminables écuries de la police montée, des recrues faisaient des courses d'obstacles, franchis-sant à la course des murs d'assaut, et des fossés pleins d'eau sur des poutres, et des abattis de barbelés. Toutes les cours de caserne étaient régulièrement serties de jeunes tilleuls, à peu près gros comme des bras d'enfants, appuyés à des tuteurs.

Alors il fut prudent de tenir la longe courte à notre Harras. Sur un petit terrain carré — à gauche, à droite, des magasins sans fenêtres, à l'arrière-plan un bâtiment plat — des chiens de berger, neuf peut-être, devaient venir au pied, rester immobiles, apporter, aboyer, grimper comme les recrues à des murs d'assaut et enfin, après un minutieux travail de piste, le nez à terre, attaquer un policier qui, déguisé en rôdeur et protégé de rembourrages, jouait au naturel une classique tentative de fuite. Des animaux bien tenus, mais pas comme Harras. Tous gris fer, gris cendre ou nués de noir sur un duvet beige clair. Le terrain retentissait de commandements et d'aboiements commandés.

Dans le bureau du chenil de police, nous dûmes attendre. Le lieutenant Michau portait à gauche une raie très rectiligne. On emmena Harras. Le lieutenant Mirchau échangea avec mon père des paroles qu'échangent justement un maître-menuisier et un lieutenant de police quand ils sont ensemble dans une pièce pour peu de temps. Puis Mirchau baissa la tête. Sa raie se déplaçait au-dessus de son travail ; probablement il lisait des rapports. La pièce avait deux fenêtres à gauche et à droite de la porte. On aurait pu voir les chiens policiers faire l'exercice si les fenêtres n'avaient pas été masquées de peinture opaque jusqu'au tiers supérieur. Au mur blanchi à la chaux, en face du front des fenêtres, étaient fixées deux douzaines de photos cernées d'un mince encadrement noir. Toutes avaient le même format et, groupées en deux figures pyramidales — tout en bas six photos, puis quatre, tout en haut deux photos — flanquaient une image plus grande, format en hauteur, plus large mais aussi encadrée de noir. Les vingt-quatre photos étagées montraient des chiens policiers tenus au pied par des policiers. La grande photo solennellement flanquée montrait un vieil homme coiffé d'un casque à pointe. Le regard était las sous les paupières lourdes.

D'une voix beaucoup trop haute, je demandai le nom de cet homme. Sans lever la tête ni sa raie, le lieutenant Mirchau répondit que c'était le président du Reich et que le vieux monsieur avait lui-même apposé sa signature, à l'encre en dessous. Pareillement, sous les photos de chiens et de policiers se bousculaient des traces d'encre : probablement les noms des chiens, des extraits de leur pedigree, les noms et grades des policiers ; peut-être aussi, puisqu'il s'agissait de chiens de police, les exploits accomplis pendant leurs années de service par les chiens et les policiers tenant en laisse, par exemple les noms des cambrioleurs, contrebandiers et assassins crapuleux qui avaient pu être appréhendés grâce à tel ou tel chien.

Derrière le bureau et le dos du sous-lieutenant Mirchau étaient suspendus, en échelonnement vertical eux aussi, six papiers illisibles de ma place, sous verre et encadrés. D'après la graphie, les modules divers, il pouvait s'agir de documents en calligraphie gothique avec rehauts d'or, sceau et tampon sec en relief. Il se peut que des chiens en service dans la Schupo, dressés au chenil de la Schupo de Langfuhr-Hochstriess, aient obtenu des premiers, seconds ou troisièmes prix dans des compétitions iterrégionales pour chiens policiers — ou bien faut-il dire compétitions policières pour chiens ? Sur le bureau, à main droite de la raie inclinée qui évoluait lentement au rythme du travail, un berger allemand haut comme un basset, moulé en bronze, ou peut-être seulement en plâtre, conservait une posture tendue ; le moindre connaisseur en chiens aurait du premier coup d'œil reconnu que les pattes de derrière étaient panardes et que la croupe retombait beaucoup trop roidement sur la base de la queue.

En dépit de toute cynologie, le bureau du chenil de police de Langfuhr-Hochstriess ne sentait pas le chien, mais la chaux ; car le bureau était blanchi de frais ; ça sentait aussi les six ou sept tilleuls nains qui garnissaient les appuis des deux fenêtres : une odeur âcre et sèche ; mon père ne put se retenir d'éternuer plusieurs fois à grand bruit, ce qui me fut pénible.

Après une bonne demi-heure, Harras fut ramené. Il n'avait l'air de rien. Mon père toucha vingt-cinq florins pour la saillie et reçut le certificat de saillie bleu clair précisant les circonstances de la saillie, ainsi l'entrain mis à la chose par le reproducteur et les numéros des deux inscriptions au registre d'élevage. Le sous-lieutenant Mirchau cracha dans un crachoir d'émail blanc placé près du pied arrière gauche de son bureau et dit qu'on informerait si ça avait marché. Au cas où l'effet souhaité serait obtenu, on enverrait par mandat-poste, comme d'habitude, le complément de la prime de saillie.

Harras portait à nouveau sa muselière, mon père avait le certificat de saillie et les vingt-cinq florins ; nous étions déjà sur la porte quand Mirchau ressortit encore un coup de ses rapports : « Vous devrez tenir l'animal plus serré. La tenue en laisse est misérable. L'arbre généalogique dit clairement que l'animal vient de Lituanie à la troisième génération. Tout à coup, du jour au lendemain, la mutation peut se produire. Ça c'est déjà vu. De plus, l'éleveur Matern aurait dû faire attester que la chienne Senta du moulin Louise avait été couverte par le mâle Pluto de la Tiege ; surveillance et attestation par le club local de Neuteich. » Il braqua sur moi son index : « Et ne confiez pas trop souvent la bête à des enfants. L'animal donne des signes de sauvagerie croissante. Nous, on peut s'en fiche, mais après vous aurez des histoires. »

Ce n'était pas toi,
    mais moi que visait le doigt du sous-lieutenant. Et pourtant c'était toi qui dressais Harras à mal faire.

Tulla, maigre, osseuse. Passait par n'importe quelle fente de palissade. En boule sous l'escalier ; une boule dévalant la rampe de l'escalier.

Le visage de Tulla, où les narines trop grandes, presque toujours encroûtées de morve — elle parlait du nez — effaçaient tout, même les yeux rapprochés.

Les genoux de Tulla, écorchés, purulents, en voie de guérison, écorchés à neuf.

L'odeur de colle de Tulla, les poupées en colle d'ébéniste et les perruques faites de copeaux qu'un compagnon lui rabotait exprès sur des bois longs.

Tulla pouvait faire de notre Harras ce qu'elle voulait ; et elle faisait de Harras ce qui lui passait par la tête. Notre chien et son frère sourd-muet avaient été longtemps ses vassaux, littéralement, tandis que moi qui brûlais d'en être je ne faisais que suivre le trio ; tout ce que je pouvais, c'était humer à l'écart l'odeur de colle que répandait Tulla quand je les rattrapais au bord du ruisseau de Striess, de l'étang par actions, sur la prairie Fröbel, dans les entrepôts de coprah de la fabrique de margarine Amada ou dans les fossés des fortifications ; car ma cousine, quand elle avait flagorné mon père assez longtemps — Tulla en était capable — avait la permission d'emmener Harras : dans le Bois d'Oliva, à Jaspe, ou par les champs d'épandage, à travers les chantiers de bois derrière la Jeune-Ville, ou bien sur l'estacade de Brösen, jusqu'au jour où le sourd-muet Konrad, en se baignant, se noya.

Tulla cria cinq heures.
    puis fit la sourde-muette. Pendant deux jours, le temps de mettre Konrad sous terre aux Cimetières réunis à côté de

l'avenue Hindenburg, elle resta couchée toute raide dans son
lit, à côté de son lit, sous son lit, voulut se recroqueviller
totalement ; et, le quatrième jour de la mort de Konrad, elle se
retira dans la niche fixée au mur de façade de la remise à bois ;
en principe, cette niche était destinée au seul Harras.

Mais il s'avéra que dans la niche il y avait place pour tous
deux. Ils étaient couchés l'un à côté de l'autre. Ou bien Tulla
toute seule était couchée dans la niche, et Harras en travers
devant l'entrée. Pas pour longtemps : bientôt tous deux se
retrouvaient dans la niche, flanc contre flanc. Harras quittait la
niche le temps d'aboyer et de grogner brièvement à un
fournisseur apportant des garnitures de portes ou des lames
pour la scie circulaire ; et quand Harras voulait lever la patte et
purger ses rognons, aller à sa mangeoire ou à sa jatte d'eau, il
quittait Tulla un bref instant pour se replier en hâte et à
reculons — car il ne pouvait plus guère se retourner dans sa
niche — dans le réduit chaud. Il laissait ses pattes croisées, elle
laissait ses nattes maigres, nouées de ficelle, pendre sur le
seuil. Ou bien le soleil chauffait le carton goudronné couvrant
la niche, ou bien ils entendaient tomber la pluie sur le carton ;
ou bien n'entendaient-ils pas la pluie, peut-être la toupie, la
rectifieuse, la raboteuse ronronnante ou l'émoi croissant,
décroissant, renaissant plus clair de la scie circulaire qui
poursuivait son étroit chemin abrupt tandis que dehors la pluie
éclaboussait la cour et y reformait toujours les mêmes flaques.

Ils étaient couchés sur des copeaux. Le premier jour amena
mon père et le chef-mécanicien Dreesen que mon père tutoyait
en dehors des heures de travail. Vint, en sabots, August
Pokriefke. Erna Pokriefke vint en savates. Ma mère ne vint
pas. Tous disaient : « Allons, sors, remets-toi debout et laisse
tomber. » Mais Tulla ne sortit pas, ne se remit pas debout et ne
laissa pas tomber. Quiconque pénétrait dans le domaine
environnant la niche du chien avait les jambes ramollies dès le
premier pas ; car, venant de la niche, sans que Harras desserrât
les pattes, s'élevait un grondement significatif. Des natifs de
Koschnévie, de vieux habitants de Langfuhr, les locataires des
logements de deux pièces et demie échangeaient leurs opinions
d'un étage à l'autre : « Elle va bien ressortir quand elle en aura
marre et qu'elle verra qu'un truc pareil c'est pas pour
ressusciter le Konrad. »

Mais Tulla ne voyait rien,
ne ressortait pas et, le soir du premier jour qu'elle passa dans
la niche, elle n'en eut pas marre. Ils étaient deux sur les
copeaux. On les changeait chaque jour. C'était depuis des
années le travail d'Auguste Pokriefke ; et Harras aimait qu'on
lui changeât ses copeaux. C'est ainsi que le père Pokriefke,
parmi tous ceux qui se faisaient du mauvais sang pour Tulla,
fut le seul à pouvoir approcher de la niche avec un panier de
copeaux secs. En plus, il avait la pelle et le balai coincés sous le
bras. Dès qu'Auguste Pokriefke d'un pas rétréci s'approcha
avec son chargement, Harras quitta sa niche sans se faire prier,
tira un peu, tira ensuite plus fort sur la robe de Tulla ; elle finit
par se traîner au jour ; elle s'accroupit à côté de la niche.
Accroupie, mais sans un regard, les yeux révulsés, donc
« fenêtres closes », elle faisait pipi. Sans air de défi, plutôt avec
indifférence, elle attendit qu'Auguste Pokriefke eût changé les
copeaux et sorte le fragment de discours que devait lui inspirer
sa qualité de père : « Sors donc, va falloir que t'ailles à l'école
bientôt, même si c'est encore vacances. T'y penses-t-y ? Tu
crois que nous aussi on n'aimait pas le petit gars ? Et ne fais pas
la sotte. Ils vont t'emmener à l'asile, ousqu'on vous dérouille
du matin au soir. Vont te prendre pour une dingue. Allons,
sors. Va faire nuit. La moman fait des croquettes. Viens voir,
sinon ils t'emmèneront. »

Tulla termina comme suit sa première journée à la niche :
elle y resta. Auguste Pokriefke ôta la chaîne à Harras. Il
ferma la remise à bois, la remise à contre-plaqué, la salle des
machines et le magasin où étaient stockés les placages et les
garnitures, les lames de scie et les plaques de colle d'os ; il usa
de diverses clés, quitta la cour de la menuiserie, ferma aussi la
porte donnant sur la cour ; et à peine eut-il fermé que
l'obscurité devint ténèbres. Il faisait si sombre qu'entre les
doubles rideaux de notre fenêtre de cuisine je ne pouvais plus
distinguer le carton goudronné de la niche sur la façade
habituellement plus claire de la remise à bois.

Le second jour de niche à chien.
un mardi, Harras n'eut plus la peine de tirer sur la jupe de
Tulla quand Auguste Pokriefke voulut changer la litière de

copeaux. Tulla commença à prendre de la nourriture, c'est-à-dire à manger à la même jatte que Harras ; il fallut pour cela que Harras lui traînât dans la niche un bout de viande d'équarrissage sans os et lui ouvrît l'appétit en poussant la viande du bout de son museau froid.

Cette viande d'équarrissage n'était pas de mauvaise carne. La plupart du temps c'était de la vache en lambeaux qu'on faisait bouillir en assez grandes quantités, toujours dans le même pot-au-feu d'émail brun rouille sur la cuisinière de chez nous. Tous, Tulla et ses frères, moi aussi, nous avions mangé de cette viande avec nos doigts, sans pain. C'était froide que cette viande dense avait le meilleur goût. Nous la découpions en cubes avec un couteau de poche. On en cuisait deux fois par semaine ; elle était lourde, d'un brun gris, traversée de filons bleuâtres, de tendons et de bandes graisseuses qui rendaient de l'eau. Le goût en était douceâtre, savonneux : un goût de fruit défendu. Longtemps après avoir avalé les cubes de viande marbrée — souvent, pendant ce jeu, on en avait plein les poches — on gardait le palais insensible et suiffeux. Nos voix changeaient quand nous avions mangé de la viande en cubes : notre parler venait du palais, devenait quadrupède : on s'aboyait au nez. Nous préférions ce mets à plusieurs qui nous étaient servis à la table familiale. Nous appelions cette viande : viande de chien. Quand ce n'était pas de la vache, c'était toujours ou bien du cheval, ou du mouton tué d'urgence. Ma mère jetait dans la marmite une poignée de gros sel, étageait dans l'eau salée bouillante les lambeaux de viande longs d'un pied, donnait un coup de bouillon, mettait de la marjolaine, parce qu'il paraît que la marjolaine serait bonne pour l'odorat des chiens, baissait le gaz, mettait le couvercle et ne touchait plus à rien avant une heure ; car il fallait ce temps pour transformer en viande de chien la viande de vache-mouton-cheval ; Harras et nous en mangions ensuite ; grâce à l'addition de marjolaine, ça nous affinait les organes olfactifs. C'est une recette koschnève. Entre Osterwick et Schlangenthin on disait : la marjolaine vous embellit. La marjolaine allonge l'argent. Contre le diantre et son train, on sème de la marjolaine sur le seuil. Les chiens de berger koschnèves, bas sur pattes, à longs poils, étaient célèbres pour leur nez qu'améliorait la marjolaine.

Rarement, quand la viande manquait au bas-étal, le pot était plein d'entrailles : des cœurs de bœuf noueux, bardés de graisse, des rognons de porc sentant l'urine parce qu'ils

n'avaient pas été rincés, aussi de petits rognons de mouton que
ma mère devait détacher d'un manteau de graisse épais comme
le pouce, doublé de parchemin craquant ; les rognons fournissaient la gamelle du chien ; la graisse des rognons de mouton
était fondue à la poêle et utilisée pour faire sauter les menus
familiaux ; parce que la graisse de rognons de mouton protège
de la mauvaise tuberculose. A l'occasion, on mettait à bouillir
au pot un morceau de rate sombre, d'un pourpre tirant sur le
violet, ou un grumeau fibreux de foie de bœuf. Le mou
exigeait une cuisson plus longue, une marmite plus grande et
au bout du compte rendait moins ; c'est pourquoi il n'allait au
pot d'émail qu'en été, quand la viande est rare pendant
quelques mois, quand la peste bovine courait le pays kachoube
comme la Koschnévie. Nous ne mangions jamais de tripailles
bouillies. Seule Tulla, en cachette, mais sous nos yeux — nous
en avions la gorge rétrécie — buvait à longues goulées avides le
bouillon brun grisâtre où nageaient les excrétions coagulées des
rognons, qui, grenues, croisées avec la marjolaine noirâtre,
formaient des îles.

Le quatrième jour de niche à chien,
— sur l'avis des voisins et du médecin qui venait dans notre
menuiserie pour les accidents de travail, on laissait Tulla
tranquille, car l'école n'avait pas repris — je lui apportai, avant
l'heure du lever — même le chef-mécanicien, qui arrivait
toujours le premier, n'était pas encore là — une jatte pleine de
bouillon de cœur, à la rate, aux rognons et au foie. Le bouillon
de la jatte était froid, car Tulla préférait le bouillon froid. Une
couche de graisse, mélange de suif de bœuf et de suif de
mouton, fermait la jatte comme une banquise. Sur les bords
seulement, le liquide trouble suintait et courait en boules sur la
couche de suif. En pyjama, j'étais venu, pas à pas, prudemment. J'avais pris au grand tableau des clés la clé de la cour
sans faire tinter les autres clés. De très bonne heure et très
tard, les escaliers craquent. Sur le toit plat de la remise à bois,
les moineaux débutaient. Aucun signe de vie dans la niche.
Mais, sur le carton goudronné où donnait déjà le soleil, des
mouches multicolores. Jusqu'au demi-cercle foulé qui par une
levée de terre et un fossé profond d'un pied marquait la portée
de la chaîne du chien, je m'avançai. Dans la niche, repos,
obscurité, et pas de mouches multicolores. Puis s'éveillèrent

dans l'obscurité : les cheveux de Tulla, mêlés de copeaux.
Harras tenait la tête sur ses pattes. Les babines étaient serrées,
les oreilles jouaient à peine, mais elles jouaient. J'appelai
plusieurs fois mais, comme le sommeil me serrait la gorge, je
n'allai pas loin ; j'avalai ma salive et criai plus fort : « Tulla ! »
Je dis aussi mon nom : « C'est Harry qui apporte quelque
chose. » Je faisais miroiter le bouillon dans la terrine, je tentais
de faire miam-miam, je sifflais tout bas comme si j'avais voulu
attirer Harras, et non Tulla, jusqu'au bord du demi-cercle.
   Seules les mouches, un rien de soleil oblique et le bavardage
des moineaux montraient ou suggéraient du mouvement ;
seules les oreilles du chien — et Harras bâilla un coup avec
insistance, mais garda les yeux clos — alors je posai la jatte au
bord du demi-cercle, plus exactement dans le fossé qu'avaient
fouillé les pattes du chien, puis je rentrai à la maison sans me
retourner : derrière moi les moineaux, les mouches multicolores, le soleil grimpant et la niche.
   Justement le chef-mécanicien arrivait en poussant son vélo
par le couloir de l'immeuble. Il posa une question, mais je ne
répondis pas. Dans notre logement, tous les rideaux étaient
encore mis. Le sommeil de mon père était paisible et s'en
remettait au réveille-matin. Je poussai un escabeau contre la
fenêtre de la cuisine, pris un morceau de pain rassis, la terrine
où était la compote de prunes, repoussai les doubles rideaux à
gauche et à droite, trempai le pain dans la compote et déjà j'y
mordais en tirant dessus à belles dents quand Tulla sortit de la
niche ; à quatre pattes. Même quand Tulla eut franchi le seuil
de la niche, elle resta à quatre pattes, s'ébroua paresseusement,
largua des copeaux, s'avança, toujours à quatre pattes, d'une
démarche traînante et incertaine vers le demi-cercle défini par
la chaîne du chien ; juste avant la porte de la remise à bois, elle
buta sur le fossé et la levée de terre, tourna sur place en
commençant par la hanche, fit à nouveau tomber des copeaux
— de plus en plus, sa robe lavable bleue et blanche était à
carreaux bleus et blancs — bâilla vers la cour. Là-bas, dans
l'ombre, touché par le soleil à l'endroit de sa casquette
seulement, le chef-mécanicien était debout à côté de son vélo ;
il se roulait une cigarette et regardait vers la niche à chien ;
tandis que moi, avec mon croûton et ma compote, je regardais
d'en haut Tulla, sans prendre garde à la niche ; je ne visais que
Tulla et son dos. Et Tulla, d'un mouvement pâteux, engourdi
de sommeil, longeait le demi-cercle ; elle s'arrêta seulement,
tête toujours basse, à hauteur de la terrine de grès vernissé

brun dont le contenu était recouvert d'une banquise de suif
intacte.

Tant que j'oubliai de mâcher, tant que le chef-mécanicien,
dont la casquette grandissait de plus en plus au soleil, usa de
ses mains pour donner du feu à sa cigarette roulée en cornet
pointu — le briquet rata trois fois — Tulla garda le visage
braqué sur le sable puis, de nouveau, lentement, en partant de
la hanche, elle tourna sans lever sa tête pleine de cheveux et de
copeaux. Quand son visage arriva au-dessus de la jatte où il se
serait reflété, si la couche de suif avait été un miroir rond, tout
mouvement cessa. Moi non plus, là-haut, je ne mâchais
toujours pas. Presque insensiblement, le poids de Tulla se
reporta, de l'appui de ses deux bras, sur le bras d'appui gauche
jusqu'à ce que sa main gauche posée à plat disparût sous son
corps. Et déjà, sans que j'aie vu arriver le bras libre, elle avait
la main droite dans la terrine tandis que je plongeais mon
croûton dans la compote de prunes bleues.

Le chef-mécanicien fumait sur un rythme égal et, quand il
soufflait la fumée, laissait la cigarette collée à sa lèvre
inférieure ; puis le soleil encore bas l'atteignit. L'omoplate
gauche contractée de Tulla tendait l'étoffe à carreaux bleus et
blancs de la robe. Harras, la tête sur ses pattes, leva les
paupières avec lenteur, l'une moins vite que l'autre, et regarda
vers Tulla : elle tendait le petit doigt de la main droite ; il
baissa lentement, successivement les paupières. Maintenant le
soleil montrait les oreilles du chien, et, dans la niche, des
mouches s'allumaient pour s'éteindre.

Tandis que le soleil grimpait, et que chantait un coq du
voisinage — il y avait là-bas des coqs — Tulla plaça le petit
doigt levé de sa main droite verticalement sur le milieu de la
couche de suif et entreprit, avec une persévérance prudente,
d'y percer un trou. Je déposai mon croûton de pain. Le chef-
mécanicien changea de jambe d'appui et fit passer son visage
au soleil. Je voulais voir le petit doigt de Tulla percer le suif,
s'enfoncer dans le bouillon et briser la couche en plusieurs
morceaux ; mais je ne vis pas le doigt de Tulla pénétrer dans la
soupe, ni mettre en plusieurs plaques la couche de suif ; cette
dernière, intacte et circulaire, fut soulevée hors de la terrine
par le petit doigt de Tulla. Elle leva le disque large comme une
assiette au-delà de son épaule, de ses cheveux et des copeaux
dans le ciel matinal de sept heures, offrit en même temps la
perspective de son visage renfrogné puis, d'un revers de
poignet, lança le disque dans la cour vers le chef-mécanicien :

dans le sable, il se brisa pour toujours, roula en éclats ; et
quelques bribes de suif, devenues boules de sable, firent boule
de neige en roulant et grossirent jusqu'au chef-mécanicien et à
son vélo dont le timbre était neuf.

Comme mon regard quitte le disque de suif brisé pour
revenir à Tulla, elle est agenouillée, osseuse et droite, mais
toujours froide, au soleil. Elle écarquille cinq fois les doigts de
sa main gauche surmenée, la referme en fléchissant les trois
articulations et l'écarquille à nouveau. De la main droite, le dos
de la main au sol, elle tient le bras de la terrine et approche
lentement sa bouche du bord. Elle lappe, avale, ne renverse
rien. D'une traite, sans retirer la bouche, Tulla boit le bouillon
de rate-cœur-rognon-foie sans suif avec toutes ses finesses et
ses surprises grumeleuses, avec les cartilages minuscules qui se
déposent au fond, avec la marjolaine koschnève et l'urée
coagulée. Tulla boit jusqu'à la lie ; son menton fait basculer la
terrine. La terrine soulève la main qui la maintient au pied et
l'expose au soleil oblique. Un cou se libère et s'allonge. Un
occiput avec cheveux et copeaux s'abaisse sur la nuque et s'y
loge. Deux yeux rapprochés restent clos. Le cou enfantin
maigre, tendineux et jaunâtre de Tulla travaille, amène la
terrine jusque devant le visage ; puis la main peut lâcher la
terrine et s'éloigner entre le pied de la terrine et une tombée de
soleil. La terrine renversée couvre les yeux pincés, les narines
encroûtées, la bouche qui a son compte.

Je crois que, derrière la fenêtre de notre cuisine, en pyjama,
j'étais heureux. La compote de prunes m'avait agacé les dents.
Dans la chambre à coucher des parents, le réveille-matin
mettait fin au sommeil de mon père. En bas, le chef-
mécanicien était contraint de se redonner du feu. Harras leva
les paupières. Tulla laissa la terrine basculer de son visage ; la
terrine tomba dans le sable sans se briser. Tulla retomba
lentement sur ses paumes. Un petit nombre de copeaux, sans
doute frisés par la toupie, se détachèrent d'elle. A partir de la
hanche, elle vira de quatre-vingt-dix degrés, s'en fut à quatre
pattes, d'une allure obstinée, lasse, lente, entra d'abord dans le
soleil oblique, emporta sur son dos le soleil jusqu'à l'entrée de
la niche, tourna sur place devant l'orifice et, à reculons, la tête
basse, les cheveux pendants, caressée de soleil frisant qui
faisait chatoyer ses cheveux comme des copeaux, elle franchit
le seuil, rentra dans la niche.

Alors, Harras referma les yeux. Revinrent des mouches
multicolores. Mes dents étaient agacées. Le chien avait,

retombant sur le collier, une collerette noire que nulle lumière
ne pouvait éclaircir. Mon père, qui se levait, faisait des bruits.
Moineaux épars autour de la terrine vide. Un bout d'étoffe à
carreaux bleus et blancs. Mèches de cheveux, chatoiement,
copeaux, pattes de chien, mouches, oreilles, sommeil, soleil
matinal ; le carton goudronné ramolli sentait le bitume.

Le chef-mécanicien Dreesen poussait son vélo vers la porte à
demi vitrée qui fermait la salle des machines. Lentement, au
rythme de son pas, il hochait la tête de gauche à droite, de
droite à gauche. Dans la salle des machines, la scie circulaire, la scie à ruban, la toupie, la rectifieuse et la raboteuse,
encore froides, avaient faim. Mon père toussa gravement
dans les cabinets. Je quittai précipitamment l'escabeau de
cuisine.

Vers le soir du cinquième jour de niche à chien,
un vendredi, le maître-menuisier tenta de fléchir Tulla. Son
cigare à quinze, second choix, formait un angle droit avec son
visage bien rangé, ce qui faisait paraître moins saillant son
ventre, car il était de profil. Le bel homme tint des propos
raisonnables. Séduction de la bonté. Puis il parla de façon plus
pressante, fit tomber prématurément la cendre de son cigare
oscillant ce qui fit paraître son ventre plus saillant. Punition en
perspective. Quand il franchit le demi-cercle mesuré par la
chaîne du chien et montra à découvert ses mains de menuisier,
Harras, suivi de copeaux, sortit de la niche, tendit la chaîne et
jeta toute sa noirceur à deux pattes contre la poitrine du
maître-menuisier. Mon père recula en trébuchant ; sa tête vira
au violet ; mais le cigare second choix y resta fixé. Quoique de
travers. Il prit une des lattes de toiture qui étaient là, posées
sur des chèvres de sciage, mais il ne cogna pas sur Harras qui,
tendu, immobile, sans japper, éprouvait sa chaîne ; il laissa
retomber la main qui tenait la latte ; et ce fut seulement une
demi-heure après qu'à mains nues il rossa l'apprenti Hotten
Scherwinski : au dire du chef-mécanicien, Hotten Scherwinski
avait négligé de nettoyer et huiler la toupie ; de plus, l'apprenti
aurait volé des garnitures de porte et un kilo de clous d'un
pouce.

Le lendemain, sixième jour que Tulla
passa dans la niche, était un samedi. Auguste Pokriefke en
sabots ramassa les copeaux épars, les ordures de Harras, balaya
et ratissa la cour en marquant dans le sable des motifs
réguliers, non pas laids, mais plutôt forts et naïfs. Dans son
désespoir, il n'arrêtait pas de ratisser ; le sable en devenait plus
sombre et plus humide ; il ratissait à proximité du demi-cercle
périlleux. Tulla demeura invisible. Au besoin, elle faisait pipi
— et Tulla faisait pipi d'heure en heure, c'était sa nature —
dans les copeaux qu'August Pokriefke devait renouveler le
soir. Mais le soir du sixième jour de niche il n'osa pas recharger
la litière de copeaux. Dès qu'avec ses sabots massifs, sa pelle et
son balai de bouleau, son panier de copeaux frisés de la toupie
et de la rectifieuse il fit les pas dangereux, franchit avec son
projet de chaque soir le fossé défoncé qui limitait le demi-
cercle et murmura : « Sage, bien sage, sois bien sage », un
grognement à peine méchant, plutôt un avertissement préliminaire lui parvint de la niche.

Le samedi, les copeaux ne furent pas changés dans la niche
du chien ; August Pokriefke ne détacha pas davantage de sa
chaîne le chien de garde Harras. Le chien étant à la chaîne, la
menuiserie resta sans garde, par un maigre clair de lune ; mais
il n'y eut pas de cambriolage.

Le dimanche,
septième jour de Tulla dans la niche du chien, donna la
vedette à Erna Pokriefke. Au début de l'après-midi elle vint,
traînant en remorque à gauche une chaise dont le quatrième
pied traça une raie en travers du motif qu'avait inscrit le râteau
marital. A droite, elle tenait la mangeoire du chien pleine de
rognons de bœuf verruqueux et de cœurs de mouton fendus en
deux tranches : toutes les chambres cardiaques avec leurs
tuyaux, leurs ligaments, leurs tendons et leurs parois internes
lisses bâillaient avec évidence. Près de la porte de la remise à
bois, elle déposa la jatte pleine de tripailles. A un pas
respectueux du demi-cercle, au milieu de celui-ci, face à
l'entrée de la niche, elle mit sa chaise en place et d'aplomb ; elle
y était assise à présent, ratatinée ; son regard de rat était
oblique ; ses cheveux coupés court semblaient avoir été
travaillés à la meule plutôt qu'aux ciseaux ; elle portait sa robe
noire du dimanche. Du taffetas qui boutonnait devant, elle tira

un ouvrage de tricot et se mit au travail ; elle visait la niche, Harras, sa fille Tulla.

Nous autres, à savoir le maître-menuisier, ma mère, Auguste Pokriefke ainsi que ses fils Alexandre et Sigismond, passâmes l'après-midi à la fenêtre de la cuisine, regardant seuls ou en groupes ce qui se passait dans la cour. Aux fenêtres sur la cour des autres logements locatifs, étaient debout ou assis les voisins et leurs enfants ; ou bien une vieille fille seule comme Mlle Dobslaff était assise à la fenêtre de son rez-de-chaussée et regardait dans la cour.

Moi, je n'acceptai aucune relève, je restai debout sans interruption. Aucun jeu de chevaux, aucun gâteau du dimanche aux amandes pilées ne put me détourner. C'était une tiède journée d'août, et l'école devait reprendre le lendemain. Nous avions dû, accédant au désir d'Erna Pokriefke, fermer les doubles fenêtres du bas. Les vasistas carrés, également doubles, à peine entrouverts, laissaient entrer dans notre cuisine-salle à manger l'air, les mouches et le chant des coqs voisins. Tous les bruits, même les appels de trompette émis tous les dimanches par un homme qui travaillait la trompette dans le grenier d'une maison du Labesweg, se faisaient entendre tour à tour. Le bruit de fond, c'était un sifflement essoufflé, un chuchotement, un chuintement, un chachouillis, un cancanement ; une rumeur nasale s'enflait, pareille au frisson des aulnes koschnèves dans le vent de sable, mille, mille piquants, un chapelet de perles ; un papier froissé qui se défroisse lui-même ; la souris fait le ménage ; des chalumeaux de paille se forment en faisceaux. La mère Pokriefke ne faisait pas que tricoter en direction de la niche du chien ; elle parlait à voix basse, murmurait des charmes, faisait gr-gr, tla-tla, tsi-tsi, pfi-pfi dans la même direction. De profil, je voyais ses lèvres, son menton qui tressautait, mâchait, martelait, reculait et avançait brusquement, ses dix-sept doigts et ses quatre aiguilles dansantes, sous lesquels s'allongeait, dans son giron de taffetas une chose bleu clair destinée à Tulla ; effectivement Tulla, plus tard, la porta.

La niche et ses occupants ne donnaient pas signe de vie. Au début du tricotage, tandis que s'étirait un lamento, Harras, paresseusement, avait quitté la niche sans regarder ailleurs. Après avoir bâillé en claquant de la gueule, exécuté des exercices d'élongation, il s'était dirigé vers la mangeoire ; en chemin, dans une posture d'accroupissement spastique, il avait levé la patte. Il traîna la mangeoire vers la niche, mangea devant la niche ; avec des tressaillements, tandis que dansaient ses pattes de derrière, il avala le rognon de bœuf, les cœurs de mouton avec toutes leurs cavités béantes ; mais il masquait l'entrée de la niche et on ne put reconnaître si Tulla, comme lui, mangeait des cœurs et du rognon.

Sur le soir, Erna Pokriefke rentra chez elle avec une veste en tricot bleu clair presque terminée. Elle ne dit rien. Nous n'osâmes pas poser de questions. Il fallut ranger le jeu de chevaux. Il restait du gâteau aux amandes. Après le repas du soir, mon père se redressa, darda un regard droit vers le tableau à l'huile qui figurait un élan de Courlande et dit qu'il fallait faire quelque chose.

Le lundi matin,
le maître-menuisier se préparait à aller au poste de police ; Erna Pokriefke, carrée sur ses jambes écourtées et d'une voix sonore, était dans notre cuisine et l'engueulait ; elle le traita de foutu teigneux ; seul, ayant déjà au dos mon cartable, je gardais la fenêtre de la cuisine ; alors, incertaine, osseuse, suivie de Harras tête basse, Tulla sortit de la niche. D'abord elle marchait à quatre pattes, puis elle se redressa comme un être humain véritable et, sans opposition de Harras, à pas fragiles, elle franchit le demi-cercle. Sur ses deux jambes, crasseuse, mâchurée, grise, luisante par places d'avoir été léchée par la langue du chien, elle gagna la porte donnant sur la cour.

Harras ne hurla qu'une seule fois après elle, mais son hurlement couvrit largement le cri de la scie circulaire.

Tandis que pour Tulla et moi,
pour Jenny et pour tous les autres écoliers recommençait l'école, Harras rentra dans sa vie de chien de garde ; ce train-train quotidien ne fut même pas interrompu quand juste trois semaines après arriva la nouvelle que le mâle reproducteur Harras avait derechef gagné vingt-cinq florins pour mon père, le maître-menuisier Liebenau. Si brève qu'elle eût été, la visite rendue au chenil de la Schupo, à la caserne de Langfuhr-Hochstriess, avait été suivie d'effet. Après expiration du délai convenable, un imprimé fait exprès pour la correspondance du chenil de la Schupo fit savoir que la chienne de berger Thekla

de Schüddelkau, éleveur Alfred Leeb, SZ 4356, avait mis bas
cinq chiots. Ensuite, au bout de quelques mois, après les
dimanches de l'Avent, après la fête de Noël, le Nouvel An, la
neige, le dégel, la neige encore, la neige longtemps, après le
début du printemps, après la distribution des bulletins annuels
de Pâques — tous passèrent dans la classe supérieure — après
un laps de temps où il ne se passa rien — sauf si je mentionne
l'accident qui eut lieu dans la salle des machines : l'apprenti
Hotten Scherwinski perdit à la scie circulaire le médius et
l'index de la main gauche — alors arriva cette lettre recomman-
dée qui, sous la signature du Gauleiter Forster, nous avisait
qu'on avait acheté au chenil de police de Langfuhr-Hochstriess
le jeune chien de berger Prinz, de la portée Falko, Kastor,
Bodo, Mira, Prinz — par Thekla de Schüddelkau, éleveur
A. Leeb, Danzig-Ohra, et Harras du moulin de la reine
Louise, éleveur et propriétaire Friedrich Liebenau, maître-
menuisier à Danzig-Langfuhr — et qu'au nom du Parti et de la
population allemande de la ville allemande de Danzig, il avait
été décidé de faire remettre par une délégation, à l'occasion de
son quarante-sixième anniversaire, le chien de berger Prinz au
Führer et Chancelier du Reich. Le Führer et Chancelier du
Reich avait exprimé son approbation bienveillante et décidé
d'accepter le présent du district de Danzig, de garder le chien
de berger Prinz avec ses autres chiens.

Jointe à la lettre commandée, il y avait une photo du Führer
en format carte postale, revêtue de sa signature autographe.
Sur la photo, il portait le costume des villageois de Haute-
Bavière ; sauf que la veste folklorique avait une coupe plus
mondaine. A ses pieds, un chien de berger ondé de gris
retroussait les babines ; la bête avait sur la poitrine et le vertex
des marques claires, probablement jaunes. A l'arrière-plan
s'érigeaient des massifs montagneux. Le Führer riait à quelqu'un qu'on ne voyait pas sur la photo.

La lettre et la photo du Führer — toutes deux aussitôt mises
sous verre et encadrées à l'atelier — circulèrent longuement
dans le voisinage et firent que d'abord mon père, puis Auguste
Pokriefke, puis quelques voisins entrèrent au Parti ; le compagnon-menuisier Gustave Mielawske qui était dans l'entreprise
depuis quinze ans, un paisible social-démocrate, nous quitta ;
il fallut deux mois d'insistance de la part du maître-menuisier
pour qu'il consentît à reprendre chez nous sa place à la
raboteuse.

Tulla reçut de mon père un cartable neuf. Je reçus un

uniforme complet de la Jeunesse hitlérienne ; Harras un nouveau collier, mais il ne put être mieux tenu, car il était déjà bien tenu.

Chère Tulla,

la soudaine carrière de notre chien de garde eut-elle pour nous des conséquences ? Moi, Harras me valut une gloire scolaire. Je dus venir au tableau et raconter. Naturellement je n'eus pas à parler de saillie, de fécondation, de certificat de saillie et de prime de monte, de l'ardeur de notre Harras, enregistrée au registre d'élevage, et de la chaleur de la chienne Thekla. Je dus et je pus, avec un charmant humour enfantin, parler d'abondance sur Papa Harras et Maman Thekla, sur les enfants-chiens Falko, Kastor, Bodo, Mira et Prinz. Mlle Spollenhauer voulait tout savoir :

« Pourquoi M. le Gauleiter a-t-il offert en présent le petit chien Prinz à notre Führer ?

— Parce que c'était l'anniversaire du Führer et qu'il avait toujours souhaité avoir un petit chien de notre ville.

— Et pourquoi le petit chien Prinz se trouve-t-il si bien à Obersalzberg qu'il ne regrette plus du tout sa maman-chienne ?

— Parce que le Führer aime les chiens et est bon pour les chiens.

— Et pourquoi devons-nous nous réjouir que le petit chien Prinz soit auprès du Führer ?

— Parce que Harry Liebenau est notre condisciple.

« Parce que le chien de berger Harras appartient à son père. »

« Parce que Harras est le père du petit chien Prinz. »

« Et parce que c'est un grand honneur pour notre classe et notre belle cité. »

Etais-tu des nôtres, Tulla,

quand Mlle Spollenhauer, avec moi et la classe, rendit visite à notre cour de menuiserie ? Tu étais à l'école, tu ne fus pas des nôtres.

Disposée en demi-cercle, la classe circonscrivait le demi-cercle que Harras avait tracé autour de son empire. Je dus

répéter encore une fois mon exposé, puis Mlle Spollenhauer
pria mon père de raconter de son côté quelque chose à la classe.
Le maître-menuisier posa pour principe que la classe était
informée de la trajectoire politique du chien et éclaircit
quelque peu la généalogie de notre Harras. Il parla d'une
chienne Senta et d'un mâle Pluto. Tous deux aussi noirs que
Harras et que le petit Prinz auraient été les parents de Harras.
La chienne Senta aurait appartenu à un meunier de Nickelswalde, près de l'embouchure de la Vistule. — « Vous n'avez
donc jamais été à Nickelswalde, les enfants ? J'y suis allé par le
tacot il y a des années, et le moulin de là-bas a une importance
historique parce que la reine Louise de Prusse y passa quand
elle dut fuir devant les Français. » Mais sous le bâti du moulin,
disait le maître-menuisier, il y avait six chiots. « C'est comme
ça qu'on appelle les enfants de chien » — et il avait acheté au
meunier Matern un petit chien — « Qui est devenu notre
Harras, qui nous a toujours fait tant de joie, et surtout ces
derniers temps. »

       Où étais-tu, Tulla,
       quand, sous la surveillance de notre chef-mécanicien, je fus
admis à guider notre classe dans la salle des machines. Tu étais
à l'école et ne pus voir ni entendre ce que j'énumérai en fait de
machines à mes condisciples et à Mlle Spollenhauer : la fraise,
la toupie, la rectifieuse, la scie à ruban, la raboteuse, la scie
circulaire.
       Là-dessus maître Dreesen expliqua aux enfants les sortes de
bois. Il distingua entre la loupe et le merrain, tapa de l'orme,
du pin, du poirier, du chêne, de l'érable, du hêtre et du tendre
bois de tilleul, disserta sur les bois précieux et les cercles
annuels des troncs d'arbres.
       Puis il nous fallut, dans la cour de la menuiserie, chanter une
chanson que Harras ne voulut pas entendre.

       Où était Tulla,
       quand le chef de bataillon S.A. Göpfert vint visiter notre
cour avec le chef de jeunesse Wendt et quelques sous-chefs ?
Nous étions tous deux à l'école, donc absents, lorsqu'il fut
décidé de nommer Harras, d'après notre chien, une meute de
Jungvolk récemment constituée.

Et Tulla et harry étaient absents
lorsqu'après le putsch de Röhm et le décès du vieux
monsieur de Neudeck on se donna un rendez-vous à Obersalzberg, dans la salle paysanne au plafond surbaissé, derrière
les rideaux de cotonnades paysannes multicolores ; mais
Mme Raubal, Rudolf Hess, M. Hanfstängel, les chefs de la
S.A. Danzigoise Linsmayer, Rauschning, Forster, Auguste-
Guillaume de Prusse, en abrégé « Auwi », le long Brückner et
le chef des paysans du Reich, Darré, écoutèrent le Führer — et
Prinz en était. Notre Prinz, le Prinz de notre Harras qu'avait
mis bas Senta, et Perkun engendra Senta.

Ils mangeaient de la charlotte aux pommes cuite au four par
Mme Raubal, et parlaient de ci et de ça. Puis ils parlèrent de
Spengler, de Gobineau et des protocoles des Sages de Sion.
Puis, par erreur, Hermann Rauschning nomma le jeune chien
de berger Prinz « un magnifique chien-loup noir ». Tous les
historiens l'ont suivi plus tard. Cela n'empêchera pas tous les
cynologues de m'approuver : il n'existe que le chien-loup
irlandais qui se distingue essentiellement du chien de berger
allemand. Avec sa longue tête étroite, il s'apparente au lévrier
dégénéré. Au garrot, il mesure quatre-vingt-deux centimètres,
soit dix-huit centimètres de plus que n'en mesurait notre
Harras. Le chien-loup irlandais a le poil long. Les oreilles
petites et plissées ne sont pas droites, mais basculées. Un chien
de luxe et de prestige que le Führer n'aurait jamais admis dans
son chenil ; ce qui prouve définitivement que Rauschning était
dans l'erreur : aucun chien-loup irlandais ne circulait nerveusement autour des jambes de la compagnie mangeuse de
charlotte ; c'était Prinz, notre Prinz qui écoutait les conversations et, fidèle comme un chien, veillait sur son maître ; car le
Führer tremblait pour sa vie. D'infâmes attentats pouvaient
être incorporés à chaque tranche de gâteau. Il buvait craintive-
ment sa limonade et souvent, sans motif, il était pris de
vomissements.

Mais Tulla était présente
quand vinrent les journalistes et photographes. L'*Avant-
Poste* et les *Dernières Nouvelles* ne furent pas les seuls à en

envoyer. D'Elbing, de Kœnigsberg, Schneidemühl, de Stettin,
voire de la capitale du Reich s'annoncèrent des messieurs ainsi
que des dames en tailleur sport. Seul Brost, le rédacteur en
chef de la *Voix du Peuple* qui fut interdite peu de temps après,
se refusa à interviewer notre Harras. Mieux, il fournit à ce
carnaval journalistique un commentaire satirique sous le titre :
« Métier de chien. » En revanche les feuilles confessionnelles
et professionnelles envoyèrent des collaborateurs. La feuille de
chou du club des chiens de berger allemands envoya un
cynologue que mon père, le maître-menuisier, dut chasser de
la cour. Car ce spécialiste des chiens commença tout de suite
par chicaner le pedigree de notre Harras ; la dénomination était
fantaisiste et non reconnue de l'élevage ; il n'y avait pas de
documents sur la chienne qui avait mis bas Senta ; l'animal en
lui-même n'était pas mal, cependant il fallait partir en guerre
contre cette façon d'élever les chiens ; justement parce qu'il
s'agissait d'un chien historique, il y fallait le sens des
responsabilités.

En un mot : que ce fût sur le ton de la polémique ou du
dithyrambe aveugle, Harras a été décrit, imprimé, photographié. On donna même la parole à la menuiserie, au chef-
mécanicien, aux compagnons, aux manœuvres et aux apprentis. Des déclarations de mon père, dans le genre : « Nous
sommes de simples artisans vaquant à leurs occupations
professionnelles, mais quand même nous sommes contents que
notre Harras... » donc de modestes confessions de maître-
menuisier furent citées littéralement, souvent en légende des
photos.

J'estime que huit photos de notre Harras seul parurent dans
les journaux. Il peut avoir été figuré trois fois avec mon père,
une fois en groupe avec le personnel de la menuiserie, jamais
avec moi ; mais Tulla fut exactement douze fois avec notre
Harras dans des journaux de langue allemande ou des organes
internationaux : étroite, sur des cannes fragiles, elle se tenait
immobile à côté de notre Harras.

Chère cousine,
pourtant tu l'aidas à emménager. Tu as porté ses partitions
en piles et la danseuse de porcelaine. Car tandis que quatorze
locataires habitaient notre immeuble, la vieille demoiselle
Dobslaff évacua le logement de gauche, au rez-de-chaussée,

dont on put ouvrir les fenêtres sur la cour. Elle s'en alla, emportant ses restes d'étoffe et ses albums de photos numérotés, et des meubles d'où le bois ruisselait en farine, à Schönwärling chez sa sœur ; et le professeur de piano Felsner-Imbs, avec son piano et ses montagnes et partitions jaunâtres, son poisson rouge et son sablier, ses innombrables photos d'artistes jadis célèbres, sa figurine de porcelaine en tutu de porcelaine, attardée en arabesque parfaite sur un chausson pointu de porcelaine, entra dans le logement libéré sans changer le papier de tenture pâli de la salle de séjour, ni celui, à grandes fleurs, de la chambre à coucher. Ajoutons que les pièces du logement Dobslaff étaient sombres par nature parce qu'à moins de sept pas des fenêtres des deux pièces, le petit côté du bâtiment de la menuiserie, avec son escalier rapporté conduisant aux étages, surgissait et jetait une ombre. Entre la maison locative et la menuiserie poussaient en outre deux lilas qui prospéraient victorieusement d'un printemps à l'autre. Avec l'autorisation de mon père, Mlle Dobslaff avait fait entourer les deux lilas d'une clôture de jardin, ce qui n'empêchait pas Harras de lever la patte dans le jardin de la demoiselle. Mais ni le pipi de chien, ni le logement sombre ne provoquèrent le départ de la demoiselle ; mais elle voulait mourir à Schönwärling d'où elle était venue.

Felsner-Imbs devait laisser allumée l'électricité, cernée d'un abat-jour verdâtre à perles de verre, quand des élèves venaient chez lui prendre des leçons de piano le matin ou l'après-midi, tandis qu'au-dehors le soleil célébrait des orgies. A gauche devant l'entrée de la maison, il avait fait cheviller une plaque émaillée : Félix Felsner-Imbs, pianiste de concert et professeur de piano diplômé d'Etat. Le bonhomme tremblotant n'habitait pas depuis deux semaines dans notre maison locative que vinrent les premiers élèves, apportant leur cachet et la méthode de piano de Damm ; à la lumière de la lampe, il leur fallait débiter des gammes et des études à gauche, à droite, à deux mains et encore un coup, jusqu'à ce que le grand sablier posé sur le piano ne recélât plus un grain de sable en son compartiment supérieur et marquât de façon médiévale que la leçon de piano était terminée.

Felsner-Imbs ne portait pas le béret de velours. Mais sa chevelure de neige, poudrée de surcroît, aux flottantes ondes retombait sur son col ouvert. Entre un et une élève, il brossait sa crinière d'artiste. Quand, sur le Marché-Neuf sans arbres, un coup de vent avait coiffé sa perruque, il prenait une petite brosse dans la vaste poche de sa veste et, tout en cultivant en public son étonnante chevelure, trouvait aussitôt des spectateurs : ménagères, écoliers, nous. Tandis qu'il brossait ses cheveux, une expression de pure arrogance s'emparait de son regard : bleu ciel, sans cils, il survolait des salles de concert en lesquelles un public imaginaire ne voulait pas en finir de l'ovationner, lui, le virtuose Felsner-Imbs. Sous l'abat-jour à glinglins, un reflet verdâtre tombait sur son vertex : un Obéron qui savait interpréter les extraits pour piano de son homonyme de l'Opéra, assis sur un tabouret tournant qui inspirait confiance, de sa baguette magique transformait ses élèves des deux sexes en sylphes et ondines.

Il fallait des élèves à l'ouïe fine pour prendre place devant le maître et la méthode de piano ouverte, car seule une oreille spéciale pouvait distinctement reconnaître des gammes sur le fond de grands airs entonnés du matin au soir par la scie circulaire et la toupie, sur les registres variables de la rectifieuse et de la raboteuse, sur le fredon naïf de la scie à ruban, pour les cueillir proprement note par note et les plaquer sur le piano sous le regard sans cils de Felsner-Imbs. Le concert de machines enterrait d'une toise même un passage fortissimo de main d'élève ; c'est pourquoi le salon vert, derrière les lilas, ressemblait à un aquarium insonore et cependant plein de gestes. Pour confirmer cette ambiance, le poisson rouge du maître, dans son bocal, sur une petite console vernie, était superflu ; ce n'était qu'un accessoire de trop.

Felsner-Imbs attribuait une valeur particulière à une tenue de main réglementaire. Avec un peu de chance, les fausses notes pouvaient se noyer dans le soprano dominateur de la scie circulaire ; mais si un élève en jouant d'une étude, ou bien tout en gravissant ou en dévalant des gammes, laissait le talon des mains s'affaisser sur le bois noir du piano totalement noir, aucun bruit de menuiserie ne pouvait masquer cette tare flagrante. De plus, Felsner-Imbs avait adopté comme procédé pédagogique de placer librement un crayon en travers sur chaque main d'élève devant exécuter sa norme de gammes. Tout talon de main glissant sur le bois et avide de repos échouait à cette épreuve et faisait tomber le crayon de contrôle.

Jenny Brunies, fille adoptive du professeur d'en face, dut aussi promener à longueur de gamme sur ses pattes potelées, à gauche et à droite, un crayon de contrôle ; car un mois après l'emménagement du pianiste elle devint son élève.

Toi et moi,
voyions Jenny du petit jardin aux lilas. Nous pressions nos
visages contre les vitres de l'aquarium vert algue et la voyions
assise sur un tabouret à vis : grosse, pataude, en velours
lavable brun. Une hélice colossale, pareille à un papillon citron
— en réalité, le nœud était blanc — était perchée sur ses
cheveux tombants, coupés à mi-longueur, approximativement
châtain moyen. Tandis que d'autres élèves recevaient assez
souvent sur le dos de la main un coup sensiblement brusque du
crayon tombé l'instant d'avant, Jenny, bien qu'à l'occasion son
crayon aussi lui tombât sur la peau d'ours blanc placée sous le
tabouret, n'avait pas à craindre un coup de semonce ; tout au
plus Felsner-Imbs lui adressait-il un regard soucieux.

Jenny était peut-être très douée pour la musique — nous,
Tulla et moi, de l'autre côté des vitres, il était rare, ayant à dos
la scie circulaire et la toupie, que nous saisissions un son ; par
disposition naturelle, nous n'étions pas préparés non plus à
distinguer des gammes musicalement gravies — en tout cas, le
petit tas de la maison d'en face fut, plus tôt que d'autres élèves
de Felsner-Imbs, admise à enfoncer les touches à deux mains ;
le crayon faisait de plus en plus rarement la culbute et
finalement, long et pointu, crayon ou épée de Damoclès, il put
être laissé de côté. On pouvait déjà, avec de la bonne volonté, à
travers les clameurs et les glapissements stridents de l'opéra
pour menuiserie quotidien, à travers le fausset de la scie, de la
fraise, de la toupie deviner plus que reconnaître à l'oreille les
minces mélodies de la méthode Damm : « Adieu l'hiver » —
« Un chasseur du Palatinat électoral » — « Tantôt je broute
aux rives du Neckar, tantôt à celles du Rhin ».

Tulla et moi,
nous nous souvenions que Jenny était avantagée. Tandis que
les leçons de tous les autres élèves s'achevaient souvent en
plein milieu du morceau, parce que le dernier granule de sable
avait dit ouf dans le sablier médiéval posé sur le piano — une
filouterie : en effet, les vibrations de l'instrument précipitaient
la chute du sable — l'heure de sablier ne comptait plus ni pour
le maître ni pour l'élève quand Jenny faisait instruire son lard
de poupée sur le tabouret tournant. Et quand ce fut devenu

une habitude que le gros Eddi Amsel accompagnât la grosse
Jenny Brunies à sa leçon de piano — Amsel était en effet le
chouchou du professeur et avait ses petites entrées dans la
maison d'en face — il put arriver que l'élève suivant fît
tapisserie un quart d'heure d'horloge à sable, à l'arrière-plan
crépusculaire de la salle de musique, sur le sofa défoncé, en
attendant son tour ; car Eddi Amsel, qui avait sans doute pris
des leçons de piano à l'internat du Conradinum, aimait à
enlever à quatre mains, à côté de Felsner-Imbs à la crinière
verte, « le Gloria de Prusse », « la Marche des Cavaliers de
Finlande » et « Vieux Camarades ».

En outre Amsel chantait. Sa voix haut perchée ne triomphait
pas seulement dans la chorale du lycée, mais aussi dans la
vénérable église Notre-Dame, dont la nef médiane reprenait
une fois par mois à son plein des cantates de Bach et des messes
de Mozart, Amsel chantait à la chorale. La voix haut perchée
d'Eddi Amsel fut découverte quand on fut pour donner la
« *Missa Brevis* », cette œuvre de début de Mozart. On chercha
dans toutes les chorales des écoles un garçon à voix de soprano.
Ils avaient déjà l'alto garçonnet. Le très compétent directeur
de la chorale paroissiale de Sainte-Marie se précipita vers
Amsel et lui parla sur le mode extatique : « de vrai, mon fils,
tu battras de cent coudées le célèbre castrat Antonio Cesarelli
qui en son temps, lorsque cette messe fut donnée pour la
première fois, prêta sa voix ; tu le surpasseras dans le
Benedictus, et j'entends ta voix jubiler dans le *Dona Nobis* au
point que tout le monde pensera : « Notre-Dame est véridiquement trop exiguë pour cet organe. »

Bien que Mister Lester représentât encore la Société des
Nations dans l'Etat-libre et que toutes les lois raciales aient dû
mettre sac à terre aux portes de l'Etat-nain, Eddi Amsel aurait
alors objecté : « Mais, monsieur le Professeur, on dit que je
suis un demi-juif. »

La réponse du professeur : « Et alors ! Tu es soprano, et tu
vas me chanter le *Kyrie* ! » Cette réponse définitive eut la vie
dure et, des années plus tard, força le respect des milieux
résistants conservateurs.

En tout cas, le garçon à la voix de soprano choisi travaillait
les passages difficiles de la *Missa Brevis* dans la salle de
musique glauque du professeur de piano Felsner-Imbs. Tous
deux, Tulla et moi, quand la scie circulaire et la toupie, pour
une fois, reprenaient simultanément haleine, entendions sa
voix : il débitait de l'argent. Des canifs au tranchant suave

disséquaient l'air. Les ongles fondaient. Les moineaux avaient honte. Les immeubles locatifs prenaient un air de piété parce qu'un ange obèse reprenait sans arrêt le *Dona Nobis*.

Chère cousine Tulla,

si j'ai introduit ici cette introduction longue comme une gamme, c'est seulement parce qu'Eddi Amsel venait dans notre immeuble. Au début, il ne faisait que venir avec Jenny, puis il amena son copain le costaud. On aurait pu prendre Walter Matern pour un parent à nous, parce que Senta, la chienne de berger de son père, avait mis bas notre Harras. Souvent, dès qu'il voyait le jeune homme, mon père s'informait du meunier et de la situation économique dans la Grande Ile. La plupart du temps c'était Eddi Amsel qui répondait ; il s'y connaissait en économie, parlait d'abondance, citait des faits qui faisaient apparaître sous un jour utopique le plan de mise au travail du Parti et du Sénat. Il recommandait l'appui sur le bloc sterling, sinon on serait obligé de dévaluer sensiblement le florin. Eddi Amsel apportait même des chiffres : on devrait dévaluer de vingt-deux pour cent ; les marchandises d'importation polonaise auraient à compter sur une hausse de soixante-dix pour cent ; on pouvait déjà chercher le jour de la dévaluation parmi les premiers jours de mai de l'année en cours ; il détenait toutes ces données et ces chiffres du père de Matern, le meunier, qui savait toujours tout d'avance. Inutile de dire que les prédictions du meunier se vérifièrent le 2 mai 35.

Amsel et son ami étaient alors en première et préparaient modérément le baccalauréat. Tous deux portaient de vrais complets à pantalons longs, buvaient de la bière par actions à la Halle des Sports, ou bien à Zieglershöne, et on disait de Walter Matern, qui fumait des cigarettes Regatta et Artus, que l'année précédente il avait, dans le bois d'Oliva, suborné une élève de seconde supérieure du lycée Hélène-Lang. Personne n'aurait songé à prêter de semblables conquêtes au volumineux Eddi Amsel. Ses condisciples et les filles invitées à l'occasion, se fondant sur sa voix toujours logée au perchoir, le tenaient pour quelque chose que hardiment ils qualifiaient d'eunuque. D'autres ménageaient leurs expressions. Eddi, selon eux, était encore très infantile, c'était une sorte de neutre.

Autant que je sache par ouï-dire, Walter Matern observa

longtemps le silence quand on cancanait ainsi ; puis un beau
jour il tint à plusieurs lycéens et aux filles attenantes un assez
long discours qui remettait son ami dans sa véritable lumière.
Amsel, dit-il à peu près, dépassait largement tous les garçons
en ce qui concernait les filles et leur tralala. Il allait assez
régulièrement voir les putains de la rue des Menuisiers, en face
de la brasserie de l'Aigle. Mais là-bas, il n'expédiait pas la
chose en cinq minutes comme tout le monde, ainsi qu'on
l'aurait cru ; on l'y considérait comme un hôte respectable,
parce que les filles voyaient en lui un artiste. Amsel, à la
gouache, au pinceau et à la plume, au début même au crayon,
avait confectionné une pile de portraits et de nus qui n'étaient
pas le moins du monde cochons ; au contraire, ils valaient
d'être vus. Car, porteur d'un carton de ces dessins, Eddi
Amsel était allé, sans s'annoncer au préalable, trouver le
célèbre professeur Pfuhle, peintre de chevaux, qui enseignait
le dessin aux architectes de l'Ecole des Arts et Métiers, et il lui
avait montré ses dessins. Pfuhle, qui passait pour être d'un
abord difficile, avait aussitôt reconnu le talent d'Amsel et
promis de lui venir en aide.

Après ce discours dont je rends seulement, faute de mieux,
la teneur, Amsel n'aurait plus jamais été l'objet de tracasseries.
On lui marquait même de l'estime. Plusieurs fois, des condisciples vinrent le trouver, voulant qu'il les emmène rue des
Menuisiers ; gentiment, et avec le soutien de Matern, il déclina
cette suggestion. Quand un jour cependant — à ce qu'on me
raconta — Eddi Amsel pria son ami de l'accompagner rue des
Menuisiers, il lui fallut essuyer un refus de Matern. Il ne tenait
pas à décevoir les pauvres filles, déclara-t-il avec une assurance
précocement virile. Ce côté artisanal le heurtait. Dans ces
conditions, il n'arrivait pas à bander. Ça ne le rendrait que
brutal, ce qui en fin de compte serait pénible aux deux parties.
Il y fallait de l'amour ou à tout le moins de l'entrain.

C'est avec un hochement de tête qu'Amsel aurait écouté les
propos énergiques de son ami, et avec un paquet de bonbons
mélangés joliment noué d'une faveur qu'il serait allé seul chez
les filles en face de la brasserie de l'Aigle. Pourtant — si mes
informations sont exactes — par un fatal jour de décembre, il
aurait persuadé son ami de célébrer avec lui et les filles le
deuxième ou le troisième Avent de Noël. Matern n'osa qu'au
quatrième Avent. Il s'avéra que le côté artisanal des filles
exerçait sur lui une répulsion si attractive qu'en dépit de son
pronostic, il put braquer son dard et le loger, puis le décharger

avec sûreté, au tarif lycéen, dans une fille taciturne prénommée Elisabeth. Cette faveur ne l'aurait pas empêché, au retour, de remonter le fossé de la Vieille-Ville et de descendre la Ville-au-Poivre en grinçant furieusement des dents et en s'égarant en pensées sinistres sur la vénalité de la femme.

Chère Cousine,
porteur du même carton à dessin brun chocolat tigré de jaune d'œuf qui donnait à ses visites dans la rue mal famée des Menuisiers le caractère d'excursions artistiques légales, Eddi Amsel, en compagnie de Walter Matern, entrait dans notre immeuble. Dans la salle de musique du professeur de piano Felsner-Imbs, nous le voyions tous deux, prenant pour modèle la ballerine de porcelaine, jeter sur le papier des esquisses. Et, par une reluisante journée de mai, je le vis s'approcher de mon père, le maître-menuisier, montrer d'une main son carton tigré et, ouvrant aussitôt le carton, vouloir donner la parole à ses dessins. Mais mon père lui donna sans barguigner la permission de dessiner Harras, notre chien de garde. Il se contenta de lui recommander de se poster avec ses accessoires en dehors du demi-cercle marquant par sa levée de terre et son fossé la portée de la chaîne du chien. « Le chien est méchant et n'aime sûrement guère les artistes », dit mon père le maître-menuisier.

Dès le premier jour, Harras obéit à la plus minime interjection d'Eddi Amsel. Amsel fit de Harras un modèle-chien. Amsel ne disait pas par exemple : « Va-t'en, Harras ! » comme Tulla disait : « Harras, va-t'en ! » quand Harras devait s'asseoir. Dès le premier jour, Amsel nia le nom canin de Harras et dit à notre chien, quand il lui demandait de changer la pose : « Ah, Pluto, voulez-vous bien vous remettre d'abord debout sur vos quatre pattes, puis lever la patte avant droite, la fléchir légèrement, mais sans raideur, s'il vous plaît, encore plus souple. Et maintenant, voulez-vous avoir la bonté de tourner à demi vers la gauche votre noble tête de chien de berger, là, là, s'il vous plaît, Pluto, restez comme ça. »

Et Harras obéissait au nom de Pluto comme si depuis toujours il avait été chien d'enfer. Tout juste si le pataud d'Amsel ne faisait pas éclater son complet gris à carreaux, de coupe sportive. Sa tête était couverte d'une casquette de lin blanc qui lui donnait un vague air de reporter anglais. Pourtant

la défroque n'était pas neuve : tout ce qu'Eddi Amsel portait
sur lui semblait être de seconde main ; car on disait qu'en dépit
de l'argent de poche fabuleux dont il disposait il n'achetait que
des effets d'occasion au Mont-de-Piété, ou bien chez les
fripiers de la Tagnetergasse. Ses chaussures pouvaient avoir
appartenu jadis à un facteur des postes. Son séant large écrasait
un pliant ridicule, mais d'une stabilité à coup sûr inconceva-
ble. Tandis que sur sa cuisse gauche rebondie s'appuyait le
carton où la feuille de papier à dessin était fixée par des pinces
et que sa main droite, toujours par un geste du poignet, menait
un pinceau saturé de noir toujours saturé, jetant sur le papier,
en commençant en haut à gauche pour finir en bas à droite, des
esquisses tantôt manquées, tantôt réussies et fraîches d'aspect,
du chien de garde Harras ou du chien d'enfer Pluto, des
tensions diverses se manifestèrent, de jour en jour plus
sensibles — et Eddi Amsel dessina dans notre cour pendant
quelque six après-midi.

Walter Matern se tenait à l'arrière-plan. Il était déguisé en
civil de fantaisie : un prolétaire en costume, ayant appris par
cœur les accusations sociales d'une pièce d'actualité, destiné à
devenir meneur au troisième acte ; quoi qu'il en fût, il
succombait à notre scie circulaire. Pareil à notre Harras qui
sans relâche, dans certaines conditions atmosphériques accompagnait, le cou raidi, d'un hurlement tantôt montant, tantôt
descendant, le chant de la scie circulaire — jamais celui de la
toupie — le jeune homme de Nickelswalde était directement
touché par notre scie. Certes, il n'érigeait pas la tête, ne se
mettait pas à hurler, ne bredouillait pas de manifestes anarchis-
tes, mais soulignait le bruit du travail à sa manière connue : en
grinçant des dents.

Ce grincement agissait sur Harras : il relevait les babines sur
sa denture. Ses babines bavaient. Les narines s'élargissaient de
chaque côté de la truffe. L'arête du nez se hérissait jusqu'au
vertex. Les fameuses oreilles droites, légèrement inclinées vers
l'avant, du chien de berger perdaient contenance, basculaient.
Harras rentrait la queue, faisait le dos rond du garrot à la
croupe comme un lâche ; il prenait l'air d'un chien couchant.
Et ces postures lamentables étaient notées par Eddi Amsel ;
son pinceau chargé de noir, prestement, sa plume aux pointes
écarquillées, dans un crissement, son tuyau de plume d'oie
génial, dans un éclaboussement, les rendait en plusieurs
exemplaires avec une justesse pénible. Notre scie circulaire, les
dents grinçantes de Matern et notre Harras que la scie et le

grincement rendaient corniaud, tout conspirait à inspirer la main de l'artiste au travail ; tous ensemble, la scie, Matern, le chien et Amsel formaient un collectif d'auteurs aussi fécond que celui de M. Brauxel : lui, moi et encore un autre écrivons en même temps et devons avoir fini quand, le 4 février, commencera je ne sais quelle foutaise astrologique.

Mais ma cousine Tulla
qui regardait, et dont la fureur croissait de jour en jour, ne voulait plus regarder. Le pouvoir exercé par Amsel sur le chien d'enfer Pluto revenait à nier son pouvoir à elle sur notre Harras. Non pas que le chien ne lui obéît plus — tout comme auparavant, il faisait place quand Tulla disait : « Harras, place ! », seulement il exécutait d'un air distrait et si mécanique les ordres proférés avec une rigueur croissante que Tulla ne pouvait, que je ne pouvais me le dissimuler, ni à Tulla : cet Amsel gâtait notre chien.

Tulla,
dans sa rage aveugle, commença par lancer des cailloux, atteignit plusieurs fois le dos rond et l'occiput empâté d'Amsel. D'un léger haussement d'épaules, en tournant paresseusement la tête, il donna à entendre qu'il avait observé le coup au but, mais qu'il n'était pas d'humeur à se sentir atteint.

Tulla,
le visage minuscule, lui renversa son flacon de scriptol. Une flaque noire luisante couvrait le sable de la cour et mit longtemps à s'infiltrer. Amsel tira de la poche de sa veste un flacon de scriptol neuf et montra, mine de rien, un troisième flacon qu'il avait en réserve.

Quand Tulla,
arrivant à fond de train par-derrière, jeta une poignée de sciure, telle qu'elle se déposait dans le coffrage des courroies de

transmission de la scie circulaire, sur un feuillet presque achevé, encore humide et luisant, Eddi Amsel après un instant d'étonnement se mit à rire ; il était à la fois ennuyé et débonnaire ; à la façon d'un oncle gâteau, il leva son index boudiné pour menacer Tulla qui, de loin, observait l'effet de son intervention ; puis, de plus en plus intéressé par cette technique nouvelle, il se mit à travailler la sciure adhérente à même la feuille et à donner au dessin ce que de nos jours on appelle de la structure ; il manifesta sa façon amusante, mais fugace, de faire son profit des hasards, remplit son mouchoir de sciure puisée dans le coffrage de la scie circulaire, puis de copeaux grenus de la toupie, de courtes boucles empruntées à la raboteuse, de chutes finement moulues provenant de la scie à ruban, et de sa propre main donna à ses dessins au pinceau, sans que Tulla eût besoin de le charger par-derrière, un relief ponctué dont le charme s'accrut encore dès que se détacha une partie des bribes de bois colorées seulement en surface, ce qui dégagea le fond de papier naturel en îlots mystérieux. Une fois — il n'était pas très satisfait de ses fonds de sciure trop consciemment distribués — il pria Tulla de charger par-derrière un feuillet fraîchement dessiné et d'y lancer comme par hasard de la sciure, des copeaux ou même du sable. Il espérait beaucoup de la collaboration de Tulla ; mais Tulla refusa et fit les « fenêtres closes ».

  Ma cousine Tulla ne parvint pas
à troubler l'artiste et dresseur de chiens Eddi Amsel. Seul Auguste Pokriefke put faire à Amsel un croche-pied. Plusieurs fois, un chevalet à chaque bras, il se tint à côté du dessinateur ; ses doigts craquelés de colle émirent des critiques et des louanges ; il parla en détail d'un peintre qui de son temps venait chaque été en Koschnévie, et aurait peint à l'huile le lac d'Osterwick, l'église de Schlangenthin et quelques types koschnèves, comme Joseph Butt d'Annafeld, le tailleur Musolf de Damerau et la veuve Wanda Jentak. Lui aussi avait été peint tirant de la tourbe et exposé à Konitz en tireur de tourbe. Eddi Amsel marqua de l'intérêt pour son collègue, mais ne renonça pas à l'esquisse fugitive. Auguste Pokriefke laissa là sa Koschnévie et se mit à parler de la carrière politique de notre chien. Il expliqua en grand détail comment le Führer avait reçu le chien de berger Prinz à l'Obersalzberg. Il parla de la

photo signée qui était dans notre salle à manger au-dessus d'un
chef-d'œuvre en poirier, ouvrage d'un compagnon, et compta
combien de fois sa fille Tulla avait été photographiée et mise au
journal avec ou entre de longs articles sur Harras. Amsel se
réjouit des précoces succès de Tulla et commença à dessiner un
Harras ou Pluto assis. August Pokriefke émit l'opinion que le
Führer saurait s'y prendre, on pouvait compter sur lui, il en
savait plus à lui tout seul que tous les autres ensemble, et il
savait aussi dessiner. De plus, le Führer n'était pas de ceux qui
veulent toujours jouer le grand monsieur. « Le Führer, quand
y va en auto, alors y s' met chaque coup à côté du chauffeur, et
pas derrière comme un boyard. » Amsel trouva louable la
modestie populaire du Führer et, sur le papier, fit exagérément
pointer les oreilles de son chien d'enfer. August Pokriefke
voulut savoir si Amsel était encore dans la Jeunesse hitlérienne
ou bien déjà membre du Parti ; puisque de toute façon il, c'est-
à-dire Amsel, puisque c'était son nom, devait en être.

Mais Eddi Amsel laissa lentement descendre le pinceau,
inclina la tête et survola une fois encore le dessin de Harras ou
Pluto assis, tourna ensuite vers le raseur son visage plein,
luisant et aspergé de taches de son, et répondit avec obligeance
qu'il n'était malheureusement ni membre ni, et qu'il entendait
parler de cet homme pour la première fois — au fait, comment
s'appelait-il, vite ? — mais qu'il s'informerait volontiers de ce
qu'était ce monsieur, de ses origines et de ses projets d'avenir.

Tulla,
dès l'après-midi suivante, donna quittance à Eddi Amsel de
son ignorance. A peine était-il assis sur sa chaise de campagne
stable, à peine tenait-il le carton et le papier sur sa cuisse
gauche rebondie, à peine Harras ou Pluto avait-il pris sa
nouvelle pose — couché, pattes de devant allongées et cou
érigé, vigilant — à peine le pinceau à gouache d'Amsel s'était-il
imbibé dans le flacon de scriptol, à peine Walter Matern avait-
il pris sa place, l'oreille droite vers la scie, alors la porte de la
menuiserie sur la cour émit d'abord Auguste Pokriefke, le
bouilleur de colle, puis la fille du gâte-colle.

Il s'arrête sous la porte avec Tulla, chuchote, jette des
regards obliques vers le pliant lourdement chargé, barde sa
fille de commissions ; voici qu'elle arrive, paresseusement
d'abord, par des circuits vagabonds, tient croisés ses bras

d'allumettes sur le dos de sa petite robe folklorique, balance les
jambes en avant sans savoir où elle va, décrit ensuite des
cercles rapides, qui vont se rétrécissant autour d'Eddi Amsel et
de son pinceau ; elle est tantôt à gauche, tantôt à droite de lui :
« Dites donc ? » et à gauche : « Dites donc, vous ! » et encore à
gauche : « Qu'est-ce que vous faites ici ? » dit à gauche :
« Qu'est-ce que vous voulez, vous ? » et de droite : « Vous
n'avez rien à faire ici ! » dit à gauche : « Vous êtes, hein… » et
de tout près à droite : « Vous savez ce que vous êtes ? » puis de
gauche à l'oreille : « Faut-il le dire ? » maintenant, dans
l'oreille droite, en chapelet : « Un juif que vous êtes, un juif,
oui, juif ! Ou bien vous êtes pas un juif, et vous dessinez notre
chien, si vous êtes pas un juif. » Le pinceau d'Amsel s'arrête
immobile. Tulla, un peu à distance, répète : « Juif ! » Le mot
est lancé dans la cour, tout d'abord aux pieds d'Amsel, puis
assez fort pour détourner l'oreille de Matern de la scie qui
justement prélude. Il tend la main vers ce qui crie : « Juif ! »
Amsel s'est levé. Matern ne saisit pas Tulla : « Juif ! » Le
carton où sont portées les premières touches de gouache,
encore humides, est tombé sur le sable, dessin en dessous.
« Juif ! » Là-haut, au troisième, quatrième étage, puis au
premier, des fenêtres s'ouvrent : des visages de ménagères y
refroidissent. Tulla dit : « Juif ! » Ça passe par-dessus la scie
circulaire. Amsel est debout à côté de son pliant. Le mot.
Matern ramasse le carton et le dessin. Tulla danse sur des
madriers placés sur les tréteaux de sciage. « Juif ! Juif ! »
Matern revisse le bouchon du flacon de scriptol. Tulla saute à
bas de son madrier — « Juif ! » roule dans le sable — « Juif ! »
Maintenant toutes les fenêtres sont garnies, et les compagnons
se montrent aux fenêtres du bâtiment. Le mot, trois fois de
suite le mot. Le visage d'Amsel qui rougissait pendant qu'il
dessinait, se refroidit. Il n'arrive pas à sourire. Une sueur,
d'abord pauvre, coule sur la graisse et les taches de son.
Matern lui met la main sur l'épaule. Les taches de son tournent
au gris. Tulla, frétillante : « Juif, juif, juif, juif ! » De sa main
droite, Matern prend Amsel par le bras. Eddi Amsel tremble.
A gauche Matern, déjà chargé du carton, happe le pliant.
Harras, libéré de contrainte, quitte alors la position command-
dée. Il flaire, il comprend. Déjà il tend sa chaîne. La voix du
chien. La voix de Tulla. La scie circulaire plante ses crocs dans
un bois long de cinq mètres. La rectifieuse se tait encore. Elle
s'y met aussi. Maintenant c'est la toupie. Il y a vingt-sept pas
de distance jusqu'à la porte de la cour. Harras fait mine de

traîner la remise à bois où il est enchaîné. Tulla, dansante et déchaînée, répète le mot. Et près de la porte de la cour où Auguste Pokriefke, en sabots, fait crépiter ses doigts, l'odeur de colle lutte avec celle du petit jardin qui masque les fenêtres du professeur de piano : l'odeur de lilas frappe et l'emporte. On est en mai, n'est-ce pas. Le mot cesse mais reste dans l'air. Auguste Pokriefke veut cracher tout ce qu'il a emmagasiné dans sa bouche depuis des minutes. Mais il ne crache pas, car Matern le regarde en faisant du bruit avec ses dents.

Chère cousine Tulla,

je fais un bond en avant : Eddi Amsel et Walter Matern furent chassés de notre cour. Il ne t'arriva rien. Comme Amsel avait gâté Harras, Harras fit du dressage deux fois par semaine. Tu devais, comme moi, apprendre à lire, compter et écrire. Amsel et Matern avaient leurs examens oraux et écrits derrière eux. Harras fut dressé à aboyer aux inconnus et à refuser les aliments d'une main étrangère ; mais Amsel ne l'avait déjà que trop gâté. L'écriture te donnait du mal ; moi, c'était le calcul. Tous deux, nous aimions aller à l'école. Amsel et son ami obtinrent leur baccalauréat — lui avec mention, Matern avec un peu de chance. Tournant. La vie commençait ou devait commencer : après la dévaluation du florin, la situation économique se détendit quelque peu. Des commandes rentrè-rent. Mon père put reprendre un compagnon qu'il avait dû débaucher quatre semaines avant la dévaluation. Après le baccalauréat, Eddi Amsel et Walter Matern se mirent à jouer au faustball.

Chère Tulla,

le faustball est un jeu de camps où l'on se renvoie la balle, joué par deux équipes de cinq hommes dans deux camps accolés par une base, à l'aide d'un ballon égal en grosseur à un ballon de football, mais plus léger. A l'égal de la thèque, c'est un jeu allemand, bien que Plaute au iie siècle avant notre ère mentionne un Follis Pugilatorius. Pour durcir le caractère proprement allemand du jeu de faustball — car chez Plaute il s'agissait sûrement d'esclaves germains jouant au faustball, ce qui n'empêche pas le professeur Mehl, de Vienne, de préten-

dre que la diffusion des jeux de balle germaniques au temps
des Invasions fut due à leur valeur propre — il est bon de
relater : pendant la première Guerre Mondiale, cinquante
équipes de faustball jouèrent au camp de prisonniers de
Vladivostok ; au camp de prisonniers d'Owestry (Angleterre)
plus de soixante-dix équipes organisèrent des tournois de
faustball qu'elles perdirent ou gagnèrent sans effusion de sang.

Le jeu ne nécessite pas de courses excessives et peut, pour ce
motif, être pratiqué par des sexagénaires, voire par les obèses
des deux sexes : Amsel devint joueur de faustball. Qui l'eût
cru ! Ce poing petit, délicat, ce poinceteau tout juste bon pour
y étouffer un rire, ce poing qui jamais ne cognait sur la table.
Tout juste s'il eût suffi, ce poing de rien du tout, à lester une
pile de lettres pour l'empêcher de s'envoler. Ce n'était pas un
poing, c'était une boulette, c'en étaient deux, deux grelots
roses balancés à des bras trop courts. Pas un poing d'ouvrier,
un poing de prolétaire, pas un poing à saluer au nom du Front
Rouge, parce que l'air lui-même était plus dur que ce poing.
Un poing à devinettes, pour jouer à la mourre : pair ou impair.
Au jeu des poings nus, il était déclaré coupable ; en boxe, il ne
faisait de lui qu'un punching-ball ; c'est seulement au faustball
que triomphait ce poing menu ; c'est pourquoi il sera ici
raconté dans l'ordre comment Eddi Amsel devint joueur de
faustball, un sportif donc qui frappait le ballon à poing fermé
— défense d'écarter le pouce — par-dessous, par-dessus et par
le côté.

Tulla et moi avions été admis en classe supérieure ;
Amsel et son ami furent mis en vacances bien méritées à
l'embouchure de la Vistule. Les pêcheurs regardaient Amsel
croquer au trait bateaux de pêche et filets. Le passeur regardait
par-dessus l'épaule d'Eddi Amsel quand il tirait le portrait du
bac. Chez Matern, de l'autre côté, il était en visite, scrutait
l'avenir avec le meunier Matern et croquait le moulin à vent
Matern sous tous les angles. Eddi Amsel avait aussi essayé de
renouer le dialogue avec l'instituteur ; mais ce dernier l'aurait
brièvement rembarré. Pourquoi donc ? De même il paraît
qu'une belle de village de Schiewenhorst, une coquine, l'aurait
envoyé promener parce qu'il voulait la dessiner sur la plage
avec le vent dans les cheveux et la robe au vent de la plage.
Cependant Amsel remplit son carton ; et il rentra en ville avec

son carton plein. Certes, il avait promis à sa mère de faire des études sérieuses — Ingénieur aux Arts et Métiers — mais pour commencer il eut ses entrées chez le professeur Pfuhle, peintre de chevaux, et comme du reste aussi Matern, qui devait faire de l'Economie politique mais préférait de loin déclamer contre le vent Franz ou Karl Moor, des « *Brigands* », il ne put se résoudre à commencer des études.

Survint un télégramme : sa mère le rappelait à Schiewenhorst à son lit de mort. La cause de la mort aurait été le diabète. Eddi Amsel commença par faire du visage mort de sa mère un dessin à la plume puis un délicat dessin à la sanguine. Pendant l'enterrement qu'on fit à Bohnsack, il aurait pleuré. Il y avait peu de gens autour de la tombe. Pourquoi donc ? Après l'enterrement, Amsel se mit à liquider le ménage de la veuve. Il vendit tout : la maison, le magasin avec les cotres de pêche, les moteurs de hors-bord, les chaluts, les installations de fumage, les palans, les caisses d'outils et toutes les denrées de bazar aux odeurs diverses. A la fin Eddi Amsel eut renom de jeune homme riche. Tandis qu'il déposait une partie de sa fortune au Crédit agricole de Danzig, il réussit à en placer avantageusement la plus grande partie en Suisse : elle travailla des années durant toute seule et ne diminua pas.

Amsel n'emporta de Schiewenhorst que peu d'objets solides. Deux albums de photos, à peine de lettres, les décorations de guerre de son père — il était mort au champ d'honneur pendant la première Guerre Mondiale avec le grade de sous-lieutenant de réserve — la Bible de famille, un cahier écolier plein de dessins remontant à son temps d'écolier de village, quelques bouquins sur Frédéric le Grand et ses généraux, et *Sexe et Caractère* d'Otto Weininger prirent avec Eddi Amsel le tacot du Werder.

Cet ouvrage classique avait eu pour son père beaucoup d'importance. Weininger tentait, en douze longs chapitres, de dénier l'âme à la femme ; après quoi, dans le treizième chapitre, sous le titre *le Judaïsme,* il se lançait dans la spéculation hirsute : les juifs étaient une race femelle, sans âme de ce fait ; à la seule condition que le juif surmontât en lui le judaïsme, il pouvait espérer être délivré du judaïsme. Le père d'Eddi Amsel avait souligné au crayon rouge les phrases marquantes et ajouté souvent en marge : « Très juste ! » Le sous-lieutenant de réserve Albrecht Amsel trouvait très juste, p. 408, ceci : « Les juifs aiment bien être entre eux comme les femmes, mais ils n'ont pas de commerce réciproque… »

P. 413, il avait mis trois points d'exclamation : « Des hommes qui font les entremetteurs ont toujours en eux des traits juifs... » Il avait, p. 434, souligné de plusieurs traits la queue d'une phrase et ajouté : « Dieu nous aide ! » à : « ... ce qui de toute éternité est inaccessible au juif authentique : l'être immédiat, l'existence par la grâce de Dieu, le chêne, la trompette, le motif de Siegfried, la création de soi-même, le mot : Je suis. »

Deux passages confirmés en rouge par le crayon paternel prirent aussi de l'importance pour le fils. Parce que l'ouvrage classique déclarait que le juif ne chante pas et ne fait pas de sport, Albrecht Amsel, pour désarmer au moins ces thèses, avait fondé une société de gymnastique à Bohnsack et prêté son baryton à la chorale du temple. En ce qui concerne la musique, Eddi Amsel s'exerçait à jouer brillamment du piano, faisait jubiler son soprano de jeune garçon, toujours cantonné sous les combles, même après le baccalauréat, dans des messes de Mozart et de petits arias ; quant au sport, il s'adonna furieusement au jeu de faustball.

Lui, qui durant des années avait été une victime de la thèque scolaire, enfila volontairement les flottants vert chrome de la société de gym « Jeune Prusse » et induisit son ami, qui jusqu'alors jouait au hockey au Hockey-Club de Danzig, à entrer chez les Jeunes-Prussiens. Autorisé par le comité directeur de son club, et moyennant l'engagement de soutenir son club au moins deux fois par semaine sur le stade de la Ville-Basse, Walter Matern se fit inscrire : handball et athlétisme ; car le faustball, jeu pépère, n'aurait pas assez exigé du corps du jeune homme.

Tulla et moi
connaissions le terrain Heinrich-Ehlers : un terrain d'entraînement entre les hôpitaux municipaux et le Foyer pour Aveugles de Heiligenbronn. Gazon de qualité, mais tribune de bois hors d'âge et vestiaire où le vent passait par les fissures. Le grand terrain et les deux petits terrains annexes étaient fréquentés par les joueurs de handball, de thèque et de faustball. Souvent venaient aussi des footballeurs et des athlètes, jusqu'au jour où l'on construisit près du crématoire le pompeux Stade Albert-Forster ; désormais le terrain Heinrich-Ehlers fut tout juste bon pour les manifestations de sport scolaire.

L'année précédente, Walter Matern avait gagné les championnats scolaires de poids et de trois mille mètres ; depuis, il avait dans les milieux sportifs une renommée d'espoir sportif ; il lui fut donc aisé d'obtenir l'admission d'Eddi Amsel et d'en faire un Jeune-Prussien. Au début, ils ne voulaient lui donner d'emploi que comme juge de ligne. Le gardien du terrain collait un balai entre les mains d'Amsel : il fallait veiller à l'impeccable propreté des vestiaires. Il devait aussi graisser les ballons et remettre du plâtre sur les contours de la zone de but du terrain de handball. Il fallut que Walter Matern protestât pour qu'Eddi Amsel devînt demi dans une équipe de faustball. Les arrières s'appelaient Horst Plötz et Siegi Lewand. Willy Dobbeck jouait avant-gauche. Et Walter Matern à la corde et au service fut le cinquième joueur d'une équipe qui fit bientôt des ravages et, devait prendre la tête du classement. Eddi Amsel était le chef d'orchestre, le cœur et la centrale de l'équipe : c'était un constructeur né. Horst Plötz et Siegi Lewand à l'arrière relevaient les balles et les remettaient au milieu du champ ; il les plaçait, d'un avant-bras flegmatique, à point devant la corde : c'est là qu'était Matern, smasheur et joueur de corde ou serveur. Il reprenait la balle de volée et frappait rarement à bras cassé ; il plaçait plutôt des balanciers. Tandis qu'Amsel était habile à reprendre des services vicieux pour en faire des balles nettement placées, Matern récupérait des petites balles de rien, innocentes promeneuses, et les transformait en points imparables : car si une balle touche terre sans effet, elle rebondit exactement selon le même angle ; elle reste donc prévisible ; mais les balles de Matern, frappées dans le tiers inférieur, partaient avec effet rétrograde et revenaient en arrière quand elles touchaient le sol. Le coup favori d'Amsel était la manchette, très simple d'aspect, mais pratiquée avec une précision rare. Il relevait les balles rasantes. Les smashes que le camp adverse lui écrasait devant les pieds, il les renvoyait en revers, en position couchée. Il reconnaissait tout de suite les balles liftées, les travaillait de l'arête du petit doigt ou bien les renvoyait en drive. Souvent il repassait bien à plat ce qu'avaient cafouillé ses propres arrières et, en dépit des affirmations de Weininger, il fut un faustballeur, un Jeune-Prussien et un sportif non-aryen qui faisait sourire, certes, mais avec respect.

Tulla et moi fûmes témoins

qu'Amsel réussit à perdre quelques livres de poids. A part nous, Jenny Brunies, la petite boule de suif qui à la longue avait eu dix ans, fut la seule à s'en apercevoir. Comme nous, elle fut frappée que le double menton d'Amsel s'affermît et devînt une base pleine. De même, ses mamelons tremblotants s'aplatirent et, parce que le thorax se bombait, devinrent bas-reliefs. Possible qu'Eddi Amsel n'ait pas perdu une seule livre ; qu'il ait simplement réparti sa graisse de façon plus égale, et que sa musculature développée par le sport ait donné un tonus athlétique au panicule graisseux jadis flottant. Son tronc, autrefois sac informe bourré de plumes de poule, s'arrondit en cylindre. Il prit la silhouette d'une idole chinoise ou du dieu protecteur de tous les joueurs de faustball. Non, Eddi Amsel ne perdit pas une maigre demi-livre au poste de demi ; il y gagna plutôt deux livres et demie ; cependant cet accroissement fut sublimé sur le mode sportif : le poids d'un homme prête ainsi à des spéculations toutes relatives.

En tout cas, les acrobaties auxquelles Amsel soumit ses cent quatre-vingt-dix-huit livres, qui n'avaient pas l'air d'être deux cents, peuvent avoir suggéré au professeur Brunies de prescrire aussi des exercices corporels à Bébé-Jenny la douillette. Le professeur et le maître de piano Felsner-Imbs avaient décidé d'envoyer Jenny trois fois par semaine à un cours de danse classique.

Il y avait en banlieue, à Oliva, une rue des Roses qui prenait au marché et débouchait en zig-zag dans le bois d'Oliva. Là se trouvait une simple villa de style 1830 ayant, collé sur son crépi jaune sable, à demi caché par l'épine rouge, le panneau émaillé du cours de danse. L'entrée de Jenny au cours de danse classique, comme celle d'Amsel au Club gymnique et sportif Jeune-Prusse, fut obtenue par des interventions : en l'occurrence Felsner-Imbs était depuis des années pianiste au cours de danse. Personne ne savait comme lui accompagner l'exercice à la barre : tous les demi-pliés, de la première à la cinquième position, obéissaient à son adagio. Il pleurait goutte à goutte sur le port de bras. Son tempo exemplaire dans le battement dégagé, et sa cadence sudative dans les petits battements sur le cou-de-pied. De plus, il était plein d'histoires. On aurait pu croire qu'il avait personnellement vu danser tous en même temps Marius Petitpas et la Preobajenska, le tragique Nijinski et le merveilleux Massine, Fanny Elssler et la Barbarina. Personne ne doutait de voir en lui un témoin oculaire d'historiques charivaris : il devait avoir été présent lorsqu'à la belle époque romantique la Taglioni, la Grisi, la Cerrito et Lucile Grahn dansèrent le fameux Pas-de-Quatre sous une pluie de roses. Il avait eu bien du mal à obtenir une place au poulailler quand eut lieu la première du ballet *Coppélia*. Bien entendu, le pianiste de ballet Felsner-Imbs savait refléter tout le répertoire, de la triste Giselle aux immatérielles Sylphides, en arrangements pour piano ; et ce fut sur sa recommandation que Mme Lara entreprit de faire de Jenny Brunies une Ulanova.

Il ne fallut guère pour qu'Eddi Amsel devînt un spectateur assidu, posté près du piano. Muni d'un bloc à croquis et virilisé d'un crayon tendre, il suivait d'un œil rapide l'exercice à la barre et sut bientôt rendre sur le papier les différentes positions avec plus de facilité que ne pouvaient les exécuter à la barre les garçons et les filles, dont quelques-uns appartenaient au ballet d'enfants du Théâtre municipal. Souvent Mme Lara mettait à contribution l'art graphique d'Amsel et expliquait à ses élèves, à l'appui des croquis, un plié réglementaire.

Dans la salle de ballet, Jenny offrait un coup d'œil à demi malheureux, à demi bouffi. Certes la fillette suivait avec zèle toutes les combinaisons ; elle alternait vivement les pieds dans le pas de bourrée ; son petit changement de pied grassouillet contrastait de façon touchante avec le changement des petits rats exercés ; quand Mme Lara travaillait les « Petits Cygnes » avec la classe d'enfants, comme Jenny soulevait la poussière et filait ce regard brillant qui dissout les siècles et que la sévère Mme Lara dénommait regard du lac des cygnes — mais quand même, quel que fût son rayonnement de ballerine, Jenny offrait le spectacle d'un petit cochon rose qui voudrait devenir sylphide, défier la pesanteur.

Pourquoi Amsel ne cessait-il de prendre pour sujet de ses esquisses pochées d'une main légère la misérable arabesque de Jenny, son tour à la seconde qui vous serrait le cœur ? Parce que son crayon, sans abolir par flatterie l'aspect d'obésité, découvrait la ligne dansante en sommeil derrière toute la graisse de Jenny, et démontrait à Mme Lara qu'une étoile du ballet grosse comme une noisette était prête à se lever dans la graisse ; il fallait seulement savoir faire réduire à la poêle toujours chaude la panne et le bouffi, jusqu'à ce qu'un brin de fille maigre juste à point pour le ballet pût tourner à feu vif les célèbres trente-deux fouettés en tournant.

Chère Tulla

de même qu'Eddi Amsel devint le spectateur de Jenny, de même Jenny en fin d'après-midi, du haut des terrasses gazonnées, regardait Eddi Amsel, au poste de demi, conduire son équipe à la victoire. Même quand Amsel s'entraînait, c'est-à-dire quand il faisait sautiller sur son large avant-bras, le temps de trois chapelets, le léger ballon de faustball, Jenny, étonnée, gardait ouverte sa bouche minuscule. Tous deux, trois cents vingt livres au total, formaient un couple qu'on connaissait bien en banlieue, sinon en ville ; car tous les habitants de la cité suburbaine de Langfuhr connaissaient aussi bien Jenny qu'Eddi ; de même, un minuscule bonhomme avec un tambour d'enfant en fer battu était devenu emblématique. Seulement le gnome que tout le monde appelait Oscar passait pour un solitaire incorrigible.

Comme tout le monde,

Tulla, moi et les frères de Tulla rencontrions Amsel, le petit tas nommé Jenny et le smasheur Walter Matern sur le terrain de sport. D'autres garçons de neuf ans s'y retrouvaient aussi : Hänschen Matull, Horst Kanuth, Georg Ziehm, Helmut Lewandowski, Henri Pilenz et les frères Rennwand. Nous étions dans la même meute de la Jeunesse hitlérienne et notre chef de meute Heini Wasmuth, malgré les protestations de plusieurs clubs sportifs, avait obtenu que nous puissions travailler les relais sur les pistes de cendrée et faire l'exercice en uniforme et chaussures de route sur le gazon des terrains de jeu. Un jour, Walter Matern demanda des comptes à notre chef de meute. Tous deux s'engueulèrent. Heini Wasmuth produisit ses ordres de service et le certificat de la direction du terrain, mais Matern, après l'avoir ouvertement menacé de lui casser la figure, obtint à son tour que la piste cendrée et le gazon du terrain de jeu ne fussent plus foulés en uniforme et chaussures de route. Dès lors nous fîmes l'exercice sur la prairie Saint-Jean et fréquentâmes le terrain Heinrich-Ehlers à titre seulement privé et en chaussures de sport. Le soleil éclairait obliquement, c'était l'après-midi. Activités en cours sur tous les terrains. Des sifflets d'arbitre, sur des tons différents, sifflaient les jeux d'équipe les plus différents. On tirait au but, on écrasait des services. On passait, touchait, marquait, feintait, encerclait, construisait, dribblait, débordait, perdait et gagnait. Un gravat de cendrée faisait mal dans la chaussure de sport. On sommeillait en attendant le match retour. La fumée du crématoire indiquait la direction du vent. On astiquait les battes, on graissait les ballons, on délimitait les angles utiles, on établissait des classements et honorait les vainqueurs. On riait beaucoup, on criait toujours, quelquefois on pleurait, et souvent on taquinait le chat du gardien du stade. Et tout le monde obéissait à ma cousine Tulla. Tous craignaient Walter Matern. Certains jetaient en cachette des pierres à Eddi Amsel. Beaucoup faisaient un détour pour éviter notre Harras. Il en fallait un pour quitter le vestiaire en dernier, fermer à clé et remettre la clé au gardien du stade ; ce n'était jamais Tulla ; je le faisais quelquefois.

Et un jour,

Tulla et moi étions présents quand Jenny Brunies pleura parce qu'on lui avait à l'aide d'une loupe fait un trou de brûlure à sa robe neuve couleur de blé vert.

Des années plus tard — Tulla et moi étions absents — il paraît que des lycéens disputant là-bas un tournoi de thèque mirent au cou d'un camarade endormi le chat du gardien du stade.

Une autre fois — Jenny, Amsel et Matern étaient absents, parce que Jenny avait sa leçon de danse classique — Tulla déroba pour nous deux balles de thèque, et un garçon du Club de Gymnastique et d'Escrime fut soupçonné du larcin.

Et un jour que Walter Matern, Eddi Amsel et Jenny Brunies étaient encore couchés sur le gazon du remblai bordant le petit terrain, il se passa réellement quelque chose de beau.

Nous nous étions installés à quelques pas de là. Tulla, Harras et moi ne pouvions détourner nos regards du groupe. Du bois de Jäschkental le soleil couchant darde toujours un œil oblique sur les installations sportives. L'herbe non fauchée des bords de la piste jette des ombres longues. La fumée qui verticalement s'élève de la cheminée du crématoire ne nous fait penser à rien. De temps à autre, le rire en fausset d'Eddi Amsel parvient jusqu'à nous. Harras jappe brièvement, et je dois tirer sur son collier. Tulla arrache de l'herbe à deux mains. Elle n'écoute pas mes observations. Là-bas, Walter Matern mime quelque rôle de théâtre. On dit qu'il suit des cours de comédie. Une fois Jenny, en petite robe blanche qui doit avoir des taches d'herbe, nous fait un signe. Je réponds discrètement jusqu'à l'instant où Tulla tourne vers moi les narines et les incisives de son visage. Des papillons s'affairent. La nature grouille sans but, des bourdons bourdonnent... Non, ce ne sont pas des bourdons ; par une fin d'après-midi d'été de l'année trente-six, assis par terre en groupes séparés sur le terrain Heinrich-Ehlers, au début d'une soirée d'été, quand le coup de sifflet final a retenti pour les derniers matches, tandis qu'on ratisse la fosse de saut en longueur, ce que nous entendons d'abord, ensuite voyons, c'est l'aéronef « Graf-Zeppelin ».

Nous savons qu'il doit venir. Les journaux l'ont annoncé. D'abord Harras s'agite, puis nous — Tulla d'abord — entendons le bruit. Ce bruit, bien que le zeppelin doive arriver de l'ouest, grandit de toutes les directions à la fois. Voici, brusquement, qu'il est au-dessus du bois d'Oliva. Naturellement le soleil se couche à cet instant précis. Maintenant que le soleil plonge derrière le Mont Saint-Charles et que le dirigeable met le cap sur la haute mer, le rose fait place à l'argent. C'est pourquoi le zeppelin n'est pas argenté, mais rose. Tous sont debout et font de l'ombre à leurs yeux. Un chant choral se fait entendre venant de l'Ecole professionnelle et ménagère. Les filles chantent à je ne sais combien de voix un hymne au zeppelin. A Zinglershöhe, un orchestre de cuivres essaie un truc qui ressemble à la *Marche de Hohenfriedberg*. Matern affecte énergiquement de regarder ailleurs. Il a une dent contre le zeppelin. Eddi Amsel applaudit de ses petites mains au bout de ses bras courts. Et Jenny crie à tue-tête : « Zeppelin ! Zeppelin ! » en sautant comme une balle. Même Tulla écarquille les trous de nez pour humer le zeppelin. Toute l'agitation de Harras est dans sa queue. Il est d'un si bel argent qu'une pie aurait envie de le voler. Tandis qu'à Zinglershöhe la *Marche de Badenweiler* suit celle de Hohenfriedberg, que les filles professionnelles et ménagères chantent *Sainte Patrie,* que le zeppelin, cap sur Héla, diminue et cependant s'argente davantage, imperturbable et verticale, j'en suis sûr, la fumée monte de la cheminée du Crématoire municipal. Matern qui ne croit pas au zeppelin épie le nuage protestant.

Ma cousine Tulla

qui d'habitude était coupable ou complice n'y était pour rien quand le scandale éclata sur le terrain Heinrich-Ehlers. Walter Matern fit quelque chose. On le raconta en trois versions différentes ; ou bien il distribua des tracts au vestiaire ; ou bien il colla des papillons à la colle forte sur les bancs de la tribune de bois, peu avant le match de handball Schellmühl 98 contre Club de Gymnastique et d'Escrime ; ou bien, pendant qu'on jouait ou s'entraînait sur tous les terrains, il mit discrètement des tracts dans les pantalons et vestons pendants des juniors et seniors ; le gardien du stade l'aurait surpris en flagrant délit dans les vestiaires. Peu importe d'ailleurs quelle version mérite d'être tenue pour fondée, car les tracts, qu'ils aient été ouvertement distribués, collés ou mis discrètement dans les poches, étaient tous pareillement rouges.

Mais comme le Sénat de Danzig, d'abord sous Rauschning, puis sous Greiser, avait dissous le Parti communiste en trente-quatre, le Parti social-démocrate en trente-six — le Parti du Centre, présidé par le docteur Stachnik, s'immola de sa propre main en octobre 1937 — il fallait bien qualifier d'illégale l'opération par tracts de l'étudiant Walter Matern. (Il n'était toujours pas étudiant, mais acteur.)

Cependant on ne voulut pas faire de bruit. Après une brève délibération dans le logement du gardien du stade, entre les coupes sportives, les photos de sport et les diplômes encadrés — au début des années vingt, le gardien Koschnik s'était fait un nom en athlétisme —, Walter Matern fut rayé des contrôles des Jeunes-Prussiens. Eddi Amsel qui, pendant la négociation, se serait absorbé dans l'étude critique approfondie d'un bronze figurant un lanceur de javelot, se vit recommander de façon pressante de quitter le club, sans qu'aucun motif fût formulé. Les deux ci-devant Jeunes-Prussiens reçurent en guise de viatique des diplômes calligraphiés éternisant la victoire de l'équipe de faustball Amsel dans le dernier tournoi ; puis on se sépara sur un sportif échange de poignées de main. Tous les Jeunes-Prussiens et même le gardien du stade se séparèrent d'Amsel et de Walter Matern avec de prudentes paroles de regrets et en leur promettant de ne pas faire de rapport à la Fédération.

Walter Matern n'en demeura pas moins un membre estimé du Hockey-Club et s'inscrivit même pour un stage de vol à voile. A Kahlberg, sur la Frische Nehrung, il aurait exécuté des vols de douze minutes et photographié le Haff à vol d'oiseau. Seul Eddi Amsel estima que cela suffisait en fait de sport : il tenta sa chance à nouveau dans les Beaux-Arts et ma cousine l'y aida.

Ecoute, Tulla :

quelquefois, sans même qu'il y fallût un silence venu de la rue, j'entendais pousser mes cheveux. Pas les ongles, ni ceux des orteils, seulement les cheveux. Parce qu'un jour tu m'avais pris aux cheveux, laissant ta main dans ma chevelure pour une seconde d'éternité — nous étions dans la remise à bois parmi la collection de copeaux extralongs, qui ondulaient comme mes cheveux — parce qu'ensuite, mais toujours dans la cachette de la remise, tu dis : « C'est bien la seule chose que tu aies pour toi. » Parce que tu m'avais reconnu ce mérite unique, mes cheveux se sont rendus autonomes, m'appartiennent à peine, relèvent de toi.

Notre Harras t'appartenait. La remise à bois aussi. Tous les pots de colle et tous les copeaux aux belles boucles t'appartenaient. C'est à toi que j'écris, même en écrivant pour Brauxel.

Mais à peine Tulla retira-t-elle sa main de mes cheveux et en eut-elle dit quelque chose qu'elle avait déjà filé sur les madriers sentant le suri, entre les feuilles encombrantes de contre-plaqué placées debout ; elle était dans la cour et moi, les cheveux encore électriques, j'avais suivi trop lentement pour pouvoir empêcher l'attentat contre le professeur de piano accompagnateur de ballet.

Felsner-Imbs avait pénétré dans la cour. Tout penché en avant, il marcha gauchement jusqu'à la salle des machines et demanda au chef mécanicien quand la scie circulaire et la toupie prévoyaient de faire une assez longue pause car il, lui, l'ancien pianiste de concert, maintenant de ballet, avait projeté d'étudier pianissimo une partition compliquée, dite adagio. Une fois ou deux par semaine, Felsner-Imbs demandait ce service au chef mécanicien ou à mon père qui chaque fois le lui accordait, en le lanternant à l'occasion quelque peu. A peine le chef mécanicien avait-il, de la tête, fait signe que oui et, le pouce braqué sur la scie circulaire, dit qu'il avait encore deux bois longs à passer à la scie ; à peine Felsner-Imbs, après des courbettes circonstanciées éprouvantes, car il les exécutait à proximité de la scie, avait-il quitté la salle des machines ; il avait tout juste couvert la moitié de l'itinéraire jusqu'à la porte de la cour — je sortais justement à quatre pattes, de la remise à bois — alors ma cousine Tulla défit la chaîne de Harras, notre chien de garde.

Pour commencer, Harras ne sut que faire de sa liberté soudaine, car en temps ordinaire on le mettait en laisse aussitôt qu'on le détachait ; mais ensuite, alors qu'il tenait encore de côté sa tête méfiante, il bondit sur place des quatre pattes, retomba, fonça en diagonale dans la cour, vira court devant les lilas, franchit d'un bond, le cou allongé, une chèvre de sciage et se mit à bondir capricieusement autour du pianiste statufié : des jappements de jeu, la gueule happant le vide, les pattes de derrière sautillantes ; seulement quand Felsner-Imbs chercha le salut dans la fuite et que Tulla, près de la niche, tenant encore à la main le mousqueton de la chaîne, aiguisa la gueule de notre Harras en faisant kss-kss pour l'exciter, alors Harras se lança sur les talons du pianiste et le happa aux flottantes basques de son habit ; car Felsner-Imbs, si pour donner ses leçons de piano il ne portait qu'une courte veste de velours façon artiste, dès qu'il voulait étudier un difficile petit morceau de concert ou le jouer à des auditeurs imaginaires ou effectivement présents, s'enfilait dans un habit à manger de la tarte de concert.

L'habit était fichu, et mon père dut le remplacer. Sinon il n'était rien arrivé de douloureux au pianiste, car le chef mécanicien et le maître menuisier avaient pu rattraper notre chien noir cramponné au tissu solennel ; ce n'était encore pour lui qu'un jeu.

Tulla devait recevoir une raclée. Mais elle s'était évaporée ; pas moyen de la punir. En revanche je reçus une raclée, car je n'avais pas retenu Tulla, je n'avais fait que rester planté là : étant le fils du menuisier, j'étais responsable. Mon père prit pour me tanner un morceau de latte de toiture jusqu'au moment où Felsner-Imbs, remis sur pied par le chef mécanicien Dreesen, protesta. Tout en brossant d'abord à contre-poil sa crinière d'artiste à l'aide d'une petite brosse à cheveux qui, placée dans une poche intérieure de l'habit, avait surmonté l'assaut de notre Harras — un spectacle que Harras ne toléra qu'en grognant — puis en l'étrillant comme d'habitude en coiffure de lion, il pria de considérer que ce n'était pas moi, mais Tulla et le chien qui méritaient un châtiment. Mais à l'endroit de Tulla il n'y avait que le vide ; et mon père ne battait jamais notre Harras.

Ecoute, Tulla :

une demi-heure plus tard, comme convenu, la scie circulaire, la toupie et la rectifieuse, la scie à ruban faisaient silence ;
Harras se retrouvait enchaîné, placide ; le bourdon profond de
la raboteuse cessa et l'on entendit nettement s'égrener, de la
salle de musique de Felsner-Imbs, des sons délicats, cérémo-
nieux, tantôt solennels, tantôt tristes. Sur leurs échasses frêles,
ils arpentaient la cour de la menuiserie, grimpaient à la façade
de la maison locative, se jetaient dans le vide à hauteur du
deuxième étage, se rassemblaient et se dispersaient : Imbs
travaillait le morceau compliqué, dit adagio, pour la triple
durée duquel le chef mécanicien, d'une main appliquée au noir
tableau de commande, avait débranché toutes les machines.

Tulla, comme je le supposais, était tapie au fond de la remise
à bois, près de ses copeaux à longues boucles, sous le toit de
carton bitumé. Elle pouvait entendre la mélodie, mais ne la
suivait pas. Je fus alléché par le morceau du pianiste.
J'enjambai la clôture du bosquet de lilas et appuyai le visage
aux carreaux : une lumière vert bouteille se tient, conique,
dans la pièce à demi obscure. Deux mains exécutent des passes
magnétiques, une crinière blanche comme neige, cependant
arrosée de vert dans le cône de lumière électrique : Felsner-
Imbs, sur le clavier ensorcelé, avec la partition, le grand
sablier, silencieusement, travaille. La ballerine de porcelaine,
elle aussi, tend à l'horizontale sa jambe fixée dans l'arabesque
sous le cône de lumière verte. Confusément, sur le sofa du
fond, Eddi Amsel et Jenny Brunies sont assis en boule. Jenny
remplit une robe jaune citron. Amsel ne dessine pas. Ordinaire-
ment sains et luisants comme des pommes d'api, les visages
des deux auditeurs sont enduits d'une pâleur morbide. Jenny a
croisé ses dix doigts boudinés que la lumière d'aquarium a faits
algues charnues. Amsel, de ses mains, construit sous son
menton un toit plat. Plusieurs fois, voluptueusement, Felsner
reprend un passage déterminé et particulièrement triste —
Appel, adieu, au loin : jeu des vagues, fuite des nuages, vol
d'oiseau, philtre d'amour, enchantement de la forêt, mort
précoce — puis encore une fois, tandis que loin dans la
chambre, sur une petite console vernie, le poisson rouge dans
son bocal tressaille, il reprend la pièce tendre et discrète — las
de mourir, transition, sérénité — et, les dix doigts dans l'air
vert, écoute le dernier accord jusqu'au moment où pour la

toupie et la rectifieuse, pour la scie circulaire et la scie à ruban simultanément s'achève la demi-heure de pause convenue.

La société rigide se mit en mouvement dans la salle de musique d'Imbs. Jenny détacha ses doigts ; Amsel démolit son toit digital ; Felsner ôta ses doigts de l'air vert et montra à ses hôtes son habit de cérémonie en lambeaux par-derrière et sur les côtés. Le vêtement irréparable fit des allées et venues pour s'arrêter près d'Amsel.

Et Amsel le souleva, compta les boutons garnis de tissu qui restaient, examina tous les dégâts en écarquillant les doigts, démontra ce que peut la gueule d'un chien quand on l'excite et, après cet introït instinctuel, passa au vif de la messe : il coulait un œil par les accrocs carrés, un regard par les crevés, élargissait à deux doigts perfides les coutures éclatées, faisait le vent sous les basques ; il finit par mettre l'habit, se fondit dans cette guenille solennelle, se transforma et donna au public un récital d'habit à manger de la tarte invalide : Amsel faisait peur ; Amsel éveillait la pitié ; Amsel en boiteux ; Amsel ataxique ; Amsel au vent, à la pluie, par le verglas ; le tailleur d'Ulm sur son tapis volant ; l'oiseau Rock, le calife Cigogne ; la corneille, la chouette, le por ; le moineau à son bain matinal, derrière le cheval, sur le canon ; une foule de moineaux se rencontrent, s'injurient, délibèrent, se dispersent et remercient des applaudissements. Suivirent les gags d'Amsel en habit : la grand-mère déchaînée ; le passeur qui a mal aux dents ; le pasteur par vent debout ; Léo la Bredouille à la porte du cimetière ; professeurs dans cours de récréation. Mais pas question qu'ils fussent tous obèses, en forme de maître baigneur. Une fois mis dans le tissu, il évoquait les rames à haricots et les moulins à vent hérissés, il était Balderle et Achmatei, la croix au bord du chemin et le méchant nombre efta. Un fantôme dansant, misérablement efflanqué, saisit la ballerine de porcelaine, l'enleva du piano, l'enlaça de ses ailes de chauve-souris, la posséda à vous en fendre le cœur, l'impie la fit disparaître dans le trou noir harras toujours plus vaste comme pour l'éternité, puis Dieu merci la fit émerger saine et sauve et retourner sur son piano originaire. Il fit un point d'orgue, appela l'inspiration, se reprit d'une brève affection pour la mascarade, fut ceci et cela, devança les ovations, fut reconnaissant à notre Harras dont la denture avait cisaillé, rendit hommage à la lointaine Tulla dans son hangar à bois, car Tulla avait lâché Harras, et Harras avait attaqué Felsner-Imbs, et l'habit de ce dernier avait décroché quelque chose à

l'intérieur d'Eddi Amsel, ouvert des fontaines, semé des sons
et fait lever une moisson d'idées qui, semée pendant l'enfance
d'Amsel, promettait d'effondrer les granges.

A peine dégagé de ses boyaux de tissu noir, à peine redevenu
l'Amsel familier et débonnaire dans la pièce baignée de lumière
verte, il replia proprement son accessoire, prit par sa main
grassouillette Jenny à demi angoissée, à demi égayée et,
emportant l'habit d'Imbs, quitta le pianiste et son poisson
rouge.

Tulla et moi
   pensâmes naturellement qu'Amsel avait emporté le vêtement irrémédiable pour le porter au tailleur. Mais aucun
ravaudeur ne reçut de travail parce que notre Harras avait
attaqué. On me rogna de moitié mon argent de poche parce
que mon père avait dû faire les frais d'un habit flambant neuf.
En échange, mon père aurait pu réclamer la guenille ; par
exemple pour s'en servir dans la salle des machines — on y
avait toujours besoin de chiffons à graisse — mais mon père
paya, n'exigea rien, s'excusa même, comme les maîtres
menuisiers ont coutume de le faire, en toussotant et avec un
embarras surplombant, et Amsel demeura usufruitier de
l'habit fragmentaire, mais susceptible de transformations.
Désormais il ne consacra pas seulement son talent au dessin et
à la gouache ; désormais Eddi Amsel, sans propos délibéré
d'épouvanter les oiseaux, construisit des épouvantails grandeur nature.

Ici l'on prétend qu'Amsel ne connaissait rien aux oiseaux.
Pas plus que le cousin de Tulla n'était un cynologue, on ne
pouvait, sous prétexte d'épouvantails, nommer Eddi Amsel un
ornithologue. Distinguer des moineaux des hirondelles, une
chouette d'un pic peut paraître facile à tout le monde. Même
pour Eddi Amsel les sansonnets et les pies n'étaient pas voleurs
de la même façon ; mais le rouge-gorge et le bouvreuil, la
mésange charbonnière et le pinson, le chardonneret et le
rossignol étaient pour lui des oiseaux chanteurs indifférenciés.
Il n'était pas à la hauteur de jeux de questions comme : « Quel
oiseau est-ce ? » Personne ne l'a jamais vu feuilleter le Brehm.
Un jour que je lui demandais : « Quel est le plus gros de l'aigle
ou du roitelet ? » Il esquiva dans un clignement de l'œil : « Le
bon Dieu, naturellement. » Vis-à-vis des moineaux en revan-

che il avait l'œil sensible. Alors que nul expert ne le peut, Amsel distinguait individuellement des moineaux dans un peuple, un pulk, un congrès de pierrots que monsieur tout le monde voit pareillement ternes. Ce qui se baignait dans les gouttières, chahutait derrière les véhicules hippomobiles et s'abattait sur les cours de récréation après le dernier coup de sonnette faisait l'objet de ses évaluations statistiques : rien que des solipsistes camouflés en société de masse. Et de même ces merles auxquels il devait son nom n'étaient jamais pour lui, même dans les jardins enneigés, également noirs et becqués de jaune.

Cependant Eddi Amsel ne bâtissait pas d'épantiaux contre les moineaux et les pies familiers ; il ne bâtissait contre personne, pour des raisons formelles. En tout cas il avait le ferme propos de prouver sa productivité personnelle à un monde ambiant dangereusement productif.

Tulla et moi,
nous savions où Eddi Amsel ébauchait et construisait ces épantiaux, qu'il n'appelait pas épouvantails mais figures. Il avait loué une spacieuse villa dans l'allée Steffens. L'héritier Amsel était riche, et l'étage inférieur de la villa passait pour être boisé de chêne. L'allée Steffens s'allongeait au sud-ouest de Langfuhr. En bas du bois de Jäschkental, elle prenait dans le chemin de Jäschkental et s'en allait vers l'orphelinat, proche du terrain d'exercice des pompiers de Langfuhr. Villa, puis villa. Quelques consulats : le letton et celui d'Argentine. Des jardins au cordeau derrière des clôtures de fer, jamais veuves d'ornements. Buis, if, fusain, épine rouge. Coûteux gazon anglais qu'il fallait arroser en été et qui, l'hiver, restait sous la neige pour rien. Saules pleureurs et sapins argentés flanquaient, dominaient et ombrageaient les villas. Les fruits en espaliers donnaient bien du tintouin. Les jets d'eau avaient souvent besoin de réparations. Les jardiniers rendaient leur tablier. La Société des vigiles assurait contre les cambrioleurs. Deux consuls et l'épouse d'un fabricant de chocolat demandèrent un avertisseur d'incendie qui leur fut accordé, bien que les pompiers fussent situés derrière l'orphelinat, et la tour d'exercice dépassait tous les sapins argentés : deux échelons en vingt-sept secondes étaient ainsi promis au lierre couvrant les blanches façades, à toutes les corniches, à tous les portails qui

connaissaient Schinkel par ouï-dire. La nuit n'éclairait qu'un petit nombre de fenêtres ; sauf quand le propriétaire de la chocolaterie Anglas donnait une réception. On entendait longtemps venir et partir les pas entre les becs de gaz. En un mot : un quartier calme, distingué, où en dix ans, deux meurtres seulement et une tentative de meurtre s'étaient fait entendre, donc connaître.

Bientôt Walter Matern, qui avait jusqu'alors habité une chambre meublée de la Vieille-Ville, sur le Karpfenseigen, s'installa dans la villa d'Amsel où il occupa deux salles lambrissées de chêne. Parfois des actrices logeaient chez lui une semaine, car il ne voulait toujours pas se mettre à l'économie politique, mais il avait été admis parmi la figuration du Théâtre municipal du marché au Charbon. En homme du peuple assemblé, en homme d'armes parmi des gens d'armes, en un des six valets porteurs de bougies, en homme ivre parmi des lansquenets avinés, en murmurant parmi des paysans murmurants, en Vénitien masqué, en soldat mutiné et en un des six gentilshommes qui, en compagnie de six dames fournissaient à une réunion d'anniversaire — au premier acte — à une partie de campagne — deuxième acte — à un enterrement — troisième acte — et à une joyeuse ouverture de testament au dernier acte un arrière-plan causeur, flirteur, endeuillé et palpitant de joie, Walter Matern, sans être admis à prononcer deux phrases cohérentes, recueillait ses premières expériences scéniques. De plus, il voulait considérablement élargir la base de ses dons d'acteur, l'effroyable grincement de dents ; et, deux fois par semaine, il prenait des leçons de comédie avec le comédien Gustav Nord, une célébrité de la ville ; car Matern estimait qu'il avait reçu des muses le don tragique, et que seul le comique laissait encore à désirer chez lui.

Tandis que deux salles lambrissées de chêne de la villa Amsel devaient subir Walter Matern en condottiere Florian Geyer, la troisième salle, la plus grande, lambrissée de chêne comme celles de l'élève comédien, devint témoin des méthodes amséliennes. A peine de meubles. D'âpres crocs de boucher dans le plafond de chêne massif. Des chaînes courant sur des poulies folles. Au ras du plafond, ils pendaient en grandeur nature. Dans les abris de mineurs ou les séchoirs, on travaille selon un principe analogue : air et liberté sur le plancher ; sous le plafond, cohue. Un meuble-pupitre, authentique, Renaissance. Ouvert dessus : l'ouvrage classique, six cents pages,

ouvrage sans pareil, œuvre du diable, l'œuvre de Weininger le
méconnu, le surfait, le best-seller, le mal compris, le trop bien
compris, le trait de génie avec notes marginales côté père,
notes au bas des pages côté Weininger : *Sexe et Caractère*
chapitre XIII, page 405 : « et, sous bénéfice d'inventaire, peut-
être l'importance historique et l'immense mérite du judaïsme
ne sont-ils autres que d'amener l'Aryen sans trêve à prendre
conscience de soi-même, de le rappeler à lui-même (« à lui-
même » en caractère gras). C'est ce dont l'Aryen est redevable
au juif ; grâce à lui, il sait de quoi il doit se garder : du judaïsme
en tant que possibilité résidant en lui-même ».

Avec des trémolos de pasteur, Eddi Amsel déclamait des
sentences analogues, parfois contraires, voire paradoxales, aux
figures achevées qui pendaient mollement au plafond de chêne,
et à toutes les armatures de bois et de fil de fer qui, sur le parquet luisant, remplissaient la salle lambrissée de chêne : société
amorphe et cependant raisonneuse : on cause à bâtons rompus
et se laisse catéchiser par Eddi Amsel le subtil, le sophiste,
l'ingénieux, l'éternel original, l'objectif, à l'occasion subjec-
tif, l'obligeant, l'omniprésent amphitryon survolant le sujet ;
on apprend ce qu'il en est des femmes et des juifs, soit qu'à
l'instigation de Weininger on doive dénier l'âme aux femmes et
aux juifs, soit qu'on s'accommode de l'ôter aux seules femmes
ou aux seuls juifs, et soit que le judaïsme du point de vue
anthropologique, car empiriquement déduit, à quoi s'oppose
la ferme croyance en le Peuple Elu, pour ne pas dire. Mais, et
seulement pour l'amour de la discussion, on ne constate pas
assez souvent chez l'antisémite radical la qualité de juif : par
exemple Wagner, bien que Parsifal demeure pour toujours
inaccessible à un juif authentique ; tout de même on pourrait
distinguer entre le socialisme aryen et le socialisme typiquement juif, car Marx en était, comme nous le savons. C'est
pourquoi la raison kantienne, pour la femme comme pour le
juif, et même le sionisme ne saurait. Voyez, les juifs préfèrent
les biens mobiliers. Les Anglais aussi. Voyez, voyez, de quoi
nous parlions : il manque au juif, dans le fond il est, non pas
seulement étranger à l'Etat, mais encore. Mais d'où auraient-
ils, car au Moyen Age et jusqu'au XIXe et de nouveau à notre
époque : c'est à porter au compte des chrétiens, pour ne pas
dire. Bien au contraire, ma chère : regardez voir, ils connaissent leur Bible ou bien, voyons voir, et que fit Jacob de son
père mourant ? Il a raconté des craques à Isaac, hahaha ! et
quant à Esaü, passez muscade, s'il vous plaît, et Laban ne s'en

est pas mieux tiré. Mais il se passe partout des machins semblables. Oui, si nous procédons à partir des pourcentages en ce qui concerne la criminalité grave, c'est l'Aryen qui mène, et non pas. Par quoi il est démontré en tout cas que le juif ne distingue pas le bien du mal, de même il ne connaît ni la conception des anges, à ne point parler du Diable. Ici j'invoquerais, n'est-ce pas, la figure de Belial et le jardin d'Eden. Cependant nous retiendrons qu'il n'atteint ni la suprême hauteur morale, ni le comble de la dépravation ; d'où le nombre restreint des voies de fait, de même que les femmes, ce qui à nouveau démontre qu'il manque de grandeur à tout point de vue, ou bien est-ce que vous pouvez me nommer à l'improviste un saint qui. C'est pourquoi je dis : nous avons affaire à des genres, et non à des individualités, même le proverbial esprit de famille n'a qu'un but : se multiplier, oui monsieur, d'où le proxénétisme : l'entremetteur juif en tant que contretype de l'aristocratisme. Mais Weininger ne dit-il pas nettement qu'il n'est ni ci, ni ça, et qu'en aucun cas il ne faut mettre aux mains de la plèbe, et que ni boycottage ni expulsion, bref il en était un aussi. Mais il ne saurait, même en faveur du sionisme. Et quand il s'appuie sur Chamberlain. En fin de compte il dit lui-même que le parallèle avec la femme ne colle pas dans tous les cas. Mais il leur dénie l'âme à tous deux. Bon, si ; mais platoniquement en quelque sorte. Vous oubliez. Je n'oublie rien, mon cher. Il cite des faits concrets, par exemple : Eh quoi ! avec des exemples on mettrait dans une bouteille... est-ce une citation de Lénine, ou bien ? Bon, alors ! Voyez-vous, le darwinisme recruta en son temps la plupart de ses adhérents parce que la théorie du singe ; ce n'est donc pas un hasard si la chimie est toujours entre leurs mains, comme jadis chez les Arabes, une race apparentée, d'où la tendance exclusivement chimique dans la médecine, tandis que la médecine naturelle, c'est de l'organique et du non-organique ; car Goethe a prêté non sans raison au famulus Wagner, et non à Faust, la recherche de l'homuncule, parce que Wagner, nous pouvons sans crainte le conclure, représente l'élément typiquement juif, tandis que Faust ; en effet, il faut lui refuser toute génialité. Et Spinoza ? Lui, justement. Car n'était-il pas une lecture favorite de Goethe, alors. Pour ne pas parler de Heine. De même les Anglais, qui n'en étaient pas, car Swift et Sterne étaient, si je ne m'abuse. De Shakespeare nous savons toujours trop peu de choses. Ce sont des empiristes de premier ordre, certes, des politiques réalistes, mais des psychologues, jamais !

Pourtant il y a, non, non, laissez-moi terminer, ma chère, je veux dire l'humour anglais, car jamais le juif, mais à la rigueur spirituellement railleur, exactement comme les femmes, mais de l'humour ? Jamais ! Et je vais vous dire pourquoi, parce qu'ils ne croient à rien, parce qu'ils ne sont rien et de ce fait peuvent tout devenir, parce qu'avec leur tendance rationaliste, voire la jurisprudence, et parce que rien, mais absolument rien n'est pour eux inviolable et sacré, parce qu'ils traînent tout dans la fange, toujours frivoles, parce qu'ils n'admettent jamais chez un chrétien le christianisme, chez un juif le baptême, parce que pour eux tout respect, tout enthousiasme authentique, parce que pour eux le baiser de Schiller, parce qu'ils ne cherchent ni ne doutent, parce qu'ils ne peuvent douter authentiquement, parce qu'ils sont irréligieux, parce qu'ils ne sont ni solaires ni démoniaques, parce qu'ils n'ont pas plus de crainte que de courage, parce qu'ils sont dépourvus d'héroïsme et ne sont jamais qu'ironiques, parce qu'étant instables comme Heine, parce qu'ils ne font que démoraliser, ça ils le peuvent et jamais, parce qu'ils ne désespèrent même pas, parce qu'ils ne sont pas créateurs, parce qu'ils ignorent le chant choral, parce qu'ils ne s'éprennent d'aucune cause, d'aucune idée, parce que leur manquent la souplesse, la pudeur, la dignité, la réserve à l'égard de, parce qu'ils ne s'étonnent jamais, ne ressentent aucune commotion si ce n'est matérielle, parce que leur l'honneur, l'érotisme en profondeur, la grâce, l'amour, l'humour leur manquent, dis-je, oui l'humour et la grâce et l'honneur et le chant, et toujours la foi, le chêne, le motif de Siegfried, la trompette, l'être immédiat, dis-je, leur manquent oui leur manquent, laissez-moi finir ! leur manquent ! »

Alors Eddi Amsel, d'un pas léger, se détache du pupitre Renaissance authentique ; mais, tandis que le cocktail situé entre les lambris de chêne poursuit d'autres thèmes, l'Olympiade et ses phénomènes accessoires, il ne ferme pas pour si peu le livre d'Otto Weininger. Il se contente de prendre ses distances, apprécie les figures n'existant encore que sous forme de squelettes, mais qui n'en plastronnent pas moins, parce qu'ils représentent des opinions. Il saisit derrière lui, mais non sans choix, dans des caisses, rejette, choisit et commence à décorer la joyeuse compagnie au niveau du plancher de la même manière qu'il a fait la société qui pend au plafond de chêne par des chaînes et des crocs de boucher. Eddi Amsel couvre à l'aide de vieux journaux et de restes de papier de

tenture que lui fournissent des appartements rénovés. Des
bribes de drapeaux hors d'âge provenant de la flotte balnéaire,
des rouleaux de papier hygiénique, des boîtes à conserve vides,
des jantes de vélo, des abat-jour, des passementeries et des
ornements d'arbre de Noël déterminent la mode. Muni d'un
vaste pot de colle à froid, avec des objets acquis à l'encan,
traités à l'antimite et trouvés, il fait œuvre d'enchanteur. Mais
il faut dire que ces épantiaux ou, pour parler Amsel, ces figures
en dépit de leur équilibration esthétique, de tout le raffinement
du détail et de la morbidesse de leur ligne extérieure,
atteignaient un moindre degré de prégnance que ces épouvantails à moineaux que l'écolier de village aurait bâtis pendant
des années dans son Schiewenhorst natal, plantés sur les digues
de la Vistule et vendus avec bénéfice.

Amsel tout le premier remarque cette perte de substance.
Plus tard Walter Matern, quand il quitta ses boiseries et ses
fascicules Reclam, souligna également la technique certes
écrasante et le manque flagrant de l'ancienne fureur de créer
amsélienne.

Amsel fit front à l'attaque et plaça une de ses figures
habilement parées sur la terrasse qui confinait à la salle
lambrissée et aux ombres des hêtres de Jäschkental. Le modèle
remporta un certain succès, car les moineaux, ces braves
petites bêtes confiantes, ne prenaient pas garde aux aspects
artistiques et se laissaient, par habitude, un peu épouvanter ;
mais personne n'aurait pu dire qu'une nuée volatile, panique-
ment terrifiée à l'aspect de la figure, s'était élevée à grands cris
des arbres, conjurant ainsi au-dessus des bois une image
précoce de la jeunesse villageoise d'Amsel. Le texte de
Weininger restait papier. La perfection fatiguait. Les moineaux ne marchaient plus. Les corbeaux bâillaient. Les
ramiers ne voulaient croire. Les pinsons, moineaux, corneilles
et ramiers se posaient à tour de rôle sur sa figure d'art :
spectacle paradoxal qu'Eddi Amsel supportait en souriant ;
mais nous autres, cachés dans les broussailles derrière la
clôture, nous l'entendions soupirer.

Ni Tulla, ni moi ne lui fûmes du moindre secours ;

ce fut la Nature ; en octobre, Walter Matern se battit avec le
chef d'une meute de Jeunesse hitlérienne qui organisait dans la
forêt proche ce qu'on appelait des manœuvres. Un groupe de

pimpfs en uniforme occupa, avec le fanion mis en jeu, le jardin
situé derrière la villa d'Amsel. Du haut de la terrasse, Walter
Matern plongea dans le feuillage humide ; et j'aurais sûrement
pris ma part de coups si, comme notre chef de groupe, j'avais
essayé de prêter main-forte à notre chef de meute Heini
Wasmuth.

La nuit suivante il nous fallut, de la forêt, lancer des pierres
contre la villa : nous entendîmes à plusieurs reprises descendre
bruyamment des carreaux. L'affaire eût été ainsi terminée si
Amsel qui, pendant la bagarre, avait pris place à la terrasse,
s'était contenté de regarder ; mais il prit des croquis sur le vif et
sur papier à bon marché, et construisit des maquettes hautes
comme des boîtes à cigares : groupes de figures luttant au
corps à corps, un pastis, une mêlée informe de gamins à
culottes courtes, à mi-bas au genou, à baudrier d'épaule, en
guenilles brunes, avides du fanion, cousus de signes runiques,
le ceinturon de travers, vaccinés au nom du Führer, de pimpfs
maigres, enroués, façon nature, tel que s'était montré notre
groupe de jeunesse en luttant pour le fanion dans le jardin
d'Amsel.

Amsel avait réussi à reprendre contact avec la réalité ; dès
lors, il ne confectionna plus de clichés à la mode, de plantes
d'atelier et de tilleuls en chambre, mais descendit, curieux et
affamé, dans la rue.

Il se montra enragé d'uniformes, surtout bruns et noirs ; de
plus en plus, la rue en était pleine. Un vieil uniforme de S.A.,
du temps des débuts héroïques, lui fut cédé dans une friperie
de la Tagneterstrasse, mais cela ne suffisait pas à couvrir ses
besoins. Il se contraignit, non sans peine, à donner sous son
nom une annonce dans l'*Avant-Poste :* « On cherche à acheter
vieux uniformes S.A. » Chez les marchands d'uniformes, on
ne vous donnait la tenue du Parti que moyennant production
d'un certificat du Parti. Mais comme il était impossible à Eddi
Amsel d'entrer au Parti ou dans une de ses organisations, il
entreprit de persuader son ami Walter Matern ; celui-ci, à vrai
dire, ne distribuait plus de tracts communistes, mais avait
épinglé à ses lambris de chêne une photo de Rosa Luxemburg ;
à force de flatteries, de blasphèmes, de propos burlesques,
mais toujours adroits, de bric et de broc, il l'induisit à faire ce
qu'Amsel aurait bien fait par goût des nécessaires pièces
d'uniforme, mais qu'il ne pouvait faire.

Par amitié — tous deux auraient été frères par le sang —
moitié par bravade et moitié par curiosité, mais surtout pour

qu'Amsel entrât en possession de ces pièces d'uniforme brunes à l'extrême après quoi ils aspiraient, lui et ses carcasses d'épouvantails futurs, Walter Matern céda pas à pas ; il mit de côté les fascicules Reclam et remplit un formulaire d'inscription dans les rubriques duquel il ne passa rien sous silence : avoir été des Faucons Rouges et plus tard du P.C.

Hilare, hochant la tête, et ne grinçant plus qu'à l'intérieur, mais de toutes ses dents, il entra dans une compagnie de S.A. dont le local et lieu d'assemblée était le restaurant du parc Kleinhammer : un local spacieux avec parc du même nom, salle de bal, jeu de quilles et cuisine bourgeoise, entre l'étang par actions et la gare de Langfuhr.

Des étudiants des Arts et Métiers formaient le fond de cette compagnie de S.A., petite-bourgeoise dans sa masse. Lors des manifestations sur la prairie de Mai à côté de la Halle des Sports, la compagnie fournissait le service d'ordre. Pendant des années, la mission principale de la compagnie consista à déclencher des bagarres sur le champ de manœuvre, près du foyer d'étudiants polonais, avec les membres de la corporation universitaire « Bratnia Pomoc », et à démolir le local des Polonais. Au début, Walter Matern eut des difficultés parce qu'on était au courant de son passé rouge et de ses distributions de papillons. Mais comme il n'était pas le seul ancien communiste au sein de la Compagnie S.A. 84, Langfuhr-Nord, et que les anciens tovaritchs, à peine étaient-ils pris de boisson, se saluaient en levant le poing façon Front Rouge, il se sentit bientôt chez lui, surtout que le patron de la bande le protégeait : le chef de compagnie Jochen Sawatzki, avant 33, avait fait des discours en qualité de militant du Front Rouge, et lu des appels à la grève devant les ouvriers de marine de la colonie de Schichau. Sawatzki répondait de son passé et, quand il faisait au parc Kleinhammer un de ses brefs discours si appréciés, il disait : « Ça je vous le dis, les gars, le Führer, comme je le vois, il a beaucoup plus de joie à un seul communiste qu'est devenu S.A. qu'à dix bonzes du Centre catholique qui sont entrés dans le Parti parce qu'ils avaient la pétoche, et non parce qu'ils ont remarqué qu'une ère nouvelle a commencé, oui, qu'elle a commencé. Et il n'y a que les bonzes qui roupillent jusqu'à la gauche pour pas s'en être encore aperçus. »

Quand, début novembre, une délégation de la compagnie confirmée fut envoyée à Munich pour la Journée du Mouvement et dut pour ce motif être vêtue d'uniformes neufs, Walter

Matern parvint à détourner à temps sur l'allée Steffens les
vieilles hardes qui avaient résisté à tant de batailles de salle. A
vrai dire Matern, que le chef de compagnie Sawatzki venait de
nommer en peu de temps chef de main, aurait dû porter tout le
ballot, avec bottes et buffleteries, à Tiegenhof parce qu'on y
mettait sur pied une nouvelle Compagnie de S.A. plutôt faible
de la caisse. Mais Eddi Amsel délivra à son ami un chèque avec
suffisamment de zéros pour équiper à neuf vingt hommes,
odeur comprise. Entre les lambris de chêne d'Amsel s'empi-
laient des effets usés : taches de bière, de gras, de sang, de
goudron et de sueur faisaient à ses yeux le prix de ces
accoutrements. Aussitôt il se mit à prendre des mesures. Il
tirait, comptait, entassait, prenait du recul, rêvait de colonnes
en marche, assistait au défilé, au salut en marche, au salut, et
ses yeux précis voyaient des batailles de salle, le mouvement, la
pagaïe, homme contre homme, les os contre l'arête des tables,
les pouces dans les yeux, les bouteilles à bière dans les dents,
les clameurs, les pianos à la renverse, les plantes vertes, le
lustre en balançoire et plus de deux cent cinquante couteaux
glacés ; pourtant il n'y avait que Walter Matern entre
les lambris de chêne, sauf les frusques. Il buvait une
bouteille d'eau de Seltz et ne voyait pas ce que voyait
Eddi Amsel.

Ma cousine Tulla,
        dont je parle, à qui j'écris bien que, si j'écoutais Brauxel, je
ne doive parler que d'Eddi Amsel, Tulla prit soin que Harras,
notre chien de garde, attaquât pour la seconde fois le pianiste
de ballet Felsner-Imbs. En pleine rue, dans l'allée des
Marronniers, Tulla détacha le chien de la laisse. Imbs et Jenny
— elle en manteau pelucheux de teddy-bear jaunâtre —
revenaient sans doute du cours de danse car, hors du sac de
sport que portait Jenny, se balançaient les rubans de soie rose
des chaussons de danse. Tulla lâcha Harras, et il pleuvait
obliquement de toutes les directions, parce que le vent sautait
sans arrêt. Harras, lâché par Tulla, bondit par-dessus des
mares striées couvertes de bulles. Felsner-Imbs portait un
parapluie au-dessus de lui et de Jenny. Harras ne fit pas de
détours et savait ce que Tulla voulait dire quand elle le lâchait.
Cette fois ce fut le parapluie que mon père dut rembourser au
pianiste, car Imbs se défendit quand la bête noire, luisante de

pluie et toute en longueur, se jeta sur lui et son élève, en ramenant son parapluie et en l'opposant comme un bouclier noir armé d'une pointe. Naturellement, le parapluie céda. Mais restèrent les baleines métalliques en étoile allant jusqu'au bord du tissu. Certes elles plièrent en divers endroits et crevèrent l'étoffe du parapluie, mais elles opposèrent à notre Harras une douloureuse résistance. Il s'empêtra les pattes de devant dans l'entrelacs rigide et put être maîtrisé par des passants et un maître-boucher qui jaillit de sa boutique en tablier taché. Fichu, le parapluie. Harras montrait les dents. Tulla ne me laissa pas me sauver. Le boucher et le pianiste furent mouillés, la crinière artistique du pianiste se feutra en mèches ; la poudre à cheveux délayée dégouttait sur l'étoffe noire. Et Jenny, le pauvre tas, gisait dans un caniveau où bruissait une pluie de novembre, un torrent qui glouglouttait de bulles grises.

Le maître-boucher ne retourna pas à son boudin mais, tel qu'il avait jailli de sa boutique, avec sa tête de lard, nous ramena chez le maître-menuisier, moi et Harras. Il raconta l'événement sous un jour désavantageux pour moi, dit que Tulla était une fillette craintive qui s'était sauvée quand je n'avais plus pu retenir la laisse du chien ; et avec ça Tulla avait regardé jusqu'au bout et s'était sauvée seulement quand je lui avais retiré des mains la laisse.

Le maître-boucher dit au revoir en tendant une grande main poilue. Cette fois, je reçus ma raclée non par l'office d'une latte de toiture à section quadrangulaire, mais de la main plate du menuisier. Felsner-Imbs reçut un parapluie neuf. Au professeur Brunies mon père offrit de prendre à sa charge le nettoyage du manteau pelucheux de teddy-bear jaunâtre ; par chance, la sac de gym de Jenny avec les chaussons de danse en soie rose n'avait pas été emporté par le caniveau, car la rigole débouchait dans le ruisseau de Striess, et le ruisseau de Striess coulait dans l'étang par actions, et quittait l'étang et traversait tout Langfuhr, sous l'Elsenstrasse, la Hertastrasse, la Luisenstrasse, passait le long de Nouvelle-Ecosse, en haut de Leegstriess, se jetait dans la Vistule Morte au chemin de Broschken, en face de Weichselmünde, puis, mêlé d'eau de la Vistule et de la Mottlau, se mélangeait, par le chenal du port, entre Neufahrwasser et la Westerplatte, à la Baltique.

Tulla et moi étions présents

lorsque pendant la première semaine de l'Avent, au 13 de la rue Sainte-Marie, dans le plus grand et plus beau jardin-restaurant de Langfuhr, le *Parc Kleinhammer,* direction : Auguste Koschinski, téléphone quatre-un-zéro-quarante-neuf — gaufres fraîches tous les mardis — eut lieu cette rixe à laquelle la Schupo qui, pendant les réunions du Parti, se tenait toujours en alerte dans le petit salon de chasse, ne put mettre fin qu'au bout d'une heure et demie — le brigadier Bureau demanda des renforts : un-un-huit ! et seize schupos débarquèrent du car et rétablirent l'ordre à grand renfort de rouleau amaigrissant.

La réunion avait pour thème : « Retour au Reich ! Contre l'arbitraire des traités ! » elle avait fait une bonne chambrée. La salle verte contenait deux cent cinquante personnes. Suivant le programme, les orateurs se relayaient au pupitre parmi les plantes vertes : le premier à parler fut le chef de compagnie Jochen Sawatzki, bref, enroué, cousu main ; puis Sellke, le directeur de groupe local, parla des impressions qu'il avait recueillies à Nuremberg, au Congrès du Parti. Ce qui l'avait le plus impressionné, c'étaient les pelles du Service de Travail ; il y en avait des mille et des cents ; parce que le soleil baisait le fer des pelles du Service de Travail : « C'était, je dois le dire, chers habitants de Langfuhr qui êtes venus en si grand nombre, unique, absolument unique. On n'oublie pas ça de sa vie, chers habitants de Langfuhr, comme ça relançait des éclairs, des mille et des cents : un cri, sorti de centaines de milliers de poitrines : nos cœurs débordaient, chers habitants de Langfuhr, et plus d'un vieux combattant en avait les larmes aux yeux. Mais là faut pas avoir honte dans une occasion pareille. Et je me disais à part moi, chers habitants de Langfuhr, quand je rentrerai dans mes foyers, je raconterai à tous ceux qui ne pouvaient pas y être comment c'était quand les mille, quand les dix mille, quand les cent mille fers de pelles du Service national de Travail... » Puis le directeur de Cercle Kampe parla de ses impressions lors de la fête d'Actions de Grâce pour les récoltes à Bückeburg, et des plans de constructions d'habitations neuves dans la future cité Albert-Forster. Ensuite, le chef de Compagnie S.A. Jochen Sawatzki, soutenu par plus de deux cent cinquante habitants de Langfuhr, lança un triple Sieg-Heil en l'honneur du Führer et chancelier du Reich. Les deux hymnes, à savoir le *Deutschland über Alles* et le *Horst Wessel,* furent chantés, l'un trop

lentement, l'autre trop vite, trop bas par les hommes, trop
haut par les femmes ; quant aux enfants, ils chantèrent faux et
sans garder la mesure. Cette exécution mettait fin à la partie
officielle de la manifestation, et le directeur local Sellke
annonça aux habitants de Langfuhr le début de la deuxième
partie, de la réunion amicale sans contrainte, avec tirage au
sort d'utiles et savoureux produits en faveur du Secours
d'Hiver. Donateurs étaient : la laiterie Valtinat, la fabrique de
margarine Amada, la chocolaterie Anglas, les bonbons
Kanold, Klesau vins en gros, les grands magasins Haubold
& Lanser, la moutarde Kühne, la verrerie de Danzig et la
brasserie par actions de Langfuhr qui, en sus des deux caisses
de bière pour la tombola, avait offert en plus un tonnelet de
bière extra : « Pour la compagnie de S.A. 84, Langfuhr-Nord ;
pour les gars de la compagnie S.A. 84 de Langfuhr ; pour nos
hommes des sections d'assaut, dont nous sommes fiers ; pour
les S.A. du 84, un triple hip hip hourra, hourra, ourra, ra ! »
    C'est alors que se produisit cet imbroglio qui ne put être
désembrouillé qu'après appel téléphonique à la Schupo un-un-
huit, et à coups de rouleau amaigrissant. Non pas que la
réunion eût été troublée par des communistes ou des socialos.
Ceux-là, il n'y en avait plus. Ce fut plutôt la boisson, cette
espèce d'éblouissement général qui vous pousse l'œil par-
dedans, qui donna de la couleur à la bataille de salle du Parc
Kleinhammer ; on sait ce qui se passe après de longs discours
qu'il faut prononcer et écouter : on se mit à boire, à buvacher,
rincer, écluser, étancher, siffler, descendre ; assis ou debout,
on s'en permettait un coup par-ci, et encore un par-là ;
plusieurs couraient de table en table, et s'imbibaient à mesure ;
beaucoup, agglomérés au comptoir, se remplissaient à deux
mains ; rares étaient ceux qui se tenaient tout debout et
avalaient sans tête, car la salle, plutôt basse de plafond au reste,
était amputée à hauteur d'épaules par un épais nuage de
fumée. Ceux qui étaient déjà bien en train buvaient et
entonnaient simultanément des chansons à couplets :
« Connais-tu le boqueteau haché par les obus ; Dans un frais
vallon ; O Tête pleine de sang et de plaies. »
    Une vraie fête de famille ; tous étaient là, tous les vieux
amis : Alfons Bublitz avec Charlotte, et Fifi Wollschläger :
« Tu te rappelles comment que c'était, à Höhnepark, le long
de la Radaune en allant sur Ohra, on était pour aller à Bonne-
Auberge, et qui c'est qu'on rencontre ? Le Dulleck et son
frère, il était là sur un banc, fin saoul. »

Et, à côté du milicien S.A. Bruno Dulleck, chargés de bière, les miliciens S.A. Willy Eggers, Paulo Hoppe, Walter Matern et Otto Warnke, en file le long du comptoir : « Et une fois qu'on était au café Derra ! Tu te gourres, mon vieux, c'était à Zinglershöhe, c'est là qu'on a tabassé le Brill. On l'a repincé l'autre jour. Où ça donc ? C'était près du barrage de Straschin-Prangschin. Paraît qu'ils l'ont balancé dans le lac. Mais il en est ressorti à quatre pattes. Pas comme le Wichmann de Klein-Katz ; çui-là il a encaissé ; et aïe donc ! Je crois qu'il s'est tiré en Espagne. Bon voyage, mon vieux. Ils l'ont empoigné, et que je te le fourre dans un sac, qu'est-ce qu'il a dérouillé. On le connaissait depuis la réunion du Chalet de Tir, avant qu'il soit élu à l'Assemblée avec Brost et Kruppke. Ceux-là, ils ont pris le large, passé la frontière à Golkrug. Tiens vise un peu le Dau, qu'est-ce qu'il jette par la fenêtre comme fric ! L'autre jour à Müggewinkel, à ce qu'il dit... »

Gustave Dau s'approchait en louvoyant, bras dessus bras dessous avec Lothar Budzinski. Partout il payait des tournées et encore une tournée. Tulla et moi étions à une table avec les Pokriefke. Mon père était parti juste après les discours. Beaucoup d'enfants n'étaient plus là. Tulla regardait la porte des cabinets messieurs. Elle ne buvait rien, ne disait rien, elle regardait. Auguste Pokriefke était saoul. Il expliquait à un certain M. Mikoteit les liaisons ferroviaires de la Koschnévie. Tulla aurait voulu clouer la porte des cabinets rien qu'en la regardant, mais elle battait comme une feuille, agitée par des vessies pleines et vidées. La grande ligne Berlin-Schneidemühl-Dirschau coupait la Koschnévie en deux ; mais les grands trains ne s'arrêtaient pas. Tulla ne regardait pas la porte des cabinets dames : elle vit Walter disparaître dans les cabinets messieurs. Il faut dire que Mikoteit était aux Chemins de Fer polonais, mais ça n'empêchait pas Auguste Pokriefke de lui expliquer en détail le parcours d'omnibus Konitz-Laskowitz. Erna Pokriefke disait toutes les cinq gorgées : « Va falloir rentrer, les enfants, c'est l'heure. » Mais Tulla ne lâchait pas la porte battante : elle photographiait d'un œil en vrille chaque entrée et chaque sortie. Auguste Prokriefke dévidait à présent les stations de la troisième ligne ferrée koschnève : Nakel-Konitz, Gersdorf, Obkass, Schlangenthin... On vendait les billets pour la tombola en faveur du Secours d'Hiver. Gros lot : un service à dessert pour douze personnes, avec des coupes pour le vin ; tout en cristal ! tout en cristal ! Tulla fut admise à tirer trois lots parce qu'un jour, l'année précédente,

elle avait tiré une oie de onze livres. Plongeant la main dans le
képi de S.A. presque plein, sans quitter des yeux la porte des
cabinets, elle tira d'abord : une plaque de chocolat Anglas ;
maintenant sa petite main égratignée tire le second lot : nul ! et
pourtant elle gagne le gros lot : cristal volé ! La porte des
cabinets hommes est claquée en coup de vent, rouverte en
bourrasque. Là où l'on déboutonne ou baisse les pantalons,
c'est là que ça se déclenche. Pas de temps perdu, et tout de
suite au couteau. Ils se lardent et s'ouvrent les tripes en chœur,
parce que Tulla a tiré un lot. Chine contre Japon. Ça va
hougner, ça hougne. Et hoü ! Horche ! Haille ! Haouh ! Coup
de pied, prise à la volée, demi-tour, en voici un d'allongé, et ils
gueulent : « Salaud ! Fumier ! En v'là une ordure ! La ramène
pas comme ça ! » Et tous les copains du comptoir Willy
Eggers, Paulo Hoppe, Alfons Bublitz, Dulleck cadet et Otto
Warnke sortent leurs couteaux à cran d'arrêt. « Aïe donc ! En
avant la musique ! » Un chœur éthylique, sur un air de
contrebasse, assortit les assiettes de fruits, décapite les coupes,
fait le ménage et graisse la porte des cabinets. Parce que Tulla a
tiré un billet nul, ils se cherchent et se lardent au surin, au
lingue, au chlâsse, au bowie-knife, au scramasaxe. Le pied de
chaise et le tibia, hic et nunc, tout le monde en prend,
disponibilité pour, pan sur le dôme, l'univers engendré
s'effondre. Willy reste debout, le centre de gravité de l'ego a la
berlue, bière et jus de viande, dépassement. Car tous ont été
dix fois triés sur le volet et ont du souffle à revendre. Chacun
cherche chacun. Qu'est-ce qui grouille là-dessous ? Qui c'est
qui vide son encre ? Que braillent les éliminés ? Comment fait-
on sauter hors de ses gonds la porte des cabinets ? Qui a tiré le
lot ? Nul. Uppercut. Nerf de bœuf. Pan dans les burettes.
Raisiné. Téléphone : un-un-huit : Police-Secours — Et aïe
donc, en avant la fanfare ! Et que je t'écarnifouille et que je te
renfle ! Non et jamais. Existence. Salle verte. Un frisson
sonore parcourt le lustre à pendeloques. L'Etre et le Temps.
Les plombs sautent. La lumière fuit ; fiat nox. Ténèbres. Car
dans la salle noire, les rouleaux amaigrissants noirs de la rousse
noire cherchent les crânes noirs, et le sang noir coule sous le
lustre noir, et les bonnes femmes noires crient : « Lumière !
La lumière ! Aïe, aïe, aïe ! Police ! Un, deux, trois, en avant la
musique ! »

Ce fut seulement quand Tulla, dans l'obscurité, tira un
troisième lot de ce képi de S.A. qui était resté vers nous, entre
ses genoux, seulement quand ma cousine eut tiré et déroulé le

troisième lot — cela lui rapporta un seau de concombres au fenouil de chez Kühne-Moutarde — que la lumière revint. Les quatre policiers du service d'ordre, au commandement du brigadier Burau, et les seize schupos de renfort du lieutenant de police Sausin se portèrent en avant : partant du comptoir et de la porte à deux battants, ils allaient en direction du vestiaire : ils étaient en uniforme vert, on les aimait et on les redoutait. Les vingt-deux schupos sans exception avaient leurs sifflets à roulette entre les lèvres et refoulaient la cohue en sifflant à roulette. Ils utilisaient dans leur travail la nouvelle matraque de la Schupo ; elle avait été introduite seulement sous le préfet de police Froboess ; c'était une importation d'Italie qu'on appelait là-bas « manganello », et ici rouleau amaigrissant. Les nouvelles matraques avaient sur les anciennes l'avantage de ne pas provoquer de plaies ouvertes ; elles fonctionnaient à sec, presque sans bruit. L'homme atteint par un coup de la nouvelle matraque de police prenait un air étonné et tournait sur lui-même deux fois et demie ; puis, suivant toujours la même technique tirebouchonnante, il allait au sol. Auguste Pokriefke, comme il se trouvait proche de la porte des cabinets, obéit lui aussi à l'article importé de l'Italie mussolinienne. Sans la moindre plaie ouverte, il fut huit jours durant inapte au travail. En plus de lui, on dénombra trois blessés graves et dix-sept blessés légers, parmi eux quatre schupos. Les miliciens S.A. Willy Eggers et Fifi Wollschläger, le contremaître du bâtiment Gustav Dau, et le négociant en charbons Lothar Budzinski furent embarqués au poste, mais remis en liberté le lendemain matin. Le directeur du restaurant Parc Kleinhammer, M. Koschinski, déclara à l'assurance douze cents florins de dégâts matériels : verrerie, chaises, le lustre, la porte des cabinets démolie, la glace du lavabo, les plantes vertes encadrant le pupitre des orateurs, le gros lot de la tombola : cristal, cristal ; et cætera. Les investigations de la Police criminelle aboutirent à la conclusion qu'un court-circuit s'était produit, qu'on — je sais qui ! — avait déconnecté le disjoncteur.

Mais personne au monde ne soupçonna que ma cousine, en tirant le billet nul, avait donné le signal, déclenché la bataille de salle.

Chère Tulla,

tu pouvais tout cela. Tu avais le coup d'œil et la touche du doigt. Mais la bataille de salle est sans importance majeure pour cette histoire — bien que tu y aies pris part, elle demeura banale et ne se distingua pas d'autres batailles de salle — l'important c'est qu'Eddi Amsel, propriétaire d'une villa dans l'allée Steffens, put recevoir un paquet malodorant d'uniformes déchirés et encroûtés de sang : le donateur était Walter Matern, qui n'avait été que légèrement blessé.

Cette fois, ce n'étaient pas seulement des uniformes de S.A. Les frusques de quelques vulgaires membres du Parti s'y trouvaient mélangées. Mais tout était brun ; ce n'était pas le brun des chaussures basses pour l'été ; pas le brun noisette ni le brun sorcière ; pas de brun Soudan ou Tibesti ; pas de cannelle râpée, pas de nuance ameublement, de vieux brun ; pas de brun moyen, de brun sable ; ni le jeune lignite ni la vieille tourbe extraite au louchet ; pas le chocolat matinal, pas le café du petit déjeuner, sommé de crème ; le tabac, il y en a bien des sortes, mais aucune d'aussi brunâtre que ça ; ni le brun chevreuil en trompe-l'œil, ni le brun Nivéa de quinze jours en vacances ; ce ne fut pas l'automne qui cracha sur la palette quand fut extrait ce brun caca, ce brun terreux en tout cas, ramolli et gluant, ce brun Parti, ce brun S. A., ce brun de tous les Livres Bruns, de toutes les Maisons Brunes, ce brun de Braunau, ce brun Eva Braun, ce brun d'uniforme, sans aucun rapport avec le kaki, ce brun chié sur des assiettes par cent mille culs acnéeux, ce brun de pois mal digérés et de saucisse à l'eau bouillante ; non non, ô douces brunes, brun sorcière, brun noisette, vous ne fûtes pas aux fonts baptismaux quand fut bouilli, quand fut enfanté et utilisé en teinture, quand ce tas de brun fumier — et je suis toujours modéré dans mes expressions — se trouva devant Eddi Amsel.

Amsel tria le brun, prit les grands ciseaux de Solingen et les fit gazouiller pour voir. Amsel se mit à retailler l'indescriptible brun. Un nouvel instrument de travail aux formes baroques avait trouvé place à côté du pupitre Renaissance authentique où figurait, ouverte en permanence, l'œuvre maîtresse de Weininger ; c'était le cheval, l'orgue, le confessionnal du tailleur : une machine à coudre Singer. Elle ronronnait comme un chat lorsqu'Eddi Amsel cousait des sous-vêtements de gros canevas, de sacs d'oignons et autres matériaux perméables. Et ce gros plein de soupe d'Amsel derrière la chétive petite machine : tous deux ne faisaient-ils pas qu'un ? Est-ce que tous deux n'auraient pas pu, nés, baptisés, vaccinés, admis à l'école aussi, attester une évolution semblable ? Et sur les chemises de gros canevas il cousait, tantôt à points vastes, tantôt à points menus, l'horrible brun en lambeaux, en façon d'emplâtres embellissants. Mais il fragmentait aussi le rouge des brassards et les crampes diarrhéiques, le ténesme paroxystique de la Croix gammée frappée d'insolation. Il bourrait de kapok et de sciure de bois. Il chercha et trouva, dans des illustrés et des almanachs, des visages, par exemple la photo en gros grain du poète Gerhart Hauptmann ou bien le noir et blanc glacé d'un acteur qui, en ces années-là, fut populaire : Birgel ou Jannings. Il prenait Schmeling et Pacelli, le taureau et l'ascète, et les collait sous la visière des képis bruns. Du Haut-Commissaire de la Société des Nations dans l'Etat-libre de Danzig il fit un S.A. Brand. Il ne tergiversa point à tripatouiller assez longtemps des reproductions de gravures anciennes opérant quasi comme un dieu à coups de ciseaux Solingen, pour que le hardi profil de Schiller ou la tête de dandy de Gœthe jeune servissent de face à quelques martyrs du Mouvement national-socialiste, Herbert Norkus ou Horst Wessel. Amsel coupait, rognetaillait, raccourcisaillait, emporte-rapiéçait, spéculait, spécopulait et donnait aux siècles licence de se coudoyer sous les képis de S.A.

Au cliché en pied du mince, juvénile, précocement suicidé Otto Weininger, auteur de l'ouvrage classique, cliché qui figurait à la page quatre de son exemplaire, il coupa la tête, fit agrandir ce fragment en proportions naturelles chez Stönker-Photo et travailla longuement, mais sans jamais obtenir de résultat satisfaisant, à un « milicien S.A. Weininger ».

L'autoportrait d'Eddi Amsel était mieux réussi. A côté du pupitre Renaissance et de la machine à coudre Singer, un haut miroir étroit montant jusqu'aux lambris du plafond, comme on en voit dans les ateliers de tailleurs ou les cours de danse classique, complétait l'inventaire d'Amsel. Devant ce verre apte à répondre, il se tenait assis en uniforme de camarade du Parti taillé par lui-même — il n'avait pas trouvé parmi les uniformes de S.A. une tenue qui pût le contenir — et il suspendit sa portraiture en pied sur un échafaudage nu, logeant en son centre, en guise de plexus solaire, une mécanique qui se remontait. Finalement le vrai Amsel, tel qu'un bouddha, se tenait assis en tailleur et examinait critiquement le camarade Amsel qu'il avait construit et qui faisait encore plus authentique. Il était là debout, pigeonnant de

partout, en canevas et en brun national-socialiste. Le baudrier
le ceignait comme un tropique. Les insignes de grade fixés au
col le désignaient comme un modeste directeur de Service.
Une vessie de cochon, hardiment schématisée par quelques
allusives touches de noir, portait, comme un portrait, le képi
du directeur de Service. Alors, dans le plexus solaire du
camarade, la mécanique à ressort se mettait à fonctionner : le
pantalon demi-saumur se mettait au garde-à-vous. Parti de la
boucle du ceinturon, le gant de caoutchouc gonflé figurant la
main droite se mettait en marche, téléguidé par à-coups
jusqu'à hauteur de poitrine puis d'épaule, exécutait d'abord le
salut en extension, puis le salut fléchi façon Adolf, revenait
laborieusement, car le ressort était à bout, en temps utile se
placer à la boucle du ceinturon et, après un tremblement
sénile, s'endormait. Eddi Amsel était visiblement épris de sa
nouvelle création. Devant l'étroit miroir d'atelier, il imitait le
salut de son imitation grandeur nature : le quatuor Amsel.
Walter Matern, quand Amsel lui montra au naturel sa
personne et la figure, ainsi que la figure et lui-même en reflet
dans le miroir, commença par en crever de rire, puis son rire
s'embarrassa. A la fin, il ne fit plus rien que regarder fixement
tantôt l'épouvantail, tantôt Amsel, tantôt le miroir. Il se voyait
en civil entre quatre porteurs d'uniforme. Ce spectacle déclenchait obligatoirement en lui le grincement de dents qu'il avait
de naissance. Et c'est en grinçant qu'il donna à entendre qu'à
son avis il y avait quelque part une limite à la plaisanterie ;
Amsel ne devait pas buter aveuglément contre un seul et même
thème ; tout compte fait, il y avait dans la S.A. et même dans le
Parti bon nombre de gens ayant en vue un sérieux idéal, des
types énormes et pas rien que des salauds.

Amsel objecta que telle était exactement son intention
artistique ; il n'entendait pas énoncer une critique, mais
produire par des moyens artistiques les types énormes et les
salauds en mélange hétéroclite, tels que la vie les produisait à
sa guise.

Là-dessus, il monta sur l'échafaud déjà préfabriqué un
typénorme pharamineux : le milicien S.A. Walter Matern.
Tulla et moi qui, cachés dans le jardin nocturne, coulions nos
regards dans l'atelier électriquement éclairé et lambrissé de
chêne, vîmes avec des yeux ronds la contrefaçon en uniforme
de Walter Matern — des taches de sang témoignaient encore
de la bataille de salle du Parc Kleinhammer — découvrir grâce
à la mécanique incorporée les dents de son visage photographié

et faire grincer les dents entraînées dans un mouvement mécanique : cela, nous ne fîmes que le voir — mais voir les dents de Walter Matern c'était aussi les entendre.

Tulla et moi vîmes
Walter Matern, qui faisait le service d'ordre avec sa Compagnie de S.A. lors d'une grande manifestation sur la prairie de Mai enneigée, apercevoir dans la foule Eddi Amsel en uniforme. Löbsack parla. Greiser et Forster parlèrent. Il neigeait à gros flocons, et la foule criait Heil ! avec tant de continuité qu'en criant Heil les flocons vous entraient en voltigeant dans la gueule ouverte. Le camarade Eddi Amsel criait aussi Heil ! et tâchait d'attraper des flocons remarquables par leur grandeur ; jusqu'au moment où le milicien S.A. Walter Matern alla le pêcher dans la multitude et le refoula sur l'allée Hindenburg, à l'écart de la prairie où la neige tournait en soupe. Et là il eut avec lui une altercation, et nous pensâmes : ça y est, il va taper dessus.

Tulla et moi vîmes
Eddi Amsel en uniforme quêter pour le Secours d'Hiver sur le marché de Langfuhr. Il faisait cliqueter sa tirelire, répandait ses bons mots parmi le peuple et ramassait plus de sous que les vrais camarades du Parti ; et nous pensâmes : si Matern vient à passer et voit ça, alors...

Tulla et moi
surprîmes Eddi Amsel et le fils du négociant en produits exotiques en pleine tourmente sur la prairie Fröbel. Nous étions acagnardés sous une roulotte hivernant sur la prairie Fröbel. Amsel et le gnome se détachaient en silhouettes sur fond de blizzard. Entre des ombres, il ne saurait y avoir plus de différence qu'entre ces ombres-là. L'ombre du gnome tenait exposée à la neige tombante l'ombre de son tambour. L'ombre d'Amsel se fléchit. Les deux ombres mirent leurs oreilles contre le tambour, comme si elles tâchaient de saisir un bruit : neige de décembre sur tôle vernie blanche. Parce que nous

n'avions jamais rien vu d'aussi insonore, Tulla et moi restâmes immobiles et silencieux; le froid nous rougissait les oreilles; mais nous n'entendîmes que la neige, nous n'entendîmes que la tôle du tambour.

Tulla et moi,
   un jour entre Noël et le Nouvel An que nos familles faisaient un tour dans le bois d'Oliva, nous cherchâmes des yeux Eddi Amsel; mais il était ailleurs qu'à Freudental. Arrivés là-bas, nous prîmes le café au lait avec des croquettes de pommes de terre sous des ramures de cerf. Pas grand-chose à signaler dans le parc zoologique : par temps froid, les singes étaient tenus au chaud dans la cave de la maison forestière. Nous n'aurions pas dû emmener Harras. Mais mon père, le maître menuisier, dit : « Il faut que le chien sorte. »
   Freudental était un lieu d'excursion très coté. Nous allâmes par le Deux jusqu'à « Conclusion de la Paix » et prîmes par la forêt, entre les arbres à marque rouge, jusqu'au moment où la vallée s'ouvrit; devant nous s'étendait la maison forestière avec son parc zoologique. Mon père, vu sa profession, ne pouvait regarder un arbre bien venu, hêtre ou pin, sans en calculer la valeur utile en mètres cubes. C'est pourquoi ma mère, qui voyait dans la nature et par conséquent dans les arbres une décoration de l'univers, eut un accès de mauvaise humeur qui ne lui passa qu'au moment des croquettes et du café au lait. M. Kamin, le tenancier de la maison forestière avec restauration, s'assit entre Auguste Pokriefke et ma mère. Chaque fois qu'arrivaient des clients, il racontait comment avait été créé le parc zoologique. C'est ainsi que Tulla et moi entendîmes pour la dixième fois qu'un M. Pikuritz de Zoppot avait offert le bison d'Europe mâle. Mais on n'avait pas commencé par le bison; au début, il y avait un parc de chevreuils, don du directeur de la fabrique de wagons. Puis vinrent les sangliers et les daims. Untel offrit un singe. Celui-là deux. Nicolai, l'inspecteur général des Eaux et Forêts, s'occupa des renards et des castors. Un consul du Canada fournit les deux ratons laveurs. Et les loups ? Qui, les loups ? Les loups qui plus tard s'évadèrent, déchirèrent un enfant qui cueillait des baies et furent abattus à coups de fusil dans le journal ? Qui, les loups ?
   Avant que M. Kamin ait révélé que le Zoo de Breslau a donné les deux loups au parc de Freudental, nous sommes

dehors avec Harras. Nous passons devant Jack, le bison mâle. Nous contournons l'étang gelé. Châtaigniers et chênes pour sangliers. Harras aboie brièvement aux renards. L'enclos des loups est grillagé. Harras est comme pétrifié. Les loups sans trêve derrière les barreaux de fer. La foulée plus longue que chez Harras. En revanche, la poitrine moins développée en profondeur, pas de vertex marqué, les yeux obliques, plus petits, plus protégés. La tête plus ramassée dans l'ensemble, le corps cylindrique, plus bas au garrot que chez Harras, le poil raide, gris clair, nué de noir sur duvet jaune. Harras gémit, rauque. Les loups sans arrêt font la pelote. Un jour le gardien oubliera de pousser la grille... Des plaques de neige tombent des sapins. Le temps d'un regard, les loups marquent un arrêt derrière les barreaux : six yeux, si babines frémissent. Trois crêtes de museau se froncent. Les gueules soufflent une vapeur, les loups gris — le chien de berger noir. Noir par suite d'une sélection suivie. La sursaturation des cellules pigmentaires, de Perkun par Senta et Pluto jusqu'à Harras du moulin de la Reine Louise produit ce noir à poil rude, sans marbrure, sans traînée, sans marque. Alors mon père siffle et Auguste Pokriefke frappe dans ses mains. La famille de Tulla et mes parents, en manteaux d'hiver, devant la maison forestière. Les loups sans repos restent en arrière. Mais pour nous et pour Harras la promenade dominicale n'est pas encore terminée. Chacun garde au palais un goût de croquettes de pommes de terre.

Mon père nous conduisit tous à Oliva. Nous y prîmes le tramway de Glettkau. Jusqu'à l'horizon nébuleux, la mer Baltique était gelée. L'estacade de Glettkau luisait sous un givrage baroque. C'est pourquoi mon père dut prendre son appareil photo dans l'étui de cuir, et il nous fallut former un groupe devant les fantastiques sucreries. Mon père y mit le temps pour trouver le bon réglage. Six fois nous dûmes rester immobiles ; Harras y parvint avec aisance, car il était habitué à la photo depuis le temps où il avait été pris par les photographes de presse. Il fallut bien convenir que sur les six clichés qu'avait pris mon père, quatre étaient surexposés : la glace faisait réflecteur.

De Glettkau, sur la mer crépitante, on alla vers Brösen. Petits points noirs jusqu'aux vapeurs embâclés dans la rade. Beaucoup de gens étaient en route. Les mouettes n'avaient pas à jeûner. Deux jours plus tard, quatre écoliers, voulant aller à Héla sur la glace, s'égarèrent dans le brouillard et, bien qu'on les ait recherchés avec des avions de sport, demeurèrent disparus pour toujours.

Peu avant l'estacade de Brösen, pareillement givrée et flamboyante, nous allions prendre par le village de pêcheurs et chercher l'arrêt du tramway, car les Pokriefke, Tulla surtout, abhorraient l'estacade de Brösen, parce que, des années auparavant, Konrad, le petit sourd-muet... donc mon père, de sa main ouverte de menuisier, venait de nous donner la nouvelle direction de marche ; il était environ quatre heures de l'après-midi, peu avant la Saint-Sylvestre 36-37, le 28 décembre, quand Harras que mon père tenait en laisse détala, traînant sa laisse, fit sur la glace dix bonds longs et plats, disparut dans la foule glapissante et, quand nous le rattrapâmes, il formait avec un manteau flottant un paquet noir qui soulevait la neige.

Sans que Tulla ait dit un mot, le pianiste Felsner-Imbs qui, comme nous, faisait sa promenade dominicale avec le professeur Brunies et Jenny Brunies, dix ans, fut pour la troisième fois attaqué par notre Harras. Cette fois, il ne s'agit plus seulement de rembourser une jaquette ou un parapluie. Mon père fut fondé à trouver que cette histoire bête était une coûteuse plaisanterie. La cuisse droite à Felsner avait été sévèrement endommagée. Il passa trois semaines à l'hôpital des Diaconesses et réclama en sus un *pretium doloris*.

Tulla,
il neige. En ce temps-là et aujourd'hui il neigeait et il neige. Tourmente jadis, aujourd'hui. Chasse-neige. Cela tombait, tombe. Descendait, descend. Voltigeait, voltige. Floconnait, floconne. Poudrait, poudre. Neige de plomb tombant sur le bois de Jäschkental, sur le Grunewald ; sur l'allée Hindenburg, sur l'allée Clay ; sur le marché de Langfuhr et sur le marché de Berka ; sur la Baltique et sur les lacs de la Havel ; sur Oliva, sur Spandau ; sur Danzig-Schidlitz, sur Berlin-Lichterfelde, sur Emmaüs et Moabit, Neufahrwasser et la butte de Prenzlau ; sur Saspe et Brösen, sur Babelsberg et Steinstücken ; sur le mur de brique entourant la Westerplatte et sur le mur précipitamment bâti entre les deux Berlins, la neige tombe et reste, tombait et restait.

Pour Tulla et moi,

qui avions des traîneaux et attendions la neige, elle tomba deux jours de suite et resta. Tantôt avec un acharnement oblique, une neige pour travailleur de force, puis de grands flocons égarés — dans cette lumière, ils étaient blanc pâte dentifrice à bords déchiquetés ; à contre-jour, ils étaient gris à noir : une neige humide cartonneuse, sur laquelle à nouveau l'est versait en oblique une poudre opiniâtre. Le froid était modéré ; la nuit, il restait gris, en clair-obscur, si bien qu'au matin toutes les clôtures étaient rechargées de frais et que les branches d'arbre craquaient sous le fardeau. Il fallait beaucoup de concierges, des équipes de chômeurs, l'Assistance technique et tout le parc de la Voirie municipale pour rendre à nouveau lisibles les rues, les rails du tramway et les trottoirs. Des montagnes de neige, en mottes verglacées, couraient comme des sierras de part et d'autre de l'Elsenstrasse, cachaient Harras entièrement et mon menuisier de père jusqu'à la poitrine. Le bonnet de laine de Tulla apparaissait bleu sur deux doigts de hauteur, quand la ligne de crête s'abaissait légèrement. On épandait du sable, de la cendre et du sel rouge pour le bétail. A l'aide de longues perches, des hommes abattaient la neige des arbres fruitiers dans les jardins familiaux de la colonie du Reich et derrière le Moulin-l'Abbé. Et pendant qu'ils pelletaient, épandaient et soulageaient les branches, la neige fraîche n'arrêtait pas de tomber. Des enfants s'étonnaient. De vieilles gens se reportaient en arrière : quand en était-il déjà tombé autant ? Les concierges pestaient et se disaient entre eux : « Qui va payer tout ça ? Tant de sable, de cendre, de sel à bestiaux, ça n'existe pas. Et si la neige ne cesse pas, alors. Et quand la neige dégèlera — et elle dégèlera, aussi vrai que nous sommes concierges — alors tout ira dans les caves, et les enfants attraperont la grippe et les adultes aussi : comme en dix-sept. »

On peut, quand il neige, regarder par la fenêtre et vouloir compter. C'est ce que fait ton cousin Harry qui pour bien faire ne devrait pas compter la neige, mais t'écrire. On peut, quand il neige à gros flocons, courir dans la neige et tenir haut la bouche ouverte. J'aimerais le faire, mais je n'ai pas le droit, parce que Brauxel dit que je dois t'écrire. Quand on est un chien de berger noir, on peut sortir de sa niche encapuchonnée de blanc et mordre dans la neige. Quand on s'appelle Eddi Amsel et que depuis sa jeunesse on a construit des épouvantails, on peut, aux périodes où la neige tombe à perdre haleine, assembler des nichoirs pour les oiseaux et faire l'aumône de graines. On peut, tandis qu'une neige blanche tombe sur un képi brun de S. A. grincer des dents. Quand on s'appelle Tulla et ne pèse rien, on peut courir à travers et sur la neige sans y laisser de trace. On peut, le temps des vacances, et tant que le ciel ne cesse pas de vêler, demeurer au chaud dans son cabinet, trier ses gneiss micacés, ses gneiss à deux micas, son granit à mica et son schiste micacé, être du même coup professeur et sucer des friandises. On peut, quand on est payé comme manœuvre dans une menuiserie, au temps où tombe une neige soudaine, chercher un revenu accessoire en bricolant des racloirs à neige avec le bois de la menuiserie. On peut, quand on veut gâter de l'eau, pisser dans la neige, donc graver son nom d'un trait fumant jaunâtre ; mais il y faut un nom court et sans points sur les i ; j'écrivais de cette façon Harry dans la neige ; Tulla en conçut de la jalousie, et ses bottines détruisirent ma signature. Quand on a de longs cils, on peut y intercepter la neige tombante ; mais il y faut des cils non seulement longs, mais bien fournis ; Jenny en avait dans son visage de poupée ; quand elle demeurait immobile, étonnée, son regard bleu d'eau passait sous de blancs auvents de neige. On peut, quand on se tient immobile dans la neige qui tombe, fermer les yeux et entendre tomber la neige ; je le faisais souvent et j'entendais bien des choses. On peut par comparaison voir un linceul ; mais ce n'est pas nécessaire. On peut, quand on est une enfant trouvée rondouillarde, et qu'on a eu une luge à Noël, vouloir s'en servir ; mais personne ne veut emmener l'enfant trouvée. On peut pleurer au milieu de la neige tombante sans que personne s'aperçoive de rien sauf Tulla dont les grandes narines observent tout ; elle dit à Jenny : « Tu veux venir faire de la luge avec nous ? »

Nous allâmes tous faire de la luge en emmenant Jenny, parce que la neige était par terre pour tous les enfants. Les histoires du temps où la pluie clapotait dans la rigole où barbotait Jenny avaient été nivelées par la neige à plusieurs reprises. Jenny fut si contente de l'offre de Tulla qu'on aurait pu avoir peur. Sa face de lune rayonnait tandis que le visage de Tulla ne révélait rien. C'était peut-être parce que le traîneau de Jenny était neuf et moderne que Tulla lui avait fait son offre. La ferraille biscornue qui tenait lieu de luge aux Pokriefke était partie avec ses frères ; et Tulla ne voulait pas s'asseoir sur mon traîneau parce qu'il fallait que je la serre et que ça m'empêchait de bien guider la luge. Et Harras ne devait pas sortir parce que la neige le rendait comme fou ; ajoutons qu'il n'était plus jeune : dix ans pour un chien en font soixante-dix pour un homme.

Traînant nos luges vides, nous traversâmes Langfuhr jusqu'à la prairie Saint-Jean. Seule Tulla se faisait tirer tantôt par moi, tantôt par Jenny. Jenny tirait volontiers Tulla et s'offrait souvent à le faire. Mais Tulla ne se laissait tirer que si cela lui plaisait, et non quand on le lui offrait. Nous faisions de la luge à la Zinglershöhe, à l'Albrechtshöhe ou bien sur la Grande Piste de luge du mont Saint-Jean qui était entretenue par la ville. La piste passait pour dangereuse et moi, qui étais un enfant plutôt craintif, j'aimais mieux faire du traîneau sur la pente douce de la prairie Saint-Jean, qui servait de sortie à la Grande Piste. Souvent, quand il y avait trop de monde sur le terrain principal de luge, nous allions dans cette partie de la forêt qui commençait à droite du chemin de Jäschkental et, derrière Hochstriess, se continuait par le bois d'Oliva. La butte où nous faisions de la luge s'appelait la Butte-aux-Pois. De son sommet, un tracé de luge conduisait directement devant le jardin de la villa d'Eddi Amsel, sur l'allée Steffens. A plat ventre sur nos traîneaux, nous coulions un regard inquisiteur entre les noisetiers enneigés à travers le genêt qui, même en hiver, avait une odeur forte.

Amsel travaillait souvent en plein air. Il portait un pull-over rouge sémaphore. Un collant de tricot rouge identique disparaissait dans ses bottes de caoutchouc. Un cache-nez blanc de lugeur, croisé sur sa poitrine, était retenu derrière par une épingle de sûreté de dimensions frappantes. Troisième note rouge, un bonnet de tricot à pompon blanc, ceignait son chef : nous aurions eu envie de rire, mais pas moyen, car cela aurait fait tomber la neige des noisetiers. Il travaillait à cinq figures ressemblant aux pupilles de l'Orphelinat. Parfois, quand nous étions à l'affût derrière les genêts enneigés et les gousses noires de genêt, il venait quelques orphelins qu'une surveillante amenait dans le jardin d'Amsel. En sarrau gris-bleu, sous des bérets gris-bleu, avec leurs protège-oreilles gris souris et leurs cache-nez noirs, sans parents et transis, ils posaient ; puis Amsel leur donnait des cornets de bonbons et les congédiait.

Tulla et moi savions
qu'Amsel exécutait alors une commande. L'intendant du
Théâtre municipal, à qui Walter Matern avait présenté son ami,
se fit montrer par le décorateur et costumier Eddi Amsel un
plein carton de projets et de décors de scène. Les décors et les
figures d'Amsel plurent, et l'intendant le chargea de dessiner le
décor et les costumes d'une pièce régionaliste. Comme au
cours du dernier acte — la pièce se passait sous Napoléon ; la
ville était assiégée par les Prussiens et les Russes — des
orphelins devaient aller et venir entre les lignes et chanter
devant le duc de Wurtemberg, Amsel eut l'inspiration bien à
lui de ne pas mettre en scène des orphelins bon teint, mais des
orphelins mécaniques ; selon lui, rien au monde n'était plus
profondément émouvant qu'une mécanique qui s'apaise en
tremblotant ; qu'on songe seulement aux touchantes boîtes à
musique du passé. Donc, moyennant aumônes, Amsel appelait
dans son jardin les enfants de l'orphelinat. Il leur faisait
prendre la pose et chanter des chœurs : « Grand Dieu, loué
sois-tu ! » chantaient les orphelins protestants ; nous autres,
derrière les buissons, réprimions nos rires et étions tous bien
contents d'avoir père et mère.

Quand Eddi Amsel travaillait dans son atelier, nous ne
pouvions identifier l'objet de son travail ; les fenêtres situées
derrière la terrasse aux nichoirs très fréquentés ne reflétaient
que le bois de Jäschkental. Les enfants pensaient : sûrement
que là-dedans il construit des orphelins grotesques et des
mariées en coton hydrophile et papier à cabinets ; seuls Tulla et
moi savions : il bâtit des miliciens S.A. pouvant marcher au
pas et saluer parce qu'ils ont une mécanique dans le ventre.
Parfois nous croyions entendre la mécanique. Nous nous
tâtions le ventre et cherchions en nous la mécanique : Tulla en
avait une.

Tulla et moi,
nous n'y tenions jamais longtemps derrière les buissons.
Premièrement, le froid devenait excessif ; deuxièmement nous
étions toujours obligés de ravaler nos rires ; troisièmement
nous voulions faire de la luge.

Si l'une des pistes de luge descendait l'allée des Philosophes
tandis que l'autre portait nos équipages devant le jardin
d'Amsel, la troisième piste de luge débouchait devant le

monument de Gutenberg. Sur cette clairière on ne voyait jamais beaucoup d'enfants parce que tous, sauf Tulla, craignaient le Gutenberg. Personne ne savait comment le monument était arrivé dans le bois ; probable que les instigateurs du monument n'avaient pu trouver en ville une place appropriée ; ou bien encore : ils choisirent le bois parce que le bois de Jäschkental était de hêtres et que Gutenberg, avant de couler des caractères, avait taillé des lettres en bois de hêtre pour la typographie. Tulla nous contraignait à descendre en luge du haut de la Butte-aux-Pois jusque devant le monument de Gutenberg, parce qu'elle voulait nous faire peur.

Car au milieu de la clairière blanche s'élevait un temple de fonte noir suie. Sept colonnes de fonte portaient le toit de fonte à profil de champignon. D'une colonne à l'autre s'élançaient de froides chaînes de fer tenues par des gueules de lion moulées. Des marches de granit bleu, au nombre de cinq, couraient alentour et surélevaient la cage. Et au milieu du temple de fonte, entre les sept colonnes, se tenait un homme de fonte : une fluviale barbe de fer ondait sur son tablier de typographe en fonte. A gauche, il tenait un noir livre de fer calé contre son tablier et sa barbe. L'index de fer de sa dextre de fer montrait les lettres du livre de fer. On aurait pu lire dans le livre si, grimpant les cinq marches de granit, on s'était placé devant la chaîne. Mais jamais nous n'osions faire ces quelques pas. Seule Tulla, l'exception légère comme la plume, escaladait en sautillant les degrés jusqu'à la chaîne — nous autres, à l'écart, nous retenions notre souffle — s'arrêtait immobile, maigre et minuscule, sans toucher la chaîne, devant le temple ; on la voyait assise entre deux colonnes de fer sur la guirlande de fer ; elle se balançait comme une folle, puis plus calmement, se laissait glisser de la chaîne encore oscillante ; elle était maintenant dans le temple ; tournait en dansant autour du sinistre Gutenberg, et grimpait sur son genou gauche de fonte. Ce genou faisait barrage ; car il avait posé son pied gauche de fonte à semelle de sandale de fonte sur le bord supérieur d'une plaque mémoriale de fonte dont l'inscription révélait : Ceci est Johannès Gutenberg. Pour pouvoir comprendre avec quelle noirceur le bonhomme régnait sur le temple noir comme Harras, il faut savoir que devant, sur et derrière le temple, à flocons gros, tantôt petits, il neigeait : le toit de fonte en champignon du temple portait une casquette de neige. Tandis qu'il neigeait, tandis que la chaîne ébranlée par Tulla revenait lentement au calme, tandis que Tulla était juchée sur la cuisse gauche de l'homme de fer, l'index blanc de Tulla — jamais elle ne portait de gants — épelait les mêmes lettres de fer que Gutenberg indiquait de son doigt de fer.

Quand Tulla revenait — nous demeurions immobiles, ensevelis de neige tombante — elle demandait si nous voulions savoir ce qui était marqué dans le livre de fer. Nous ne voulions pas et secouions nos têtes avec violence, sans mot dire. Tulla prétendait que les lettres étaient changées tous les jours, qu'on pouvait quotidiennement lire dans le livre de fer des sentences nouvelles, toujours terribles. Cette fois-ci la sentence était particulièrement terrible : « Vous voulez-t'y savoir ou vous voulez-t'y pas ? » Nous ne voulions pas. Puis un des frères Esch voulut savoir. Hänschen Matull et Rudi Ziegler voulurent savoir. Heini Pilenz et Georg Ziehm ne voulaient toujours pas, puis ils voulurent savoir. Finalement Jenny Brunies voulut savoir aussi ce qui était marqué dans le livre de fer de Johannès Gutenberg.

Nous demeurions figés. Tulla dansait autour de nous. Nos traîneaux portaient un épais capiton. Autour du monument de Gutenberg la forêt éclaircie laissait descendre sur nous le ciel inépuisable. Le doigt nu de Tulla désigna Hänschen Matull : « Toi ! » Ses lèvres se mirent à trembler. « Non, toi ! » L'index de Tulla me fixait. J'aurais pleuré sûrement si tout de suite Tulla n'avait touché du doigt le petit Esch, puis saisi ensuite le manteau pelucheux de Jenny : « Toi, toi, toi ! C'est marqué : toi ! Tu dois y aller, sinon il va descendre et t'emmener. »

Alors la neige fondit sur nos bonnets. « Le kuddenpäch a dit que c'était toi. Toi, qu'il a dit. Il veut avoir la Jenny, sinon rien. » Tulla se répétait, tricotait des redites en mailles de plus en plus étroites. Tandis que dans la neige elle décrivait autour de Jenny les cercles magiques, le kuddenpäch de fer, dans son temple de fonte, lançait par-dessus nos têtes un regard sinistre.

Nous nous mîmes à négocier. Nous voulions savoir ce que le kuddenpäch voulait de Jenny. Veut-il la manger ou la transformer en une chaîne de fer ? Veut-il la mettre sous son tablier ou bien l'aplatir dans son livre de fer ? Tulla savait ce que kuddenpäch escomptait de Jenny : « Faut qu'elle danse pour Kuddenpäch, parce qu'elle va toujours au cours de danse avec Imbs. »

Immobile, dodue dans son manteau de teddy-bear, Jenny se cramponnait à la cordelette de son traîneau. Alors les deux auvents de neige tombèrent de ses longs cils épais : « Non-on-je-ne-veux-pas, veux pas, ne veux pas ! » dit-elle à voix basse quand sans doute elle eût voulu crier. Mais parce qu'elle n'avait pas de bouche pour crier, elle se sauva, tirant son traîneau : trébucha, tomba, se releva, se perdit en roulant comme une boule dans la hêtraie, vers la prairie Saint-Jean.

Tulla et moi laissâmes Jenny courir,
    sachant bien qu'elle ne pouvait rien contre Kuddenpäch. S'il était écrit au livre de fer : « C'est le tour de Jenny ! » alors elle devait danser devant kuddenpäch comme on le lui avait enseigné au cours de danse.

Le lendemain, quand après le déjeuner nous rassemblâmes nos traîneaux sur la neige durcie de l'Elsenstrasse, Jenny ne vint pas malgré les coups du sifflet que nous lancions aux fenêtres du logement Brunies, avec nos doigts et sans nos doigts. Nous n'attendîmes pas longtemps : il faudrait bien qu'elle vienne.

Jenny Brunies vint le surlendemain. Sans mot dire elle prit place dans la file et comme toujours, elle remplissait son manteau jaunâtre de teddy-bear pelucheux.

Tulla et moi ne pouvions savoir
    que dans le même temps Eddi Amsel sortait dans son jardin. Comme toujours, il était pris dans son collant de laine tricoté rouge arrêt absolu. Rouge derechef était son pull-over feutré. Une épingle de nourrice fixait à la poupe le cache-nez feutré de laine blanche. Il avait fait exécuter tous ses lainages en laine détricotée : il ne portait jamais d'effets neufs. Un après-midi livide : il ne neige plus ; mais ça sent la neige qui veut tomber. Amsel porte au jardin une figure chargée sur son épaule. Il la plante, grandeur nature, dans la neige. La bouche en cul de poule, il repasse sur la terrasse, rentre dans la maison et revient chargé d'une seconde figure. Il plante la seconde à côté de la première. Tout en sifflant la marche « Nous sommes la garde... » il rentre à nouveau dans l'atelier et sue à grosses perles en campant la troisième figure à côté des deux qui attendent dans le jardin. Mais il lui faut continuer la marche et la reprendre da capo : droit à travers la neige qui monte au genou, un sentier foulé se dessine jusqu'à ce qu'en rangs par trois neuf figures adultes soient dans le jardin, attendant ses

ordres. Des nippes teintes au brun sec. La jugulaire sous le
menton en vessie de porc. Cirés, cuirés, prêts : des spartiates
nourris au plat unique de la gamelle, les neuf devant Thèbes, à
Leuthen, dans la Forêt de Teutoburg, les neuf braves, les neuf
fidèles, les neuf Souabes, neuf cygnes bruns, la dernière levée,
la patrouille perdue, l'arrière-garde, l'avant-garde, les profils
de Burgondes en prosodie allitérante : ci falt la Geste des
Nibelungs en le jardin neigeux d'Eddi Amsel.

    Tulla, moi et les autres,
    entre-temps, nous avions dépassé le chemin de Jäschkental :
trace de luge sur trace. Neige saine, crissante. Reliefs dans la
neige : nombreux talons de caoutchouc diversement profilés,
semelles ferrées de même, auxquelles manquent deux, cinq
ailes de mouche ou pas du tout. Jenny marchait dans les pas de
Tulla ; moi dans ceux de Jenny ; Hänschen Matull dans mes
pas ; dociles, suivaient le petit Esch et tous les autres. Muets,
sans apostrophe et sans contradiction, nous faisions la file
derrière Tulla. Seules tintaient claires les clochettes des
traîneaux. Pas question de monter la prairie Saint-Jean pour
gagner le départ de la grande piste de luge ; juste devant la
maison forestière, Tulla vira de bord ; sous les hêtres, nous
devînmes minuscules. D'abord nous rencontrâmes encore
d'autres enfants à traîneaux ou sur des douves de tonneaux.
Quand nous restâmes seuls sur la piste, le monument de fonte
devait n'être plus loin. Nous entrâmes à petits pas dans le
royaume de Kuddenpäch.

    Tandis que nous progressons à pas de loup, sans arrêt,
    Eddi Amsel, sans arrêt, siffle gaiement à visage découvert. Il
met la main à la poche gauche du pantalon de neuf miliciens
S.A. et déclenche ainsi chez tous successivement le mécanisme
qui les habite ; certes ils sont immobiles sur leurs axes — des
tubes métalliques à pied large, pareils à des tiges de parasols —
mais cependant, quoique sans gagner de terrain, dix-huit
jambes bottées à la Crépuscule des dieux avancent d'un travers
de main au-dessus de la neige. Neuf marcheurs aux os pourris,
à qui le pas cadencé doit être inculqué. Amsel le fait à deux
marcheurs en leur mettant la main à la poche gauche selon son

truc éprouvé : et maintenant ça défile, une deux, une deusse, d'un pas ferme et tranquille, sûr de soi, devant soi, sur, par, passe, passe, passe, d'abord au pas cadencé, puis au pas piqué qu'exigent les parades : tous les neuf. Et neuf vessies de porc sous-tendues de jugulaires font presque en même temps tête droite sous leurs visières de S.A. ; tous le regardent ; car Eddi Amsel a collé à tous des visages de vessie de porc. Des reproductions de tableaux du peintre Schnorr von Carolsfeld qui, comme on devrait le savoir, a peint la Détresse des Nibelungen et la Plainte ; le sinistre milicien S.A. Hagen von Tronje ; les S.A. père et fils Hildebrand et Hadubrand ; le galant chef de compagnie S.A. Siegfried de Xanten ; le sensible chef de bataillon Gunther ; le toujours joyeux ménestrel Volker Baumann ; et trois preux qui ont fait leurs choux gras de la détresse des Nibelungs : le noble Hebbel de Wesselburen, Richard le Wagner, et ce peintre qui, du pinceau mourant du Nazaréen, a portraituré les meschefs des Nibelungs. Et comme tous, tous les neuf, dardent encore à tribord un regard immobile, voici que par à-coups, avec une régularité cependant étonnante, les bras que balance encore le rythme de la marche se lèvent : gauches, mais zélés, des bras droits grimpent à la hauteur réglementaire du salut allemand, tandis que des bras gauches, fléchis à angle droit, amènent des gants de caoutchouc noircis sur la boucle des ceinturons. Mais qui salue-t-on ? A qui cette tête droite ? Comment s'appelle le Führer qui doit les regarder tous les yeux collés sur vessie ? Qui regarde, rend le salut et passe en revue ?

A la manière du chancelier du Reich, c'est-à-dire le bras replié, Eddi Amsel reçoit le salut de la section d'assaut qui défile. Pour lui-même et pour ses neuf hommes auto-mobiles, il siffle la marche ; cette fois, c'est la *Marche de Badenweiler,* air favori du Führer.

Ce que Tulla ne savait pas

tandis qu'Eddi Amsel sifflait encore, Gutenberg lançait son regard de fonte sur une petite troupe qui, entrée dans son cercle magique avec des traîneaux de grandeur diverse, se pressait à bonne distance et finit par détacher une petite bonne femme : dodue, pelucheuse, condamnée. Pas à pas. Jenny se rapprochait de la fonte en battant du pied le sol. La neige fraîche cartonnait avec l'ancienne sous les semelles de caout-

chouc ; Jenny grandit bien de trois centimètres. Vrai : des
corbeaux prirent leur vol dans les hêtres blancs du bois de
Jäschkental. Des fardeaux de neige dégringolaient des branches. Un effroi discret éleva les mains potelées de Jenny. Elle
grandit encore d'un centimètre parce que, pas à pas, elle
s'approchait du temple de fer ; tandis que là-haut des corbeaux
mal huilés grinçaient, passaient comme neuf trous noirs par-
dessus la Butte-aux-Pois pour tomber dans les hêtres limitant
le jardin d'Amsel.

Ce que Tulla ne·pouvait pas savoir
quand migrèrent les corbeaux, il n'y avait pas seulement,
dans le jardin d'Amsel, Eddi Amsel et ses neuf miliciens S.A. à
la parade : cinq, six figures ou davantage, dont le bon Dieu, et
non Amsel, avait incorporé les mécanismes, foulent la neige.
Ce n'est pas l'atelier d'Amsel qui les éjacule. Venus du dehors,
ils escaladent la clôture : masqués, travestis, suspects. Avec
leurs casquettes civiles enfoncées sur les oreilles, leurs vastes
imperméables et les lambeaux noirs, fendus à hauteur d'œil, ils
ont l'air d'épouvantails imaginaires ; mais ce ne sont pas des
épouvantails, ce sont des hommes à sang chaud qui franchissent la clôture dès que le mécanisme des figures d'Amsel
commence à fonctionner à reculons : les neuf bras droits qui
saluaient redescendent ; les gants de caoutchouc quittent les
boucles de ceinturon ; le pas de parade s'épure en pas cadencé,
s'atténue en pas funèbre, pas traînant, halte ; la mécanique
s'apaise en cliquetant ; alors Eddi Amsel ramène en arrière ses
lèvres en cul de poule ; il ne siffle plus avec sa hure ; sa grosse
tête inclinée et son bonnet qui pend du bout marquent la
curiosité que lui inspirent ses visiteurs inopinés. Tandis que
ses neuf créatures imaginées, sur ordre, sont au garde-à-vous,
et que lentement refroidit la mécanique échauffée, neuf figures
travesties se meuvent méthodiquement : elles forment un
demi-cercle, soufflent à travers leurs masques noirs une buée
chaude dans l'air de janvier, transforment le demi-cercle
autour d'Eddi Amsel en un cercle entourant Eddi Amsel en se
rapprochant pas à pas. Bientôt il peut sentir leur odeur.

Alors Tulla rappela les corbeaux

par-dessus la Butte-aux-Pois, elle rappela les oiseaux discordants parmi les hêtres qui entourent le monument de Gutenberg. Les corbeaux virent Jenny, devant les degrés de granit accédant au temple de fer de Kuddenpäch, s'immobiliser, puis tourner vers l'arrière un visage rond : Jenny vit Tulla, me vit, vit le petit Esch, Hänschen Matull, Rudi Ziegler ; tous elle les vit très loin. Si elle les compta ? Si les corbeaux comptèrent : sept, huit, neuf enfants en un groupe et une enfant toute seule ? Il ne faisait pas froid. Ça sentait la neige humide et la fonte. « Eh bien danse autour, autour de lui ! » cria Tulla. La forêt fit écho. Nous criâmes aussi et fîmes écho pour qu'elle se mette à danser et qu'on en finisse au plus vite. Tous les corbeaux dans les hêtres, Kuddenpäch sous le champignon de fer et nous vîmes Jenny ôter de la neige une bottine à lacets où s'enfonçait la jambe d'un pantalon de tricot et, de sa jambe droite esquisser quelque chose qui ressemblait à un battement, développer : passer la jambe. Ce faisant, le sabot de neige tomba de la semelle juste avant qu'elle renfonçât dans la neige sa bottine droite, et en retirât sa bottine gauche. Elle recommença son angulation maladroite, debout sur le pied droit, pied gauche levé, risqua un pusillanime rond de jambe en l'air, passa en cinquième position, mit les mains à plat sur l'air en port de bras, débuta par une attitude croisée devant, trembla une attitude effacée et tomba pour la première fois quand elle rata l'attitude croisée derrière. Quand elle se remit sur pied, son manteau de Teddy n'était plus du tout jaunâtre, mais poudré de blanc. Son petit bonnet de laine tout de travers, elle poursuivit par de petits sauts la danse en l'honneur de Kuddenpäch : de la cinquième position au demi-plié : petits changements de pied. La figure suivante devait signifier le difficile pas assemblé, mais Jenny tomba pour la deuxième fois ; et quand, essayant de briller comme une ballerine par un hardi pas de chat, elle tomba pour la troisième fois, ne resta pas suspendue en l'air, mais tomba, ne réjouit pas le Kuddenpäch de fer par une légèreté de sylphide, mais, comme un sac, percuta la neige, alors les corbeaux dans les hêtres prirent leur vol et menèrent grand bruit.

Tulla congédia les corbeaux, les crôles

sur la face nord de la Butte-aux-Pois, ils virent que les hommes masqués ne s'étaient pas contentés de former le cercle

autour d'Eddi Amsel : ils le resserraient. Neuf imperméables
cherchaient le coude-à-coude. Convulsivement, Amsel tourne
sa tête luisante de l'un vers l'autre. Il piétine sur place. Sa laine
devient bouffante et le démange. Une sueur jaillit à son front
lisse. Il rit très haut et réfléchit, la pointe de la langue saillie
entre les lèvres : « Vous désirez, messieurs ? » Il lui vient des
idées misérables : « Dois-je faire le café à ces messieurs ? Il y a
peut-être de la brioche à la maison ? Ou bien une historiette :
connaissez-vous celle des anguilles buveuses de lait ; ou celle
du meunier et des vers de farine qui parlent ; ou bien celle des
douze nonnes sans tête et des douze chevaliers sans tête ? »
Mais les neuf chiffons noirs aux dix-huit fentes oculaires ont
sans doute fait vœu de silence. Mais comme, ramassé en boule,
il tente de crever le cercle d'imperméables et de casquettes
enfoncées, peut-être pour mettre chauffer l'eau du café, c'est
un poing qui lui répond, en direct, et sec ; il tombe à la
renverse avec son pull-over feutré, se relève d'un trait, veut
secouer la neige qui le recouvre ; alors un second poing
l'atteint, et les corbeaux s'élèvent au-dessus des hêtres.

Tulla les avait appelés
        car Jenny ne voulait plus. Après ses chutes seconde et
troisième, elle vint à nous à quatre pattes, gémissante, pareille
à une boule de neige. Mais Tulla n'était pas encore rassasiée.
Tandis que nous restions sur place, elle volait, prompte, sans
laisser de traces sur la neige, au-devant de Jenny boule-de-
neige. Et quand Jenny voulut se lever, Tulla, d'une poussée, la
fit retomber. A peine relevée, Jenny retomba. Qui aurait cru
que Jenny, sous la neige, portait un manteau de teddy
pelucheux ? Nous évoluâmes vers la lisière du bois et, de là,
nous regardâmes comment s'y prenait Tulla. Au-dessus de
nous, les corbeaux étaient enthousiastes. Le monument de
Gutenberg était aussi noir qu'était blanche Jenny. Tulla riait
comme une chèvre, éveillait l'écho de la clairière et nous faisait
signe d'approcher. Nous restâmes sous les hêtres, tandis que
Jenny était roulée dans la neige. Elle devint absolument muette
et de plus en plus grosse. Quand Jenny n'eut plus de jambes
pour se mettre sur pied, les corbeaux, en ayant assez vu,
s'élancèrent par-dessus la Butte-aux-Pois.

Tulla n'eut pas grand mal pour venir à bout de Jenny ; mais Eddi Amsel, les corbeaux peuvent en témoigner, reçoit des réponses à coups de poing tant qu'il pose des questions. Tous les poings qui lui répondent se taisent sauf un. Ce poing le frappe et, derrière le tissu noir, grince des dents. La bouche d'Amsel, où le rouge est mis, lance une question qui fait des bulles : « Est-ce toi ? Tse-eciot ? » Mais le poing grinçant ne répond pas, il frappe. Les autres poings font la pause. Seul continue à travailler le poing qui grince, qui se penche sur Amsel, parce qu'Amsel est allongé pour le compte. A plusieurs reprises, verticalement, il pilonne la bouche qui bave du sang. Peut-être veut-il encore former la question Est-ce toi ? mais tout ce qu'il émet, ce sont des dents de nacre bien faites ; du sang chaud dans la neige froide, des tambours d'enfant, la Pologne, des cerises à la crème Chantilly : du sang dans la neige. Maintenant ils l'y roulent comme Tulla roulait la fille Jenny.

Mais Tulla finit la première son bonhomme de neige.

Du plat des mains, elle tapa tout autour pour le raffermir, le mit debout, lui donna en un tournemain un nez en relief, trouva d'un regard circulaire, le petit bonnet de Jenny, le tendit par-dessus la tête en courge du bonhomme, gratta la neige de la pointe de souliers, dégagea des feuilles mortes, des faînes avortées et des branches sèches, piqua deux branches à gauche à droite du bonhomme, y planta des yeux en faînes et s'éloigna à reculons : elle prenait sa distance pour regarder son œuvre.

Tulla aurait pu faire des comparaisons, car derrière la Butte-aux-Pois, dans le jardin d'Amsel, il y a aussi un bonhomme de neige. Tulla ne compara point, mais les corbeaux comparent. Il règne au milieu du jardin, tandis qu'à l'arrière-plan, drapés de guenilles, affublés de brun, neuf épouvantails s'estompent dans le crépuscule, le bonhomme qui est dans le jardin d'Amsel n'a pas de nez. Personne ne lui a mis des faînes en guise d'yeux. Pas de bonnet de laine tendu sur sa tête. Il n'a pas de bras de ramilles pour saluer, faire un signe, marquer son désespoir. En revanche il a une bouche rouge qui ne cesse de s'agrandir.

Les neuf hommes en imperméables ont, plus que Tulla, hâte de déguerpir. Ils escaladent la clôture et plongent dans le bois

tandis qu'avec Tulla nous sommes encore sur la lisière, devant
nos traîneaux, et regardons fixement le bonhomme que coiffe
le bonnet de Jenny. Les corbeaux retombent dans la clairière,
mais pas pour se loger sur les hêtres ; discordants, mal huilés,
ils tournent en rond au-dessus du temple de fer, puis au-dessus
du bonhomme. Kuddenpêch nous souffle une haleine froide.
Les corbeaux dans la neige sont des trous noirs. Le crépuscule
se fait de part et d'autre sur la Butte-aux-Pois. Nous partons en
courant avec nos traîneaux. Nous avons chaud sous nos
vêtements d'hiver.

Chère cousine Tulla,
     tu n'y avais pas songé : avec le crépuscule vint le dégel. On
dit du dégel qu'il s'instaure. Donc : le dégel s'instaura. L'air
devint flexible. Les hêtres suaient. Les rameaux lâchaient leurs
fardeaux de neige. La forêt était en rumeur. Un zéphyr léger
venait en aide. Les gouttes en tombant creusaient des trous
dans la neige. Elles m'en firent un dans la tête, car j'étais resté
parmi les hêtres. Si j'étais rentré à la maison avec les autres et
leurs traîneaux, les gouttes m'auraient troué la tête quand
même. Personne, qu'il reste sur place ou rentre à la maison, ne
peut échapper au dégel.
     Les bonshommes de neige — celui-là dans l'empire de
Kuddenpêch, celui-là dans le jardin d'Amsel — étaient encore
immobiles. Le crépuscule réservait un blanc jaunâtre. Les
corbeaux étaient ailleurs et racontaient ce qu'ils avaient vu
ailleurs. Alors le capuchon de neige glissa du toit de fonte en
champignon qui recouvrait le monument de Gutenberg. Les
hêtres ne suaient pas seuls, moi aussi. Johannès Gutenberg
couvrait d'humidité sa fonte habituellement mate et luisait
entre des colonnes gluantes. Au-dessus de la clairière, là aussi
où la forêt prenait fin et touchait les jardins de villas, sur
Langfuhr, le ciel remonta de quelques étages. Des nuages
hâtifs en formation négligée couraient vers la mer. Le ciel
nocturne plaçait des étoiles dans les trous du plafond. Et pour
finir il y eut, par intervalles, une lune de dégel ballonnée. Elle
me montra, tantôt par un trou plus grand, tantôt par un demi-
disque, tantôt rongée, tantôt derrière un voile épuisé, ce qui
changeait par temps de dégel dans l'empire de Kuddenpêch.
     Gutenberg avait le luisant de la vie, mais demeurait dans son
temple. Il sembla d'abord que la forêt voulût avancer d'un pas.

Mais ensuite, largement éclairée, elle recula ; à peine la lune
était-elle absente que la forêt avançait en rangs serrés ; elle
reculait d'un pas sans savoir ce qu'elle voulait et perdait à ce
va-et-vient toute la neige que ses ramures avaient interceptée
pendant des jours. Ainsi, déchargée, avec l'aide du vent, elle se
mit à bruire. La forêt de Jäschkental, en émoi et le Johannes
Gutenberg de fonte, associés à une lune sinistre, m'inspirèrent
une moite angoisse dans la forêt. Je m'enfuis ! partons d'ici ! Je
grimpai d'un pas trébuchant la Butte-aux-Pois. Quatre-vingt-
quatre mètres au-dessus du niveau de la mer. Je descendis la
Butte-aux-Pois en ramasse sur des amas de neige, je voulais
m'en aller loin, mais je tombai devant le jardin d'Amsel.
A travers des noisetiers ruisselants et le genêt à l'âpre senteur je
coulai un regard ; la lune était absente. Du pouce et de l'index,
dès que la lune le permit, je mesurai le bonhomme de neige qui
était dans le jardin d'Amsel : il se recroquevillait, mais
demeurait considérable.

Alors je fus pris de l'ambition de prendre les mesures d'un
autre bonhomme au-delà de la Butte-aux-Pois. Je dérapais sans
arrêt, pourtant je me hissai péniblement jusqu'en haut,
prenant garde en dévalant de n'être pas emporté par une
avalanche jusque dans la clairière, empire de Kuddenpäch. Un
saut de côté me sauva ; j'embrassai un hêtre en sueur. Je laissai
le liquide ruisseler sur mes doigts brûlants. Tantôt à gauche,
tantôt à droite du tronc, je risquai un œil dans la clairière et,
sitôt que la lune la délimitait, je mesurais de mes doigts tendus
devant moi le bonhomme de neige devant l'édicule de Gutenberg ; le bonhomme de Tulla ne réduisait certes pas plus
rapidement que celui du versant Amsel de la Butte-aux-Pois ;
mais il donnait des indices plus nets : ses bras de bois mort
s'abaissaient. Le nez lui tomba. Harry dans la forêt crut
pouvoir apprécier que les yeux de faînes en se rapprochant lui
donnaient un regard perfide.

Et derechef, je dus, si je voulais rester au courant, gravir
l'instable Butte-aux-Pois, la redescendre en freinant, rentrer
dans les genêts. Les gousses sèches crépitaient. L'émanation
du genêt faillit me couper les jambes. Mais les cosses de genêt
me réveillèrent et me sommèrent de mesurer fidèlement avec le
pouce et l'index les bonshommes de neige en voie de réduc-
tion. Après plusieurs montées et descentes, tous deux se
mirent lentement à genoux, c'est-à-dire qu'ils maigrissaient
d'en haut, tandis qu'au-dessous de la ceinture, ils s'élargissaient d'une pâte qui dilatait leurs jambes.

Et une fois, côté Amsel, un homme de neige se tenait de guingois comme s'il avait la jambe droite trop courte. Une fois, dans l'empire de Kuddenpäch, un homme de neige bombait le ventre et montrait de profil un dos creux rachitique.

Une autre fois — je revenais du jardin d'Amsel et m'accrochais, ruisselant de sueur, ma laine collait au hêtre en nage — le clair de lune montra que l'édicule de Gutenberg était vide : horreur ! La lune mit un instant un plus grand diaphragme : édicule vide ! Et quand la lune fut masquée, le temple n'était qu'une ombre confuse et Kuddenpäch marchait : suante, luisante sa fonte à barbe de fer bouclée. Tenant ouvert son livre de fer aux écritures à angles vifs, il me cherchait parmi les hêtres, il voulait m'attraper avec son livre, m'aplatir dans son livre de fer, moi, Harry dans la forêt. Et ce bruit qu'on entendait, était-ce la forêt, était-ce Gutenberg déambulant entre les troncs de hêtres, fendant le taillis, à grand bruit de barbe ? Avait-il ouvert son livre à l'endroit où était marqué Harry, pour le happer comme au piège ? Maintenant il le veut. Que cherche Harry ? N'aurait-il pas dû rentrer pour le repas du soir ? Le voilà puni. En fonte. Encore une preuve que le clair de lune provoque d'inquiétantes illusions : quand les nuages offriront à l'illusionniste une fenêtre considérable, l'homme de fer était à nouveau impavide dans son logement et luisait d'un éclat de dégel.

Je fus bien content que Gutenberg ne m'ait pas collé dans son album. Epuisé, je me laissai glisser au pied de mon hêtre en nage. Je contraignis mes yeux fatigués devenus saillants de peur à reprendre leur ouvrage et à guetter encore l'homme de neige. Mais ils se fermaient et s'ouvraient au moindre coup de vent comme des volets non enclenchés. Si ça se trouve, ils grelottaient. Et entre-temps je m'encourageais à ma tâche absorbante : tu ne dois pas dormir, Harry. Tu dois monter et descendre la Butte-aux-Pois. Quatre-vingt-quatre mètres au-dessus du niveau de la mer au point culminant. Tu dois rentrer dans les genêts, parmi les gousses sèches. Tu dois enregistrer ce qui passera par la tête du bonhomme qui est dans le jardin d'Amsel. Lève-toi, Harry, et monte !

Mais je restai collé au hêtre en nage et sûrement j'aurais manqué le moment où se défit le bonhomme qui était dans l'empire de Kuddenpäch, n'eussent été les corbeaux. Comme déjà le matin, leur comportement à la tombée de la nuit fut inhabituel : ils prirent soudain leur vol en grinçant faute d'huile. Rapidement, la neige du bonhomme retombait sur elle-même. Les corbeaux allaient en files comme s'il n'y avait eu qu'une direction pour eux : celle de la Butte-aux-Pois et du jardin Amsel ; sûrement, là-bas aussi, la neige fondait rapidement.

Qui ne se frotte pas les yeux quand il regarde des métamorphoses, mais n'en peut croire ni ses yeux ni les prodiges de la neige ? Il faut toujours que les cloches s'y mettent quand des bonshommes de neige s'effondrent : d'abord le Sacré-Cœur, puis le temple luthérien sur le chemin de Hermannshof. Sept coups. Chez nous, le souper était servi. Et mes parents, entre les lourds chefs-d'œuvre polis — crédence, buffet, bonheur du jour — regardaient ma chaise vide, un chef-d'œuvre aussi : Harry, où es-tu ? Que fais-tu ? Tu vas t'écorcher les yeux à te les frotter !

Dans la neige mouillée, fondante, criblée de trous gris, ce n'était pas Jenny Brunies qui apparaissait de haut ; pas un petit tas gelé, pas un glaçon, pas un pudding, c'était un mannequin fragile qui était là debout : le manteau jaunâtre et pelucheux de Jenny, informe, y pendait comme après un lavage malheureux. Et le mannequin qui avait un minuscule visage de poupée ressemblant à celui qu'avait eu Jenny. Mince, immatériellement mince, c'était une tout autre poupée qui, là, demeurait immobile.

Déjà les crôles revenaient à grand bruit s'abattre dans la forêt noire. Sûrement qu'eux aussi, derrière la Butte-aux-Pois, avaient dû se frotter les yeux. Là-bas aussi, certainement, la laine avait rétréci. Soudain ma démarche fut sûre : je trébuchais, mais sans glisser. Qui m'avait tendu une corde sèche pour me hisser ? Qui me fit descendre en rappel sans tomber ?

Les bras croisés sur la poitrine, en appui sur une jambe et l'autre libre, en équilibre, un jeune homme était debout dans la neige : à la peau lui collait un maillot rose qui, bien des lessives auparavant, avait été rouge signal. Il portait négligemment jeté sur l'épaule, sans le croiser, une épingle de sûreté ramenant le drapé en arrière, un cache-nez de luge en gros tricot blanc. Les messieurs qu'on voit dans les journaux de mode ont accoutumé de porter leur châle au même mépris de la symétrie. La pose était à la fois Hamlet et Dorian Gray. Un parfum mêlé de mimosa et d'œillet. Et le trait douloureux cernant la bouche rehaussait adroitement la pose, la transposait, la brisait, la faisait renchérir. C'est pourquoi le premier geste du jeune homme fut destiné à sa bouche douloureuse. Par saccades, comme par l'effet d'un mécanisme mal huilé, la main droite grimpa et s'en fut promener un doigt sur les lèvres enfoncées ; la gauche suivit qui tisonna dans la bouche ; est-ce que le jeune homme avait entre les dents des filaments de bœuf bouilli ?

Que fit-il, quand il eut fini de tisonner et fléchit le corps à hauteur de hanches, genoux tendus ? Que cherchaient dans la neige les très longs doigts du jeune homme ? Peut-être des faînes ? Sa clé ? Une pièce d'un florin toute ronde ? Cherchait-il des valeurs insaisissables à la main ? Le passé dans la neige ? Le sens de l'existence, la victoire de l'Enfer, l'aiguillon de la mort dans la neige ? Cherchait-il Dieu dans le jardin dégelé d'Eddi Amsel ?

Alors le jeune homme à la bouche douloureuse trouva quelque chose, autre chose, trouva trois fois, sept fois derrière lui, devant lui, à côté de lui. Et dès qu'il avait trouvé, il tenait l'objet de sa trouvaille au clair de lune entre deux longs doigts : la chose avait l'éclat nacré de la perle.

Un élan me porta en haut de la Butte-aux-Pois. Tandis qu'il cherchait, trouvait et exposait au clair de lune, je dévalais la pente, retrouvais mon hêtre, espérant trouver sur la clairière de Gutenberg le petit tas familier de Jenny. Mais il n'y avait toujours là que la mince silhouette au trait, drapée du manteau rétréci de Jenny, et qui jetait au sol d'étroites ombres quand le clair de lune s'y frottait. Entre-temps, la silhouette mince avait placé les bras de côté, joint les talons et mis les pieds en dehors. En d'autres termes, la silhouette avait pris la première position de la danse classique ; elle enchaîna aussitôt, sans barre visible, par un rigoureux exercice à la barre : grand plié, demi-pointe, équilibre ; bras en couronne, deux fois dans chacune des première, deuxième et cinquième positions. Suivirent huit dégagés tendus et huit dégagés en l'air avec plié final. Seize battements dégagés assouplirent la silhouette. Un rond de jambe à la seconde terminé par un équilibre en attitude fermée prouva que la silhouette était flexible. Le mannequin au trait devenait de plus en plus souple. Une conduite de bras de pantin articulé devenait moelleuse. Déjà le manteau en teddy-bear de Jenny glissait de ses épaules à peine larges d'un empan. Exercice avec éclairage latéral par projecteur : huit grands battements en croix, cou-de-pied un peu déficient, mais une ligne comme si la silhouette, et la ligne de la silhouette avaient été rêvées par Victor Gsovsky : finir en arabesque croisée !

Lorsque l'envie me reprit de remonter la Butte-aux-Pois, la silhouette dévidait avec application les petits battements sur le cou-de-pied : une belle, grande conduite de bras piquait dans l'air assoupli du dégel des points d'un classicisme pur.

Et de l'autre côté de la Butte ? Quand la lune y mettait du sien, j'aurais cru que le jeune homme, dans le jardin d'Amsel, n'avait pas que le cache-nez blanc de lugeur d'Amsel ; il avait aussi d'Eddi le poil de renard, mais non hérissé en chaume ardent, plutôt collé strictement. Il se tenait maintenant debout à côté du tas de neige pâteux. Il tournait le dos au groupe d'épouvantails drapés de hardes et de haillons bruns dans l'ombre de la forêt ; les épaules larges, les hanches étroites. Qui lui avait donné cette taille idéale ? Dans sa main droite en creux placée en angle latéral, il tenait un objet digne d'être considéré. Jambe d'appui oblique. Jambe libre négligente. Ligne de la nuque fléchie. Ligne de crâne. Ligne pointillée entre les yeux et le creux de la main : enchanté. Ailleurs, photographie : Narcisse ! J'allais déjà remonter la Butte-aux-Pois et surveiller les pliés profonds de la mince silhouette active, car on ne me montrait dans le creux de la main rien qui fût digne de considération, quand le jeune homme se mit à agir : ce qu'il jeta derrière lui peut-être vingt ou trente-deux fois au clair de lune, avant que cela ne tombât avec un bruissement sec dans les noisetiers, dans mon genêt. Je cherchai à tâtons ; d'autant que cela m'avait touché comme des cailloux. Je trouvai deux dents : petites, soignées, aux racines saines : dignes d'être conservées. Dents humaines, rejetées d'un geste. Et il ne jeta plus un regard derrière lui, mais s'en alla par le jardin, d'un pas élastique. D'un bond il franchit l'escalier de la terrasse : exit la Lune, exit lui. Mais tout de suite après une faible lumière électrique, peut-être masquée par des étoffes, le montra s'affairant dans la villa d'Amsel. Vives allées et venues. On portait quelque chose, autre chose. Le jeune homme faisait la valise d'Amsel et avait hâte.

Moi aussi, hâte de grimper pour la dernière fois la Butte-aux-Pois. Oh ! Toujours ces quatre-vingt-quatre mètres au-dessus du niveau de la mer ! Car aujourd'hui encore, chaque rêve sur trois que je fais m'impose — suffit d'avoir trop mangé le soir — l'escalade répétée de la Butte-aux-Pois : jusqu'au réveil il faut péniblement grimper, redescendre en pagaïe, et encore encore et pour l'éternité...

Caché derrière mon hêtre, je vis danser la silhouette menue. Plus d'exercice à la barre, mais un silencieux adagio : solennelle conduite des bras qui reposent sur l'air. Des pas sûrs malgré le sol peu sûr. Une jambe suffit, l'autre est là pour rien.

Equilibre, sortie aisée, retour ne pèse rien. Pirouettes, mais non précipitées : retardées, on les écrirait en calligraphie. Ce n'est pas la clairière qui pirouette, c'est la silhouette qui pirouette deux fois proprement. Pas de lévitations ou de voyages en ballon dans l'atmosphère ; sinon il faudrait que Gutenberg quitte son logis et mime le partenaire. Mais lui comme moi : nous sommes le public, tandis que la silhouette arpente la clairière d'un pas léger. Les corbeaux sans voix. Les hêtres pleurent. Pas de bourrée, pas de bourrée. Changements de pied. Allegro à présent, parce qu'un allegro doit suivre l'adagio. Pieds rapides. Echappé, échappé. Et au sortir du demi-plié : le pas assemblé. Ce que jamais Jenny n'avait pu réussir : les joyeux pas de chat ; la silhouette menue ne peut plus en finir de sauter, s'attarde en l'air et, tandis qu'elle persévère sans pesanteur, fléchit les jambes en joignant les pointes de pied. Est-ce Gutenberg qui au sortir de l'allegro lui siffle un adagio en guise de finale ? Quelle minceur délicate ! Le tracé peut s'allonger et se raccourcir. Trait d'union. Dessiné d'un trait. Le trait sait faire la révérence. Ovation. Ce sont les corbeaux, les hêtres, le vent du dégel.

Et après que la lune eut pour la dernière fois tiré le rideau, la silhouette menue se mit à chercher à petits pas quelque chose sur la clairière piétinée. Pourtant elle ne cherchait pas de dents perdues, n'avait pas, comme le jeune homme du côté de chez Amsel, outre-mont, une douleur cerclant la bouche ; c'était plutôt un minuscule sourire gelé qui ne grandit ni ne s'échauffa quand l'ombre filiforme eut trouvé ce qu'elle cherchait : tirant le traîneau neuf de Jenny, la silhouette n'avait plus l'air d'une ballerine, mais d'une enfant timide traversant la clairière ; pourtant elle ramassa le manteau de teddybear que Jenny avait laissé choir, le jeta sur ses épaules et, sans que Gutenberg eût protesté, voici qu'elle avait disparu dans le bois, vers le chemin de Jäschkental.

Aussitôt, à la vue de la clairière vide, l'angoisse me reprit : la fonte et le bruissement des arbres. Tournant le dos à la clairière, je pressai le pas entre les hêtres et, quand la forêt prit fin et que s'offrit à moi, piqué de becs de gaz, le chemin de Jäschkental, je ne cessai pas de forcer le pas et de bondir. Je ne fis halte qu'à la Grande-Rue, devant les Grands Magasins Sternfeld.

De l'autre côté de la place, l'horloge de l'opticien marquait huit heures moins quelques. La rue était animée. Des amateurs de cinéma entraient au cinéma Artistique. On donnait, je crois, un film de Luis Trenker. Et alors, après que le film eut commencé, je crois, le jeune homme à la valise vint d'une allure paresseuse et pourtant ferme. Je me demande ce que le jeune homme aurait pu emporter des vastes vêtements d'Amsel. Le tramway arrivait d'Oliva et allait poursuivre sa route en direction de la Gare centrale. Il monta dans la baladeuse et resta sur la plate-forme. Quand le tramway démarra, il s'alluma une cigarette. Des lèvres douloureusement effondrées devaient tenir la cigarette. Jamais je n'avais vu Eddi Amsel fumer. Et à peine était-il parti que, gentiment, marchant à petits pas, survint la silhouette menue avec le traîneau de Jenny. Je la suivis par l'avenue Baumbach. Nous avions le même chemin. Derrière l'église du Sacré-Cœur, je me hâtai jusqu'à rejoindre la silhouette et marcher à son pas et dis par exemple : « Bonsoir, Jenny. »

La silhouette ne fut pas étonnée : « Bonsoir... »

Moi, histoire de dire : « T'as été faire de la luge ? »

La silhouette opina : « Si tu veux, tu peux tirer mon traîneau.

— Ce que tu rentres tard.

— Mais je suis bien fatiguée.

— As-tu vu Tulla ?

— Tulla et les autres sont partis dès avant sept heures. »

La nouvelle Jenny avait les cils exactement aussi longs que l'ancienne : « Je suis parti aussi peu avant sept heures. Mais je ne t'ai pas vue. » La nouvelle Jenny m'instruisit gentiment : « Ça se comprend que tu n'aies pas pu me voir. J'étais dans un bonhomme de neige. »

L'Elsenstrasse devenait de plus en plus courte :

« Comment était-ce dedans ? »

La nouvelle Jenny, sur le pont franchissant le ruisseau de Striess : « Il y faisait horriblement chaud. »

Ma sollicitude était, je crois, authentique : « J'espère que tu n'auras pas attrapé là-dedans un refroidissement. »

Devant la maison par actions où le professeur Brunies habitait avec l'ancienne Jenny, la nouvelle Jenny dit : « Avant d'aller au lit, je boirai un citron chaud, par précaution. »

Nombre de questions me vinrent encore à l'esprit :

« Comment es-tu sortie du bonhomme de neige ? »

La nouvelle Jenny disait au revoir dans l'entrée de la maison : « Vint le dégel. Mais à présent je suis lasse. En effet, j'ai un peu dansé. Pour la première fois, j'ai réussi deux pirouettes. Parole d'honneur. Bonne nuit, Harry. »

Alors la porte se referma sans bruit. J'avais faim. Espérons qu'il reste quelque chose à la cuisine. Du reste le jeune homme doit avoir pris le train de vingt-deux heures. Il s'en alla, la valise d'Amsel avec lui. Ils doivent avoir bien franchi les deux frontières.

Chère Tulla,
· Jenny ne prit pas de refroidissement dans le bonhomme de neige, mais sur le chemin du retour : le ballet dans la clairière put l'avoir échauffée. Elle dut garder le lit une semaine.

Chère Tulla,
maintenant tu sais qu'un jeune homme s'échappa du gros Amsel. D'un pas léger, portant à son bras la petite valise d'Amsel, il traversa d'un pas hâtif le hall de la gare et prit le train de Berlin. Ce que tu ne sais pas encore : dans la petite valise, le jeune homme emporte un passeport falsifié. Un facteur de pianos professionnel, surnommé « Hütchen », a fabriqué ce passeport des semaines avant le double miracle nivéal. La main du faussaire a pensé à tout : car par un autre miracle le passeport s'orne d'une photo reproduisant les traits fermes, un peu tendus, du jeune homme, avec la douleur cerclant la bouche. De même, M. Huth n'établit pas le passeport au nom d'Eduard Amsel ; le possesseur du passeport fut par lui dénommé : Hermann Haseloff, né à Riga le vingt-quatre février dix-neuf cent dix-sept.

Chère Tulla,
quand Jenny fut guérie, je lui montrai les deux dents que le jeune homme avait jetées dans mon genêt.
« Ah ! dit Jenny gaiement, ce sont les dents de M. Amsel. Tu m'en donnes une ? » Je gardai l'autre dent et la porte encore aujourd'hui sur moi pour ce motif : car M. Brauxel, qui aurait droit à la dent, la laisse dans mon porte-monnaie.

Chère Tulla,

que fit M. Haseloff quand il arriva à Berlin, gare de Stettin ? Il prit une chambre à l'hôtel, se rendit le lendemain dans une clinique dentaire et, moyennant bon argent ci-devant amsélien, désormais haseloffien, fit remplir d'or sa bouche effondrée. M. Huth, dit « Hütchen », dut rajouter dans le nouveau passeport, après la mention Signes particuliers : « Denture artificielle, couronnes d'or. » Depuis lors, quand M. Haseloff rit, on peut le voir rire de trente-deux dents d'or ; mais Haseloff rit rarement.

Chère Tulla,

ces dents d'or devinrent un symbole ; elles le sont encore aujourd'hui. Lorsque hier, avec quelques collègues, je tuais le temps *Chez Paul,* je fis une expérience tendant à prouver que les dents d'or d'Amsel ne sont pas une fiction. Le bistro de la rue d'Augsbourg est surtout fréquenté par des catcheurs, des transporteurs et des dames seules. Le canapé rond qui entoure la table des habitués offrait la possibilité d'argumenter ferme sur base molle. Nous parlions de choses dont on parle à Berlin. Le mur derrière nous était orné de photos en désordre, de boxeurs, de catcheurs, de coureurs de Six-Jours connus et de célébrités du Sportpalast. Signatures et dédicaces méritaient la lecture. Mais nous ne lisions point ; comme toujours entre vingt-trois et vingt-quatre heures, on méditait où on pourrait aller s'il fallait partir. Puis nous fîmes des gorges chaudes du quatre février qui approche. Propos de fin du monde à la bière et au Dornkaat. Je parlai de mon lunatique employeur, M. Brauxel ; et déjà nous en étions à Haseloff et à ses dents d'or que je disais authentiques, tandis que mes collègues ne voulaient voir en les dents d'or qu'une fiction.

Alors je criai vers le comptoir : « Hannchen, avez-vous jamais revu M. Haseloff ? » Hannchen, par-dessus les verres qu'elle rinçait, renvoya : « Nee ! Bouche d'Or. Quand c'est qu'il est par ici, y fréquente ailleurs à présent, chez Diener. »

Chère Tulla,

donc, ces dents substituées, c'est exact. Haseloff fut nommé, est nommé Bouche d'Or ; et la nouvelle Jenny, quand elle put se relever de son mauvais refroidissement, reçut en cadeau une paire de chaussons de danse dont le revêtement de soie avait l'éclat de l'argent. Le professeur Brunies voulait la voir debout sur une pointe argentée. Elle continue à danser chez Mme Lara : petits cygnes. Le pianiste Felsher-Imbs, dont la morsure de chien guérit, distille du Chopin. Et, selon le vœu de M. Brauxel, je renvoie Bouche d'Or et écoute le frottement des chaussons argentés dans l'exercice : Jenny est à la barre et commence une carrière.

Chère Tulla,
    en ce temps-là, nous changeâmes tous d'école : j'entrai au Conradinum ; vous, toi et Jenny, devîntes élèves du lycée Hélène-Lang, bientôt rebaptisé lycée Gudrun. Mon père, le maître-menuisier, avait proposé de t'envoyer au lycée : « L'enfant est très douée, mais instable. On doit essayer. »
    A partir de la sixième, le professeur Oswald Brunies signa nos bulletins trimestriels. Il nous faisait l'allemand et l'histoire. D'emblée, je fus assidu au travail, mais sans ambition, bien que premier de la classe : je laissais les autres copier sur moi. Le professeur Brunies était un maître indulgent. Il était facile de le détourner de son vrai et rigoureux enseignement ; quelqu'un n'avait qu'à apporter un gneiss micacé et à lui demander de parler de ce gneiss ou de tous les gneiss, de sa collection de gneiss micacés ; à l'instant Brunies plantait là Cimbres et Teutons pour professer *ex cathedra* sa science. Mais il ne se contentait pas de chevaucher son dada : gneiss micacés et granit à mica ; il déroulait la litanie de tous les minéraux : plutonites et vulcanites ; rognons amorphes et cristallisés ; les mots : à pans, en plaques et en fibres me sont venus de lui ; les couleurs : vert ciel, bleu aérien, jaune pois, blanc argent, brun œillet, gris fumée, gris fonte et rouge aurore proviennent de sa palette ; il m'enseigna des mots délicats : quartz rose, pierre de lune, lazulithe ; je repris de menues injures : « Tête de tuf, face de hornblende, espèce de granit à dents de cheval ! » mais aujourd'hui encore je ne saurais distinguer : agate et opale, malachite et labrador, biotite et muscovite.
    Quand nous n'usions pas des minéraux pour le détourner du cours, c'était sa pupille Jenny qui devait fournir. Le speaker de la classe demandait poliment la parole et priait le professeur Brunies de nous raconter les progrès de Jenny dans sa carrière

de future ballerine. Tel était, disait-il, le désir de la classe.
Tout un chacun voulait savoir ce qui s'était passé l'avant-veille
à la classe de ballet. Et de même que le maître-mot « gneiss
micacé », de même le maître-mot « Jenny » séduisait soudaine-
ment le professeur Brunies : il suspendait les invasions barba-
res, laissait rancir au bord de la mer Noire les Ostrogoths et les
Wisigoths et son sujet nouveau le métamorphosait ; il ne
demeurait plus immobile acagnardé derrière sa chaire ; avec la
grâce d'un ours danseur, il sautillait entre l'armoire de classe et
le tableau noir, attrapait l'éponge et effaçait les routes d'invasion gothiques qu'il venait de tracer. Sur le fond encore
humide, il faisait promptement couiner la craie ; il fallait une
minute pleine ; il écrivait encore en bas à gauche que l'humidité commençait à s'abolir en haut à droite.

« Première position, deuxième position, troisième position,
quatrième et cinquième positions », lisait-on sur le tableau
noir, quand le professeur Oswald Brunies commençait son
cours théorique de danse classique en ces termes : « Comme
toujours et partout dans le monde entier, nous commençons
par les positions de base et suivons ensuite l'exercice à la
barre. » Le professeur invoque à l'appui Arbeau, chanoine de
Langres, le premier théoricien de la danse. Selon Arbeau et
Brunies, il y a cinq positions de base, reposant toutes sur le
principe des pieds en dehors. Pendant mes premières années
de lycée, l'expression « en dehors » fut cotée plus haut que la
notion d'orthographe. Aujourd'hui encore, je n'ai qu'à regarder les pieds d'une ballerine pour savoir si elle est suffisamment en dehors ; mais l'orthographe — savoir si on met ou
non h, si gneiss a un s ou deux s — me pose toujours des
énigmes.

Incertains de notre orthographe, mais ballettomanes, nous
étions cinq ou six au poulailler du Théâtre municipal et
promenions autant de regards critiques quand le maître de
ballet, assisté de Mᵐᵉ Lara, se risquait à donner une soirée de
danse classique. Un jour, il y avait au programme : Danses
polovtziennes ; le ballet *La Belle-au-bois-dormant* suivant l'ambitieux exemple de Petitpas ; et la *Valse triste,* qu'avait
travaillée Mᵐᵉ Lara.

Je trouvai ceci : « Assurément la Petrich a dans l'adagio un
intense rayonnement, mais elle n'est pas assez en dehors. »

Le petit Pioch vitupérait : « Zut alors, vise-moi la Reinerl :
toutes ses pirouettes cafouillées et, pour ce qui est d'être en
dehors, mieux vaut regarder ailleurs. » Herbert Penzoldt

secouait le chef : « Si Irma Leuweit ne travaille pas son cou-de-pied, elle ne sera plus longtemps supportable comme premier sujet, elle aura beau être follement en dehors. »

Avec cou-de-pied et en dehors, le mot « rayonnement » prenait du poids. Quelqu'un, « en dépit de toute sa technique, n'avait aucun rayonnement ». Ou bien un danseur déjà chevronné du Théâtre municipal, qui ne se risquait plus à un grand jeté qu'en partant de la coulisse, pour ensuite exécuter une trajectoire à la noble lenteur, se voyait décerner au poulailler un satisfecit généreux : « Brake, avec son rayonnement, peut tout se permettre ; il ne tourne que trois tours, mais ils ont de ça. »

Un quatrième mot à la mode du temps de ma sixième fut « ballon ». Dans l'entrechat six de volée, dans le grand jeté, dans tous les sauts, les danseurs et danseuses avaient ou n'avaient pas de « ballon ». Cela veut dire qu'ils savaient, dans le saut, demeurer suspendus en l'air à la façon d'un ballon sans pesanteur ; ou bien ils ne réussissaient pas à contester la loi de gravitation. En ce temps-là, étant en cinquième, je forgeai cette expression : « Le nouveau premier soliste saute avec une telle lenteur qu'on pourrait l'écrire. » C'est encore ainsi qu'aujourd'hui je qualifie des sauts dont le déroulement se prolonge avec art : des sauts qu'on écrirait. Si je savais faire cela : écrire des sauts !

Chère Cousine,
mon professeur principal, le professeur Brunies, ne se borna pas à enseigner *ex cathedra,* en guise de ballade à dix-sept strophes chronométriquement déroulées, l'A.B.C. de la danse classique ; il nous enseigna également tout ce qui repose sur la pointe, quand une ballerine parvient à rester impeccablement sur la pointe le temps d'une seule pirouette.

Un jour — je ne me rappelle plus si nous en étions encore aux Ostrogoths ; ou bien les Vandales s'étaient-ils déjà ébranlés vers Rome ? — il apporta dans notre classe les chaussons de danse argentés de Jenny. D'abord il fit le mystérieux ; ramassé derrière la chaise, il cachait sa tête en patate aux mille rides derrière la paire d'argent. Puis, sans montrer ses mains, il mit les deux chaussons debout sur la pointe. Sa voix de vieux bonhomme entonna un petit air de *Casse-noisette;* et entre l'encrier et la boîte de fer-blanc où il avait ses tartines pour la grande récréation, il fit travailler aux chaussons toutes les positions : petits battements sur le cou-de-pied.

Quand le hourvari fut achevé, il nous confia, flanqué des chaussons d'argent, que le chausson de pointes était d'une part un instrument de torture qui demeurait moderne ; d'autre part il fallait voir dans le chausson de pointes l'unique chaussure grâce à laquelle une jeune fille pouvait de son vivant aller au ciel.

Puis, accompagné du chef de classe, il fit circuler dans les bancs les chaussons de pointes de Jenny : ces chaussons avaient pour nous une signification. Nous les caressâmes à peine, nous regardâmes leur argenture élimée, tapotant du bout du doigt leurs dures pointes désargentées, jouant distraitement avec les rubans d'argent et nous prêtâmes aux chaussons en bloc une force magique : ils avaient pu faire du pauvre tas une chose légère qui, grâce aux chaussons, était quotidiennement capable d'arriver à pied dans le ciel. Les chaussons nous inspiraient des rêves douloureux. Celui qui aimait trop sa mère la voyait entrer la nuit dans sa chambre en faisant des pointes. Celui qui s'était amouraché d'une affiche de cinéma voulait voir enfin un film où Lil Dagover ferait des pointes. Les catholiques qui étaient parmi nous faisaient le pied de grue devant les autels de Marie pour voir si la sainte Vierge ne daignerait pas troquer ses habituelles sandales contre les chaussons de Jenny.

J'étais le seul à savoir que les chaussons de pointes n'étaient pour rien dans la métamorphose de Jenny. J'avais été témoin : à l'aide d'une simple neige, Jenny Brunies devint merveilleusement légère, de même Eddi Amsel : lavé de sa gangue !

Chère Cousine,
nos familles et tous les voisins furent certes ébahis de la frappante transformation de cette fillette qui n'avait pas encore onze ans ; mais, avec un hochement de tête étrangement satisfait, comme si tous avaient pressenti et réclamé par des prières communes la transformation de Jenny, ils rendaient grâces aux effets de la neige. Ponctuellement, chaque après-midi à quatre heures et quart, Jenny quittait la maison par actions, située en face et en biais, et à petits pas gentils, sa petite tête sur son long cou, remontait l'Elsenstrasse. Elle ne marchait qu'avec ses jambes et mouvait à peine le buste.

Chaque jour, à cette heure, de nombreux voisins se collaient à leur vitre sur la rue. Quand Jenny paraissait, ils disaient par-dessus les géraniums et les cactées : « Voilà Jenny qui va à son ballet. »

Lorsque ma mère, pour des raisons de ménage, ou bien parce qu'elle cancanait sur le palier, avait manqué d'une mi-nute l'entrée de Jenny, je l'entendais grogner : « Voilà encore que j'ai raté la Jenny à Brunies. Bon, demain je vais me mettre le réveil sur quatre heures et quart, ou même un peu plus tôt. »

L'aspect de Jenny rendait ma mère sensible : « Quelle asperge elle est devenue, il n'y en a qu'une poignée. »

Pourtant Tulla était tout aussi mince, quoique d'une autre façon. Mais la ligne dépouillée de Tulla faisait peur. La ligne de Jenny vous mettait d'humeur pensive.

Chère Cousine,
quand nous allions à l'école, nous formions une singulière procession. Les lycéennes d'Hélène-Lang et moi avions le même itinéraire jusqu'à Nouvelle-Ecosse. Arrivé place Max-Halbe, je devais remonter à droite tandis que les filles prenaient le chemin des Ours en direction du Temple du Christ. Comme Tulla était à l'affût dans la demi-obscurité de notre couloir d'entrée et m'obligeait à guetter aussi, Jenny prenait de l'avance : elle marchait quinze, quelquefois seule-ment dix petits pas devant nous. Tous trois, nous donnions bien du mal pour garder la distance. Quand Jenny avait un lacet défait, il fallait que Tulla rattache un lacet. Avant de tourner à main droite, je restais derrière la colonne Litfass de la place Max-Halbe et suivais des yeux les deux filles : Tulla restait derrière Jenny. Mais jamais on n'avait l'impression d'une poursuite opiniâtre. On se rendait plutôt compte que Tulla suivait Jenny sans vouloir rattraper la fillette à la démarche roide et maniérée. Parfois, quand le soleil matinal était à mi-hauteur et que Jenny laissait tomber derrière elle son ombre longue et large comme un pieu, Tulla, prolongeant par son ombre l'ombre de Jenny, marchait pas à pas sur la tête d'ombre de Jenny.

Tulla se fixait pour tâche de rester dans le dos de Jenny, et pas seulement pour aller en classe. A quatre heures et quart aussi, quand les voisins disaient : « Tiens, voilà Jenny qui va à son ballet », elle sortait discrètement de la cage d'escalier et restait derrière.

Au début, Tulla ne gardait sa distance que jusqu'à l'arrêt du tramway et faisait demi-tour dès que la voiture sonnait et démarrait, allant vers Oliva. Puis elle donna, pour prendre le tramway, de l'argent qu'elle prélevait sur ma tirelire. Tulla n'empruntait pas, elle prenait. La fille piochait sans rien demander dans le buffet de cuisine de la mère Pokriefke. Elle prenait la même baladeuse que Jenny, mais Tulla était sur la plate-forme arrière, Jenny sur la plate-forme avant. Le long du parc du château d'Oliva, elles prenaient un nouveau départ à la distance habituelle, qui se réduisait quelque peu dans l'étroite rue des Roses. Et à côté de la plaque émaillée « Lara Bock-Fedorowa — Maîtresse de ballet », Tulla demeurait plantée une heure durant sans qu'aucun chat errant pût la distraire. Après la classe de ballet, elle laissait passer devant elle, le visage verrouillé, la portée de rats bavards trimbalant des sacs de sport. Toutes les fillettes marchaient les pieds légèrement en dehors et portaient des têtes trop petites sur des cous en tige : manquaient les tuteurs. Bien qu'on fût en mai, la rue des Roses, le temps d'une haleine, sentait la craie et le maillot aigre. Tulla ne se mettait en mouvement qu'au moment où Jenny, au côté du pianiste Felsner-Imbs, franchissait la porte du jardin, et que le couple était à distance convenable.

Quel trio : Felsner-Imbs, voûté, guêtré, et l'enfant dont la natte blond cendré chargeait la nuque, toujours devant ; Tulla derrière, à distance. Felsner-Imbs, une fois, jette un regard circulaire. Jenny ne jette rien. Tulla soutient le regard du pianiste.

Une fois, Imbs ralentit le pas et cueille au passage un rameau d'épine rouge. Il le met à Jenny. Alors Tulla, même jeu, cueille un rameau d'épine rouge, mais elle ne se le met pas, elle le jette, après avoir à pas rapides rétabli la distance, dans un jardin où il ne pousse pas d'épine rouge.

Une fois, Felsner-Imbs s'arrête : Jenny s'arrête : Tulla s'arrête. Tandis que Jenny et Tulla restent sur place, le pianiste, avec un air inquiétant de résolution, fait demi-tour, marche dix pas sur Tulla, arrive, lève le bras droit, secoue la crinière d'artiste et, tendant un index effilé de pianiste vers le parc du château : « Tu ne peux pas nous fiche la paix ? Tu n'as pas de devoirs à faire ? Allez, va-t'en. Nous ne voulons plus te voir ! » Derechef, avec l'audace du désespoir, il fait demi-tour, car Tulla ne répond pas et n'obéit pas davantage à l'injonction

de l'index qui recommande le parc du château. Imbs se
retrouve à la droite de Jenny. Pas question encore de repartir,
car la toison du pianiste s'est dérangée pendant qu'il prêchait
Tulla et a besoin d'un coup de brosse. Voilà qu'ils ondulent à
nouveau en bon ordre. Felsner-Imbs avance les pieds l'un
après l'autre. Jenny, pieds en dehors, fait des pas de colombe.
Tulla garde sa distance. Tous trois se rapprochent de l'arrêt du
tramway en face de l'entrée du parc du château.

Chère Cousine,
    à vous voir, on ressentait une contrainte. Les passants
évitaient soigneusement de tomber dans l'intervalle séparant
Jenny de Tulla. Dans les rues animées, les deux fillettes
produisaient un effet étonnant. Rien qu'en marchant à bonne
distance l'une derrière l'autre, elles arrivaient à creuser un trou
ambulant dans la cohue d'une rue commerçante.
    Jamais Tulla n'emmenait notre Harras quand elle pistait
Jenny. Mais je m'associai au duo ; comme je quittais la maison
avec Tulla pour aller à l'école et remontais à son côté
l'Elsenstrasse, la natte Mozart qui était devant nous appartenait à Jenny. En juin, le soleil est particulièrement beau quand
il luit entre de vieilles maisons locatives. Sur le pont franchissant le ruisseau de Striess, je me détachais de Tulla et me
portais d'un pas rapide à la gauche de Jenny. C'était une année
de hannetons. Ils flottaient agités dans l'air et grouillaient
hagards sur les trottoirs. Quelques-uns étaient écrabouillés,
nous en écrasions d'autres. Nos semelles traînaient sans arrêt
les dépouilles sèches de hannetons attardés. Au côté de Jenny
— elle prenait garde de ne pas écraser de hannetons — je
m'offris à lui porter son sac de sport. Elle me le donna : un
tissu bleu aérien, où se dessinaient en bosse les pointes des
chaussons. Derrière le parc Kleinhammer — des nuées de
hannetons bourdonnaient entre les marronniers — je ralentis le
pas jusqu'à ce que, portant le sac de sport de Jenny, je fusse à
la hauteur de Tulla. Après le passage inférieur sous la ligne de
chemin de fer, entre les étals vides du marché hebdomadaire,
sur le pavé mouillé où chantaient les balais des manœuvres de
voirie, Tulla me demanda le sac de Jenny. Comme Jenny ne se
retournait jamais, je permis à Tulla de porter le sac de Jenny
jusqu'à la Grande-Rue. Devant le Palais du Film, Jenny
regarda les photos où une actrice de cinéma aux pommettes

fortes avait une blouse blanche de médecin. Nous regardâmes les photos d'une autre vitrine. Avant-programme : un petit acteur souriait six fois. Peu avant l'arrêt du tramway, je repris le sac d'entraînement et montai avec Jenny et le sac de Jenny dans la baladeuse du tramway d'Oliva. Pendant le trajet, des hannetons percutaient les vitres de la plate-forme avant. Après l'arrêt « Agneau blanc », je quittai Jenny avec le sac et rendis visite à Tulla sur la plate-forme arrière, mais je ne lui confiai pas le sac. Je lui payai son billet, car à cette époque je savais me faire de la monnaie en revendant comme bois de feu les chutes de menuiserie de mon père. Après l'arrêt « Conclusion de la Paix », quand je fus à nouveau en visite chez Jenny, j'aurais aussi payé pour elle, mais elle présenta sa carte au mois.

Chère Cousine,
c'étaient encore les vacances d'été quand on apprit que M. Sterneck, le maître de ballet du Théâtre municipal, avait admis Jenny dans son corps de ballet d'enfants. Elle devait danser la féerie de Noël, les répétitions avaient déjà commencé. La pièce, disait-on, s'appellerait cette année *la Reine de glace* et Jenny, ainsi qu'on pouvait le lire dans l'*Avant-Poste* et aussi dans les *Dernières Nouvelles,* danserait la Reine de glace, car la Reine de glace n'était pas un rôle parlé, mais un rôle dansé.

Désormais, Jenny ne se contenta plus d'aller à Oliva par le Deux ; trois fois par semaine, elle prenait le Cinq jusqu'au Marché au Charbon ; c'est là qu'était le Théâtre municipal, tel que M. Matzerath l'a décrit dans son livre, vu du haut de la Tour de Justice.

Il me fallait scier et vendre en cachette une quantité de bois de chauffage pour rassembler l'argent du tramway pour Tulla et pour moi. Mon père m'avait rigoureusement interdit ce trafic, mais le mécanicien était avec moi. Un jour que je m'étais attardé et faisais claquer mes talons sur le pavé du Labesweg, je rattrapai les deux filles peu avant la place Max-Halbe. Quelqu'un m'avait supplanté : minuscule et trapu, le fils du négociant en produits exotiques se tenait tantôt à côté de Tulla, tantôt à côté de Jenny. Parfois il osait ce que jamais personne : il prenait place dans l'intervalle désert. En tout cas, qu'il fût à côté de Tulla, à côté de Jenny, ou entre les deux, il avait toujours sur le ventre le tambour d'enfant en fer battu. Sur cette tôle il battait plus bruyamment que ne le réclamait un tempo de marche pour deux minces fillettes. Sa mère, disait-on, venait de mourir. Empoisonnée par du poisson. C'était une belle femme.

Chère Cousine,

c'est seulement sur le tard de l'été que je t'entendis parler à Jenny. Un printemps et un été durant, le sac d'entraînement de Jenny, passant de main en main, avait pu tenir lieu de dialogue. Ou bien les hannetons : Jenny les évitait, tu les écrasais. A la rigueur moi ou Felsner-Imbs, en jetant un mot derrière nous, ou bien en le portant ici et là.

Quand Jenny quittait la maison par actions, Tulla surgissait et disait, moins à Jenny qu'en passant outre à Jenny : « Est-ce que je peux porter ton sac où il y a les chaussons d'argent ? » Jenny, sans mot dire, donnait le sac à Tulla, mais son regard passait aussi loin de Tulla que les paroles de Tulla étaient passées loin de Jenny. Tulla portait le sac. Elle ne le portait pas en marchant à côté de Jenny; elle continuait à garder sa distance et, quand nous prenions le Deux pour aller à Oliva, elle se tenait sur la plate-forme arrière avec le sac de Jenny. J'étais admis à payer, et pourtant j'étais superflu. Devant l'école de danse classique, pas avant, dans la rue des Roses, Tulla rendait le sac à Jenny en disant : « Merci ! »

Ce manège se poursuivit en automne. Jamais je ne la vis porter le cartable de Jenny, seulement le sac. Chaque après-midi la retrouvait en chaussettes, prête. Elle apprenait, grâce à moi, quand Jenny avait répétition, entraînement. Elle était devant la maison par actions, ne posait plus de question, tendait la main sans mot dire, saisissait la cordelière du sac, le portait en queue de colonne en gardant un écart constant.

Jenny possédait plusieurs sacs d'entraînement : un vert poireau, un rouge aurore, le bleu aérien, un brun œillet et un jaune pois. Elle variait les couleurs sans système. Un après-midi d'octobre que Jenny quittait la classe de ballet, Tulla dit à Jenny sans regarder à côté : « Je veux voir les chaussons, savoir s'ils sont vraiment en argent. » Felsner-Imbs était contre, mais Jenny approuva d'un signe et son doux regard éloigna la main du pianiste. Tulla ôta du sac jaune pois les chaussons de pointes soigneusement noués en un petit paquet à l'aide de leurs rubans de soie. Elle ne défit pas le paquet ; elle le tint sur ses mains plates à hauteur de regard, fit courir ses yeux rétrécis le long des chaussons, du talon à la pointe dure, apprécia la teneur en argent des chaussons et les trouva suffisamment argentés, tout usés et fatigués qu'ils étaient. Jenny tint le sac ouvert, et Tulla laissa les chaussons de pointes disparaître dans le tissu jaune.

Trois jours avant la première, fin novembre, Jenny pour la première fois dit quelque chose à Tulla. Elle sortait de l'entrée des artistes du Théâtre municipal, et portait un petit manteau de loden gris. Imbs manquait. Elle s'arrêta juste devant Tulla ; et tout en lui tendant le sac d'entraînement vert poireau, elle dit sans regarder très loin à côté de Tulla : « Je sais maintenant comment s'appelle l'homme de fer dans le bois de Jäschkental. »

Tulla confesse : « Dans son livre, il n'y avait pas marqué ce que je t'ai dit. »

Jenny veut se libérer de ses connaissances : « C'est-à-dire qu'il ne s'appelle pas Kuddenpäch, il s'appelle Johannès Gutenberg. »

La confession de Tulla n'est pas achevée : « Dans le livre, c'était marqué que tu dois danser un jour devant tout le monde, terrible. »

Jenny opine : « C'est possible, mais le Johannès Gutenberg a inventé l'imprimerie à Mayence. »

Tulla opine : « Oui, je te dis. Il sait tout. »

Jenny en sait encore davantage : « Et il est mort en 1468. »

Tulla veut savoir : « Combien pèses-tu, au fait ? »

Jenny répond avec précision : « Il y a deux jours, je pesais soixante-sept livres et deux cent trente grammes. Combien pèses-tu donc ? »

Tulla ment : « Soixante-six livres et neuf cent quatre-vingt-dix grammes. »

Jenny : « Chaussée ? »

Tulla : « Avec des patins de gym. »

Jenny : « Moi sans chaussons, seulement avec le maillot. »

Tulla : « Alors on pèse pareil. »

Jenny, réjouie : « Sensiblement. Et je n'ai plus jamais peur de Gutenberg. Et voici pour toi et pour Harry deux cartes pour la première, au cas où vous voudriez venir. »

Tulla prend les cartes. Arrive le tramway. Jenny monte à l'avant comme toujours. Alors Tulla monte aussi devant. Moi, de toute façon. Place Max-Halbe, Jenny descend la première. Tulla suit, je ferme la marche. Pour descendre le Labesweg, les deux filles ne gardent pas de distance, elles marchent côte à côte et ont l'air d'amies. Je suis admis à porter le sac d'entraînement vert à leur suite.

Chère Cousine,
   tu dois admettre que la Première, en ce qui concerna Jenny, fut formidable. Elle tourna deux pirouettes parfaites et risqua le grand pas de basque, terreur de ballerines même éprouvées. Elle était magnifiquement « en dehors ». Son « rayonnement » faisait éclater la scène. Quand elle sautait, c'était avec une telle lenteur qu'on aurait voulu l'écrire; donc elle avait « du ballon ». Et l'on s'aperçut à peine que Jenny manquait de cou-de-pied.

   En Reine de glace, elle portait un maillot d'argent, une couronne de glace argentine et un voile qui devait symboliser les frimas; tout ce que touchait Jenny en Reine de glace était aussitôt frappé d'immobilité. Avec elle vint l'Hiver. Une musique de glaçons annonçait ses entrées au corps de ballet. Des flocons de neige et trois bonshommes de neige comiques obéissaient à ses ordres glacés.

   Je ne me souviens plus de l'action. Mais dans chacun des trois actes un renne parlant entrait en scène. Il devait tirer un traîneau plaqué de miroirs où la Reine de neige était assise sur des coussins de neige. Le renne parlait en vers, pouvait courir plus vite que le vent et le tintement de ses clochettes en coulisse annonçait l'arrivée de la Reine de glace.

   Ce renne, selon mention au programme, était joué par Walter Matern. C'était son premier rôle un peu important. Peu de temps après, il obtint un engagement au Théâtre municipal de Schwerin. Il était bon en renne et eut le lendemain une bonne critique. Mais les deux journaux célébrèrent Jenny Brunies comme la véritable découverte. Un critique émit l'opinion que, si Jenny l'avait voulu, elle aurait pu royalement figer en glace pour mille ans le parterre et les deux galeries.

   J'avais les mains qui cuisaient d'avoir applaudi. Tulla n'applaudit pas après la représentation. Elle avait plié le programme tout petit et l'avait mangé pendant le dernier acte. Le professeur Brunies, assis entre moi et les autres ballettomanes de notre classe, vida un sac de bonbons au sucre d'orge pendant les trois actes et l'entracte qui suivit le deuxième.

Après dix-sept rappels, Felsner-Imbs, le professeur Brunies et moi attendions devant le vestiaire de Jenny. Tulla était déjà partie.

Chère Tulla,
ce comédien qui avait joué le renne et qui savait exécuter une chandelle à la thèque ou bien un balancier perfide au faustball, ce comédien et sportif qui jouait au hockey sur gazon et savait tenir douze minutes en l'air en planeur, ce comédien et vélivole qui menait à son bras des dames toujours nouvelles — et toutes avaient l'air souffrant, hagard — ce comédien et amant qui avait distribué des papillons rouges et lisait systématiquement pêle-mêle des fascicules Reclam, des romans policiers et des introductions à la métaphysique, dont le père était meunier et prophète, dont les ancêtres médiévaux s'étaient appelés Materna et avaient été d'épouvantables rebelles, ce comédien grand, rêveur, râblé, tragique, aux cheveux coupés court, peu doué pour la musique, amateur de poésie lyrique, solitaire et bien portant, milicien S.A., chef d'escouade S.A. qu'on avait, à la suite d'une opération menée en janvier, nommé sous-chef de section, ce comédien, sportif, amant, métaphysicien et sous-chef qui à l'occasion, et sans occasion, savait grincer des dents, qui donc posait avec netteté, sans qu'on pût ne pas les entendre, les questions ultimes, ce grinceur qui aurait aimé jouer Othello, mais dut jouer le renne tandis que Jenny dansait, ce milicien S.A., grinceur et comédien, avant même d'entrer au Théâtre municipal de Schwerin comme jeune premier, sombra dans l'alcoolisme. Il avait ses raisons.

Eddi Amsel qui avait fondu dans le bonhomme de neige afin de le quitter sous les traits de Hermann Haseloff ne devint pas buveur ; il se mit à fumer.

Sais-tu pourquoi il se nomma Haseloff et non Griwitzki, Pinsonek ou Sansonoff ? Tandis qu'avec Jenny, un an durant, tu gardais tes distances, cette question d'onomancie m'a poursuivi et agité jusque dans mon sommeil. Avant de soupçonner qu'Amsel s'appelait maintenant de façon différente, je soumis la villa de l'allée Steffens, restée vide, mais louée par bail de longue durée, à une perquisition peut-être réelle, mais en tout cas imaginaire. Walter Matern — fidèle sous-locataire, on peut le supposer — était à peine sorti de la maison pour aller à quelque représentation que, disons par le

jardin et la terrasse, je m'introduisis dans l'ancien atelier
d'Amsel. J'enfonçai quelque deux carreaux. Très probablement j'étais muni d'une lampe de poche. Ce que je cherchais
ne pouvait être que dans le pupitre Renaissance, où d'ailleurs
je le trouvai ; du moins j'aurais pu l'y trouver, car c'étaient des
papiers importants. Au-dessus de moi, toujours suspendue, la
production d'épouvantails amséliens de l'année écoulée. Tel
que je me connais, les ombres bizarres ne me faisaient pas
peur, ou c'était supportable. Les papiers étaient des fiches
crasseuses pleines d'idées et de noms écrits gros, mises de côté
comme pour moi. Sur une feuille, Amsel avait essayé de se
bricoler un nom à partir de la perdrix des steppes : Stepp,
Stepuhn, Steputat, Stepius, Steppat, Stepoteit, Steppanowski,
Stoppat, Steffen. Ainsi la perdrix des steppes l'avait amené
traîtreusement à proximité de l'allée Steffens qu'il avait quittée
précipitamment ; il la quitta donc et tenta sa chance simultanément avec le pic, la sterne et le pierrot : Pierla, Spikinski,
Sterninski, Spica, Sperluch, Stekun, Spekun, Sperballa,
Pickstern, Pierballa. A cette série sans avenir faisait suite un
développement original du thème samedi : Samtau, Same-
dowski, Samatov, Saladowski, Somatovitz, Sopalla, Sarau,
Sasoth, Sasuth, Sarge. Il y renonça. La série Rosin, Rossinna,
Rosenoth tourna court. Il avait probablement l'intention de
trouver un pendant à l'A d'Amsel quand il commença par
Zoca, aligna Zocholl derrière Zuchel, soutira Zuphat de Zuber
et perdit l'inspiration au joli nom de Zylinski ; car des
exclamations telles que : « De nouveaux noms et de nouvelles
dents valent de l'or », ou bien : « Si j'ai le nom, j'aurai aussi les
dents » me révélèrent, à moi l'espion toujours plausible,
combien il lui était difficile de porter un nom nouveau et
cependant judicieux. Enfin, entre deux séries inachevées
procédant de Krisun-Krisin et Krupat-Krupkat, je trouvai un
nom seul et souligné. Il était tombé de l'air sur le papier. Il
s'offrait, insensé, mais évident. Original, mais dans tous les
annuaires des téléphones. Il se ramenait à la hase qui court en
crochets plutôt qu'au harfang ou au busard harpie, le double f
permettait un coup de langue à la russe, voir, en cas de besoin,
baltique. Nom d'artiste. D'agent double. Nom de guerre. Les
noms collent. On les porte. Tout homme a un nom.

Alors, ayant au cœur le nom de Haseloff, je quittai l'atelier
lambrissé de chêne où avait travaillé Eddi Amsel. Je pourrais
jurer que personne ne l'avait aéré jusqu'au jour où je vins
enfoncer les carreaux. Tous les épouvantails pendus au plafond

devaient conserver dans leurs poches des boules de naphtaline. Walter Matern avait-il joué les ménagères et mis à l'abri de la destruction les reliques d'Amsel ?

J'aurais dû emporter des papiers comme preuves pour la postérité.

Chère Tulla,

ce comédien que dès l'école, puis régulièrement, dans sa compagnie de S.A., on avait appelé le Grinceur — « Le Grinceur est-il là ? Le Grinceur, avec trois hommes, doit couvrir la station de Feldstrasse, tandis que nous ratissons le chemin de Mirchau au-uessus de la synagogue. Le Grinceur devra grincer trois fois fort dès qu'il quittera l'hôtel de ville. » — ce Grinceur aux multiples occupations développa considérablement l'art de grincer à mesure qu'il se mit à boire, non plus de temps à autre, mais sans reprendre haleine : tout juste s'il prenait le temps de remplir son verre ; son déjeuner débutait au genièvre.

Alors on le vida de la S.A. Pourtant, s'il fut foutu à la porte, ce ne fut pas parce qu'il buvait — dans ce machin-là, tout le monde se piquait le nez — mais parce qu'étant saoul il avait volé, on le mit dehors. Au début, le chef de compagnie Jochen Sawatzki le couvrit, car tous deux étaient à cul et à chemise, s'épaulaient mutuellement au comptoir et faisaient le plein du même liquide. Mais quand l'agitation gagna la compagnie de S.A.84, Langfuhr, Sawatzki institua un jury d'honneur. Les sept hommes, tous des cadres subalternes éprouvés, convainquirent Matern d'avoir une fois plongé dans la caisse de section. Des témoins déposèrent qu'il s'en était vanté étant saoul. On parlait de trois cent cinquante florins. Matern les avait investis en tournées de genièvre. Sawatzki objecta qu'on ne pouvait retenir comme preuve ce qu'un gars avait déconné un jour qu'il avait un coup de pétrole. Matern renchérit en demandant si par hasard on n'était pas content de lui — « Sans moi, vous n'auriez jamais attrapé le Brill près de Kahlbude. » — Du reste, il répondait de tout ce qu'il avait fait — « A part ça, tous autant que vous êtes, vous en avez bu aussi. J'ai pas volé, j'ai fait que soutenir le moral. »

Maintenant Jochen Sawatzki devait prononcer un de ses discours à l'emporte-pièce. Paraît qu'il aurait pleuré en réglant son compte à Matern. De temps à autre, il était question

d'amitié. « Mais je tolère pas de salopards dans ma compagnie.
Aucun de nous ne laissera son copain aller à dache. Mais voler
ses camarades c'est ce qu'il y a de pire que tout. Y a rien qui
lave une chose pareille, ni le Persil ni le savon de Marseille ! »
Il aurait, paraît-il, mis la main sur l'épaule de Matern, et lui
aurait conseillé d'une voix étranglée de se tailler en faisant le
moins de bruit possible. Il pouvait aller dans le Reich et entrer
dans la S.S. « Dans ma compagnie t'es radié, mais dans la S.S.
t'y es pas ! »

Ensuite il paraît qu'à neuf hommes, en civil, ils auraient
rendu visite au *Parc Kleinhammer,* non déguisés, sans imperméables, ils occupèrent le comptoir. Ils se jetaient de la bière et
du schnaps et mangeaient en même temps du boudin. On
chanta : « J'avais un camarade... » Matern aurait grogné des
poésies fortes et vaticiné sur l'essence du fondement de l'être.
Il y en avait toujours un des neuf qui était aux cabinets. Mais
pas de Tulla juchée comme un calendrier éphéméride sur un
tabouret à longues pattes. Pas de Tulla pour tenir à l'œil la
porte des cabinets : aucune bataille de salle n'eut lieu.

Chère Tulla,
Walter Matern n'alla pas dans le Reich : la saison théâtrale
continuait ; jusqu'à la mi-février, *la Reine de glace* resta au
programme ; et le renne paraissait en scène avec la Reine de
glace.

Matern ne devint pas davantage membre de la S.S. ; il devint
ce qu'il avait oublié, mais qu'il était par le baptême : catholique. Il y fut aidé par l'alcool. En mai 38 — on jouait la pièce
de Billinger : *le Géant ;* Matern, qui faisait le fils de Donata
Opferkuch, fut frappé de plusieurs amendes pour être venu
pris de boisson à la répétition — donc comme la saison tirait à
sa fin, il traînait beaucoup sur le Holm, dans le faubourg
portuaire et sur la Digue-de-Paille. Le voir, c'était l'entendre.
Il ne se contentait pas de donner sur les quais et parmi les
docks son grincement habituel ; son gueuloir faisait des
citations. C'est seulement maintenant, de pouvoir consulter
des livres, que je démêle quel arsenal de citations Matern avait
glané : des textes liturgiques, de la phénoménologie d'un
casque à mèche et d'une lyrique profane hirsute il faisait une
salade pimentée au tord-boyau de genièvre au meilleur marché. Surtout la poésie lyrique — je le suivais parfois — formait

des osselets dans mes oreilles et persistait : des lémures y étaient assis sur un radeau. Il était question de décombres et de bacchanales. Petit garçon curieux, je méditais sur une énigmatique vague de giroflées. Matern mettait des points à la ligne. Les ouvriers du port, toujours bienveillants du moment qu'ils n'avaient pas à charger du contre-plaqué par vent de travers, écoutaient : « ... il est déjà tard. » Les dockers dodelinaient du chef. « O mon âme, corrompue jusqu'aux moelles... » Ils lui tapaient sur l'épaule et il les remerciait : « Quel fraternel bonheur environnait Caïn et Abel, pour qui Dieu passait dans les nuages — causal-génétique, haïssable : le Moi tardif. »

En ce temps-là, je ne faisais que soupçonner qui étaient Caïn et Abel. Je cheminais sur ses talons, et lui s'en allait trébuchant — la bouche pleine de Revue des Morts, d'opprobre et de Dies Irae — entre les grues de la Digue-de-Paille. Et là-bas, le dos aux chantiers Klawitter, au souffle de la Mottlau, la Vierge Marie lui apparut.

Il est assis sur une bitte ; déjà, à plusieurs reprises, il m'a renvoyé chez nous. Mais je ne veux pas dîner. A sa bitte et aux autres bittes, où personne n'est assis, est amarré un cargo suédois de taille moyenne. Il fait nuit sous les nuages en fuite, car le cargo dort d'un sommeil agité et la Mottlau tire et insiste. Tous les câbles amarrant le Suédois aux bittes grincent. Lui veut grincer plus fort. Le moi tardif, tout l'opprobre et la séquence funèbre y ont passé ; maintenant il s'en prend aux câbles. En blouse tempête et culotte de golf, il reste collé sur sa bitte, grince avant de porter à ses lèvres la bouteille, reprend la même chanson grincée dès que le goulot retrouve sa liberté, et a les dents de plus en plus agacées.

Il est assis à l'angle extrême de la Digue-de-Paille : près du Crochet de Pologne, où confluent la Mottlau et la Vistule morte. Un endroit à grincer des dents. Le bac de Milchpeter, basé au Schuitensteg, l'a amené avec moi et les ouvriers des chantiers. Sur le bac, non, dès le bastion du Renard, dès le bastion Saint-Jacques, en passant devant l'usine à gaz, il commençait à grincer des dents ; mais il a attendu d'être assis sur la bitte pour boire, pour grincer, pour se mettre dans des états : « *Tuba mirum spargens sonum...* » Le Suédois chargé à ras bord l'aide. La Mottlau tire, pousse et se mêle au flot pâteux de la Vistule Morte. Les chantiers l'aident en faisant équipe de nuit : derrière son dos, Klawitter ; le chantier domine le Milchpeter ; plus éloignés, les chantiers de Schichau, et l'usine de wagons. Les nuages qui se dévorent l'aident aussi. Moi aussi, je l'aide, car il a besoin d'auditeurs.

Ce fut de tout temps ma force : de suivre, d'être curieux, d'écouter.

Maintenant que les marteaux à riveter se taisent et reprennent brièvement haleine sur tous les chantiers à la fois, il ne reste que les dents de Matern et le suédois grognon ; puis le vent remonte du chenal : là-bas, sur la digue d'Angleterre, on mène du bétail à l'abattoir. Muette, mais éclairée sur trois étages, la fabrique de pain Germania. Matern est venu à bout de sa bouteille. Le suédois déhale. Je suis aux aguets dans la cabine de serre-frein d'un wagon de marchandises. Chargée de hangars, de magasins, de rampes et de grues, la Digue-de-Paille court en biais contre le bastion du Cheval bai où palpitent les lumières du bac qui dessert le débarcadère du Brabank. Il ne grince que des restes et n'obéit plus aux câbles. Que peut-il entendre s'il n'entend plus les marteaux à riveter ? Des bœufs de boucherie enroués, ou des cochons sensibles ? Entend-il des anges ? *Liber scriptus proferetur.* Lit-il mot à mot les feux de position, les feux de tête de mât, de bâbord et de tribord ? Projette-t-il le néantissement ou bien met-il des points d'orgue ? Le dernier des roses, radeau lémures, galets de l'Est, barcarolles, Hadès se lève, revue des morts, plaques d'or inca, château dans la lune ? Naturellement, la lune est de la fête, toujours nette après s'être rasée deux fois. Au-dessus de la cour du Plomb et de la station de pompage, elle lèche les greniers à sel, pisse en biais sur le profil à découper qu'offrent la Vieille-Ville, la Ville-au-Poivre, la Ville-Neuve, dont les églises Saint-Jean — Sainte-Catherine — Saint-Barthélemy — Notre-Dame ; et voici qu'elle apparaît dans le ciel, sa chemise gonflée de lune. Sûrement qu'elle est venue par le bac du Brabank. D'une lanterne à l'autre, elle remonte à pas lents la Digue-de-Paille, disparaît derrière les grues à col de cygne qui bordent le quai, dérive entre les voies du triage, refleurit sous une lanterne ; et, grinçant des dents, il l'appelle à lui, à sa bitte : « Je vous salue Marie ! » Mais comme elle flotte devant lui et abrite sous sa chemise une lumière, il ne se lève pas, il reste collé et grogne : « Tiens, dis voir. Que faire en ce cas ? Tes pas se sont lassés, tandis que tu me cherches... Donc écoute voir, Marie : sais-tu ce que je peux y faire, c'était ce qu'il y avait de comique qui m'était insupportable : il n'y avait rien de sacré pour lui, c'est pourquoi. Nous ne voulions que lui donner un coup de semonce : *confutatis maledictis...* et maintenant il est loin, il m'a laissé les frusques. J'y ai mis de l'antimite, moi, tu vois ça d'ici : de l'antimite, dans tout ce foutu bric-à-brac ! Maintenant prends un siège, Marie. L'histoire de l'argent pris dans la caisse, c'est exact, mais lui, où est-il ? Est-il passé en Suède ? Ou bien en Suisse, où il a ses sous ? Paris, est-ce là sa place ? Ou bien en Hollande ? Outre-mer ? Vas-tu t'asseoir enfin : un jour viendra, qu'on versera des larmes... Déjà quand j'étais petit — mon Dieu, qu'il était gros — toujours ces exagérations : un jour il voulait une tête de mort sous la Trinité. Il trouvait tout ridicule, et ramenait sans arrêt Weininger, c'est pourquoi nous l'avons. Où est-il ? Je dois. Dis-moi. Je vous salue. Mais seulement si. La fabrique de pain Germania fait équipe de nuit. Vois-tu ? Qui mangera tout ce pain ? Dis-moi. Ce ne sont pas des marteaux à riveter, ce sont. Assieds-toi. Où ? »

Mais la chemise de lumière ne veut pas s'asseoir. Debout, à deux mains au-dessus du pavé, elle a une sentence toute prête : « *Dona eis requiem* : bientôt tu iras mieux. Tu suivras la vraie foi et joueras au théâtre de Schwerin. Mais avant que tu ne te rendes à Schwerin, tu rencontreras un chien. N'aie pas peur. »

Lui, assis sur sa bitte, il veut savoir exactement : « Un chien noir ? »

Elle, en chemise, avec du ballon : « Un chien d'Enfer. »

Lui, cloué à son siège : « Il appartient à un maître-menuisier ? »

Elle l'instruit : « Comment un chien peut-il appartenir à un maître-menuisier s'il est voué à l'Enfer et dressé à suivre Satan ? »

Il se souvient : « Eddi l'appelait Pluto, mais seulement pour rire. »

Elle, l'index levé : « Tu le trouveras sur ta route ! »

Il tâte du sarcasme : « Envoie-lui la gale rouge ! »

Elle conseille : « Le poison est en vente dans toutes les pharmacies. »

Il veut faire du chantage : « Mais il faut d'abord me dire où Eddi... »

Elle a le mot de la fin : « Amen ! »

Moi, dans la cabine de serre-frein du wagon de marchandises, j'en sais plus que tous deux réunis : il fume des cigarettes et s'appelle tout autrement.

Chère Tulla,

probable que la Vierge Marie, en rentrant chez elle, prit le bac du Milchpeter, à côté de l'usine à gaz ; et Walter Matern pour aller avec moi traversa au Brabank. Il est certain qu'il devint encore plus catholique qu'auparavant : il buvait même du vermouth à bon marché, parce que l'eau-de-vie de grain et le genièvre ne lui faisaient plus rien. Les dents râpées par le vin doux sucré, il serait encore parvenu deux trois fois, à force de grincements de dents, à faire venir la Vierge à portée de voix : sur le Holm, entre les dépôts de bois de part et d'autre du pont Breitenbach ou bien, comme d'habitude, sur la Digue-de-Paille. A peine s'ils auront touché de nouveaux sujets. Il voulait savoir où était resté quelqu'un ; elle l'aura monté contre le chien : « Jadis on prenait des yeux de corbeau, mais aujourd'hui le pharmacien Grönke, sur le Marché-Neuf, a tout en rayon : des poisons corrosifs, narcotiques et septiques. Par exemple : AS_2O_3 — une farine blanche cristalline, tirée de minerais, un simple anhydride arsénieux, en un mot : de la mort-aux-rats ; mais ça peut aussi, quand on y met la dose, régler son compte à un chien. »

Il advint aussi que Walter Matern, après un long intervalle, reparut dans notre immeuble. Pas question qu'il soit arrivé d'emblée, en zigzaguant de son pas d'ivrogne et ait gueulé en regardant les gouttières ; il frappa à la porte de Felsner-Imbs et tomba aussitôt sur le divan fatigué. Le pianiste fit du thé et resta patient lorsque Matern entreprit de l'interroger : « Où est-il ? Mon vieux, ne faites pas cette tête. Vous savez bien où il est. Il ne peut pas s'être évaporé, simplement. Si quelqu'un sait, c'est vous. Alors dites ! »

Caché derrière les fenêtres poussées, je n'étais pas sûr que le pianiste en sût plus que moi. Matern devint menaçant. Du fond du divan, il travaillait de ses dents, et Imbs se cramponnait à une pile de partitions. Matern, d'un pas incertain, zigzaguait dans la salle de musique pleine d'électricité verte. Un coup, il plongea la main dans le bocal du poisson rouge, jeta une poignée d'eau contre le papier à fleurs du mur et ne s'aperçut pas qu'il n'avait jeté que de l'eau. Mais il atteignit la ballerine de porcelaine quand d'un coup de sa pipe il voulut abattre le sablier. La jambe horizontale de l'arabesque tomba, cassée net, sur un lit de partitions. Matern présenta ses excuses et promit de réparer le dégât, mais Imbs raccommoda la statuette de ses propres mains avec un mastic appelé « Colletout ». Walter Matern voulut lui donner un coup de main, mais le pianiste se tenait, voûté et pas d'accord, au milieu de la pièce. Il lui remplit à nouveau sa tasse de thé et lui fit voir des photos : Jenny, en tutu empesé, faisait l'arabesque, semblable à la ballerine de porcelaine, mais sa jambe était entière. Matern vit sans doute au-delà de la photo, car il ressassait des choses qui ne faisaient pas des pointes en chaussons d'argent. Les questions habituelles : « Où ? Peut tout de même pas s'être simplement. Il part, sans. J'ai demandé partout, même dans la rue des Menuisiers et à Schiewenhorst. Entre-temps, l'Hedwige Lau s'est mariée et a rompu tout contact avec lui, dit-elle, rompu... »

Walter Matern ouvrit les fenêtres qui n'étaient que poussées, se hissa par-dessus le bord d'appui et me poussa dans les lilas. Quand je fus à nouveau sur mes pieds, il s'approchait déjà du demi-cercle fouillé qui indiquait la portée de la chaîne qui dans la journée rattachait notre Harras à la remise à bois.

Harras était toujours vigilant et noir. Seulement il avait de petits îlots gris glacé au-dessus des yeux. Mais les lèvres ne fermaient plus aussi bien. Dès que Walter Matern avait quitté le bosquet de lilas, Harras était sorti de sa niche en tirant sur sa chaîne et s'était avancé jusqu'au bord du demi-cercle. Matern se risqua à un mètre de distance. Harras montra les dents et Matern chercha un mot à dire. Mais la scie circulaire lui coupa la parole, ou bien ce fut la toupie. Et, quand le mot passa entre la scie et la toupie, Walter Matern, quand il eut ruminé et remâché ce qui lui restait, indigeste, entre les dents, dit à notre chien : « Nazi. » A notre Harras il dit « Nazi ! »

Chère Tulla,

ce visiteur vint une semaine durant ou davantage. Matern apportait avec lui le mot ; et Harras se tenait penché en avant, car il était retenu par la remise à bois où nous étions cachés. A genoux derrière des fentes, nous faisions de petits yeux. Dehors, Matern se mit aussi à genoux et prit la posture du chien. Crâne d'homme contre tête de chien, et, entre les deux, le volume d'une tête d'enfant. Ici, grognement croissant et décroissant mais contenu ; là, c'était le sable marin qui grinçait plutôt que le gravier, puis venait, en mitrailleuse, le mot : « Nazi, nazi, nazi, nazi ! »

Il valait mieux que personne n'entendît ce mot, hormis nous dans la remise. Pourtant les fenêtres étaient pleines de monde.

« Le comédien est toujours là », se disaient les voisins d'une fenêtre à l'autre, quand Walter Matern venait voir notre Harras. August Pokriefke aurait dû le chasser de la cour, mais le chef-mécanicien pensait lui aussi que ça ne le regardait pas.

Alors il fallut que mon père, le maître-menuisier, traversât la cour. Il gardait une main à la poche ; et je suis sûr qu'il tenait au chaud un pied-de-biche. Arrivé derrière Matern, il s'arrêta et lui mit pesamment sa main libre sur l'épaule. A haute voix, pour être entendu de toutes les fenêtres occupées de l'immeuble et des compagnons dans l'atelier, il lui dit : « Laissez immédiatement ce chien tranquille. Et voyez à vous en aller. Vous êtes ivre par-dessus le marché. Vous devriez avoir honte ! »

Matern, que mon père avait remis sur ses jambes par sa poigne de maître-menuisier, ne put s'abstenir de regarder mon père dans les yeux, menaçant, plein d'arrière-pensées, comme le plus minable des acteurs. Mon père avait des yeux très clairs au ferme contour arrondi qui usèrent le regard de Matern. « Oui, vous pouvez toujours regarder. Voici la porte de la cour ! » Mais Matern choisit de sortir par le bosquet de lilas en prenant par la salle de musique du pianiste Felsner-Imbs.

Et un jour que Matern ne quittait pas notre cour par le logement du pianiste, il dit de la porte à mon père : « Votre chien a la maladie, vous ne l'avez encore jamais remarqué ? »

Mon père, le pied-de-biche dans sa poche : « Laissez-moi le soin de m'en occuper. Et le chien n'est pas malade, seulement vous êtes saoul et ne devriez pas reparaître ici. »

Les compagnons-menuisiers, derrière son dos, groumaient et menaçaient en brandissant des niveaux d'eau et des tarières. Mon père fit cependant venir le vétérinaire : Harras n'avait pas la maladie. Aucun écoulement muqueux des yeux ni du nez ; rien ne troublait le regard ; aucun vomissement après les repas ; cependant on lui fit prendre à la cuillère une préparation à base de levures : « On ne sait jamais ! »

Chère Tulla,
la saison théâtrale 37-38 devait tirer à sa fin que Jenny nous dit : « Maintenant il est au théâtre de Schwerin. » Il n'y resta pas longtemps, mais, selon ce que nous apprîmes de Jenny, gagna Dusseldorf-sur-Rhin. Mais comme à Schwerin on l'avait congédié sans avis préalable, il ne pouvait plus faire de théâtre

à Dussel ni ailleurs. « A ce qu'on raconte », disait Jenny. Ensuite de quoi la lettre suivante fit savoir qu'il avait un emploi à la radio, comme speaker de l'émission enfantine ; il s'était fiancé, mais ça ne tiendrait guère ; il ne savait toujours pas où était Eddi Amsel, mais il était certain qu'il était quelque part ; il ne souffrait plus trop d'alcoolisme, mais faisait à nouveau du sport : hockey ou même faustball, comme jadis en mai ; il fréquentait des amis, rien que des ci-devant qui comme lui en avaient plein le dos ; quant au catholicisme, c'était de la merde, et de première — ainsi s'exprimait la lettre — il avait fait la connaissance de quelques ratichons, à Neuss et à Maria-Laach, tout simplement dégueulasses ; probablement qu'on ne tarderait pas à avoir la guerre ; Walter Matern voulait savoir si la sale bête noire de chien existait toujours — mais Felsner-Imbs ne lui répondit pas.

Chère Tulla,

alors Matern en personne vint par le train à Langfuhr, voir si notre Harras existait encore. Tout à coup, fort naturellement, comme si des mois ne s'étaient pas écoulés depuis sa dernière visite, il était dans notre cour, sapé comme un milord : draperie anglaise, œillet rouge à la boutonnière, les cheveux coupés court, et saoul comme une barre de fer. Il avait laissé toute prudence dans le train ou ailleurs ; il ne se mit plus à genoux devant Harras, ne siffla plus le mot entre ses dents grinçantes ; il gueulait dans la cour. Il ne s'adressait pas seulement à notre Harras, mais les voisins accourus aux fenêtres, nos compagnons, le chef-mécanicien et mon père en eurent le sifflet coupé. C'est pourquoi tous disparurent dans leurs logements de deux pièces et demie. Les compagnons montaient des charnières. Le chef-mécanicien mit en route la scie circulaire. Mon père se mit à la toupie. Personne ne voulut avoir entendu. Auguste Pokriefke remuait la colle d'ébéniste.

Car, à notre Harras, demeuré seul en scène, Walter Matern dit : « Espèce de noir cochon catholique ! » Il se débondait en litanie : « Espèce de cochon nazi catholique ! Je te mettrai en quenelles, Dominicain ! Chien chrétien ! Vingt-deux ans d'âge, que j'ai, et pas le goût de l'immortalité… attends voir ! »

Felsner-Imbs prit par la manche le jeune homme frénétique qui s'essoufflait à lutter de puissance contre la toupie et la scie, l'entraîna dans la salle de musique où il lui ingurgita du thé.

De maints logements, à l'étage et dans la salle des machines, on rédigea des plaintes à la police ; mais en fait personne ne le dénonça.

Chère Tulla,
de mai 39 au 7 juin 39, Walter Matern fut gardé en détention préventive dans la cave de la Préfecture de Police de Dusseldorf.

Cela nous fut chuchoté par Jenny comme un bruit de coulisses ; je l'ai vérifié en épluchant les dossiers.

Il fut deux semaines à l'hôpital Sainte-Marie de Dusseldorf, parce que dans la cave de la Préfecture on lui avait endommagé quelques côtes. Il dut longtemps porter un bandage, avec défense de rire, ce qui ne lui fut guère difficile. On ne lui fit pas sauter de dents.

Ces détails, je n'ai pas eu besoin de les retrouver aux archives, car tout était noir sur blanc — à vrai dire sans mention de la Préfecture de Police et de la cave — sur une carte postale illustrée qui, côté illustration, montrait l'église Saint-Lambert de Dusseldorf. Le destinataire, ce n'était pas le pianiste Felsner-Imbs, mais le professeur Oswald Brunies.

Qui avait envoyé Matern rafraîchir dans la cave de police ? Le responsable du Théâtre Municipal de Schwerin ne l'avait pas dénoncé. Il ne fut pas renvoyé pour cause de loyalisme déficient ; mais, comme il était constamment ivre, plus moyen d'être acteur à Schwerin. Pour savoir ça, je n'ai pas dû rester les deux pieds dans un sabot ; il m'a fallu fouiller laborieusement les paperasses.

Mais pourquoi Walter Matern ne demeura-t-il que cinq semaines en détention préventive ? Pourquoi de vagues côtes et pas de dents ? Il ne serait pas sorti des caves de la Police s'il ne s'était porté volontaire pour la Wehrmacht : son passeport de l'Etat-libre de Danzig lui sauva la mise. En civil, mais avec une feuille de route en guise d'emplâtre sur ses côtes toujours douloureuses, il fut acheminé sur sa ville d'origine. Arrivé là, il se présenta à la caserne de Police de Langfuhr-Hochstriess. Jusqu'au moment de revêtir l'uniforme, Walter Matern et quelques centaines de civils en provenance du Reich durent pendant huit bonnes semaines encore se taper le plat unique de l'ordinaire : la guerre n'était pas encore à point.

Chère Tulla,
en août 39 — les deux navires de ligne avaient déjà jeté l'ancre en face de la Westerplatte ; dans notre menuiserie, on clouait des éléments de baraques militaires et des lits à étages — le 27 août, finit notre Harras.

Quelqu'un l'empoisonna ; car Harras n'avait pas la maladie. Walter Matern, qui avait dit : « Le chien a la maladie » lui donna de l'As_2O_3 : c'est la mort-aux-rats.

Chère Tulla,
toi et moi, nous aurions pu témoigner contre lui.

C'était par une nuit de samedi à dimanche ; nous étions dans la remise à bois, dans ta cachette. Comment t'y prenais-tu pour que ton nid demeurât ménagé malgré les constantes entrées et sorties de planches, de bois carrés et de feuilles de contre-plaqué ?

Probable qu'August Pokriefke connaît la cachette de sa fille. Quand on amène du bois, il est seul dans la remise, dirige le rangement des bois longs et prend soin que le refuge de Tulla ne soit pas recouvert par une pile de madriers rangés serré. Personne, lui non plus, n'ose toucher à l'inventaire de son logement. Personne ne coiffe ses perruques de copeaux, ne se couche sur son lit de copeaux et ne se couvre de copeaux tressés.

Après le repas du soir, nous allâmes à la remise. Nous aurions bien emmené Jenny, mais elle était fatiguée ; et nous la comprenions bien ! après la leçon de danse et la répétition de l'après-midi, elle doit se coucher de bonne heure, car elle répète même le dimanche ; on étudie la *Fiancée vendue,* c'est plein de danses bohémiennes.

Donc, à deux, nous sommes assis par terre dans le noir et jouons au silence. Tulla gagne quatre fois. Dehors, Auguste Pokriefke détache la chaîne de Harras. Longuement il gratte aux parois de la remise, gémit doucement et veut nous rejoindre ; mais nous voulons être nous deux. Tulla allume une bougie et coiffe une de ses perruques de copeaux. Autour de la flamme, ses mains sont en parchemin. Elle est assise en tailleur derrière la bougie et déplace au-dessus de la flamme sa tête à copeaux retombants. Je dis plusieurs fois : « Arrête, Tulla »

pour qu'elle puisse continuer à jouer ce petit jeu incendiaire.
Une fois, un copeau croustillant crépite, mais la remise ne
grimpe pas en flammes au ciel pour alimenter la rubrique
locale : Sinistre total dans une menuiserie de Langfuhr.

Maintenant Tulla ôte à deux mains la perruque, et c'est à
moi de me coucher dans le lit de copeaux. Elle me recouvre de
la couverture tressée — copeaux extra-longs que lui rabote, sur
des bois longs, le compagnon Wischnewski. Je suis le patient,
et dois me sentir malade. Pour dire vrai, je suis trop âgé pour
un jeu pareil. Mais Tulla aime faire le médecin, et quelquefois
ça l'amuse de faire la malade. Je dis d'une voix enrouée :
« Docteur, je me sens malade.

— Je ne le crois pas.
— Si, Docteur, partout.
— Où ça, partout ?
— Partout, Docteur, partout.
— Est-ce que cette fois-ci la rate ?
— La rate, le cœur et les reins. »

Tulla met la main sous la couverture de copeaux : « Alors
vous avez du diabète. »

Maintenant je dois dire : « Et en plus j'y ai la fièvre
éruptive. »

Voilà qu'elle me pince le zizi : « Là, Est-ce là ? »

Selon la règle du jeu, et parce que ça fait mal pour de bon, je
crie. Cette fois-ci, nous recommençons autrement. Tulla se
glisse sous les copeaux et, parce qu'elle est malade, je dois lui
prendre la température où je pense avec mon petit doigt. A
présent, ce jeu est aussi terminé. Nous jouons deux fois à nous
regarder sans ciller. Tulla gagne encore. Maintenant, faute de
trouver un autre jeu, nous rejouons au silence : Tulla gagne
une fois ; et maintenant je gagne, car en plein silence, Tulla
éclate : le visage tendu, éclairé par-dessous, levant dix doigts
de papier rouge clair, elle siffle : « Y a quelqu'un sur le toit,
t'entends ? »

Elle souffle la bougie. J'entends le carton bitumé crisser sur
le toit de la remise à bois. Quelqu'un, peut-être en semelles de
caoutchouc, fait des pas par intervalles. Déjà Harras grogne.
Les semelles de caoutchouc suivent le carton bitumé jusqu'au
bord du toit. Tous deux, Tulla en tête, rampons sur les
planches dans la même direction. Il est juste au-dessus de la
niche du chien. Sous lui, entre le toit et les planches empilées,
nous avons tout juste assez de place. Le voilà assis, les jambes
pendant par-dessus la gouttière. Harras grogne toujours sur le

même ton, sourdement. Nous coulons un regard par la fente
d'aération, entre le toit et le bord de la paroi. La petite main de
Tulla pourrait passer par cette fente et lui pincer une jambe ou
l'autre. Voici qu'il parle à voix basse : « Sois sage, Harras, sois
sage. » Et nous ne voyons pas cet homme qui murmure :
« Sage Harras, sage ! » et « Couché, couché ! », nous ne voyons
que son pantalon ; mais l'ombre que, pris de dos par un demi-
clair de lune, il projette sur la cour est celle, je parie, de Walter
Matern.

Et ce que Matern jette dans la cour, c'est de la viande. Je
souffle à l'oreille de Tulla : « Sûrement empoisonnée. » Mais
Tulla ne bouge pas. Maintenant Harras, de son museau,
pousse la viande, tandis que Matern, sur le toit, encourage le
chien : « Eh ben mange donc, mange donc, mange ! » Harras
tiraille le lambeau, le projette. Il ne veut pas manger, il veut
jouer, malgré son âge avancé pour un chien : il a déjà treize ans
de chien et quelques mois.

Alors Tulla, sans même baisser la voix, plutôt de sa voix
habituelle, dit : « Harras ! » par la fente entre le toit et la paroi
du hangar ; « Prends, Harras, prends ! » et notre Harras
commence par mettre la tête de côté, puis il avale : lambeau
par lambeau.

Au-dessus de nous, les semelles de caoutchouc crissantes
courent en hâte sur le carton bitumé : direction : les cours
contiguës. Je parie que c'est lui. Aujourd'hui je sais : c'était
lui.

Chère Tulla,
nous rentrâmes dans la maison avec ta clé. Harras s'affairait
encore avec la viande et ne tenta pas de nous suivre comme il le
faisait toujours. Dans l'escalier, nous battîmes nos vêtements
pour en ôter les copeaux, et je te clouai en disant : « Pourquoi
as-tu laissé Harras en manger, pourquoi ? »

Devant moi, tu montais l'escalier : « Il aurait jamais dû lui
obéir, hein, ou bien ? »

Moi, dix marches derrière toi : « Et s'il y avait du poison
dedans ? » Toi, déjà un palier plus haut : « Alors y va crever. »

Moi, à travers la balustrade montante de l'escalier : « Mais
pourquoi ? »

« Parce que ! » lança Tulla ; elle eut un rire nasillard ; elle
était rentrée.

Chère Tulla,

le lendemain matin — je dormais brutalement sans rêve particulier — mon père me réveilla. Il pleurait pour de bon en disant : « Notre bon Harras est mort. » Je pus pleurer aussi et m'habillai promptement. Le vétérinaire vint et rédigea un certificat : « Le chien aurait sûrement vécu trois ans encore. Dommage. »

Ma mère prononça les mots essentiels : « Si c'est pas le comédien, le communiste qui vient tout le temps faire du potin dans la cour. » Naturellement, elle dit ça en pleurant. Quelqu'un suspecta Felsner-Imbs.

Harras trouva au cimetière des chiens de la Police, entre Pelonken et Brenntau, une tombe sur laquelle on se rendit régulièrement. Mon père porta plainte. Il nomma Walter Matern et le pianiste Imbs fut interrogé, mais à l'heure incriminée il avait joué aux échecs, identifié des cailloux micacés et bu deux bouteilles de moselle avec le professeur Brunies. La procédure contre Walter Matern, qui avait pareillement un alibi tout prêt, tourna court : deux jours plus tard, à Danzig, à Langfuhr et en d'autres lieux, la guerre commençait. Walter Matern entra en Pologne.

Toi non, Tulla,

mais moi, pour un peu, j'aurais pu voir le Führer. Il annonça son arrivée par des pan ! et des boum ! Le 1er septembre, on fit feu de tous calibres et à peu près dans toutes les directions. Deux compagnons-menuisiers me prirent avec eux sur le toit de notre immeuble locatif. Ils avaient loué des jumelles chez l'opticien Semrau : la guerre avait un petit air gentil, décevant. Je ne voyais jamais que les coups de départ — le bois d'Oliva soufflait de petits nuages d'ouate — jamais je ne voyais les arrivées. C'est seulement quand les stukas commencèrent leur rodéo au-dessus de Neufahrwasser que je crus que ce n'était pas pour rire : un nuage de fumée foisonnante montrait dans les jumelles où était la Westerplatte. Mais dès que je plongeais le regard dans l'Elsenstrasse et comptais sur mes dix doigts les ménagères allant aux commissions, les mômes et les chats qui traînaient, j'avais un doute : peut-être n'est-ce qu'un jeu, et demain on retourne à l'école.

Mais le vacarme était prodigieux. Les stukas, douze bourdons aux pattes articulées, auraient sûrement rendu aphone notre Harras ; mais notre Harras était mort. Pas de la maladie des chiens ; quelqu'un l'empoisonna avec de la viande toxique. Alors mon père versa des larmes viriles et laissa pendre à la bouche son cigare froid. Il était là, debout, comme perdu, devant la table à dessin : son crayon de charpentier demeurait inactif ; et l'entrée des troupes allemandes ne suffit pas à le consoler. Même la nouvelle, transmise par radio, que Dirschau, Konitz, Tuchel — et, de ce fait, la Koschnévie — étaient aux mains des Allemands ne lui apporta nul réconfort, bien que sa femme et les Pokriefke, donc tous les Koschnèves de naissance, allassent trompettant bruyamment d'un bord à l'autre de la cour : « Ça y est, y-z-ont occupé Petzin, et y-z-ont pris Schlangenthin, et Lichtnau, Granau. T'entends Friedrich, y sont entrés dans Osterwick il y a une paire d'heures ! »

Le véritable réconfort du maître-menuisier n'intervint que le 3 septembre sous la forme d'un motocycliste en uniforme. La lettre de l'estafette disait que le Führer et chancelier du Reich séjournait dans la ville de Danzig libérée et souhaitait connaître des citoyens méritants de la ville, ainsi par exemple le maître-menuisier Friedrich Liebenau dont le chien de berger Harras avait engendré Prinz, chien de berger du Führer. Le chien Prinz séjournait aussi dans la ville. Le maître-menuisier Liebenau devait se présenter à telle heure devant le casino de Zoppot et s'y adresser à l'aide de camp de service, le commandant S.S. Untel. Il n'était pas nécessaire d'amener le chien Harras, mais un membre de la famille, de préférence un enfant, pouvait faire partie de l'accompagnement. Obligatoire : carte d'identité. Tenue : uniforme ou complet ville correct.

Mon père choisit son costume du dimanche. Moi, le membre de la famille exigé, cela faisait trois jours que je ne quittais plus mon uniforme de la Jeunesse hitlérienne, parce qu'il y avait toujours quelque chose en train quelque part. Ma mère me brossa les cheveux au point que le cuir chevelu me démangeait. Au père ni au fils, manquait pas un bouton de guêtre. Quand nous quittâmes le logement, la cage d'escalier était pleine de tous les voisins. Seule manquait Tulla : elle collectait des éclats d'obus à Neufahrwasser. Mais, dehors, les fenêtres étaient garnies de curiosité et d'admiration. En face, un peu plus loin, dans la maison par actions, une fenêtre du logement Brunies était ouverte : la svelte Jenny me fit des signes émus. Mais le professeur Brunies demeura invisible. Je regrettai longtemps l'absence de son visage en patate ; nous étions déjà dans la voiture de service décapotable derrière le chauffeur en uniforme, l'Elsenstrasse était finie, nous avions laissé derrière nous la rue Notre-Dame, le parc Kleinhammer et l'allée des Marronniers, nous étions déjà dans la Grande-Rue puis sur la route, et filions rapidement vers Zoppot ; le visage aux mille plis me manquait encore.

Sauf des trajets en autobus, c'était mon premier parcours en auto. Nous roulions encore que mon père se pencha pour me crier dans l'oreille : « C'est un grand moment dans ta vie. Ouvre bien les yeux afin de pouvoir le raconter plus tard. »

J'ouvris les deux yeux si large que le vent de la course les faisait larmoyer ; même aujourd'hui, que je raconte, tout à fait au sens où l'entendait mon père et où l'entend aussi M. Brauxel, ce qu'engloutirent et entassèrent comme souvenirs mes yeux écarquillés, mon œil se force et devient humide ; ce jour-là, je craignis que mon œil aveuglé par les larmes ne pût voir le Führer ; aujourd'hui je dois m'efforcer de ne pas laisser se noyer dans les larmes ce qui était jadis anguleux, en uniforme, pavoisé, inondé de soleil, d'importance mondiale, trempé de sueur et réel.

Quand nous dégringolâmes de la voiture de service, le casino et le Grand Hôtel de Zoppot nous rendirent très petits. Le jardin du casino était barré ; derrière, il y avait des gens debout — la population ! — déjà enroués. Des sentinelles doubles barraient la grandiose rampe d'accès au portail principal. Trois fois, le chauffeur dut stopper et brandir latéralement un papier. J'oubliais de parler des drapeaux dans les rues : déjà chez nous, dans l'Elsenstrasse, pendaient des drapeaux à croix gammée de longueurs diverses. Les gens pauvres ou économes, qui ne pouvaient ou ne voulaient pas se payer un vrai drapeau, avaient planté des drapeaux miniatures en papier dans les caisses à fleurs. Une douille porte-drapeau était vide, remettait en question toutes les autres et appartenait au professeur Brunies. Mais à Zoppot, je crois, tout le monde avait pavoisé ; en tout cas, il y paraissait. La fenêtre en rosace au pignon du Grand Hôtel émettait une hampe de drapeau perpendiculaire à la façade. La bannière à croix gammée dégringolait sur quatre étages jusque juste au-dessus du portail. Le drapeau avait l'air très neuf et bougeait à peine, car le côté portail de l'hôtel était abrité du vent. Si j'avais eu sur l'épaule un singe, il aurait pu grimper le long du drapeau la hauteur de quatre étages, jusqu'où le drapeau était obligé de finir.

Un géant en uniforme sous une casquette beaucoup trop petite enfoncée de travers nous accueillit dans le hall de l'hôtel. Un tapis qui me fit les jambes molles nous conduisit en diagonale de l'autre côté du hall ; on aurait dit une volière : ça entrait, sortait, se relevait, se rendait compte, se remettait en mains propres, recevait : rien que des victoires et des chiffres de prisonniers avec de nombreux zéros. Un escalier descendait à la cave de l'hôtel. A main droite s'ouvrit une porte de fer : plusieurs citoyens méritants de la ville attendaient déjà dans l'abri anti-aérien du Grand Hôtel. On nous fouilla pour chercher les armes. Après demande par téléphone, je pus garder mon poignard de la Jeunesse hitlérienne. Mon père dut remettre le joli canif qui lui servait à couper le bout de ses cigares second choix. Tous les citoyens méritants, parmi eux ce M. Leeb d'Ohra, à qui avait appartenu Thekla de Schüddelkau, décédée aussi entre-temps — Thekla et Harras produisirent Prinz — donc mon père, M. Leeb, quelques messieurs portant l'insigne doré du Parti, quatre, cinq garçons en uniforme mais plus âgés que moi, nous étions tous là, muets : on se préparait. Le téléphone fonctionna plusieurs fois : « Tout va bien. Bien, mon lieutenant, ce sera fait ! » Quelque dix minutes après que mon père eut remis son canif, on le lui rendit. Le géant en uniforme, qui était l'aide de camp de service, commença son speech en ces termes : « Ecoutez voir tous ! Le Führer ne peut pour le moment recevoir personne. De grandes, de décisives tâches lui incombent. Alors il faut savoir s'effacer en silence, car sur tous les fronts les armes parlent pour nous tous, donc aussi pour vous, et vous, et pour vous ! »

Sur-le-champ, et avec le mécanisme frappant que confère la routine, il se mit à distribuer des photos du Führer format carte postale. Des signatures autographes rendaient les photos précieuses. Nous avions déjà une de ces cartes postales signées ; mais la seconde, qui fut comme la première mise sous verre et encadrée, montrait un Führer plus grave que la première : il était en feldgrau et ne portait pas la veste folklorique de Haute-Bavière.

Déjà tous se bousculaient pour sortir de l'abri anti-aérien, qui soulagés, qui déçus ; alors mon père s'adressa à l'aide de camp de service. J'admirai son cran ; mais il était connu pour ça, tant dans la corporation des menuisiers qu'à la Chambre de Commerce. Il montra la vieille lettre reçue de la Direction régionale du Parti quand Harras était encore bon pour la saillie et fit à l'aide de camp un bref exposé objectif sur la pré et la posthistoire de la lettre, le pedigree de Harras — Perkun, Senta, Pluto, Harras, Prinz — fut dévidé. L'aide de camp montra de l'intérêt. Mon père conclut : « Puisque le chien de berger Prinz séjourne à Zoppot pour l'instant, je demande l'autorisation de voir le chien. » Nous l'obtînmes ; et aussi M. Leeb, qui était resté timidement sur le côté, l'obtint. Dans le hall de l'hôtel, l'officier de service fit signe à un autre uniforme de haute taille et lui donna des instructions. Le second géant avait un visage d'alpiniste et nous dit : « Suivez-moi. » Nous suivîmes. M. Leeb effleurait les tapis de la pointe de ses souliers bas. Nous traversâmes une salle où cliquetaient douze machines à écrire tandis qu'on y desservait un nombre encore plus grand de téléphones. Un couloir n'en finissait plus ; des portes s'ouvraient. Des gens arrivaient en sens inverse. Dossiers sous le bras, esquive latérale. M. Leeb saluait tout le monde. Dans un vestibule, six fauteuils à médaillon entouraient une lourde table de chêne. Le regard du maître-menuisier auscultait les meubles : plaquage et marqueterie. Trois parois pleines de fruits, de natures mortes de chasse, de scènes paysannes dans des cadres lourds — et la quatrième paroi vitrée laisse entrer la clarté du ciel. Nous voyons le jardin d'hiver du Grand Hôtel : des plantes absurdes, incroyables, interdites, dangereuses. Elles sentaient peut-être quelque chose, mais à travers le vitrage nous ne sentions rien.

Et au milieu du jardin d'hiver, fatigué peut-être par la senteur des plantes, est assis un homme en uniforme qui, comparé à notre géant, semble petit. A ses pieds, un chien de berger adulte joue avec un pot à fleurs de taille moyenne. La plante, une chose fibreuse d'un vert pâle gît à côté avec les racines et la terre compacte. Le chien de berger fait rouler le pot à fleurs vide. Nous croyons entendre le roulement. Le géant qui nous escorte tape du bout des doigts contre la paroi vitrée. Aussitôt le chien est debout. Le gardien tourne la tête sans mouvoir le buste, ricane largement comme une vieille connaissance, se lève, semble vouloir venir vers nous, se rassied. La façade extérieure vitrée du jardin d'hiver offre une vue précieuse : la terrasse des jardins du casino, le grand jet d'eau qui ne fonctionne pas, l'estacade large au début, amincie ensuite, enfin élargie : beaucoup de drapeaux du même genre, mais personne, sauf les sentinelles doubles. La mer Baltique ne peut se décider : tantôt verte, tantôt grise, elle tente d'émettre un reflet d'azur. Mais le chien est noir. Il se tient droit sur ses quatre pattes, la tête en biais. C'est exactement notre Harras quand il était encore jeune.

« Comme notre Harras », dit mon père.

Je dis : « Exactement notre Harras. »

M. Leeb fait une remarque : « Mais quant à la croupe longue, il pourrait la tenir de ma Thekla. »

Mon père et moi : « Notre Harras l'avait aussi : une croupe longue, légèrement tombante. »

M. Leeb se fait admiratif : « Comme les babines sont fermes, sèches et bien fermées, comme chez ma Thekla. »

Père et fils : « Notre Harras fermait bien, lui aussi. De même les orteils. Quant à la tenue des oreilles, on dirait un moulage ! »

M. Leeb ne voit que sa Thekla : « Je pourrais affirmer — on peut se tromper — que le chien du Führer a la même longueur de queue qu'avait ma Thekla. »

Je me fais l'avocat de mon père : « Et je voudrais parier que le chien du Führer, comme notre Harras, mesure exactement soixante-quatre centimètres au garrot. »

Mon père frappe à la vitre. Le chien du Führer jappe brièvement ; c'est exactement de cette façon que Harras aurait donné de la voix.

Mon père, à travers la vitre, veut être informé : « Pardon ! Pouvez-vous nous révéler combien de centimètres Prinz mesure au garrot ? Centimètres ? Oui, au garrot ! »

L'homme qui rit dans le jardin d'hiver peut nous dire quelle hauteur le chien du Führer mesure au garrot : six fois de suite, il montre dix doigts ; une fois, sa main droite n'a que quatre doigts. Mon père tape gentiment sur l'épaule de M. Leeb : « C'est un mâle, ils font toujours quatre ou cinq centimètres de plus. »

Nous sommes d'accord tous trois sur la toison du chien du Führer : poil court, chaque poil droit, chaque poil couché, dur et noir.

Mon père et moi : « Comme notre Harras ! »

M. Leeb, inébranlable : « Comme ma Thekla. »

Notre géant en uniforme opine : « Là là ! Ne vous montez pas la tête. Ils sont tous plus ou moins pareils, les chiens de berger. Le Führer en a plein un chenil au Berghof. Cette fois-ci, il a emmené ce chien. Quelquefois, il emmène d'autres chiens. Ça change. »

Mon père veut lui placer un topo sur notre Harras et sa préhistoire, mais le géant fait un signe négatif et fléchit le bras où est la montre.

Le chien du Führer s'est déjà remis à jouer avec le pot à fleurs vide quand, au moment de partir, j'ose taper au carreau : il ne lève même pas la tête. Quant à l'homme du jardin d'hiver, il aime mieux regarder la Baltique.

Nous battons en retraite sur les tapis moelleux, dépassons les fruits, les scènes paysannes, les natures mortes de chasse : des chiens d'arrêt lèchent des lièvres et des sangliers morts ; il n'y a pas de chiens de berger sur les tableaux. Mon père caresse des meubles. Voici la salle pleine de machines à écrire et de téléphones. Dans le hall de l'hôtel, pas moyen de passer. Mon père me prend par la main. Pour bien faire, il devrait aussi conduire par la main M. Leeb qui n'arrête pas d'être bousculé. Des motocyclistes en manteaux et casques gris de poussière évoluent pesamment parmi des uniformes corrects. Ce sont des hommes de liaison, des communiqués de victoire plein leurs poches. Modlin est-il déjà pris ? Les motards remettent leurs sacoches et tombent dans de larges fauteuils. Des officiers leur donnent du feu tout en causant. Notre géant nous canalise par le portail presque sous le drapeau de quatre étages. Je n'ai toujours pas sur l'épaule de singe qui aurait envie de grimper. On nous fait franchir tous les barrages, puis on nous congédie. La population derrière les barrières veut savoir si nous avons vu le Führer. Mon père secoue sa tête de menuisier : « Non, bonnes gens, pas le Führer, mais son chien ; il est noir, je vous dis, comme notre Harras était noir. »

Chère cousine Tulla,
nous revînmes à Langfuhr sans voiture de service décapotable. Mon père, M. Leeb et moi prîmes le tram de banlieue. Nous descendîmes les premiers. M. Leeb allait plus loin. Je trouvai scandaleux d'être obligé de remonter à pied l'Elsenstrasse. Ç'avait été quand même un beau jour ; la rédaction qu'à la demande de mon père je dus écrire après notre visite à Zoppot et montrer au professeur Brunies, reçut pour titre : « Mon plus beau jour. »

Lorsque le professeur me rendit ma rédaction corrigée, il dit du haut de la chaire : « Observation bonne à excellente. Il y a en effet aux murs du Grand Hôtel quelques précieuses natures mortes de chasse, des motifs de fruits et de vertes scènes rustiques, dues pour la plupart à des maîtres hollandais du XVIIe siècle. »

Je ne fus pas prié de lire ma rédaction à haute voix. Au contraire, le professeur s'attarda sur les natures mortes et les scènes paysannes, parla de peinture de genre et de son peintre favori Adriaen Brouwer. Puis il repassa au Grand Hôtel, au casino et à la salle de jeu — « La Salle Rouge est particulièrement belle et solennelle. Et dans cette Salle Rouge, Jenny dansera incessamment. » Il chuchota mystérieusement : « Dès qu'elle aura disparu, qu'elle sera allée au diable, la caste de guerriers qui exerce une domination momentanée, dès qu'elle aura emporté dans d'autres stations balnéaires le fracas des crimes et l'ivresse triomphale, le directeur de la station, en collaboration avec l'intendant du Théâtre municipal, parle d'organiser une soirée de ballet, petite mais réussie. »

« Est-ce qu'on pourra regarder et en être ? » demandèrent quarante élèves.

« C'est une organisation de bienfaisance. Le bénéfice doit aller au Secours d'Hiver. » Brunies était aussi affligé que nous à l'idée que Jenny danserait seulement devant une société réduite : « Elle doit faire deux entrées. Même dans le célèbre pas de quatre ; version simplifiée pour enfants, certes, mais quand même ! »

Je regagnai ma place avec mon cahier de rédactions. « Mon plus beau jour » était depuis longtemps dépassé.

Ni Tulla ni moi ne vîmes danser Jenny. Mais elle doit avoir été bonne, car quelqu'un de Berlin voulut l'engager sur-le-champ. La soirée de ballet eut lieu peu avant Noël. Les spectateurs étaient comme d'habitude les grosses nuques du Parti, mais aussi des savants, des artistes, des officiers supérieurs de la Marine et de la Luftwaffe, voire des diplomates. Brunies raconta qu'aussitôt après l'ovation finale un monsieur élégant était venu, qu'il avait embrassé Jenny sur les deux joues et avait parlé de l'emmener. Il, lui Brunies, avait vu sa carte prouvant qu'il était premier maître de ballet du Ballet allemand, Berlin, ci-devant « Ballet de la Force par la Joie ».

Mais le professeur refusa et renvoya le maître de ballet à une date ultérieure : Jenny était encore trop bébé. Le milieu familier, l'école et la maison, le bon vieux Théâtre municipal et madame Lara lui seraient assurés encore pour quelques années.

Alors, dans la cour de récréation, je m'approche du professeur Oswald Brunies. Comme toujours il suce son bonbon de sucre d'orge, tantôt à gauche tantôt à droite. Je dis : « Monsieur le professeur, comment s'appelait donc le maître de ballet ?

— Cela, mon fils, il ne me l'a pas dit.

— Mais n'avez-vous pas dit qu'il vous avait montré comme qui dirait une carte de visite ? »

Le professeur Brunies applaudit : « Très juste, la petite carte ! Mais qu'y avait-il dessus ? Oublié, mon fils, oublié ! »

Alors je cherche à deviner : « Est-ce que par hasard il ne s'appelait pas Steppuhn, Stepoteit ou Steppanowski ? »

Brunies suçaille un bonbon d'un air réjoui : « Aucun rapport, mon fils ! »

J'essaie avec d'autres oiseaux : « Ne s'appelait-il pas par exemple Merla, Sturninski ou Sperwalla ? »

Brunies étouffe un petit rire : « A côté, mon fils, à côté ! »

Je prends une bonne inspiration : « Alors il s'appelait Sorius. Ou bien il s'appelait Zuchel, Zocholl, Zylinski. Donc s'il ne s'appelle ni comme ça ni comme ça et s'il ne s'est pas appelé Krisin et Krupkat, alors il ne reste plus qu'un nom. »

Le professeur sautille d'une jambe sur l'autre. Le bonbon de malt sautille en même temps : « Et ce dernier nom serait ? » Maintenant je le lui chuchote à l'oreille et il ne sautille plus. Je répète le nom à voix basse et, sous ses sourcils broussailleux il fait de petits yeux angoissés. Pour le rassurer, je dis maintenant : « J'ai demandé au portier du Grand Hôtel, et il m'a donné le renseignement. » A présent la sonnerie annonce la fin de la récréation. Le professeur Brunies voudrait bien se remettre à suçailler d'un air réjoui, mais il ne retrouve plus le bonbon de sucre d'orge dans sa bouche. Du bout des doigts, il en pêche de nouveau dans la poche de sa veste et, tout en m'en donnant aussi un, il dit : « Tu es fort curieux, mon fils, extrêmement curieux. »

Chère cousine Tulla,

c'est alors que nous célébrâmes le treizième anniversaire de Jenny. Le professeur avait eu le droit de déterminer l'anniversaire de l'enfant trouvée : le 18 janvier — date à laquelle le roi de Prusse fut proclamé Empereur d'Allemagne — nous le célébrâmes. Dehors, c'était l'hiver, mais Jenny avait souhaité une bombe glacée. Le professeur Brunies, expert à confectionner des bonbons, avait fait la bombe chez le pâtissier Koschnick selon une recette à lui. C'était le vœu perpétuel de Jenny. Si on lui disait : « Veux-tu manger quelque chose ? Que dois-je t'apporter ? Que souhaites-tu pour Noël, pour ton anniversaire, pour fêter la première ? » elle demandait toujours de la glace, de la glace à lécher, du dessert !

Certes nous aussi nous aimions lécher la glace, mais nos vœux se tournaient ailleurs. Tulla par exemple, qui était de six mois la cadette de Jenny, se mit à désirer un enfant. Toutes deux, Jenny et Tulla, au moment de la campagne de Pologne, avaient à peine une amorce de seins. Dans la remise à bois, elles se tâtaient : d'abord comme une piqûre de guêpe, puis comme une de frelon. Ces gonflements persistèrent ; Tulla les portait consciemment, Jenny avec étonnement.

Lentement, je dus me décider. Je préférais, quant à moi, être après Tulla ; mais à peine étions-nous seuls dans la remise que Tulla voulait avoir un enfant de moi. Alors je m'attachai à Jenny qui demandait tout au plus une glace à dix pfennings ou une coupe à trente-cinq chez Toscani, un pâtissier-glacier de réputation considérable. La plus grande joie que je pouvais lui faire, c'était de l'accompagner aux glacières ; c'était derrière le parc Kleinhammer, à côté de l'étang par actions ; elles appartenaient à la brasserie par actions, mais se trouvaient en dehors du mur de brique hérissé de tessons qui ceignait tous les bâtiments de la brasserie.

Les glacières étaient un édifice quadrangulaire, l'étang par actions était rond. Des saules s'y tenaient les pieds dans l'eau. Descendu de Hochstriess, le ruisseau de Striess s'y déversait, le traversait, en ressortait, divisait le faubourg de Langfuhr en deux parties égales, quittait Langfuhr à Leegstriess et se jetait dans la Vistule Morte au Chemin de Broschke. En l'an 1291, le ruisseau de Striess, « Fluvium Strycze » est mentionné pour la première fois et confirmé comme limite entre les possessions du monastère d'Oliva et le finage de la ville. Le ruisseau de Striess n'était guère large, ni profond, mais il abondait en sangsues. L'étang par actions grouillait aussi de sangsues, de grenouilles et de têtards. Quant aux poissons, nous en reparlerons. Au-dessus de l'eau généralement lisse, les moustiques soutenaient leur note aiguë, tandis que, diaphanes et

menacées, les libellules se tenaient immobiles. Quand Tulla
était de la partie, nous devions recueillir des sangsues dans une
boîte à conserves vide au débouché du ruisseau de Striess. Il y
avait une cabane à cygnes délabrée, pourrissant en biais près de
la vase des rives. Des années auparavant, il y avait eu, la durée
d'une saison, des cygnes sur l'étang par actions, puis ils avaient
péri ; seule restait la cabane aux cygnes. Sans trêve et sous tous
les gouvernements, des articles sur plusieurs colonnes et des
lettres de lecteurs écœurés agitaient l'air autour de l'étang : il
faudrait, à cause des moustiques et puisque les cygnes avaient
crevé, le combler d'urgence. Pendant la guerre, l'étang n'avait
rien à craindre. Il fut flanqué d'un sous-titre ; ce n'était plus
l'étang par actions, mais la réserve d'incendie du parc Kleinhammer, la défense civile l'avait découvert et inscrit dans ses
fiches de lutte contre le feu. Mais la cabane aux cygnes
n'appartenait ni à la brasserie ni à la défense civile ; la cabane
aux cygnes, un peu plus grande que la niche de notre Harras,
appartenait à Tulla. Elle s'y confinait des après-midi entiers, et
nous lui tendions à l'intérieur la boîte de conserves où étaient
les sangsues. Elle ôtait ses vêtements et se mettait les sangsues
au ventre et aux jambes. Les sangsues se gonflaient, devenaient noir bleuâtre comme des hématomes, tremblaient
légèrement et de moins en moins et Tulla, le visage blanc, dès
qu'elles étaient pleines et se détachaient facilement, les jetait
dans une seconde boîte de conserves.

Nous dûmes aussi nous mettre des sangsues ; moi trois,
Jenny une au bras, et non aux jambes, puisqu'elle devait
danser. Avec des orties hachées menu et de l'eau puisée à
l'étang, Tulla mit à cuire sur un petit feu de bois ses sangsues
et les nôtres ; venues à point, elles éclatèrent ; la soupe, malgré
les orties qui y cuisaient aussi, prit une coloration brun
noirâtre. Nous dûmes boire cette mixture à goût de vase ; car
pour Tulla cuire des sangsues était une opération sacrée. Elle
dit, comme nous ne voulions pas boire : « Le juif et son ami
étaient bien frères de sang, eux aussi, à ce que m'a dit le juif. »
Alors nous bûmes jusqu'à la lie et nous sentîmes tous
apparentés.

Mais un jour, Tulla, pour un peu, nous aurait gâté la
plaisanterie. Après avoir terminé sa cuisine, elle fit sursauter
Jenny : « Si nous buvons maintenant, nous aurons chacune un
enfant de lui. » Mais je ne voulais pas devenir père. Quant à
Jenny, elle pensait que c'était encore trop tôt pour elle ; elle
voulait pour commencer danser, à Berlin et partout.

Et un jour qu'à propos d'enfant la situation entre moi et
Tulla était assez tendue, Tulla, dans la cabane força Jenny à se
mettre neuf sangsues : « Si tu ne le fais pas tout de suite, mon
frère aîné qui est en France à la guerre va perdre tout son sang
tout de suite. » Jenny se mit les neuf sangsues un peu partout,
pâlit et perdit connaissance. Tulla se sauva et, à deux mains,
j'arrachai les sangsues à Jenny. Elles tenaient ferme, parce
qu'elles n'étaient pas encore pleines, et plus tard je dus laver
Jenny. L'eau la fit revenir à elle, mais elle demeurait toujours
aussi blême. Elle voulut savoir à l'instant si Sigismond
Pokriefke, le frère que Tulla avait en France, était maintenant
sauvé.

Je dis : « Provisoirement, c'est sûr. »

Jenny, prête au sacrifice, dit : « Alors il faudra recommen-
cer cela tous les quelques mois. »

J'éclairai Jenny : « Maintenant ils ont partout du sang en
conserves, à ce que j'ai lu. »

« Ah bon », dit Jenny, un peu déçue. Nous nous assîmes au
soleil à côté de la cabane aux cygnes.

Le miroir de l'étang par actions reflétait sur un large front le
bâtiment des glacières.

A toi, Tulla,
je dis ce que je sais : les glacières, c'était une bâtisse à toit
plat. D'un coin à l'autre, on l'avait recouverte de carton
bitumé. Sa porte était en carton bitumé. Elle n'avait pas de
fenêtres. C'était un dé noir sans points blancs. Nous ne
pouvions nous empêcher de la regarder fixement. Elle n'avait
rien à voir avec Kuddenpäch ; mais Kuddenpäch aurait pu la
placer là, bien qu'elle ne fût pas en fonte, mais en carton
bitumé, bien que Jenny ne craignît plus Kuddenpäch et voulût
toujours entrer dans les glacières. Quand Tulla disait : « Maintenant je voudrais un enfant, tout de suite », Jenny disait :
« Oh ce que j'aimerais visiter les glacières par l'intérieur. Tu
viens avec moi ? » Je ne voulais ni l'un ni l'autre ; il en est de
même aujourd'hui.

Les glacières sentaient comme la niche vide dans notre cour.
Seulement la niche n'avait pas un toit plat, et malgré le carton
bitumé, elle sentait à vrai dire tout autre chose : elle sentait
toujours Harras. Certes mon père, le maître-menuisier, ne
voulait pas avoir d'autre chien, mais il ne faisait pourtant pas

réduire la niche en petit bois ; souvent, pendant que tous les compagnons étaient aux raboteuses et que toutes les machines mordaient le bois, il demeurait immobile devant la niche et la regardait fixement, cinq minutes de suite.

Les glacières se reflétaient dans l'étang par actions et rendaient l'eau sombre. Il y avait tout de même des poissons dans l'étang. De vieux bonshommes, une chique derrière leurs lèvres affaissées, pêchaient sur la rive du parc Kleinhammer et, sur le soir, prenaient des gardons grands comme la main. Ou bien ils rejetaient les gardons, ou bien ils nous les donnaient. A vrai dire, ils étaient immangeables. Ils étaient pétris de moisissure et, mis à dégorger dans l'eau fraîche ils ne perdaient rien de leur pourriture vivante. Deux fois on repêcha des cadavres dans l'étang. Devant l'émissaire du ruisseau de Striess, un râteau de fer retenait le bois de dérive. C'est là qu'étaient rejetés les cadavres : une fois celui d'un vieil homme, une fois celui d'une ménagère de Pelonken. Les deux fois, j'arrivai trop tard pour voir le cadavre. Je brûlais de voir un vrai cadavre, comme Jenny d'entrer dans les glacières et Tulla d'avoir un enfant ; mais quand notre parenté mourait en Koschnévie — ma mère y avait des tantes et des cousines —, le cercueil était toujours déjà fermé quand nous arrivions à Osterwick. Tulla prétendait qu'au fond de l'étang par actions il y avait des petits enfants lestés de pierres. Effectivement, l'étang s'offrait à la noyade de jeunes chats et chiens. Des chats d'un certain âge y flottaient parfois au hasard, tout ballonnés, finissant par se prendre au râteau du désespoir, et le gardien municipal — il s'appelait Ohnesorge comme le ministre des Postes du Reich — les repêchait avec une gaffe. Mais ce n'était pas cela qui faisait puer l'étang, il puait parce que s'y déversaient les eaux usées de la brasserie. Une pancarte de bois disait : « Baignade interdite ». Nous, non ; seuls les gamins du Village indien s'y baignaient quand même et sentaient la bière par actions jusqu'en hiver.

La cité-jardin derrière l'étang, jusqu'au champ d'aviation, s'appelait ainsi pour tout le monde. Y habitaient des ouvriers du port avec beaucoup d'enfants, des grand-mères seules et des contremaîtres en maçonnerie retraités. Le nom de Village indien, selon moi, s'explique par des raisons politiques ; jadis, longtemps avant la guerre, beaucoup de socialos et de communistes y avaient habité ; c'est pourquoi le « Village rouge » avait pu donner un « Village indien ». En tout cas, du temps que Walter Matern était encore S.A., un ouvrier de Schichau fut assassiné au Village indien. L'*Avant-Poste* titra : « Meurtre au Village indien. » Mais les meurtriers — peut-être neuf hommes masqués en trench-coats — ne furent jamais appréhendés.

    Tulla

et moi racontions des histoires d'étang par actions — j'en suis plein et je dois me retenir — mais elles ne dépassent pas celles qui avaient pour centre les glacières. Ainsi l'on disait que les meurtriers de l'ouvrier de Schichau avaient alors cherché refuge dans les glacières et y étaient restés depuis, huit ou neuf meurtriers frigorifiés à l'endroit des caves où il faisait le plus froid. Beaucoup — pas moi — cherchaient dans les glacières la trace d'Eddi Amsel depuis sa disparition. Des mères menaçaient leurs enfants, quand ils ne voulaient pas manger la soupe, de les fourrer dans le dé noir sans fenêtres ; et le petit Matzerath, à ce que l'on chuchotait, sa mère, parce qu'il ne voulait pas manger, l'avait enfermé dans la glacière pour quelques heures ; depuis, il ne grandissait plus d'un centimètre, en guise de punition.

Car il y avait un mystère des glacières. Tant qu'arrivaient les voitures à glace et qu'on y chargeait des blocs de glace sonores, la porte de carton bitumé restait ouverte. Quand, pour montrer notre courage, nous passions d'un bond devant la porte, la glacière nous soufflait dessus, et il fallait ensuite nous mettre au soleil. Tulla surtout, qui ne pouvait passer devant aucune porte ouverte, redoutait la glacière et se cachait quand elle voyait arriver les larges hommes au pas chaloupé, ceints de noirs tabliers de cuir et aux faces violacées. Quand les glaciers remontaient les blocs à l'aide de crocs, Jenny allait les trouver et demandait la permission de toucher un bloc de glace. Quelquefois, ils le lui permettaient. Alors elle tenait sa main si longtemps sur un bloc qu'un homme carré finissait par la lui retirer : « Suffit. Tu vas rester collée ! »

Plus tard, il y avait aussi des Français parmi les livreurs de glace. Ils épaulaient les blocs tout comme les livreurs indigènes, étaient pareillement carrés et avaient des faces violacées. On les appelait ouvriers étrangers, et on ne savait pas si on avait le droit de leur parler. Mais Jenny, qui apprenait le français au lycée, dit à un Français : « Bonjour, monsieur ! »

L'autre fut très poli : « Bonjour, mademoiselle. »

Jenny fit sa révérence : « Pardon, monsieur vous permettez, monsieur, que j'entre pour quelques minutes ? »

Le Français fit un geste engageant : « Avec plaisir, mademoiselle. »

Jenny refit sa révérence : « Merci, monsieur » et fit disparaître sa main dans celle du livreur français. Tous deux, la main dans la main, furent engloutis par les glacières. Les autres livreurs riaient et plaisantaient.

Nous autres ne rîmes pas ; nous commençâmes à compter à voix basse : « ... vingt-quatre, vingt-cinq... Si à deux cents elle n'est pas ressortie, on appelle au secours. »

Ils ressortirent à cent quatre-vingt-douze, main dans la main comme devant. A gauche, elle tenait un bout de glace ; elle fit encore une fois la révérence à son livreur et s'en alla au soleil avec nous. Nous avions le frisson. Jenny, d'une langue pâle, léchait la glace, elle en offrit à lécher à Tulla. Tulla ne voulut pas. Je léchai : un goût de fer froid.

Chère cousine Tulla

au temps de tes sangsues, quand Jenny s'évanouit, que pour ce motif, et aussi parce que tu n'arrêtais pas de vouloir un enfant de moi, nous fûmes brouillés, que tu ne vins plus que rarement avec nous au bord de l'étang, quand l'été fut passé, que l'école reprit, en ce temps-là Jenny et moi étions assis dans le fenouil devant les clôtures de jardin du Village indien, ou bien près de la cabane des cygnes ; et j'aidais Jenny en regardant fixement les glacières, car Jenny n'avait d'yeux que pour le cube noir sans fenêtres. C'est pourquoi j'ai conservé des glacières un souvenir plus net que des constructions de la brasserie par actions derrière les marronniers. Peut-être l'ensemble s'érigeait-il en château fort derrière le mur de brique sombre. Certes, des céramiques luisantes cernaient les hautes ogives du bâtiment des machines. La cheminée trapue dominait cependant Langfuhr ; on la voyait de toutes parts. Je ne voudrais pas le jurer : la cheminée par actions portait un heaume compliqué. Réglée par le vent, elle émettait une fumée noire roulée sur elle-même, et il fallait la ramoner deux fois par an. Neuf, rouge brique clair, lorsque je pince les yeux, le bâtiment de l'administration me regarde par-dessus le mur hérissé de tessons. Régulièrement, j'admets, des attelages de deux chevaux à roues de caoutchouc quittent la cour de la brasserie. Chevaux gras, à queue courte, façon belge. Derrière des tabliers de cuir, sous des casquettes de cuir, le visage rigide, violacé, le livreur de bière et son aide. Le fouet sur son appui. Le registre de livraisons et la sacoche derrière le tablier. Leur chique se promène. Des boutons de métal ponctuent le harnais. Les caisses à bière sautent et tintent quand les roues avant et arrière butent contre le seuil de fer du portail. Des lettres de fer en arc au-dessus du portail : D.A.B. Bruits mouillés : le rinçage des bouteilles. A midi et demi, la sirène. A une heure, la sirène récidive. L'entrée de xylophone du rinçage des bouteilles : cette partition s'est perdue, mais l'odeur m'est restée.

Quand le vent d'est tournait le heaume sur la cheminée de la brasserie et roulait un torrent de fumée noire sur les marronniers, sur l'étang, sur les glacières et le Village indien, vers l'aérodrome, un dépôt aigre se formait : la levure passée, sortie des cuves de cuivre : bock, pils, malt, orge, mars, urquell, bräu. Et puis les eaux usées. Bien qu'on ne cessât de dire qu'elles s'écoulaient ailleurs, les écoulements de la brasserie par actions se mêlaient cependant à l'étang qui devenait aigre et puait. C'est pourquoi, quand nous bûmes la soupe aux sangsues de Tulla, ce fut une aigre soupe à la bière. Quand on écrasait un crapaud, on ouvrait une canette de bière double. Quand un des bonshommes mâchonnant leurs chiques me lançait un gardon comme la main, et que je le vidais près de la cabane aux cygnes, le foie, la rate et le reste étaient des bonbons au sucre d'orge brûlés. Et quand je le faisais revenir sur un petit feu crépitant, il travaillait pour Jenny comme une levure, fermentait et, largement farci de fenouil, avait goût comme une marinade à concombres de l'année passée. Jenny n'en mangeait guère.

Mais quand le vent remontait de l'aérodrome et chassait les miasmes de l'étang avec la fumée de la brasserie contre le parc Kleinhammer et la gare de Langfuhr, Jenny se levait, éloignait son regard du cube de carton bitumé et marchait dans le fenouil à pas comptés. Elle qui était déjà légère ne pesait plus que la moitié quand elle dansait. Elle terminait son numéro par un petit saut et une suave révérence et, comme au théâtre, je ne pouvais me retenir d'applaudir. Parfois je lui offrais un petit bouquet de fenouil sur les tiges duquel j'avais passé un caoutchouc de bouteille à bière. Ces fleurs impérissables toujours rouges flottaient par centaines sur l'étang par actions, formaient des îles et on les ramassait : entre la campagne de

Pologne et la conquête de l'île de Crête j'entassai plus de deux mille caoutchoucs de bouteille et je me sentais riche en les comptant. Un jour je montai pour Jenny une chaîne d'anneaux de caoutchouc qu'elle porta comme un vrai bijou ; et j'en avais de la peine pour elle : « Tu ne devrais pas porter ces trucs dans la rue, seulement près de l'étang ou à la maison. »

Mais pour Jenny cette chaîne n'était pas un bijou de deux sous : « Je la mets parce que tu l'as faite. Elle fait si personnel, tu sais. »

La chaîne n'était pas laide. A vrai dire, je l'avais montée pour Tulla. Mais Tulla l'aurait jetée. Quand Jenny dansait dans le fenouil, la chaîne faisait même joli. Après avoir dansé, elle disait toujours : « Mais voilà que je suis fatiguée. » Son regard effleurait les glacières. « Il faut encore que je fasse mes devoirs. Et demain nous avons répétition, et après-demain aussi. »

Adossé à l'étang, je risquai : « As-tu entendu reparler du maître de ballet de Berlin ? »

Jenny me renseigna : « Monsieur Haseloff a envoyé l'autre jour une carte postale de Paris. Il écrit que je dois travailler mon cou-de-pied. »

Je vrillai : « Comment est-il, ce Haseloff ? »

Reproche prudent de Jenny : « Mais tu me l'as déjà demandé dix fois. Il est très mince et élégamment vêtu. Il n'arrête pas de fumer des cigarettes longues. Il ne rit jamais, ou tout au plus des yeux. »

Je repris méthodiquement : « Et quand par hasard il rit de la bouche ou quand il parle ? »

Jenny le dit : « Alors ça fait un drôle d'effet, un peu inquiétant, parce qu'il a la bouche pleine de dents d'or quand il parle. »

Moi : « Des vraies ? »

Jenny : « Je ne sais pas. »

Moi : « Demande-lui donc. »

Jenny : « Cela me serait pénible. Peut-être sont-elles en or faux. »

Moi : « Ta chaîne n'est bien qu'en caoutchouc de bouteilles. »

Jenny : « Bon, je lui écrirai pour lui demander. »

Moi : « Dès aujourd'hui ? »

Jenny : « Aujourd'hui je serai trop fatiguée. »

Moi : « Alors demain. »

Jenny : « Comment dois-je le lui demander ? »

Je lui dictai le texte : « Ecris simplement : ce que je voulais encore vous demander, M. Haseloff, vos dents en or sont-elles vraies ? Est-ce qu'avant vous aviez d'autres dents ? Et si vous en aviez, où sont-elles restées ? »

Jenny écrivit cette lettre ; et M. Haseloff répondit par retour ; l'or était vrai ; avant, il avait possédé de petites dents blanches, trente-deux pièces ; il les avait jetées derrière lui dans les broussailles et s'en était procuré des neuves, en or ; elles avaient coûté plus cher que trente-deux paires de chaussons de danse.

Alors je dis à Jenny : « Compte voir combien de caout-choucs à ta chaîne. »

Jenny compta et ne saisit pas : « Quelle cöincidence, trente-deux aussi, exactement ! »

Chère Tulla,
c'était inévitable : tu revins avec tes jambes égratignées. Fin septembre, le fenouil montait en graine, jaunissait, et l'étang par actions jetait par courtes vagues à sa rive une écume savonneuse, fin septembre Tulla vint.

Le Village indien la rendit avec sept ou huit garçons. L'un d'eux fumait la pipe. Il se tint en paravent derrière Tulla et lui donna le brûle-gueule. Elle fuma sans mot dire. Lentement, par un détour calculé, ils s'approchèrent, s'arrêtèrent, bayant aux corneilles, nous effleurèrent de leurs regards, s'en retour-nèrent ; ils étaient partis : derrière les clôtures et les maison-nettes blanchies à la chaux du Village indien.

Et une fois, sur le soir — nous avions le soleil au dos ; le heaume de la cheminée de brasserie coiffait la tête sanglante d'un chevalier sanglant — ils arrivèrent par le côté des glacières dans notre direction et défilaient au pas de l'oie dans les orties, longeant la paroi de carton bitumé. Dans le fenouil, ils se déployèrent en éventail, Tulla fit passer la pipe à sa gauche et dit aux moucherons : « Ils ont oublié de fermer. Tu ne voudrais pas y entrer, Jenny, pour voir comment c'est à l'intérieur ? »

Jenny était aimable et toujours bien élevée : « Oh non, il est déjà tard et je suis un peu fatiguée. Sais-tu, demain nous avons anglais, et il faut que je sois fraîche à l'entraînement. »

Tulla se retrouvait en possession de la pipe : « Bon, n'y va pas. Alors on va voir le portier pour qu'il ferme. »

Mais Jenny était déjà sur pied, et je dus me lever : « Pas
question que tu y ailles. D'ailleurs tu es fatiguée, as-tu dit. »
Jenny n'était plus fatiguée et voulait seulement jeter brière-
ment un coup d'œil : « C'est très intéressant là-dedans, je
t'assure, Harry ! »

Je restai près d'elle et entrai dans les orties. Tulla en tête, les
autres derrière nous. Le pouce de Tulla montrait la porte de
carton bitumé : elle était ouverte d'un doigt et respirait à
peine. Alors je dus dire : « Mais tu n'iras pas toute seule. » Et
Jenny, étroite dans l'entrebâillement, toujours bien élevée,
dit : « C'est réellement gentil de ta part, Harry. »

Qui, sinon Tulla,
me poussa derrière Jenny par l'entrebâillement. Et j'avais
oublié d'assurer mes arrières en échangeant avec toi et les
gamins une poignée de main et une parole d'honneur. Tandis
que l'haleine des glacières nous prenait en laisse — de plus, le
petit doigt de Jenny se crochait à mon petit doigt — tandis que
nous circulions dans des poumons glacés, je savais : maintenant Tulla est seule ou bien, avec le galopin et la pipe, elle est
allée chercher la clé chez le portier, ou bien elle ramène le
portier avec la clé ; et toute la bande jacasse à neuf voix pour
que le portier ne nous entende pas pendant qu'il ferme.

C'est pour ce motif, ou bien parce que Jenny me tenait par le
petit doigt, je ne réussis pas à crier au secours. Elle me
conduisit d'un pas sûr par la noire trachée crépitante. De
toutes parts, même d'en haut et d'en bas, l'haleine nous faisait
légers au point que le sol était aboli. Pourtant nous suivions des
couloirs et des escaliers jalonnés par des feux de position
rouges. Et Jenny dit d'une voix tout à fait normale : « Fais
attention, je te prie, Harry : maintenant il y a des marches à
descendre, douze. »

Mais si attentif que je fusse à trouver le sol de marche en
marche, je m'enfonçai, aspiré par un remous qui venait d'en
bas, dominateur. Et quand Jenny dit : « Bon, maintenant nous
sommes au premier sous-sol et devons appuyer à gauche ; c'est
là que doit être l'accès du deuxième sous-sol », je serais
volontiers demeuré au premier, bien que la peau me déman-
geât. Ce sont les orties de tout à l'heure ; mais c'était l'haleine
soufflant de toutes parts qui se déposait sur ma peau. Et toutes
les directions craquaient, non, crépitaient, non grinçaient :

blocs entassés, des dentures entières se frottaient en faisant
sauter leur émail, et le fer respirait, passé, ranci, gastralgique,
poilu, asthmatique. A peine encore le carton bitumé. La levure
montait. Le vinaigre devenait vapeur. Des champignons
s'ouvraient. « Attention, il y a une marche ! » dit Jenny. Dans
la gorge de qui, âcre de malt ? Quel second sous-sol de l'enfer
laissait se gâter un bocal de concombres ouverts. Quel diable
nous chauffait en dessous de zéro ?

Alors je voulus crier et dis à voix basse : « Ils vont nous
enfermer si... »

Mais Jenny resta paisible : « On ferme toujours à sept
heures la porte du haut ! »

« Où sommes-nous ? »

« Maintenant nous sommes au deuxième sous-sol. Il y a ici
des blocs vieux de plusieurs années. »

Ma main voulut savoir exactement : « Combien d'années ? »
et partit sur la gauche, cherchant une opposition, la trouva et
resta collée à des dents de géant primordial : « Je colle, Jenny,
je colle ! »

Alors la main de Jenny se pose sur ma main collée : aussitôt
je peux détacher mes doigts de la dent géante, mais je garde le
bras brûlant de Jenny, embelli par la danse, qui peut demeurer
immobile dans l'air et dormir ; l'autre aussi. Et tous deux
échauffés par l'haleine en blocs. Dans les aisselles : le mois
d'août. Jenny étouffa un petit rire : « Tu ne dois pas me
chatouiller ; Harry. »

Mais moi, je veux seulement « me tenir ferme, Jenny ».

Elle le permet et se sent déjà « encore un peu fatiguée,
Harry ».

Je ne crois pas « qu'il y ait ici un banc, Jenny ».

Elle est optimiste : « Pourquoi n'y aurait-il pas de banc ici,
Harry ? » Et parce qu'elle le dit, il y a là un banc de fer. Mais
parce que Jenny s'assied, le banc de fer devient un confortable
banc de bois usé à mesure qu'elle y reste assise. Maintenant, au
second sous-sol des glacières, Jenny, sage et soucieuse, me
dit : « Mais tu n'as pas besoin de te geler, Harry. Tu sais, j'ai
été un jour cachée dans un bonhomme de neige. Et, quand j'y
étais, j'ai beaucoup appris. Donc si tu n'en finis pas de te geler,
tiens-toi seulement bien contre moi, sais-tu. Et si tu as encore
froid parce que tu n'as pas été dans un bonhomme de neige,
alors tu n'as qu'à m'embrasser, ça tient chaud, sais-tu. Je
pourrais aussi te donner ma robe, car je n'en ai pas besoin,
sûrement pas. Tu n'as pas besoin de te gêner. Il n'y a personne

d'autre ici. Et j'y suis comme chez moi. Tu peux te la mettre
en châle autour du cou. Ensuite je dormirai un peu, parce que
demain je dois aller chez Mme Lara, et après-demain aussi j'ai
entraînement. D'ailleurs je suis réellement un peu fatiguée,
sais-tu. »

Ainsi nous passâmes la nuit assis sur le banc en bois de fer.
Je me tenais serré contre Jenny. Ses lèvres sèches n'avaient pas
de goût. Sa robe de cotonnade — si seulement je savais : était-
elle à pois, à rayures, à carreaux ? — sa petite robe d'été à
manches courtes me drapait les épaules et le cou. Sans robe, en
vêtements de dessous, elle gisait dans mes bras inlassables, car
Jenny était légère, même quand elle dormait. Je ne dormis pas,
pour ne pas la lâcher par mégarde. Car je n'avais jamais été
dans un bonhomme de neige et, sans les lèvres sèches, sans la
robe de cotonnade, sans le fardeau léger pesant sur mes bras,
sans Jenny c'en eût été fait de moi. Environné de crépitements,
de soupirs et de grincements, dans l'haleine des blocs, à leur
souffle ensorceleur, la glace se fût emparée de moi jusqu'au
jour où nous sommes.

Ainsi nous vécûmes jusqu'au lendemain. Le matin menait
grand bruit dans la cave au-dessus de nous. C'étaient les
livreurs de glace en tabliers de cuir. Jenny remit sa robe et
s'informa : « As-tu aussi un peu dormi ? »

« Naturellement non. Il en fallait un pour veiller. »

« Dis-donc, rends-toi compte, j'ai rêvé que mon cou-de-pied
s'améliorait et qu'à la fin je pouvais tourner les trente-deux
fouettés : alors M. Haseloff a ri. »

« Avec ses dents d'or ? »

« Avec toutes, pendant que je tournais, tournais. »

Sans peine, tout en parlant à voix basse et en interprétant
son rêve, nous retrouvâmes le premier sous-sol et encore des
marches à monter. Les feux de position rouges marquaient la
route entre les blocs de glace empilés, la sortie, la lumière
carrée. Mais Jenny me retint. Personne ne devait nous voir,
car : « S'ils nous attrapent, dit Jenny, nous ne pourrons plus
jamais y descendre. »

Lorsque le rectangle éblouissant ne montra plus d'hommes à
tablier de cuir, que les gras chevaux belges donnèrent leur
coup de collier et que la voiture à glace s'éloigna sur ses roues à
pneus, nous franchîmes d'un bond la porte avant que n'arrivât
la voiture suivante. Le soleil luisait oblique sur les marronniers. Nous filâmes le long des murs garnis de carton bitumé.
Tout sentait autrement qu'hier. Mes jambes rentrèrent dans

les orties. Sur le chemin de Kleinhammer, tandis que Jenny se récitait ses verbes irréguliers anglais, je commençai à redouter la main du maître-menuisier qui m'attendait chez nous.

Tu sais,
notre nuit passée dans les glacières eut quelques suites : je reçus une raclée ; la police, informée par le professeur Brunies, posa des questions ; nous avions pris de l'âge ; désormais nous abandonnâmes aux enfants de douze ans l'étang par actions et ses odeurs. Je cédai ma collection de caoutchoucs à canettes quand une fois de plus on collecta des vieux matériaux. Je ne sais si Jenny déposa la chaîne de caoutchouc à canettes. Nous nous évitions constamment ; Jenny rougissait quand dans l'Elsenstrasse nous ne pouvions faire autrement que de nous croiser ; et Tulla m'envoyait promener quand je la rencontrais dans l'escalier ou dans notre cuisine où elle venait chercher du sel ou emprunter un faitout.·

As-tu de la mémoire ?
Il y a cinq mois au moins qui m'échappent, à cheval sur Noël. Pendant ce temps, dans le trou entre la campagne de France et celle des Balkans, un nombre croissant de compagnons de notre menuiserie furent appelés sous les drapeaux et, plus tard, quand la danse commença aussi à l'est, remplacés par des manœuvres ukrainiens et un compagnon-menuisier de France. Le compagnon Wischnewski fut tué en Grèce. Le compagnon Artur Kuleise fut tué tout au début, à Lwow ; et ensuite ce fut le tour de mon cousin, le frère de Tulla, Alexandre Pokriefke — c'est-à-dire qu'il ne fut pas tué, il se noya dans un sous-marin : la bataille de l'Atlantique avait commencé. Les Pokriefke, mais aussi le maître-menuisier et sa femme portèrent chacun un crêpe de deuil. Moi aussi, et j'en fus très fier. Quand on me demandait le pourquoi de mon deuil, je disais : « Un cousin à moi, auquel je tenais beaucoup, n'est pas revenu de mission à l'ennemi dans la mer Caraïbe. » Et avec ça c'était à peine si je connaissais Alexandre Pokriefke et, quant à la mer Caraïbe, c'était du bluff.

Se passa-t-il encore quelque chose ?

Mon père reçut de grosses commandes. Dans sa menuiserie,
on ne fabriquait plus que des portes et fenêtres pour les
cantonnements de Marine de Putzig. Soudain et sans motif
apparent il se mit à boire et, un dimanche après-midi, il battit
ma mère parce qu'elle était où il voulait être. Mais jamais il ne
négligea son travail ; et il continua à fumer des second choix
qu'il troquait au marché noir contre des garnitures de portes.

Que se passa-t-il en outre ?

Ton père fut bombardé chef de cellule. Auguste Pokriefke
s'absorba complètement dans ses salades du Parti. Il se fit
porter malade par un médecin du Parti — la classique lésion du
ménisque — et voulut faire des exposés de propagande dans la
chambre des machines de notre menuiserie. Mais mon père ne
le permit pas. De vieilles histoires de famille furent déterrées.
Elles gravitaient autour des deux arpents de pâture qu'avaient
mes grands-parents d'Osterwick. On repassa sur le bout du
doigt la dot de ma mère. Mon père objecta qu'il payait la taxe
scolaire pour Tulla. Auguste Pokriefke tapa sur la table : la
taxe scolaire de Tulla, il pouvait se la faire avancer par le Parti,
oui monsieur ! Et lui, Auguste Pokriefke, veillerait à ce que les
exposés de propagande aient lieu, ma foi, après le travail.

Et où étais-tu en été ?

Loin, à Brösen, avec des élèves de troisième. Quand on te
cherchait, on te trouvait sur l'épave d'un dragueur de mines
polonais échoué non loin de l'entrée du port. Les troisèmes
plongeaient dans l'épave et remontaient des objets. Je nageais
mal et n'osais jamais ouvrir les yeux sous l'eau. C'est pourquoi
je te cherchais ailleurs et jamais sur la péniche. De plus, j'avais
Jenny ; et toi tu ne voulais toujours qu'une seule et même
chose : un enfant. Est-ce qu'ils t'en firent un sur l'épave ?

En tout cas, ça ne se voyait pas. Ou bien les gars du Village
indien ? Ils ne te laissèrent pas de traces. Les deux Ukrainiens
de notre menuiserie, avec leurs faces de pommes de terre
toujours angoissées ? Aucun des deux ne t'emmena dans la

remise, et pourtant ton père les soumit à des interrogatoires. Et l'un d'eux, qu'on appelait Kleba parce qu'il mendiait toujours du pain, Auguste Pokriefke l'assomma, entre la rectifieuse et la toupie, d'un coup de niveau d'eau. Alors mon père expulsa ton père de l'établissement. Ton père menaça de porter plainte ; mais mon père qui avait quelque répondant à la Chambre de Commerce et aussi dans le Parti, porta plainte lui-même. On organisa une sorte de jury d'honneur. Auguste Pokriefke et le maître-menuisier Liebenau durent se réconcilier ; quant aux Ukrainiens, on les troqua contre deux autres — ça ne manquait pas — et les deux premiers Ukrainiens, à ce qu'on dit, furent envoyés à Stutthof.

Tu parles ! Stutthof !

Ce simple mot prenait une importance toujours accrue. « Tu as sans doute envie d'aller à Stutthof ? » — « Si tu ne fermes pas ta malle, tu iras à Stutthof. » Un mot sombre vivait dans les maisons locatives, montait et descendait les escaliers, avait sa place à table dans les cuisines, passait pour un mot d'esprit, et d'ailleurs beaucoup riaient : « Maintenant qu'ils font du savon à Stutthof, on aurait envie de ne plus se laver. »

Aucun de nous deux n'alla jamais à Stutthof.

Tulla ne connaissait même pas Nickelswalde ; moi, j'allai à Steegen dans un camp de Jeunesse hitlérienne ; mais M. Brauxel, qui me verse des avances et déclare importantes mes lettres à Tulla, connaît la région située entre la Vistule et le Frisches Haff à l'est. De son temps, Stutthof était un riche village, plus grand que Schiewenhorst et que Nickelswalde et plus petit que Neuteich, la sous-préfecture. Stutthof avait deux mille six cent quatre-vingt-dix-huit habitants. Ils s'enrichirent quand, peu après le début de la guerre, un camp de concentration fut construit près du village et qu'il fallut sans cesse l'agrandir. Des raccordements de voie ferrée furent même établis dans le camp, en liaison avec la ligne du Werder, terminus à Danzig-Ville-Basse. Tout le monde le savait, et ceux qui l'ont oublié peuvent s'en souvenir : Stutthof, Cercle de Danzig-Bas-Pays, Région de Danzig-Prusse-Occidentale, tribunal d'instance compétent Danzig, connu pour sa belle

église en colombage, station balnéaire appréciée pour son
calme, antique zone de peuplement allemand — au xive siècle,
l'Ordre teutonique assécha le Bas-Pays ; au xvie siècle vinrent
de Hollande de laborieux mennonites ; au xviie les Suédois
pillèrent le Werder à plusieurs reprises ; en 1813, la route de
retraite de Napoléon coupa le Bas-Pays ; et entre 1939 et 1945,
au camp de concentration de Stutthof, cercle de Danzig-Bas-
Pays, moururent des hommes, je ne sais combien.

   Toi, non ; mais nous,
les sous-troisièmes du Conradinum, l'école nous mena à
Nickelswalde, non loin de Stutthof. Le vieux foyer rural
scolaire de Saskoschin fut acheté par le Parti et transformé en
foyer d'instruction pour l'état-major de direction. On acheta
un bout de terre entre le moulin de la Reine Louise,
à Nickelswalde, et le boisement littoral, pour moitié au
meunier Matern, pour moitié à la commune, et on y bâtit un
édifice à un étage sous un haut toit de tuiles. Comme à
Saskoschin, à Nickelswalde nous jouions à la thèque. Chaque
classe avait des cracks qui frappaient des chandelles strato-
sphériques, et des souffre-douleur qu'on cernait et attendris-
sait avec les dures balles de cuir. Le matin, on hissait le
drapeau, le soir on l'amenait. La nourriture était mauvaise ;
nous prenions quand même du poids : l'air du Werder était
nourrissant.
   Souvent, entre les parties, j'observais le meunier Matern. Il
était debout entre le moulin et la maison. A gauche, un sac de
farine comprimait son oreille. Il écoutait les vers de farine et
regardait vers l'avenir.
   Admettons que je fasse la causette avec le meunier de
guingois. Peut-être dirais-je à haute voix, car il entendait mal :
« Quoi de nouveau, Monsieur Matern ? »
   Sûrement qu'il répondrait : « En Russie, l'hiver commencera de bonne heure. »
   Peut-être voudrais-je en savoir davantage : « Irons-nous
jusqu'à Moscou ? »
   Il prophétiserait : « Beaucoup des nôtres iront même jusqu'en Sibérie. »
   Maintenant j'aurais pu changer de sujet : « En connaissez-
vous un qui s'appelle Haseloff et habite surtout à Berlin ? »
   Sûrement qu'il prêterait longuement l'oreille à son sac de

farine : « Je n'entends parler que d'un qui autrefois s'appelait autrement. Les oiseaux le craignaient. »

J'aurais eu trente-six raisons d'être curieux : « A-t-il de l'or dans la bouche et rit-il jamais ? »

Les vers de farine du meunier ne s'exprimaient jamais sans détour : « Il fume beaucoup de cigarettes à la file, bien qu'il soit toujours enrhumé parce qu'un jour il a pris un refroidissement. »

Je dis certainement pour en finir : « Alors c'est lui ! »

Le meunier voyait l'avenir avec précision : « Ce restera lui. »

Etant donné qu'à Nickelswalde il n'y avait ni Tulla ni Jenny, ce ne saurait être ma tâche de relater les aventures des troisièmes de Nickelswalde. D'ailleurs l'été tirait à sa fin.

L'automne apporta des modifications à l'organisation scolaire. Le lycée Gudrun, ci-devant lycée Hélène Lang, se transforma en caserne de la Luftwaffe. Toutes les classes de filles passèrent dans notre Conradinum qui puait les garçons. L'enseignement était donné par roulement : les filles le matin, les garçons le soir, et inversement. Quelques enseignants, parmi lesquels le professeur Oswald Brunies, devaient faire aussi la classe aux filles. Il faisait l'histoire dans la classe de Tulla et de Jenny.

Nous ne nous voyions plus du tout. Comme nous allions en classe par roulement, nous pouvions sans peine vivre parallèlement : Jenny n'avait plus besoin de rougir ; on ne m'envoyait pas promener ; les exceptions valent un récit : car un jour, vers les midi — j'étais parti trop tôt et portais mon cartable à droite — Jenny Brunies vint à ma rencontre sous les noisetiers du chemin d'Uphagen. Elle devait avoir eu cinq heures de classe et s'être attardée au Conradinum pour des raisons que j'ignorais. En tout cas elle venait du lycée et portait aussi son cartable à droite. Des noisettes vertes et quelques-unes déjà brunâtre pâle gisaient déjà par terre ; la veille, il y avait eu du vent. Jenny, en robe de laine bleu foncé à manches à revers blancs, sous un bonnet de laine bleu foncé, mais qui n'était pas un béret basque, plutôt une barrette, Jenny rougit et fit passer son cartable de droite à gauche alors qu'elle était encore à cinq noisetiers de moi.

Les villas de part et d'autre du chemin d'Uphagen semblaient inhabitées. Partout des pins du Canada et des saules pleureurs, des érables rouges et des bouleaux qui larguaient leurs feuilles une par une. Nous avions quatorze ans et marchions à la rencontre l'un de l'autre. Jenny m'apparut plus mince que dans mon souvenir.

Les pieds en dehors, pour avoir beaucoup dansé. Pourquoi était-elle en bleu si elle savait : je deviens rouge quand il vient !

Comme il était trop tôt et qu'elle rougit jusqu'au bord de son bonnet, comme elle avait changé son cartable de côté, je m'arrêtai, changeai de côté mon cartable et offris ma main. Elle laissa brièvement sa main sèche glisser d'un soubresaut dans ma prise. Nous étions parmi des noisettes pas mûres. Quelques-unes étaient piétinées ou vides. Un oiseau dans un érable se tut, je commençai : « Eh bien, Jenny, si tard seulement ? As-tu déjà goûté aux noisettes ? Dois-je t'en donner ? Elles n'ont goût de rien, mais ce sont les premières. Et qu'est-ce que tu fais par ailleurs ? Ton vieux monsieur est tout à fait gaillard, toujours. L'autre jour il avait encore sa poche pleine de trucs micacés : au moins cinq kilos ou du moins quatre, inouï. Et à son âge toujours à pied, intrépide et qu'est-ce que je voulais encore demander : où en est la danse classique ? Combien de pirouettes tournes-tu ? Comment va le cou-de-pied, ça s'améliore ? J'aurais encore envie d'aller au vieux moulin à café. Comment est le premier sujet qu'on vous a envoyé de Vienne ? J'ai entendu dire que tu jouais dans *Bal masqué*. Je n'ai pas pu, malheureusement, parce que je. Mais il paraît que tu as été bien, j'en suis heureux. Et es-tu retournée dans les glacières ? Mais non. C'était pour rire. Mais je me rappelle bien, parce que mon père après coup. As-tu encore la chaîne, celle qui était en caoutchoucs de bouteilles, je veux dire ? Et de Berlin ? As-tu encore entendu parler d'eux ? »

Je bavardais, palabrais, me répétais. Du talon de ma chaussure, j'écrasais des noisettes, mes doigts agiles débarrassaient d'éclats de coque les grains à demi écrasés ; je lui en donnai, j'en pris ; et Jenny mangea sagement des noisettes savonneuses qui agaçaient les dents. Mes doigts collaient. Elle était immobile, avait toujours le sang à la tête et répondait d'une voix douce, monotone, obéissante. Ses yeux faisaient de l'agoraphobie. Son regard s'attardait dans les bouleaux, les saules pleureurs, les pins du Canada : « Oui merci. Mon vieux monsieur va très bien. Seulement trop de classes. Je dois souvent l'aider à ses corrections. Et avec ça il fume trop. Si, je suis toujours chez Mme Lara. Elle place effectivement à la perfection et elle est partout connue pour ça. De Dresde et même de Berlin viennent des premiers sujets qu'elle remet d'aplomb. Elle a subi le dressage russe dès l'enfance. Tu sais, elle en a beaucoup appris avec la Preobajenska et avec la Trefilova. Bien sûr, elle a un air de pédantisme, encore un petit quelque chose ici et encore un petit point là ; pourtant ça reste de la danse et on n'y apprend pas seulement de la technique. Tu n'as vraiment pas besoin de voir *Bal masqué*. Tu sais, ici nous manquons de moyens de comparaison. Oui, Harry, bien sûr je me souviens. J'ai lu une fois qu'on ne peut ni ne doit répéter maintes choses, sinon elles s'évanouissent tout à fait. Mais je porte quelquefois la chaîne. Si, M. Haseloff a encore écrit. A Papa naturellement. C'est vraiment un drôle de type et il écrit mille détails qui échappent aux autres. Mais Papa dit qu'il a du succès à Berlin. Il fait toutes sortes de choses, même des décors de scène. Il paraît que son entraînement serait très dur, mais bon. Il fait les tournées avec la Noroda, qui est la vraie directrice du ballet : Paris, Belgrade, Salonique. Mais elles ne dansent pas que devant des soldats. Mais Papa dit que c'est encore trop tôt pour moi. »

Alors il n'y eut plus de noisettes par terre. Déjà quelques lycéens étaient passés près de nous. L'un d'eux ricana d'un air complice, je le connaissais. Jenny fit promptement disparaître sa main droite dans la mienne. Un instant je tournai le dos de sa main ; cinq doigts lisses, légers ; et à l'annulaire elle porte un anneau d'argent noirâtre d'un travail rudimentaire. Je le lui ôte sans le demander.

Jenny, l'annulaire vide : « C'est Angustri, il s'appelle comme ça. »

Je frotte l'anneau : « Comment, Angustri ? »

— C'est du tzigane et ça veut dire anneau.

— Tu l'as depuis toujours ?

— Mais il ne faut le dire à personne. Il était dans mon maillot quand on m'a trouvée.

— Et d'où sais-tu qu'il s'appelle comme ça ? »

La rougeur de Jenny s'accroît, décroît : « Celui qui m'a laissée, en ce temps-là, appelait l'anneau ainsi. »

Moi : « Un Tzigane ? »

Jenny : « Il s'appelait Bidandengero. »

Moi : « Alors tu en es peut-être une. »

Jenny : « Sûrement pas ; Harry. Ils ont les cheveux noirs, n'est-ce pas ? »

J'apporte la preuve : « Mais ils savent tous danser ! »

Je racontai tout à Tulla,
elle, moi et quelqu'un d'autre en avaient à l'anneau. Nous attribuions à l'argent un pouvoir magique et, quand la conversation tournait sur Jenny, nous ne l'appelions pas Jenny, mais Angustri. C'étaient justement ceux de mes condisciples qui jadis s'étaient d'emblée toqués des chaussons de Jenny et que maintenant Angustri rendait malades. Seul je restai calme à simplement curieux vis-à-vis de Jenny et d'Angustri. Sans doute avions-nous trop vécu ensemble. Tulla aussi m'avait contaminé d'emblée. Même en lycéenne, en vêtements propres ou presque, elle gardait son odeur de colle d'os ; et j'y adhérais et me défendais à peine.

Quand Tulla dit : « La prochaine fois, fauche-lui l'anneau », je fis un signe de dénégation et, le jour où je guettai Jenny dans le chemin d'Uphagen, je n'avais qu'à moitié résolu de lui ôter l'argent du doigt. Deux fois en une semaine, elle devint rouge parce que je lui barrais le chemin. A chaque fois elle n'avait pas d'Angustri, mais portait au cou la stupide chaîne en caoutchouc de canettes.

Mais Tulla, qui portait le deuil de son frère Alexandre, prit soin cependant que Jenny dût bientôt porter le deuil. A l'automne 41 — les communiqués spéciaux annonçant des succès à l'est se faisaient attendre — le Conradinum pouvait déjà pointer vingt-deux Conradiens morts au champ d'honneur. La plaque de marbre avec les noms, les dates et les grades était fixée au mur sous le portail principal, entre Schopenhauer et Copernic. Parmi les morts il y avait un titulaire de la Croix de Fer de troisième classe. Deux autres titulaires vivaient encore et quand ils étaient en permission, rendaient régulièrement visite à leur vieux lycée. Quelquefois, ils donnaient des conférences brèves ou filandreuses dans la salle des fêtes. Nous étions assis, comme cloués, et les professeurs hochaient la tête pour marquer leur approbation. Après les conférences, on pouvait poser des questions. Les élèves voulaient savoir combien il fallait abattre de Spitfires, combien de tonnes brutes il fallait couler. Car nous rêvions tous d'obtenir un jour la Croix de Fer. Les professeurs ou bien posaient des questions objectives — savoir si le ravitaillement fonctionnait — ou bien se complaisaient en phrases fortes, parlaient de dernier quart d'heure et de victoire finale. Le professeur Oswald Brunies demanda à un titulaire de la Croix de Fer — je crois que c'était celui de la Luftwaffe — ce qui lui était passé par la tête quand il avait vu pour la première fois un homme mort, ami ou ennemi. La réponse du chasseur m'a échappé depuis.

Brunies posa la même question à l'adjudant Walter Matern qui, parce qu'il n'avait pas la Croix de Fer de première classe, ne fut admis qu'à parler en classe, du haut de la chaire sur le sujet suivant : « La D.C.A. de l'Armée de terre au combat à l'Est. » J'ai oublié aussi la réponse de l'adjudant aux Croix de Fer de première et deuxième classes. Je le revois seulement, feldgrau, hâve et viril à la fois ; il empoigne à deux mains le couvercle du pupitre ; son regard fixe est braqué sur un tableau à l'huile, au mur du fond : le paysage vert épinard de Thoma. Quand il respire, l'air devient ténu. Nous voulons savoir quelque chose du Caucase, mais il ne fait, sans désemparer, que parler du néant.

Peu de jours après la conférence, Walter Matern repartit pour la Russie et y reçut une blessure qui le rendit inapte au service dans la D.C.A combattant au sol : atteint d'une claudication légère, il fut muté à la D.C.A. de l'arrière, d'abord à Kœnigsberg, puis à Danzig. A la batterie de la plage, à Brösen-Glettkau, et la batterie de Kaiserhafen, il instruisait des auxiliaires de la Luftwaffe.

On l'aimait et le craignait ; il devint un modèle pour tous et pour moi ; seul le professeur Brunies remit en question l'adjudant, dès qu'il revint en visite chez nous derrière la chaire ; le bonhomme alluma des lueurs railleuses et pria Matern, au lieu d'un exposé sur les combats du secteur d'Orel, de lire un poème d'Eichendorff, peut-être :

« Pignons obscurs, hautes fenêtres... »

Je ne peux pas me rappeler que le professeur nous ait donné un enseignement sérieux. Quelques sujets de rédactions me reviennent : « Préparatifs de noce chez les Zoulous. » Ou bien : « Le destin d'une boîte à conserves. » Ou bien : « Quand j'étais bonbon de sucre d'orge et devenais de plus en plus petit dans la bouche d'une petite fille. » Ce qui importait au professeur, c'était d'alimenter notre imagination ; et comme parmi quarante élèves il en est deux en général qui possèdent de l'imagination, trente-huit élèves pouvaient somnoler tandis que deux élèves de troisième — un autre et moi — déroulions le destin d'une boîte à conserves, prêtions aux Zoulous des coutumes nuptiales étonnantes et suivions à la piste un bonbon de sucre d'orge en train de diminuer dans la bouche d'une fille.

Ce sujet me préoccupa, préoccupa mon condisciple et le professeur Brunies quinze jours durant ou davantage. L'air d'une igname, et mille fois grivelé comme un vieux cuir, il était ramassé derrière le bois usé du pupitre et, pour nous inspirer, imitait la succion, le suçaillement, le salivement. Il faisait passer d'une bajoue à l'autre un imaginaire bonbon de sucre d'orge, il l'avalait presque, il le réduisait, les yeux clos, il faisait parler, raconter le bonbon ; bref, le professeur Brunies, en un temps où les sucreries étaient rares et contingentées, était deux fois maniaque de bonbons : quand il n'en avait pas dans sa poche, il s'en inventait. Et nous rédigions le même sujet.

A partir de l'automne 41, ou vers cette date, on distribua à tous les élèves des pastilles vitaminées. Elles s'appelaient Cebion et se conservaient dans de grands bocaux de pharmacien en verre brun. Dans la salle des professeurs, à l'endroit où avait figuré tome à tome le *Dictionnaire de Conservation* de Meyer, des bocaux étiquetés — sixième à première — étaient alignés sur une file et chaque jour le professeur chef de classe compétent les portait dans les classes pour en nourrir les lycéens dévitaminés de la troisième année de guerre.

Naturellement on s'aperçut que le professeur Brunies recommençait à suçailler et que le plaisir du sucre marquait à nouveau sa bouche sénile quand il entrait dans la classe, le bocal sous le bras. La distribution des comprimés de Cebion prenait une bonne moitié de l'heure, car Brunies ne faisait pas circuler le bocal d'un banc à l'autre : il faisait avancer les élèves par ordre alphabétique en suivant rigoureusement le cahier de classe ; il plongeait dans le bocal une main circonstanciée, comme s'il pêchait pour chacun de nous un don particulier ; puis, tandis qu'une expression de triomphe éclairait ses rides, il tirait du bocal une des quelque cinq cents pastilles de Cebion, la montrait comme si elle eût été le fruit d'une âpre sorcellerie et la remettait à l'élève.

Nous le savions tous : le professeur Brunies a encore des pastilles de Cebion plein les deux poches de sa veste. Le goût en était aigre-douceâtre : un peu de citron, un peu de sucre de raisin, un peu d'hôpital. Comme nous aimions sucer du Cebion, Brunies, qui raffolait de sucreries, avait un motif de remplir ses poches. En se rendant de la salle des profs à notre

classe, chaque jour, portant le bocal brun, il entrait dans les
cabinets des profs, se retrouvait une minute après dans le
corridor et suçaillait en marchant : la poussière de Cebion
poudrait les rabats de ses poches de veste.

Je pourrais dire : Brunies savait que nous savions. Souvent,
pendant la classe, il disparaissait derrière le tableau, s'y
ravitaillait, reparaissait devant la classe et nous montrait sa
bouche affairée : « Je suppose que vous n'avez rien vu ; et si
vous avez vu quelque chose, vous avez vu de travers. »

Comme d'autres professeurs, Brunies ne pouvait faire
autrement que d'éternuer à tout propos et à grand fracas.
Comme ses collègues, il tirait de sa poche, à cette occasion, le
grand mouchoir ; seulement, au rebours de ses collègues, en
tirant le mouchoir il faisait jaillir de sa poche des pastilles
entières ou émiettées. Nous récupérions ce qui tombait sur le
parquet huilé. Une grappe d'écoliers courbés, zélés glaneurs,
rendait au professeur des moitiés et des quarts de pastilles.
Nous disions — et cela devenait une rengaine : « Monsieur le
Professeur, vous venez de perdre plusieurs minéraux
micacés. »

Brunies répondait d'un ton mesuré : « S'il s'agit de simples
gneiss micacés, vous pouvez les garder ; mais s'il y avait dans la
trouvaille un ou plusieurs gneiss à deux micas, je vous prie de
me les restituer. »

Nous autres, c'était convenu, nous ne trouvions que des
gneiss à deux micas ; Brunies les faisait disparaître pour
contrôle entre ses chicots brunâtres, les faisait pour contrôle
évoluer d'une joue à l'autre jusqu'à être sûr : « En effet, il
s'agissait, en cette trouvaille, de plusieurs gneiss bimicacés
extrêmement rares ; quelle joie que vous les ayez trouvés. »

Plus tard, le professeur Brunies cessa de tourner autour du
bocal, n'alla plus derrière le tableau et ne parla plus de gneiss
perdus. Quand il se rendait de la salle des profs à notre classe,
il ne passait plus par les cabinets ; pendant la classe même, sa
main avide s'égarait ouvertement sur nos pastilles. Un pénible
tremblement affectait tout à coup ses mains. Au milieu de la
phrase, entre deux strophes d'Eichendorff, ça le prenait : il ne
prenait plus une seule pastille entre le pouce et l'index ; à trois
doigts osseux, il en happait cinq, les jetait dans sa bouche
insatiable et mâchait si bruyamment que nous devions regarder
ailleurs.

Non Tulla,
nous ne l'avons pas dénoncé. Plusieurs dénonciations furent
faites ; mais aucune ne vint de notre classe. Certes, plus tard,
quelques élèves, moi par exemple, durent déposer comme
témoins dans la salle des professeurs ; mais nous fûmes
réticents ; certes il était exact que pendant les classes M. le
Professeur avait pris des sucreries, mais il s'agissait, non de
pastilles de Cebion, mais de vulgaires bonbons de sucre d'orge.
Le professeur Brunies avait toujours eu cette habitude, déjà du
temps où nous étions en sixième et en cinquième ; à cette
époque, il n'était pas le moins du monde question de Cébion en
pastilles.

Nos témoignages furent de peu de poids ; quand on arrêta
Brunies, on trouva du Cébion en poudre dans la doublure de
ses poches.

Tout d'abord on dit que la dénonciation venait de notre
proviseur, le professeur Klohse ; quelques-uns pariaient pour
Lingenberg, un prof de maths ; puis le bruit courut : c'étaient
des filles du lycée Gudrun, des filles de la classe où Brunies
enseignait l'histoire qui l'avaient vendu. Avant que j'aie pu
penser que c'était sûrement Tulla, on désigna Tulla Pokriefke.

C'était toi !
Pourquoi ! Comme ça ! — Au bout de quinze jours — le
professeur Brunies avait dû céder sa classe au professeur
Hoffmann, il n'enseignait plus, mais n'était pas en prison,
mais chez lui, dans l'Elsenstrasse, à méditer sur ses gneiss
micacés — au bout de quinze jours nous vîmes encore une fois
le vieux monsieur. Deux élèves de ma classe et moi fûmes
appelés à la salle des profs. S'y trouvaient déjà en attente deux
élèves de seconde supérieure et cinq filles du lycée Gudrun,
parmi elles : Tulla. Nous nous efforcions de ricaner, et le soleil
effleurait les bocaux bruns sur leur rayon. Nous étions debout
sur un tapis mou avec interdiction de nous asseoir. Les
classiques adossés au mur se méprisaient l'un l'autre. Sur le
velours vert de la longue table de commission, la lumière
fouillait la poussière. La porte était huilée : le professeur
Brunies fut introduit par un monsieur en civil ; ce n'était pas
un prof, mais un inspecteur de la police criminelle. Les suivit
le proviseur Klohse. Brunies nous fit un signe de tête affable et

distrait, frotta ses mains osseuses, brunes; une lueur de raillerie passa, comme s'il voulait entrer dans le vif du sujet et parler des préparatifs nuptiaux chez les Zoulous, du destin d'une boîte à conserves, du bonbon dans la bouche d'une fille. Mais ce fut le monsieur en civil qui parla. Il dit que cette rencontre dans la salle des profs était une confrontation indispensable. Sans hâte, il posa au professeur Brunies les questions bien connues. Il s'agissait de Cébion et de pastilles prélevées sur les bocaux. Avec des regrets et des branlements de tête, Brunies répondit non à toutes les questions. On interrogea les élèves de seconde supérieure. Il fut chargé, déchargé. Contradictions bégayées : « Non, j'ai pas vu ça, on le disait seulement. Nous avions toujours pensé. Seulement parce qu'il aimait les bonbons, on voulait croire. Pas en ma présence. Mais il est exact que... »

Je ne crois pas que ce fut moi qui dis à la fin : « Bien sûr, le professeur Brunies a goûté trois, ou au plus quatre fois aux pastilles de Cébion. Mais nous ne lui avons pas envié cette petite joie. Nous savions bien qu'il aime les sucreries, depuis toujours. »

Pendant qu'alternaient questions et réponses, je fus frappé de la sottise et de la gaucherie dont le professeur Brunies fouillait tantôt à gauche, tantôt à droite les poches de sa veste. En même temps il humectait ses lèvres nerveusement. Le monsieur en civil ne fit pas attention à cette mimique. D'abord, près de la fenêtre haute, il parla au proviseur Klohse, puis il fit signe à Tulla de venir près de la fenêtre : elle porte une jupe plissée noire. Si seulement Brunies avait sur lui sa pipe; mais il l'avait laissée dans son manteau. Le policier en civil chuchote indécemment à l'oreille de Tulla. Sur le tapis moelleux, mes semelles brûlent. Les mains sans repos du professeur, et sa langue, inlassablement. Maintenant Tulla, en jupe noire plissée, marche. Le tissu bruit jusqu'à ce qu'elle s'arrête. A deux mains, elle saisit un bocal brunâtre à demi rempli de Cebion en pastilles. Elle le soulève du rayon, et personne ne l'en empêche. Pied à pied, dans sa jupe plissée, elle contourne la longue table verte des commissions, pince les yeux, et les fait encore plus petits. Tous la suivent du regard et Brunies la voit venir. A distance de bras, elle s'arrête devant le professeur, hausse le bocal sur sa poitrine, l'y maintient de sa seule main gauche et, de la droite, ôte le couvercle de verre. Brunies essuie ses mains moites à sa veste. Elle écarte le couvercle et le dépose : sur le feutre vert de la table des commissions, un rayon de soleil le touche. La langue du professeur ne s'agite plus, reste sortie. Elle reprend le bocal à deux mains, l'élève plus haut, s'avance en jupe plissée sur ses pointes de soulier ; Tulla dit : « S'il vous plaît, Monsieur le Professeur. »

Brunies ne se défendit pas. Il ne cacha pas ses mains dans ses poches de veste. Il ne détourna pas la tête et sa bouche pleine de chicots bruns. Personne n'entendit : « En voilà une ineptie ! » Le professeur Brunies y alla précipitamment, de toute la main. Quand les trois doigts ressortirent du bocal, ils soulevaient six ou sept pastilles : deux retombèrent dans le bocal ; une sur le tapis de moquette vert clair et roula sous la table ; il se bourra dans la bouche ce qu'il avait pu retenir entre ses doigts. Mais la pastille égarée sous la table lui fendait le cœur. Il se mit à genoux. Devant nous, devant le directeur, devant le policier en civil et devant Tulla, il se mit à deux genoux ; ses mains cherchèrent à tâtons devant et sous la table ; il aurait trouvé la friandise, l'aurait portée à sa bouche maniaque s'ils n'étaient pas intervenus : le proviseur et le policier en civil. Ils l'empoignèrent par les bras à droite et à gauche comme une cruche par les anses et le remirent sur ses pieds. Un élève de seconde supérieure ouvrit la porte huilée. « Eh bien, je dois vous rappeler sérieusement à l'ordre, cher collègue ! » dit le proviseur Klohse. Tulla se pencha pour récupérer la pastille sous la table.

Des jours plus tard, nous fûmes interrogés une fois encore. Nous entrâmes dans la salle des profs un par un. L'histoire des pastilles de Cébion ne suffisait pas. Les élèves de seconde supérieure avaient noté des sorties du professeur : démoralisantes, négatives. Tout d'un coup, tout le monde dit : il était franc-maçon. Pourtant personne ne savait ce que c'était qu'un franc-maçon. Je me tus. C'était ce que m'avait conseillé mon père, le maître-menuisier. Je n'aurais peut-être pas dû dire que le porte-drapeau du professeur était toujours vide, mais il était notre voisin et tout le monde voyait bien qu'il ne pavoisait pas quand tout le monde pavoisait. D'ailleurs le policier en civil était déjà renseigné et secoua la tête avec impatience quand je dis : « Eh bien par exemple pour l'anniversaire du Führer, quand tous pavoisent, alors le professeur Brunies ne met jamais de drapeau, bien qu'il en possède un. »

Le père nourricier de Jenny fut soumis à la détention préventive. Une fois encore, à ce que l'on dit, ils l'auraient laissé rentrer chez lui pour quelques jours, avant de l'emmener définitivement. Le pianiste Felsner-Imbs allait chaque jour à l'appartement de la maison par actions et s'occupait de Jenny demeurée seule ; il dit à mon père : « Voilà qu'ils ont emmené le vieux monsieur à Stutthof. Si seulement il en réchappe ! »

Comme ton frère Alexandre était mort depuis un an, les Pokriefke et les Liebenau, ta famille et la mienne, quittèrent le deuil ; alors Jenny fit teindre ses vêtements. Une fois par semaine, une assistante de Jeunesse venait inspecter la maison d'en face : Jenny la recevait en noir. Au début il fut question de mettre Jenny dans un orphelinat de l'Assistance ; l'appartement du professeur devait être évacué. Mais Jenny en deuil trouva des intercesseurs. Felsner-Imbs écrivit des lettres ; la directrice du lycée Gudrun fit une requête ; l'intendant du Théâtre municipal se fit recevoir à la direction régionale du Parti ; et Mme Lara Bock-Fedorowa n'était pas sans relations. Aussi Jenny continua-t-elle d'aller au lycée, à la classe de ballet et aux répétitions, mais en noir. Dans la rue, sous un bonnet noir souple, en manteau noir trop grand, elle allait pas à pas, en bas de coton noirs, mais son visage n'offrait pas trace de larmes ; il était seulement un peu blême — par l'effet du noir qu'elle portait, peut-être — elle tenait le buste immobile, les chaussures en dehors dans le meilleur style de ballet ; elle portait à l'école son cartable — brun, et en simili-cuir — portait à Oliva ou bien au théâtre ses sacs d'entraînement vert poireau, rouge aurore ou bleu aérien teints en noir ; elle revenait ponctuellement, les pieds en dehors, dans l'Elsenstrasse, comme une jeune fille sage plutôt que comme une insurgée.

Pourtant il y eut des voix pour reconnaître dans le noir omniquotidien de Jenny la couleur de la rébellion : en ces années-là on ne pouvait mettre des vêtements de deuil que si l'occasion de les mettre était dûment certifiée et tamponnée. On pouvait prendre le deuil de fils morts au champ d'honneur et de grand-mères décédées ; mais la brève communication de la Police criminelle de Danzig, aux termes de laquelle on avait dû, pour cause de comportement indigne et de crime contre le bien-être de la population, s'assurer du professeur Oswald Brunies n'avait pas valeur probante aux yeux de l'Office de Rationnement ; c'était là-bas seulement, au guichet de distribution des cartes de vêtements, qu'il y avait des bons d'achats pour vêtements de deuil en cas de deuil.

« Qu'est-ce qui lui prend, puisqu'il vit encore. Tout de même, ils ne feront pas ça au vieux bonhomme. En faisant ça, elle ne lui rend sûrement pas service pour un sou, au contraire. Quelqu'un devait lui dire que ça ne sert à rien qu'à se faire remarquer. »

Les voisins et l'Assistance s'abouchèrent avec Felsner-Imbs. Le pianiste tenta d'induire Jenny à quitter ses vêtements de deuil. Il dit que les détails extérieurs n'avaient jamais d'importance. Porter le deuil dans son cœur suffisait pleinement. Son deuil à lui était à peine moindre, car on lui avait pris un ami, le seul.

Mais Jenny Brunies s'en tint au noir extérieur et continua de promener son réquisitoire par Langfuhr et l'Elsenstrasse. Un jour, à l'arrêt du Deux qui allait à Oliva, je lui parlai. Naturellement elle rougit dans son cadre noir. S'il me fallait la peindre de mémoire, elle aurait des yeux gris clair, des cils ombreux, les cheveux châtains avec une raie au milieu, coulant lisses et ternes en deux bandeaux las sur la joue et l'oreille, tressés derrière en une natte stricte. Le long visage étroit serait couleur d'ivoire, car elle rougissait par exception. Un visage créé pour le deuil : Giselle dans la scène du cimetière. Sa bouche discrète ne parlait que si on l'interrogeait.

A l'arrêt du tramway, je dis : « Faut-il réellement, Jenny, que tu portes toujours le deuil ? Voyons, papa Brunies peut revenir aujourd'hui ou demain. »

La bouche de Jenny dit : « Pour moi, il est déjà mort, même s'ils n'ont pas écrit qu'il est mort. »

Je cherchai un sujet, car le tramway n'arrivait pas : « Le soir, tu es toute seule à la maison ? »

Jenny s'en tint au sujet : « Souvent M. Imbs vient. Alors nous trions et étiquetons les pierres. Tu sais, il a laissé beaucoup de matériaux non classés. »

Je voulus partir, mais son tramway ne venait pas : « Tu ne vas jamais au cinéma, ou bien ? »

Jenny fit de petits sauts : « Quand papa vivait encore, nous allions quelquefois au Palais U.F.A. le dimanche matin. Ce qu'il préférait, c'étaient les documentaires. »

Je m'en tins à la superproduction : « Tu n'aurais pas envie d'aller au cinéma avec moi ? »

Le tramway de Jenny arrivait, jaune paille : « Si tu y tiens, volontiers. » Des gens en manteaux d'hiver descendaient : « Pas besoin que ce soit un film gai, on pourrait aller à un sérieux, ou bien ? »

Jenny monta en voiture : « Au Palais du Film, ils jouent *Mains libérées,* il est autorisé aux jeunes à partir de seize ans. »

Si Tulla avait dit :

« Une seconde réservée », la caissière aurait sûrement voulu voir la carte d'identité de Tulla ; mais nous n'eûmes pas à produire de justifications, parce que Jenny portait le deuil. Nous étions en manteaux, car le cinéma était mal chauffé. Nulle part de visages connus. Pas besoin de parler, car la musique de pot-pourri ne discontinuait pas. En même temps, le rideau remontait en ronronnant, les actualités démarraient sur un motif de sonnerie militaire, l'obscurité se fit dans la salle. Alors je passai le bras autour des épaules de Jenny. Il n'y resta pas longtemps : trente secondes d'affilée, au moins, l'artillerie lourde bombarda Leningrad. Quand nos chasseurs abattirent un bombardier anglais, Jenny ne voulut rien voir et serra son front contre mon manteau. Je laissai mon bras repartir mais gardai les yeux sur les avions de chasse ; je comptai les blindés de Rommel qui avançaient en Cyrénaïque ; je suivis la trajectoire zigzagante d'une torpille ; je vis le pétrolier danser dans le collimateur, sursautai quand il encaissa et reportai sur Jenny le tremblement et les soubresauts du pétrolier qui volait en pièces. Quand la caméra des actualités rendit visite au Quartier général du Führer, je dis à voix basse : « Attention, Jenny, ça va être le Führer, peut-être que le chien y sera. » Nous fûmes déçus tous deux : entre les arbres, sur les allées gravillonnées, il n'y avait à être plantés que Keitel, Jodl et je ne sais qui d'autre.

Quand la lumière se refit dans le cinéma, Jenny ôta son manteau, moi pas. Le documentaire montrait des chevreuils et des cerfs qu'il fallait nourrir en hiver sinon ils seraient morts de faim. Sans manteau, Jenny était encore plus mince. Les chevreuils n'étaient pas farouches. Les sapins dans la montagne étaient chargés de neige. Dans la salle, tous les vêtements étaient noirs, et pas seulement le pull-over de deuil que portait Jenny.

J'aurais déjà eu envie pendant le documentaire, mais je ne me lançai qu'après le début du grand film. *Mains Libérées* était un film policier avec mitraillages et menottes. Les mains appartenaient à une femme sculpteur qui en pinçait fortement pour son professeur de sculpture et qui, en réalité, s'appelait

Brigitte Horney. Chaque fois qu'elle était sur l'écran, je faisais pareil à Jenny dans la salle. Elle fermait les yeux ; je voyais cela. Sans arrêt, les mains sur l'écran travaillaient les mottes de glaise en figures nues et en poulains joueurs. La peau de Jenny était froide et sèche. Comme elle tenait les cuisses serrées, j'émis l'opinion qu'elle les écartât. Elle le fit aussitôt, mais tout en gardant les yeux dirigés vers le film principal en cours de projection. Son chas était encore plus petit que celui de Tulla ; c'était ce que j'avais voulu savoir. Quand je remis le second doigt, Jenny détourna la tête du film : « Non, je t'en prie, Harry, tu me fais mal. » Je cessai aussitôt, mais laissai mon autre bras chez elle. La voix ténébreuse et cassée de la Horney remplissait le cinéma plein de deuils. Peu avant la fin, je flairai mes doigts : ainsi les noisettes pas mûres sur le chemin de l'école : amer, savonneux, fade.

Il advint que le retour me rendit objectif. Je descendis la rue de la Garre en dissertant : le film était de première ; mais aux actualités on vous montrait toujours la même chose ; les chevreuils, c'était plutôt barbant ; et demain, il fallait retourner à cette école idiote ; pour Papa Brunies, sûrement que ça s'arrangerait : « Qu'en disent-ils à Berlin ? Tu n'as pas écrit à Haseloff pour lui raconter toute l'histoire ? » Jenny trouvait aussi que le grand film était bon ; la Horney était réellement une grande artiste ; elle aussi espérait que cela finirait bien pour Papa Brunies, bien qu'elle eût l'intuition certaine qu'il ; mais M. Haseloff avait écrit deux fois depuis ; il viendrait incessamment la chercher : « Il pense que Langfuhr n'est plus le pavé qui me convient. C'est aussi l'avis de Monsieur Imbs. Est-ce que tu m'écriras quelquefois quand je serai au Ballet de Berlin ? »

Les renseignements de Jenny me donnèrent des ailes. La perspective de la savoir bientôt partie avec son deuil m'inspira des paroles amicales. Je la pris gentiment par l'épaule, fis des circuits par d'obscures rues latérales, restai avec elle en février ou mars sous des becs de gaz peints en bleu alerte, la poussai jusqu'au réverbère suivant, la serrai contre le fer forgé de clôtures et la pressai d'aller à Berlin avec Haseloff. Je lui promis je ne sais combien de fois de lui écrire non seulement de temps à autre, mais régulièrement. Enfin je lui ordonnai de quitter Langfuhr, car Jenny me remit toute responsabilité : « Si tu ne veux pas que je te quitte, je reste près de toi ; mais si tu trouves que M. Haseloff a raison, alors je m'en vais. »

Alors j'invoquai un homme qu'on avait embarqué à Stutthof : « Eh bien ! Je voudrais parier que, si Papa Brunies était ici, il dirait exactement comme moi : va à Berlin ! Il ne peut rien t'arriver de mieux. »

Quand nous fûmes arrivés dans l'Elsenstrasse, Jenny me remercia du cinéma. Je l'embrassai une fois, vite, à sec. Sa phrase de conclusion fut comme toujours : « Mais voilà que je suis un peu fatiguée, et en plus il faut que je fasse mon anglais pour demain. »

Je fus heureux qu'elle ne voulût pas m'amener dans l'appartement vide du professeur. Qu'aurais-je pu faire d'elle entre des caisses pleines de minéraux micacés assortis, entre des pipes non ébouillantées et la tête pleine de désirs qui n'attendaient rien de Jenny, mais de Tulla un tas de choses.

Chère cousine,

alors, peu avant Pâques, il neigea. Cela fondit vite. En même temps tu te mis à faire dans le permissionnaire, mais sans avoir d'enfant. Alors, peu après Pâques, il y eut alerte aérienne ; mais chez nous il ne tomba pas de bombes. Et début mai Haseloff vint chercher Jenny.

Il arriva dans une Mercédès noire, derrière un chauffeur, et descendit : mince, mobile, étranger. Il portait jeté sur les épaules un manteau beaucoup trop vaste aux carreaux voyants. Il frotta ses mains gantées de blanc, détailla la façade de la maison par actions, ausculta notre maison, étage par étage : moi, à demi caché par les doubles-rideaux, je reculai dans la pièce jusqu'au bord du tapis. Ma mère m'avait appelé à la fenêtre : « Tiens, regarde donc çui-là ! »

Je le connais. Je l'ai vu le premier quand il était encore neuf. Il m'a jeté la dent. J'étais dans le buisson de coudrier. Il partit par le train à vapeur, peu de temps après sa renaissance. Il se mit à fumer et fume toujours, en gants blancs. J'ai sa dent. Elle est dans mon porte-monnaie. Quand il partit, il avait la bouche rentrée. Il revint les mâchoires pleines d'or : car il rit, remonte et redescend un bout d'Elsenstrasse, rit, marche, examine tout. Les maisons des deux côtés, les numéros, pairs et impairs, les petits jardins devant, juste assez larges pour qu'on crache par-dessus, les pensées. Il ne peut se rassasier de voir, il est pris d'un rire large : à toutes les fenêtres il montre, pleine d'or, la bouche de Haseloff. Ses trente-deux dents crachent un rire muet, comme si ce monde n'offrait pas d'occasion de rire plus astucieuse que notre Elsenstrasse. Mais voici que Felsner-Imbs sort de notre maison, respectueusement. Et le rideau tombe sur trop d'or, par temps de mai ensoleillé. Les deux hommes que, de mon rideau, je vois en raccourci se saluent à quatre mains comme s'ils célébraient un revoir. Le chauffeur, à côté de la Mercédès, se dérouille les jambes et ne veut rien voir. Mais les fenêtres sont autant de loges. L'éternelle recrue de mômes forme un cercle autour des retrouvailles. Moi, et les moineaux dans les gouttières, nous comprenons : il est revenu, il prend par le bras le pianiste, perce le cercle des mômes rameutés, pousse le pianiste dans la maison par actions, lui tient respectueusement la porte ouverte et le suit sans regarder en arrière.

Jenny avait déjà fait ses valises, car au bout de moins d'une demi-heure, elle quitta la maison par actions en compagnie de Felsner-Imbs et de Haseloff. Elle était en deuil. Angustri au doigt, sans mon collier en caoutchoucs de bouteilles ; elle l'avait placé entre du linge dans une des deux valises qu'Imbs et Haseloff remettaient au chauffeur. Les mômes dessinaient des bonshommes dans la poussière recouvrant la Mercédès noire. Le chauffeur tira sur sa casquette. Haseloff voulut pousser doucement Jenny au fond de l'auto. Il avait remonté le col de son manteau, il ne montrait plus le visage à l'Elsenstrasse, il avait hâte. Mais Jenny ne voulut pas encore monter en voiture ; elle montra nos rideaux et, avant qu'Imbs et Haseloff aient pu la retenir, elle avait disparu dans notre maison.

A ma mère — elle faisait tout ce que je voulais — je dis, caché par les doubles-rideaux : « N'ouvre pas si on sonne. Qu'est-ce qu'elle veut ? »

La sonnette sonna quatre fois. Ce n'était pas une sonnette où l'on appuie, mais une qu'on tourne. Notre sonnette tournante ne tinta pas seulement, elle crépita quatre fois en crécelle ; ma mère et moi restâmes à nos places derrière les doubles-rideaux.

Cela me restera dans l'oreille, ce que notre sonnette répéta quatre fois.

« Sont partis », fit ma mère ; mais je regardais les ouvrages de compagnons qui meublaient notre salle à manger : noyer, bouleau, chêne.

J'ai gardé aussi le bruit d'un moteur : une auto s'en va, s'éloigne ; le bruit se referme sur lui-même ; il durera sans doute.

Chère cousine Tulla,

une semaine plus tard, une lettre vint de Berlin ; c'était Jenny qui l'avait écrite avec son stylo. Cette lettre me réjouit comme si Tulla me l'avait écrite de sa main. Mais Tulla écrivait à un de la Marine, de sa main. Je portai partout à la ronde la lettre de Jenny, racontant à tous que mon amie de Berlin m'avait écrit : Jenny Brunies ou Jenny Angustri, comme elle s'appelait de fraîche date ; car Haseloff, son maître de ballet, et Mme Neroda, une conseillère d'Etat qui dirigeait l'ancien Ballet Force par la Joie, devenu Ballet Allemand, lui avaient conseillé de prendre un nom d'artiste. L'entraînement avait déjà commencé ; on répétait aussi des contredanses sur une musique allemande ancienne que Mme Neroda — une Anglaise, au vrai — avait exhumée. Du reste, cette Neroda devait être une femme singulière, par exemple : « Quand elle sort, en ville ou pour une vraie réception, alors elle porte un manteau de fourrure très cher, mais pas de robe en dessous, seulement le maillot d'entraînement. Mais elle peut se le permettre. Et elle a un chien, un Ecossais qui a les mêmes yeux qu'elle. Beaucoup la tiennent pour une espionne. Mais je n'en crois rien, et mon amie non plus. »

A intervalles de quelques jours, j'écrivis à Jenny une série de lettres d'amour pleines de redites et de désirs directs. Je dus écrire chaque lettre deux fois, car les premières rédactions grouillaient d'inadvertances. Par trop souvent j'écrivais : « Crois-moi, Tulla ! » ou bien : « Pourquoi, Tulla ? Ce matin, Tulla. » Si tu veux, Tulla. Je te veux, Tulla. Je rêvai Tulla. Manger, retenir, aimer Tulla, faire un enfant à Tulla.

Jenny répondait régulièrement, d'une petite écriture soignée. Sur un débit égal, en respectant la marge, elle remplissait deux feuillets de papier à lettre bleu, recto et verso, de réponses à mes offres et de descriptions de son nouvel entourage. A tout ce que je voulais de Tulla, Jenny disait oui ; seul l'enfant était encore un peu prématuré — pour moi aussi — il fallait d'abord que chacun arrivât à quelque chose dans sa profession : elle sur la scène et moi comme historien ; c'était ce que je voulais devenir.

Elle racontait de la Neroda que cette femme peu banale possédait la bibliothèque de ballet la plus grande du monde, voire un manuscrit du grand Noverre. M. Haseloff, disait Jenny, était un original un peu inquiétant, quoique comique à

ses heures, et qui, dès qu'il en avait terminé de son entraînement — sévère, mais fabuleusement construit — descendait à
son atelier en sous-sol où il bricolait des machines bizarres,
d'apparence humaine. Jenny écrivait : « Au fond, il ne prend
pas tellement au sérieux la danse classique car souvent,
pendant l'exercice, quand tout ne va pas à sa convenance, il a
des plaisanteries assez déplacées et dit : « Je mettrai demain à
la porte tous ces pantins. On vous fourrera dans les usines de
munitions. Là vous pourrez tourner des obus, si vous n'êtes
pas capables de tourner une seule pirouette aussi proprement
que mes petites mécaniques ! » Il prétend que les figures qu'il a
dans sa cave démontrent une attitude à en rester baba : ses
figures seraient toujours en dehors ; un de ces jours, il mettrait
une de ses figures tout en avant à la barre. « Vous en pâlirez
d'envie et vous comprendrez ce que peut être la danse
classique, tas de bouchons et de bouteilles. »

C'était ainsi que M. Haseloff nommait les danseurs et les
danseuses. Dans une des lettres suivantes que Jenny m'envoya
dans l'Elsenstrasse, je trouvai en post-scriptum une de ces
figures décrite et esquissée en bonhomme de fil de fer. Elle
était à la barre, et montrait aux bouchons et bouteilles un port
de bras réglementaire.

Jenny écrivait : « C'est incroyable ce que j'ai appris de la
figure mécanique, qui d'ailleurs n'est ni un bouchon ni une
bouteille. Avant tout, j'ai maintenant le vrai dos de danse
classique, et je vois clairement les points — Mme Lara a négligé
cela — dans la conduite de bras. Où que j'aille, où que je sois,
que j'astique mes chaussures ou élève un verre de lait, il y a
toujours des points dans l'air. Et même quand je bâille — car le
soir nous sommes joliment fatigués — je prends garde aux
points quand je porte la main à ma bouche. Mais je vais
terminer et t'aimer bien fort quand je m'endors, et le matin
aussi quand je m'éveille. Et s'il te plaît ne lis pas trop, sinon tu
te gâteras la vue. Toujours ta Jenny. »

Chère Tulla,
à l'aide d'une lettre de ce genre, écrite par Jenny, je tentai de
jeter un pont : vers toi. Dans l'escalier de notre immeuble,
nous ne pouvions nous éviter, et je ne luttais pas pour ne pas
rougir comme d'habitude : « Vise donc, Jenny m'a encore
écrit. Ça t'intéresse ? C'est drôle ce qu'elle écrit : amour et

compagnie. Si tu veux rire, tu n'as qu'à lire ce qu'elle radote. Elle s'appelle maintenant Angustri, comme la bague, et bientôt elle ira en tournée avec le théâtre. »

Je tendais la lettre ouverte au nez de Tulla, comme si c'était un objet indifférent et, en quelque mesure, amusant. Tulla fit claquer un doigt contre le papier : « A la fin, faudra que tu cherches autre chose, au lieu de ramener tout le temps tes conneries de ballet. »

Tulla portait les cheveux libres, brun moutarde, à l'épaule et en mèches. Une indéfrisable que lui avait offerte le marin de Putzig était encore identifiable. Une mèche lui pendait sur l'œil gauche. D'un geste mécanique, plus mécanique que ne l'eussent exécuté les figures de Haseloff, soufflant silmultanément d'une bouche méprisante, elle refoulait sa mèche et la ramenait ensuite devant le même œil par une secousse de son épaule osseuse. Mais elle n'était pas encore fardée. C'est plus tard seulement, quand le Service de Patrouille de la Jeunesse hitlérienne l'épingla en pleine gare centrale à minuit, puis, avec un aspirant de l'école d'Aspirants de Nouvelle-Ecosse, sur un banc du parc Uphagen, que Tulla était fardée de partout.

Elle fut renvoyée de l'école. Mon père parla d'argent fichu par la fenêtre. A la directrice du lycée Gudrun qui, malgré le rapport du Service de Patrouille, voulait encore lui donner sa chance, Tulla aurait dit : « Flanquez-moi seulement à la porte, Madame la Directrice. De toute façon j'en ai jusque-là de la boîte. J'aimerais mieux que n'importe qui me fasse un enfant, histoire qu'il se passe enfin quelque chose ici à Langfuhr, et ailleurs. »

Pourquoi voulais-tu un enfant ? Parce que ! Tulla fut vidée, mais n'eut pas d'enfant. Toute la journée elle croupissait à la maison, écoutant la radio, le soir après dîner elle traînait. Un jour elle rapporta à sa mère six mètres de drap de marine premier choix. Un jour elle rentra avec une peau de renard du Front de l'Arctique. Un jour elle s'empara d'une balle de soie à parachutes. Elle et sa mère portaient du linge en provenance de toute l'Europe. Quand des gens vinrent de l'Office du Travail et voulurent la mettre à l'usine électrique, elle se fit porter malade par le docteur Hollatz : anémie et ombres au poumon. Tulla reçut des cartes d'alimentation supplémentaires et une indemnité de maladie, mais peu de chose.

Quand Felsner-Imbs, emportant son grand sablier, la ballerine de porcelaine, son poisson rouge, des montagnes de partitions et des photos jaunies, partit pour Berlin — Haseloff l'appela comme pianiste de ballet — Tulla lui donna une lettre : pour Jenny. Je n'ai jamais pu savoir ce que Tulla avait écrit avec son stylo, car Jenny, dans sa seconde lettre, mentionna que Felsner-Imbs était bien arrivé, que Tulla lui avait très gentiment écrit et qu'elle donnait le bonjour à Tulla, mille fois.

A nouveau, j'étais en dehors du coup, et les deux filles avaient en commun quelque chose. Quand je rencontrais Tulla par hasard, je ne rougissais plus, je blêmissais. Certes je collais encore à toi, mais j'apprenais à te haïr, toi et ta colle ; et la haine — une maladie de l'âme qui n'empêche pas de vieillir — me facilitait les rapports avec Tulla : amicalement, verticale- ment, je lui donnais de bons conseils. Jamais je ne laissais la haine passer aux actes, car d'abord je m'observais jusque dans mon sommeil, ensuite je lisais trop, troisièmement j'étais un élève studieux, presque un bûcheur, qui n'avait pas le temps de vivre sa haine à fond, et quatrièmement j'édifiais en moi un autel où se tenait Jenny, debout, en dehors, le tutu et les bras posés sur l'air ; pour mieux dire : j'empilais les lettres de Jenny et voulais me fiancer avec elle.

Chère Tulla aimée,
aussi bien élevée et ennuyeuse pouvait être Jenny, quand on était assis devant elle ou marchait à son côté, aussi amusante elle était par sa façon d'écrire des lettres spirituellement impertinentes. Ses yeux qui, vus du dehors, étaient délicate- ment ourlés de cils et d'expression sosotte, avaient, vus du dedans, le don de voir les choses d'un regard sec et concret, même quand, en chaussons, elle faisait des pointes ou bien signifiait un cygne mourant sous les feux de la rampe.

Ainsi elle me décrivit une leçon de ballet que Haseloff avait donnée à ses bouchons et bouteilles. Il s'agissait d'étudier un ballet qui se serait appelé *Epouvantails* ou bien *les Epouvantails* ou bien *le Jardinier et les Epouvantails*.

L'entraînement ne marchait ni à la barre ni en plein air. Felsner-Imbs, le dos perpétuellement voûté, répétait sans résultat le petit morceau de Chopin. Les pins devant les fenêtres, pleins de pluie, étaient pleins aussi d'écureuils et de passé prussien. Le matin, il y avait eu alerte aux avions et entraînement dans la cave du chauffage central. A présent, les bouteilles en collant noir se fanaient à la longue barre, les bouchons larmoyants battirent des paupières quand Haseloff, jambes tendues, bondit sur le piano : un procédé familier au pianiste Felsner-Imbs, et qui nuisait à peine au piano, car Haseloff savait exécuter des sauts de pied ferme, élevés, lents et à longue portée, et se recevoir précautionneusement sur le couvercle brun du piano sans secouer les entrailles de l'instrument au timbre dur. Maintenant les bouchons et les bouteilles autant qu'ils étaient, auraient dû se réveiller, car les uns comme les autres savaient ce que signifiait et promettait en fait de conséquences le saut furibond de Haseloff sur le piano.

D'en haut, mais pas directement, mais tourné vers le grand miroir de ballet qui transformait en espion le mur de façade de la salle, Haseloff parla, donnant aux bouchons et bouteilles un avertissement préalable : « Faut-il faire démontrer le pinceau ? Est-ce la joie de vivre qui fait défaut ? Faut-il que les rats mordent le derrière des cygnes ? Faut-il que Haseloff ouvre encore un sachet ? »

Il reprenait son trop fameux exercice à la barre : « grand plié... deux fois dans chacune des positions une, deux et cinq ; huit dégagés tendus et seize rapides en deuxième position ; huit petits battements dégagés, en forçant sur l'extérieur, effleurant le sol ». Mais seules les filles forçaient sur l'extérieur en effleurant le sol ; ni le sachet dont on les menaçait, ni Chopin, associé à Felsner-Imbs ne pouvaient inspirer aux garçons l'entrain et le plié dans les formes : on aurait dit une pâte dans la cuiller, une mayonnaise à demi réussie, du miel turc filant ; ainsi trimaient les bouchons, ou garçons — Wölfchen, Marcel, le petit Schmitt, Serge, Gotti, Eberhard et Bastian — ils claquaient des cils, soupiraient un tantinet entre les battements fondus en demi-pointe, tournaient le cou comme des cygnes à l'heure du repas dans le rond de jambe à la seconde et attendaient résignés le second saut de Haseloff qui, au grand battement, ne se fit plus attendre.

Le saut de Haseloff s'effectua encore une fois de pied ferme : parti du couvercle du piano, il survola d'un bond la chevelure neigeuse du pianiste pour atterrir jambes tendues, le cou-de-pied étonnamment cambré, au milieu de la salle, face au miroir. Et sans rien cacher à la glace il tira mystérieusement de quelque part le sachet annoncé. C'était un cornet pointu, ce célèbre cornet qu'on redoutait, qu'il aimait, un cornet de poudre qui fait du bien quand on n'abuse pas, un cornet d'un demi-quart de livre qu'il prit dans sa poche intérieure spéciale ; puis il ordonna à toutes les filles, ou bouteilles, de quitter la

barre. Il les envoya dans le coin où le poêle grondant rougissait
aux joues. Elles s'y pressèrent en pépiant, se tournèrent vers le
mur et, de leurs doigts pâles, voilèrent de surcroît leurs yeux.
Et Felsner-Imbs masqua d'un châle de soie sa tête léonine.

Car, tandis que, pudiquement on couvrait ses yeux et voilait
sa tête, Haseloff commandait : « Face à la barre ! » Sept
garçons dépouillaient, en proie à une émotion terrible, leurs
collants noirs, roses, jaunes d'œuf ou blé vert. « Et préparation ! » Haseloff claquait de ses doigts secs ; face au mur, ils
s'alignaient à la barre, claquant inlassablement des paupières et
prenaient de leurs quatorze mains le bois usé. Sept torses,
soutenus par un air de Chopin tapé à l'aveuglette, s'inclinaient,
bras tendus, poussant à fond sur les genoux et faisaient sept
fois surgir dans la salle bien chauffée le même petit cucul à
peau douce de petit garçon.

Alors Haseloff, à hauteur du premier cucul, prenait latéralement la position initiale, tenait de la main gauche le cornet
pointu, avait à droite, comme par enchantement, un pinceau
entre les doigts, plongeait les poils de blaireau, denrée chère et
inusable, dans le cornet pointu, et commençait à siffler tout
seul, gaiement *la Polonaise* qui avait fait ses preuves ; Felsner-
Imbs l'accompagnait ; filiforme, il évoluait d'un derrière à
l'autre en se suivant dans le miroir.

En même temps, et c'était le sommet de la cérémonie — il
tirait à sept reprises le pinceau poudreux du cornet et le faisait
sept fois disparaître dans le derrière des garçons : *salam
aleikoum.*

Ce n'était pas une poudre philopode. Pas un médicament
soporifique qu'il introduisait. Pas une poudre amaigrissante,
pas du tip-top qui éloigne les éléphants, ni du D.D.T., ni du
lait en extrait sec, ni du cacao ni du sucre farine, ni de la farine
de pâtissier, ni pour les yeux, ni du talc, ni du perlimpinpin ;
c'était du poivre noir et moulu fin, que Haseloff ne se lassait
pas de déposer à sept reprises. Enfin, quand son haleine
proche venait voiler le miroir, il terminait son numéro
pédagogique par une lente pirouette, faisait face à la salle et, la
bouche pleine de dents d'or, il cornait : « Alors, mes enfants !
D'abord les bouchons, ensuite les bouteilles. Première position : grand plié, bras en couronne ! »

Et à peine Imbs, redevenu clairvoyant, jetait-il sur les
touches ses doigts chargés de Chopin qu'en un clin d'œil et
comme spontanément les collants de couleur remontaient sur
sept derrières poivrés de petits garçons. Un exercice se

développait : pieds prestes, jambes hautes, conduite de bras grandiose. Les cils ne battaient plus. Des lignes s'éveillaient, la beauté transpirait. Et Haseloff faisait disparaître on ne savait où le pinceau en poils de blaireau.

L'effet du poivre était si tenace qu'après l'exercice réussi, les filles sans poivre et les garçons échauffés par le poivre purent être invités à répéter le ballet des épouvantails : Acte III, destruction du jardin par la masse des épouvantails, jusqu'au pas de deux.

La grande scène étant réussie avec accompagnement savoureux de musique militaire dans la tradition prussienne — un chaos précis, sur les pointes — Haseloff montra ses trente-deux dents en or pour ordonner : cessez. Il brandit sa serviette éponge, dit à Felsner-Imbs de fermer le piano, d'ensevelir dans son portefeuille Chopin et les marches de Prusse et distribua des notes : « Bravo Wölfchen, bravo le petit Schmitt, bravo tout le monde ! Bravo en particulier pour Marcel et Jenny. Vous resterez encore un peu. Nous ferons la fille du jardinier et le prince, premier acte, sans musique, en demi-pointe. Vous autres, couchez-vous de bonne heure et n'allez pas traîner. Demain matin : tout le corps de ballet, enlèvement de la fille du jardinier et grand final ! »

Chère Tulla,

dans cette lettre de Jenny dont je tentai de restituer la teneur, il était écrit, comme dans toutes les autres lettres de Jenny, qu'elle continuait à m'aimer de tout son cœur, bien que Haseloff lui fît la cour avec discrétion et non sans une ironie terrible. Mais je n'avais pas besoin de m'en inquiéter. Du reste, ne serait-ce que pour deux jours, elle reviendrait à Langfuhr : « Il faut évacuer l'appartement. Nous voulons donc garer les meubles et la collection de minéraux. Tu peux t'imaginer combien il a fallu de paperasses pour obtenir l'autorisation de déménager. Mais Haseloff sait s'y prendre avec les gens. D'ailleurs, il est d'avis que les meubles seraient mieux à l'abri à Langfuhr, parce que Berlin est de plus en plus bombardé. En tout cas, il transféra les gneiss à la campagne, en Basse-Saxe. Il y connaît des paysans et un directeur de mines. »

Chère Tulla,

d'abord, une voiture de déménagement vint se placer devant la maison d'en face. Quinze locataires occupèrent les fenêtres de notre maison. Puis, silencieusement, la Mercedes vint se garer derrière la voiture de déménagement, mais en laissant la place nécessaire pour effectuer le chargement. Le chauffeur, casquette à la main, fut en temps utile devant la portière : en manteau de fourrure noir, peut-être de taupe, la tête sur son col remonté, Jenny, debout sur le trottoir, leva passagèrement les yeux vers nos fenêtres. Une dame qui ne doit pas attraper de refroidissement. En ulster noir à col de fourrure gris, nutria, Haseloff prit le bras de Jenny : Hermann Haseloff, la bouche pleine d'or. Mais il ne rit pas, n'examina pas notre maison. L'Elsenstrasse n'existait pas.

Mon père, derrière son journal, dit : « Tu pourrais tranquillement aider au déménagement, si vous vous écrivez tant. »

Je faillis manquer la main de Jenny dans l'ample manche du manteau de fourrure. Elle me présenta. Haseloff n'eut pour moi qu'un huitième de regard. « Oui, oui », dit-il et : « Joli bouchon. » Puis il dirigea les déménageurs comme un corps de ballet. Je ne fus pas autorisé à donner un coup de main, ni à monter dans l'appartement. Le chargement des meubles, des pièces lourdes, brun foncé pour la plupart, tous en chêne, était passionnant parce que grâce aux injonctions de Haseloff une bibliothèque large comme un panneau de mur devenait plume. Quand la chambre de Jenny quitta la maison par actions — style Restauration en bouleau clair — les meubles, portés à bras tendus en l'air par les déménageurs avaient du ballon. Entre le portemanteau de couloir et la huche flamande, Haseloff vint à moi. Sans quitter du regard les emballeurs, il m'invita à dîner avec Jenny à l'hôtel Eden, proche la Gare centrale, où ils logeaient tous deux. De lourdes caisses sans couvercle s'entassaient sur le trottoir entre les dernières chaises de cuisine. J'acceptai : « A sept heures et demie. » Tout à coup, comme si Haseloff avait réglé la mise en scène, le soleil perça les nuages et alluma le gneiss dans les caisses non fermées. L'odeur du professeur absent renaquit : la fumée de pipe refroidie déménageait aussi ; mais une partie des gneiss micacés dut rester sur place. Huit ou neuf caisses servirent à murer la voiture, deux restèrent. Alors j'eus mon entrée dans le ballet du déménagement, chorégraphie Haseloff ; je m'offris à faire une place dans notre cave pour les gneiss micacés et le granit, la biotite et la muscovite.

Mon père, quand je lui demandai l'autorisation dans la salle des machines, me surprit en acceptant paisiblement : « Fais-le, mon fils. Dans la deuxième cave, à côté des montures de fenêtres, il y a encore de la place autant qu'on veut. Mets-y les caisses de Monsieur le Professeur. Ça avait sûrement un sens si le vieux monsieur a mis toute sa vie à collectionner des pierres. »

Chère Tulla,

les caisses prirent le chemin de notre cave et, le soir, à côté de Jenny, en face de Haseloff, j'étais assis à une table dans la petite salle à manger de l'hôtel Eden. Il paraît que, le matin, tu aurais rencontré Jenny en ville, sans Haseloff. Pourquoi ? Comme ça ! Nous parlions à peine ; le regard de Haseloff passait tout droit entre Jenny et moi. Vous vous étiez rencontrées au Café Weizke dans la rue des Drapiers, paraît-il. Qu'aviez-vous à vous dire ? Des tas de choses ! Le petit doigt de Jenny, sous la table, s'était accroché à mon petit doigt. Je suis certain que Haseloff s'en aperçut. Qu'y eut-il au Café Weizke ? Pour Jenny, un méchant gâteau et une glace à l'eau. A l'hôtel Eden, il y avait potage en tortue, escalope viennoise avec asperges en boîtes et ensuite, à la demande de Jenny, un sorbet. Peut-être vous avais-je suivies en tramway jusqu'au Marché au Charbon et vous ai-je vues au Café Weizke : assises, parler, rire, pleurer, pourquoi ? Parce que !

Après le dîner, je remarquai, dans le visage correct ou tendu de Haseloff, mille et une taches de rousseur d'un gris glacé. Eddi Amsel, quand il existait encore, avait dans son visage bouffi un moindre nombre de taches, mais plus grandes, d'un brunâtre authentique. Vous avez gâché au moins deux heures en parlottes au Café Weizke. A neuf heures et demie du soir, je dus parler : « J'en ai connu un qui vous ressemblait, mais il s'appelait autrement. »

Haseloff fit signe au garçon : « Un citron pressé chaud, s'il vous plaît. »

Je savais mon texte par cœur : « Il s'appelait d'abord Steppuhn, puis il s'est appelé Sperballa, puis Sperlinski. Vous le connaissez ? »

Haseloff, qui avait pris un refroidissement, reçut son citron chaud : « Merci. L'addition, s'il vous plaît. »

Derrière moi, le garçon faisait son compte. « Pendant quelques minutes, l'homme que je connaissais s'appela Zocholl. Puis il s'appela Zylinski. Et alors il trouva le nom qu'il porte encore aujourd'hui. Voulez-vous savoir, ou veux-tu, Jenny ? »

Haseloff fit fondre deux comprimés dans une cuillère à thé et paya en billets cachés dans l'addition : « Ça ira comme ça ! »

Quand je fus pour dire comment s'appelait l'homme, Haseloff prit les comprimés et but longuement à son verre de citronnade. Il était trop tard. Et Jenny était fatiguée. C'est seulement dans le hall de l'hôtel, quand Jenny eut pu m'embrasser, que Haseloff montra quelques-unes de ses dents d'or et dit d'une voix enrouée : « Vous êtes doué. Vous connaissez beaucoup de noms. Je vous pousserai, aujourd'hui ou après-demain, et, pour vous donner encore un nom : Brauxel, avec X ; ou bien écrit comme Häksel : Brauksel ; ou bien écrit comme Weichsel : Brauchsel. Retenez bien ce nom et ses trois graphies. »

Puis tous deux, avec élégance, avec une lenteur peu naturelle, montèrent l'escalier. Jenny regardait en tous sens, et même quand je ne fus plus visible dans le hall avec trois fois Brauxel en tête.

Chère Tulla,
il existe. Je l'ai trouvé en te cherchant. Il me conseille sur la façon de t'écrire, quand je t'écris. Il me fait envoyer des mandats-poste pour que je puisse t'écrire à l'abri du souci. Il est propriétaire d'une mine entre Hildesheim et Sarstedt. Ou bien il n'est qu'administrateur. Ou bien il a le gros paquet d'actions. Ou bien le tout n'est que du bluff, du camouflage cinquième colonne, même s'il s'appelle vraiment Brauxel, Brauksel, Brauchsel. La mine de Brauksel n'extrait pas de minerai, de sel, de charbon. Je n'ai pas le droit de le dire. Je n'ai qu'à dire sans arrêt Tulla. Et je dois observer le terme prescrit qui est le 4 février. Et je dois ériger la montagne d'ossements. Et je dois commencer la féerie finale, car Brauchsel insiste par télégramme : « Conjoncture Verseau approche. Stop. Montagne ossements commencer. Amener fausse couche. Stop. Laisser courir chien et terminer à temps. »

Il était une fois une fille qui s'appelait Tulla
et avait le front pur d'une enfant. Mais rien n'est pur. La
neige non plus. Aucune vierge n'est pure. Même le porc n'est
pas pur porc. Le Diable n'est jamais à l'état pur. Aucun son
pur ne s'élève. Tous les violons le savent. Toutes les étoiles le
clignotent. Tous les couteaux l'épluchent ; même la pomme de
terre n'est pas pure : elle a des yeux qu'il faut crever.

Mais le sel ? Le sel est pur ! Non, le sel non plus. C'est
seulement marqué sur les sacs : sel pur. Il fait du dépôt.
Qu'est-ce qui se dépose ? Pourtant on le lave. Rien ne se lave
au point d'être purifié. Mais les corps simples ? Purs ? Ils sont
aseptiques, mais non purs. L'idée reste-t-elle pure ? Même au
début elle ne l'est pas. Jésus-Christ pas pur. Marx, Engels pas
purs. La cendre n'est pas pure. Et l'hostie n'est pas pure.
Aucune idée ne sauve la pureté. Même la fleur de l'art n'est pas
pure. Et le soleil a des taches ! Tous les génies ont leurs jours
néfastes. Sur la douleur nage l'hilarité. Au fond du rugissement est incrusté le silence. Des compas s'appuient aux angles.
Mais le cercle, lui, est pur !

Aucun cercle ne se ferme purement. Car si le cercle est pur,
alors la neige aussi, la Vierge, les porcs, Jésus-Christ, Marx et
Engels, la cendre impalpable, toutes les douleurs, l'hilarité, à
gauche le rugissement, à droite le silence, les passés sans tache,
les hosties ne sont plus du sang et les génies n'ont plus de
pertes, tous les angles sont purs, les compas pieux feraient des
cercles : purs et humains, porcins, salés, diaboliques, chrétiens et marxistes, hilares, rugissants, ruminants, silencieux,
sacrés, ronds, purs, anguleux. Et les os, en montagnes
blanches récemment entassés, s'élèveraient purs et sans corbeaux, magnificence pyramidale. Mais les corbeaux, qui ne
sont pas purs, grincent faute d'huile dès hier : rien n'est pur,
ni cercle, ni ossement. Et les montagnes factices, pour mettre
en tas la propreté, seront fondues, bouillies, écumées pour
faire à bon marché un savon pur ; mais le savon lui-même ne
purifie pas ce qu'il lave.

Il était une fois une fille qui s'appelait Tulla
et qui sur son front d'enfant laissait fleurir et se faner
nombre de points noirs petits et grands. Son cousin Harry lutta

longtemps contre sa propre acné. Tulla n'usa jamais d'on-
guents ni de remèdes de bonne femme. Ni lait d'amandes ni
soufre fétide, pas de jus de concombre ni de pommade à
l'oxyde de zinc sur son front. Paisiblement, elle véhiculait son
acné sur son front au surplomb enfantin persistant, et entraînait la nuit dans les parcs les sous-offs et les aspirants : car elle
voulait avoir un enfant, mais rien à faire.

Quand Tulla eut pris sa chance avec toutes les armes et tous
les grades, mais pour des prunes, Harry lui conseilla d'essayer
avec des lycéens en uniforme. Il portait depuis peu la seyante
tenue bleu aviation et n'habitait plus l'Elsenstrasse mais, par
un temps de baignade idéal, une baraque de la batterie littorale
de Brösen-Glettkau : batterie à plein effectif, elle s'étirait
derrière les dunes avec douze pièces de 88 et une quantité de
pom-poms de D.C.A. à quatre tubes jumelés.

Dès le début, Harry fut affecté comme K.6 à une pièce de 88
sur affût en croix. Le K.6 devait servir au moyen de deux
manivelles la machine à réglage d'allumage retardé. Harry s'y
employa jusqu'à la fin de sa période d'auxiliaire de la
Luftwaffe. Une position de faveur car, seul de neuf canonniers, le K.6, juché sur un petit escabeau fixé à la pièce,
gravitait gratis quand la pièce opérait des conversions rapides ;
ça lui évitait de se démolir les tibias contre le fer de l'affût en
croix. A l'exercice aux pièces, Harry était assis le dos tourné à
la bouche du canon et, tandis que tournant les manivelles il
poursuivait deux aiguilles directrices à l'aide de deux aiguilles
suiveuses, sa pensée errante oscillait entre Tulla et Jenny. Il s'y
prenait non sans adresse : l'aiguille suiveuse traquait l'aiguille
directrice, Tulla traquait Jenny, et la machine à régler
l'allumage, en ce qui concernait le canonnier Harry Liebenau,
était desservie à la pleine satisfaction de l'adjudant instructeur.

Il était une fois un adjudant
qui savait grincer des dents avec bruit. A côté d'autres
décorations il portait l'insigne de blessure en argent. C'est
pourquoi il claudiquait légèrement, mais en tire-l'œil, quand il
évoluait entre les baraques de la batterie littorale Brösen-
Glettkau. Il passait pour sévère et juste, était admiré et
superficiellement imité. Quand il s'en allait dans les dunes tirer
des lièvres de rivage, il désignait pour l'accompagner un
auxiliaire de la Luftwaffe que les autres appelaient Störtebe-

ker. Quand il tirait des lièvres, ou bien l'adjudant ne disait pas un mot, ou bien il citait un seul et même philosophe, entrecoupé de silences pesants. Störtebeker répétait et créait un jargon de potache philosophe qui bientôt fut copié par un grand nombre avec une habileté variable.

En guise d'en-tête, Störtebeker attelait à chaque phrase : « Moi, en tant que présocratique. » Quand on le voyait tirer un tour de garde, il dessinait dans le sable avec un bâton. Son bâton, promené avec maîtrise pro-jetait l'arrivée de l'essence encore inexprimée de la patence, disons tout uniment l'être. Mais si Harry disait : « L'être », Störtebeker le reprenait impatiemment : « Tu veux sans doute encore dire l'étant ! »

Même dans la quotidienneté, les langues philosophiques faisaient des écarts présocratiques et mesuraient tout événement ou objet banal à l'aune des connaissances âprement acquises par l'adjudant. Des pommes de terre en robe de chambre à moitié cuites — la cuisine était mal fournie et encore plus mal dirigée — étaient qualifiées de patates oublieuses de leur être. Si quelqu'un évoquait une chose empruntée, promise ou affirmée des jours auparavant, la réponse venait raide comme barre : « Qui pense encore au pensé ! » — à savoir : la chose empruntée, promise, affirmée. Des données quotidiennes telles qu'en fomentait la vie dans une batterie de D.C.A., par exemple un exercice punitif demi-sanglant, d'ennuyeuses alertes fictives ou le nettoyage des fusils à quoi l'on s'empuantait les doigts étaient expédiées grâce à une tournure cueillie sur les lèvres de l'adjudant : « L'essence de l'être réside une fois pour toutes dans son existence. »

Justement le mot qui collait partout : « Existe-moi voir une cigarette. Qui c'est qui vient exister au ciné ? Si tu ne fermes pas ta gueule, je vais t'en exister une. »

Quiconque était porté malade existait sur paillasse. La permission de fin de semaine s'appelait pause existentielle. Et si quelqu'un avait fait une fille — comme Störtebeker avait fait Tulla, cousine de Harry — il ramenait sa fraise après le couvre-feu, disant combien de fois il avait existé la fille.

Et Störtebeker essayait aussi de dessiner dans le sable cette existence-là : à chaque fois, elle avait un autre air.

Il était une fois un auxiliaire de la Luftwaffe, nommé Störtebeker, qui devait faire un enfant à Tulla et s'y efforçait d'ailleurs. Les dimanches, quand la batterie de

Brösen-Glettkau était ouverte aux visites, Tulla venait sur des
talons hauts et promenait entre les pièces de 88 ses trous de nez
et son front acnéeux. Ou bien elle s'éloignait dans les dunes
entre l'auxiliaire Störtebeker et l'adjudant, histoire de se faire
faire un enfant par tous deux ; mais l'adjudant et l'auxiliaire se
fournissaient par prédilection d'autres preuves existentielles :
ils tiraient des lièvres de rivage.

Il était une fois un cousin
    appelé Harry Liebenau, doué pour regarder et pasticher.
Les yeux mi-clos, il gisait à plat dans le sable marin entre les
touffes d'élyme aiguisées par le vent et devenait encore plus
plat quand trois figures humaines franchissaient la crête de la
dune. L'adjudant rectangulaire, le soleil à dos, tenait lourdement et délicatement Tulla enlacée par l'épaule. Tulla portait à
la main droite ses chaussures à talons hauts et serrait à gauche
les pattes de derrière d'un lièvre achevant de saigner. Störtebeker, à droite de Tulla — mais sans la toucher — tenait le
mousqueton canon bas. Les trois figures ne remarquèrent pas
Harry. Une éternité, ils demeurèrent immobiles, sur la crête
de la dune, silhouettes, car ils avaient à dos le soleil. Tulla
venait à la poitrine de l'adjudant. Elle portait son bras comme
une cangue. Störtebeker, à l'écart, et pourtant partie prenante
du groupe, figé, tendait l'oreille à l'être. Une image belle et
précise qui faisait mal à Harry, couché à plat ventre dans
l'élyme des sables, car il avait aux trois figures sur fond de
soleil couchant moins de part que n'en n'avait le lièvre finissant
de saigner.

Il était une fois un tableau
    douloureux au coucher du soleil, que l'auxiliaire Harry
Liebenau ne devait jamais revoir, car du jour au lendemain il
dut faire la malle. Une décision insondable le muta, et avec lui
Störtebeker, trente autres auxiliaires et l'adjudant, à une autre
batterie. Plus de dunes aux douces ondes. Plus de Baltique à la
lisse virginité. Plus d'élyme à la musique enjôleuse. Fini les
douze pièces de 88 dressées, sombres, devant le ciel tiède du
couvre-feu. Plus jamais, familières, à l'arrière-plan : l'église de
bois de Brösen, les vaches pie noire des pêcheurs, les perches

où, pour le séchage et la photographie, sont dressés les filets. Le soleil ne se couchait plus pour eux derrière des lièvres qui, faisant le beau sur les crêtes de dunes, dressent les oreilles pour adorer le soleil disparu.

Dans la batterie de Kaiserhafen, il n'y avait pas de ces animaux inoffensifs, seulement des rats ; et les rats vénèrent les étoiles fixes.

Le chemin de la batterie partait du Troyl, un faubourg portuaire entre la Ville-Basse et le Holm, et s'en allait trois quarts d'heure durant dans le sable, par les dépôts de bois, vers l'embouchure de la Vistule. Restaient en arrière largement dispersés, les ateliers de réparation des chemins de fer du Reich, les places à bois situées derrière les chantiers Wojahn ; et là, projetés entre la station du tramway du Troyl et la batterie de Kaiserhafen, les rats d'eau étaient concédés comme étants, maîtres de la place.

Quant à l'odeur qui recouvrait la batterie et ne bougeait pas d'un pouce même par beau vent d'ouest, elle ne venait pas des rats.

Lorsque Harry fut affecté à la batterie, ses chaussures de sport, les deux, furent rongées pendant la nuit. Personne, selon ordonnance de service, ne devait sortir des lits pieds nus. Ils étaient partout et s'engraissaient, mais de quoi ? Ils étaient injurieusement traités de fondants dans le fond ; mais ils n'écoutaient pas ces noms-là. La batterie fut munie de renforts de tôle contre les dégâts des rats. On en assommait beaucoup, à tort et à travers. Effet quasi nul. Alors le feldwebel qui servait de scribe officiel à la batterie et rendait compte chaque matin à son capitaine Hufnagel des effectifs en caporaux-chefs et sous-officiers, auxiliaires de la Luftwaffe et volontaires ukrainiens présents sur les rangs, proclama un ordre du jour en vertu duquel les rats d'eau furent considérablement diminués ; quant à l'odeur qui couvrait la batterie, elle ne diminua pas, car elle ne venait pas des fondants dans le fond.

Il était une fois un ordre du jour
    qui promettait des primes pour rongeurs abattus. Les caporaux et caporaux-chefs, autant d'hommes chenus, recevaient une cigarette pour trois rats. On adjugeait aux volontaires ukrainiens un paquet de mahorka quand ils pouvaient produire dix-huit têtes. Les auxiliaires de la Luftwaffe reçu-

rent pour cinq rats un rouleau de drops. Mais il y avait des
caporaux-chefs qui nous donnaient trois cigarettes pour deux
rouleaux de drops. Nous ne fumions pas la mahorka. Aux
termes de l'ordre du jour, la batterie se divisa en groupes de
chasse. Harry faisait partie d'un groupe de chasse ayant son
terrain dans le lavabo qui n'avait qu'une entrée et pas de
fenêtres. D'abord on disposa, la porte étant ouverte, des restes
d'aliments dans les rigoles-lavabos. Puis on obtura les deux
puisards de vidange. Ensuite nous attendîmes, derrière les
fenêtres de la baraque d'instruction, la tombée de la nuit.
Bientôt on vit les ombres allongées longer la baraque et
converger vers la porte du lavabo avec un unique sifflement sur
une seule note. Pas d'air de flûte : l'appel de la porte ouverte.
Pourtant on n'y avait mis que de la semoule froide et des
trognons de choux-raves. Des os de bœuf, dix fois rebouillis et
deux poignées de flocons d'avoine durcis, cédés par la cuisine,
épars sur le seuil, devaient appâter les rats. Mais ils seraient
aussi bien venus sans flocons d'avoine.

Quand le lavabo promit un butin suffisant, la baraque
d'instruction qui était en face vomit cinq jeunes gens en bottes
d'égoutiers, armés de triques, elles-mêmes armées de pitons
plantés dessus. Le lavabo ingurgita les cinq. Le dernier claqua
la porte. Dehors durent rester : des rats en retard et oublieux
de leur être ; l'odeur fondée sur la batterie ; la lune, au cas où
elle néantiserait ; les étoiles, dans la mesure où elles étaient
projetées ; la radio branchée sur les universaux qui gueulait
dans la baraque des sous-offs ; les voix ontiques des navires.
Car dedans on préludait sur une musique à part. Non plus à
l'unisson, mais avec des bonds d'un octave : crissement de
semoule, mollesse du chou-rave, râclement osseux, choc
métallique, cordes pincées, coin-coin, improprement dit. Et
soudain, comme à l'exercice, s'effectue la lumière : cinq
lampes-torches tenues de la main gauche divisent l'obscurité.
Le temps de deux soupirs, silence. Maintenant ils se cabrent,
gris plomb dans la lumière, glissent à plat ventre le long des
gouttières garnies de tôle, s'abattent avec un floc de deux cent
cinquante grammes sur le dallage, se bousculent aux puisards
bouchés avec des serpillières, veulent escalader le soubassement bétonné et s'accrocher au bois brun. Ils s'accrochent, ils
esquivent. Ne veulent pas quitter la semoule et les trognons.
Veulent sauver les os de bœuf au risque de leur poil : leur poil
luisant, ciré, imperméable, intact, beau, cher, venu à point,
lustré depuis des millénaires, où maintenant les pitons s'abat-

tent sans y regarder : non, le sang de rat n'est pas vert, mais.
On les écrabouille par terre avec les bottes, rien de plus. On les
enfile à deux sur le même piton : être avec, co-être avec.
Devenir en saut : musique ! Et cette petite chanson depuis le
temps de Noé. Histoires de rats, vraies ou imaginaires.
Relation au monde, attitude, irruption : les nefs de céréales
vidées par les rats. Les halles au blé nettoyées. Le néant
concédé. Les vaches maigres d'Egypte. Et au temps du siège
de Paris. Et quand le rat était dans le tabernacle. Et quand la
pensée quitta la métaphysique. Et quand la détresse était à son
point culminant. Et quand les rats quittaient le navire. Et
quand ils y revinrent. Quand ils mangèrent même de petits
enfants, et des vieillards impotents dans leur fauteuil. Quand
ils nièrent le nouveau-né au sein de sa mère. Quand ils
attaquèrent les chats et que de Raminagrobis il ne resta plus
que les dents qu'on voit encore aujourd'hui, nacrées, alignées
au musée. Et quand ils véhiculaient la peste et entraient dans le
lard rose des cochons. Quand ils mangèrent la Bible et se
multiplièrent comme il y est écrit. Quand ils vidèrent les
horloges et réfutèrent le temps. Quand ils furent canonisés à
Hamelin. Quand ils nouèrent leurs queues pour sonder le puits.
Quand ils devinrent philosophes au long d'un poème et firent
leur entrée au théâtre. Quand ils canalisèrent la transcendance
et se pressèrent à la lumière. Rongèrent l'arc-en-ciel. Provoquèrent la rentrée du monde en soi-même et rendirent l'Enfer
admissible. Quand les rats allèrent au ciel et sucèrent l'orgue
de Sainte-Cécile. Quand les rats couinèrent dans l'éther et
furent transférés sur des astres où il n'y avait pas de rats.
Quand les rats existèrent pour l'amour d'eux. Et que fut
proclamé un ordre du jour promettant une récompense pour
rats abattus : gros tabac, cigarettes cousues et drops acidulés à
la framboise. Histoires ratiques, rateuses, ratoïdes : ils filent
dans les coins. Si on les rate, on ne rate pas le béton. Ils
s'entassent. Queue en ficelle. Nez froncés. Fuite en avant. A
l'occasion ils attaquent. Les gourdins s'entraident. Des lampes-torches tombent sourdement, roulent avec bruit, sont
roulées à coups de pied ; mais toujours leurs faisceaux lumineux éclatent quand elles se croisent, se rallument pour
montrer ce qui bondit à la verticale, en haut de tas déjà
enregistrés comme immobiles. Car tous les gourdins comptent
ensemble : dix-sept, dix-huit, trente et un ; mais le trente-
deuxième détale, disparaît, revient, deux pitons frappent trop
tard, un gourdin trop tôt ; le rat, mordant à droite et à gauche,

fait la percée et culbute Harry : ses semelles de caoutchouc glissent sur les dalles humides d'angoisse. Il tombe à la renverse sans se faire de mal et crie à plein gosier tandis que les autres gourdins ont des rires essoufflés. Sur les peaux de rats trempées, sur le butin, sur les strates encore palpitantes, sur des générations voraces, sur une histoire anthropomyomachique qui ne veut plus finir, sur la semoule perçue à la dépense, sur les trognons, Harry crie : « J'ai été mordu, été mordu, mordu. » Mais non, aucun rat. Ce n'était que la frayeur quand il est tombé, sans se faire de mal.

Alors le silence se fit entre les murs du lavabo. Ceux qui avaient une oreille disponible purent entendre la radio branchée sur l'univers gueuler à plein tube dans la baraque des sous-offs. Quelques gourdins visèrent encore sans entrain et assommèrent un tremblement d'agonie. Peut-être les gourdins ne pouvaient-ils pas tout à coup, répondant à l'injonction du silence, cesser d'exister. Il y avait dans les gourdins un reste de vie qui voulait sortir et restexister. Mais lorsque ce ne fut plus le silence seul, mais l'armistice des gourdins qui se produisit, le travail n'était pas pour autant terminé ; car cette pause existentielle satura Harry Liebenau ; par suite de sa chute, il dut longuement vomir dans une gamelle à semoule vide. Il ne fallait pas qu'il vomît sur les rats. Il fallait les dénombrer, les ranger et les nouer par la queue à un fil de fer de fleuriste. Le lendemain matin, à l'appel, le feldwebel, avec le fourrier-comptable, put recompter quatre fils de fer lourdement chargés : cent cinquante-huit têtes de rats, arrondies au chiffre supérieur, donnèrent trente-deux rouleaux de drops ; le groupe de chasse de Harry en troqua la moitié contre des cigarettes.

Les rats alignés — et il fallut encore, dès le matin, les enterrer derrière les latrines — sentaient l'humidité, la terre, avec une modulation aigre, comme une resserre à pommes de terre ouverte ; l'odeur qui couvrait la batterie était autrement dense : aucun rat ne puait pareillement du bec.

Il était une fois une batterie
proche du Port-Impérial et qui, pour ce motif, s'appelait la batterie de Kaiserhafen. En liaison avec la grande batterie de Brösen-Glettkau, les batteries de Heubude, Pelonken-Zigan-kenberg, Camp Narvik et Vieille-Ecosse, elle devait couvrir l'espace aérien au-dessus de la ville et du port de Danzig.

Du temps où Harry servait à la batterie de Kaiserhafen, il n'y eut alerte que deux fois ; mais on chassait le rat tous les jours. Lorsqu'une nuit un bombardier quadrimoteur fut abattu au-dessus du bois d'Oliva, les batteries de Pelonken et de Vieille-Ecosse prirent part à la destruction ; la batterie de Kaiserhafen s'en revint bredouille ; en revanche elle pouvait se prévaloir de succès croissants dans l'extermination des rats d'égout fréquentant les emprises de la batterie.

Oh, cet au-milieu-de se dépassait pour devenir schéma du monde. Et le groupe de chasse de Harry comptait parmi les plus victorieux. Mais tous les groupes, y compris les auxiliaires ménagères qui opéraient derrière les latrines, étaient battus par Störtebeker qui, lui, faisait groupe à part.

Il assommait des rats en plein jour et avait toujours des spectateurs. En général, il se tenait à plat ventre devant la baraque-cuisine, juste à côté de la plaque d'égout. Il plongeait fondamentalement un long bras dans une gargouille qui permettait à Störtebeker d'assumer à un plan supérieur les rats qui fréquentaient la canalisation reliant le Tyrol aux champs d'épandage.

O multiple pourquoi ! Pourquoi ainsi et non autrement ? Pourquoi des rats d'égout et non des étants analogues ? Pourquoi quelque chose en général et non rien ? Ces questions impliquaient déjà la prime-ultime réponse primordiale à tout questionnement : « L'essence du rat est la triple dispersion transcendantalement jaillissante du rat dans le schéma du monde ou dans l'égout. »

On ne pouvait refuser à Störtebeker un tribut d'admiration, bien que sa main fût protégée d'un lourd gant de cuir comme en portent les soudeurs quand elle était à l'affût, ouverte, dans la gargouille. A vrai dire, tout le monde attendait le jour où les rats, en s'y mettant à quatre ou cinq, déchireraient le gant et entameraient sa main nue. Mais le flegmatique Störtebeker demeurait couché, l'œil à peine ouvert, suçait ses drops à la framboise — il était non-fumeur — et toutes les deux minutes son gant de cuir remontait en flèche et faisait claquer la tête du rat contre le bord profilé du couvercle de gargouille. Entre un rat mort et un autre rat mort, il murmurait à mi-voix, dans un langage à lui propre mais obscurément teinté par celui du feldwebel, des formules ratosyntactiques et des vérités ratologiques qui, selon l'opinion générale, attiraient le gibier à portée du gant et permettaient une assomption au plan supérieur. Son discours se poursuivait sans interruption tandis qu'il récoltait en bas et stockait en haut : « Le rat s'assume en se démasquant dans le ratique. Ainsi le rat, éclairant le ratique, le fait errer par l'erreur. Car le ratique est effectué dans l'erreur où le rat est tenté d'errer, fondant ainsi l'erratum. C'est l'espace essentiel de toute histoire. »

Quelquefois il dénommait les rats non encore assumés : les attardés. Les rats empilés étaient les précoces ou les étants. Quand Störtebeker après le turbin passait en revue son tableau de chasse bien rangé, il parlait sur un ton de douceur instructive et presque tendre : « Sans doute le rat s'essencie sans le ratique, mais jamais le ratique ne peut être sans le rat. » En une heure, il allongeait vingt-cinq rats d'égout, et en aurait assumé davantage s'il avait voulu. Störtebeker utilisait le même fil de fleuriste que nous, quand nous classions nos rats d'égout. Cette démonstration pendue par la queue et chaque matin dénombrable, il l'appelait sa relation existentielle. Avec ça, il gagnait des drops à la framboise en quantités formidables. Parfois il en donnait un rouleau à la cousine de Harry. Souvent, afin d'apaiser le ratique, avec le geste d'un sacrificateur officiant, il jetait un par un trois drops successifs dans la gargouille devant la baraque-cuisine. Une controverse de lycéens s'enflammait à des concepts. Nous ne fûmes jamais sûrs de savoir si l'égout devait être nommé schéma du monde ou erreur.

Quant à l'odeur qui faisait un fond à la batterie, elle n'appartenait ni au schéma du monde ni à l'erreur, ainsi que Störtebeker nommait sa gargouille multirelationnelle.

Il était une fois une batterie
que survolaient, de la première à la dernière grisaille de chaque jour, sans trêve, affairés : des corbeaux. Pas de mouettes, des corbeaux. Il n'y avait de mouettes que sur le Port-Impérial proprement dit, sur les chantiers à bois, et non sur la batterie. Si par hasard des mouettes faisaient une incursion dans l'emprise, aussitôt un nuage furieux s'amassait et brièvement liquidait l'affaire. Les corbeaux ne tolèrent pas les mouettes.

Mais l'odeur qui couvait la batterie ne venait ni des corbeaux ni des mouettes, celles-ci de toute façon absentes. Tandis que les caporaux, caporaux-chefs, auxiliaires ménagères et auxiliaires de la Luftwaffe assommaient des rats pour la prime, les gradés à partir de sergent jusqu'au capitaine Hufnagel avaient d'autres loisirs : ils tiraient mais pas pour des primes, puisqu'il n'y en avait pas, mais pour tirer et faire mouche — des corbeaux isolés parmi la foule qui survolait la batterie. Cependant les corbeaux restèrent et leur nombre ne décrut pas.

Mais l'odeur qui couvait la batterie prenait la garde entre les baraques et les positions des pièces, l'appareil de commandement et les tranchées anti-éclats, et changeait à peine sa jambe d'appui ; tous et Harry savaient que ce n'était pas une projection des rats ni des corbeaux, qu'elle ne s'élevait pas d'une gargouille et donc pas d'une erreur ; cette odeur, que le vent soufflât de Putzig ou de Dirschau, des lagunes ou de la haute mer, était l'haleine d'un monticule blanchâtre, entouré de barbelés, devant une usine de brique rouge, au sud de la batterie. A demi masquée, l'usine lâchait par une cheminée trapue une fumée noire roulée sur elle-même en intestins dont les résidus devaient se déposer sur le Tyrol ou dans le Ville-Basse. Entre le tas et l'usine s'achevaient des voies ferrées conduisant à la gare du Werder. Le monticule, proprement étagé en cône, était de peu surmonté par un couloir à secousses rouillé tel qu'on en emploie sur les chantiers de charbon ou à côté des mines de potasse pour entasser les déblais superflus. Au pied du monticule immobile, sur des rails déplaçables, des wagonnets basculants. Le monticule brillait d'un éclat mat quand le soleil le touchait. Il se découpait crûment quand le ciel bas suintait. Abstraction faite des corbeaux qui l'habitaient, le monticule était propre ; mais quand commença cette féerie finale, le mot d'ordre était : rien n'est pur. Ainsi le monticule à l'écart de la batterie de Kaiserhafen, tout blanc qu'il fût, n'était pas pur : c'était un amas d'ossements dont les éléments, après préparation industrielle, étaient toujours garnis de résidus ; car les corbeaux ne pouvaient cesser d'habiter sur eux, de s'agiter en noir. De là cette odeur qui, comme une cloche obstinée à ne pas s'en aller ailleurs, couvait la batterie, répandait dans chaque cavité buccale, celle de Harry comprise, un goût dont la pesante douceur ne perdait rien de sa force, même quand on avait consommé un excès de drops acidulés.

Personne ne parlait du tas d'ossements. Mais tous le voyaient, le sentaient, le goûtaient. En quittant les baraques dont les portes donnaient au sud, le tas se présentait au regard comme un cône. Ceux qui, comme Harry, étaient assis sur un

siège surélevé à côté de la pièce avec fonction de K.6 et étaient
brandis en cercle pendant les exercices d'après les indications
de l'appareil de commandement, tournaient sans arrêt devant
une image représentant, comme si l'appareil de commandement et le tas d'os dialoguaient, un monticule blanchâtre, une
usine fumant lourdement, un couloir à secousses en chômage,
des wagonnets basculants fixes et une mobile garniture de
corbeaux. Personne ne parlait de cette image. Quand on avait
rêvé du monticule, on disait au jus du matin qu'on avait rêvé
de quelque chose de drôle : monter des escaliers ou aller à
l'école. En tout cas, un concept employé jusqu'à ce jour à vide
dans les conversations usuelles reçut un vague chargement qui
aurait pu provenir de la Montagne Innominata. Harry retrouve
des mots : localité, instance, néantisation ; car jamais des
ouvriers ne poussaient du matin au soir des wagonnets
basculants, ne réduisaient la localité, bien que l'usine fût sous
vapeur. Aucun wagon de marchandises ne roulait sur les voies,
venant de la gare du Werder. Le couloir à secousses n'alimen-
tait pas l'instance en plein jour. Mais à l'occasion d'un exercice
de nuit — une heure durant, il fallut faire pivoter les tubes de
88 à la suite d'un avion d'exercice encadré par quatre
projecteurs — tous, et Harry, entendirent pour la première
fois des bruits de travail. Certes l'usine restait obscurcie, mais
sur les voies on balançait des lanternes rouges et blanches.
Entrechoc de wagons. Un cliquetis régulier commença : le
couloir à secousses. Rouille contre rouille : les wagonnets
basculants. Des voix, des commandements, des rires : une
heure durant l'activité régna sur les emprises de la néantisation,
tandis que le Junkers d'exercice abordait à nouveau la ville du
côté de la mer, glissait hors des pattes des projecteurs, était
repris, devenait une cible platonique : le K.6 dessert la
machine à réglage d'allumage retardé ; à cet effet, actionnant
des manivelles, il s'efforce à l'aide de deux aiguilles suiveuses
de couvrir deux aiguilles directrices et, sans désemparer, de
néantiser l'étant qui fuit.

Le lendemain tous et Harry, tout en s'efforçant d'ignorer le
monticule, pensèrent que la localité semblait avoir grandi. Les
corbeaux avaient reçu de la visite. L'odeur demeurait égale à
elle-même. Mais personne ne demanda son contenu, bien que
tous et Harry l'eussent sur la langue.

Il était une fois un amas d'ossements,

qu'on appela ainsi parce que Tulla, cousine de Harry, avait craché le mot vers le monticule.

« C'est un amas d'ossements » dit-elle en s'aidant de son pouce. Beaucoup et Harry contredirent sans dire exactement ce qu'il y avait en tas au sud de la batterie.

« Chiche que c'est des os ? Et des os humains, encore ? Tout le monde sait ça. » Tulla aima mieux proposer le pari à Störtebeker qu'à son cousin. Tous trois et d'autres encore suçaient des drops.

La réponse de Störtebeker, bien qu'il la prononçât fraîche était au point depuis des semaines : « Nous devons penser l'être-en-tas, dans la patence de l'être, l'exposé du souci et l'endurance à la mort comme la pleine essence de l'existence. »

Tulla voulut en savoir davantage : « Et moi je te dis qu'ils viennent en direct de Stutthof, tu paries ? »

Störtebeker ne pouvait se laisser mettre quinaud par la géographie. Il fit un signe de refus et devint impatient : « Allons, ne rabâchez pas toujours vos concepts biologiques éculés. En tout cas on peut dire : ici l'être est arrivé dans la non-latence. »

Mais Tulla revenait à la charge, insistant sur Stutthof et appelait la non-latence par son nom ; alors Störtebeker se déroba au pari qu'on lui offrait et bénissant ensemble dans un grand geste la batterie et l'amas d'ossements, il dit : « C'est l'espace essentiel de toute histoire ! »

On continua d'assommer des rats après le service et même pendant les heures de nettoyage et d'entretien des effets. Les gradés à partir de sous-off tiraient des corbeaux. L'odeur était de garde en permanence dans la batterie, et il n'y avait pas de relève. Alors Tulla, négligeant Störtebeker qui assis à l'écart traçait des figures dans le sable, dit à l'adjudant qui avait deux fois vidé le magasin de son mousqueton : « Chiche, que c'est des vrais ossements humains, et en vrac tant qu'on en veut ? »

C'était un dimanche de visite. Mais peu de visiteurs, des parents en général, se tenaient bizarrement en civil à côté de leurs fils grandis trop vite. Les parents de Harry n'étaient pas venus. Novembre se prolongeait, la pluie pendait toujours entre les nuages bas et la terre avec ses baraques. Harry était près du groupe entourant Tulla et le feldwebel qui chargeait pour la troisième fois.

« Chiche que... » dit Tulla ; et sa petite main blanche s'offrait pour qu'on topât là. Personne ne voulut. La main resta seule. La badine de Störtebeker traçait l'univers dans le sable. Des comédons s'écaillaient sur le front de Tulla. Les mains de Harry jouaient dans ses poches avec des morceaux de colle d'os. Alors le feldwebel dit : « Chiche que non... » et il topa sans regarder Tulla en face.

Aussitôt, comme pour suivre un plan raisonné, Tulla fit demi-tour et s'en alla par la large bande de mauvaises herbes séparant deux positions de pièce. Malgré le froid humide elle n'avait qu'un pull-over et une jupe plissée. Elle marchait sur ses jambes nues en baguette, les bras croisés derrière le dos ; ses cheveux en mèches incolores avaient leur dernière indéfrisable loin derrière eux. Elle devenait plus petite en marchant et restait distincte dans l'air humide.

D'abord tous pensèrent et Harry pensa : « Puisqu'elle marche si droit, elle va se fourrer dans les barbelés » ; mais juste devant, elle se laissa tomber, souleva le fil inférieur de la clôture séparant la batterie de l'usine, roula sans peine de l'autre côté, se remit debout ; l'herbe marquée de brun lui montait au genou ; elle marchait de nouveau, mais non sans vaincre une résistance, en direction du monticule qu'habitaient les corbeaux.

Tous suivirent Tulla du regard ; Harry suivit ; ils oublièrent les drops à la framboise contre leur palais. La badine de Störtebeker s'attardait dans le sable. Un grincement s'accrut : quelqu'un l'avait, grenu, entre les dents. Tulla était devant le monticule, toute petite ; les corbeaux s'envolèrent mollement ; Tulla se baissa — en se pliant par le milieu — elle fit demi-tour ; elle revint plus vite que tous ne l'avaient craint, Harry aussi ; alors le grincement s'éteignit entre les dents du feldwebel ; le silence éclata, épuisant les oreilles.

Elle ne revenait pas bredouille. Ce qu'elle portait entre ses mains roula avec elle, sous le fil de la clôture barbelée, sur l'emprise de la batterie. Entre deux tubes de 88 exactement braqués vers le nord-ouest aux termes du dernier ordre transmis par l'appareil de commandement, dans les mêmes azimut et gisement que les deux pièces restantes, Tulla grandit. Une petite récréation à l'école dure aussi longtemps que dura le trajet aller et retour de Tulla. Pendant cinq minutes elle alla diminuant jusqu'à la taille d'un jouet, puis elle revint, presque adulte. Son front apparaissait encore sans points noirs, mais ce qu'elle portait devant elle signifiait déjà quelque chose. Störtebeker se lança dans un nouveau schéma du monde. Encore un coup, le feldwebel écrasa du gravier entre ses dents ; cette fois-ci, du gros. Le silence pour lui-même était comme hachuré de bruits.

Tulla était devant tous et de côté pour son cousin ; elle tenait le cadeau et dit sans intonation particulière : « Qu'est-ce que j'ai dit ? Gagné ou pas gagné ? »

La main ouverte du feldwebel frappa le côté gauche du visage, de la tempe au menton sans épargner l'oreille. L'oreille ne tomba pas. A peine si la tête de Tulla devint plus petite. Mais elle laissa tomber sur place le crâne qu'elle rapportait.

Ses mains, longtemps crispées, restaient jaunes ; Tulla se frotta le côté frappé, mais elle ne se sauva pas. Sur son front, autant que tout à l'heure, s'émiettaient des comédons. Le crâne était un crâne humain et ne se brisa pas quand Tulla le laissa tomber ; mais il rebondit deux fois dans les mauvaises herbes. Le feldwebel semblait voir beaucoup plus que le crâne. Quelques-uns laissaient errer leurs regards par-delà les toits des baraques. Harry ne pouvait détacher son regard. Il manquait au crâne une partie de la mâchoire inférieure. Mister et le petit Drescher faisaient des bons mots. Beaucoup riaient avec gratitude aux bons endroits. Störtebeker essayait de faire apparaître dans le sable ce qui venait d'arriver. Ses yeux rapprochés voyaient l'étant qui dans sa destinée se tenait à lui-même, sur quoi brusquement et comme par mégarde le monde s'effectuait ; car le feldwebel cria en remettant le cran de sûreté à son mousqueton : « Vessie de cochon ! Allez, dans les cantonnements ! Nettoyage et réparation des effets ! »

Tous s'éloignèrent mollement en faisant des détours. Les bons mots gelèrent. Entre les baraques, Harry tourna la tête sur des épaules qui ne voulaient pas tourner : le feldwebel, debout, immobile et carré, avec son mousqueton pendant, était là plein de lui-même comme au théâtre. Derrière lui, géométriquement immobiles : la localité, l'instance, la néantisation, l'espace essentiel de toute histoire, la différence entre l'être et l'étant : la différence ontologique.

Mais les auxiliaires ménagères, dans la baraque-cuisine, bavardaient en épluchant les pommes de terre. La radio des sous-officiers transmettait un concert des auditeurs. Les visiteurs dominicaux prenaient congé à mi-voix. Tulla, toute légère à côté de son cousin, frottait le côté frappé de son visage. Sa bouche, que sa main déformait en la massant, jeta à côté de Harry : « De plus, je suis enceinte. »

Naturellement, Harry ne put se retenir : « De qui ? »

Mais cela lui importait peu, car elle dit : « Parions que je le suis ? »

Harry ne voulut rien entendre, car Tulla gagnait tous ses paris. Parvenu devant le lavabo, il montra du pouce la porte entrouverte : « Alors tu devrais tout de suite te laver les mains au savon. »

Tulla obéit. — Rien n'est pur.

Il était une fois une ville

qui, outre ses localités suburbaines d'Ohra, Schidlitz, Oliva, Emmaüs, Praust, Saint-Albert, Schellmühl et le faubourg portuaire de Neufahrwasser, avait une banlieue ouest appelée Langfuhr. Langfuhr était si grand et si petit que tout événement survenant ou pouvant survenir dans le monde survenait ou aurait pu survenir aussi à Langfuhr.

Dans cette localité suburbaine, parmi les jardins ouvriers, les champs de manœuvre, les champs d'épandage, les cimetières légèrement déclives, les chantiers de constructions navales, les terrains de sport et les blocs de casernes, à Langfuhr qui logeait en chiffres ronds soixante-douze mille habitants recensés, qui possédait trois églises ou temples et une chapelle, deux lycées classiques ou modernes, un lycée de jeunes filles, une école moyenne, une école professionnelle et ménagère, des écoles communales toujours insuffisantes, mais une brasserie S.A.R.L. avec étang par actions et glacières, à Langfuhr que rehaussaient la chocolaterie Baltic, l'aérodrome de la ville, la gare et la célèbre école des Arts et Métiers, deux cinémas de grandeur inégale, un dépôt des Tramways, la Halle des Sports toujours bondée et une synagogue incendiée ; dans le faubourg connu de Langfuhr, dont les autorités administraient un orphelinat et maison des œuvres municipaux et un hospice pour aveugles situé dans un décor pittoresque près de Heiligenbronn, dans Langfuhr, commune incorporée depuis 1854 qui s'étendait au pied du bois de Jäschkental où étaient le monument de Gutenberg, dans une bonne situation résidentielle par conséquent ; à Langfuhr, dont les tramways touchaient la station balnéaire de Brösen, le siège épiscopal d'Oliva et la ville de Danzig ; à Danzig-Langfuhr donc, une banlieue rendue célèbre par les hussards de Mackensen et le dernier Kronprinz, et traversée dans toute sa largeur par le ruisseau de Striess, habitait une jeune fille qui s'appelait

Tulla Pokriefke ; et elle était enceinte mais sans savoir de qui.

Dans la même localité de banlieue, voire dans le même immeuble locatif de l'Elsenstrasse qui, comme la Herta et la Luisenstrasse, reliait le Labesweg à la rue Notre-Dame, habitait le cousin de Tulla ; il s'appelait Harry Liebenau, servait comme auxiliaire de la Luftwaffe dans la batterie de D.C.A. de Kaiserhafen et n'était pas de ceux qui pouvaient avoir engrossé Tulla. Car Harry ne faisait que s'imaginer dans sa petite tête ce que d'autres faisaient pour de bon. A seize ans, il avait constamment froid aux pieds et se tenait toujours un peu à l'écart. Un omniscient qui lisait pêle-mêle des livres de contenu historique et philosophique et soignait sa chevelure châtaine joliment ondulée. Un curieux dont les yeux gris, mais sans froideur, reflétaient tout et à qui son corps lisse, mais non chétif, donnait l'impression d'être fragile et poreux. Un Harry toujours prudent qui ne croyait pas en Dieu mais au Néant et qui pourtant ne voulait pas se faire éplucher les amygdales qu'il avait sensibles. Un mélancolique, amateur de nid d'abeilles, de gâteaux au pavot et de flocons de noix de coco, bien qu'il sût mal nager, s'était porté volontaire pour la marine. Un oisif qui tentait d'assassiner son père, le maître-menuisier Liebenau, par de longs poèmes notés sur cahiers écoliers, et qualifiait sa mère de cuisinière. Un garçon sensible qui, debout ou couché, se mettait en sueur à propos de sa cousine et qui, quoiqu'il fût bien au chaud, pensait à un chien de berger noir. Un fétichiste qui pour des raisons à lui gardait dans son porte-monnaie une incisive nacrée. Un rêveur qui mentait beaucoup, parlait sans bruit, rougissait quand, croyait ceci ou cela et considérait l'interminable guerre comme un prolongement de l'enseignement scolaire. Un adolescent, un jeune homme, un lycéen en uniforme qui vénérait le Führer, Ulrich von Hutten, le général Rommel, l'historien Heinrich von Treitschke, la durée de quelques instants Napoléon, l'acteur époumonné Heinrich George, parfois Savonarole, puis à nouveau Luther et depuis quelque temps le philosophe Heidegger. Ces illustres modèles l'aidèrent à recouvrir d'allégories médiévales un monticule existant effectivement, fait d'ossements humains entassés. Dans son journal, il mentionnait l'amas d'ossements qui en réalité criait contre le ciel entre le Tyrol et le Port-Impérial, comme le lieu de sacrifice érigé afin que le pur s'effectuât dans la lumière tandis qu'il transluminait le pur et ainsi fondait la lumière.

A côté de son journal, Harry Liebenau entretenait une

correspondance souvent ralentie, puis à nouveau allègrement menée avec une amie qui, sous le nom de théâtre de Jenny Angustri, avait un engagement au Ballet allemand de Berlin et qui paraissait en scène dans la capitale du Reich ou en tournées dans les territoires occupés, d'abord comme membre du corps de ballet, puis comme soliste.

Quand l'auxiliaire de la Luftwaffe Harry Liebenau était de sortie, il allait au cinéma et emmenait avec lui Tulla Pokriefke enceinte. Du temps où Tulla n'était pas encore enceinte, Harry avait à plusieurs reprises vainement essayé de la persuader d'aller au cinéma à son côté. Or maintenant qu'elle racontait à tout Langfuhr : « Quelqu'un m'a mise enceinte » — et pourtant on ne voyait encore rien — elle devint moins intransigeante, et dit à Harry : « Si tu veux payer, ma foi oui. »

Dans les deux cinémas de Langfuhr, ils laissèrent se dérouler devant leurs yeux plusieurs films. A l'Artistic, passaient d'abord les actualités, puis le documentaire, enfin le film principal. Harry portait l'uniforme ; Tulla se drapait dans un manteau trop vaste en drap de marine qu'elle s'était fait couper exprès pour son état. Tandis que sur l'écran pluvieux se faisait la vendange, que des vendangeuses souriaient, appendues de grappes, ceintes de pampres, pincées dans leurs corselets, Harry essaya d'enlacer sa cousine. Mais Tulla se déroba non sans un reproche discret : « Laisse donc, Harry. C'est plus la peine. T'aurais dû venir plus tôt. »

Quand il allait au cinéma, Harry avait toujours sur lui une provision de drops acidulés qui étaient versés dans sa batterie quand on avait abattu un nombre déterminé de rats d'eau. Harry, tandis que les actualités débutaient à grand fracas, épluchait dans le noir le papier et le papier d'argent enveloppant le rouleau de drops ; il glissa l'ongle du pouce entre le premier drop et le second et offrit à Tulla. Tulla souleva le drop à deux doigts ; ses deux pupilles collaient aux actualités ; on pouvait déjà l'entendre sucer ; quand elle murmura — la raspoutitza commençait dans le secteur central — : « Chez vous tout, même les drops, pue le truc qu'est derrière la clôture. Vous devriez bien demander une autre batterie. »

Mais Harry avait d'autres vœux qui s'accomplirent pendant le cinéma : fin de la raspoutitza. Plus des préparatifs de Noël sur le front de l'Arctique. On fait la récapitulation de tous les T.34 incendiés. Rentrée du sous-marin après mission à l'ennemi couronnée de succès. Départ de nos chasseurs engagés contre les bombardiers de terreur. Nouvelle musique.

Autre cameraman : paisible, transfiguré par des feuillages d'automne, par un après-midi, recouvert de gravier : le Quartier général du Führer. « Dis donc, regarde voir, le voilà qui court. Il s'arrête. Il remue la queue. Entre lui et l'aviateur. Bien sûr, c'est lui ! Notre chien. Le chien de notre chien, je te dis, tout craché : Prinz, c'est Prinz, que notre Harras... »

Pendant une bonne minute, tandis que le Führer et chancelier du Reich, sous la visière profondément enfoncée de sa casquette, derrière ses mains ancrées l'une à l'autre, cause avec un officier de la Luftwaffe — était-ce Rudel ? — et se promène entre les arbres du Quartier général, un chien de berger manifestement noir est admis à se tenir à côté de ses bottes, à se frotter aux bottes du Führer, à se laisser tripoter le côté du cou — car, une fois, le Führer détache ses mains ancrées et, après que les actualités ont bien photographié les relations confiantes existant entre le maître et le chien, les rattache incontinent l'une à l'autre.

Avant de regagner le Troyl par le dernier tramway — il fallait changer à Gare centrale et prendre la ligne de Heubude — il reconduisit Tulla chez elle. Tous deux parlaient à tour de rôle sans entendre : elle, du film principal, lui des actualités. Dans le film de Tulla, une fille de la campagne était violentée en allant aux champignons et se noyait pour ce motif, ce que Tulla ne pouvait admettre ; Harry tentait à la fois de faire revivre et de déterminer les actualités dans le langage philosophique de Störtebeker : « L'être-chien ce 'qu'il-est' — signifie pour moi l'être-pro-jeté du chien étant dans son être-là ; peu importe si la cour de la menuiserie ou le Q.G. du Führer signifie l'existence, même en dehors de tout temps vulgaire ; car le futur être-chien n'est pas postérieur au chien-là du passé-présent, et ce dernier n'est pas antérieur à l'être-tenu-projeté dans le chien-maintenant. »

Cependant, devant la porte du logement Pokriefke, Tulla dit : « A partir de la semaine prochaine je suis dans le deuxième mois et alors on pourra sûrement voir quelque chose. »

Harry, pour encore un quart d'heure, alla voir chez ses parents. Il voulait prendre du linge propre et quelque chose de mangeable. Son père, le maître-menuisier, avait les pieds gonflés parce qu'il avait dû être debout toute la journée d'un chantier à l'autre. C'est pourquoi il prenait un bain de pieds dans la cuisine. Grands et noueux, ses pieds s'agitaient tristement dans la cuvette. Les soupirs du maître-menuisier ne laissaient pas transparaître s'ils étaient provoqués par le bienfait du bain ou par des souvenirs anguleux. La mère de Harry tenait déjà la serviette. Elle était à genoux par terre et avait ôté le binocle qu'elle mettait pour lire. Harry écarta une chaise de la table et s'assit entre père et mère. « Est-ce que je peux vous raconter une histoire à dormir debout ? »

Comme le père ôtait de la cuvette un pied, que la mère happait adroitement dans une serviette éponge, Harry commença : « Il était une fois un chien appelé Perkun. Ce chien engendra la chienne Senta. Et Senta mit bas Harras. Et le mâle reproducteur engendra Prinz. Et savez-vous où je viens de voir à l'instant notre Prinz ? Aux actualités. Au Q.G. Entre le Führer et Rudel. Très nettement, en plein air. Ç'aurait aussi bien pu être notre Harras. Il faut absolument que tu voies ça, papa. Tu peux toujours partir avant le grand film, si tu en as assez. J'irai sûrement le voir une fois sinon deux. »

Le maître-menuisier, un pied sec et l'autre encore fumant, hocha distraitement la tête. Il dit qu'il était bien content, naturellement, et que s'il avait le temps il irait voir les actualités. Il était trop fatigué pour pouvoir se réjouir bruyamment, bien qu'il se donnât du mal pour et, plus tard, les deux pieds secs, il exprima tout de même sa joie : « Bon, bon, le Prinz de notre Harras. Et il l'a caressé, le Führer, aux actualités. Et Rudel y était avec. Qu'est-ce que tu ne dis pas ! »

Il était une fois une bande d'actualités
qui montrait la raspoutitza dans le secteur central, les préparatifs de Noël sur le front de l'Arctique, les résultats d'une bataille de chars, des ouvriers hilares dans une usine d'armements, des oies sauvages en Norvège, des Jeunesses hitlériennes collectant de vieux matériaux, des sentinelles sur le Rempart de l'Atlantique et une visite au Q.G. du Führer. Tout cela, et d'autres choses encore, pouvait être regardé dans les deux cinémas du faubourg de Langfuhr, mais aussi à Salonique. Car de là-bas vint une lettre que Jenny Brunies, qui paraissait sur scène sous le nom de théâtre de Jenny Angustri devant des soldats allemands et italiens, avait écrite à Harry Liebenau.

« Imagine-toi, écrivait Jenny, le monde est petit : hier soir — par exception nous n'avions pas de représentation, je suis allée au cinéma avec M. Haseloff. Et qui ai-je vu dans les actualités ? Je suis sûre de ne pas me tromper. Et M. Haseloff était aussi d'avis que le chien de berger noir qu'on avait pu voir au moins une minute dans la scène du Quartier général ne pouvait être que Prinz, le Prinz de votre Harras !

Pourtant M. Haseloff ne peut avoir jamais vu votre Harras, sauf sur des photos que je lui montrai. Mais il a une énorme faculté de visualisation, et pas seulement sur le plan artistique. De plus, il veut toujours être informé dans le moindre détail. C'est probablement pour ce motif qu'il a fait la demande à la Compagnie de Propagande d'ici. Il voudrait avoir une copie des actualités, comme matériel visuel. Il l'aura probablement, car M. Haseloff a partout des relations, et on ne lui refuse autant dire jamais rien. Dis, alors plus tard on pourra voir les actualités, après la guerre, ensemble et tant qu'on voudra. Et si un jour nous avons des enfants, nous pourrons leur expliquer sur l'écran comment c'était avant.

Ici on se barbe. La Grèce, je n'en vois pas trace, seulement qu'il pleut tout le temps. Malheureusement nous avons dû laisser à Berlin le bon Felsner-Imbs. L'école continue même quand nous sommes en tournée.

Mais figure-toi — mais sûrement tu le sais déjà — Tulla attend un enfant. Elle me l'a écrit sur une carte postale à découvert. Je suis contente pour elle, bien que je me dise parfois qu'elle aura bien du mal sans mari qui prenne soin d'elle, et sans vraie profession... »

Jenny ne terminait pas sa lettre sans rappeler combien le climat inhabituel la fatiguait et combien — même dans la lointaine Salonique — elle aimait son Harry. Dans un post-scriptum, elle priait Harry de s'occuper de sa cousine aussi bien et aussi souvent que possible. « Tu sais, dans cet état, elle a besoin d'un soutien, surtout qu'à la maison tout n'est pas pour le mieux. Je lui enverrai un petit colis de miel de Grèce. De plus, j'ai deux pull-overs presque neufs que j'ai pu acheter l'autre jour à Amsterdam, et que j'ai détricotés. Un bleu clair et un rose tendre. Je peux en tirer au moins quatre culottes et deux brassières. On a tellement de temps entre les répétitions et même pendant la représentation. »

Il était une fois un enfant
qui, bien qu'on lui tricotât déjà de petites culottes, ne devait pas naître. Non pas que Tulla ne voulût pas d'enfant. Certes

on ne voyait rien encore à sa personne, mais déjà, d'une âme
égale ou avec émotion, elle se donnait pour enceinte. Il n'y
avait pas non plus de père pour dire, la figure de côté : Je ne
veux pas d'enfant ! Car tous les pères entrant en ligne de
compte étaient occupés d'eux-mêmes du matin au soir. Pour
ne nommer que l'adjudant de la batterie de Kaiserhafen et
l'auxiliaire de Luftwaffe Störtebeker : l'adjudant tirait des
corbeaux et grinçait des dents dès qu'il avait mis dans le noir ;
Störtebeker dessinait sans bruit dans le sable ce qu'il murmurait à part soi : l'erreur, la différence ontologique, le pro-jet du
monde dans toutes ses variations. Comment, par tant d'occupations existentielles, auraient-ils trouvé le temps de songer à
un enfant qui inspirait à Tulla Pokriefke une douceur de l'âme
et qui, pour le reste, ne bombait pas encore son manteau taillé
exprès.

Seul Harry, le destinataire et scripteur, disait : « Comment
te sens-tu ? Est-ce que tu as toujours un malaise avant le petit
déjeuner ? Que dit le docteur Hollatz ? Ne te donne pas un tour
de reins. Tu devrais réellement ne plus fumer. Faut-il te
procurer de la bière de malt ? Chez Matzerath on a des
concombres avec tickets. Sois bien tranquille. Je m'occuperai
de l'enfant, plus tard. »

Et parfois, comme s'il voulait remplacer auprès de la future
mère les deux mâles en question, il regardait fixement,
sinistrement, des points imaginaires, grinçait de ses dents
inexpertes à la façon de l'adjudant, dessinait avec un bâton
dans le sable les symboles de Störtebeker et devisait en le
langage philosophique du même ; avec quelques variantes,
c'eût aussi bien pu être le langage de l'adjudant : « Suis-moi,
Tulla, que je t'explique. C'est-à-dire : la quotidienneté
moyenne de l'être-enfant peut être déterminée comme était
l'être-enfant-dans le monde projeté projetant, pour qui est en
cause le plus propre pouvoir-être-enfant dans son être-enfant
auprès du monde et dans l'être-avec-enfant avec d'autres —
Compris ? Non ? Je reprends... »

Mais le seul instinct inné d'imitation ne suggérait pas à
Harry ces formules ; à l'occasion, en seyant uniforme d'auxiliaire de la Luftwaffe, il se plantait au milieu de la cuisine
Pokriefke et tenait au père ronchonneur de Tulla, un Koschnève rabougri d'entre Konitz et Tuchel, des propos orgueil-
leux. Sans se reconnaître pour père, il prenait tout sur lui,
s'offrait même — « Je sais ce que je fais » — comme époux
futur de sa cousine enceinte et tout de même était bien content

qu'Auguste Pokriefke ne le prît pas au mot, mais ne suffît de remâcher ses propres ennuis : Auguste Pokriefke fut incorporé dans la Wehrmacht. Près d'Oxhöft — il n'était bon que pour le service dans la territoriale — il devait surveiller des casernements ; cette occupation lui donnait tout loisir, à l'occasion de week-ends prolongés, de raconter à sa grande famille — même le maître-menuisier et Madame devaient prêter une oreille — d'interminables histoires de partisans ; car dans l'hiver 44 les Polonais commencèrent à étendre leurs zones d'opérations ; si jusqu'alors ils n'avaient troublé que la lande de Tuchel, on mentionnait maintenant une activité de partisans en Koschnévie, et de même, dans l'arrière-pays boisé de la presqu'île de Héla, il commettaient des attentats et portaient ombrage à Auguste Pokriefke.

Mais Tulla, les mains à plat sur son ventre encore plat, ne poursuivait pas de ses pensées les tireurs embusqués et les commandos opérant par traîtrise. Souvent elle se levait au milieu d'une attaque incendiaire de nuit à l'ouest de Heisternest et quittait la cuisine de façon si ostensible qu'Auguste Pokriefke ne pouvait ramener ses deux prisonniers, ni sauver du pillage le dépôt de voitures automobiles commis à sa garde.

Quand Tulla quittait la cuisine, elle se rendait dans la remise à bois. Que pouvait faire d'autre son cousin sinon l'y suivre comme durant les années qu'il avait encore le cartable au dos ? La cachette de Tulla était préservée entre les bois longs. On continuait à placer les madriers de telle sorte qu'un espace juste assez grand pour Tulla et Harry demeurait épargné.

Y voici donc assis une future mère de seize ans et un auxiliaire de la Luftwaffe, volontaire pour la durée de la guerre, en attente d'incorporation, dans une cachette d'enfants : Harry doit mettre sa main sur Tulla et dire : « Je sens déjà quelque chose. Très nettement. Tiens, encore. » Tulla bricole de minuscules perruques de copeaux, tresse des copeaux souples de tilleul et répand toujours son odeur de colle d'os. A coup sûr le bébé, dès sa sortie, portera sur lui l'odeur maternelle, inébranlable ; mais c'est seulement des mois après, quand il aura des dents de lait en nombre suffisant, qu'on discernera si l'enfant grince souvent et significativement des dents ou préfère dessiner dans le sable des bonshommes en fil de fer ou des pro-jets du monde.

Ni odeur de colle, ni adjudant grinceur, ni Störtebeker dessinant ? L'enfant ne voulut pas ; et à l'occasion d'une promenade — Tulla se rendit à l'invitation de Harry qui, avec son air emprunté de père, suggérait qu'une future mère devait prendre l'air souvent et longtemps — en plein air donc, l'enfant donna à entendre qu'il n'était pas disposé à émettre comme sa mère un relent de colle d'os, ni à continuer les habitudes paternelles de grincer des dents ou de pro-jeter le monde.

Harry avait permission de fin de semaine : pause existentielle. Le cousin et la cousine avaient envisagé, pour profiter d'une claire atmosphère de décembre, d'aller dans le bois d'Oliva puis, si ce n'était pas trop pénible pour Tulla, à pied jusqu'à la Redoute des Suédois. Le tramway, ligne Deux, était plein, et Tulla faisait la tête parce que personne ne lui offrait de place. A plusieurs reprises, elle poussa du coude Harry, mais l'auxiliaire de la Luftwaffe était parfois timide ; il ne voulait pas se manifester en exigeant une place assise pour Tulla. Devant elle était assis, somnolent, un caporal d'infanterie aux genoux ronds. Tulla lui siffla quelque chose : s'il ne voyait pas qu'elle était. Le caporal fit aussitôt, en se levant, de ses genoux ronds assis des genoux debout parmi des plis. Tulla avait une place assise, et les gens, sans se connaître, échangeaient en tous sens des regards complices. Harry eut honte de n'avoir pas réclamé de place et encore honte quand Tulla en réclama une à haute voix.

Le tram avait dépassé la grande courbe de Hohenfriedberg et tanguait sur la ligne droite, d'une station à l'autre.

Nous étions d'accord pour descendre à l' « Agneau blanc ». Juste après l'arrêt « Conclusion de la Paix », Tulla se leva et, se faufilant entre les manteaux d'hiver, suivit de près Harry sur la plate-forme arrière. La baladeuse n'avait pas encore atteint le refuge de l'arrêt « Agneau blanc » — c'était un lieu d'excursion fréquenté proche de l'arrêt, déjà Tulla était sur le marchepied inférieur et pinçait les yeux contre le vent de la course.

« Pas d'ânerie », dit Harry au-dessus d'elle.

Depuis toujours, Tulla aimait descendre des tramways en marche.

« Attends qu'il s'arrête », dut dire Harry de là-haut.

Monter et descendre en marche était depuis toujours le menu plaisir de Tulla.

« Voyons, Tulla, fais attention ! » mais Harry ne la tenait pas.

Depuis environ sa huitième année Tulla sautait des tramways en marche. Jamais elle n'avait fait de chute. Jamais elle n'avait risqué un saut en sens contraire de la marche, comme les imbéciles et les étourdis ; et aussi en sautant de la baladeuse ligne Deux, qui depuis le début du siècle circulait entre la Gare centrale et le faubourg d'Oliva : jamais de la plateforme avant, toujours de la plateforme arrière. Elle sauta, légère comme une chatte, dans le sens de la marche et ses semelles crissant sur le gravier amortirent négligemment le choc.

Tulla dit à Harry qui avait sauté juste après elle : « Faut toujours que tu parles de malheur. Tu crois que je suis idiote ? »

Ils prirent le chemin de terre qui prenait à angle droit, à côté du restaurant de l' « Agneau blanc », sur la ligne de tramway tirée au cordeau, et courait vers la forêt sombre, tapie sur les collines. Le soleil luisait avec une pruderie de vieille fille. Un tir d'exercice en cours du côté de Saspe plaçait des points secs, irréguliers, dans l'après-midi. L' « Agneau blanc », but d'excursion, était fermé, rideaux baissés, volets cloués. A ce qu'on disait, le patron avait été coffré pour délit économique — marché noir de poisson en conserves. La neige chassée par le vent stagnait dans les sillons des champs et les ornières gelées. Devant eux, les corneilles mantelées évoluaient d'une borne à l'autre. Petite, sous le ciel trop haut et trop bleu, Tulla se tenait le ventre, d'abord par-dessus le tissu du manteau, puis dessous. Malgré l'air vif de décembre, son visage n'arrivait pas à prendre un teint de santé : deux narines s'écarquillaient épouvantées dans une bobine crayeuse qui se ratatinait. Heureusement qu'elle avait un pantalon de ski, Tulla.

« Je viens d'avoir quelque chose.

— Qu'est-ce qu'il y a ? Comprends pas. Tu te sens mal. Tu veux t'asseoir ? Ou bien on va jusque dans le bois ? Dis-moi donc ce que t'as ! »

Harry était très excité, ne savait rien, ne comprenait rien, se doutait à moitié et ne voulait rien savoir. Le nez de Tulla se fronçait ; des gouttelettes de sueur en marquaient la racine, elles y restaient fixées. Il la traîna jusqu'à la borne la plus proche — les corneilles l'avaient abandonnée — puis jusqu'à un rouleau brise-mottes dont le timon pointait vers le ciel. Mais c'est seulement à la lisière du bois, après avoir encore une paire de fois fait déménager les corneilles, que Harry appuya sa cousine contre le tronc uni d'un hêtre. Son haleine volait, blanche. Le souffle de Harry s'éparpillait aussi en fumée blanche. Le lointain exercice de tir marquait toujours au crayon bleu un papier tout proche. Dans le champ grumeleux

courant jusqu'au bord des bois, les corneilles, la tête oblique,
regardaient. « Une veine que j'aie un pantalon, sinon je ne
serais jamais arrivée jusqu'ici. Tout fout le camp ! »

L'haleine de tous deux s'allait dispersant à l'orée de la forêt.
« Dois-je ? » D'abord Tulla laissa glisser son manteau en drap
de marine. Harry le plia soigneusement. Elle défit elle-même la
ceinture du pantalon. Harry fit le reste : prudent, horrifié,
curieux ; le fœtus de deux mois, grand comme le doigt, était là
dans la petite culotte. Révélé : là. Nageait dans une gélatine :
là. Dans des humeurs sanglantes ou incolores. Par l'entrée du
monde : là. Il y en avait une petite poignée, informe, anticipé,
partiellement là. Minable dans l'air tranchant de décembre.
Fondamental, il fumait et se refroidissait rapidement. Il se
fondait lui-même en touchant le sol, et Tulla y mettait son
mouchoir. Dévoilé dans quoi ? Modulé par qui ? Préconcep-
tion, non sans révélation du monde. Donc il fallait ôter la
culotte. Puis remonter le pantalon de ski ; pas d'enfant : une
fausse couche. Quelle intuition essentielle ! Chaude, puis
froide : transfert du reproche durable en un trou creusé en
bordure de la forêt d'Oliva : « Reste pas là ! Fais quelque
chose ! Fais un trou ! Pas là, plutôt là ! » Ah, chacun soi-même,
chacun le mien, maintenant dans les feuilles mortes, le sol n'est
pas gelé trop profondément ; car plus haut que la réalité :
possibilité : manifestement quelque chose qui ne se montre pas
d'emblée ni souvent, mais en même temps quelque chose qui
appartient essentiellement à ce qui se montre d'emblée et le
plus souvent, si bien qu'il épuise son sens et son motif ; le sol
n'est pas gelé, mais cède aux talons des chaussures reçues au
magasin d'habillement de la Luftwaffe, afin que l'enfant
prenne place dans son être-là, là, dans son là. Projet seulement, mais là. En rupture d'essence : là. Rien qu'un neutre,
rien qu'un on, et le on n'est pas comme le là, en sorte que la
modulation affective mette l'existence avant le que de son là, et
il l'y place sans dégoût, de ses doigts nus, non gantés. Ah, la
structure extatico-horizontale ! N'être là que pour la mort,
c'est-à-dire : ramener tout par-dessus, un peu de feuilles mortes
et de faînes avortées, afin que les corneilles, ou bien pour si
venaient les renards, les sourciers, les charognards, les chercheurs de trésors, les sorcières, si ça existe, pour ramasser les
abats, en faire des chandelles ou une poudre à semer sur le
seuil des portes. Des pommades contre tout et rien. Donc
remettons une grosse pierre par-dessus. Le fond se fonde.
Localité et avorton. Outil et ouvrage. Mère et enfant. L'être et

le temps. Tulla et Harry. Ça saute en marche du tramway, saute dans son là sans faire de faux pas. Saute peu de temps avant Noël, avec adresse, mais trop loin ; elle était nette il y a deux mois ; ça ressort par où c'est entré. Raté ! Néant néantissant. Merde ! Effectué dans l'erreur. Face à crachat ! Même pas transcendantal, mais vulgairement ontique, décelé, dégrinceurisé, destörtebekerisé. Repos du samedi soir. Fondé l'erreur. Ouf du vent. N'était pas un présocratique. Un soupçon de souci. Du soufflé ! Un tardif. Évadé, évaporé, a tiré sur la laisse. « Et il faut que tu la boucles ! Cochonnerie ! Fallait que ça m'arrive à moi. Des clous ! Il devait s'appeler Konrad, ou bien d'après lui. Qui, lui ? Bon, d'après lui. Viens, Tulla, on s'en va. Oui, partons, allons-nous en. »

Et cousin et cousine s'en allèrent après avoir entassé une grande et plusieurs petites pierres pour protéger les lieux contre les corneilles, les gardes forestiers, les renards, les chercheurs de trésors et les sorcières.

Leur pas n'était guère moins lourd quand ils marchaient ; et Harry put au début soutenir le bras de Tulla. Les fusiliers qui s'exerçaient au loin continuaient à ponctuer irrégulièrement l'après-midi déjà passé aux profits et pertes. Ils avaient la bouche pâteuse. Mais Harry avait dans sa poche intérieure un rouleau de drops acidulés.

Quand ils furent à l'arrêt « Agneau blanc » et que grossit le tramway jaune venant d'Oliva, Tulla, le visage gris, dit à son visage frais : « On attendra qu'il démarre. Alors tu monteras en marche à l'avant et moi sur la plate-forme arrière. »

Il était une fois un avorton,
nommé Konrad, dont personne n'entendit jamais parler à l'exception de Jenny Brunies qui sous le pseudonyme de Jenny Angustri dansait à Salonique, Athènes, Belgrade et Budapest, en chaussons, devant des soldats bien portants et rétablis et tricotait de petites choses roses et bleues en laine détricotée pour l'enfant d'une amie, lequel devait s'appeler Konrad ; ainsi s'était appelé le petit frère de l'amie avant de se noyer à la baignade.

Dans chaque lettre survenue à la maison de Harry Liebenau — quatre en janvier, trois seulement en février — Jenny disait deux mots des choses de laine lentement accrues : « Entre-temps, je me suis remise au travail. Les répétitions traînent terriblement en longueur, parce que l'éclairage cloche et que les machinistes d'ici font comme s'ils ne comprenaient rien. Quelquefois, quand le changement de décor se prolonge, on pourrait croire à un sabotage. En tout cas, avec le laisser-aller habituel qui règne ici, il me reste beaucoup de temps pour tricoter. J'ai déjà terminé une petite culotte, et à la première brassière, il ne me reste plus qu'à faire au crochet les dents de souris du col. Tu ne peux pas t'imaginer comme ça m'amuse. Quand M. Haseloff m'a surprise un jour au vestiaire avec la culotte presque terminée, il a eu un choc effroyable, surtout que je l'ai laissé frétiller sans lui dire pour qui je tricotais. »

Depuis, il pense sûrement que j'attends un bébé. A l'entraînement, par exemple, parfois il me regarde fixement, des minutes de suite, d'un air vraiment sinistre. Sinon il est gentil et plein d'égards. Pour mon anniversaire, il m'a donné en cadeau des gants fourrés, bien que je ne porte jamais rien aux doigts, si froid qu'il fasse. En dehors de cela il se donne bien du mal : par exemple il parle souvent, et tout tranquillement, de Papa Brunies, comme si on pouvait d'une heure à l'autre attendre son retour. Cependant nous savons bien tous deux que cela ne se fera jamais. »

Ainsi Jenny bavardait chaque semaine de quoi remplir une lettre. Et à la mi-février, outre l'achèvement de la troisième culotte et de la deuxième brassière, elle annonça la mort du professeur Brunies. Objectivement, et sans aller à la ligne, Jenny faisait part : « Enfin l'information officielle est arrivée. Il est décédé le 12 novembre 1943 au camp de Stutthof. On a écrit comme cause du décès : faiblesse cardiaque. »

Sa signature, sa formule finale toujours identique : « Toujours fidèle et un peu fatiguée, ta Jenny » étaient suivies d'une nouvelle exprès pour Harry, mise en post-scriptum : « Les actualités sont arrivées avec le Q.G. du Führer et le chien de votre Harras. M. Haseloff s'est fait repasser l'épisode au moins dix fois, même au ralenti, afin de pouvoir prendre des croquis du chien. Je n'y ai tenu que deux fois. Il ne faut pas m'en vouloir, mais la nouvelle de la mort de Papa — c'était dit sur un ton si épouvantablement officiel — m'a passablement affectée. Parfois il me semble que je pourrais pleurer indéfiniment, mais je ne peux pas. »

Il était une fois un chien,
   qui s'appelait Perkun et appartenait à un compagnon-meunier de Lituanie qui avait trouvé du travail à l'embouchure de la Vistule. Perkun survécut au compagnon et engendra Senta. La chienne Senta, qui appartenait à un meunier de Nickelswalde, mit bas Harras. Ce reproducteur, qui appartenait à un maître-menuisier de Danzig-Langfuhr, couvrit la chienne Thekla qui appartenait à un M. Leeb qui décéda au début de 1942, peu après la chienne Thekla. Mais le chien Prinz, engendré par le berger mâle Harras et mis bas par la chienne de berger Thekla, fit l'histoire ; il fut offert pour son anniversaire au Führer et chancelier du Reich et, en sa qualité de chien favori, parut aux actualités.

   Quand fut enterré l'éleveur de chiens Leeb, le maître-menuisier fut à la cérémonie. Quand Perkun mourut, on inscrivit au registre d'élevage une maladie canine normale. Senta, devenue hystérique, fut abattue d'un coup de fusil parce qu'elle faisait des dégâts. La chienne Thekla, aux termes du registre, mourut de vieillesse. Mais Harras, qui avait engendré Prinz, chien favori du Führer, fut empoisonné pour raisons politiques à l'aide de viande empoisonnée et enterré au cimetière des chiens. Resta une niche vide.

Il était une fois une niche à chien,
   qui avait logé un chien de berger noir nommé Harras jusqu'au jour où il fut empoisonné. Depuis, la niche restait vide dans la cour de la menuiserie, car le maître-menuisier Liebenau ne voulait pas se charger d'un autre chien ; tant pour lui Harras avait été unique.

   Souvent on voyait ce bel homme, quand il allait à la salle des machines de sa menuiserie, s'attarder devant la niche le temps de tirer de son cigare quelques bouffées, ou encore davantage. Le rempart de terre que Harras, en tirant sur sa chaîne, avait élevé avec ses pattes de devant, s'était trouvé aplani par la pluie et les sabots des manœuvres. Mais la niche ouverte vous soufflait toujours l'odeur d'un chien qui, épris de sa propre odeur, avait déposé dans la cour, comme partout à Langfuhr, ses marques d'urine. Quand pesait le soleil d'août, surtout, ou dans l'air humide du printemps, la niche sentait fort, sentait Harras et attirait les mouches. Ce n'était pas un ornement pour une cour de menuiserie. Le carton bitumé du toit s'effrangeait déjà autour des clous spéciaux qui probablement étaient ébranlés. Un coup d'œil triste, vide, et plein de souvenirs : un jour que Harras était encore dûment à la chaîne, la petite nièce du maître-menuisier avait habité une semaine à côté du chien dans la niche. Plus tard, des photographes et des reporters vinrent photographier le chien et le décrire. La célèbre niche fut cause que la cour de la menuiserie fut qualifiée de lieu historique. Des notables, voire des étrangers vinrent et persévérèrent cinq minutes en ce lieu d'importance. Plus tard, un gros plein de soupe nommé Amsel, des heures durant, dessina le chien au pinceau et à la plume. Il n'appelait pas Harras par son nom ; il l'appelait Pluto ; lui, la petite nièce du maître-menuisier ne l'appelait pas Amsel, mais Itzich : sale Juif. Alors Amsel fut expulsé de la cour. Et un jour, pour un peu, il y aurait eu un accident. Mais tout au plus fut lacéré le vêtement d'un professeur de piano qui habitait le logement de derrière à droite au rez-de-chaussée ; il fallut le payer. Et un jour, ou plusieurs fois, quelqu'un arriva du pas chancelant d'un homme ivre et cribla Harras d'injures politiques, plus fortes que ne pouvaient crier au ciel la scie circulaire et la toupie. Et un jour quelqu'un qui savait grincer des dents jeta du toit de la remise, directement devant la niche, une viande empoisonnée. La viande n'y resta pas.

Souvenirs. Pourtant personne ne devrait essayer de lire les pensées d'un maître menuisier qui s'attarde en face d'une niche à chien et ralentit le pas. Peut-être qu'il évoque le passé. Peut-être songe-t-il aux prix du bois. Peut-être ne pense-t-il rien de précis mais, tout en fumant son cigare second choix, flotte-t-il entre les souvenirs et les cours du bois. Cela pendant une demi-heure, jusqu'au moment où, prudemment, le chef-mécanicien le rappelle : il faut exécuter des préfabriqués pour cantonnements de marine. La niche, vide et pleine de souvenirs ne se sauvera pas.

Non, jamais il n'avait été malade, le chien, n'avait jamais été que noir : jarres et duvet. Poil raide, comme ses cinq frères et sœurs qui firent leurs preuves comme chiens policier⸱. Les babines sèches bien closes. Le cou tendu, sans fanons. La croupe longue, légèrement tombante. Les oreilles à peine inclinées et toujours dressées. Et encore et da capo : chaque poil de Harras était droit, roide, rude et noir.

Le maître menuisier trouve, entre les planches de sol de la niche à chien, des poils isolés, devenus cassants et ternes. Parfois le samedi soir, il se penche et fouille le trou tiède comme la tourbe, sans prendre garde aux locataires épinglés dans le cadre des fenêtres.

Mais un jour le maître menuisier perdit son porte-monnaie contenant, outre de la mitraille, une touffe morte de poils de chien ; mais le maître menuisier voulut voir aux actualités le chien favori du Führer engendré par Harras ; or les actualités les plus récentes passèrent devant ses yeux sans le chien du Führer ; mais la mort au champ d'honneur du quatrième ci-devant compagnon de la menuiserie Liebenau fut annoncée ; les raboteuses du maître menuisier ne pouvaient plus produire de lourds buffets de chêne, de crédences en noyer, de tables à rallonge pour salles à manger sur des pieds richement ouvragés ; tout ce qu'on faisait encore, c'était de clouer ensemble des planches de pin numérotées : éléments de baraques ; l'an quarante-quatre était dans son mois quatrième ; on disait : « Ça y est ; ils ont eu le vieux M. Brunies » ; Odessa évacué, Tarnopol encerclé devait être abandonnée, alors, alors que sonnait le gong de l'avant-dernière reprise, que les cartes d'alimentation ne tenaient plus leurs promesses ; quand le maître menuisier Liebenau apprit que son fils unique s'était porté volontaire pour la Marine ; quand cela fit une somme : le porte-monnaie perdu et les actualités clignotantes, le compagnon menuisier tué et les misérables éléments de baraques, Odessa évacué et les tickets d'alimentation menteurs, le vieux M. Brunies et son fils volontaire pour la durée de la guerre — quand la somme fut complète et dut être portée au livre de caisse, alors,

alors le maître menuisier Friedrich Liebenau quitta son bureau, prit une hache neuve et encore graissée, traversa la cour de la menuiserie le 20 avril 1944, deux heures après midi, se campa, les jambes écartées, devant la niche vide du chien de berger Harras qui fut empoisonné et, sans un mot, tout seul, à larges moulinets circulaires, réguliers, réduisit l'édifice en petit bois.

Mais comme le 20 avril était le cinquante-cinquième anniversaire du Führer et chancelier du Reich à qui, dix ans plus tôt, avait été donné le jeune chien de berger Prinz, de la lignée de Harras, tout le monde aux fenêtres de la maison locative et aux raboteuses comprit qu'on démolissait plus que du bois pourri et du carton troué.

Après cet acte, le maître menuisier dut garder le lit deux bonnes semaines. Il avait présumé de ses forces.

Il était une fois un maître menuisier
qui, par des moulinets calculés, réduisit en petit bois une
niche à chien qui représentait quelque chose.

Il était une fois un dynamiteur qui, histoire de voir, emballa
une bombe dans son porte-documents.

Il était une fois un auxiliaire de la Luftwaffe qui attendait
impatiemment d'être incorporé dans la Marine ; il voulait
plonger et couler des navires ennemis.

Il était une fois une ballerine qui, à Budapest, Vienne et
Copenhague, tricotait des culottes et des chauffe-cœur pour un
petit enfant qui gisait déjà enseveli à l'orée du bois d'Oliva,
sous des pierres.

Il était une fois une future mère qui aimer sauter des
tramways en marche et perdit de ce fait, bien qu'elle eût sauté
adroitement et non pas à contresens, son fruit de deux mois.
Alors la future mère, redevenue jeune fille plate, prit du
travail : Tulla Pokriefke — ça devait arriver — devint
receveuse de tramway.

Il était une fois un préfet de Police dont le fils était appelé
Störtebeker par tout le monde ; il voulait par la suite devenir
philosophe, faillit être père et fonda, non sans avoir préalablement esquissé le monde dans le sable, une bande de jeunes qui
devint célèbre par la suite sous le vocable de bande des
Tanneurs. Il ne traçait plus dans le sable des symboles, mais
l'Office du Rationnement, l'église du Sacré-Cœur, l'Administration centrale des Postes : rien que des bâtiments aux
silhouettes anguleuses où par la suite et nuitamment il
conduisit la bande des Tanneurs pour l'amour d'elle. La
receveuse Tulla Pokriefke faisait partie de la bande sans en
être. Son cousin n'en était pas. En tout cas il faisait le guet
quand la bande se réunissait dans les entrepôts de la chocolaterie Baltic. Un enfant de trois ans qu'on appelait Jésus était
partie intégrante de la bande, à titre de mascotte ; il survécut à
la bande.

Il était une fois un feldwebel qui donnait à des auxiliaires de
la Luftwaffe une formation de canonniers de D.C.A. et de
quasi-philosophes ; il fut ensuite cité devant un tribunal
spécial, puis devant un Conseil de Guerre, dégradé en un
tournemain et mis dans un bataillon disciplinaire ; motif :
étant en état d'ébriété et entre les baraques de la batterie
Kaiserhafen, avoir offensé le Führer et chancelier du Reich par

des propos où apparaissaient des expressions telles que : oubli de l'être, amas d'ossements, structure soucieuse, Stutthof, Todtnau et camp de concentration. Lorsqu'on l'emmena — en plein jour — il braillait des choses énigmatiques : « Espèce de chien ontique ! Chien alémannique ! Salaud à bonnet de coton et à souliers à boucles ! Qu'as-tu fait du petit Husserl ? Qu'est-ce que tu as fait au gros Amsel ? Chien nazi présocratique ! » Pour cause de litanie insensée il fut, malgré sa jambe boiteuse, envoyé d'abord sur le Front de l'Est qui se rapprochait de plus en plus, et plus tard, après le débarquement, à l'Ouest pour déterrer des mines ; mais le feldwebel dégradé eut de la chance et ne sauta pas.

Il était une fois un chien de berger noir nommé Prinz ; il fut muté au Quartier général du Führer, à Rastenburg, Prusse Orientale, eut de la chance, ne sauta pas sur une mine ; mais le lapin de garenne auquel il en avait sauta sur une mine et on n'en retrouva que des vestiges.

Comme déjà le camp « Werwolf » au nord-est de Winnitza, le Quartier général est-prussien du Führer était contigu à des forêts minées, le Führer et son chien favori menaient une existence très retirée dans la zone interdite A de la « Tanière du loup ». Pour que Prinz pût prendre de l'exercice, le maître de chiens, un adjudant S.S. qui avait possédé avant la guerre un chenil notoire, le menait promener dans les zones d'interdiction I et II ; mais le Führer devait rester dans l'étroite zone interdite A, parce qu'il n'arrêtait pas de tenir des conférences de situation.

On se barbait furieusement au Q.G. du Führer. Toujours les mêmes baraques où étaient logés le bataillon d'escorte du Führer, l'état-major de la Wehrmacht ou bien les hôtes prenant la parole sur la situation. La circulation à la porte du camp de la zone d'interdiction II offrait seule un peu de variété.

C'est en ce lieu qu'un lapin s'infiltra entre les sentinelles hors de la zone II, fut chassé parmi les éclats de rire et fit oublier à un berger allemand noir le dressage qu'il avait reçu lors de ses classes au chenil : Prinz se sauva, fila par le portail devant les sentinelles toujours hilares, traversa en traînant sa laisse d'accès du camp — les lapins ont une façon de froncer le nez que nul chien ne pourrait supporter — il voulait donc se lancer à la poursuite d'un lapin qui fronçait le nez et, par bonheur, avait une avance suffisante ; car lorsqu'il détala dans la forêt minée et se subdivisa quand la mine sauta, le chien fut à peine menacé, bien qu'il eût déjà fait quelques foulées dans le terrain miné. Le maître de chiens le ramena prudemment pas à pas.

Quand le rapport fut transmis et suivit la voie hiérarchique — d'abord le général S.S. Fegelein y fit des annotations, puis il tomba sous les yeux du Führer — le maître de chiens fut dégradé et muté au même bataillon disciplinaire où le feldwebel dégradé devait relever des mines.

A l'est de Moghilev, l'ancien maître de chiens fit un pas malheureux ; quant au feldwebel, quand le bataillon fut transféré à l'ouest, sa jambe boiteuse mais chançarde le mena tout droit chez les Alliés. Il fut déplacé d'un camp de prisonniers à l'autre et trouva finalement le repos dans un camp anglais pour prisonniers de guerre anti-fascistes ; car il pouvait se justifier par son livret militaire où étaient inscrites les punitions habituelles et le motif de sa dégradation. Peu de temps après, alors que le disque du Crépuscule des Dieux était déjà tenu prêt, il fonda un théâtre de Camp avec des co-opinionaires. Il joua sur une scène improvisée, étant comédien de profession, les principaux rôles des pièces classiques allemandes : un Nathan discrètement claudicant et un Götz qui grinçait des mandibules.

Quant au dynamiteur, bien qu'il eût terminé depuis des mois ses expériences avec bombe et porte-documents, il ne réussit pas à entrer dans un camp de prisonniers pour anti-fascistes. Son attentat aussi fit long feu, parce qu'il n'était pas un dynamiteur de métier, visa tout de suite le maximum sans avoir suivi l'apprentissage nécessaire, prit la tangente avant que la bombe ait dit oui nettement ; il entendait se réserver pour de grandes tâches après la réussite de l'attentat.

Il est entre le général Warlimont et le capitaine de vaisseau Assmann, tandis que la conférence de situation du Führer se prolonge, et il ne sait que faire de son porte-documents. Un officier de liaison de l'Office économique de l'Armée achève son exposé sur la question des carburants. On énumère les matières déficientes telles que caoutchouc, nickel, bauxite, manganèse et tungstène. Partout les roulements à billes manquent. Quelqu'un des Affaires étrangères — est-ce l'ambassadeur Hewel ? — soulève la question de savoir quelle situation pourrait se faire jour au Japon après le retrait du cabinet Tojo. Et pendant ce temps-là, le porte-doc n'a toujours pas trouvé de place adéquate. On discute de la remise en position de la Xe Armée après l'évacuation d'Ancône et de la force combative de la XIVe Armée après la chute de Livourne.

Le général Schmundt demande la parole, mais il n'y en a a qu'un qui parle ! LUI ! Où mettre le porte-doc ? Une nouvelle fraîche met du mouvement dans le groupe qui entoure la table des cartes : les Américains sont entrés dans Saint-Lô. Vite, avant que vienne sur le tapis le front de l'Est, par exemple la situation devant Bialystok, on agit : le dynamiteur place le porte-doc avec son contenu au petit bonheur sous la table autour de laquelle MM. Jodl, Scherff, Schmundt et Warlimont se tiennent tranquilles ou se balancent sur leurs pointes de bottes ; tandis que le chien de berger noir du Führer évolue inquiet, parce que son maître, inquiet également, veut être tantôt ici, tantôt là, rejette ceci, exige cela d'un poing énergique et n'arrête pas de dégoiser sur les défectueux obusiers de 152, puis sur l'excellent obusier Skoda de 210. « Angle de tir 360 degrés et aurait été, sans la flèche, propre à équiper les fortifications côtières, voir Saint-Lô. » Cette mémoire. Des noms, des chiffres, des distances en pagaïe, et avec ça toujours en mouvement, partout avec le chien au pied ; seulement il n'approche pas du porte-documents qui se trouve aux pieds des généraux Schmundt et Warlimont.

En un mot ; le dynamiteur fit long feu ; mais la bombe au contraire détona ponctuellement, mit fin à quelques carrières d'officier, mais ne retira du monde ni le Führer ni le chien favori du Führer. Car Prinz à qui, comme à tous les chiens, appartenait la région située sous la table avait flairé la serviette de cuir abandonnée, avait peut-être entendu un tic-tac suspect ; en tout cas, renifler au passage lui suggéra une occupation à laquelle les chiens bien élevés vaquent en plein air.

Un aide de camp attentif, placé près de la porte de la baraque, remarqua le désir du chien, entrouvrit la porte — juste ce qu'il fallait pour Prinz — la referma sans bruit gênant et ne fut nullement récompensé de son attention ; car lorsque la bombe dit « C'est l'heure ! », dit « Prêt ! Bonsoir ! On fauche ! », quand la bombe, dans la serviette du dynamiteur devenu entre-temps fuyard dit « Amen », elle atteignit entre autres l'aide de camp, mais pas une seule fois le Führer et son chien favori.

L'auxiliaire de la Luftwaffe Harry Liebenau — quittons en effet le grand monde des attentats, des cartes d'état-major et du Führer intact pour revenir au faubourg de Langfuhr — apprit par le poste de T.S.F. mis au maximum l'échec de l'attentat. Furent également cités le nom de l'auteur de l'attentat et ceux de ses conjurés. Alors Harry fut inquiet pour le chien Prinz qui descendait du chien Harras ; car aucun communiqué spécial, pas une ligne de journal, pas même un mot d'ordre de bouche à oreille ne révéla si le chien était au nombre des victimes ou bien si la Providence l'avait épargné comme son maître.

Seulement une semaine plus tard, aux actualités — Harry avait en poche son ordre d'incorporation, ne portait plus l'uniforme d'auxiliaire de la Luftwaffe, faisait des visites d'adieu et, puisqu'il restait à tuer sept jours, allait souvent au cinéma — la revue allemande d'actualités, tout à fait en marge, donna des informations sur le chien Prinz.

Furent montrés à distance le Q.G. du Führer avec la baraque détruite et le Führer vivant. Et aux bottes du Führer dont le visage, sous la casquette enfoncée, paraissait légèrement enflé, mais était demeuré ressemblant, se frottait un chien de berger mâle, noir, aux oreilles droites, que Harry identifia sans peine comme le chien du chien du maître menuisier.

Quant au maladroit auteur de l'attentat, il fut pendu.

Il était une fois une petite fille
que des tziganes forestiers colloquèrent subtilement à un professeur qui triait des gneiss micacés dans une usine morte et s'appelait Oswald Brunies. La fillette fut baptisée au nom de Jenny, grandit et devint de plus en plus grosse. Jenny avait un air de boursouflure peu naturelle, et subissait bien des avanies. De bonne heure, un professeur de piano, appelé Felsner-Imbs, donna des leçons à la grosse fillette. Imbs possédait une chevelure d'un blanc de neige qui exigeait d'être brossée une bonne heure par jour. Sur son conseil Jenny, pour combattre l'adiposité envahissante, prit des leçons de danse classique dans un vrai cours de danse.

Cependant Jenny continuait à s'épanouir et promettait de devenir aussi grosse qu'Eddi Amsel, l'élève favori du professeur Brunies. Amsel, avec son ami, regardait souvent la collection de gneiss micacés du professeur et était aussi présent quand Jenny tapait des gammes. Eddi Amsel avait beaucoup de taches de rousseur, pesait deux cents livres, savait dire des choses drôles, dessiner très vite et ressemblant, chanter en outre d'une voix argentine, même à l'église.

Par un après-midi en hiver où il y avait partout de la neige et qu'il en tombait sans arrêt de la fraîche par-dessus, Jenny fut transformée en bonhomme de neige par des enfants qui jouaient, derrière la Butte-aux-Pois, près du sinistre monument de Gutenberg.

Le hasard voulut qu'à la même heure, de l'autre côté de la Butte-aux-Pois, le ridicule obèse Amsel fût pareillement transformé en bonhomme de neige ; mais ce ne furent pas des enfants joueurs qui le transformèrent.

Mais soudain le dégel intervint de toutes parts. Les deux bonshommes de neige fondirent et libérèrent : près du monument de Gutenberg une mince silhouette dansante ; de l'autre côté de la Butte, un svelte jeune homme qui chercha et trouva dans la neige ses dents. Sur quoi il les lança dans les broussailles où elles tombèrent à petit bruit.

La silhouette dansante rentra chez elle, s'y présenta en Jenny Brunies, tomba légèrement malade, guérit rapidement et débuta non sans succès dans la pénible carrière de danseuse classique.

Mais le svelte jeune homme fit la valise d'Eddi Amsel et, sous le nom de M. Haseloff, quitta Danzig par le train de Berlin via Schneidemühl. Arrivé là, il se fit garnir la bouche de dents neuves et tenta de guérir un fort refroidissement contracté dans le bonhomme de neige ; mais il lui en resta un enrouement chronique.

La silhouette dansante dut poursuivre ses études au lycée et prendre une part assidue à l'exercice du ballet. Quand le ballet enfantin du Théâtre municipal parut dans la féerie de Noël *la Reine de glace,* Jenny put danser *la Reine de glace* et fut louangée par les critiques.

Alors vint la guerre. Mais rien ne changea, sauf le public des ballets : Jenny fut admise à danser dans la Salle rouge du casino de Zoppot devant des officiers supérieurs, des chefs du Parti, des artistes et des savants. Entre-temps, M. Haseloff, l'enroué chronique échappé du bonhomme de neige amsélien, avait percé à Berlin comme maître de ballet ; pour ce motif, il figurait dans la Salle rouge en qualité de notable et se dit au moment de la longue ovation finale : « Etonnant, ce rayonnement. Céleste, cette conduite de bras. Cette ligne dans l'adagio. Un peu froide, mais tout à fait classique. Technique sûre, encore trop consciente. Cambrure du pied un peu basse. A coup dûr, des dispositions. Il faudrait travailler, travailler sur cette enfant et en tirer le maximum. »

Il fallut que le professeur Brunies fût interrogé par la Police criminelle pour une pénible histoire — il avait porté à sa bouche des pastilles de vitamines destinées à ses élèves — arrêté par la Police politique secrète et déféré au Camp de Concentration de Stutthof pour que le maître de ballet trouvât l'occasion d'enlever Jenny à Berlin.

Elle se sépara difficilement du faubourg de Langfuhr. Elle portait le deuil et s'était éprise d'un lycéen nommé Harry Liebenau. Elle lui écrivit beaucoup de lettres. Son écriture soignée parlait d'une mystérieuse Mme Neroda qui présidait le ballet, du pianiste Felsner-Imbs qui l'avait accompagnée à Berlin, du petit Fenchel, son partenaire dans le pas de deux, et du maître de ballet Haseloff, chroniquement enroué et toujours un peu diabolique quand il dirigeait l'exercice et les répétitions.

Jenny parlait de progrès et de petits reculs. Dans l'ensemble, elle s'élevait ; il n'y avait qu'un point où cela clochait et ne voulait pas s'améliorer. Si louables que fussent les entrechats de Jenny, son cou-de-pied demeurait plat et faisait mal au maître, comme à la danseuse, car toute vraie ballerine — déjà au temps de Louis XIV — doit avoir un beau cou-de-pied haut.

On étudiait plusieurs ballets, parmi lesquels des contredanses allemandes anciennes et les clous habituels du répertoire du vieux maître Petipa ; on les donnait devant des soldats qui tenaient occupée la moitié de l'Europe. De longs voyages menèrent Jenny partout. Et de partout Jenny écrivit à son ami Harry, qui répondait de temps à autre. Entre les répétitions et pendant la représentation, Jenny ne restait pas bêtement oisive, à feuilleter un illustré ; elle s'appliquait à tricoter des vêtements d'enfant pour une amie d'école qui attendait un bébé.

Quand en été 44 la troupe revint de France — elle fut surprise par le débarquement et perdit plusieurs décors ainsi qu'une partie des costumes — le maître de ballet Haseloff voulut étudier un ballet en trois actes auquel il bricolait déjà depuis son enfance. A présent, après l'effondrement survenu en France, il avait hâte de mettre sur pied son rêve d'enfance, car le ballet devait être donné en première dès le mois d'août sous les titres de *les Epouvantails* ou *la Révolte des Epouvantails* ou *la Fille du jardinier et les Epouvantails*.

Manquant de compositeurs qualifiés, il se fit arranger par Felsner-Imbs un mélange de Scarlatti et de Haendel. La partie des costumes détruite ou fortement endommagée en France trouva sans peine un emploi dans le nouveau ballet. De même on reprit comme figuration acrobatique les restes d'une troupe de lilliputiens appartenant à la Compagnie de Propagande de Haseloff et qui avait subi des pertes au début de l'Invasion. Ce devait être un ballet d'action avec masques, machines à gazouiller et automates mobiles sur une grande scène à transformations.

Jenny écrivait à Harry : « Le premier acte montre le jardin varié du méchant vieux jardinier, que pillent des oiseaux dansants. La fille du jardinier — c'est moi — à demi complice des oiseaux, taquine le méchant vieux jardinier. Environné d'un essaim d'oiseaux tourbillonnants, il danse un solo comique et fixe à la clôture du jardin une pancarte où l'on lit : « On demande un épouvantail. » Aussitôt, en grand jeté par-dessus la clôture, se présente un jeune homme aux haillons pittoresques qui offre ses services comme épouvantail. Après quelques hésitations dansées — pas battus, entrechats et brisés dessus dessous — le vieux méchant jardinier donne son accord, sort par la gauche et le jeune homme — pas chassé et glissades dans toutes les directions — chasse tous les oiseaux et pour finir un merle particulièrement impudent. Tours en l'air. Naturellement la jeune et jolie fille du jardinier — moi — s'éprend du jeune épouvantail champion de saut : pas de deux entre les tiges de rhubarbe du vieux méchant jardinier — doux adagio, conduite mesurée : attitude en promenade. Feinte horreur, recul, soumission et enlèvement de la fille du jardinier par-dessus la clôture, de nouveau en grand jeté. Nous deux — le petit Fenchel fait d'ailleurs le jeune homme — sortons par la droite.

Au deuxième acte on découvre — comme tu le verras à l'instant — la vraie nature du jeune homme. Il est le préfet de tous les épouvantails et règne sur un empire souterrain où doivent évoluer inlassablement des épouvantails de telle ou telle sorte. Ici, ils font des processions à cloche-pied, là ils se recueillent à la messe des épouvantails et offrent un sacrifice à un vieux chapeau. Déjà nos Lilliputiens, en tête le vétéran Bebra, forment un épouvantail lilliputien, tantôt long, tantôt court, toujours en se nouant les uns aux autres. Maintenant ils évoluent manifestement à travers l'histoire : en Germains hirsutes, en lansquenets tailladés, en courriers impériaux, en moines gyrovagues mangés aux mites, en chevaliers mécaniques sans têtes, en nonnes gonflées au vent, en proie à l'épilepsie, en Zieten du Maquis et en escadron des trompe-la-

mort de Lützow. Voici venir des porte-manteaux à cent bras.
Des armoires vomissent des dynasties avec leurs nains de cour.
Alors tous deviennent moulins à vent : les moines, les nonnes,
les chevaliers, les courriers et les lansquenets, les grenadiers
prussiens et les uhlans de Natzmer, les Mérovingiens et les
Carolingiens ; parmi eux circulent, prompts comme des belet-
tes, des Lilliputiens. Les ailes folles agitent l'air, mais sans rien
moudre. Cependant le grand coffre à mouture s'emplit de
haillons en intestins, de dentelles en nuées, de drapeaux en
salade. Des pyramides de chapeaux et des bouillies de falzars
se fondent en pâtisseries dont mangent bruyamment tous les
épouvantails. Alors, croassements, crépitements, hurlements.
On siffle sur des clés. Un gémissement étouffé. Dix abbés
rotent. Pets de nonnes. Chênes et Lilliputiens bêlent. Crécel-
les, piaffements, déglutitions, hennissements. La soie chante.
Le velours fredonne. Sur un pied. Deux dans le même habit.
Enfermés dans des pantalons. Naviguent dans des chapeaux.
Tombent des poches. Se multiplient dans les sacs de pommes
de terre. Des arias s'embrouillent dans les rideaux. Une
lumière jaune filtre aux coutures. Les têtes autonomes, le
bouton lumineux sauteur. Les fonts baptismaux automobiles.
Et il y a des dieux : Potrimpos, Pikollos, Perkunos — parmi
eux un chien noir. Mais au beau milieu des allées et venues de
champ de manœuvre, de salle de gym, des évolutions compli-
quées — des vibratos non classiques alternant avec des pas de
bourrée richement variés — le préfet de tous les épouvantails,
c'est-à-dire le petit Fenchel, dépose la fille enlevée du jardinier. Et moi, donc la fille du jardinier, la crainte me lève sur
mes pointes horrifiées. Malgré tout l'amour que m'inspire le
jeune homme et préfet — seulement sur la scène, naturellement — j'ai très peur et je danse — les vilains épouvantails
m'ont affublée d'une robe de mariée miteuse, m'ont couronnée
de sonores coquilles de noix — sur une lente musique pour
infante défunte, tandis que les Lilliputiens portent ma traîne,
un solo pétri d'angoisse royale ; ce faisant je, c'est-à-dire la fille
du jardinier couronnée reine, réussis à endormir par l'incanta-
tion de ma danse successivement tous les épouvantails, isolés
ou en groupes : le dernier à s'endormir est le petit Fenchel, le
préfet par conséquent. Seul le chien noir hirsute qui appartient
à la suite personnelle du préfet se jette entre les Lilliputiens
dispersés, mais ne parvient pas à se lever sur ses douze pattes
d'enfer. Alors, fille de jardinier, en parfaite arabesque, je me
penche encore une fois sur le préfet endormi, lui mets au front

un douloureux baiser de ballerine — en faisant cela, je ne touche jamais le petit Fenchel — et m'enfuis. Le chien noir hurle trop tard. Les Lilliputiens piaulent trop tard. Le mécanisme des épouvantails fonctionne trop tard. Le préfet se réveille beaucoup trop tard. Cela donne à la fin du deuxième acte un final furioso : sauts et acrobatie. Une musique assez martiale pour chasser des armées turques. Les épouvantails au comble de l'hystérie lèvent le camp et laissent redouter pour le troisième acte les pires éventualités.

Ce troisième acte montre à nouveau le jardin du vieux méchant jardinier. Triste, en proie aux oiseaux, il tourne vainement sur lui-même. Alors apparaît, honteuse — à demi repentante, à demi insolente, c'est ainsi que je dois le faire — la jeune fille du vieux méchant jardinier en robe de mariée déchirée ; elle tombe aux pieds du jardinier son père. Elle enserre ses genoux et veut être relevée. Pas de deux : père et fille. Une lutte dansée avec porters et promenades. A la fin, la nature du vieillard se révèle : il me répudie, moi, sa fille. Je ne veux plus vivre et ne peux mourir. Alors, par le fond, une rumeur se fait entendre : épouvantails et oiseaux constituent une étrange alliance. Un monstre collectif voletant, piaillant, pépiant, croassant, sifflant roule sur la scène, porte au-dessus de soi, soutenu par les serres d'innombrables épouvantails, une cage à oiseaux vide de proportions gigantesques, passe au rouleau le jardin, capture la fille du jardinier avec les véloces Lilliputiens. Le préfet crie aussi de joie quand il me voit dans la cage. Le chien hirsute décrit des cercles noirs. Le monstre aux mille voix m'emporte en triomphe, trépignant et croassant à toutes ses jointures. Reste le jardin détruit. Reste une silhouette boiteuse en haillons : le méchant vieux jardinier. Reviennent une fois encore les méchants oiseaux taquins — pas de chat, pas de basque — qui encerclent le vieillard. Maintenant, en une lasse esquisse de défense, il lève ses bras haillonneux, et voyez : effrayés dès le premier geste, les oiseaux fuient. Il s'est transformé en épouvantail ; désormais il est à la fois jardinier et épouvantail en une seule personne. Le rideau du dernier acte tombe sur son macabre solo pour épouvantail — M. Haseloff caresse l'idée de danser ce rôle. »

Ce ballet, avec quelque vibration sensible que Jenny l'ait décrit à son ami Harry, ce ballet en trois actes, si soigneusement étudié qu'il ait été, ce ballet à grand spectacle — Haseloff avait de sa propre main dessiné des mécaniques sonores et des automates cracheurs de boutons — ce ballet des épouvantails

ne fut jamais donné en première. Deux messieurs du Ministère
de la Propagande, assistant à la générale, trouvèrent le premier
acte joli et prometteur, toussotèrent une première fois au
second acte et se levèrent dès la fin du troisième. Dans
l'ensemble, le développement de l'action leur semblait trop
sinistre et trop attirant. Il y manquait cette affirmation de la
vie, car les deux messieurs dirent en même temps : « Les
soldats du front veulent voir des choses amusantes et non pas
ce monde infernal aux agitations sombres. »

On négocia, à hue, à dia, Mme Neroda fit jouer ses relations.
Déjà, en très haut lieu, on se montrait enclin à marquer de la
bienveillance à une nouvelle version quand, avant que Haseloff
ait pu tripatouiller son argument et lui coudre en catastrophe
une conclusion gaie, en rapport avec la situation militaire, un
impact de bombe détruisit les costumes et le décor. La troupe
eut aussi des pertes à déplorer.

On aurait dû interrompre la répétition pour cause d'alerte
aux avions, mais on répétait quand même encore une fois. La
fille du jardinier endort en dansant les épouvantails, le chien
d'enfer, tous les Lilliputiens et le préfet — Jenny s'y prenait
fort bien, sauf que son cou-de-pied était toujours trop bas, ce
qui apparaissait dans son jeu comme une discrète ride — juste
au moment où Haseloff était sur le point de faire son nouvel
arrangement optimiste — Jenny aurait enchaîné tous les
épouvantails et leur préfet pour les mettre sur terre au service
du jardinier ci-devant méchant et désormais bénéfique — au
moment où Jenny, les mains alourdies par les menottes, se
trouvait seule en scène et, selon livret, en proie à l'incertitude,
la torpille frappa la halle des expositions près de la Tour-radio,
qu'on avait aménagée pour les répétitions.

Le magasin avec les mécaniques fragiles, les costumes légers
et les décors mobiles tomba à genoux pour toujours. Le
pianiste et artiste Félix Felsner-Imbs, qui de ses dix doigts
avait accompagné toutes les répétitions, fut définitivement
allongé sur le clavier. Quatre danseuses, deux danseurs, la
Lilliputienne Kitty et trois machinistes furent blessés, Dieu
merci légèrement. Mais la peau du maître de ballet resta
intacte, et dès que se furent dissipées la fumée et la poussière,
il se mit à chercher Jenny d'une voix enrouée.

Il la trouva étendue et dut dégager ses pieds pris sous une
poutre. On craignit d'abord le pire : la mort en scène. En
vérité, la poutre n'avait fait que peser sur le pied droit comme
sur le gauche. Maintenant que les chaussons devenaient trop

étroits pour les pieds en voie de se gonfler, on eut l'impression qu'enfin Jenny Angustri avait ce cou-de-pied parfaitement cambré que devrait avoir toute ballerine — Approchez d'un vol suave, aériennes sylphides ! Giselle et Coppélia, apparaissez, nuptiales, ou pleurez de vos yeux d'émail ! La Grisi et la Taglioni, Lucile Grahn et Fanny Cerrito puissent tisser leur pas de quatre et semer, sur les pauvres pieds, des roses. Toutes lumières doivent luire au palais Garnier afin que dans le grand défilé s'assemblent les prières de la pyramide : le premier et le second quadrille, les coryphées pleines d'espoir, les petits sujets et les grands sujets, les premiers danseurs et, aussi méchantes qu'inaccessibles : les étoiles ! Saute, ô Gaétan Vestris ! Camargo, qui inspiras les poètes, toujours maîtresse des entrechats huit. Laisse là tes papillons et tes araignées noires, dieu au bond lent, esprit des roses, Waslaw Nijinsky. Instable Noverre, suspends ton voyage et descends ici. Détache la machine volante, pour qu'un clair de lune sylphidique puisse passer, fantôme et dictame. Méchant Diaghilev, impose-lui ta main magique. Oublie tes millions le temps de cette douleur, Anna Pavlova. Crache encore une fois ton sang sur les touches, Chopin, au feu des bougies. Détournez-vous, Vallastriga Archi-épouse. Qu'une fois encore s'exhale un cygne mourant. Pose-toi vers elle, Petrouchka. La dernière position. Grand plié.

Jenny survécut : péniblement, et jamais plus sur les pointes. On dut — on souffre à l'écrire — lui amputer les orteils des deux pieds. On lui donna des souliers massifs pour ce qui lui restait de pieds. Et Harry Liebenau, que Jenny avait aimé jusqu'alors, reçut une lettre objectivement écrite à la machine, la dernière. Jenny le pria aussi de ne plus écrire. C'était fini. Il devait essayer d'oublier : tout, presque tout. « Moi aussi je m'efforcerai de ne plus penser à nous. »

Des jours plus tard — Harry Liebenau faisait ses valises : il allait partir soldat — arriva un petit colis plein d'un contenu triste. Y étaient, empaquetées et liées de soie, les lettres à demi sincères de Harry. Des brassières et de petites culottes, achevées, roses et bleues. Il trouva une chaîne faite de caoutchoucs de canettes. Harry l'avait donnée à Jenny quand ils étaient enfants, jouaient au bord de l'étang de la société par actions où flottaient des caoutchoucs de canettes, et non des fleurs de lotus.

Il était une fois un tramway

qui circulait entre le champ de manœuvre de Langfuhr et la
rue des Saules dans la Ville-Basse et desservait la ligne Cinq.
Comme tous les tramways circulant entre Langfuhr et Danzig,
le Cinq s'arrêtait à la Gare Centrale. Le wattman de ce
tramway particulier dont il est ici question qu'il ait un jour
existé s'appelait Lemke ; le receveur de la motrice s'appelait
Erich Wentzeck ; et la receveuse de la baladeuse de ce tramway
particulier s'appelait Tulla Pokriefke. Elle n'était plus de
service sur la ligne Deux allant à Oliva. Elle faisait neuf heures
par jour sur la navette avec le Cinq ; agile, comme née pour
cette profession, quelque peu téméraire ; car lorsqu'à l'heure
de la fermeture des bureaux le tram était bondé et qu'on ne
pouvait plus passer par l'intérieur de la voiture, elle sautait en
marche à vitesse moyenne, de la plate-forme avant, pour
remonter en voltige sur la plate-forme arrière. Quand Tulla
encaissait, pas de cadeaux ; tous les voyageurs étaient soulagés
du prix de la course ; même son cousin Harry devait payer.

Or Tulla Pokriefke, d'un coup de sonnette, donna le départ
à ce tramway pas comme les autres dont il fut dit tout à l'heure
qu'il était une fois ; c'était la rame de 22 heures 05 qui devait
être à la Gare centrale à 22 heures 17 ; deux minutes plus tard,
place Max-Halbe, y montait un jeune homme de dix-sept ans,
porteur d'une valise en carton renforcée de coins de cuir ; il se
plaça sur la plate-forme arrière et alluma aussitôt une cigarette.

Le tramway était vide et le resta passablement. A la station
« Colonie du Reich » monta un vieux ménage, qui descendit à
la Halle des Sports. Avenue Max-Halbe, quatre infirmières de
la Croix-Rouge s'assirent dans la baladeuse et prirent des
correspondances pour Heubude. Dans la motrice, l'activité
était plus intense.

Tandis que la receveuse Tulla Pokriefke, sur la plate-forme
arrière, gribouillait des indications sur son carnet de bord, le
jeune décagénaire, ou décigénaire, qui avait dix-sept ans,
fumait gauchement à côté de sa valise qui tanguait. Si cette
rame était un tramway tout particulier, c'était seulement parce
que tous deux, elle avec le carnet de bord, lui avec une
cigarette inaccoutumée, se connaissaient ; ils étaient même
parents — cousine et cousin — ; si le tramway de la ligne Cinq
était une rame à part, c'est que tous deux allaient se quitter
pour la vie ; pour le reste, ce tramway suivait l'horaire.

Quand Tulla eut sonné le départ de l'arrêt Clinique gynéco-

logique, elle dit en refermant d'une claque son carnet de bord :
« Tu pars en voyage ? » Harry Liebenau, son ordre d'appel
dans la poche intérieure de sa veste, répondit dans le style de
l'inévitable scène des adieux : « Le plus loin possible. »

Le carnet de bord de Tulla, cet accessoire froid, était
contenu entre deux couvertures de bois usées : « Tu te plais
donc plus chez nous ? »

Harry savait que Tulla n'était pas de service sur la ligne
Deux ; c'est pourquoi, lors de son voyage d'adieu, il s'était
décidé pour le Cinq. « Faut que j'aille soldat. Ils ne s'en
tireront plus sans moi. »

Tulla fit claquer les couvertures de bois : « Je croyais que tu
voulais la marine ? »

Harry offrit à Tulla une cigarette : « Il ne s'y passe plus
grand-chose à c't'heure. »

Tulla mit la Juno dans le casier de son carnet de bord :
« Fais gaffe, ils te mettront dans l'infanterie. Là ils connaissent
rien. »

Harry coupa la tête à ce dialogue ivre d'adieu : « Possible. Je
m'en fous complètement. L'essentiel : me tirer loin d'ici,
sortir de ce bazar. »

Le tramway pas comme les autres tanguait en remontant
l'avenue. Des tramways en sens inverse passaient comme des
spectres. Tous deux ne pouvaient regarder au dehors, car une
peinture bleu alerte aveuglait toutes les vitres de la baladeuse.
Ils en étaient réduits à se regarder sans trêve ; mais personne ne
saura jamais comment Tulla vit son cousin tandis qu'il la
regardait comme pour accumuler des réserves : Tulla Tulla
Tulla ! Les points noirs qu'elle avait au front avaient séché. En
revanche elle avait une indéfrisable fraîche qu'elle avait gagnée
elle-même. Quand on n'est pas jolie, il faut faire quelque chose
pour soi. Mais pour la dernière fois l'odeur de colle d'os et de
colle d'ébéniste voyageait avec elle et faisait la navette entre le
champ de manœuvre et la rue des Saules. Les quatre infirmières de la Croix-Rouge, à l'intérieur de la voiture, parlaient toutes les quatre ensemble à mi-voix. Harry avait la
bouche pleine de mots artistement tournés, mais aucun mot
joli ne voulait passer le premier. Après l'arrêt « Quatre
Saisons », il se contraignit à demander : « Comment va ton
père ? » mais Tulla répondit par un haussement d'épaules et
par la sempiternelle contre-question : « Et le tien ? »

Alors Harry ne répondit que par un haussement d'épaules ;
pourtant son père n'allait pas tellement : le maître-menuisier, à

cause de ses pieds enflés, avait dû renoncer à accompagner son fils à la gare ; et la mère de Harry ne sortait jamais sans le père de Harry.

En tout cas une personne de la famille était témoin des adieux de Harry : la tenue des tramways allait bien à sa cousine, le petit calot d'uniforme collait à l'indéfrisable. Peu avant la Porte d'Oliva, elle détacha de son porte-billets deux blocs de talons vides : « Tu veux un bloc ? »

Le cadeau d'adieu ! Harry reçut deux couvertures de carton sur lesquelles des griffes d'acier maintenaient serrés les talons des billets vendus, le tout épais d'un doigt. Ses doigts retrouvèrent aussitôt leur enfance et firent ronronner les étroits blocs de papier. Tulla eut un rire chevrotant, presque bonasse. Mais elle se rappela tout à coup ce que le durable adieu avait fait oublier : son cousin n'avait pas encore payé. Harry jouait avec les blocs de tickets vides et n'avait pas encore pris de véritable billet. Tulla montra du doigt les blocs et les doigts de Harry : ils se contentaient de peu. « Tu peux les garder, mais faut payer quand même. Un aller simple et bagage. »

Quand Harry eut à nouveau laissé son porte-monnaie glisser dans sa poche-revolver, il trouva dans la peinture anti-aérienne une fente de visée incolore ; quelqu'un avait gratté de l'ongle afin que Harry n'eût plus besoin de regarder fixement sa cousine, mais pût embrasser d'un seul œil le panorama de la ville qui s'était rapprochée. Il compta les clochers. Ils étaient au complet : tous grandissaient, venant à sa rencontre. Quelle feuille de découpage ! La brique gothique fatiguait son œil en sorte qu'il se brouillait : des larmes ? Une seulement. Car déjà Tulla annonçait l'arrêt où il devait descendre — « Gare centrale ! » — et Harry laissa glisser dans sa poche deux blocs de billets vides.

Quand il prit à la poignée sa valise de carton, Tulla lui tendit une petite main dont un doigtier de caoutchouc rouge protégeait le pouce afin de faciliter le change de monnaie. L'autre main de Tulla était en attente sur la corde de la sonnette : « Fais attention, qu'ils ne t'enlèvent pas le nez d'un coup de fusil. T'entends ! »

Alors le cousin de Tulla hocha la tête docilement, hocha encore ; même quand Tulla eut donné, d'un coup de timbre, le départ au tramway ; lui pour elle, elle pour lui, lui sur la place de la Gare, elle avec le Cinq qui s'éloignait, ils devinrent de plus en plus petits.

Ne pas s'étonner si Harry Liebenau quand, dans le rapide, il se retrouva assis sur sa valise, entre Danzig et Berlin, et jouant avec ses blocs vides, avait dans l'oreille un petit air koschnève qui disait au rythme des rails : « Duller Duller, Tulla, Dul Dul, Tulla, Tulla Tulla, Dul. »

Il était une fois une petite chanson
    qui traitait d'amour, était brève, facile à retenir, et d'un rythme si frappant que le panzergrenadier Harry Liebenau, parti pour apprendre la peur entre deux blocs de tickets ronronnants, l'avait entre les dents à genoux, debout, couché, en dormant, en mangeant la soupe aux pois, en nettoyant son arme, en crapahutant, en sautillant, en coinçant la bulle, sous le masque à gaz, en amorçant de vraies grenades, en relevant la garde, en pleurant, en suant lamentablement, sur les ampoules au pied, sous le casque d'acier, accroupi aux latrines, lors du serment au drapeau prêté à Fallingbostel, à genoux, debout sans appui, en cherchant le grain d'orge dans le cran de mire, donc en déféquant, jurant, tirant, de même en cirant ses godillots ou en corvée de jus ; si tenace était la petite chanson omnibus. Car lorsqu'il plantait un clou dans son armoire pour y mettre une photo encadrée — Führer avec chien de berger noir — la surface de frappe et la tête de clou annonçaient : Dul, Dul, Tulla ! Quand pour la première fois il travailla le mouvement baïonnette au canon, ses trois temps d'exécution furent : Tulla, Tulla, Dul ! Quand il montait la garde de nuit devant le magasin modèle Knochenhauer-2, et que le sommeil lui donnait du plat de la main au creux des genoux, il se réveillait rythmiquement : Duller, Duller, Tulla ! A chaque chanson de marche qu'il s'y agît d'Erika, de Rosemarie, d'Anouchka ou de noisettes brun-noir, il injectait la séquence à tout faire de Tulla. En attrapant ses poux et, chaque soir — jusqu'au jour où la compagnie fut épouillée à Münster — en explorant de ses ongles meurtriers les coutures de ses caleçons et maillots de corps, il n'écrasait pas trente-deux poux, mais tombait Tulla à trente-deux reprises. Même quand une permission de la nuit lui offrit l'occasion d'essuyer son sabre dans une vraie fille, il ne choisit pas une auxiliaire des transmissions, ou une infirmière, mais dans les parcs de Lünebourg où s'attardait l'automne, ce fut à biscotter une receveuse de tramway ; elle s'appelait Ortrude, mais de temps

à autre il l'appelait Tulla Tulla Tulla ! Ce qui procurait à
Ortrude un plaisir médiocre.

Et tout cela — l'air de Tulla, le serment au drapeau, les poux
et Lünebourg — se dépose en lettres d'amour, trois par
semaine, pour Tulla. De l'histoire s'effectue en janvier,
février, mars ; mais lui cherche pour Tulla des mots au-delà du
temps. Entre le lac Balaton et le Danube, la 4ᵉ Brigade de
Cavalerie brise des contre-attaques ; mais il décrit à sa cousine
les beautés écologiques de la lande de Lünebourg. L'attaque
de dégagement n'atteint pas Budapest et s'enlise à l'arrière de
Presbourg ; il compare infatigablement la lande de Lünebourg
et celle de Tuchel. Dans le secteur de Bastogne, faibles gains
de terrain ; alors il envoie à Tulla un sachet de baies de
genièvre avec des bonsoirs violets. La 362ᵉ D.I. en ligne au
sud de Bologne, ne peut arrêter les attaques de blindés qu'en
ramenant en arrière sa ligne principale de résistance ; mais lui
rédige un poème — pour qui, grand Dieu ! — où, début
janvier, la bruyère fleurit toujours : violette, violette ! Dans la
journée, offensive no-stop de mille bombardiers américains
dans les régions de Paderborn, Bielefeld, Coblence, Mann-
heim ; lui, impavide, il lit Löns qui colore son style et teint en
violet le poème à Tulla commencé. Devant Baranow, offensive
de grand style ; sans lever les yeux, il trace avec son stylo
d'écolier le mot unique, ni bleu ni rouge. La tête de pont de
Tarnow est évacuée — percées ennemies jusqu'à l'Inster ; mais
le panzergrenadier rime évoquant Tulla. Flèches ennemies sur
Leslav par Kutno — Percée du front devant Hohensalza ; mais
le panzergrenadier — accompagnement d'infanterie pour
blindés — de la compagnie de marche Münster-Nord ne
trouve toujours pas la rime adéquate à sa cousine. Eléments
avancés cuirassés à Gumbinnen et sur la rive ouest de la
Rominte ; alors le panzergrenadier Harry Liebenau est mis en
route sur Kattowitz avec ordre de marche et vivres de route
mais sans le mot nécessaire à la vie ; il doit rejoindre la
18ᵉ Blindée qui pour l'instant est ramenée du secteur nord du
front danubien sur la Haute-Silésie. Gleiwitz et Oppeln
tombent — impossible d'atteindre Kattowitz, car un nouvel
ordre de marche doit aiguiller sur Vienne le panzergrenadier
Harry Liebenau avec les vivres de route perçus entre-temps ;
là-bas s'offre à lui l'occasion de trouver la IIᵉ Division de
campagne de la Luftwaffe, retirée du Sud-est et, éventuellement, le couvercle adapté au pot Tulla. La ligne principale de
résistance passe à vingt kilomètres à l'est de Kœnigsberg ; à

Vienne, le panzergrenadier Harry Liebenau grimpe à la cathédrale Saint-Etienne et, sous un ciel à demi nuageux, regarde s'il voit venir quoi ? Des pointes blindées ennemies atteignent l'Oder et forment une tête de pont à Steinau ; Harry n'envoie plus désormais que des cartes postales sans rimes et ne trouve pas l'antenne de la Division de Luftwaffe promise. Bataille des Ardennes terminée. Budapest tient encore. En Italie, faible activité sur le front. Le colonel-général Schörner prend le commandement du secteur central, le verrou de la Sehne est forcé près de Lötzen. Devant Glogau, succès défensifs. Pointes offensives en Hollande prussienne. Géographie ! Bielitz, Pless, Ratibor. Qui sait où se trouve Zielenzig ? Car c'est là-bas, au nord-ouest de Küstrin, qu'un nouvel ordre de marche va lancer le panzergrenadier Harry Liebenau muni de vivres frais ; mais dès son passage à Pirna il est rallié et incorporé à une formation de renfort innommée qui doit attendre dans l'école communale évacuée que la 21ᵉ Blindée ait été transférée de Küstrin au secteur nord de Breslau. Réserve opérationnelle. Dans la cave de l'école, Harry trouve un dictionnaire, mais se refuse à faire rimer avec Tulla des noms comme Sulla et Abdullah qui ne fournissent aucun sens. La Division blindée promise n'arrive pas. Mais Budapest tombe. Glogau est isolé. A l'aveuglette, la réserve opérationnelle où figure le panzergrenadier Liebenau fait mouvement. Et chaque jour il touche ponctuellement un floc de marmelade des quatre-fruits, un tiers de pain de munition, un seizième de boîte d'un kilo de pâté de viande et trois cigarettes. Ordres de Schörner : le paraphe du héros circule. Le printemps perce. Des bourgeons éclatent entre Troppau et Leobschutz. A Schwarzwasser germent quatre poèmes de printemps. A Sagan, le panzergrenadier Harry Liebenau, peu avant que la Bober ne soit franchie au nord de la ville, fait la connaissance d'une jeune fille de Silésie qui se prénomme Ulla et lui reprise deux paires de chaussettes de laine. Et à Lauban il est englouti par la 25ᵉ Division de panzergrenadiers retirée de l'ouest et déplacée vers la Silésie.

Maintenant il sait enfin où il est affecté. Plus d'ordres de marche pour des formations introuvables. Perdu dans ses pensées et cherchant des rimes, il se cramponne avec cinq autres panzergrenadiers à un canon automoteur chenillé qui valse entre Lauban et Sagan, mais toujours derrière les lignes. Il ne reçoit pas de courrier. Mais cela ne l'empêche pas de continuer à écrire à sa cousine qui se trouve encerclée à

Danzig-Langfuhr avec des éléments du Groupe d'Armées
Vistule ou bien fait son service de receveuse ; car les tramways
circulèrent jusqu'à la fin.

Il était une fois un canon automoteur,
Panzer IV, vieux modèle, qui devait être mis en position
derrière la ligne principale de résistance dans les collines de
Silésie. Pour le protéger des vues aériennes, on fit entrer ses
quarante tonnes sur deux chenilles à reculons dans une remise
en bois que défendait un simple cadenas.

Mais parce que cette remise appartenait à un souffleur de
verre silésien, il s'y trouvait, sur des rayons et dans la paille,
plus de cinq cents objets de verre.

La rencontre entre quarante tonnes de canon d'assaut
entrant à reculons sur ses chenilles et les verreries silésiennes
aboutit à deux résultats. Premièrement le blindé provoqua
dans la verrerie un dégât considérable ; et deuxièmement, les
sons diversement élevés des verres qui se brisent firent que le
panzergrenadier Harry Liebenau, qui fournissait au canon
automoteur l'accompagnement d'infanterie, et se trouvait donc
à côté de la remise musicienne, trouva un autre langage.
Désormais, plus de mélancolie violette. Il ne cherche plus de
rimes à Tulla. Plus de poèmes écrits avec du sperme de lycéen
et le sang de ses entrailles. Depuis l'heure où le cri de la remise
lui a fait balle dans l'oreille, il n'y a plus dans le journal que des
phrases simples : le blindé entre à reculons dans la remise. La
guerre est plus ennuyeuse que l'école. Tous attendent les
armes-miracle. Après la guerre, j'irai souvent au cinéma. Hier,
j'ai vu mon premier mort. J'ai rempli de confiture de fraise la
boîte de mon masque à gaz. Paraît qu'on va être changés de
secteur. Je n'ai pas encore vu de Russe. Quelquefois, je ne
pense plus à Tulla. Notre roulante est dans la nature. Je lis
toujours la même chose. Les réfugiés obstruent les routes et ne
croient plus à rien. Löns et Heidegger se trompent en bien des
choses. A Bunzlau, cinq soldats et deux officiers étaient
pendus à sept arbres. Ce matin nous avons bombardé un
boqueteau. Pendant deux jours, je n'ai pas pu écrire, parce
qu'on était au contact de l'ennemi. Beaucoup ne vivent plus.
Après la guerre j'écrirai un livre. Paraît que nous allons être
envoyés sur Berlin. C'est là que combat le Führer. A présent je
dépends du groupement tactique Wenck. Nous devons sauver

la capitale du Reich. Demain, c'est l'anniversaire du Führer. Savoir si le chien est auprès de lui ?

Il était une fois un Führer et chancelier du Reich, lequel célébrait son cinquante-sixième anniversaire le 20 avril. Comme ce jour-là le centre de la capitale du Reich et par conséquent le quartier gouvernemental avec la Chancellerie du Reich était exposé à des tirs d'artillerie sporadiques, la cérémonie fort simple eut pour théâtre le bunker du Führer.

Des noms connus, d'autres qui prenaient habituellement part aux conférences de situation — soir, midi — s'associèrent à la cour de congratulation : le feld-maréchal Keitel, le lieutenant-colonel von John, le capitaine de corvette Lüdde-Neurath, les amiraux Voss et Wagner, les généraux Krebs et Burgdorf, le colonel von Below, le reichsleiter Bormann, l'ambassadeur Hewel des Affaires étrangères, Mlle Braun, le Dr Herrgesell, sténographe du QG, le capitaine SS Günsche, le docteur Morell, le général SS Fegelein et les époux Goebbels avec leurs six enfants au complet.

Lorsque les congratulants eurent exposé oralement leurs vœux, le Führer et chancelier du Reich jeta autour de lui un regard circulaire, comme s'il lui manquait encore un ultime et indispensable congratulant : « Où est le chien ? »

Aussitôt l'honorable société réunie pour l'anniversaire se mit à chercher le chien favori du Führer. On appelait : « Prinz ! » « Ici Prinz ! » L'aide de camp personnel du Führer, le capitaine SS Günsche, ratissa le jardin de la Chancellerie du Reich, bien que ce terrain fût assez fréquemment atteint par des tirs d'artillerie. Dans le bunker, on se livrait à des suppositions insensées. Chacun avait des propositions à soumettre. Le seul à réaliser pleinement la situation fut le général SS Fegelein. Aussitôt soutenu par le colonel von Below, il empoigna les téléphones reliant le bunker du Führer à tous les états-majors et au bataillon d'escorte disposés autour de la Chancellerie : « A tous ! A tous ! Chien de Führer porté manquant. Répond au nom de Prinz. Mâle reproducteur. Prinz, berger allemand noir. Donnez-moi la liaison avec Zossen [1]. Instruction à tous : le chien du Führer est porté manquant ! »

1. Siège de l'Etat-Major général.

Lors de la conférence de situation suivante — une information qui vient de tomber au télescripteur confirme : des pointes blindées ennemies ont avancé au sud de Cottbus et pénétré dans Calau — tous les plans de défense de la capitale du Reich sont coordonnés avec l'opération « Piège à loups » instantanément déclenchée. C'est ainsi qu'au sud de Spremberg la 4ᵉ Armée blindée suspend sa contre-attaque jusqu'à nouvel ordre et couvre la route Spremberg-Senftenberg contre une éventuelle désertion du chien du Führer. De même, le groupe Steiner transforme en zone d'interception échelonnée en profondeur la zone de rassemblement prévue pour l'attaque de dégagement partant du secteur d'Eberswalde en direction du sud. Dans le cadre d'opérations systématiques, toutes les machines disponibles de la 6ᵉ Flotte aérienne commencent des reconnaissances en rase-mottes afin de repérer par voie aérienne l'itinéraire de fuite suivi par Prinz, le chien du Führer. De plus, suite à l'opération « Piège à loups », la ligne principale de résistance est reportée derrière la Havel. On puise dans les réserves d'intervention pour constituer des commandos de recherche pour chiens lesquels doivent rester en liaison radio avec les groupes d'intervention, soit motorisés, soit formés de compagnies cyclistes. Le corps d'armée Holste s'enterre sur place. Au contraire, la 12ᵉ Armée (général Wenck) lance par le sud-est une attaque de dégagement et coupe la route au chien du Führer, puisqu'il est admis par hypothèse que le chien du Führer veut passer à l'ennemi de l'Ouest. Pour rendre possible « Piège à loups », la 7ᵉ Armée doit rompre le contact avec les 9ᵉ et 1ʳᵉ Armées américaines et former un verrou à l'ouest entre l'Elbe et la Mulde. Sur la ligne Jüterbog-Torgau, les fossés antichars prévus au plan de défense sont remplacés par des trapes antichiens. La 12ᵉ Armée, le Groupe d'Armées Blumentritt, le 38ᵉ Corps blindé sont mis à la disposition immédiate de l'OKW[1]. Ce dernier est replié d'urgence de Zossen sur Wannsee et forme sous les ordres du général Burgdorf un « Etat-Major opérationnel Piège à loups » (EMOPL).

Mais en dépit des regroupements menés à vive allure, en dehors des habituelles dépêches concernant la situation — Pointes blindées soviétiques atteignent la ligne Treuenbrietzen-Königswusterhausen — aucune information quant au trajet suivi dans sa fuite par le chien du Führer.

---

1. Commandement suprême de Forces armées.

A 19 h 40, pendant la conférence du soir, le feldmaréchal Keitel s'entretient par téléphone avec le chef de l'état-major Steiner : « En conformité des ordres du Führer, nous attendons que la 25e division de Panzergrenadiers colmate la brèche du front devant Cottbus et la couvre contre une percée du chien. »

Là-dessus arrive la réponse, état-major groupe Steiner : « La 25e division de Panzergrenadiers, suivant instructions du 17.IV, a été retirée du secteur de Bautzen et affectée à la 12e Armée. Restes de formations disponibles sont engagés contre percée chien. »

Enfin, aux premières heures de la matinée, le 21 avril, à peu de distance de la ligne Fürstenwalde-Strausberg-Bernau, théâtre de combats acharnés, un chien de berger noir est blessé par arme à feu ; mais, après transfert au Quartier général du Führer et enquête approfondie par les soins du docteur Morell, l'information se révèle sans fondement.

Là-dessus, aux termes d'une instruction EMOPL, toutes les unités engagées dans le secteur de Gross-Berlin sont informées cotes corporelles chien Führer.

La constitution d'un centre de gravité opérationnel entre Lübben et Baruth est facilitée par une intention identique des forces blindées soviétiques lancées en flèche. Des incendies de forêts se développent malgré le crachin et constituent des barrages antichiens naturels.

Le 22 avril, les blindés ennemis, par la ligne Lichtenberg-Niederschönhausen-Frohnau, s'introduisent dans la zone extérieure de défense de la capitale du Reich. Deux dépêches relatant capture chien dans secteur Königswusterhausen se révèlent inexactes ; les deux objets capturés n'ont pu être reconnus mâles.

Chute de Dessau et de Bitterfeld. Les blindés ennemis américains tentent de franchir l'Elbe à Wittenberge.

Le 23 avril, le docteur Goebbels, gauleiter et commissaire du Reich à la défense, déclare : « Le Führer se trouve dans la capitale du Reich et a pris le commandement suprême de toutes les forces engagées dans la lutte finale. Les commandos de recherche du chien et les réserves d'intervention dépendent désormais exclusivement de l'autorité du Führer. »

L'EMOPL communique : « La gare de Köpenick a été reconquise par une contre-attaque. Le 10e Groupe Rech-chien et le 21e Commando capt-chien-füh, qui couvrent le secteur bordant l'avenue de Prenzlau, ont colmaté une percée adverse.

Au cours de l'opération, deux engins soviétiques antichiens ont été capturés. Ce fait permet d'induire que l'ennemi de l'Est est au courant de l'opération « Piège à loups ». Etant donné que les émetteurs et la presse ennemis propagent à nouveau des nouvelles tendancieuses relatives à la perte du chien du Führer, l'EMOPL à partir du 24 avril transmettra les instructions du Führer en nouveau code après accord préalable. Enregistré par le docteur Herrgesell : « Par quoi est affectivement modulée l'ouverture du mâle reproducteur Prinz ? »

« L'ouverture originelle du chien du Führer est affectivement modulée par sensibilité à distance. »

« Comme quoi est concédé le chien du Führer affectivement modulé par sensibilité à distance ? »

« Le chien du Führer affectivement modulé par sensibilité à distance est concédé comme néant. »

Là-dessus message à tous : « Comme quoi est concédé le néant affectivement modulé par sensibilité à distance ? »

A quoi répond l'état-major du Groupe Steiner, de son PC de Liebenwerda : « Le néant affectivement modulé par sensibilité à distance est concédé comme néant dans le secteur du Groupe Steiner. »

Là-dessus, extériorisation du Führer à tous : « Est-ce que le néant affectivement modulé par sensibilité à distance est un objet et, d'une façon plus générale, un étant ? »

A quoi l'état-major du Groupe Wenck répond sur l'heure : « Le néant modulé par sensibilité à distance est un trou. Le néant est un trou dans la 12e Armée. Le néant est un trou noir qui vient de passer en courant. Le néant est un trou noir qui court dans la 12e Armée. »

Là-dessus firman et encyclique du Führer à tous : « Le néant modulé par la sensibilité à distance court. Le néant est un trou modulé par sensibilité à distance. Il est concédé et peut être interrogé. Un trou noir courant modulé par sensibilité à distance manifeste le néant dans son évidence originelle. »

Et puis oukases, brefs, mandements, bafouilles et proclamations surérogatoires EMOPL : « Tout d'abord et la plupart du temps, il importe d'interroger les modalités de rencontre entre d'une part le néant modulé par sensibilité à distance et d'autre part la 12e Armée quant à la structure de leur rencontre. En premier lieu et à priori, les zones de percée dans le secteur de Königswusterhausen doivent être interrogées sur le point de leur quiddité et modalité. La confrontation pragmatico-manipulante avec l'appareil relationnel Piège à loups I et l'appareil supplétif Point-Loup a pour mission d'expliciter l'arrivée du néant modulé par sensibilité à distance. L'inconditionnalité du non-présent est processivement surmontée aux fins de finalisation expérimentale de chiennes en chaleur, étant donné que néant affectivement modulé par sensibilité à distance, toujours plein d'ardeur, est porté sur la saillie. »

Dépêche d'alarme provenant de la ligne de combat Neubabelsberg-Zehlendorf-Neukölln : « Le néant s'effectue entre blindés ennemis et éléments avancés amis. Le néant court à quatre pattes... » Suit message direct Führer : « Poursuivre sans désemparer effectuation néant. Toute et chaque activité du néant modulé par sensibilité à distance doit être substantivée du point de vue de la victoire finale, afin de pouvoir par la suite être existante taillée en marbre ou calcaire coquillier en l'état d'étance procurative de coup d'œil. »

C'est seulement le 25 avril que le général Wenck, 12ᵉ Armée, secteur de Nauen-Ketzin, répond à ce message en les termes suivants : « Réeffectuons et substantivons le néant sans discontinuer. Le néant modulé par sensibilité à distance manifeste l'angoisse dans tous les secteurs du front. L'angoisse est là. L'angoisse nous coupe la parole. Fin. »

Les comptes rendus d'exécution en provenance des Groupes de combat Holste et Steiner ayant manifesté une angoisse similaire, le Führer, par l'intermédiaire d'EMOPL, lance son message à tous du 26 avril : « Etant donné que l'angoisse ne permet aucune appréhension conceptuelle du néant, l'angoisse sera dès réception surmontée par discours ou chant choral. Continuer à ne pas nier néant modulé par sensibilité à distance. Jamais la capitale du Reich en sa totalité intra-locale ne devra succomber à l'angoisse. »

Etant donné que les comptes-rendus d'exécution acheminés par tous les groupes de combat continuent à exprimer une disposition affective à l'angoisse, le Führer lance son instruction complémentaire à tous du 26 avril : « La 12ᵉ Armée devra administrer à la blême non-ambiance qui règne dans la capitale du Reich une contre-ambiance. Les diversions d'être à Steglitz et aux lisières sud de l'aérodrome de Tempelhof auront à projeter leur auto-point avancé. La lutte finale du peuple allemand doit être conduite du point de vue du néant modulé par sensibilité à distance. »

Sur instruction additive de l'état-major Burgdorf, EMOPL à 6ᵉ Flotte aérienne : « Entre Tegel et Siemensstadt, reconnaître néant courant devant pointes blindées ennemies. » Après compte-rendu de préparatifs d'exécution, 6ᵉ Flotte aérienne parle : « Rien vu courir entre gare de Silésie et gare de Görlitz. Le néant n'est ni un objet, ni d'une façon générale un étant, ni par conséquent un chien. »

Là-dessus, selon instruction du Führer et avec nouveau règlement codé, message direct à 6ᵉ Flotte aérienne signé colonel von Below : « Se pro-jetant dans le néant, le chien a déjà dépassé l'étance et sera désormais nommé transcendance ! »

Le 27, chute de Brandebourg. La 12ᵉ Armée atteint Beelitz. Tenant compte des informations qui s'accumulent en provenance de tous les secteurs concernant négation croissante chien évadé Führer Prinz et de ses deux noms de code « Néant » et « Transcendance », à 14 h 12, ordre du Führer à tous : « Tout comportement néantissant vis-à-vis transcendance courante sera dorénavant justiciable des tribunaux militaires. »

Les comptes rendus d'exécution se font attendre ; de plus, étant donné les dispositions à l'angoisse qui sont constatées jusque dans le quartier gouvernemental, on intervient avec énergie, d'où message : « Le comportement néantissant qui prévaut à l'endroit de la transcendance modulée par sensibilité à distance révèle primairement et radicalement l'état de passé-présent chez les officiers suivants » (suivent noms et grades). Alors seulement, après rappels réitérés du Führer : « Où sont les pointes de Wenck ? Où éléments avancés Wenck ? Où Wenck ? » l'état-major Wenck, 12ᵉ Armée, répond le 28 avril : « Sommes arrêtés sud lac Schwielow. Coopération avec 6ᵉ Flotte aérienne permet conclure en raison mauvais temps impossible voir transcendance. Fin. »

Des dépêches néantissantes sont transmises de la Porte de Halle, de la gare de Silésie et de l'aérodrome de Tempelhof. L'espace est émietté en localités. La position d'interception anti-chien de l'Alexanderplatz affirme avoir interrogé transcendance à douze pattes devant pointes blindées ennemies. En revanche, un rapport en provenance du secteur de Prenzlau affirme avoir identifié à vue transcendance à trois têtes. Au même instant arrive dépêche de la 12ᵉ Armée au Quartier général du Führer : « Panzergrenadier légèrement blessé affirme avoir vu dans quartier villas près lac de Schwielow chien non transcendant ; lui a donné à manger et l'a appelé du nom de Prinz. »

Là-dessus rappel Führer en direct : « Nom du Panzergrenadier ? »

Réponse 12e Armée : « Panzergrenadier Harry Liebenau, légèrement blessé à la corvée de soupe. »

Là-dessus le Führer en direct : « Panzergrenadier Liebenau pour l'instant où ? »

12e Armée : « Panzergrenadier Liebenau bon pour hôpital déjà évacué ouest. »

Führer direct : « Mettre fin évacuation. Amener panzergrenadier Liebenau en coopération 6e Flotte aérienne voie des airs dans jardin Chancellerie du Reich. »

Général Wenck, 12e Armée, à Führer direct : « Le renvoi évasif à l'intégrité localitaire déclinante du Grand Berlin, poussé jusqu'à finitude de l'imputation transcendantalisante, met à nu structure finale. »

C'est au message suivant lancé par le Führer : « La question du chien est d'ordre métaphysique et met en cause le peuple allemand dans sa totalité numérique » que fait suite la célèbre instruction du Führer : « Berlin restera allemand. Vienne redeviendra allemand. Et le chien ne pourra jamais être nié. »

Là-dessus dépêche alarmante : « Blindés ennemis ont pénétré dans Malchin. » Suit message radio en clair à Chancellerie du Reich : « Emetteurs ennemis répandent information : chien aperçu rive orientale Elbe. »

Puis, dans les secteurs disputés de Kreuzberg et de Schöneberg, on s'assure de tracts soviétiques aux termes desquels le chien évadé du Führer aurait été déjà capturé par l'ennemi de l'Est.

Suit évolution de la situation le 29 avril : « Lors de combats acharnés livrés de maison en maison le long de la rue de Potsdam et à proximité de la place de Belle-Alliance, les commandos anti-chiens du Führer se dissolvent spontanément. On constate l'effet croissant de démoralisation obtenu par l'action de haut-parleurs soviétiques avec authentiques aboiements de chien renforcés. Beelitz est à nouveau perdu. Plus de nouvelles de la 9e Armée. La 12e Armée tente de maintenir sa pression en direction de Postdam, étant donné rumeurs circulant chien trouvé la mort en terre chargée d'Histoire. Informations sur positions d'interception anti-chiens élevées par Britanniques devant tête de pont Lauenburg non confirmées ; de même sur opération anti-chien Américains dans Fichtel-Gebirge. Pour ces motifs, dernière instruction du Führer avec nouveau règlement codique à tous : « Le chien lui-même, en tant que tel, fut là, est là et sera là. »

Or donc général Krebs à colonel-général Jodl : « Demande

orientation prospective sur succession Führer pour cas où ce dernier tomberait en combattant. »

Sur ces entrefaites, et par suite de l'évolution de la situation constatée le 30 avril, l'état-major de direction de l'opération « Piège à loups » est dissous. Etant donné que la quête du chien dans la transcendance et sur terrain farci d'histoire s'est achevée sans enregistrer de résultat, l'OKW retire la 12e Armée du secteur Potsdam-Beelitz. Les blindés ennemis entrent dans Schöneberg.

Adoncques radiogramme signé Bormann à grand-amiral Dönitz : « Aux lieu et place du ci-devant maréchal d'Empire Goering, le Führer vous a désigné comme son successeur. Des pleins pouvoirs écrits vous sont acheminés ainsi qu'arbre généalogique du chien du Führer. »

Subséquemment projet du Führer présentifie dépassement. Sur quoi une information de source suédoise non officielle, selon laquelle chien du Führer transporté Argentine par sous-marin, ne reçoit pas de démenti. Une information ennemie de source soviétique : « Peau lacérée d'un chien noir à douze pattes trouvée dans le magasin d'accessoires détruit du Ballet national allemand » contredit un compte rendu d'exécution retransmis par l'émetteur-radio d'Erding pour le compte du Comité bavarois de Libération : « Sommes emparés cadavre chien noir devant Halle des Maréchaux Munich. » En même temps arrivent des dépêches aux termes desquelles des cadavres du chien du Führer auraient été rejetés sur le rivage : primo dans le golfe de Bothnie ; deuxièmement sur la côte orientale de l'Irlande ; et de trois, sur la côte atlantique de l'Espagne. Ultimes conjectures du Führer, conservées par le général Burgdorf et recueillies dans Testament du Führer : « Le chien Prinz tentera d'atteindre la cité du Vatican. Si Pacelli posait des conditions, élever une protestation immédiate et renvoyer à codicille du Testament. »

S'ensuit Ragnarökkr, Ekpyrôsis et Crépuscule de l'Univers. Le temps universel grimpe sur les décombres de l'Univers-ustensile. Evolution situation 1er mai : « Dans le cœur de la capitale du Reich, la valeureuse garnison, renforcée par les commandos anti-chiens dissous, se défend sur un espace rétréci. »

Alors l'être-sous-la-main s'éclipse dans l'insaisissabilité de l'inutilisable et déclenche affaire secrète commandement. Reichsleiter Bormann à grand-amiral Dönitz : « Führer décédé hier 15 h 30. Testament en vigueur vous est acheminé.

Chien favori du Führer Prinz, berger mâle noir à poil dur est, aux termes de l'instruction du 29 avril cadeau du Führer au Peuple allemand. Confirmer réception. »

Aussi sec : derniers émetteurs jouent *Crépuscule des Dieux* en vue de lui. Aussi sec : même plus temps faire minute de silence en vue de lui. Dans la foulée, restes Groupes Armées Vistule, débris 12ᵉ et 9ᵉ Armées, résidus Holste et Steiner, tentent parvenir dans secteur occupation anglais et américain ouest ligne Dömitz-Wismar.

Alors fin des émissions radio dans quartier gouvernemental capitale du Reich. La totalité locale, la néantisation, disposée à l'angoisse et raccommodable. Le grand, le tout, l'objet achevé Berlin. La fin, l'extra superfin, la fin finale. La fin. Tilt. Basta. Exit. Schluss. The end. Konietz.

Mais le ciel ne s'obscurcit pas au-dessus de la structure finale.

Il était une fois un chien

qui appartenait au Führer et chancelier du Reich et était son chien favori. Un jour ce chien se sauva. Pourquoi donc ?

En général, ce chien ne savait pas parler, mais ici, questionné sur le Grand Pourquoi, il parle et dit pourquoi : « Parce que j'en avais assez de ces allées et venues. Pas d'être-chien-ici, d'être-chien-là, d'être-chien-maintenant raisonnable. Parce que j'avais partout enterré des nonos que je n'avais jamais retrouvés. Parce que tarie source jaillissement spontané. Parce que toujours l'être-dans-zone-réservée. Parce qu'il y avait des années de chien que j'étais en route, d'opération en opération, parce qu'il y avait des noms de guerre pour chaque opération : l'opération Blanc dure dix-huit jours. Tandis que l'opération Exercice-Weser a démarré au nord, il faut lancer l'opération Hartmut pour couvrir Exercice-Weser. L'opération Jaune contre petits Etats neutres se développe en opération Rouge jusqu'à la frontière espagnole. Et déjà Voyage d'Automne va permettre Lion de Mer, qui doit mettre à genoux perfide Albion ; est renvoyée à date ultérieure. En revanche, Marita balaie les Balkans. Oh ! Quel poète rétribue-t-il ? Quel poète l'inspire ? Opération Tannenbaum envisagée contre Confédération helvétique : rien n'en sort. Barbarossa et Renard Argenté contre sous-hommes ; il en sort quelque chose. Cela conduit avec Siegfried de Kharkow à Stalingrad. Alors la

6e Armée n'a que faire de Coup de Tonnerre et d'Orage
d'Hiver. Nouvelles tentatives avec Fridericus I et Fridericus II.
Vite elle a défleuri l'Immortelle d'Automne. Isthme en direction de Demiansk s'effondre. Tourbillon doit rectifier les
fronts. Mouvements de buffle dans odeurs d'étable. Ça va, on
rentre, on rentre chez soi! Même un chien en a sa claque;
quand même, fidèle comme un chien, il attend de voir si Camp
retranché improvisé à Koursk va tenir et ce qui va sortir de
Saut du Petit Cheval monté contre les convois de Mourmansk.
Mais quoi! C'est fini le bon temps où Héliotrope était repiquée
en Afrique du Nord, où Mercure faisait son petit trafic en
Crète, où la Souris creusait le Caucase. On n'a plus rien à se
mettre sous la dent qu'Orage de Mai, Foudre en boule et Pain
d'Epice contre les partisans de Tito. Chêne doit remettre en
selle le Duce. Mais voici ennemis de l'Ouest : Gustav, Ludwig
et Martre II débarquent et déclenchent Aurore près de
Nettuno. Déjà la Fleur de l'ennemi s'épanouit en Normandie.
Celle-là, rien n'y feront dans les Ardennes les opérations
Griffon, Brouillard d'automne et Sentinelle. Entre-temps la
bombe éclate dans la Tanière du Loup où les lapins étaient si
rares; le chien s'en tire indemne, mais ça lui sape le moral.
Assez, assez! Etre sans arrêt trimbalé en tous sens. Trains
spéciaux, rations spéciales, mais pas seulement moyen de se
dégourdir les pattes, alors qu'alentour s'étend la nature épaisse.

O chien, heureux qui comme, après un long voyage! Du
Berghof au Nid de Rochers. Du jardin d'hiver de Zoppot dans
le Château des Sapins. De la Forêt-Noire à la Gorge du
Loup I. Seulement pas vu ça de la France et, au Berghof, rien
vu que des nuages.

C'est au nord-est de Winnitza, dans un petit bois d'Ukraine
où paraît-il grouillent les renards, qu'est situé le camp Loup-
garou. On fait la navette entre l'Ukraine et la Prusse orientale.
On te vous canalise de la Tanière du Loup à la Gorge du
Loup II. Après un jour seulement, en route pour le Nid
d'Aigle, pour après, définitivement, descendre au trou : dans
le bunker du Führer. Jour après jour, rien que le bunker!
Après l'aigle, le loup et encore l'aigle, tous les jours que fait le
bon Dieu, le bunker! Après la revue des nuages et le nid de
rochers, après le château des Sapins et l'arôme de la Forêt-
Noire quoi? L'air confiné du bunker!

Là, un chien en a son compte. Après l'échec de Dentiste et
le lamentable effondrement de Dalle, un chien veut prendre
part au mouvement projeté : Wisigoth. Le laisser-la-sponta-

néité-jaillir. L'être-dans-l'espace. Le N'être-plus-fidèle-
comme-un-chien. Alors un chien qui tout d'abord et en général
ne sait pas parler en vient à dire : « Je décroche ! »

Tandis que progressaient les opérations préparatoires à la
célébration de l'anniversaire du Führer, le chien sans faire
mine de rien prit la tangente et traversa de biais la cour
intérieure de la Chancellerie du Reich. Au moment précis où
débouchait la voiture du maréchal d'Empire, il doublait les
sentinelles doubles et s'ébranlait en direction du sud-ouest, car
il avait appris dans les rapports de situation qu'il y avait une
brèche dans le front du côté de Cottbus. Mais si belle et si
largement que s'offrît la brèche, à la vue des pointes blindées
soviétiques le chien fit demi-tour à l'est de Jüterbog, renonçant
de ce fait à l'opération Ostrogoth, et s'élança au-devant de
l'ennemi occidental ; il franchit les décombres de la Cité,
contourna le quartier gouvernemental, faillit sauter avec une
mine sur l'Alexanderplatz, fut attiré à travers le Tiergarten par
deux chiennes en chaleur et faillit se faire pincer près de la tour
de DCA du Jardin zoologique, où des souricières géantes
étaient tendues à son intention. Prenant le vent, il fit sept fois
le tour de la Colonne Triomphale, se projeta lui-même dans
l'axe de l'avenue des Parades et, guidé par le bon vieux truc
primordial, l'instinct canin, se fondit dans un groupe de
transport civil qui véhiculait des accessoires de théâtre du Parc
des Expositions vers Nikolassee. Mais les haut-parleurs de son
propre camp ainsi que les gueuloirs à longue portée de
l'ennemi de l'Est lui rendirent suspectes les banlieues résiden-
tielles comme Wannsee et Nikolassee : ce n'était pas assez à
l'ouest ! Et il se proposa comme premier but d'étape le pont de
l'Elbe à Magdebourg-Château.

Il doubla sans incidents, au sud du lac de Schwielow, les
pointes offensives de la 12ᵉ Armée qui avait pour mission de
dégager la capitale à partir du sud-ouest. Après avoir pris un
repos bref dans le jardin très négligé d'une villa, il reçut d'un
Panzergrenadier une soupe aux pois encore chaude ; l'autre,
sans pourtant se placer sur le plan réglementaire, l'appela par
son nom. Un instant plus tard, l'artillerie ennemie déclenchait
sur la zone des villas un tir de harcèlement qui blessa
légèrement le Panzergrenadier et épargna le chien ; car ce qui,
là-bas, au trot allongé et d'une allure égale, poursuit à quatre
pattes l'exécution du mouvement Wisigoth qu'il s'est prescrit,
c'est toujours un seul et même chien de berger allemand noir,
en son honneur.

Méfiant, les dents découvertes, il passe entre les lacs que strie un vent de mai. L'éther est encombré d'importants événements. Vers l'ouest, sur le sable du Brandebourg où se cramponnent les pins, le chien marche à son but. La queue à l'horizontale, la gueule loin en avant, la langue pendante, sur seize fois quatre pattes, il réduit la distance de fuite : bond d'un chien en décomposition stroboscopique. Tout se divise par seize : paysage, printemps, air, liberté, arbres en pinceau, beaux nuages, premiers papillons, chants d'oiseaux, zinzin d'insectes, jardins ouvriers poussant des bourgeons verts, clôtures de lattes en xylophones ; les champs rendent des lapins ; des perdrix prennent leur essor ; la nature n'a plus d'échelle ; plus de coffre à sable : des horizons, des odeurs qu'on mettrait en tartines sur du pain, des couchers de soleil qui lentement se dessèchent, des crépuscules cartilagineux, de temps à autre, sur le ciel, à cinq heures du matin, en silhouette romantique, des épaves de chars ; la lune et le chien, le chien dans la lune, le chien mange la lune ; éclipse totale de chien ; le chien qui s'évapore ; projet de chien, chien déserteur, chien qui en a marre, chien qui ne marche plus, chien réprouvé, lignée : Et Perkun engendra Senta ; et Senta mit bas Harras ; et Harras engendra Prinz... Sa Grandeur le Chien, ontique et biologique, chien en rupture de ban qui court vent arrière, car le vent lui aussi veut passer à l'Ouest comme tout le monde : comme la 12e Armée, comme les restes de la 9e Armée, comme ce qui survit des groupes Steiner et Holste, comme les groupes d'armées épuisés Löhr, Schörner, Rendulič ; en vain, les groupes de l'armée de terre en Prusse orientale et en Courlande, dans les ports de Libau et de Windau ; la garnison de l'île de Rügen, ce qui peut décrocher à temps de Hela et du Delta de la Vistule, à savoir les débris de la 2e Armée ; quiconque a un nez détale, nage, rampe, se sauve : on décroche de l'ennemi de l'Est pour rejoindre l'ennemi de l'Ouest ; et les civils, à pied, à cheval, entassés dans les ci-devant bateaux de promenade, marchant sur leurs chaussettes, se noient en balles de papier-monnaie, marchent en écrevisse avec trop peu d'essence et trop de paquets ; voici le meunier avec son sac de farine de vingt livres, le maître-menuisier avec des garnitures de portes et de la colle d'os, des agnats et des cognats, des intégrés, d'autres à la remorque, des enfants avec poupées et des grand-mères avec albums photographiques, des imaginaires et des authentiques, tous tous tous voient le soleil se lever à l'Ouest et suivent la direction indiquée par le chien.

Restent sur place les amas d'ossements, les fosses communes, les fichiers, les gaines à drapeaux, les livrets du Parti, les lettres d'amour, les maisons en achat-location, les chaises d'église et, difficiles à transporter, les pianos.

Ne furent pas payés : les impôts échus, les annuités de caisses d'épargne-construction, les reliquats de loyers en retard, les factures, les dettes et la Dette.

Tous veulent repartir à zéro dans la vie : refaire des économies, écrire à nouveau des lettres, s'asseoir sur des chaises d'église, devant des pianos, figurer dans des fichiers et occuper des immeubles en achat-location.

Tous veulent oublier les amas d'ossements et les fosses communes, les grands pavois et les livrets du Parti, les dettes et la Dette.

Il était une fois un chien,
qui planta là son maître et couvrit un long chemin. Seuls les lapins froncent le nez ; mais personne, sachant lire, ne saurait croire que le chien n'est pas arrivé à bon port.

Le 8 mai 1945, à 4 h 45 du matin, il traversa l'Elbe à la nage en amont de Magdebourg presque sans témoins et chercha un nouveau maître à l'ouest du fleuve.

LIVRE TROISIÈME

MATERNIADES

LA PREMIÈRE MATERNIADE

Le chien est au centre du monde. Entre lui et le chien, du barbelé ancien et neuf court d'un angle à l'autre du camp. Tandis que le chien est immobile, Matern gratte le fer-blanc d'une boîte à conserves vide. Il a bien une cuiller, mais pas de mémoire. Tous veulent le renvoyer à un même objet : le chien au centre du monde, la boîte à conserves remplie d'air, le questionnaire anglais ; et maintenant Brauxel envoie des avances de paiement et pose des termes définis par les entrées et les occases de certaines planètes : Matern doit jaser du temps jadis.

Pour débuter, il faut choisir. Le barbelé double s'offre entre le chien et la boîte à conserves : par exemple : accès de claustrophobie, privation de liberté, motif graphique ; tout de même, il n'est plus sous tension électrique. Ou bien aligne-toi sur le chien, alors tu seras au centre du monde. Sers-lui une soupe aux noms, en guise de nouilles, dans le fer-blanc, et refoule lui l'air de la boîte. Car partout on trouve des déchets pour nourrir les chiens : vingt-neuf ans de patates. Le bouillon souvenir. Le grumeau t'en souviens-tu encore. Tous les mensonges fades. Les rôles de théâtre et la vie. Les légumes déshydratés de Matern. La faute grenue tient lieu de sel.

Pour cuisiner, il faut choisir. Quel aliment cuit plus longtemps : la semoule ou bien le barbelé ? La semoule se mange à la cuiller, mais le barbelé mal cuit entre lui et le chien le fait grincer des dents. Matern n'a jamais aimé le fil de fer et les clôtures. Déjà son ancêtre qui s'appelait encore Materna, pour avoir grincé des dents par esprit de rébellion, fut mis en la Tour de Justice, laquelle n'a pas de fenêtres.

Se souvenir, c'est choisir. Ce chien-ci ou celui-là ? Tous les chiens sont au centre du monde. Que faut-il faire pour chasser un chien ? Il n'y a pas assez de pierres au monde pour le faire, et le camp de Münster — qui n'en a pas entendu parler avant la guerre ! — fut construit sur le sable et n'a guère changé. Des baraques ont brûlé, des abris Nissen ont surgi. Le cinéma du camp, des pins isolés, l'éternelle caserne modèle Knochen-hauer, du fil de fer tout autour, du vieux enrichi de neuf : Matern, réexpédié d'un camp anglais pour antifascistes, mange de la semoule à la cuiller derrière le barbelé premier choix qui entoure un camp de libération.

Deux fois par jour, il lape la soupe dans une tôle sonore et, longeant la double clôture, reprend dans le sable ses traces anciennes. Ne vous retournez pas, le grinceur est là. Deux fois par jour, le même chien refuse de manger les pierres qu'il lui jette : « Tire-toi ! Gagne au large ! Retourne d'où tu viens ! »

Car demain ou après-demain les papiers seront prêts pour un homme qui veut être seul sans chien.

« Libéré avec quelle destination ?

— C'est à voir, mister Brooks, Cologne ou Neuss.

— Né quand où ?

— Avril 17, voyons voir : exactement le 19 à Nickelswalde, Cercle Danzig-Bas-Pays.

— Ecoles et études ?

— Ben d'abord comme tout le monde : école primaire au pays, puis lycée jusqu'au bachot, après je devais faire des études, Economie politique, mais j'ai étudié la comédie chez le bon vieux Gustav Nord, interprète inégalable de Shakespeare, mais aussi Shaw, Sainte-Jeanne...

— Donc profession comédien ?

— Oui, mister Brooks. Joué tout ce qui se présentait. Karl et Franz Moor : Sagesse de la plèbe, crainte de la plèbe ! Et une fois, dans notre bon vieux moulin à café, quand j'étais encore élève-comédien, même un renne qui parlait. Quelle époque de..., Mister...

— Eté membre du Parti communiste ? De quand à quand ?

— Donc, 35 passé le bac, et à partir de la Seconde j'étais des Faucons Rouges ; tout de suite après inscrit au P.C., jusqu'à ce qu'on l'interdise, fin 34. Mais après j'ai continué dans la clandestinité, tracts et papillons, tout ça pour rien.

— Membre du Parti national-socialiste ou d'une de ses organisations ?

— Une paire de mois SA, histoire de rigoler et pour ainsi dire comme espion, pour prendre l'air de la boutique, et parce qu'un ami à moi...

— De quand à quand ?

— Déjà dit, mister Braux, paire de mois : de la fin de l'été 37 jusqu'au printemps 38. Puis ils m'ont radié, avec tribunal SA, pour refus d'obéissance.

— Quelle compagnie ?

— Si je le savais encore ! J'y ai pas été longtemps. Et tout ça parce qu'un ami à moi, un demi-juif et que je voulais le protéger de la meute. De plus, mon ami était d'avis... Donc, c'était la Compagnie de SA 84, Langfuhr-Nord. J'étais du Régiment SA 128, sixième brigade SA, Danzig.

— Comment s'appelait l'ami ?

— Amsel, Edouard Amsel. C'était un artiste. On a grandi ensemble pour ainsi dire. Savait être très drôle. Faisait des figures de théâtre, mécaniques. Portait par exemple seulement des complets et des souliers usagés. Obèse à faire peur, mais savait bien chanter. Type énorme, réellement !

— Qu'est-il advenu d'Amsel ?

— Aucune idée. A dû partir parce qu'on m'avait vidé de la SA. Je l'ai recherché partout, par exemple chez Brunies, notre ancien prof d'allemand...

— Séjour actuel du professeur ?

— Brunies ? Il doit être mort. En 43, envoyé en KZ.

— Lequel ?

— Stutthof. C'était près de Danzig.

— Dernière et avant-dernière unité militaire ?

— Jusqu'en novembre 43 : 22e régiment de DCA, batterie de Kaiserhafen. Puis condamné pour offense au Führer et atteinte au moral de l'Armée. Dégradé d'adjudant à seconde classe et muté au 4e bataillon disciplinaire pour déminage. Passé le 23 janvier 1945 dans les Vosges à 28e DI US.

— Autres procédures pénales ?

— Des masses, mister Brooks. Bon, d'abord l'affaire avec ma compagnie SA puis une petite année plus tard, j'étais au théâtre de Schwerin, renvoi sans préavis pour offense au Führer, etc., ensuite j'allai à Dusseldorf ; je travaillais en coup de main à la radio, émission enfantine, et à côté je jouais au faustball aux Amis des Sports d'Unterrath ; alors une paire de camarades sportifs m'ont vendu : détention préventive, Préfecture de Police, rue de la Cavalerie, si ça vous dit quelque chose, et si la guerre n'était pas arrivée à temps... Ah tiens, j'aurais presque oublié l'affaire du chien. C'était au plein de l'été 39...

— A Dusseldorf ?

— De retour à Danzig, mister Brookes, j'avais dû me porter

volontaire, sinon ils m'auraient. J'étais donc dans les anciennes casernes de la police, à Hochstriess, et à cette époque, par rage ou bien simplement parce que j'étais contre, j'ai empoisonné un chien de berger.

— Nom du chien ?

— S'appelait Harras et appartenait à un maître menuisier.

— Caractéristiques du chien ?

— C'était un mâle classé, comme on dit. Et ce Harras, en 35 ou 36, a engendré un chien, Prinz — authentique, aussi vrai que je suis là ! — qui fut donné à Hitler pour son anniversaire — et il y aura des témoins pour ça — serait devenu son chien favori. D'ailleurs — et ici, mister Braux, l'histoire devient privée — c'était Senta, notre Senta, qui avait été la mère de Harras. A Nickelswalde — c'est à l'embouchure de la Vistule — elle a mis bas Harras et encore quelques autres chiots sous le soubassement de notre moulin à vent, quand j'avais tout juste dix ans. Là-dessus, il a brûlé. C'était un moulin tout à fait à part, notre moulin à vent...

— Caractéristiques ?

— Bon, on l'appelait aussi le moulin historique de Nickelswalde, parce que la reine Louise de Prusse, quand elle fuyait devant Napoléon, a passé la nuit dans notre moulin. C'était un beau moulin à vent en bois à l'allemande. C'est mon arrière-grand-père qui l'a construit : Auguste Matern. Il descendait tout droit du célèbre héros de la liberté Simon Materna qui en 1516 fut capturé par le capitaine de ville Hans Nimptsch et exécuté à la Tour de Justice de Danzig ; mais son cousin, le compagnon-barbier Grégoire Materna sonna dès 1524 l'heure d'une nouvelle révolte et, le 14 août, juste pour la foire de Saint-Dominique, il y passa pareillement, car c'est ainsi que nous sommes, nous autres Matern, pas moyen de tenir sa langue, faut que ça sorte, même mon père, le meunier Anton Matern qui savait prévoir l'avenir, parce que les vers de farine...

— Merci, monsieur Matern. Ces indications suffisent. Demain matin on vous remettra vos papiers de libération. Voici votre bulletin de sortie. Vous pouvez disposer. »

Il franchit la porte à deux gonds, en sorte que dehors le soleil aussitôt triomphe : sur la place du camp, le POW Matern, les baraques et les abris Nissen, ce qui reste des pins, le tableau plein de circulaires portées à la connaissance, la double clôture de barbelé et le chien qui patiente au-delà de la clôture jettent des ombres à sens unique. Rappelle-toi ! Combien de cours d'eau se jettent-ils dans la Vistule ? Combien de dents a l'homme ? Comment s'appelaient les dieux borusses ? Combien de chiens ? Huit ou neuf hommes masqués ? Combien de nous vivent-ils encore ? Combien de femmes as-tu ? Combien de temps ta mémé resta-t-elle clouée dans son fauteuil ? Que chuchotaient à ton père les vers de farine quand on lui demandait des nouvelles de quelqu'un et ce qu'il faisait ? Ils chuchotent, rappelle-toi, que cet homme-là est presque aphone, ce qui ne l'empêche pas de fumer du matin au soir une enfilade de cigarettes. Et quand avons-nous joué *le Géant* de Billinger au Théâtre municipal ? Qui faisait Donata Opferkuch, qui faisait son fils ? Qu'écrivit dans l'*Avant-Poste* le critique Strohmenger ? C'était écrit, rappelle-toi : « Matern, un jeune comédien plein de qualités, fit mouche en fils de Donata Opferkuch, laquelle du reste fut campée par Maria Bargheer avec une robuste vulgarité ; le fils et la mère, deux figures singulières et ambiguës... »

Chien — cane — dog — kyôn ! Je suis libéré. J'ai dans ma blouse-tempête des papiers, six cents reichsmarks et des cartes d'alimentation, des chèques de voyage ! Mon sac de marin contient deux caleçons, trois maillots de corps, quatre paires de chaussettes, une paire de brodequins de l'armée américaine à semelles de caoutchouc, deux chemises US presque neuves, teintes en noir, une capote de campagne d'officier, non teinte, un vrai chapeau civil de Cornouailles, gentlemanlike, deux rations K de vivres de campagne, une boîte d'une livre de tabac anglais pour la pipe, quatorze paquets de Camel, quelque vingt fascicules Reclam — en majorité Shakespeare, Grabbe, Schiller — une édition complète de « Sein und Zeit » portant encore la dédicace à Husserl — cinq savons premier choix et trois boîtes de corned-beef... Chien, je suis riche ! Cane où est ta victoire ! Go ahead, Dog ! Ecarte-toi, kyôn !

A pied, le sac à l'épaule, Matern marche sur un sable qui, hors du camp, est moins foulé qu'à l'intérieur. Ouf, n'être plus au coude à coude ! C'est pourquoi il prend le train onze et pas le train, pour l'instant. Le chien recule et ne veut pas comprendre. Des jets de pierres vrais ou simulés le chassent dans les champs en friche ou sur le revers du chemin. Les jets manqués l'intéressent ; il apporte les vraies pierres : zellacks !

En compagnie de l'inévitable chien, Matern fait quatre kilomètres sablonneux en direction de Fallingbostel. Comme le chemin de grande communication ne veut pas aller au sud-ouest comme lui, il entraîne la bête à travers champs. Si l'on a

compris que Matern marche normalement du côté droit, il faut
admettre qu'à gauche il claudique insensiblement. Tout ce
pays fut terrain d'entraînement militaire et le restera pour
l'éternité : dégâts aux cultures. Une lande brune commence et
se transforme en forêt jeune. Une coupe à blanc lui offre un
gourdin : « Va-t'en, chien ! Anonyme. Fidèle comme un
chien. Foutue sale bête, va-t'en ! »

Il ne peut tout de même pas l'emmener. Pour une fois, il
ferait son petit effet sans admirateur. Je les ai assez vus, ils
m'ont fatigué. Que faire de ce cagouince ? Rafraîchir des
souvenirs ? Mort-aux-rats, horloges à coucou, colombes de la
paix, aigles de la faillite, chiens de chrétiens, cochons de juifs,
tout ça : des animaux domestiques... Va-t'en, chien !

Et cela jusqu'au soir, et proche de l'enrouement. Entre
Ostenholz et Essel, la bouche pleine de répulsion et de titres
qui ne s'adressent pas qu'au chien, mais au monde environnant. Dans sa froide patrie ce n'étaient pas des pierres, mais
des Zellacks dont on nettoyait les champs pour lapider
quelqu'un. Ces pierres, ces mottes de terre et ces bouts de bois
visent le chien et n'importe qui. Jamais un chien, ne voulant
pas quitter le maître qu'il s'est choisi, n'en a pu autant
apprendre sur les rapports du chien avec la mythologie : aucun
monde inférieur qu'il n'ait à surveiller ; aucun fleuve des morts
où un chien n'aille laper ; Léthé, Léthé, comment se libère-
t-on de souvenirs ? Pas d'Enfer sans chien d'Enfer !

Jamais un chien ne voulant pas quitter le maître qu'il s'est
choisi n'a été envoyé à la fois dans autant de pays et de villes :
là où pousse le poivre. A Buxtehude, à Jéricho, à Todtnau.
Que ne devrait pas lécher le chien ? Des noms, des noms —
mais il ne retourne pas en Enfer, ne s'en va pas au pays du
poivre, ne lèche rien d'un air étonné ; il suit, fidèle comme un
chien, celui qu'il a choisi lui-même.

Ne te retourne pas, car un chien te suit en silence.

Chez un paysan de Mandersloh — ils suivent d'abord un
petit cours d'eau, la Leine — un paysan de Basse-Saxe par
conséquent qui moyennant quatre Camel le laisse dormir dans
un vrai lit, blanc dessus blanc dessous, Matern, à travers la
buée de pommes de terre sautées, propose : « Vous n'auriez
pas besoin d'un chien ? Il est là qui rôde dehors et me suit
depuis ce matin. Je n'arrive pas à m'en débarrasser. La bête
n'est pas laide, seulement assez négligée. »

Mais le lendemain, en allant de Mandersloh à Rothenuffeln,
pas moyen de faire un pas sans le chien, bien que le paysan soit

d'avis qu'il n'est pas mal, le chien, seulement ensauvagi ; il faudrait d'abord qu'il dorme son saoul, bon gré mal gré. Le paysan serait d'accord au moment de déjeuner, mais le chien ne marche pas, car il s'est déjà décidé.

Accouplés, ils se reflètent dans le lac de Steinhude ; marche facilitée entre Rothenuffeln et Brackwede, parce qu'un trois-roues le charge, tandis que le chien doit allonger la foulée pour suivre. Idem en Westphalie, où leur objectif d'étape s'appelle Rinkerode ; pas un chien de plus ni de moins. Et comme ils marchent à partir de Rinkerode, laissant de côté Othmarsbecholt pour aller à Ermen, il partage avec lui le pain de munition et le corned-beef. Mais tandis que le chien engloutit à grosses bouchées, un gourdin apporté de Basse-Saxe s'abat sur un pelage feutré.

C'est pourquoi le lendemain, tandis qu'allant d'Ermen à Eversum en passant par Olfen ils gardent un écart moyen, il l'étrille dans le ruisseau de Stever jusqu'à ce que tout brille bien noir : les jarres et le duvet. Contre une pipe de tabac il troque un vieux peigne à chien. « C'est un chien de race » certifie-t-on à Matern. Il le voit lui-même, n'étant pas sans s'y connaître en chiens. « Je sais bien, mon vieux. J'ai ma foi grandi avec un chien. Regardez voir les pattes. Ni cagneux, ni panard. Et la ligne de la croupe au garrot, pas trace de bosse ; seulement n'est plus tout jeune. Ça se voit aux babines qui ne ferment plus bien. Et ici, les deux îlots gris sur le crâne. Mais les dents feront encore longtemps. »

Cotation et propos techniques tandis que le tabac anglais dans les fourneaux.

« Qu'est-ce qu'il peut avoir : ses dix ans, à vue d'œil. »

Matern est plus précis : « Sinon onze, mais la race reste agile jusqu'à dix-sept, bien tenue, s'entend. »

Après le repas un coup de situation mondiale et de bombe atomique, puis des histoires westphaliennes de chiens : « A Bechtrup, y avait dans le temps un chien de berger même, longtemps avant la guerre, il allait doucement sur vingt ans, ça fait cent quarante années d'homme bien pesées, je dis bien. Et mon grand-père, il parlait d'un chien de Rechede qui venait du chenil de Dülmen, à demi aveugle à vrai dire, aurait eu vingt-deux ans sonnés, ça fait cent cinquante-quatre. Au prix de ça, le vôtre avec onze années de chien, ça fait soixante-dix-sept années d'homme, c'est encore un gamin. »

Son chien qu'il ne chasse plus à coups de pierre et à coups de gueule, mais qu'il tient serré comme un bien anonyme. « Comment s'appelle-t-il donc ?

— Il ne s'appelle pas encore.

— Vous chercheriez un nom pour vot' chien ?

— Cherche pas de noms, sinon t'en trouves.

— Ben, appelez-le donc Griffon ou Lynx, Falko ou bien Hasso, Castor, Wotan... J'ai connu dans le temps un mâle de berger, il s'appelait, vous me croirez si vous voudrez, Jasomir. »

Merde de merde ! Qui c'est qui s'est accroupi en rase campagne, a émis un boudin dur et contemple à présent son excrétion ? Un qui ne la mangera pas et qui pourtant se reconnaît en elle : Matern, Walter Matern qui sait grincer des dents : des cailloux dans les fèces ; qui ne cesse de chercher Dieu et ne trouve que ses excréments ; qui botte le derrière de son chien : Merde ! Mais il revient obliquement par le même champ, traverse en gémissant les sillons et n'a toujours pas de nom. Merde, merde ! Matern doit-il appeler son chien Merde ?

Anonymes, ils franchissent le canal latéral de la Lippe et pénètrent dans la Haard, une forêt médiocrement accidentée. Il voudrait proprement couper à travers la forêt mixte jusqu'à Marl en compagnie du chien sans nom — faut-il l'appeler Kuno ou Thor ? — mais ils prennent ensuite un chemin à gauche — Audifax ? — puis tombent, une fois sortis de la forêt, sur la ligne de chemin de fer Dülmen-Haltern-Recklinghausen. Et ici il y a des puits de mine portant des noms passables pour des chiens : Hannibal, Régent, Prosper ? A Speckhorn, le maître et le chien sans nom trouvent un lit.

Feuillette, énumère. Ciselé dans le granit et le marbre. Des noms, des noms. L'histoire en est faite. Peut-on, doit-on dénommer un chien Totila, Charlemagne, Gengiskhan ou Gaspard Hauser ? Comment s'appelait le premier chef de race ? Perkun. Peut-être faudrait-il emprunter leur nom aux dieux qui restent : Potrimp ou Pikoll ?

Il se retourne, insomnieux, à cause de noms, dix noms privés qui ne sauraient aller à un chien, de noms qui lui travaillent les lombes. De bonne heure, dans le brouillard au sol, ils longent le talus du chemin de fer, marchant sur du ballast, laissant passer des trains du matin bondés. Silhouettes de ruines : c'est Recklinghausen ou déjà Herne, à droite Wanne, à gauche Eickel. Des ponts de fortune franchissent l'Emscher et le canal Rhin-Herne. Des anonymes cherchent des escarbilles dans le brouillard. Dans les chevalements, des tambours à câbles se taisent ou bien tournent au-dessus de mines sans nom. Pas de bruit. Tout est logé dans l'ouate. Tout ce qui parle, comme d'habitude, ce sont le ballast et les corbeaux : anonymes. Puis quelque chose bifurque à droite et a un nom. Des rails, une seule voie, viennent d'Eickel et refusent de poursuivre vers Hüllen. On peut lire, au-dessus du portail ouvert, sur une plaque dégradée en grands caractères : Embranchement Pluto.

Il le fait. « Ici Pluto ! Pluto, place ! Au pied, Pluto. Vas-y Pluto. Gentil Pluto. Coucher, apporte, mange Pluto. Hop Pluto. Cherche, Pluto. Ma pipe, Pluto ! » Le parrain est Pluton qui mesure au boisseau les céréales et les monnaies, qui pareil à Hadès — ou bien au vieux Pikollos — gère les affaires d'en bas : affaires d'ombre, affaires sans temple, invisibles affaires, affaires de fond, la grande retraite, la descente en benne au puisard ; là, si tu entres, pas moyen de sortir ; ici on reste ; il n'a pas besoin de payer, tous doivent aller chez Pluto que personne ne vénère. Seuls Matern et les Eléates entassent sur l'autel : le cœur, la rate et les reins pour Pluto !

Ils suivent l'embranchement. Les mauvaises herbes entre les voies suggèrent que nul train n'est passé ici de longtemps, et la rouille a entamé les rails. Matern expérimente le nouveau nom, à voix basse et haute. Depuis qu'il a pris possession du chien, son enrouement a diminué. Le nom fait l'affaire. On obéit d'abord avec étonnement, puis avec zèle. Le chien a été dressé. Ce n'est pas un X quelconque. Pluto s'arrête ou se couche au sifflet dans le poussier. A égale distance de Dortmund et d'Oberhausen, Pluto montre ce qu'il a appris et n'a pas oublié, seulement un peu refoulé, étant donné le trouble des temps et le manque de maître. Tours de force. Le brouillard se coagule et s'avale lui-même. Il y a même ici un peu de soleil vers quatre heures et demie.

Cette manie de faire le point chaque jour ! Où sommes-nous donc ? Coin important ! A gauche Schalke-Nord avec les mines Wilhemine, Viktoria, à droite Wanne sans Eickel ; derrière, le marais de l'Emscher, fin de Gelsenkirchen et en ces lieux où s'élargit l'embranchement aux rails rouillés couvert de mauvaises herbes se trouve, sous un chevalement aux jambes fléchies à l'ancienne mode, à demi démoli par les bombes et mis hors service, ce puits Pluto qui a donné un nom au chien noir.

Vastes effets de la guerre : partout l'on chôme. Les orties et les boutons d'or poussent plus vite que le monde ne peut comprendre. Des frusques jetées à la diable, et qu'on croyait

inusables. Des portants en T et des radiateurs tordus entre
deux doigts en coliques de fer. On ne devrait pas décrire des
décombres, mais les réutiliser. C'est pourquoi viendront les
marchands de ferraille qui remettront droits les points d'interrogation en vieux fer. De même que les perce-neige carillon-
nent l'entrée du printemps, les négociants en tapant le fer
déclencheront des sons pacifiques et annonceront la grande
fonte. O anges de la paix non rasés, aplanissez les garde-boue
cabossés et posez-vous en des lieux comme : la mine Pluto,
entre Schalkae et Wanne !

Ce milieu plaît aux deux compères : Matern et le compagnon quadrupède. Quelques exercices de dressage. Resté là,
un joli bout de mur haut d'environ un mètre trente. Hop
Pluto ! Ce n'est pas un exploit avec des pattes de devant à
l'angle idéal, le garrot long, le dos moyen mais robuste,
l'arrière-main deux fois taillée à l'avantage. Saute, Pluto !
Toutou noir, sans marque ni raie d'âne le long de l'échine
allongée : vitesse, résistance, entrain à sauter. Hop, mon petit
chien, je remets quelque chose par-dessus. L'arrière-main
fournit la poussée supplémentaire. Loin des contingences
terrestres. Petit trajet dans l'air rhéno-westphalien. Réception
en souplesse ménage les articulations. Bon chien, chien
exemplaire ; bien équilibré, Pluto.

Grogne ici, fouille là. Un nez à terre recueille des marques :
des fossiles. Dans l'abri incendié il aboie aux monte-charges et
aux porte-manteaux, bien que les tenues de mine de la dernière
équipe du matin soient visibles à peu près. Echo. C'est un
plaisir de donner de la voix dans des ruines évacuées ; mais le
maître siffle le chien pour le ramener au soleil, sur le terrain de
jeu. Dans la loco de triage éventrée se trouve une casquette de
chauffeur. On peut la lancer en l'air ou s'en coiffer. Le
chauffeur Matern : « Tout cela nous appartient. Nous avons
déjà l'abri. Maintenant nous occupons le bâtiment d'administration. Le peuple s'empare des moyens de production ! »

Pas un seul tampon n'a subsisté dans les bureaux aérés à
fond. Et n'était ceci — « Tiens, un trou dans le sol ! » — ils
retourneraient sur le terrain de jeu ensoleillé. « Tiens, on peut
descendre ! » sur un escalier de cave à peu près complet.
« Mais faire bien attention ! » Il pourrait y avoir une mine qui
traîne depuis avant-hier. Il n'y en a pas dans la chaufferie : « Si
on la visitait ? » Petits pas successifs : « Où est donc mon
cierge, et le bon vieux briquet ; je l'ai trouvé à Dunkerque ; il a

éclairé mes rentrées nocturnes au Pirée, à Odessa, à Novgo-
rod ; il marchait toujours ; pourquoi pas ici ? »

Toute obscurité sait pourquoi. Tout secret démange. Tout
chercheur de trésor attendait mieux. Les voici sur six pattes
dans la cave comble. Pas de caisses à défoncer ; pas de flacon à
écluser ; pas de tapis persans en pile ni de cuillers d'argent ; pas
de biens ecclésiastiques ou d'inventaire de château : rien que
du papier. Pas de blanc nu, qui serait encore une affaire. Ou
bien une correspondance sur vélin entre deux sommités. De
l'imprimé en tétrachromie ; quarante mille affiches sentent
encore l'encre fraîche. Chacune aussi lisse que l'autre. Sur
chacune LUI, avec sa casquette enfoncée ; grave, fixe, le
regard du chef : A partir de ce matin, à 4 h 45. La Providence
m'a. Lorsqu'alors, alors je décidai. Innombrables. Outrageant.
Pitoyable. En cas de besoin. Allant plus avant. A la fin.
Restera, redeviendra Allemand, jamais. Forme une commu-
nauté assermentée. Je vous appelle. Nous entrerons en lice.
J'ai, je vais. Je me suis. Je...

Et chaque affiche que Matern happe à deux doigts sur la pile
flotte un instant et se pose ensuite devant les pattes de devant
de Pluto. Quelques exemplaires seulement tombent face contre
terre. Le plus souvent, IL regarde les tuyaux du chauffage qui
courent au plafond de la cave : grave, fixe, regard de chef. Les
doigts de Matern continuent, comme s'il lui fallait escompter
un coup d'œil différent d'un format normalisé voisin ou
troisième à la suite.

Alors la cave silencieuse s'emplit d'une sirène. C'est le
regard du Führer qui a déclenché cette musique dans la
poitrine du chien. Maintenant le chien est en marche, et
Matern n'arrive pas à l'arrêter. « Chut, Pluto. Couché Pluto ! »

Mais le chien piaulant couche les oreilles, fléchit les quatre
pattes et recroqueville la queue. Le son grimpe au plafond,
s'enfile dans les tuyaux crevés ; Matern n'a rien à lui offrir
qu'un grincement de dents à sec. Il s'arrête faute de résultat et
crache : floc d'un glaviot sur une photo-portrait ; le gras des
poumons en plein dans le grave, fixe regard du Führer ; les
mucosités vengeresses pirouettent dans l'air et font mouche :
LUI. Elles n'y restent guère de temps, car le chien a une
longue langue en couleurs qui lèche le visage à plat du Führer :
ôtons l'outrage de sa joue. Son regard n'est plus offusqué de
crachat. Il lèche la salive de la petite moustache carrée : fidèle
comme un chien.

Là-dessus, contre-offensive. Matern froisse à pleine poignée

le papier où s'est conservé lisse un visage tétrachrome, qui gît à
terre, gît empilé, regarde au plafond avec insistance : LUI,
LUI, LUI. Non ! dit le chien. Le grognement s'enfle. La
denture cisaille. Non ! Un chien s'y oppose. Halte-là, sur
l'heure, halte-là ! Matern desserre le poing qu'il avait levé pour
frapper : « C'est bon, Pluto. Place, Pluto. Mais oui, mais oui.
Ce n'est pas ce que je voulais dire, Pluto. Si on faisait un petit
somme et économisait le cierge ? On dort et on se remet bien
ensemble ? Sois sage, Pluto. Sage. »

Matern souffle la bougie. Le maître et le chien, couchés sur
le regard empilé du Führer, respirent lourdement dans le noir.
Chacun respire pour soi. Le bon Dieu regarde.

LA DEUXIÈME MATERNIADE

Ils ne courent plus sur six pattes dont l'une semble
défectueuse et doit être traînée ; ils roulent d'Essen à Neuss par
Duisbourg dans un train plein comme un boudin, car il faut
bien que l'homme ait un but : chapeau de docteur, médaille
d'argent au tir, empire des cieux ou achat-location, sur la route
qui mène à Robinson, au record mondial, à Cologne-sur-Rhin.

Le voyage est pénible et se prolonge. Beaucoup, autant dire
tous sont au-dessus des roues et ont avec eux des sacs de
pommes de terre ou de betteraves à sucre. Par conséquent — si
l'on peut se fier aux betteraves à sucre — ils ne s'en vont pas
au-devant du printemps mais de la Saint-Martin. Pour raisons
de novembre, pour entassés que soient les manteaux qui
odorent, il est plus supportable de voyager à l'intérieur du
wagon bondé que sur le toit arrondi de la voiture, sur des
tampons branlants ou sur des marchepieds qu'il faut reconquérir de haute lutte à chaque station. Tous les voyageurs n'ont
pas la même obstination.

Dès Essen, Matern prend soin de Pluto. Dans le wagon, une
odeur âcre se mêle à l'effluve des pommes de terre tardives, de
betteraves à sucre terreuses et de gens qui suent.

Matern, dans le vent de la course, ne sent que la locomotive.
Allié à son sac de marin, il conserve le marchepied malgré les
assauts lancés en gare de Grossenbaum et de Kalkum. Il serait
insensé de grincer des dents contre le vent de la course. Jadis,
quand il luttait avec sa denture contre les scies circulaires — on
disait même qu'il pouvait grincer des dents sous l'eau — jadis

il aurait émis un son contre le vent de la course. Silencieux donc, mais la tête farcie de rôles de théâtre, il file à travers le paysage en nature morte. A Derendorf, Matern concède une petite portion de marchepied à un horloger miteux qui pourrait aussi bien être un professeur de Faculté ; à cet effet, il place son sac de marin de champ. L'horloger veut transporter huit briquettes à Küppersteg. A Dusseldorf-Gare centrale, il peut encore sauver le bonhomme ; mais à Benrath la meute engloutit le professeur ainsi que les briquettes. Par pur souci d'équité, Matern contraint le type qui, à la place de l'horloger, entend emporter à Cologne une balance de cuisine à changer à Leverkusen ; quand il jette un regard par-dessus son épaule, il s'assure qu'à l'intérieur un chien est toujours sur quatre pattes et, fidèle comme un chien, garde les yeux fixés sur la portière : « Mais oui, mais oui, plus qu'un petit instant. Ce tas de briques par exemple promet d'être Mülheim. On ne s'arrête pas à Kalk. Mais depuis Deutz nous voyons déjà la fourche, les cornes gothiques du Diable, la cathédrale. Et là où elle est, eh bien le pendant séculier de la cathédrale n'est pas loin : LA GARE CENTRALE. Toutes deux font la paire comme Scylla et Charybde, le trône et l'autel, l'être et le temps, le maître et le chien. »

C'est donc ça, le Rhin ? Matern a grandi sur les rives de la Vistule. Dans le souvenir, toutes les Vistules l'emportent sur tous les Rhins. Seul motif pour lequel Matern vient en croisade à Cologne : les Matern n'ont jamais habité ailleurs qu'au bord de rivières — l'éternel défilé de l'eau donne le sens de la vie. Il faut dire que Matern a déjà été par ici. Et aussi parce que ses ancêtres, les frères Simon et Grégoire Materna, ainsi que leur cousin, le compagnon-barbier Materna sont toujours revenus, le plus souvent pour prendre leur vengeance par le fer et par le feu : ainsi fricassèrent la rue du Persil et la rue des Tourneurs, tandis que Langgarten et l'église Sainte-Barbe brûlèrent par vent d'est ; eh bien, il faut croire qu'ici d'autres ont pu essayer leur briquet. A peine s'il reste de l'amadou. De surcroît, la vengeance de Matern n'est pas dressée à l'incendie : « Je viens rendre la justice avec un chien noir et une liste de noms gravés dans le cœur, la rate et les reins ; ils exigent d'être effacés ! »

Aigre, veuve de ses vitres et peuplée de courants d'air, telle est la sainte, la catholique Gare centrale de Cologne. Des multitudes chargées de valises et de sacs à dos viennent, te voient, te reniflent, s'en vont dans le monde entier et ne peuvent plus t'oublier, toi, ni le double monstre de pierre qu'on trouve en face à main gauche quand on sort. Pour comprendre les hommes, il faut s'agenouiller dans tes salles d'attente ; car ici tout le monde est pratiquant, et des confessions s'échangent par-dessus le Kölsch, une petite bière. Quoi qu'ils fassent — dorment la bouche ouverte, enserrent leur misérable bagage, proposent des prix terrestres en échange de pierres à briquet ou de cigarettes célestes — quoi qu'ils lâchent ou quoi qu'ils taisent, ajoutent ou répètent, ils sont attelés à la grande confession. Devant les guichets, dans la halle où des papiers gras se promènent — deux manteaux font un complot, trois manteaux ensemble, c'est un attroupement ! — en bas aussi, dans les W.C. garnis de céramique où la bière est restituée tiède. Des hommes se déboutonnent, s'immobilisent, rêveurs pour ainsi dire, dans des stalles émaillées de blanc, font un petit bruit de queues précocement usagées et cela, rarement, en ligne droite perpendiculairement déduite ; le plus souvent ça fait un angle médiocre, pourtant calculé d'avance. L'urine s'effectue. Des étalons pissent ; ils sont là debout des éternités, les reins creusés, sur deux jambes, dans des pantalons ; leurs mains droites font auvent à leurs choses, mariés pour la plupart ; ils s'appuient à leur hanche gauche, laissent errer devant eux un regard en deuil et déchiffrent des inscriptions, dédicaces, aveux, prières, exclamations, textes rimés et noms, gribouillés au crayon bleu, grattés avec des ciseaux à ongles, un poinçon ou un clou.

Matern fait comme tout le monde. Sauf qu'à gauche il n'appuie pas la main à la hanche ; il y tient une laisse de cuir payée deux Camel à Essen et qui, à Cologne, le relie à Pluto. Tous les hommes restent plantés pour des éternités, mais l'éternité de Matern dure plus longtemps, même s'il n'appuie plus son jet d'eau à l'émail. Il est déjà en train de se reboutonner ; bouton par bouton, avec des intervalles assez longs pour y mettre un *pater noster,* retrouve la boutonnière idoine ; il n'est plus en lordose, mais a le dos rond du lecteur. Il faut être myope pour coller ainsi l'œil sur l'écriture imprimée ou manuscrite. Soif de savoir. Atmosphère de cabinet de lecture. Le Philosophe de Rembrandt. Un Ange traverse les vastes urinoirs dallés de céramique, tièdes, aigre-doux, saints, catholiques, de Cologne-Gare centrale.

Il est écrit : « Ouvre l'œil, et le bon. » Pour la postérité : « Dobjé, dobjé, troulala, le schnaps est bon pour le choléra. » Un clou luthérien grava : « Et quand le monde serait plein de diables... » On lit avec peine : « Allemagne, réveille-toi ! » Des capitales géantes ont éternisé : « Toutes les femmes sont des salopes ! » Un poète écrivit : « Qu'il fasse chaud, qu'il fasse froid, on est toujours du même bois. » Et quelqu'un fut lapidaire : « Le Führer vit ! » mais une autre main mieux informée ajouta : « Exact : en Argentine. » De brèves exclamations comme : « Non ! Je m'en fous ! Tête haute ! » se répètent, de même que des dessins ayant pour motif sempiternel le petit pain fendu, l'inusable, rayonnant et poilu, et des femmes couchées, considérées en perspectives comme le Christ gisant de Mantegna, c'est-à-dire en partant de la plante des pieds. Enfin, coincé entre le cri de joie : « vive l'année 46 ! » et l'avertissement suranné « Des oreilles ennemies vous écoutent », Matern, reboutonné du bas, ouvert du haut, lit un nom et une adresse sans commentaire rimé ou profane : « Jochen Sawatzki, Fliesteden, rue de Bergheim, 32. »

Aussitôt Matern — déjà son cœur, sa rate et ses reins marchent sur Fliesteden — trouve dans sa poche un clou qui a envie d'écrire. Sa main significative, en travers des aveux, des dédicaces, des prières, par-dessus les petits pains grotesquement poilus et les femmes gisantes à la Mantegna, griffonne à l'aide du clou le refrain puéril : « Ne vous retournez pas, le Grinceur est là. »

C'est un village le long d'une route entre Cologne et Erft. L'autobus partant de la Poste centrale, passant par Müngersdorf, Lövenich, Brauweiler en direction de Grevenbroich s'y arrête avant de prendre sur Stommeln après Büsdorf. Matern trouve sans avoir à demander. Sawatzki, en bottes de caoutchouc, ouvre : « Bon Dieu Walter, t'es donc pas mort ! En voilà une surprise. Rentre donc, ou bien c'est-y que tu veux pas entrer chez nous ? »

L'intérieur sent les betteraves à sucre en train de cuire. De la cave remonte coiffée d'un foulard une mignonne qui ne sent pas meilleur non plus. « Tu sais, on était à faire du sirop, on le vendra après. Ça fait beaucoup de travail, mais ça rapporte comme il faut. Ça c'est ma femme, elle s'appelle Inge et elle est d'ici, de Frechen. T'entends, Inge, çui-là, c'est un ami à moi, un vrai copain ! On a été un bout de temps à la même compagnie. Foutre Dieu, ce qu'on a pu se marrer : et aïe donc, en avant la musique ! Figure-toi, on était tous les deux au parc Kleinhammer, plus de lumière — sortez les couteaux ! Toujours en flèche et pas d'histoires. Tu te rappelles encore Gustav Dau et Lothar Budczinski ? Et Fifi Wollschläger et les Dulleck frères ? Et Willy Eggers, mon vieux ! Et Otto Warnke,

que le Diable l'emporte, et le petit Bublitz ? Mais tous ces
fumiers-là, c'était franc comme l'or, seulement ils étaient
saouls et pas qu'un peu. — Donc te revoilà. Zut, le chien, il me
ferait peur. Tu peux pas l'enfermer dans l'autre pièce ? — Bon,
bien, qu'il reste ici. Mais raconte voir : où est-ce que tu t'es
planqué au bon moment ? Dès que tu n'as plus été à la
Compagnie, ç'a été la fin de tout. Bien sûr, après coup, tout le
monde peut dire : c' qu'on a été gourde de le vider pour des
clous et core des clous, c'était pas la peine d'en parler. Mais ils
voulaient savoir, surtout les Dulleck frères et Wollschläger
aussi : jury d'honneur ! Un milicien S.A. ne fauche pas ! Voler
des camarades ! — Pour de bon j'ai pleuré — tu peux m'en
croire, Inge — quand il a fallu qu'il s'en aille. Ben, en tout cas,
te revoilà. Repose-toi ou bien descends en bas dans la
buanderie, c'est là qu'on cuit les betteraves. Tu peux t'étendre
dans la chaise longue et regarder. Sacrée tête de lard ! La
mauvaise herbe, ça crève pas, que je dis toujours à Inge, hein
Inge ? Ce que je suis content. »

Dans la quiète buanderie, les betteraves à sucre cuisent et
diffusent une odeur suave. Matern, étalé dans la chaise longue,
a entre les dents un truc qui ne veut pas sortir, parce que les
deux bonnes gens sont si contents et avec ça qu'ils font cuire
du sirop à quatre mains. Elle touille la bassine avec un manche
de pelle : elle est costaud bien qu'il n'y en ait qu'une poignée ;
lui se charge d'entretenir un feu régulier ; ils ont des piles de
briquettes, cet or noir. Elle est une vraie Rhénane : menue, de
grands yeux mobiles qui regardent partout ; lui, c'est à peine
s'il a changé, il a pris un peu de largeur. Elle ne fait que
regarder et ne dit pas ouf ; lui réchauffe le passé : « Tu sais
encore, et tu peux te rappeler, on défilait pour la S.A., et aïe
donc, en avant la musique ! » Enfin, elle peut cesser de
regarder, car c'est avec lui que j'ai maille à partir, pas avec
Inge-Madame. Il faut faire le sirop. Ils ont des soucis. La nuit,
il faut aller dans les champs, voler les betteraves, les éplucher,
les couper menu, etc. Vous ne vous débarrasserez pas si vite de
Matern, car Matern est venu rendre la justice avec un chien
noir et dans le cœur, la rate et les reins une liste de noms dont
un était lisible à Cologne, Gare centrale, en des lieux pavés de
céramique, tiédis par l'urine et subdivisés en stalles émaillées :
le chef de Compagnie Jochen Sawatzki menait par monts et par
vaux la chère et infâme Compagnie S.A. 84 de Langfuhr-
Nord. Ses discours lapidaires et pourtant sentimentaux. Son
charme juvénile, quand il parlait du Führer et de l'avenir de

l'Allemagne. Ses chansons favorites et ses alcools favoris .
Forêt d'Argonne à minuit et sans arrêt du genièvre avec ou sans
étoiles. Solide et brave type. Totalement déçu par la Commune
et, pour ce motif, inébranlablement acquis à la nouvelle idée.
Ses opérations contre les socialos Brill et Wichmann ; le rififi
au local des étudiants polonais, le café Wojke ; la mission à huit
hommes dans l'allée Steffens...

« Dis voir », dit Matern dans sa chaise longue, et son dire
saute par-dessus le chien couché en travers, fuse à travers la
buée de betteraves à sucre, « qu'est-ce qu'il est donc advenu
d'Amsel ? Voyons, tu sais bien. Celui qui faisait des drôles de
figures. Que vous avez épinglé dans l'allée Steffens, c'est là
qu'il habitait. »

Ça ne dit rien au chien, mais une petite pause s'établit côté
betteraves. Sawatzki, le pique-feu en main, s'étonne : « Ben,
mon 'ieux, faut pas me le demander. C'était pourtant une idée
à toi, la petite visite. Ça j'ai jamais bien pu comprendre,
surtout que c'était un ami à toi, pas vrai ? »

La chaise longue répond à contre-buée : « Il y avait à cela
certaines raisons, raisons privées sur lesquelles je n'ai pas à
m'attarder. Mais ce que j'aimerais bien savoir, c'est : Qu'est-ce
que vous avez fait de lui après, je veux dire, après votre coup à
huit dans l'allée Steffens. »

Inge-Madame regarde et touille. Sawatzki n'oublie pas de
remettre des briquettes : « Comment ça ? J' sais-t'y. Et
pourquoi donc que tu demandes, puisqu'on n'était pas huit,
mais neuf hommes avec toi. Et c'est toi qui t'as arrangé
tellement qu'il en restait rien. D'ailleurs, il y a eu pire. On n'a
plus pu attraper le docteur Citron. Il est parti en Suède. Mais à
quoi bon ? Heureusement terminé ce mirage de solution finale
et de victoire finale. Fiche-nous la paix avec. Passons l'éponge,
et plus de reproches. Ça me rend malade. Car tous les deux,
mon petit canard, nous avons trempé dans la même eau et pas
un d'entre nous n'est pour deux sous plus propre que l'autre,
pas vrai ? »

La chaise longue ronchonne. Le chien Pluto, fidèle comme
un chien, regarde. Les betteraves à sucre coupées menu
cuisent sans arrière-pensées : ne cuis pas de betteraves, sinon
tu sentiras la betterave. Trop tard, ils sentent déjà pareillement : le chauffeur Sawatzki, Inge-Madame avec des yeux
pleins la tête, et l'oisif Matern ; le chien lui-même ne sent plus
seulement le chien. La bassine gargouille : du sirop pour des
heures. Les mouches en meurent de diabète. A grand effort,

Inge-Madame fait décrire des cercles au manche de pelle :
quand on remue le sirop, il ne faut pas remuer le passé.
Sawatzki met les dernières briquettes ; il va falloir soutirer.
Dieu a du sucre dans ses urines.

Alors on en reste là, déclare Sawatzki ; et il dispose en
double rangée des bouteilles ventrues de deux litres. Matern
parle de donner un coup de main, mais pas question : « Non,
mon cher, mais après, quand le sirop sera mis en bouteilles, on
remontera s'en jeter un derrière la cravate. Faut arroser un
revoir comme ça, hein Inge-la-souris ? »

Ils prennent à cet effet une eau-de-vie de pommes de terre.
Et pour Inge-la-souris il y a de l'advokaat. Les Sawatzki, vu
leur situation, se sont gentiment installés. Un grand tableau à
l'huile, « Chênes », deux horloges paysannes, trois fauteuils de
club, un tapis d'origine sous les pieds, le récepteur populaire
mis tout doucement pour l'ambiance et une grande bibliothèque vitrée qu'emplit une encyclopédie en trente-deux volumes : A comme « Assez ». — La chaudière Matern est purgée.
B comme « Bacchanale ». — Amusons-nous. — C comme
« Cocu ». — Chez nous, pas de jalousie. — D comme
« Danzig ». — A l'est c'était plus beau, mais à l'ouest c'est
meilleur. — E comme « Eau de Cologne ». — Je te dis, le
Russe boit ça comme de la tisane. — F comme « Fil ». — Je
l'avais en plein dans la croisée du collimateur, tir direct, pan,
pan, en l'air. — G comme « Guitare ». — Ne ramène pas
toujours tes vieilles rengaines. — H comme « Héros ». — C'est
comme les histoires de guerre. — I comme « Inge ». — Danse
voir un peu, mais en style oriental. — J comme « Jaquette ».
— Mon vieux, ôte donc ton rase-pet. — K comme « Kabale et
Amour ». — T'as été acteur, fais donc voir. — L comme
« Lazzi ». — Cesse de te marrer, Inge, il joue Franz Moor. —
M comme « Meuse » — jusqu'à Memel. — N comme « naissance ». — T'as pas besoin de pleurer, t'en auras peut-être un
autre. — O comme « Oasis ». — Bâtissons ici nos huttes. — P
comme « Palestine ». — C'est là-bas qu'on aurait dû les
envoyer, ou bien à Madagaska. — Q comme « Quatuor ». —
Et je te dis, à trois ça va beaucoup mieux qu'à quatre. — R
comme « Rabbin ». — Même qu'y m'avait marqué sur mon
papier que je l'avais traité décemment ; s'appelait le docteur
Weiss et habitait dans Mattenbuden, numéro vingt-cinq. — S
comme « Salle ». — Des batailles, j'en ai pt'êt' fait quinze, dix
pour la Commune et au moins vingt pour les nazis, mais tu
vois, je pourrais encore les distinguer aujourd'hui, sauf les

endroits où c'était : « Hippodrome » d'Ohra, Café Derra, Près-Bourgeois et Parc Kleinhammer. T comme « Tabac ». — Pour douze Lucky Striques on a eu tout le service et les tasses en plus. U comme « Unique ». — C'est une montre suisse, elle va sur seize rubis. V comme « Vieux ». — Le mien s'aurait noyé dans le naufrage du « Gustloff ». Et le tien ? — W comme « Walter ». — Mais assieds-toi donc sur ses genoux, c'est moins ennuyeux de faire que de regarder. X comme « Xanthippe ». — Avec elle tu pourrais aller voler des chevaux. Une petite femme de Division nationale. Y comme « Yankee ». — J'avais aucun Amerloque sur le dos ni d'Anglicheman. Z comme « Zigzig ». Et si qu'on irait se pagnoter tous ensemble. Haut les tasses ! La nuit est encore longue. Je me mets à gauche, tu te mets à droite, et on prend Inge gentiment au milieu. Le cagouince reste à la cuisine. On y donnera à manger qu'il soye bien. Si tu veux encore te laver, Walterchen, v'là du savon. »

Et trois personnes se couchent après avoir bu de l'eau-de-vie de pommes de terre et de la liqueur aux œufs dans des tasses à café, après qu'Inge-la-Souris a dansé en solo, que Matern a fait l'acteur en solo et que Sawatzki s'est raconté, ainsi qu'aux deux autres, des histoires passées et présentes ; après avoir préparé au chien un gîte dans la cuisine, s'être lavés rapidement au savon, ils se couchent dans le large lit à l'épreuve des vagues, que les Sawatzki appellent autel des vertus conjugales, qu'ils ont acheté ; prix : sept doubles litres de sirop de betteraves à sucre. Ne dormez pas à trois, vous vous réveillerez à trois.

Matern aime mieux coucher à gauche. Sawatzki, l'amphitryon, s'accommode de la place de droite. Inge-la-Souris prend le milieu. O antique amitié, refroidie après trente-deux batailles de salles, réchauffée à présent dans le lit conjugal qui tangue. Matern, venu rendre la justice avec un chien noir, prend d'un doigt délicat la mesure du chas d'Inge ; il y rencontre l'index débonnaire de l'époux son ami ; et tous deux, en bonne harmonie, tendres et débonnaires, comme jadis à l'Hippodrome d'Ohra ou au comptoir du Parc Kleinhammer, coopèrent, trouvent la chose habitable et se relaient : c'est amusant. Cette variété dans le choix ; cela émoustille les amis, car l'alcool de pommes de terre fait dormir. Une course est disputée en compétition, tête contre tête. O nuit hospitalière, où Inge-la-Souris doit se mettre sur le flanc afin que l'ami la serre de près par-devant et son époux par la poupe ; faut-il qu'elle soit spacieuse, quoique menue, une vraie fille du Rhin ;

la chas d'Inge offre le gîte et le couvert. S'il n'y avait pas les
scrupules ! O circonvolutions de l'amitié ! Chacun est le
phénotype de l'autre, intentions, leitmotive, motifs de meurtre, leurs carrières scolaires diverses, l'appel d'une harmonie
compliquée : que de membres ! Qui embrasse qui ? Tu m'as ?
Je t'ai ? Qui pourrait encore revendiquer une propriété ? Qui se
pince lui-même en voulant faire crier le partenaire ? Qui
rendrait ici la justice avec des noms marqués dans le cœur, la
rate et les reins ? Soyons équitables. Chacun veut être un jour
au soleil. Chacun veut être du côté du beurre. Tout lit à trois a
besoin d'un arbitre. Ah, la vie est si riche ! Le ciel a dessiné
soixante-neuf positions, que l'Enfer nous a conservées : le
nœud, l'œillet, le parallélogramme, la côte, l'enclume, le rondo
fantasque, la bascule, le paravent chinois, le chemin de fer, le
triple saut, l'ermitage ; et des noms qui s'allument au derrière
d'Inge : genou, suçon, cri, attrape-mouche, poisson, oui,
grand écart, halètement, morsure — J'en ai assez, on ferme,
repos — Debout, on ouvre, vl'là du monde, apportez l'huile de
foie de morue, deux amis, ta jambe et mon bras, son bras ta
jambe — Trio Inge — Sur trois jambes, Inge, ne t'endors pas,
tourne-toi donc — C'était chouette, il se fait tard, a beaucoup
travaillé aujourd'hui, Inge : betteraves à sucre, sirop, crevée,
bonsoir Inge, le bon Dieu regarde !

Maintenant ils gisent dans la chambre noire, ci-devant
quadrangulaire, et respirent d'un rythme égal. Tous ont
gagné : trois vainqueurs dans un lit. Inge tient son oreiller
embrassé. Les hommes dorment la bouche ouverte. On dirait,
à les entendre, qu'ils scient des arbres. Toute la forêt de
Jäschkental y passe autour du monument de Gutenberg :
hêtre, hêtre, hêtre. Déjà la Butte-aux-Pois est nue. Bientôt on
aperçoit l'allée Steffens : villas côte à côte. Et dans une de ces
villas de l'allée Steffens, Eddi Amsel habite des chambres
lambrissées de chêne et construit des épouvantails grandeur
nature : l'un d'eux représente un S.A. endormi ; l'autre un
chef de compagnie S.A. endormi ; le troisième signifie une
fille, enduite de sirop de betteraves de haut en bas, qui attire
les fourmis. Tandis qu'en dormant le milicien S.A. grince des
dents, le chef de compagnie ronfle normalement. Seule la fille
au sirop n'émet aucun son, mais gigote de tous ses membres, à
cause des fourmis. Tandis qu'au-dehors les beaux hêtres lisses
de la forêt de Jäschkental tombent tronc par tronc — ç'aurait
été une riche année de faînes — Eddi Amsel, dans sa villa de
l'allée Steffens, le quatrième épouvantail grandeur nature : un

chien noir mobile à douze pattes. Afin que le chien puisse aboyer, Eddi Amsel lui met une mécanique exprès. Voici qu'il aboie et réveille le grinceur, le ronfleur et la figure au sirop grouillante de fourmis.

C'est Pluto dans la cuisine. Il veut être entendu. Tous trois roulent à bas d'un lit sans se dire bonjour. « Ne dormez jamais à trois, vous vous réveillerez à trois. »

Au petit déjeuner il y a du café au lait et des tartines au sirop. Chacun mâche à part. Chacun, chacune. Tout sirop est sucré. Tout nuage a déjà plu une fois. Toutes les chambres sont carrées. Tout front est contre. Tout enfant a deux pères. Toutes les têtes sont ailleurs. Toute sorcière brûle mieux. Et cela, trois semaines de suite, déjeuner après déjeuner : chacun mange chaque bouchée pour soi. Trois semaines que ce ménage à trois tient la scène. Il existe des intentions secrètes ou à demi avouées de réduire la farce à un personnage unique : Jochen Sawatzki monologue en faisant bouillir les betteraves. Deux autres en aparté : Walterchen et Inge-la-Souris vendent un chien, deviennent riches et heureux. Mais Matern ne veut pas vendre ni chuchoter en duo. Il aime mieux être seul avec le chien. Le contact est rompu.

Cependant, hors de la chambre à coucher-salle de séjour, entre Fliesteden et Büsdorf, également entre Ingendorf et Glessen, idem entre Rommerskirchen, Dulheim et Quadrath-Ichendorf, c'est un dur hiver d'après-guerre. Il neige pour raisons de dénazification ; chacun place des objets et des faits dans le rigoureux paysage d'hiver, afin qu'ils disparaissent sous la neige.

Matern et Sawatzki ont bricolé un chalet pour oiseaux destiné à la pauvre créature qui n'y peut rien. Ils veulent le placer dans le jardin et l'observer par la fenêtre de la cuisine. Sawatzki se souvient : « J'ai vu qu'une fois un tas de neige pareil. C'était en trente-sept-trente-huit, quand on est allé rendre visite au gros plein de soupe de l'allée Steffens. Il avait neigé comme aujourd'hui, sans arrêt sans arrêt. »

Plus tard, il est dans la buanderie : boucher les doubles litres. Le couple tapi dans la chambre a entre-temps compté tous les moineaux du dehors.

Leur amour a besoin de se dégourdir les jambes. Bottés, ils arpentent en compagnie du chien le célèbre triangle Fliesteden-Büsdorf-Stommeln, mais ne voient aucun de ces bourgs perdus dans une tourmente de neige. Seuls les poteaux télégraphiques longent la grand'route Büsdorf-Stommeln, venant de Bergheim-Erft et tirant sur Worringen et le Rhin, rappellent à Walter et Inge que cet hiver est compté, que cette neige est terrestre, que sous la neige poussèrent jadis des betteraves à sucre dont la substance convoitée les nourrit encore aujourd'hui ; tous les quatre, car le chien doit être soigné, dit-il ; tandis qu'elle est d'avis qu'il faudrait le vendre, que ce clebs la débecte, qu'elle seule l'aime, lui, lui, lui. « S'il ne faisait pas si froid, je le ferais tout de suite ici même en plein air, debout, couchée, sous le ciel, en pleine nature — mais il faut que le chien s'en aille, t'entends ? Il m'énerve ! »

Pluto reste noir. La neige lui va bien. Inge-la-Souris en pleurerait, mais il fait trop froid. Matern use d'indulgence et, entre les poteaux télégraphiques givrés d'un côté, parle de la séparation qu'on a toujours devant ou derrière soi. Il verse aussi de son poète favori : l'acteur qui sort de scène parle d'immortelle pourpre et de dernière des roses. Cependant il ne se perd dans le génético-causal, mais s'élève en temps utile au plan de l'ontique. Inge-la-Souris l'aime quand, happant des flocons dans sa bouche ouverte, il grince, siffle et écrase des paroles singulières : « J'existe en vue de moi-même ! Le monde ne saurait être, il mondifie. La liberté est la liberté d'accès au moi. Je étant, le mot pro-jetant en tant qu'être-au-milieu pro-jetant. Moi, localisable et captif, Je, projet du monde ! Moi, origine du fonder ! Moi, possibilité — Sol — justification ! Je, fondement se fondant dans le sous-fond ! »

Le sens de cet obscur discours parvient à Inge peu avant Noël. Bien qu'elle ait déjà rassemblé un tas de choses agréables et utiles pour la table des cadeaux, il part. Il s'éloigne — « Emmène-moi ! » — il veut fêter Noël, Moi, moi, moi seul avec le chien — « Emmène-moi ! » D'où lamentations dans la neige à deux pas de Stommeln. « ...mène-moi ! » Mais elle a beau enfiler sa voix toute fine dans l'oreille de l'homme : tout train arrive ; tout train part. Inge-la-souris demeure.

Celui qui était venu pour rendre la justice avec un chien noir et des noms gravés dans le cœur, la rate et les reins quitte le milieu betterave à sucre et, non sans avoir effacé le nom de Jochen Sawatzki et Madame, prend le train pour Cologne-sur-Rhin. Dans la sainte Gare centrale, à la face du double doigt vengeur, l'homme et le chien sur six pattes se retrouvent au centre du monde.

LES MATERNIADES DE TROIS A QUATRE-VINGT-QUATRE

Matern s'était dit ceci : Nous, à savoir Pluto et moi, fêterons Noël tout seuls en prenant une saucisse arrosée de bière dans la calme, sainte, catholique salle d'attente pleine de courants d'air de Cologne. Seuls parmi les hommes, nous songerons à Inge-la-Souris, à Inge-la-chatte, à nous et au Joyeux Message. Mais il en advient autrement : dans l'urinoir colonais au sol céramique, une information est gravée à la sixième stalle émaillée de droite. Entre les apostrophes et proverbes usuels insignifiants, Matern, s'étant reboutonné, lit cette mention suggestive : Capitaine Erich Hufnagel, Altena, Lenneweg, 4.

C'est pourquoi ils ne célèbrent pas la Nuit sainte tout seuls dans la Gare centrale de Cologne, mais dans le Sauerland au sein d'une famille. Une contrée boisée, montueuse, faite à souhait pour Noël ; le reste de l'année, la plupart du temps il y pleut : un climat aigre qui provoque les maladies spécifiques du Sauerland : faute de contacts, les Westphaliens des bois succombent au spleen et travaillent et boivent trop, trop vite, à trop bas prix.

Pour n'être pas obligés de se rasseoir à l'instant, le maître et le chien quittent le train dès Hohenlimburg et, au petit matin de Noël, gravissent la côte. C'est pénible, car en ces lieux aussi la neige est tombée abondante et gratuite. En franchissant la crête de Hohbräcken pour aller sur Wiblingswerde, Matern s'avance en déclamant pour lui-même et le chien Pluto à travers une vraie forêt à brigands : à tour de rôle, Franz et Karl Moor invoquent le Destin, Amélie ou les dieux : « Voici qu'à nouveau s'élève une voix accusant la divinité ! — Eh bien marchons ! » Pas à pas. La neige crisse, les étoiles grincent, la Nature aussi : « Vous entends-je siffler, vipères de l'abîme ? » — mais, venue de l'étincelante vallée de la Lenne, les cloches d'Altena, ayant échappé à la fonte, sonnent le second Noël d'après-guerre.

Le Lenneweg va de propriété familiale en achat location. Chaque maison a déjà procuré à son arbre de petites lumières. Chaque ange chuchote. On peut ouvrir toutes les portes ; le capitaine Hufnagel, en pantoufles et en personne, ouvre.

Cette fois-ci, l'odeur qui s'impose n'est pas de betteraves à sucre, mais foutrement de pain d'épice. Les pantoufles sont neuves. Les Hufnagel ont déjà leurs cadeaux. Le maître et le chien à six pattes sont priés de les essuyer sur le tapis-brosse du couloir. On constate sans effort que Mme Dorothée Hufnagel fut régalée d'un bouilleur plongeant. Hans-Ulrich, treize ans, bouquine *le Diable de la Mer* du Corsaire Luckner, et la fille, Elke, une réussite, essaie un vrai stylo Pelikan sur du papier d'emballage de Noël, qui, sur les conseils de la mère Hufnagel, devrait être lissé et mis de côté pour le Noël prochain. Elle écrit en capitales : Elke, Elke, Elke.

Le buste immobile, Matern observe les alentours. Un milieu tout craché. Eh bien c'est nous. Seulement pas de façons. Reste peu de temps. Tout visiteur est gênant, surtout lui, venu pour rendre la justice la veille de Noël. « Dites donc, capitaine Hufnagel ? Faut-il vous rafraîchir la mémoire ? Vous avez l'air si désorienté. Je vous rendrai volontiers ce service : 22e régiment de D.C.A., batterie de Kaiserhafen. Magnifique contrée : piles de bois, rats d'égout, auxiliaires de la luftwaffe, auxiliaires volontaires, tir aux corbeaux, le tas d'ossements en face, puait par n'importe quel vent, j'ai lancé l'opération drops acidulés, j'ai été votre adjudant de compagnie : Matern, l'adjudant Matern vient au rapport. En effet il m'est arrivé de gueuler dans votre batterie maison après le Reich, le Reich, le Peuple, le Führer et l'amas d'ossements. Il ne vous a pas plu, mon poème. Vous l'avez noté quand même avec un stylo. C'était un Pelikan comme celui de la demoiselle. Et après, rapport transmis : conseil de guerre dégradé, bataillon disciplinaire, déminage, commando monte-au-ciel. Tout ça parce qu'avec un stylo Pelikan... »

Paix au stylo de guerre incriminé ; Matern arrache aux doigts tièdes d'Elke le vierge stylo d'après-guerre et le brise en se tachant d'encre les doigts : saleté !

Aussitôt le capitaine Hufnagel comprend la situation. Mme Dorothée ne comprend pas et fait pourtant ce qu'il faut : à l'idée d'héberger dans sa fragile chambre de Noël un des ci-devant travailleurs ukrainiens en rupture de ban, ses mains bravement tremblantes offrent à l'envahisseur le bouilleur battant neuf, afin que cette brute y rafraîchisse ses sangs échauffés et ravage l'objet d'équipement ménager. Mais Matern, dont on avait mal interprété les doigts pleins d'encre qu'il tient écarquillés, ne se laisse pas alimenter au petit bonheur ; il s'arrangerait bien de l'arbre de Noël, ou des chaises, la garniture complète : il y a une limite à la bonne humeur !

Par bonheur le capitaine Hufnagel travaille dans l'organisation d'occupation canadienne au titre de l'administration civile ; il est donc en mesure de s'offrir, ainsi qu'à sa famille, un authentique Noël de temps de paix — il a même pu se procurer du beurre aux noix — sa façon de voir est différente, civilisée : « D'une part — de l'autre. Toute chose, en fin de compte, a deux faces. Commencez par vous asseoir, Matern. Bon, si vous aimez mieux rester debout ! Donc d'une part naturellement vous avez parfaitement raison ; mais d'autre part — si grand que soit le tort qu'on vous a fait — c'est moi qui en ce temps-là vous préservai du pire. Vous ignorez sans doute que dans votre cas la peine de mort, et si mes représentations n'avaient pas incliné le conseil de guerre à retirer l'affaire au tribunal d'exception compétent, alors... Bon, vous ne voudrez pas me croire, vous en avez trop bavé. Je ne vous le demande pas non plus. Mais quand même — et cela je le dis aujourd'hui, à la veille de Noël, en pleine conscience — sans moi vous ne seriez pas ici à jouer les redresseurs de torts enragés, les Beckmann. Excellente pièce, d'ailleurs. Toute la famille l'a vue à Hagen, petit théâtre de fortune en chambre. Ça porte sur les reins, le sujet. N'étiez-vous pas acteur de profession ? Tiens, ce serait un rôle pour vous. Ce Borchert met dans le mille. Est-ce que nous n'en sommes pas tous là, moi aussi ? N'étions-nous pas comme exclus, devenus étrangers à nous-mêmes et à nos chers proches ? Je suis rentré il y a quatre mois. Prisonnier des Français. Je peux vous dire ! Camp de Kreuznach, si ça vous dit quelque chose. Mais ça valait toujours mieux que. Ça nous aurait pendu au nez, si on n'avait pas décroché à temps du secteur de la Vistule. En tout cas j'étais là les mains vides, devant le néant comme on dit. Ma firme au diable, le pavillon réquisitionné par les Canadiens, ma femme et les enfants à Espei, dans l'Ebbe, en évacuation, pas de charbon, rien que des tracasseries avec les autorités, bref : une situation à la Beckmann, comme dans le livre : Devant la porte ! C'est pourquoi, mon cher Matern — eh bien asseyez-vous donc, je vous prie — je comprends deux et trois fois ce qui ! Effectivement, au 22ᵉ de D.C.A., je vous ai reconnu comme un homme grave allant au fond des choses. Je crois et j'espère que vous n'avez pas changé ! Soyons donc chrétiens et donnons à cette soirée ce qui lui revient. Mon cher Monsieur Matern, de tout mon cœur et au nom de ma chère famille, je vous souhaite un joyeux, heureux Noël. »

Telle est la direction imprimée à la soirée : Matern, à la cuisine, nettoie à la pierre ponce ses doigts pleins d'encre, refait sa raie, prend place à la table de famille, permet à Hans-

Ulrich de caresser le chien Pluto ; comme il n'y a pas de vrai casse-noix, il casse à main nue des noix pour toute la famille Hufnagel, reçoit en cadeau de Mme Dorothée une paire de chaussettes n'ayant été lavées qu'une fois, raconte jusqu'à la limite de la fatigue les histoires de ses ancêtres médiévaux, les bandits et héros de la liberté, dort avec le chien dans la mansarde, partage avec la famille le premier jour de Noël : rôti sauce piquante pommes de terre purée ; le second jour de Noël, au marché noir d'Altena, contre deux paquets de Camel il achète un stylo Mont-Blanc presque neuf ; le soir, il raconte à la famille assemblée le reste des histoires vistuliennes, parle des héros de la liberté Simon et Grégoire Materna ; il entend, à une heure tardive où les têtes fatiguées reposent ailleurs, aller en chaussettes déposer le stylo Mont-Blanc devant la chambre d'Elke. Mais les lames du plancher ne coopèrent pas, elles craquent, sur quoi lui parvient, filiforme, par le trou de la serrure, le mot « Entrez » dit à voix basse. Toutes les chambres ne sont pas fermées à clé. Donc il entre en chaussettes dans le logement d'Elke pour remettre le stylo. Mais il est si bien accueilli qu'il tire vengeance du père tandis que la fille y passe : l'effusion de sang est patente. « Tu es le premier qui. Déjà la veille de Noël, quand tu ne voulais pas ôter ton chapeau. Qu'est-ce que tu vas penser de moi ? D'habitude je ne suis pas comme ça, et mon amie dit toujours. Es-tu à présent aussi heureux que moi et n'as-tu plus de désir, ou bien voudrais-tu. Dis donc, toi, quand j'aurai passé mon bac, je veux faire des voyages, encore des voyages ! Et ça, qu'est-ce que c'est ? C'est des cicatrices, ça et ça aussi ? Cette guerre ! Tout le monde y en a eu sa part. Est-ce que tu vas rester ici ? C'est très bien ici, quand il ne pleut pas : la forêt, les animaux, la montagne, la Lenne, le Hoher Sondern, les nombreux barrages, Lüdenscheid est joliment situé, et partout des forêts et des montagnes et des lacs, des cours d'eau, des cerfs et des chevreuils et des barrages, des forêts et des montagnes, reste donc ! »

Pourtant Matern en chaussettes s'en va ; il emmène le chien noir. Il rapporte même à Cologne le stylo Mont-Blanc presque neuf ; car il n'avait pas pris le chemin du Sauerland pour faire des cadeaux ; son intention était plutôt de faire justice du père en impliquant la fille ; seul témoin, le Bon Dieu, cette fois-ci encadré et sous verre au-dessus du rayon à livres.

Ainsi la justice reprend son cours. L'urinoir de la gare de Cologne, tiède lieu catholique, parle d'un sergent Leblich, domicilié à Bielefeld, où florit le linge Makko et où chante le chœur d'enfants. D'où long élan sur rails, le billet de retour en poche, trois étages à monter, deuxième porte à droite, entrez sans frapper en plein dans le milieu : mais Erwin Leblich a eu un accident de travail n'engageant pas sa responsabilité ; la jambe plâtrée au bout d'une corde, le bras fléchi dans le plâtre, il est au lit, mais ne manque pas de caquet : « Eh bien, fais ce que tu veux et fais bouffer du plâtre à ton chien. Bon, je t'ai brimé et fait faire des pompes avec le masque à gaz ; mais deux ans avant un autre m'a brimé et fait faire des pompes avec le masque à gaz ; et lui, ç'avait été pareil : faire des pompes et chanter avec le masque à gaz. Alors, qu'est-ce que tu veux, dans le fond ? »

Matern, questionné sur ses désirs, regarde alentour et songe à la femme de Leblich ; mais Veronika Leblich mourut dès mars 44 dans un abri anti-aérien. Alors Matern réclame la fille de Leblich, mais elle a six ans, vient tout juste d'entrer à l'école, et habite depuis chez sa grand-mère à Lemgo. Or Matern veut à tout prix élever un monument à sa vengeance ; il tue le canari de Leblich, lequel avait réussi à traverser la guerre sain et sauf sous les tapis de bombes et les attaques en rasemottes.

Erwin Leblich le prie d'aller lui chercher un verre d'eau à la cuisine ; Matern quitte la chambre du malade ; arrivé dans la cuisine, il prend de la main gauche un verre, le remplit sous le robinet et, au retour, brièvement de passage, sa main droite opère dans la cage à oiseau : hormis le robinet qui goutte, le seul qui regarde, c'est le bon Dieu.

Le même spectateur voit Matern à Gottingue. Là, sans aide du chien, il zigouille les poules du facteur Wesseling, qui du temps qu'il était encore à la prévôté, l'a emballé, lui Matern, lors d'une rixe au Havre. Trois jours d'arrêts de rigueur en résultèrent ; de plus Matern, qui devait être récompensé de sa belle conduite dans la campagne de France par son inscription à un stage d'officiers, ne put par l'effet de cette punition devenir sous-lieutenant.

Le lendemain il fourgue les poules qu'il a zigouillées : deux cent quatre-vingts marks non plumées, entre la cathédrale et la Gare centrale de Cologne. Sa caisse de voyage a besoin d'être renflouée ; car le parcours de Köln à Stade, près de Hambourg, avec retour à Cologne, coûte une somme rondelette.

Là-bas, derrière la digue de l'Elbe, Wilhelm Dimke habite avec sa femme insignifiante et son père sourd. Dimke était assesseur au tribunal spécial de Danzig-Neugarten quand on y délibérait d'atteinte au moral de l'armée et d'offense au Führer ; Matern risquait la peine de mort, puis le conseil de guerre, à l'instigation de son ancien capitaine, reprit l'affaire. Donc l'assesseur Dimke a pu sauver de Stargard où il a siégé en dernier lieu au tribunal spécial, une volumineuse collection de timbres d'une valeur peut-être considérable. Les volumes, dont certains sont ouverts, couvrent la table entre des tasses à café à demi pleines : les Dimke sont en train de cataloguer leur bien. Etudier le milieu ? Matern n'en trouve pas le temps. Comme Dimke se rappelle nombre d'affaires qu'il a traitées, mais non la seule affaire Matern, histoire de rafraîchir la mémoire de Dimke Matern jette volume après volume dans le poêle grondant ; y passent en dernier lieu les rutilances exotiques des timbres coloniaux ; le poêle s'en met jusque-là, une douce chaleur se répand dans la chambre de réfugiés surpeuplée ; même la réserve de coins collants et la pince trouvent un placement définitif ; mais Wihelm Dimke est toujours à court de mémoire. Sa femme insignifiante pleure. Le père Dimke qui est sourd prononce le mot de vandalisme. Sur le buffet, il y a des pommes d'hiver toutes grivelées. Personne n'en offre. Matern, venu pour rendre la justice, se sent méconnu et quitte sans dire au revoir la famille Dimke en compagnie du chien quasi indifférent.

O éternel urinoir de Cologne, dallé de céramique, O Gare centrale ! Il a de la mémoire, l'urinoir. Aucun nom ne lui échappe : car, de même que, précédemment, les noms du feldgendarme et de l'assesseur étaient écrits aux stalles neuf et douze, de même apparaissent lisibles, exactement gravés à la pointe sèche dans l'émail de la seconde stalle à gauche, le nom du ci-devant juge du tribunal spécial, Alfred Lüxenich, et son adresse : Aix-la-Chapelle, rue des Carolingiens, 112.

Là-bas, Matern se trouve introduit dans un milieu musical. Le Conseiller à la Cour Lüxenich est d'avis que la musique, la grande consolatrice, peut aider à surmonter les époques mauvaises et confuses. C'est pourquoi il conseille à Matern, venu pour faire justice de l'ancien juge d'exception, d'écouter d'abord le deuxième mouvement d'un trio de Schubert : Lüxenich dompte le violon ; un M. Petersen se débrouille au piano ; Mlle Olling manie le violoncelle ; et Matern, avec son chien troublé, écoute, flegmatique ; pourtant son cœur, sa rate et ses reins ont leur compte et se mettent à tousser à leur façon interne. Ensuite, les trois organes sensibles de Matern subissent le troisième mouvement du même trio. Sur quoi le conseiller Lüxenich exprime une satisfaction mitigée quant à lui-même et au jeu de Mlle Olling : « Ah mais, ah mais ! S'il vous plaît, reprenons le troisième mouvement ; et ensuite notre M. Petersen, par ailleurs professeur de mathématiques au lycée Charlemagne de cette ville, vous jouera la Sonate à Kreutzer ; quant à moi, je voudrais, devant que nous ne dégustions un petit verre de moselle, terminer par une sonate pour violon de Bach. En vérité, un régal pour connaisseurs ! »

Toutes les musiques commencent. Matern laisse son buste de médiocre musicien succomber à la cadence classique. Toutes les musiques suscitent des comparaisons. Par exemple : lui et le violoncelle entre les genoux de Mlle Olling. Toute musique découvre des abîmes. Ça tire, arrache, ça souligne les films muets. Les grands maîtres. Impérissable héritage. Leitmotiv et motifs de meurtre. Le pieux ménestrel du bon Dieu. En cas de doute, Beethoven livré à la science de l'harmonie. Une chance que personne ne chante ; car lui, sa voix d'argent éclaboussait d'écume : Dona Nobis. Sa voix toujours haut perchée. Un Kyrie qui vous agaçait les dents. Un Agnus Dei tendre comme du beurre, perçant comme un chalumeau oxhydrique pour garçonnet. Car dans tout obèse se cache une minceur qui veut sortir et vaincre la scie circulaire ou à ruban. Les juifs ne chantent pas, lui chantait. Des larmes roulent sur le pèse-lettres, lourdes. Seuls les analphabètes musicaux peuvent pleurer à une musique classique allemande sérieuse. Hitler pleura quand mourut sa mère, et en dix-huit quand l'Allemagne s'effondra ; et Matern, venu pour rendre la justice avec un chien noir, pleure tandis que le professeur Petersen note par note égrène la sonate pour piano du génie. Tandis que l'archet du conseiller Lüxenich extrait de l'instrument demeuré sain et sauf la sonate pour violon de Bach, il ne peut endiguer le fleuve en crue.

Qui s'offusquera de larmes viriles ? Qui garderait encore la haine au cœur quand Sainte-Cécile glisse par la chambre à musique ? Qui ne serait reconnaissant à Mlle Olling de ce que, comprenant tout, elle cherche la proximité de Matern, met en prise son regard de femme et en même temps pose sur sa main ses doigts nerveux de violoncelliste, tandis que sa voix chuchotée laboure l'âme de Matern ? « Exprimez-vous, cher ami, je vous en prie ! Sans doute une grande douleur vous émeut. Pouvons-nous en prendre notre part ? Ah, comment vous sentez-vous ? Lorsque vous entrâtes avec ce chien, il me sembla que le monde tombait sur moi, déchiré de souffrance, fouetté par la tempête, plein de détresse. Eh bien donc, je vois ; un homme, comprenez, un homme est venu à nous — étranger quoique proche en quelque manière — nous avons pu lui venir en aide avec nos modestes moyens, mais à présent je veux à nouveau croire et être d'un cœur vaillant. Et vous redresser. Car vous aussi, vous devriez, mon ami. Qu'est-ce qui vous a si puissamment ému ? Des souvenirs ? Des jours sombres ont-ils reparu à vos yeux ? Est-ce qu'un être aimé, parti de longue date, à votre âme ? »

Alors Matern parle par bribes. Il empile des cubes de constructions. Mais l'édifice à construire ne s'appelle pas Cour d'Appel de Danzig-Neugarten, avec le tribunal spécial au troisième étage ; c'est plutôt l'église Notre-Dame qu'il reconstruit en gothique, brique par brique. Et dans cette basilique acoustiquement superbe — première pierre le 28 mars 1343 — soutenu par les grandes orgues et l'orgue-écho, un gros gamin chante un credo svelte. « Oui, je l'ai aimé. Et ils me l'ont pris. Déjà, étant petit garçon, je le protégeais de mes poings, car nous autres Matern, tous mes ancêtres, Simon Materna, Grégoire Materna, nous avons toujours protégé les faibles. Mais les autres étaient plus forts, et je ne pus que regarder, impuissant, le terrorisme briser cette voix. Eddi, mon Eddi ! Depuis bien d'autres choses en moi se sont brisées sans remède : dissonance, tessons, fragments de moi-même, impossibles à remettre en ordre. »

Ici, Mlle Olling exprime un avis contraire, et MM. Lüxenich et Petersen, compatissants au-dessus de leurs verres étincelants, l'approuvent : « Cher ami, il n'est jamais trop tard. La musique guérit les plaies. La foi panse les blessures. L'art panse les plaies. Surtout l'amour guérit les blessures ! » — Colle-tout. Gomme arabique. Uhu. Seccotine. Salive.

Matern, toujours incrédule, veut faire un essai. Tard dans la nuit, quand les deux messieurs déjà clignotent sur leur moselle, il offre à Mlle Olling la force de son bras pour la reconduire chez elle à travers l'Aix-la-Chapelle nocturne. Comme le chemin ne traverse pas de parc ni ne longe de prairies riveraines, Matern pose Mlle Olling — elle est plus lourde qu'on aurait cru à l'entendre — sur une tonne à détritus. Elle n'oppose absolument rien à l'ordure et à la puanteur. Elle dit oui aux déchets fermentés et demande à l'amour de surpasser toutes les laideurs de ce monde. « Où tu voudras, dans la rigole, dans le lieu le plus sinistre, jette-moi, roule, bourre, porte-moi ; du moment que c'est toi qui me jettes, roules, bourres et portes. »

Il n'y a plus aucun doute : elle chevauche la tonne, mais sans bouger d'un poil, parce que Matern, venu pour rendre la justice, lui oppose une résistance tripode ; position inconfortable que seul le désespoir peut amener les gens à conserver quelque temps avec profit.

Cette fois — il ne pleut, neige, lune pas — à part le bon Dieu un autre est là qui regarde : Pluto, à quatre pattes. Il surveille la tonne, la cavalière, le dompteur et le violoncelle plein de panacée musicale.

Six semaines durant, Matern reste en cure chez Mlle Olling. Il apprend qu'elle se prénomme Christine et n'aime pas être appelée Christel. Ils habitent sa mansarde où ça sent le milieu, la colophane et la gomme arabique. Mauvais pour MM. Lüxenich et Petersen, le conseiller à la Cour et son ami doivent s'abstenir des trios. Matern punit un ci-devant juge d'exception en le contraignant à pratiquer les duos de février à début avril ; et, quand Matern quitte à nouveau Aix pour Cologne où il se sent appelé, avec le chien et trois chemises repassées de frais, un conseiller et un professeur doivent trouver une abondance de propos consolants, recollants et restaurateurs de la foi pour remettre Mlle Olling en état de mêler derechef au trio le jeu presque impeccable de son violoncelle.

Toute musique finit un jour, mais jamais ne finira l'urinoir dallé en céramique de la Gare centrale de Cologne ; il est bâti pour l'éternité, et chuchotera des noms que Walter Matern porte gravés dans ses entrailles : maintenant il doit rendre visite au ci-devant directeur de cercle du Parti Sellke, qui habite Oldenbourg. Il comprend soudain combien l'Allemagne est encore grande ; car, parti d'Oldenbourg, où il existe encore de vrais coiffeurs et pâtissiers de la Cour, il doit par Cologne filer sur Munich. C'est là-bas que réside, au dire de l'urinoir, ce bon vieil ami d'Otto Warnke, avec qui il s'agit de mettre un terme à la conversation entamée jadis devant le Comptoir du *Parc Kleinhammer.*

La ville de l'Isar lui procure une déception de deux jours à peine ; mais il fait du haut pays de la Weser une connaissance approfondie, car c'est à Witzenhausen, comme Matern ne peut faire autrement que de l'apprendre à Cologne, que se sont repliés Bruno et Egon Dulleck, dits les Dulleck Frères. Avec eux deux, les sujets de conversation ne tardent pas à manquer ; alors il joue au skat deux bonnes semaines, avant de repartir sur la piste. Cette fois vers Sarrebruck, où il retrouve Willy Eggers pour lui parler de Jochen Sawatzki, d'Otto Warnke, de Bruno et Egon Dulleck, rien que de vieilles connaissances : grâce à l'intervention de Matern, ils sont déjà à même de s'entr'envoyer des cartes postales et des saluts-les copains.

Mais Matern ne voyage pas pour rien, lui non plus. En guise de souvenir, ou de butin — car Matern voyage avec le chien pour rendre la justice — il rapporte à Cologne : un cache-nez de gros tricot, offert par la secrétaire du ci-devant chef de cercle Sellke ; un loden bavarois — la femme de ménage d'Otto Warnke disposait de vêtements ; et de Sarrebruck, où Willy Eggers lui explique le petit trafic frontalier entre Gross-Rosseln et Klein-Rosseln, il rapporte — il faut dire que dans le pays de la Weser les frères Dulleck n'avaient rien de mieux à lui offrir que l'air de la campagne et un skat à trois — il rapporte, solide, citadine et d'occupation française, une chaude-pisse.

Ne vous retournez pas, le gono est là. Le pistolet ainsi chargé, ainsi pourvu d'une verge d'amour crochue, avec sa seringue débordante, Matern en compagnie du chien visite les villes de Bückeburg et de Celle, les solitudes du Hunsrück, la Haute-Franconie avec le Fichtelgebirge, voire Weimar en zone d'occupation soviétique — il y descend, à l'hôtel de l'Eléphant — et la Forêt de Bavière, une région sous-développée.

En quelque lieu que tous deux, le maître et le chien, posent leurs six pattes, soit sur la Rauhe Alp, soit dans les polders de Frise orientale, soit dans les âpres villages du Westerwald, partout la chaude-pisse a un autre nom : ici l'on dit le Jeannot-la-goutte, là on vous met en garde contre la morve d'amour ; ici l'on compte les gouttes de cierge ; là-bas on connaît le miel des bécasses, l'or en barre et le rhume de baron. Les larmes de veuves et l'huile de pimprenelle sont de pittoresques créations dialectales, de même le ramollot et la courante ; Matern appelle la chaude-pisse : l'euphorbe vengeresse.

Muni de ce produit, il ravage les quatre zones d'occupation et les restes écartelés de l'ancienne capitale du Reich. Là-bas, le chien Pluto est pris d'une nervosité morbide qui se calme à nouveau quand ils ont repris à l'Ouest de l'Elbe leur distribution de lait vengeur, sueur recueillie au front de l'aveugle Justice.

Ne vous retournez pas, le gono est là ! Et toujours plus vite, parce que l'instrument exécutoire de Matern ne permet au vengeur aucun repos, mais reprend son élan en flèche dès la vengeance accomplie : en route pour Freudenstadt ; un saut jusqu'à Rendsburg ; de Passau à Clèves ; Matern ne craint pas de changer de train quatre fois et marche même à pied, les jambes écartées.

Quand aujourd'hui on relit les statistiques de maladies des premières années d'après-guerre, on observe que la courbe de cette maladie sexuelle bénigne, mais gênante monte à partir de mai 47, atteint son point culminant fin octobre de la même année, baisse ensuite spontanément et se stabilise enfin au niveau de l'année précédente ; désormais cette ligne est avant tout conditionnée par le trafic voyageurs inter-allemand et le changement d'implantation des troupes d'occupation, et non plus par Matern, qui circula par les quatre zones à titre privé et sans licence afin d'abolir des noms avec sa seringue chargée de gonocoques et de dénazifier un cercle de connaissances largement dispersées. C'est pourquoi plus tard Matern, quand on se raconte entre amis des aventures d'après-guerre, qualifie d'antifasciste sa chaude-pisse de six mois ; et en effet, Matern a pu exercer sur les dépendances féminines d'anciens pontes du Parti une influence qu'au sens figuré on peut tenir pour salutaire.

Et qui le guérira ? Qui tranchera le mal à sa racine ? A lui qui fait courir le fléau ? Le médecin se soignera lui-même.

Déjà, après avoir patrouillé la forêt de Teutoburg et effectué un bref séjour à Detmold, il se trouve dans un petit village proche du camp de Munster, où prit naissance l'humeur pérégrine de Matern. Reportons-nous en arrière et comparons à notre carnet de notes : alentour la lande fleurit, fleurit aussi l'or en barre, car Matern trouve ici, parmi les gorets et les paysans de la lande, une foule de vieilles connaissances ; parmi d'autres le chef de bataillon du Parti Uli Göpfert qui jadis, avec le chef de Jeunesse Wendt, bon an mal an, inaugurait les camps bien-aimés dans le petit bois de Poggenkrug près d'Oliva. C'est ici, à Elmke, qu'habite Otto Wendt, mais lié à un chignon à longs poils qui jadis était cheftaine ; ils ont deux pièces et même la lumière électrique.

Pluto peut largement s'ébrouer. En revanche Göpfert est cloué à côté de sa cuisinière, remet de la tourbe tirée au printemps, se prend de querelle avec soi-même et avec le monde, gueule après des cochons qu'il n'appelle jamais par leur nom et réfléchit à ce qu'il faut faire à présent. Doit-il émigrer ? Doit-il adhérer aux Social-démocrates, aux Démocrates chrétiens ou aux enfants perdus de jadis ? Plus tard, non sans détours, il entrera chez les Libéraux et fera carrière en Rhénanie-Nord-Westphalie en qualité de Jeune-Turc; mais pour l'instant, et là, à Elmke, il est aux prises avec un opiniâtre épanchement de l'urètre que lui a livré à domicile un ami malade avec chien bien portant.

Parfois, quand Mme Vera Göpfert fait classe, et que son chignon n'offre pas d'occasions au Jeannot-la-goutte, Göpfert et Matern sont assis de concert près de la cuisinière allumée, se préparent avec de la tourbe des enveloppements émollients et gueulent après des cochons onymes ou anonymes.

« Ce qu'ils ont pu nous en faire baver, les vaches ! » lamente le ci-devant Chef de bataillon S.A. : « Et nous on avait la foi et l'espérance, et on bâtissait là-dessus, on a marché aveuglément et pourquoi maintenant ? »

Matern débite des noms de Sawatzki à Göpfert. Il a pu abolir à cette heure quatre-vingts noms, en chiffres ronds, marqués dans son cœur, sa rate et ses reins. Beaucoup d'amis communs. Alors Göpfert se souvient par exemple du chef de musique de la 6e Brigade S.A. il s'appelait Erwin Bukolt. « C'était, mon cher, non pas en 36, mais exactement le 20 avril 38, car tu me croiras ou pas, de service d'ordre. Dans le bois de Jäschkental le matin à 10 heures. Le temps du Führer. Théâtre de verdure. Fête des pays de l'Est avec cantate de Baumann : « Appel de l'Est ». Cent vingt garçons et cent quatre-vingts filles comme exécutants. Rien que des voix choisies. Mise en place sur trois terrasses. Sortie de la forêt, à pas mesurés, en écrasant les faînes de l'année précédente. Rien que des filles du Service rural. Je les vois encore : corsages pleins, et puis les tabliers et les foulards rouges et bleus. Cet écoulement, cette démarche rythmiques. La fusion des chœurs. Sur la terrasse principale est debout le petit chœur des garçons qui, après une brève introduction de la fête, pose les questions fatales. Deux grands chœurs de garçons et deux grands chœurs de filles font lentement et mot à mot les réponses. Entre-temps — te rappelles-tu ? un coucou lançait son appel du côté de la clairière Gutenberg. Il se plaçait toujours dans les pauses entre les questions fatales et les réponses fatales : coucou ! Mais les quatre jeunes gars sur la seconde terrasse, dominant la terrasse principale en qualité de coryphées, ne se laissent pas troubler. Sur la troisième terrasse est la clique. Vous, de la Compagnie de S.A. Langfuhr-Nord, vous devez vous tenir prêts à intervenir derrière la musique de Bukolt, en bas, à gauche, car vous devez ensuite organiser la dispersion. Bon Dieu, ça pétait ! Le bois de Jäschkental a un écho fabuleux ; ça vient de la clairière Gutenberg, où le coucou ne veut pas finir, de la Butte-aux-Pois et de Friedrichshöhe. La cantate traite du destin de l'Est. Un cavalier s'en va de par les Allemagnes et dit : « Le Reich est plus grand que sa frontière ! » Questions des chœurs et des quatre questionneurs en chef, réponses du cavalier, des mots martelés dans le métal « Il faut tenir le château fort et la porte de l'Est ! » Lentement, les questions et réponses débouchent dans une ardente, unique profession de foi. Enfin la cantate s'achève par un hymne formidable à la Grande-Allemagne. Echo. C'était une forêt de hêtres. Les invités du Reich furent impressionnés. Tu en étais, mon cher. Ne te fais pas d'illusion. En 38. Le 20 avril. Merde alors. Nous voulions aller vers les pays de l'Est avec Hölderlin et Heidegger dans la musette. Et maintenant nous sommes à l'Ouest, le cul sur une chaise, avec la chaude-pisse. »

Alors Matern, frottant l'Est contre l'Ouest, grince des dents. Il en a assez du bouillon d'orties vengeur, du lait vengeur, des perles d'amour et de l'or en barre. Chauffée à la tourbe est la chambre paysanne où Matern, après quatre-vingt-quatre Materniades, se tient les jambes écartées. Suffit, suffit, clame son instrument douloureux.

Suffit pas ! crie un reste de patronymes gravés dans le cœur, la rate et les reins.

« Deux injections de ciment et d'heure en heure un enveloppement de tourbe fraîche », déplore l'ancien chef de bataillon S.A. Göpfert, « et toujours pas d'amélioration ! La pénicilline est hors de prix, même la belladone est extrêmement rare. » Alors Matern, la braguette ouverte, se dirige vers le mur blanchi à la chaux qui limite à l'Est la chambre paysanne. Cette cérémonie a lieu sans coucou ni fanfare. Mais c'est vers l'Est qu'il braque son chose melliflu. « Le Reich est plus grand que ses frontières ! » Neuf millions de cartes de réfugiés s'empilent à l'ouest de Matern : « Il faut tenir le château fort et la porte de l'Est ! » Un cavalier s'en va de par les Allemagnes et ne trouve pas de porte à l'Ouest, seulement une prise de courant. Et le contact se produit entre le chose et la chose. Matern — disons-le sans détour — pisse dans la prise de courant et, par l'intermédiaire du jet d'eau continu reçoit un choc violent, électrique, alternatif, renversant et salutaire ; autant changer d'eau un poisson-torpille, car dès qu'il se remet sur ses pieds, blême et tremblant sous ses cheveux horrifiés, tout le miel s'écoule. Le lait vengeur se caille. Les perles d'amour s'enfi-

lent dans les raies du plancher. L'or en barre fond. Jeannot-la-
Goutte respire, soulagé. La courante se sauve. Les larmes de
veuves tarissent. L'électro-choc guérit le rhume de baron. Le
médecin se soigne lui-même. Le chien Pluto regardait, le ci-
devant chef de bataillon Göpfert aussi. Naturellement, le bon
Dieu aussi. Seule Mme Göpfert ne voit rien ; car lorsqu'avec
son opulent chignon elle revient de l'école communale, elle ne
trouve plus rien de Matern que la rumeur de son passage et des
chaussettes de laine non raccommodées. Guéri, mais non
délivré, le maître avec le chien quitte la lande défleurie de
Lünebourg. Sur l'heure la gonorrhée régresse en Allemagne.
Toute peste purifie. Toute épidémie appartient au passé. Tout
plaisir est le dernier.

QUATRE-VINGT-CINQUIÈME ET SIXIÈME MATERNIADES,
OÙ IL EST TRAITÉ DE PHILOSOPHIE ET DE CONFESSION

Que veut Brauxel ? Il harcèle Matern. Comme s'il n'était pas
suffisant de vomir des pages en échange de quelques fifrelins
d'avance ; voilà maintenant qu'il lui faut un rapport hebdomadaire : « Combien de pages aujourd'hui ? Combien demain ?
L'épisode avec Sawatzki et madame aura-t-il des répercussions ? La neige tombait-elle déjà quand commença la navette
entre Fribourg-en-Brisgau et les terrains de sports d'hiver de
Todtnau ? Dans quelle stalle de l'urinoir de Cologne-Gare
centrale se trouvait l'ordre de marche pour la Forêt-Noire ?
Écrit ou gravé ? »

Écoute, Brauxel ! L'excrétion de Matern se monte : pour
aujourd'hui, à sept pages. Demain sept pages. Hier sept pages.
Tous les jours sept pages. Tous les épisodes auront des
répercussions. Il ne tomba pas de neige entre Todtnau et
Fribourg, il en tombe. Ce n'était pas écrit, c'est écrit dans la
douzième stalle à gauche. Matern écrit au présent : tout
chemin de terre et un chemin de bois !

Cohue devant toutes les stalles. Un temps froid et humide
remplit l'urinoir, car la cathédrale n'est pas chauffée. Matern
n'essaie pas de gagner des places, mais, quand il a enfin occupé
sa stalle, la douzième à gauche, il ne veut plus la quitter :
l'homme a droit de résidence sur terre. Voilà déjà qu'on se
bouscule derrière lui : il n'y a pas de droit de résidence qui
tienne : « Dépêche-toi, mon vieux ! Nous aussi, mon vieux ! Il

a fini de pisser, il fait plus que regarder. Qu'est-ce qu'il y a donc à regarder ? Raconte voir ! »

Par bonheur le chien Pluto procure de la place et du loisir à Matern pendant qu'il lit. Sept fois de suite il peut déglutir la jolie inscription, tracée par le zéphyr avec un crayon d'argent. Après tant de débauche et de maladie, enfin il se restaure par une nourriture spirituelle. Les eaux usées de tous les hommes de ce monde fument. Mais Matern immobile copie dans son cœur, sa rate et ses reins l'imperceptible tracé du crayon d'argent. L'urinoir catholique fume comme une cuisine catholique. Derrière Matern, les cuisiniers se pressent dans leur hâte à cuire la soupe ! « Grouille-toi, mon vieux ! T'es pas le seul, mon vieux ! Aime ton prochain, mon vieux ! »

Mais Matern est au centre. Le grand ruminant mâchonne chaque mot inscrit à la douzième stalle de gauche : « Le casque à mèche alémanique promène sa mèche entre Todtnau et Fribourg. Dorénavant, on écrit *Seyn* avec un Y. »

Ainsi instruit, Matern se détourne. « Ah ! Enfin ! » Il tient Pluto à son pied : « Rends-toi compte, chien, mais sans raison ! Celui-là m'a tenu compagnie quand je faisais du vol à voile ou que je jouais aux échecs. Avec lui, âme dessus bras dessous, j'ai remonté les quais du port, descendu la rue Longue. Eddi m'en avait fait cadeau pour rire. Ça se lisait comme le beurre se tartine. Il était bon contre les maux de tête et vous aidait à ne pas penser, quand, Eddi, avec raison, raisonnait sur les moineaux. Reporte-toi en arrière, chien, par la pensée, mais sans raison ! Je l'ai lu à haute voix à la Compagnie de S.A. 84 Langfuhr. Ils se tordaient au comptoir et ne faisaient plus que se marrer dans l'Etre et le Temps. Voilà maintenant qu'il écrit Sein avec Y : Seyn, l'Etre. Il porte un casque à mèche dont la mèche excède en longueur tous les itinéraires d'offensive et toutes les routes de retraite. Je l'ai trimballé dans ma musette de Varsovie à Dunkerque, de Salonique à Odessa, du front du Mious à la batterie de Kaiserhafen, de la prison préventive en Courlande, et de là — ça en fait des distances ! — dans les Ardennes ; je l'ai emporté en désertant jusqu'en Angleterre méridionale, je l'ai ramené au camp de Munster ; Eddi l'a acheté d'occasion dans la Tagneter-strasse : un exemplaire de l'édition princeps, 1927, ayant encore la dédicace au petit Husserl que plus tard, avec son casque à mèche... Ecoute bien, chien ; il est né à Messkirch. C'est à côté de Braunau-sur-Inn. Lui et l'Autre eurent le cordon tranché la même année de casques à mèche. Lui et l'Autre se sont réciproquement inventés. Lui et l'Autre figureront un jour sur le même socle de monument. Il ne cesse de m'appeler. Dis voir, chien, mais sans raison ! Où irons-nous par le train dès aujourd'hui ? »

Ils descendent à Fribourg-en-Brisgau et frappent à la porte de l'Université. Le milieu résonne encore du discours gros comme ça qu'il a tenu en 33... « Nous nous voulons nous-mêmes !... » Mais il n'y a de casque à mèche suspendu dans aucun amphithéâtre. « Il a plus le droit, parce que... »

Le maître et le chien questionnent de droite et de gauche et se retrouvent devant une villa dont le jardin a une porte de fer. Ils gueulent et aboient dans la paisible contrée des villas : « Ouvre, casque à mèche ! Matern est là et se manifeste comme l'appel du souci. Ouvre ! »

La villa persiste dans un silence hivernal. Aucune fenêtre n'est jaunie par la lumière électrique. Mais un petit papier collé sur la boîte aux lettres à côté du portail de fer donne le renseignement suivant : « Casque à mèche fait du ski. »

C'est pourquoi le maître et le chien, sur leurs six pattes, doivent gravir dans l'ombre le Feldberg. Au-dessus de Todt-nau, la tourmente se roule par terre. Temps de philosophes, temps de connaissance ! Tourmente fondant au fond de la tourmente. Et pas un sapin de la Forêt-Noire pour vous renseigner. N'était le chien sans raison, ils demeureraient dans l'erreur. Le nez à terre, il trouve le chalet de ski, le côté sous le vent. Et aussitôt des paroles fortes et un aboiement canin sont coiffés par la tempête : « Ouvre la porte, Casque ! Matern est là qui manifeste la vengeance ! Ceux qui sont venus essencient dans les Materniades et rendent visible Simon Materna, le héros de la liberté. Il agenouilla les villes de Danzig, Dirschau et Elbing et mit le coq rouge sur la rue des Tourneurs et la rue du Prsil ; ainsi sera fait de ton casque à mèche, néant skieur... ouvre ! »

Bien que le chalet soit barricadé, cloué de planches, sans fissure et inhospitalier, un petit papier à demi couvert de neige et à peine lisible est collé sur le bois nu de la Forêt-Noire : « Casque à mèche doit lire Platon dans la vallée. »

Descendons. Ce n'est pas la Butte-aux-Pois, c'est le Feld-berg. Sans carte touristique et sans raison, ils passent Todtnau et Notschrei, c'est-à-dire la Rivière-des-Morts et Cri-de-Détresse — ainsi s'appellent ici des localités — et se dirigent vers Souci, Dépassement, Néantisation. Voyons ! Platon devint enragé, voir République, prison nocturne ; pourquoi

pas lui ? L'un eut Syracuse, l'autre son discours de recteur.
C'est pourquoi il vaut mieux rester gentiment en province.
Pourquoi restons-nous en province ? Parce que le casque à
mèche ne la quitte pas ; Ou bien il est en haut qui fait du ski,
ou bien il est en bas qui lit Platon. C'est la petite différence
provinciale. Un petit jeu entre philosophes : coucou, me voilà !
Non, coucou, me voici ! En haut en bas, un coup je te vois, un
coup je ne te vois pas. Et de souffler ! Et de s'essouffler ! Sept
fois Matern a gravi, dévalé le Feldberg sans se rattraper lui-
même ! Mèche, re-mèche, méchisation, déméché, démé-
chéité : toujours s'anticiper, ne jamais être avec, pas d'être
déjà dans, pas de coexistence patente, rien que le départ de soi-
même pour, ni curable ni incurable, désespoir au milieu du
milieu des sapins, sans exception. Derechef Matern tombe de
l'ambiance haute dans l'eccéité la plus basse sans préhensibi-
lité ; car dans la vallée, sur un papillon carré près du portail,
une écriture déjà familière susurre : « Le casque à mèche,
comme toute grandeur, est dans la tempête. » Et en haut,
tandis que la tempête l'évente, il lit : « Le casque à mèche a dû
descendre ratisser le chemin. »

C'est un sacré travail que l'accomplissement de la vengeance ! La fureur happe au vol les flocons de neige. La haine
sabre les glaçons pendants. Mais les sapins néantissent et
conservent l'énigme de ce qui reste : s'il n'erre pas en bas, c'est
qu'il essencie en haut ; s'il ne s'effectue pas en haut, c'est qu'il
se fonde en le papillon collé près du portail : « L'étendue de
tous les sapins poussés dans la Forêt-Noire et environnant
statiquement le casque à mèche dispense l'univers et la neige
poudreuse. » Temps de ski ! Que vas-tu faire, ô Matern quand
sept fois de suite montant et descendant le Feldberg tu ne te
seras pas rattrapé, quand sept fois tu auras été contraint de lire
en bas : « Casque à mèche là-haut » et que sept fois, en haut,
l'inscription suivante aura papilloté devant tes yeux : « Le
casque à mèche manifeste le néant en bas. »

Alors, dans le quartier paisible des villas, le maître et le
chien montrent les dents à une certaine villa : ils sont fourbus,
possédés, le sapin les rend fous. Vengeance, haine et furent
tentés de pisser dans une boîte aux lettres. Une clameur
hérissée de silences escalade les clôtures de fer : « Dis, où est-
ce que je vais t'attraper, casque à mèche ? Dans quel livre as-tu
caché ta mèche en guise de signet ? — Dans quel bonnet de
coton as-tu caché les oublieux de l'être, préalablement arrosés
de crésyl ? Quelle était la longueur du bonnet de coton dont tu

as étranglé le petit Husserl ? Combien de dents faut-il que je t'arrache pour que l'être-projeté devienne être-étant, coiffé d'un casque à mèche ? »

Ne nous inquiétons pas du nombre des questions. Matern se répond de sa propre main. Il en a l'habitude. Quiconque occupe toujours un point central-phénotype : possédé de son ego autiste — n'est jamais en peine de répondre à ses questions. Matern ne formule pas, il agit à deux mains. D'abord il secoue et injurie la grille de fer devant certaine villa. Mais il n'utilise plus le langage du casque à mèche alémanique ; Matern se répand en style populaire, dans le ton de sa province à lui : « Sors voir dehors, salaud, leidak ! Tu vas voir un peu, spèce de fumier ! Emplâtre ! Goitreux ! Bunk ! Zror ! Sors donc, eh ! Que je te balanstique dans la gargouille ! j' te mets la tête en pointe, les oreilles aussi ! Je te vas soigner un peu et t'ouvrir le buffet ! Je te dérouille et je te laisse te vider. Je vais te mettre en effilures comme une vieille chaussette. Je te fais couic-couac et je te file dans la gamelle au cagouince, en petits morceaux. Ferme ça, suffit ta projection et ta toujours-pas-être-là-ité. Matern t'emmerde, Matern te conchie. Sors donc, eh filesof ! Matern aussi est un filesof et aïe donc, en avant la musique ! »

Ces paroles et les gestes de Matern sont suivis d'effet. Non pas que le philosophe se rende à l'amicale injonction et paraisse devant la porte de sa villa, le brave homme, en bonnet de coton et souliers à boucle de style alémanique ; mais Matern soulève de ses gonds la porte de fer forgé. Il l'élève à bras tendus au-dessus de sa tête, et le chien Pluto en reste muet, car il se permet de la soulever à plusieurs reprises contre le ciel. Et comme le ciel nocturne qui sent la neige ne veut pas lui prendre la porte forgée, il la lance dans le jardin à une distance étonnante.

Le démolisseur bat des mains pour en ôter la poussière : « C'est toujours autant de fait ! » L'auteur regarde alentour s'il a eu des témoins : « Avez-vous vu ? C'est ainsi et non autrement que Matern travaille. Phénoménal ! » Le vengeur savoure l'arrière-goût de la vengeance accomplie : « Il a son compte. Nous voilà quittes ! » Mais sauf le chien personne ne peut jurer que la chose eut lieu ainsi et non autrement ; à moins que le bon Dieu, malgré la tendance aux précipitations neigeuses, n'ait espionné de haut en bas, néantisant, étant, enrhumé.

Et pas la moindre police ne s'oppose à ce que Matern avec le chien quitte la villa de Fribourg-en-Brisgau. Il est contraint de voyager en troisième classe, car le va-et-vient à flanc de montagne a ébréché sa cassette de voyage ; il a dû passer une nuit à la Rivière-des-Morts, deux à Cri-de-Détresse, et une à Néantisation et Dépassement ; car ça coûte cher, la fréquentation des philosophes — et s'il n'y avait pas de charitables dames et de tendres filles, le maître et le chien auraient dû connaître la disette, la soif, le trépas.

Mais elles le suivent à la trace et veulent rafraîchir son front échauffé par la controverse philosophique ; elles veulent reconquérir pour la terre et ses lits à deux places un homme déjà plus qu'à demi adonné à la transcendance : Mlle Olling la violoncelliste, la gamine réussie du capitaine Hufnagel, la brune secrétaire d'Oldenbourg, la femme de ménage noire et crépue de Warnke, et Gerda qui, entre Völklingen et Sarrebrück lui fit cadeau de Jeannot-la-goutte, toutes celles qu'il enrichit ou non d'or en barre, ne veulent que lui, que lui ; la belle-fille d'Ebeling, de Celle ; Grete Diering de Bückeburg ; la sœur de Budzinski déserte les solitudes du Hunsrück ; Irma Jaeger, la fleur de la Bergstrasse ; les filles de Klingenberg en Haute-Franconie : Carista et Gisela ; quitte la zone soviétique : Hildchen Wollschläger sans Fifi ; Johanna Tietz ne veut plus vivre avec son Tietz dans la forêt de Bavière ; le cherchent une princesse de Lippe avec une amie, la fille de l'hôtelier de Frise orientale, des Berlinoises et des filles du Rhin. Des femmes allemandes cherchent Matern à tâtons en donnant des annonces de recherche et en payant des argousins de tricoche. Elles s'informent auprès de la Croix-Rouge. Elles amorcent en promettant récompense en cas découverte. Une volonté bien ancrée guette un objectif en deux syllabes. Elles le pourchassent, le trouvent, l'acculent, veulent l'étrangler avec l'opulente chevelure de Vera Göpfert. Elles bâillent vers lui de tous leurs trous, de tous leurs attrape-mouches, de tous leurs abîmes, fentes et marsupies, l'Irma, la Grete, la femme de ménage, Elke, les ménagères, les Berlinoises ; elles lui promettent des quenelles de poisson et un Céleste-Empire silésien. A cet effet elles apportent : du tabac, des chaussettes, des petites cuillers d'argent, des alliances, la montre de gousset de Wollschläger, les boutons de manchettes en or de Budzinski, le savon à barbe d'Otto Warnke, le microscope du beau-frère, les économies de l'époux, le violon du juge militaire, les devises canadiennes du capitaine, et puis des cœurs, des âmes, leur affection.

Matern ne saurait échapper toujours à ces richesses. Elles

attendent, ô spectacle émouvant, entre la Gare centrale de Cologne et l'inébranlable cathédrale. Des trésors attendent d'être admirés dans des hôtels de fortune aménagés dans les anciens abris, dans des maisons de passe, sur les prairies rhénanes ou sur les aiguilles de sapin. Elles ont même pensé à apporter des peaux de saucisson pour le chien afin de n'être pas dérangées par un museau revendicateur au moment d'encaisser la contrepartie : Ne fais pas deux fois la même chose, sinon même chose t'adviendra !

Il voudrait, seul avec le chien, se rendre au paisible urinoir, y rentrer en lui-même et garder ses distances vis-à-vis du monde ; mais dans la salle des pas perdus, parmi les allées et venues, elles le touchent de leurs index interrogateurs, les filles, les ménagères et les princesses. « Viens avec moi. Je sais où aller. Je connais un concierge qui loue. Une amie à moi est en voyage pour quelques jours. Je connais une gravière qui n'est plus en exploitation. J'ai prévu pour deux à Deutz. Au moins une petite heure. Qu'on s'explique. C'est Wollschläger qui m'envoie. Je n'avais pas d'autre choix. Je te suivrai, parole d'honneur. Viens ! »

Tant de sollicitude fait dépérir Matern et engraisser le chien. O vengeance avec récidive ! La fureur mord dans l'ouate. La haine sécrète l'amour. Le boomerang l'atteint juste au moment où il croyait avoir quatre-vingt-cinq fois touché la cible : Ne fais pas deux fois la même chose — ce n'est jamais la même chose ! Car le meilleur régime alimentaire ne l'empêche pas de maigrir : déjà les chemises de Göpfert lui vont ; quel que soit le bienfaisant effet de la lotion de bouleau d'Otto Warnke sur son cuir chevelu rafraîchi, les cheveux de Matern tombent. Apparaît comme syndic de faillite, rapatrié, Jeannot-la-Goutte ; car ce qu'il pensait bien avoir déposé dans la Forêt de Bavière ou bien dans le ressort sous-préfectoral d'Aurich revient le contaminer de Haute-Franconie, de zone soviétique, du fond des bois. Les leitmotive deviennent motifs de meurtre : et de pisser, because Jeannot-la-Goutte, six fois dans les prises de courant. Ça le met à la renverse. Ça l'assomme. Des remèdes de cheval le chevauchent. Les gonocoques l'infectent. Gonades de salaud, salades de gonos. L'électricité met Matern k.o. D'un vengeur itinérant, les lits à deux places font un Don Juan fuyard. Il en a déjà le regard blasé. Il parle d'amour et de mort sans avoir à chercher ses mots, avec une verve contagieuse. Il sait être tendre sans avoir besoin de regarder. Il cajole sa maladie vénérienne, comme le plus cher

enfant du génie. La petite folie dépose sa carte de visite.
Bientôt il voudra se castrer en se rasant pour jeter en pâture à
Leporello le chien son phénotype abattu.

Qui sauvera Matern ? Qu'est-ce en effet que toute philosophie ambitieuse au prix d'un seul phallus atteint de déraison ?
L'escalade sept fois répétée du Feldberg, la septuple quête du
casque à mèche saurait-elle prévaloir contre six prises de
courant hystériques ? Et puis la rengaine : « Fais-moi un
enfant. Fais-moi-z-en un. Mets-moi enceinte. Fais attention de
rien laisser. Fous-m'en jusque-là. Chatouille-moi. Entre. Sors.
Ovaires ! » Qui sauvera Matern ? Qui lui peignera ses cheveux
morts et lui reboutonnera son pantalon jusqu'à nouvel ordre ?
Qui lui marquera un amour désintéressé ? Qui se mettra entre
lui et les pubis poilus ramollis par l'attente ?

En tout cas, le chien Pluto s'entend à éviter le pire : il
poursuit à travers les prairies rhénanes la femme de ménage
d'Otto Warnke et la Vera de Göpfert, la première en avril, la
deuxième en mai, qu'il a chassées d'une fouille où elles
pompaient le suc de Matern, au point qu'elles les lui auraient
enlevées d'un coup de dents. Pluto sait aussi reconnaître au
flair et annoncer celles qui s'approchent en tenant au chaud
dans leur sac les perles d'amour de Jeannot-la-Goutte. Il aboie,
grogne, s'interpose et, d'une poussée du museau, désigne le
foyer d'infection insidieux. En démasquant Hildchen Wollschläger et l'amie de la princesse, le serviteur évite au maître
deux électrocutions supplémentaires ; mais lui-même ne saurait sauver Matern.

C'est dans cet équipage qu'il reparaît au pied de la double
corne de Cologne : brisé, l'œil bas, la tempe dégarnie, tandis
que Pluto, fidèle comme un chien, gambade autour de lui. On
dirait le spectre de la douleur au théâtre ; il reprend son élan
pour traverser la salle des pas perdus de la Gare centrale, et
descendre en de calmes régions, au sol carrelé, catholiques,
murmurantes ; car Matern sent toujours des noms douloureusement gravés dans ses organes internes et qui crient pour être
effacés — fût-ce d'une tremblante main.

Il y parvient, pas à pas, appuyé sur son bâton noueux. C'est
ainsi qu'elle le voit : homme à canne avec chien. Cette image
l'émeut. Elle vient sans détours, la femme aux betteraves chez
qui toute vengeance a commencé, elle vient à lui : compatis-
sante, charitable, maternelle, Inge Sawatzki pousse une voiture d'enfant où réside une betterave de novembre, venue au
monde bien mûre en juillet d'une année, et que depuis on

appelle Walli, diminutif tiré de Walburga ; tant Inge Sawatzki est sûre que le père de la petite Walli répond à un prénom commençant par un W, comme Walter — bien que Willibald et Wunibald les saints frères de la grande sainte des sorcières, Walburga — dont on apprécie de nos jours encore l'huile miraculeuse — soient, d'un point de vue catholique, plus rapprochés.

Matern jette dans la voiture d'enfant un regard sinistre qui se fige. Inge Sawatzki abrège le temps habituel de muette méditation : « Une jolie enfant, n'est-ce pas ? Tu n'as pas bonne mine. Mais Jochen serait content. T'as l'air fatigué. Vrai, on t'aime bien tous les deux. De plus, il a des soins touchants pour l'enfant. Ç'a été une naissance facile. Nous avons eu de la chance. Elle devait naître Cancer, mais ç'a été du Lion, ascendant Balance. Ceux-là, ils ont la vie facile après : jolies le plus souvent, bonnes ménagères, capables d'adaptation, affectueuses et quand même énergiques. Maintenant, on habite en face, à Mülheim. Si tu veux, on prendra le petit bateau : Heidewitzka, mon capitaine. Tu as vraiment besoin de repos et de soins. Jochen travaille à Leverkusen. Je le lui ai déconseillé, mais il veut refaire de la politique à tous crins et ne jure que par Reimann. Mon Dieu, ce que t'as l'air fatigué. On pourrait aussi prendre le train, mais j'aime bien le petit bateau. Bon, Jochen doit savoir ce qu'il fait. Il dit qu'il faut annoncer sa couleur. T'as bien été chez ceux-là dans le temps. Est-ce que c'est de là que vous vous connaissez ou bien s'ment de la Compagnie S.A. ? Mais tu ne dis rien. Je ne te demande rien. Si tu veux, on va te dorloter quelques semaines. Tu as besoin de repos. De quelque chose comme un chez-toi. Nous avons deux pièces et demie. Tu auras la petite chambre sous le toit pour toi tout seul. Je te laisse tranquille, je t'assure. Je t'aime. Mais bien tranquillement. Tiens, Walli vient de te faire un sourire. T'as vu ? Encore. Est-ce que le chien aime les enfants ? On dit bien que les chiens de berger aiment les enfants. Je t'aime, et aussi le chien. Et dire qu'en ce temps-là je voulais le vendre, bête que j'étais. Tu devrais faire quèqu' chose contre la chute des cheveux. »

Ils montent à bord : la mère et l'enfant — le maître et le chien. Le soleil bien nourri cuit à la même marmite les débris de Mülheim et ses titulaires médiocrement nourris de cartes d'alimentation. Jamais l'Allemagne n'a été aussi belle. Jamais l'Allemagne aussi saine. Jamais il n'y eut en Allemagne de têtes plus expressives que du temps des douze cent trente-deux calories. Mais tandis que le petit bateau de Mülheim accoste, Inge Sawatzki opine : « Paraît qu'on va avoir bientôt une nouvelle monnaie. Bouche-d'Or sait même quand. Quoi, tu le connais pas ? Tout le monde le connaît ici, du moins ceux qui s'y connaissent. Celui-là, je peux te le dire, il a un doigt partout. Tout le marché, de la rue de l'Abreuvoir jusqu'aux Ricains de Bremerhaven, écoute Bouche-d'Or. Mais il dit que maintenant ça va bientôt redescendre. Faut changer notre fusil d'épaule, qu'il dit. La nouvelle monnaie ne sera pas seulement de papier, mais chère et rare, faudra se démener pour en avoir. D'ailleurs, il était là pour le baptême. Son vrai nom, bien peu le connaissent. Jochen dit même qu'il ne serait pas pure race. Mais ma foi, il peut bien. Du côté de l'Eglise, il n'est pas pure race en tout cas, mais il a donné deux ensembles bébé et une quantité de gin. Lui-même ne boit pas une goutte, il ne fait que fumer. Je te dis : il les fume pas, il les mange. Pour l'instant, il est en voyage. Paraît que son quartier général est pour l'instant vers Düren. D'autres disent vers Hanovre. Mais avec Bouche-d'Or on ne sait jamais. Ici, nous sommes chez nous. On s'habitue au coup d'œil.

Chez de bonnes vieilles connaissances, Matern vit l'important jour X, la réforme monétaire. Maintenant, il s'agit de juger la situation. Sawatzki, en un tournemain, quitte le Parti communiste. De toute façon, il lui puait au nez. Chacun reçoit un contingent par tête, qu'il ne faut pas dilapider à boire, mais au contraire : « C'est maintenant notre capital de base. On vivra sur les stocks. Le sirop, on en lèchera encore douze mois, au moins. Quand on aura mis toutes les chemises et tous les caleçons, Walli ira déjà à l'école. En effet, on n'est pas resté à couver les stocks, on les a liquidés à temps. C'est Bouche-d'Or qui nous a conseillés. Un tuyau de ce calibre, ça n'a pas de prix. A Inge, il avait procuré un fournisseur pour les paquets de préservatifs, comme ça par complaisance, parce qu'il nous a à la bonne. Il arrête pas de demander après toi, parce qu'on lui a parlé de toi. Ousque t'es donc resté tout le temps ? »

Avec des silences d'un quintal, Matern, qui lentement reprend des forces, énumère des cantons d'Allemagne : la Frise orientale, l'Alb de Souabe, la Haute-Franconie, l'aimable Bergstrasse, le Sauerland, le Hunsrück, l'Eifel, le territoire de la Sarre, la Lande de Lünebourg, la Thuringe ou le cœur vert de l'Allemagne ; la Forêt-Noire, objet de ses descriptions, là où elle est la plus haute et la plus noire. Et avec ça des noms de villes : « Quand j'allais de Celle à Bückeburg. Aix-la-Chapelle, l'antique ville du couronnement, fondation romaine. Passau, où l'Inn et l'Ilz se jettent dans le Danube. Naturellement, à Weimar, j'ai visité la maison de Gœthe sur la place des Dames. Munich déçoit, mais Stade, le vieux pays qu'abritent les digues de l'Elbe, c'est un terrain de fructiculture extrêmement poussée. »

La question des Sawatzki « Et maintenant ? » pourrait être brodée à festons et suspendue au-dessus du sofa. Matern veut dormir et manger, lire le journal, dormir, regarder par la fenêtre, méditer et regarder Matern dans la glace où il se rase : il n'a plus les yeux larmoyants.

Les creux sous les pommettes sont parfaitement comblés. Mais ses cheveux, devenus intenables, émigrent. Son front s'agrandit et prolonge sa tête de caractère, modelée par trente et une années. « Et maintenant, quoi ? » Baisser pavillon ? Entrer sans chien dans le circuit économique qui commence à renaître ? Faire du théâtre, et laisser le chien au vestiaire ? Ne plus grincer des dents sur la libre piste du gibier, mais sur scène ? Franz Moor ? Danton ? Faust à Oberhausen ? Le sergent Beckmann à Trèves ? Hamlet au théâtre de poche ? Non. Jamais ! Pas encore. Il y a encore un reste. Le jour X de Matern n'est pas encore levé. Matern voudrait se payer en devises anciennes, c'est pourquoi il fait des histoires dans le deux pièces et demie des Sawatzki. Sa lourde main écrase un hochet de celluloïd ; il doute que Walli soit du sang de Walter. Matern, avec le sucrier du déjeuner, efface tous les tuyaux infaillibles issus du jardin de Bouche-d'Or. Il ne veut écouter que lui-même, son cœur, sa rate et ses reins. Lui et Sawatzki ne s'appellent plus pas leurs prénoms, mais s'engueulent au gré de l'heure et de l'humeur : « Trotskyste, nazi, traître, sale petit compagnon de route ! » Mais il faut que Matern, en pleine salle de séjour, gifle Inge Sawatzki — la cause ? Qu'elle reste ensevelie dans la mansarde de Matern ! — pour que Sawatzki expulse du logement l'hôte indésirable et le chien. Sur-le-champ, Inge réclame d'être expulsée avec l'enfant. Mais Sawatzki, frappant du plat de la main la toile cirée qui couvre la table : « L'enfant restera ici chez moi ! Tant qu'à moi, elle aura pas à souffrir. Allez où vous voudrez et arrangez-vous pour aller au diable. Mais pas avec la môme, je vous le dis. »

Donc, sans enfant et avec chien, médiocrement pourvu de monnaie nouvelle, Matern possède encore la montre de poche de Wollschläger, les boutons de manchette en or de Budzinski et deux dollars canadiens. Ils bazardent la montre et font la foire entre la cathédrale et la Gare centrale de Cologne. Le reste suffit pour une semaine d'hôtel à Benrath, avec vue sur le château et le bassin circulaire dans le jardin au carré.

Elle dit : « Et maintenant ? »

Lui, devant la glace de l'armoire, se masse le cuir chevelu.

Du pouce, elle montre les doubles rideaux : « Je pense, si tu veux travailler, y a là-bas en face les usines Henkel, et, à droite, la Demag reprend. On pourrait se chercher un logement à Wersten ou bien directement à Dusseldorf. »

Mais ni devant la glace, ni plus tard au sein d'une nature transie, Matern ne veut travailler ; ce qu'il veut, c'est se promener. C'est normal quand on descend d'une lignée de meuniers. Du reste, il faut que le chien prenne de l'exercice. Et plutôt que de lever le petit doigt pour ces salauds de capitalistes, il aimerait mieux... « Henkel, Demag, Mannesmann ! Laisse-moi rire ! »

Tous deux, avec le chien, longent le Trippelsberg, puis les prairies rhénanes jusqu'à Himmelsgeist. Il y a là un hôtel qui a encore une chambre libre et ne demande pas le bulletin de mariage pour savoir si on est mari et femme. Nuit agitée, car Inge Sawatzki, si elle n'a pas apporté de Mülheim des brodequins de marche, a pris le panneau décoratif où est brodée la question : « Et maintenant ? » Ne pas le laisser dormir. Retaper sur le même clou. Propos sur l'oreiller : « Fais donc quelque chose. N'importe quoi. Bouche-d'Or a dit : investir, investir et encore investir, ça paiera d'ici trois ans au plus tard. Sawatzki, par exemple, va laisser tomber Leverkusen et s'établir à son compte dans la première petite ville. Bouche-d'Or lui a proposé la confection pour hommes. Tu ne pourrais pas aussi te lancer dans quelque chose, n'importe quoi. T'as pourtant fait des études, tu le dis tout le temps. Par exemple un bureau de consultation ou un journal d'horoscopes, sérieusement présenté. Bouche-d'Or dit que ces trucs-là ont de l'avenir. Les gens ne croient plus aux vieilles histoires. Ils veulent être informés autrement et mieux. Ce qui est écrit dans les astres... Par exemple, tu es du Bélier, moi du Cancer. Tu peux faire de moi ce que tu veux. »

En conséquence Matern, docilement, la laisse tomber le lendemain. L'argent suffit encore tout juste pour passer le Rhin en bac de Himmelgeist à Udesheim. Ils reçoivent la pluie pour rien. O vassalité transie ! En souliers gargouillants, ils marchent l'un derrière l'autre, le chien en tête, jusqu'à Grimlinghausen. Là, ils ont faim, mais rien à manger. Ils ne peuvent même pas changer de côté et gagner par le bac la rive droite, Volmerswerth. C'est sur la rive gauche du Rhin qu'il lui règle son compte, sous les yeux de saint Quirin qui fut brûlé à Moscou sous le nom de Kuhlmann et qui pourtant ne put préserver des tapis de bombes la ville de Neuss.

Où dormir, sans un sou en poche, quand on a le cœur pieusement chargé de péchés ? Dans une église, plus exactement : dans une église seule dispensatrice du salut, non chauffée, donc catholique, où l'on se laisse enfermer. Atmosphère connue. Nuit agitée. Ils sont couchés, chacun sur un banc d'église, puis elle seule est couchée, tandis que suivi du chien il évolue en traînant la jambe à travers la nef : partout des échafaudages et des seaux de chaux. Tout est de travers ! Il y a de tout. Style de transition typique. Début roman, quand il était déjà trop tard, barbouillé ensuite de baroque, par exemple la coupole. Le crépi humide s'évapore. Dans la poussière ambulante du plâtre, l'odeur d'offices pontificaux minutieux se mêle à trente années de chien. Il rôde encore, indécis, et ne veut pas se coucher. Matern a déjà été en ces lieux du temps qu'il causait avec la Vierge. Aujourd'hui, c'est Inge qui cause. « Et maintenant ? » telle est sa question constamment réchauffée. « Fait froid », dit-elle, et « Assieds-toi donc à la fin » et « Si on prenait un tapis ? » et « Si c'était pas dans une église, je dirais bien oui, t'aurais pas envie ? » Ensuite, dans un trois quarts d'obscurité opaque : « Tiens, regarde ! C'est un confessionnal. Savoir s'il est fermé ? »

Il n'est pas fermé, mais à disposition à toute heure. Et il carambole dans un confessionnal. Ça, c'est du nouveau. Dans ce confessionnal, sûrement que personne encore. Donc le chien doit entrer du côté où, d'habitude, le prêtre a son oreille. Car Pluto joue sa partie. Matern entre avec elle dans la cabine opposée, la besogne à genoux, mal-aisément, par-derrière, tandis que par-devant, par le grillage, elle cause avec Pluto qui fait le confesseur. Et il aplatit contre le grillage de bois déplorablement festonné le visage de poupée qu'elle fait pendant qu'il la baise. C'est un travail de sculpture sur bois de style baroque, magistral, rhénan, qui a traversé les siècles, qui ne rompt pas ; en revanche il écrase le nez de la poupée. Tous les péchés comptent. On vous impose des œuvres de pénitence. Ce pourrait être : « Saint Quirin, à l'aide ! » C'est au contraire : « Sawatzki, au secours ! O mon Dieu ! »

Bon. Ensuite, le confessionnal n'est pas abîmé. Mais elle s'étend à plat ventre sur les dalles froides et laisse son nez saigner dans le noir. A nouveau il circule, chien au pied, sans mot dire. Et comme après deux tours solitaires qui ont réveillé les échos il se retrouve devant le confessionnal increvable, pour donner du feu à une pipe lénifiante, il actionne son bon vieux briquet ; celui-ci fait plus qu'on ne lui en demande : d'abord il aide la pipe, puis il prouve que le sang du nez d'Inge est rouge, et troisièmement il rend lisible, fixé au confessionnal, un petit écriteau où il y a quelque chose d'écrit, un nom en noir sur blanc : M. l'abbé Joseph Knopf — sans adresse plus explicite. Car ce nom n'habite ici que de passage et n'est pas tenu, comme les autres noms, de donner la rue et le numéro dans les saints urinoirs de Cologne-Gare centrale ; ce Knopf, chaque jour, habite une demi-heure durant, de neuf heures trois quarts à dix heures et quart, l'inusable confessionnal et met son oreille brevetée à la disposition de chacun. O leitmotive, ô motifs de meurtre ! O vengeance, suave comme du sirop de Tolu ! O justice sillonnant en tous sens le réseau ferré ! O noms, effacés ou restant à effacer ! Joseph Knopf, ou la quatre-vingt-sixième Materniade !

Celui-là, Matern l'efface à dix heures précises en solo et en personne. Il a attaché le chien Pluto — la séparation est pénible — entre les débris de la ville de Neuss, à un porte-vélo resté sain et sauf. Inge, toujours pleurante, s'éloigne discrètement sans rien dire peu avant la messe du matin. Son nez aplati la ramène vers Cologne. Un camion la prendra bien — mais lui reste sur place, il ne cherche pas, mais il trouve, rue de la Batterie, assez exactement entre la place de la Cathédrale et le port industriel, dix pfennigs d'une seule pièce. Richesse ! saint Quirin a déposé ce gros sous exprès pour lui. On peut avec ça se payer un cigarillo ; pour ça, on aurait une « Rheinische Post » fraîche d'imprimerie ; ce serait le prix d'une boîte d'allumettes, d'un chewing-gum ; on pourrait le mettre dans une fente et, si on s'était mis sur la bascule, il naîtrait un ticket : ton poids ! Qui bien se pèse bien se connaît. Mais Matern fume la pipe et fait au besoin marcher son briquet. Matern lit les journaux dans les vitrines. Matern a ce qu'il faut à mâcher. Matern n'a pas lieu de se peser. Matern, pour les dix pfennigs qu'il a trouvés, se paie une belle, longue, luisante, chaste aiguille à tricoter, pour quoi faire ?

Ne vous retournez pas, l'aiguille à tricoter est là.

Car elle est destinée à l'oreille du prêtre et doit entrer dans l'oreille de Joseph Knopf. De propos délibéré, Matern entre à neuf heures trois quarts dans l'église asymétrique de saint

Quirin afin de rendre la justice avec une aiguille à tricoter
détournée de sa finalité utilitaire.

Avant lui, deux vieilles se confessent en peu de mots, à
l'économie. Maintenant il s'agenouille à l'endroit où, dans les
demi-ténèbres de l'église, Inge, plantée devant lui, voulut se
confesser au chien. Il se peut — si l'on cherche des indices —
que le sang d'Inge ait laissé des traces collées au bois du
grillage pour témoigner de son martyre. Il parle à voix basse en
visant de son mieux. L'oreille de Joseph Knopf est grande,
charnue et ne tressaille pas. Toute la confession y passe, péchés
en colonne par un, trouve sa place, mêlée d'une très vieille
histoire qui eut lieu fin des années trente et eut pour
protagonistes un ancien S.A. devenu néo-catholique et un
archéo-catholique de profession qui, s'appuyant sur les résolu-
tions dites de Maria-Laach, conseilla au néo-catholique .de
rentrer dans une bonne compagnie de S.A. et, par l'intercession de la Sainte Vierge, de renforcer l'aile catholique de la
S.A., organisation en elle-même athée. Une histoire embrouil-
lée qui galope sur un toit brûlant. Mais l'oreille du prêtre n'a
pas un tressaillement. Matern, à voix basse, ajoute des noms,
des dates, des citations. L'oreille du prêtre ne s'importune
d'aucune mouche. Matern insiste : Et celui qui s'appelait
Untel dit à l'autre, après une neuvaine à la Sainte Vierge, en
l'an du Seigneur... L'oreille du prêtre demeure taillée en
pierre. Et de temps à autre, des paroles éprouvées viennent
d'outre-grillage : « Mon fils, te repens-tu au fond du cœur ?
Tu sais que Jésus-Christ, qui est mort pour nous sur la croix,
connaît chaque péché, si minime soit-il, et nous regarde sans
cesse. Rentre en toi-même. Ne tais rien, mon fils. »

C'était justement ce que comptait faire Matern. Encore un
coup, il débobine la même histoire. Comme d'une boîte à
musique savamment construite, sortent les figures de bois
sculpté : Mgr Kaas, leader du Centre catholique, le nonce
Pacelli, l'ancien S.A. et néo-catholique repentant, l'archéo-
catholique rasé et le représentant de l'aile catholique de la S.A.
Tous, avec la secourable Vierge Marie pour en finir, font leur
petite entrée de ballet et repartent ; seulement Matern n'a pas
encore épuisé l'écheveau des confidences : « Et c'était vous,
vous exactement, qui avez dit de rentrer dans la S.A. Toujours
cette foutaise de Concordat et les petites histoires de Maria-
Laach. Vous avez même en douce béni un étendard et
bredouillé des prières pour le Führer. Dominicain ! Salaud en
soutane ! — et à moi, Matern, vous avez dit : Mon fils, remets

le vêtement brun de l'honneur. Jésus-Christ qui est mort pour nous sur la croix et regarde toutes nos œuvres nous a envoyé le Führer afin qu'avec ton aide et la mienne il foule aux pieds la moisson des athées. Compris ! Foule aux pieds ! » Mais l'oreille du prêtre, plusieurs fois nommée par son nom, reste un habile ouvrage d'ymaigier gothique. Même quand l'aiguille à tricoter, coût en boutique dix centimes, est mise en batterie, que par conséquent l'instrument de la vengeance, appuyé au bois du grillage, vise l'oreille du prêtre, rien ne bouge, tremblant pour son tympan ; seule la voix du vieillard, pensant que le pénitent est à bout, lâche le texte éternel, avec une lasse douceur routinière : « *Ego te absolvo a peccatis tuis in nomine Patris et Filii et Spiritus Sancti. Amen.* » La pénitence imposée consiste en neuf *Notre Père* et trente-deux *Je vous salue Marie*.

Alors Matern, qui était venu pour faire justice à l'aide d'une aiguille à tricoter de deux sous, rentre son instrument : celui-là n'offre son oreille que pour l'exemple. Pas moyen de l'atteindre. Tu peux toujours le dire deux fois chaque jour ; tout ce qu'il entend, c'est le murmure de la forêt et encore, pas celui-là. Joseph Knopf. Sourd. Prêtre sourd m'absout au nom de lui, de lui et du pigeon. Joseph, sourd comme une pioche, derrière le grillage, fait des arabesques avec ses doigts pour que je m'en aille. Tire-toi, Matern ! D'autres veulent aussi en mettre dans l'oreille sourde. Lève-toi, va-t-en, tu n'as plus de péchés. Va-t'en donc, pas moyen de te faire plus propre ! Mêle-toi aux pénitents : Maria-Laach est près de Neviges. Cherche-toi un joli Canossa. Reporte l'aiguille à tricoter à la mercerie. Peut-être qu'on te la reprendra et te rendra tes dix pfennigs tout ronds. Avec ça, tu pourras négocier l'achat d'une boîte d'allumettes, de chewing-gum. C'est juste le prix d'une « Rheinische Post ». Pour dix pfennigs tu pourrais contrôler ton poids après l'allègement de la confession. Ou bien achète au chien pour un sou de peaux de saucisson. Pluto doit garder ses forces.

LA QUATRE-VINGT-SEPTIÈME MATERNIADE PIQUÉE DES VERS

Tout homme a au moins deux pères. Ceux-ci n'ont pas besoin de se connaître. Maints pères ne savent pas. Souvent il y a des pères qui se perdent. Matern, pour citer un père incertain, en possède un de particulièrement monumental dont il ne sait pas où il est ; il espère en lui ; mais il ne le cherche pas.

Dans ses rêves au contraire, dont le travail consiste à abattre tronc par tronc une bruissante forêt de hêtres, il tâtonne à la recherche de Bouche-d'Or, dont on parle partout en termes obscurs ; mais quelque soin qu'il mette à scruter toutes les stalles de l'urinoir de la Gare centrale de Cologne pour y chercher les indications de Bouche-d'Or, aucune flèche directrice ne le lance au trot ; cependant il lit — et cette leçon lui enseigne à déchiffrer la piste de son père Anton Matern — une maxime fraîchement gravée dans l'émail avarié :

« N'écoutez pas le ver, le ver est dans le ver ! »

Sans rayer du programme la recherche de Bouche-d'Or ni son occupation onirique, l'abattage de hêtres, il s'ébranle en direction de son père.

Le meunier à l'oreille aplatie. C'était à côté de l'historique moulin à vent en bois de Nickelswalde, à l'est de l'embouchure de la Vistule, au milieu du blé sibérien d'hiver, variété Urtoba ; il portait sur l'épaule le sac de cent livres ; jusqu'au jour où le moulin, toutes voiles au vent, flamba du pied à la crête, en passant par le grenier à farine et le plancher des meules. Alors le meunier se déroba par la suite à l'emprise de la guerre qui se déployait, partant de Tiegenhof et dépassant Scharpau. Chargé d'un sac de vingt livres garni de farine de froment — variété Epp — lui, sa femme et sa sœur trouvèrent à se caser sur une prame qui, des décennies durant, avait relié les villages vistuliens de Nickelswalde et de Schiewenhorst. Dans le même convoi, le bac *Rothebude*, le ferry-boat *Einlage*, le remorqueur *Avenir*, ainsi qu'une meute de cotres de pêche. Au nord-est de Rügen, la prame *Schiewenhorst*, en panne de machine, dut être soulagée et prise en remorque par le bac *Rothebude-Käsemark*. Le meunier, le sac de vingt livres et les proches du meunier furent admis à bord du torpilleur. Ce dernier était chargé à ras bord de cris d'enfants et de nausées quand à l'ouest de Bornholm il heurta une mine et coula très vite, emportant avec lui les cris d'enfants, les nausées, ainsi que la femme et la sœur du meunier ; ce dernier, avec son sac de farine, réussit à trouver une place debout à bord du *Cygne*, vapeur de promenade effectuant le périple des plages et qui, partant de Danzig-Neufahrwasser, avait mis le cap sur Lübeck. Sans qu'il eût besoin de changer derechef, le meunier Anton Matern à l'oreille aplatie, avec son sac de vingt livres demeuré sec, atteignit le port de Travemünde, la terre ferme, le continent.

Au cours des mois suivants — l'histoire se succède, chroniquement : la paix éclate ! — fréquemment et avec astuce, le meunier doit défendre le sac qu'il a sur l'épaule, car il y a autour de lui bien des gens qui mangeraient bien du gâteau mais n'ont pas de farine. Lui-même est souvent tenté de prélever sur les vingt livres une poignée de farine pour s'en faire une bouillie glaireuse et grumeleuse ; mais toutes les fois que son estomac s'insurge, sa main gauche donne sur les doigts à sa main droite affairée à délier le sac. La misère insidieuse l'aperçoit quand elle fait l'étude du milieu : scoliotique, silencieux et frugal, il occupe les salles d'attente, gîte dans les baraquements pour réfugiés, se tasse dans les abris Nissen. L'une de ses oreilles est énormément décollée, tandis que le sac de vingt livres intouché comprime son oreille aplatie. Il est ainsi à l'abri, le sac, et, vu du dehors, il est muet comme la tombe.

Entre la Gare centrale de Hanovre et le monument équestre, criblé de balles mais à la queue toujours prolixe, voici que le meunier Anton Matern est pris dans une rafle, interrogé et — rapport au sac de vingt livres rempli de farine — il va être condamné pour marché noir ; ce n'est pas le roi Ernest-Auguste qui descend de son palefroi pour tirer le meunier d'affaire ; c'est un fonctionnaire des autorités d'occupation qui prend son parti, le défend, défend aussi le sac de farine avec l'accent d'Oxford et une élocution facile et au cours d'un plaidoyer de trente minutes, fait luire petit à petit trente-deux dents aurifiées ; Bouche-d'Or se porte garant du meunier Matern, prend sous son aile l'homme scoliotique et le sac de farine, et qui plus est : il condamne le meunier selon ses capacités professionnelles et achète ou réquisitionne pour lui, entre Düren et Krefeld, dans le plat pays donc, un moulin à vent en bois légèrement endommagé dont il fait rafistoler la toiture, dont en revanche il ne veut pas faire réparer les volants lacunaires qui tourneraient au vent.

Car, sur l'injonction de Bouche-d'Or, le meunier doit mener une existence contemplative à deux étages : en haut, sous l'arbre tournant de la lanterne feutrée de poussière entraînant la meule, dans le grenier des sacs, c'est là qu'il dort. Bien que la grande meule gisante, la trémie et le rouet qui passe entre les chevrons défigurent ce local, il se trouve, à l'endroit où jadis étaient les sacs à moudre, un rectangle point trop exigu pour le lit, ce meuble quasiment hollandais, tant la frontière est proche. La meule sert de table, le bas de la trémie abrite objects personnels et linge de corps. Les chauves-souris

évacuent les entretoises, la charpente transversale et l'arbre
tournant pour faire place aux petits cadeaux de Bouche-d'Or :
le poste de radio, la lampe — il fait mettre l'éclairage électrique
— les journaux illustrés et le peu de vaisselle utile à un vieil
homme expert à tirer d'un réchaud à alcool un goût de pommes
de terre sautées. Car dans le vaste grenier à farine, marqué en
son milieu par l'attache du moulin, est établi le salon du
meunier, et bientôt son bureau de réception. Sous l'escalier de
fer et la poulie, sous un bric-à-brac certainement faussé qui
jadis servait à régler la position des meules, Bouche-d'Or, dont
les vœux propres rencontrent ceux du meunier, place le
pompeux fauteuil à oreilles recapitonné de frais, lequel en fin
de compte doit être remplacé par un fauteuil sans oreilles,
parce qu'il gênait le sac de vingt livres placé sur l'épaule. Le
moulin craque même quand il n'y a pas de vent. S'il y a dehors
des bouffées d'air, un nuage de poussière venu de l'anche
traverse les meules et débouche dans la chausse à farine qui
pend, criblée de trous, oblique dans sa huche. Par vent d'est,
le poêle de tôle renvoie la fumée. Mais la plupart du temps les
nuages venus du Pas-de-Calais glissent à plat sur la Basse-
Rhénanie. Un jour, à peine emménagé, le meunier huile la
goupille assurant la bascule de frein ; il renfonce aussi quelques
clés, histoire de satisfaire aux exigences de la situation : un
meunier a occupé un moulin. Ensuite il vit en pantoufles et
vêtements sombres, dort jusqu'à neuf heures, déjeune seul ou
avec Bouche-d'Or, lorsque ce dernier vient le voir, et feuillette
les collections de guerre et d'après-guerre de l'hebdomadaire
illustré américain *Life*. Le contrat de travail a été signé au
début, tout de suite après qu'eussent été significativement
renfoncées les clés. Bouche-d'Or ne demande pas grand-
chose : sauf le jeudi matin, le meunier a consultation de dix à
douze avec son oreille aplatie. L'après-midi, sauf le jeudi où il
est à l'ouvrage de trois à cinq, il est exempt de service. Dans ce
cas il séjourne, son oreille décollée du côté du poste de radio,
ou bien il va faire un tour au cinéma de Viersen ou bien il joue
au skat avec deux dirigeants du Parti des Réfugiés, auquel
d'ailleurs il accorde son suffrage parce que selon lui, les
cimetières situés à gauche et à droite de la Vistule, celui de
Steegen en particulier, sont plus confortablement garnis de
lierre que tous les cimetières d'entre Krefeld et Erkelenz.
    Mais qui est-ce qui rend visite au meunier scoliotique lors de
ses consultations du matin et du jeudi après-midi ? D'abord
viennent les paysans des alentours qui payent en nature :

beurre, asperges ; puis ce sont de petits industriels de Düren et de Gladbach qui offrent des produits finis ayant une valeur d'échange ; au début de l'an quarante-six, il est découvert par les journalistes.

Qu'est-ce qui peut bien attirer ce flot d'abord contrôlable, ce torrent qui plus tard est si difficile à endiguer ? Pour qui ne le saurait encore : le meunier Anton Matern à l'oreille aplatie est à l'écoute de l'avenir. Le meunier scoliotique sait à l'avance des dates importantes. Son oreille collée, si elle semble sourde aux bruits quotidiens, perçoit des avis selon lesquels on peut infléchir le futur. Pas question de faire tourner des tables, de tirer les cartes, de touiller le marc de café. Braquer une longue-vue du grenier à sacs sur les astres, que nenni. On n'interprète pas l'éloquent réseau des lignes de la main. On ne triture ni des cœurs de hérisson, ni des rates de renard, ni les rognons d'un veau à chanfrein rouge. Pour qui ne le sait pas encore : le sac de farine est largement omniscient. Pour plus de précision : les vers de farine, ayant dans leur farine variété Epp survécu au voyage sur le bachot, au prompt engloutissement du torpilleur, bref, aux troubles de la guerre et de l'après-guerre, d'abord par la grâce de Dieu, puis par celle de Bouche-d'Or, les vers chuchotent l'avenir ; et l'oreille du meunier aplatie par dix mille sacs de cinquante kilos et plus, blé Urtoba, blé Epp, farine panifiable et Schliephackes variété n° 5, perçoit les prémices de l'avenir et retransmet aux consultants — c'est le meunier qui le dit — les avis des vers de farine. Moyennant honoraires convenables, le meunier Anton Matern, assisté de vermine est-allemande, régit essentiellement les destins de l'Allemagne occidentale ; car après les paysans et les petits industriels, ce sont les futurs magnats de la presse hambour-geoise qui prennent place vis-à-vis de son fauteuil et écrivent leurs questions sur une table d'ardoise ; voici qu'il commence à prendre de l'influence : il dirige, il oriente, il incurve le monde et l'époque, il s'exprime en paraboles et reflète tout à l'envers comme un miroir.

Après avoir durant des dizaines d'années prodigué ses conseils à son pays natal de Nickelswalde, influencé selon les avis des vers les emblaves de son terroir entre Neuteich et Bohnsack, vécu — son oreille toujours aplatie par le sac peuplé de vers — les pullulations de campagnols et la calamité de la grêle, la dévaluation du florin danzigois et les effondrements des cours à la Bourse aux céréales, l'heure où mourut le président Hindenburg et la fatale visite, en 39, de la flotte

allemande au port de Danzig, voilà que, grâce à l'appui de
Bouche-d'Or, il réussit d'un bond à jaillir de l'exiguïté
provinciale dans l'universalité ouest-allemande : trois messieurs se pointent, amenés par une jeep de l'armée d'occupation. Jeunes et, pour ce motif, dépourvus de casier judiciaire,
ils franchissent en deux enjambées et demie l'escalier du
grenier à farine, véhiculant avec eux leur bruit, leurs capacités
et leur ignorance, auscultent l'attache, tournent le tambour à
câble, veulent pousser jusqu'au grenier à sacs leur tour du
propriétaire et se salir les doigts dans le mécanisme de
mouture ; mais l'écriteau « Privat ! » fixé à la rampe de
l'escalier menant au grenier du haut leur permet de montrer
qu'ils ont été bien élevés ; donc ils se calment comme des
gamins et prennent place l'un après l'autre en face du meunier
Matern qui les renvoie à l'ardoise et au crayon d'ardoise, afin
que vœux s'expriment et deviennent susceptibles de s'accom-
plir.

Cela paraîtra peut-être bien terre à terre, ce que les vers de
farine ont à dire aux trois messieurs : il est intimé au plus joli
garçon de s'accrocher à la licence de presse n° 67, décernée par
le pouvoir britannique, afin que sous le nom de *Ecoute !* elle
rende de gros tirages et — soit dit en passant — fournisse au
meunier Matern un service gratuit, car le meunier est entiché
de périodiques illustrés et maniaque de la radio. La licence
n° 6, nommée *Die Zeit* sur le conseil des vers, est recomman-
dée au plus agile de ces messieurs ; quant au plus petit et au
plus chic qui, intimidé, se ronge les ongles et n'ose pas sortir
du rang, les vers de farine, par le canal du meunier, lui
instillent de tenter sa chance avec la licence 123 et de planter là
sa tentative manquée dénommée *Die Woche*.

L'artificieux Springer tape sur l'épaule de Rudi l'ahuri :
« Demande voir au pépé comment appeler ton môme. »

Aussitôt les vers de farine aveugles font énoncer par le
meunier scoliotique la directive suivante : *Der Spiegel*, le
miroir à qui n'échappe pas même un point noir sur un front
uni, est à sa place dans tout foyer moderne, sous réserve d'être
poli concave ; ce qui se lit facilement se laisse oublier de même
et cependant mettre en citations ; peu importe de dire toujours
la vérité, pourvu que le numéro du domicile soit exact ; bref,
de bonnes archives, à savoir dix mille et plus ordinateurs Leitz
bien remplis, remplacent la pensée : « Les gens, ainsi s'expriment les vers de farine, ne veulent pas être induits à réfléchir,
mais informés avec précision. »

La consultation serait en fait terminée, mais le nommé Springer ramène sa fraise et s'en prend aux pronostics des vers parce qu'il veut fonder, lui, du fond du cœur, non pas une gazette radiophonique pour la masse, mais plutôt un hebdomadaire superlativement pacifiste. « Secouer l'opinion. Je veux secouer l'opinion ! » Alors, via le meunier Matern, les vers le réconfortent et lui prédisent pour juin 52 la genèse d'un bienfait public : « Trois millions de lecteurs analphabètes déjeuneront chaque jour avec le Journal-en-Images. »

Vite, avant que le meunier n'ouvre pour la seconde fois le volet de sa montre-oignon, ce monsieur à la jovialité sénatoriale dont Axel Springer et le petit Augstein (du *Spiegel*) copient les manières, lance un cri d'embarras, presque de désespoir. La nuit, confesse-t-il sur l'ardoise, il a des rêves sociaux-démocrates, il passe ses journées à table avec l'industrie lourde chrétienne, mais son cœur appartient à la littérature d'avant-garde, bref, il ne peut pas se décider. Le ver de farine lui enseigne que ce mélange — la nuit à gauche, le jour à droite et le cœur à l'avant-garde — est un véritable mélange mode : digeste, honorable, libéral, courageux dans sa modération, pédagogique et lucratif.

Alors c'est une effervescence de questions : Tarif des petites annonces ? A qui le quorum minoritaire dans le trust de presse Ullstein ? Mais les vers, vicariés par le meunier Matern, se récusent. Après avoir dit gentiment au revoir, les trois messieurs reçoivent licence de graver tous leur nom dans le pivot — ça, c'est la prime du jour — le beau Springer, Rudi le Cafardeux, et M. Bucerius dont l'arbre généalogique s'enracine dans le Moyen Age éclairé.

Après une semaine calme — le meunier reçoit un tapis pour ses pieds ; contre le levier mobile qui jadis enclenchait ou déclenchait le va-et-vient de l'auget sasseur de trémie, le portrait sous verre du vénérable président Hindenburg trouve un asile provisoire — après une semaine de modifications domestiques et d'initiatives sur le plan de l'organisation — Bouche-d'Or fait élargir le chemin de terre menant au moulin à vent désaffecté et placer sur la départementale de Viersen à Dülken un panneau indicateur — donc : au bout d'une semaine consacrée au recueillement et aux préparatifs arrivent sur la route d'accès fraîchement rechargée — elle sera bientôt asphaltée — des messieurs des trusts ou bien leurs fondés de pouvoir aux prises avec des ennuis de décartellisation ; et les vers de farine, dûment reposés et communicatifs, guérissent aussitôt les épreintes de l'inextricable trust Flick. Assis sur un escabeau dur, voici, représentant son père, Otto-Ernst Flick en personne qui demande conseil. Le meunier sait très bien qui c'est qui sans arrêt croise, décroise et recroise les jambes de façon toujours différente. Affectant une indifférence aimable, il feuillette ses illustrés usagés tandis que la table d'ardoise se remplit de questions urgentes. La loi interalliée de décartellisation exige que le père Flick se sépare soit du fer, soit du charbon. Alors les vers de farine s'écrient : « Lâche les houillères ! » C'est ainsi que la consolidation, décartellisée d'avec Mannesmann, conquiert la majorité à la Steinkohlen-Bergwerke A.G. d'Essen et plus tard, selon la volonté du ver, retourne à Mannesmann. Flick senior, au bout de neuf ans, c'est-à-dire cinq ans après son élargissement anticipé, daté par les vers de farine, peut rentrer aux Charbonnages de Harpe, cette fois en qualité de grand actionnaire.

La même année, d'ailleurs — cinquante-cinq — le docteur Ernst Schneider, qui s'était présenté au moulin peu après Flick Junior, entre à la banque Trinkhaus ; et y entrent avec lui : tout le groupe Michel — lignite, lignite ! — et l'acide carbonique, dont il préside le conseil d'administration, par la grâce des vers ; car en son large parler vistulien, le meunier répartit des postes dont les vers ont l'instant d'avant désigné les titulaires.

C'est ainsi qu'à un capitaine de cavalerie en retraite — future figure de proue de l'économie embryonnaire — on promet vingt-deux fauteuils d'administrateur, parmi lesquels six présidences, parce que M. von Bülow-Schwante, s'il ne veut pas mordre la poussière, doit faire exécuter au Konzern Stumm un steeple-chase dont les obstacles ont été placés par les Alliés à une hauteur diabolique et de brefs intervalles vicieux.

Allées et venues. Des messieurs échangent des saluts sur l'escalier qui accède au grenier à farine du meunier Matern. Des noms prestigieux commencent à remplir l'attache, car presque tout le monde, ou la Phœnix-Tubes-Rhénanie, Hoesch ou le Consortium de Bochum, veut se pérenniser en lieu idoine. Krupp envoie Beitz, et Beitz apprend comment, tandis que les temps lunatiques travaillent pour Krupp, on se dérobe à la décartellisation. Idem l'entretien décisif entre MM. Beitz et R. Murphy, secrétaire d'Etat au département d'Etat U.S., est de bonne heure préparé grâce à l'entremise des vers : comme plus tard Beitz et Murphy, les vers de farine dissertent de crédits à long terme pour pays sous-développés ;

mais ce n'est pas l'Etat qui doit ouvrir sa poche, c'est Krupp qui doit financer à titre privé et à bon escient : les vers projettent des aciéries aux Indes ; si on les avait domiciliés à Nickelswalde, à droite de l'embouchure de la Vistule, ils auraient aussi bien fait des projets pour la République Populaire de Pologne ; mais les Polonais ne voulaient pas se laisser aider par le ver de farine est-allemand.

C'est pourquoi Siemens & Halske ; Klöckner-Humbold ; pétrole et potasse, où que se trouve le sel gemme. Cet honneur est fait au meunier Matern par une pluvieuse matinée de mercredi. Le docteur Quandt vient en personne et apprend de quelle façon il enlèvera, grâce à Burbach-Potasse, la majorité dans la Winterhall A.G. Une négociation à prévoir, à laquelle assiste obligeamment Bouche-d'Or qui s'intéresse à une exploitation de potasse désaffectée entre Sarstedt et Hildesheim.

Mais le jeudi matin suivant, alors que le meunier Matern, exempt de service — dire qu'il pleut toujours ! — enfonce des clous dans les pannes et accroche tantôt ici, tantôt là, le portrait du véritable président du Reich, Bouche-d'Or — qui n'était venu que pour donner au meunier curieux une liasse d'illustrés — est déjà reparti. En revanche, le lendemain — la pluie continuelle sur la campagne n'a pu les en détourner — voici que viennent en consultation tous les héritiers de l'I.G. Farben. Tout décartellisés qu'ils soient, voici de compagnie la Badische Anilin, Bayer et Hoechst, et ils se font donner par le meunier des directives pour les années à venir : « Pas de répartition de dividendes, rien que des augmentations de capital ! » Mais ce slogan vermiloque n'est pas remis en viatique à la seule chimie ; à quiconque se présente, Feldmühle A.G. ou Esso, les Haniels ou le Norddeutscher Llyod, le Gaz de la Ruhr ou bien les Réassurances, le chœur des vers répète avec insistance : « Renoncez aux dividendes afin d'augmenter le capital ! »

Accessoirement, on bricole : comment amener le Konzern Hertie (Grands Magasins) en liaison avec la firme Tietz (idem), qui est encore plus ancienne, au sein de la fondation familiale Karg ? Est-ce que Brenninkmeyer (Confections) doit ouvrir un crédit-clients ? Quel aspect aura le complet homme de l'avenir — il s'agit du veston croisé répondant aux désirs des clients nouveaux riches — que Peek et Cloppenburg vont bientôt sortir en série ?

A toutes les questions le ver de farine répond contre paiement anticipé et selon taux tarifaire. Il lustre l'étoile de

Mercedes, prédit la grandeur et la décadence de Borgward (Voitures), dispose de crédits Marshall, siège aussi quand siège l'Autorité internationale de la Ruhr, supervise la Loi fondamentale avant qu'elle ne soit acceptée par le Conseil parlementaire, fixe la date de la réforme monétaire, évalue le nombre des suffrages avant les premières élections fédérales, intègre au plan de constructions navales élaboré par les chantiers Howald de Kiel et Hambourg la crise coréenne imminente, provoque la convention du Petersberg, désigne un certain docteur Nordhoff comme futur chef de la formation des prix et, lorsqu'il plaît à lui et à ses pareils, comprime épouvantablement le niveau des cours.

Mais quant au reste : tendance favorable, bien que les dames Thyssen, isolément et pour le même motif, ne dédaignent pas de prendre le chemin du moulin désaffecté. Serait-ce par hasard un moulin de Jouvence ? Y repasse-t-on les rides, y capitonne-t-on les mollets ? Le ver de farine tient-il officine de mariages et autres ? Un vieillard, vétéran du Casque d'Acier, qui par amitié salue militairement le portrait du président du Reich redescendu au grenier à farine, reçoit, car il est toujours gaillard, le conseil de se mettre sur un pied de familiarité avec Bülow-Schwante, cet homme de base, afin que fleurisse la construction : « Tu, Felix Cimentum, Nube ! » Car le ver de farine est propice aux affaires de famille.

Bien entendu quiconque veut s'adresser au ver de farine doit apporter dans sa valise l'humilité et une foi enfantine. Ainsi l'inusable Hjalmar Schacht, le méphisto en faux col, est indécrottable, bien que souvent il soit d'accord avec les vers de farine. Tous deux, à savoir les vers et Schacht, prodiguent leurs avertissements — à partir du 28 juillet quarante-huit, l'évolution devient suffisamment prévisible — gare aux exportations excédentaires, à la thésaurisation des devises, au gonflement de la circulation monétaire et à la hausse des prix. Mais seuls les vers de farine apportent la solution de problèmes futurs. Lorsque paraissent séparément le futur ministre Schäffer et le Conseiller intime Vocke, il leur est conseillé d'ouvrir en tout état de cause les deux futures cavernes d'Ali-Baba — elles entreront dans l'Histoire ! — plus question pour le ministre de stocker de formidables excédents de contributions ; le Conseiller intime doit de toute urgence libérer l'or entassé. Ici, comme lors de l'entretien Krupp-Beitz-Murphy provoqué par les vers, le mot d'ordre est : « Crédits en devises pour pays sous-développés ! »

Premier et énergique coup d'accélérateur. Des achats latino-
américains soutiennent le marché de la laine. Le jute de Brême
se raffermit. Attention à l'effritement du dollar canadien. Une
pause de consolidation mesurée, préconisée par les vers,
empêche la liquéfaction du marché. Tendance reste favorable.
Bouche-d'Or fait asphalter la route d'accès. Des plans de
mariage farfelus conçus par le meunier — il paraît qu'une
veuve de Viersen était sur les rangs — tournent en eau de
boudin parce qu'il aurait fallu renoncer à une pension.
Toujours seul, quoique non solitaire, le meunier feuillette les
illustrés : *Quick, Kristall, Der Stern* et *Revue,* tout ce qu'on lui
adresse gratis et par reconnaissance : l'*Illustré* de Francfort et
celui de Munich, et déjà la quatrième année de *Ecoute !* Et tous
ceux qui dès le début lui furent fidèles, et ceux aussi qui sur le
tard seulement, mais encore en temps utile, trouvèrent le
chemin de la vraie foi, reviennent sans cesse ou viennent,
intimidés, pour la première fois, gravent ou repassent leur nom
inscrit sur et dans le pivot superbe, ont de petites attentions et
toussent quand par vent d'Est le poêle a des renvois de fumée :
MM. Von der Pieke auf Münnemann, et Schlieker, Necker-
mann et Grundig ; ces vieux renards de Reemtsma et
Brinkmann ; MM. Abs, Forberg et Pferdmenges ; le tout
d'abord futur, aujourd'hui unique et grandiose Erhard vient
régulièrement et reçoit licence de déglutir un ver de farine
excédentaire : ce dernier réside encore aujourd'hui, artisan de
singuliers miracles, en son corps exemplaire — Expansion
expansion ! Le ver de farine drive la libre économie de marché.
Dès le début, le père du miracle économique avait le ver,
artisan de singuliers miracles. « N'écoutez pas le ver, le ver a le
ver ! »

Cependant l'opposition prédit mort et passion, elle ne vient
pas, ne paie pas, ne tousse pas par vent d'Est et ne consulte pas
le meunier Matern. Par décision discutée à la base, elle
réprouve les sorcelleries moyenâgeuses. Des dirigeants syndi-
caux, pour avoir pris en douce et quand même le chemin du
moulin, bien que les directives vermigènes exercent une
influence décisive sur la position de force de la Ligue
allemande des Syndicats, se voient débarqués tôt ou tard —
qu'on se rappelle le destin de Victor Agartz. Car tous les
sociaux-démocrates sourient du meunier et de sa clientèle
vermicole. L'avocat Arndt ne récolte que l'hilarité lorsqu'à
l'occasion d'une question posée au ministre il tente de
démontrer que la fréquentation consultative des vers de farine

contrevient à la Loi fondamentale, article deux, attendu que le culte croissant des vers de farine porte atteinte au libre développement de la personnalité. De bonnes histoires de vers, écloses dans la baraque SPD de Bonn, sitôt diffusées comme mots d'ordre électoraux, dérobent au Parti des voix décisives. Point de discours électoral de MM. Schumacher et — à partir d'août cinquante-deux — Ollenhauer qui ne répande sarcasme et raillerie sur les consultations du moulin désaffecté. Les dirigeants du Parti parlent de « mise au ver » et — ça vous étonne ? — restent en carafe sur le banc de l'opposition.

Mais voici qu'apparaît le clergé. Non pas certes en ornat des grands jours et à la tête de processions champêtres avec les cardinaux Frings et Faulhaber ; ce seraient plutôt des Dominicains anonymes qui, rarement motorisés, le plus souvent à pied, quelques-uns à bicyclette, atteignent le moulin de toute direction.

Tolérés plus que favorisés, ils attendent humblement, assis avec leur bréviaire ouvert sous le soubassement du moulin qu'un certain docteur Oetker de Bielefeld sache que pour lui le commandement de l'heure ainsi se formule : « Avec la levure du Dr. Oetker, fais une flotte ! Délayer la poudre à pudding Oetker, laisser bouillir, refroidir, jeter avec précaution dans toutes les mers du globe — et voilà : ils flottent, les pétroliers du Dr. Oetker ! »

Plus tard, après qu'Oetker s'est pérennisé dans le pivot avant de partir, le P. Roch, légèrement déconcerté, doit souffler sur son lorgnon car à peine a-t-il, d'un crayon strident, cité sur l'ardoise le catéchisme : « Seigneur, envoie-nous Ton Esprit, et toute création se renouvelle... », que les vers de farine, par procuration, parlent : l'Eglise, source unique de salut, doit tendre lentement à un état de choses gothique, ensuite roman tardif ; avec effet rétroactif, il importe de restaurer l'empire de Charlemagne, au besoin avec l'aide des Welsches ; commencer d'abord sans torture et sans bûchers de sorcières, car des hérétiques aussi confirmés que Gerstenmaier et Dibelius viendront sans se faire prier manger dans la main de la Sainte Vierge : « Marie, avec ton enfant, Bénis-nous tous en même temps. »

Chargés de cadeaux, les bons pères, qui à pied, qui à vélo, rentrent au logis. Un jour même six Franciscaines venues de la maison mère d'Aix-la-Chapelle s'alignent, directes et décoratives, sur fond de moulin à vent. Bien que la régente des novices, Sœur Alphonse-Marie, ait une demi-heure durant cuisiné le meunier, ce que les vers de farine ont à dire aux nonnes ne sera au grand jamais éventé ; il est seulement établi que : les vers de farine catholiques — le meunier Anton Matern est bien pensant — ont rédigé à toutes fins et éventualités des lettres pastorales ; on chuchote le nom d'un ministre en pleine ascension qui — *Nomen est omen* — s'appellera Vermling et avec l'aide de familles catholiques fondera un Etat dans l'Etat ; les vers de farine déposent des projets de loi ; les vers de farine en tiennent pour l'école confessionnelle ; pour des raisons de foi, les vers de farine regrettent la réunion des églises chrétiennes ; les vers de farine gouvernent l'Allemagne de l'Ouest — car l'Etat-fragment est-allemand envoie trop tard ses théoriciens du plan.

Devant que le meunier au sac de vingt livres de farine de froment — rechargé du reste à grand-peine avec quelques livres de variété Epp provenant du delta aujourd'hui polonais de la Vistule — devant donc que le meunier Matern aux vers de farine bien nourris ait coopéré à la planification du Combinat sidérurgique de Stalinstadt dans la Bassée de l'Oder, à la construction de la Centrale énergétique de Schwarze Pumpe, à l'exploitation d'uranium et de tungstène de la sinistre Wismut A.G. et à la mise en place de brigades socialistes, des policiers en civil ont verrouillé le terrain autour des vers oraculaires ; car si en ce temps-là, MM. Leuschner et Mewis — Ulbricht délégua même Nuschke — avaient une paire de fois réussi à forcer le blocus établi par les barbouzes d'un certain général von Gehlen, eh bien la République Démocratique Allemande n'en serait pas où elle en est, elle nagerait dans les pommes de terre et aurait pour ses bureaux des excédents de trombones — au lieu qu'elle n'a rien du tout et pas même son content de barbelés.

Avec une égale incurie, les critiques du miracle économique qui, l'index levé, tirent à côté de la symbolique figure d'Erhard, ratent l'autorail de Düren. M. Kuby et tous nos chansonniers posséderaient des flèches empoisonnées, des arguments et des couplets caustiques, susceptibles d'ébranler un Empire, s'ils étaient allés à Compostelle consulter le meunier Matern. Car il est controuvé d'admettre que des vers de farine partisans n'aient jamais pensé qu'au seul et unique Konrad. Bien au contraire ! De précoces visiteurs vermicoles, les messieurs de la presse et ceux qui avaient des ennuis de décartellisation, confirmeront que d'emblée l'atmosphère anti-adenauérienne la plus extrémiste régna dans le sac de vingt livres ; ce n'est pas le bourgmestre incapable, venu au moulin quatre fois seulement et uniquement pour des questions de politique extérieure, que les vers de farine ont proposé comme premier chancelier fédéral ; ce n'est pas lui qu'appelaient leurs vœux, lui qui fit échouer les négociations de la Communauté européenne, du reste insuffisamment vermifiées au préalable ; bien plutôt ils s'écrièrent d'une seule voix : « Faut que ce soit Hans Globke, le silencieux Résistant opérant dans la coulisse. »

Il en fut autrement ; et si des partisans vermicultivés n'avaient, gardant en mémoire la sentence du ver, fait du Dr. Hans Globke un Shadow-Chancellor, et par-là fourni à la fraction véreuse de la Diète fédérale ainsi qu'à un demi-quarteron de secrétaires d'Etat placés dans les ministères-clés une audience passable, bien des choses, tout peut-être aurait marché de travers.

Et le meunier Matern ? Quels honneurs lui échurent-ils ? Est-ce que le service gratuit de tel ou tel hebdomadaire illustré, est-ce que les calendriers-étrennes d'Auto-Union jusqu'aux mines de Hanovre-Hannibal étaient son seul bénéfice ? Fut-il doté d'offices, décorations ou paquets d'actions ? Le meunier devint-il riche ?

Son fils, qui en mars de l'année quarante-neuf lui rend visite en compagnie d'un chien de berger noir, n'aperçoit d'abord pas un kopeck. Dehors, le vent d'ouest tracasse la voilure désemparée. Neckarsulm et les Chaudronneries réunies viennent de déguerpir : la consultation est terminée. Le sac de vingt livres est au repos dans le coffre-fort. Ce meuble — cadeau des aciéries Krauss-Maffei A.G. qui, contrôlées par Buderus, appartiennent au groupe Flick — a été mis en place par Bouche-d'Or parce qu'à son avis le sac, tout bêtement logé dans la trémie, n'était pas en sûreté. Il faut considérer aussi des acquisitions inutiles : dans la spacieuse volière — don de la Winterhall A.G. se becquettent deux perruches — cadeau du Konzern Gerling. Mais le père et le fils restent comme des chiens de faïence, s'il est vrai que des exclamations occasionnelles comme « Hé hé ! » ou « Ben ma foi ! » n'entrent pas en ligne de compte. Obligeamment, c'est le fils qui ouvre la bouche le premier : « Dis voir, p'pa, quoi c'est qu'y raconte le ver de farine à c't' heure ? »

Le père ignore l'invite : « Attends un peu. Des bobards, toujours que des bobards. »

Alors le fils, comme il se doit, s'informe de sa mère et de sa tante : « Et m'man ? Et tante Lorrchen ? Tu t'es séparé d'elles ? »

Le meunier braque son pouce vers le grenier à farine : « Elles s'avint toutes neyées en route. »

L'idée vient au fils de s'informer de vieilles connaissances : « Et Kriwe ? Lührmann ? Karweise ? Où qu'ont resté les Kabrun ? Le vieux Folchert et l'Hedwige au Lau de vers le côté de Schiewenhorst ? »

Derechef, le meunier montre les madriers du plafond : « Neyés ! Y s'ont tous neyés en route. »

Bien que Maman, Tante et tous les voisins aient été la proie de la Baltique, il faut bien s'informer aussi du moulin paternel. Et derechef le meunier doit faire part d'une perte cruelle : « Il a flambé en plein jour. »

Le fils doit crier s'il veut tirer de son père quelque renseignement. D'abord avec prudence, puis de plein fouet, il présente son affaire. Mais le meunier ne comprend ni par l'oreille aplatie ni par l'oreille collée. C'est pourquoi le fils, avec le crayon d'ardoise, écrit son désir sur l'ardoise. Il demande de l'argent — des sous, des sous ! — il est flambé comme le moulin du pays natal, il a eu la poisse, il est raide !

Le père-meunier hoche une tête compréhensive et conseille à son fils de prendre du travail dans le Pays Noir ou bien chez lui. « Rends-toi utile ici. Tu trouveras bien toujours quéqu' chose à faire ici. Et pis va bientôt falloir qu'on bâtisse. »

Mais avant que Matern, le fils, ait résolu de se mettre en condition chez son père, il veut encore savoir à peu près si le meunier ne connaîtrait pas quelqu'un, un grand fumeur, nommé Bouche-d'Or, et si ce Bouche-d'Or nicotinomane, au cas où il ne le connaîtrait pas, pourrait être découvert grâce aux vers de farine : « Demande leur-z-y voir. »

Alors le meunier est pétrifié. Les vers de farine se taisent dans leur coffre d'acier — Krauss-Maffei. Seules les perruches — Konzern Gerling — causent dans leur cage — Winterhall A.G.

Pourtant Matern, le fils, reste et bâtit en planches, sous la sole du moulin désaffecté, une niche pour Pluto.

S'il y avait ici une Vistule et des digues allant d'un horizon à l'autre, alors le patelin qui est là-bas serait Schiewenhorst et ici où, chaque matin sauf le jeudi, les barons de la finance et les curateurs s'amènent en voiture, ce serait Nickelswalde ; aussi l'endroit va-t-il bientôt s'appeler Nickelswalde-le-Neuf.

Le fils Matern s'installe. Père et fils signent un contrat de travail en bonne et due forme. Dorénavant le chien Pluto devra garder le moulin y compris son contenu, et annoncer par ses aboiements les visites d'affaires. Il incombe au fils de réglementer le processus économique vermocratique. En sa qualité de majordome salarié hors-tarif, il fait aplanir au bulldozer un parc de stationnement au pied de la butte du moulin, mais refuse d'implanter un poste d'essence Esso. Mais des édifices à un étage doivent seuls flanquer sur trois côtés le parking, afin que le moulin à vent — devenu entre-temps un symbole du genre épingle de cravate — domine convenablement le trafic florissant à ras de terre. Le central téléphonique transmet sans à-coups les consignes vermigènes. Avec trois dames-secrétaires à poste fixe, en permanence à la disposition de la clientèle et rompues à n'importe quelle dictée, le bureau d'expédition sert la logique véreuse cristallisée en formules. Le bâtiment principal recèle un très simple restaurant et douze chambres à un lit ainsi que six chambres à deux lits, afin que la nuit porte conseil et que la cogitation des vers puisse élaborer ce qu'elle n'a pu traiter au cours de la journée. Dans la cave s'ouvre le bar où, dès la fin de l'après-midi, les puissances organisatrices véristes — aujourd'hui ça s'appelle des chefs — sont visibles et audibles sur de hauts tabourets. Le nez sur des breuvages rafraîchis, grignotant des amandes salées, ils cultivent la tendance — au commencement de laquelle était le ver — à la formation de monopoles, discutent l'ordonnance vermoulue qui réglemente la concurrence, ils rejettent, ils distribuent, ils soutiennent à titre provisoire, ils suivent tranquillement la tendance, réagissent en ordre dispersé, poussent à la baisse, notent et encaissent, poussent énergiquement à la hausse et considèrent en souriant un calicot que Matern, le majordome, a suspendu, blanc sur fond rouge, en tra-vers du caveau :

> Toutes les usines font la trêve
> Quand le ver se met en grève.

Car le fils Matern tient aussi le crachoir. Beaucoup de ses phrases commencent uniformément : « Le marxisme-léninisme a démontré... » ou bien : « Sur les ailes du socialisme, on verra... »

Les potentats organisateurs vermicoles — car ces gens-là, des chefs, jamais de la vie — se ratatinent sur leurs tabourets de bar quand le majordome Matern pointe vers le calicot bicolore le célèbre index de Lénine et parle de collectif véreux, de la structure vermiculaire du socialisme triomphant, et de l'histoire en tant que processus dialectique vermiforme. Tandis qu'en haut, dans le moulin en retraite, le meunier de travers avec son sac de vingt livres contre l'oreille procure à l'économie allemande d'après-guerre une considération globale — c'est à sa collaboration et à sa tolérance que nous devons l'ouvrage décisif du théoricien de l'économie W. Eucken : « Les tâches du ver de farine d'intérêt public au sein d'un Etat juridique » — en bas son fils le majordome dénonce les symptômes indubitables d'exploitation monopoliste des vers de farine. Ils grouillent de citations. Il y en a avec conscience de classe et des sans. Quelques-uns s'exercent à l'auto-éducation collective, d'autres tiennent un journal de brigade. Des qui sont placés en flèche construisent une maison au socialisme. Sous réserve de conditions sociales modifiées, le capitaliste se convertit à. Ils s'épurent. Ils s'excluent. Ils triomphent ! Pendant d'interminables conversations de bar — il y a belle heure que là-haut le père Matern dort et rêve du lierre qui sature les cimetières cis- et transvistuliens — le fils Matern, courbé sur le gin et le whisky, diffuse des vermythes marxiformes qui doivent appuyer la thèse d'une fatalité de toute évolution : « Car il y a des vers du plan, des vers constructifs et des brigades de vers qui, sur les ailes du socialisme, s'engagent dans la voie du JE au NOUS. »

Matern, le majordome, ne parle pas mal. Dans le bar enfumé, son crâne bientôt chauve placé sous le lustre, il enserre son verre de whisky et agite une boisson cliquetante *on the rocks*. Son index léninien, souvent figuré par les peintres, est braqué sur l'avenir et joue du théâtre éducatif pour un public amateur. Car ceux qu'on voit assis sur les tabourets, les puissances vermocratiques Abs et Pferdmenges, les dames Thyssen et l'Axel Springer, la technocrate Blessing et le syndic Stein, les sociétaires à responsabilité et les septuples administrateurs, tous se mettent de la partie, parce que chacun — « Sinon, où irait-on ? » — possède une opinion propre qu'il importe d'exposer. Par-dessus le marché, un jour, dans sa jeunesse, chacun — « La main sur le cœur, sabre de bois, sabre de fer, si je mens je vais en Enfer ! » — a été quelque part à gauche. Nous sommes entre nous, ma foi : « Krauss-Maffei et Röchling-Buderus ! » O glorieux vétérans : « Lübbert et Bülow-Schwante, Aurélius Georgen, l'inspecteur des Mines Sohl, les témoins d'Alfred Krupp et les héritiers d'Hugo Stinnes ! » Dans le jour, pense le majordome Matern, des gens avec qui on peut causer après minuit. Ils ne sont pas tous sur un lit de roses. Chacun, même la veuve Siemens a son ballot à porter. Chacune, même la Forge de Bonne-Espérance, a dû commencer tout en bas. Chaque firme, y compris la Phœnix-Tubes, a du répondant social. « Cependant nous insisterons sur un point, Messieurs, dans des Réassurances et de l'Assurance-Grêle, utilisateurs de goudron et transformateurs d'acier brut, messieurs les ramifiés et les apparentés deux cents Familles, Krupp, Flick, Stumm et Stinnes : le socialisme vaincra ! Haut les glass ! Au nom du Ver, ainsi soit-il ! A la tienne, Vicco ! Tendance favorable ! T'es un gars bien, même si un jour t'as été colonel S.S. Passons l'éponge. On s'est tous mouillés. Chacun à sa façon. Appelle-moi Walter ! »

Mais ce genre de fraternisations ne se produit au sous-sol du moulin désaffecté qu'à minuit sonné. De jour, tandis que le parking est encombré, le central débordé et le carnet de rendez-vous complet, c'est la guérilla idéologique qui règne. Aucun mécène mystérieux ne finance le majordome. Il fait imprimer par ses propres moyens des prospectus dont le style accuse une nouveauté révolutionnaire, parce qu'ils ne finissent pas dans la corbeille à papiers, mais trouvent une application pratique, et rationnelle encore. Certes, la partie gauche est remplie du texte de tract traditionnel en tire-l'œil, mais la partie de droite du feuillet reste pucelle et s'offre pour y prendre des notes et des dictées.

A gauche les citations de Marx relaient des données empruntées à l'histoire gentilice des Matern ; à droite, des portemines aux réflexes affûtés notent la capacité prévision-nelle de l'aciérie projetée à Rourkela dans l'Etat indien d'Orissa.

A gauche, les combattants de classe Spartacus et Thomas Münzer, Luxemburg et Liebknecht fleurissent en points d'ex-clamation ; à droite il se précise, deux points, que sous peu d'années Rüsselsheim versera un superdividende de soixante-six pour cent.

A gauche, les chefs bandouliers Simon et Grégoire Materna, dès l'aube du seizième siècle, fondent des brigades douées de conscience collective ; à droite, on met en axiomes la Commu-nauté Charbon-Acier.

A gauche tout un chacun, s'il en a envie, peut lire que le bisaïeul du majordome, lequel croyait en Napoléon mais vendit aux Russes des échelles d'assaut, dut à cette dualité de ramasser de l'argent qui appartenait auparavant à des militaris-tes et capitalistes ; à droite s'alignent les investissements et émissions de la Badische Anilin-und Soda Fabrik jusqu'à la lointaine année cinquante-cinq.

Bref : tandis que le majordome Matern, sur le côté gauche d'un tract plutôt rouge, se signale comme idoine à précipiter la fin de l'ordre social occidental décadent, le même tract reçoit sur sa partie non imprimée : courbes de frais généraux, cotations en bourse, ordonnance de cartels. Quelle anticipation évidente de l'actuelle coexistence !

Et quel plaisir gratuit ce serait, maintenant que cette chronique cherche son second souffle pour conclure, de faire place encore à tel autre intermède ; car chacun pourrait à présent raconter des anecdotes. Par exemple la petite histoire de la U.F.A. qui envoie trop tardivement ses administrateurs provisoires à Nickelswalde-le-Neuf. Chacun pourrait à présent lâcher un lamento. Par exemple la litanie des péchés d'omission dans le cadre de l'agriculture, bien que les vers de farine ne cessent, pour ainsi dire du fait de leur milieu propre, de claironner l'amorce de crises agraires. Chacun pourrait aussitôt mettre sur le tapis un Gotha de racontars mondains. Voyons : Les liaisons à Hambourg, sujet en or, Rosenthal-Rowohlt ; les motifs du divorce Springer ; ennuyeuse critique sociale. Laissons cela, et abrégeons : de mars mille neuf cent quarante-neuf jusqu'à l'été de cinquante-trois, Walter Matern, venu pour dire le droit avec son chien noir, fait fonction de majordome et de fils rebelle à l'égard de son père Anton Matern, venu pour dispenser conseils avec sac de vingt livres parlant bas. Cette période est venue à la connaissance de tous en tant que période archaïque du Miracle économique. La cellule-mère de cette époque s'appelle Nickelswalde-le-Neuf. Bien des aspects — on parle à mots couverts de tireurs de ficelles et de liaisons internationales — doivent rester et resteront obscurs. Par exemple Matern, le majordome, ne voit jamais Bouche-d'Or dont tous savent qui il, et personne où il est — même les vers de farine l'ignorent. Mais ils divulguent la mort de Staline avant que — trois jours plus tard — elle devienne officielle ; ce savoir-quand rapporte à quelques personnes ayant affaire en bourse des bénéfices accessoires. Quelques semaines plus tard, le chien de garde Pluto qu'on déchaîne la nuit donne l'alarme : le feu sous le moulin ! L'incendie est rapidement enrayé. Il suffit de remplacer quatre petits liens de soubassement ; les dégâts causés au chapeau et aux ais à couteau du grenier à farine sont minimes. Arrive en voiture le préfet de Police de Düsseldorf. Preuves d'incendie volontaire ! Mais l'effort tenté

pour établir une relation entre cet attentat et celui qui bientôt
va se produire tourne court ; en effet jusqu'à ce jour il n'y a pas
de preuves. De même c'est une spéculation à vide que de
flairer, comme le font certains, des rapports entre la mort de
Staline et l'incendie manqué d'une part, et d'autre part le coup
réussi et les soulèvements ouvriers dans la zone d'occupation
soviétique. Cependant jusqu'à ce jour — et bien que l'affaire
John n'ait jeté aucune lumière sur Nickelswalde-le-Neuf —
des communistes sont tenus pour les incendiaires et auteurs de
l'enlèvement.

C'est pourquoi le fils du meunier Matern, qui est suspect en
sa double qualité de majordome et de membre inscrit au Parti
communiste allemand, doit se soumettre à des semaines
d'interrogatoires.

Mais il connaît déjà cette musique de longue date. Les jeux
de questions l'ont toujours amusé. Chaque réponse, pense-t-il,
devrait lui valoir des applaudissements.

« Profession apprise ?

— Acteur.

— Profession exercée pour l'instant ?

— Jusqu'au jour de l'attentat perpétré contre l'emprise du
moulin de mon père, je faisais fonction de majordome.

— Où vous trouviez-vous pendant la nuit en question ?

— Au caveau.

— Qui peut en témoigner ?

— M. Vicco von Bülow-Schwante, président de conseil
d'administration au Konzern Stumm ; M. le docteur Lübbert,
administrateur délégué de la firme Dyckerhoff et Wichmann ;
et M. Gustave Stein, dirigeant de la Fédération nationale de
l'Industrie allemande.

— De quoi parlâtes-vous avec les témoins ?

— D'abord de la tradition du régiment de uhlans où servit
M. von Bülow-Schwante ; puis des participations prises par les
firmes Lenz-Bau A.G. et Waysse-Freytag dans la reconstruction de l'Allemagne occidentale ; enfin M. Stein élucida des
interférences existant entre les porteurs de culture et les
dirigeants de l'économie. »

Mais, quelque obstination que mettent à rester en coulisse
les véritables auteurs, c'est un fait que : malgré l'Organisation
Gehlen et une triple ceinture de barrages — il y a des zones
interdites I et II — des inconnus, dans la nuit du 15 au 16 juin
cinquante-trois, réussissent à enlever le meunier Anton
Matern, domicilié au moulin désaffecté de Nickelswalde-le-

Neuf. Outre celle du meunier, on constate le 16 juin au matin la disparition des objets suivants contenus dans le moulin à vent : Dans le grenier à sacs : un portrait encadré et sous verre de l'ancien président du Reich Von Hindenburg et un appareil radio, firme Grundig. Dans le grenier à farine : cinq années de la revue radiophonique *Ecoute !*, deux perruches avec cage et un sac de vingt livres de farine de froment qui était conservé dans un coffre-fort que les auteurs — on admet qu'ils étaient plusieurs — purent ouvrir sans effraction.

Mais comme il s'agit d'un sac où habitent des vers de farine originaires d'Allemagne orientale qui, par un dirigisme centralisé, ont provoqué une prospérité économique ouest-allemande laquelle aujourd'hui encore se prolonge, bien qu'on puisse en entrevoir la fin, en soutenant la conjoncture, la disparition du sac en compagnie du meunier-accessoire déclenche la panique. Au caveau par exemple, ou sur le parking, des messieurs non autorisés à quitter Nickelswalde-le-Neuf tant que se prolongent les investigations cherchent dans l'histoire allemande et occidentale des catastrophes comparables. On prononce les noms de Cannes, Waterloo et Stalingrad. Le renvoi de Bismarck, figuré par une caricature anglaise d'époque, fournit le cri de Cassandre : « Le pilote quitte le navire ! » Pour le cas où cette légende ne qualifierait pas la situation avec suffisamment de force, on va chercher dans le dicton des rats une éloquente proposition relative qui se laisse bien intégrer à la formule Bismarck : « Le pilote quitte le navire qui sombre ! »

Pourtant il ne faut pas que le grand public prenne part à l'épouvante des chefs. Bien que nul n'ait instauré un black-out de l'information concernant l'événement de Nickelswalde-le-Neuf, pas un journal, même le « Journal en Images », ne consacre de gros titres à tirer la sonnette d'alarme : « Les vers de farine quittent la République fédérale ! » — « Agression soviétique contre le Centre économique ouest-allemand ! » — « L'étoile de l'Allemagne à son couchant ! »

Rien dans *Die Welt.* Tout ce qui de Hambourg à Munich se nomme gazette parle exclusivement de l'insurrection en tache d'huile des ouvriers du bâtiment travaillant à l'avenue Staline ; cependant Ulbricht, appuyé sur un bruit de tanks, reste en place, tandis que le meunier Anton Matern disparaît sans tambour ni musique.

Sur quoi tous ceux qui vivent de ses sentences vermidiques à coloration patoise, les Krupp, les Flick, les Stumm et les Stinnes, tous ceux qui poursuivent leur croisière en s'en tenant

au cap verminome, la banque des Pays allemands, le Consortium de Bochum, le potage condensé Knorr et les gâteaux secs
Bahlsen, sur quoi tous ceux qui faisaient la queue devant le
moulin à vent désaffecté, les biens industriels et l'industrie des
biens de consommation, les organisations et Chambres de
Commerce, établissements de crédit et Fédérations nationales,
sur quoi tous les disciples vermophiles écrasent en silence les
consultations qu'ils venaient demander chez le meunier
Matern. Désormais, dans les discours officiels, inaugurations,
premières pierres, lancements de navires, on ne dit plus : « Ce
bien-être, nous le devons aux discrets avis du ver de farine. Ce
que nous possédons, nous en sommes redevables au meunier
Matern et à son sac de vingt livres d'intérêt public. Vive le
meunier Anton Matern ! » Mais non ; par temps venteux ou
par temps calme, de ci-devant puissances vermigènes, devenues orateurs autogènes vont phrasant : Courage allemand.
Travail du peuple allemand. Phœnix qui renaît de ses cendres.
Merveilleuse résurrection de l'Allemagne. Et en tout cas : la
grâce de Dieu, sans quoi rien à faire.

Un seul homme a perdu par la retraite du meunier la
stabilité de son emploi. Matern, jadis majordome, devenu
chômeur, grinçant des dents, a pris sarcastiquement le trimard
à travers les Allemagnes avec son chien noir. Toute prospérité
a un terme. Tout miracle se laisse expliquer. Avant toute crise
on a été prévenu : « N'écoutez pas le ver ! — le ver est dans le
ver ! »

LA QUATRE-VINGT-HUITIÈME ASEPTIQUE

Tendance faible : devenu entre-temps chauve au sommet, il
va grognon, farouche, mais tient le chien serré. Pluto obéit et
n'est plus des plus jeunes. Comme c'est fatigant de vieillir ; car
toutes les gares disent du mal de la suivante. Dans chaque pré
broutent déjà d'autres. Dans chaque église, le même bon
Dieu : Ecce Homo ! Me regarde : chauve aussi par-dedans.
Une armoire vide pleine d'uniformes de toute opinion. Je fus
rouge, portai le brun, marchai en noir, me teignis de rouge.
Vous pouvez toujours me cracher dessus : en cet imperméable,
bretelles réglables, le poussah increvable marche sur des
semelles de plomb, chauve du haut, creux à l'intérieur,
extérieurement drapé de guenilles rouges, brunes, noires —

vous pouvez toujours cracher ! Mais Brauxel ne crache pas, il envoie des avances de crédit, donne des conseils, parle à la cantonade d'import-export et de fin du monde, tandis que je grince : un chauve demande justice. Il s'agit de dents au nombre de trente-deux. Aucun dentiste n'a encore battu monnaie de mes miennes. Toutes les dents comptent.

Tendance maussade. Même la Gare centrale de Cologne n'est plus ce qu'elle était auparavant. Jésus-Christ, qui sait multiplier les pains et couper le souffle aux courants d'air, l'a fait vitrer. Jésus-Christ, qui nous a pardonné à tous, a fait aussi réémailler les stalles de l'urinoir. Plus de noms chargés de culpabilité, plus d'adresses révélatrices. Tout le monde veut avoir la paix et manger chaque jour des pommes de terre primeurs ; seul Matern hume encore les courants d'air et sent des noms marqués au couteau dans son cœur, sa rate et ses reins, des noms qui crient vengeance, tous autant qu'ils sont. Un demi au buffet-salle d'attente. Un tour de cathédrale avec le chien, histoire qu'il la compisse à ses trente-deux angles. Sur ce, encore un demi à droite en sortant. Colloques avec des clochards qui prennent Matern pour un clochard. Puis dernière tentative ayant pour théâtre l'urinoir. L'odeur est demeurée identique malgré la bière qui jadis était plus mauvaise et moins riche en alcool. Quelle insanité d'acheter des préservatifs. Les lombes en lordose, long comme un cheval entier : émission dans trente-deux stalles toutes vierges de noms. Matern s'achète des préserves, dix paquets. Il veut rendre visite à de bons amis de Mülheim. « Les Sawatzki ? Il y a longtemps qu'ils n'habitent plus ici. Ils se sont lancés dans la confection pour hommes à Bedburg, en partant de rien. Puis ils ont acheté un fonds de confection et paraîtrait qu'ils ont ouvert à Düsseldorf un grand machin sur deux étages. »

Jusqu'à présent il a pu éviter ce centre varioleux. Jamais fait que traverser, jamais descendu. Cologne ? Oui. Neuss idem, voir aiguille à tricoter. Une semaine à Benrath. La Ruhr de Dortmund à Duisbourg. Une fois deux jours à Kaiserswerth. Bon souvenir d'Aix-la-Chapelle. Passer la nuit à Büderich, mais jamais chez la veuve Plumeau. Fêter Noël dans le Sauerland, mais pas chez les faiseurs de culbutes. Krefeld, Düren, Gladbach, entre Viersen et Dülken, où Papa versifiotait à merveille, tout cela est bien moche, mais plus moche encore est ce bubon, cette offense à un Dieu inexistant, cette petite bière éventée, cet avorton laissé pour compte du temps où Jean Wellem saillit la Loreley. Ville d'art à part ça, ville d'expositions, ville-jardin. Babel, façon Restauration. La buanderie rhénane et la capitale du land. Marraine de Danzig. Le Pot à Moutarde et le tombeau de Hoppeditz. Là vécut et souffrit Grabbe. « Il en a été. Donc nous sommes quittes. Il a séché en route. » Car même Christian Dietrich n'avait pas envie, préfère trépasser à Detmold. Le rire de Grabbe, au théâtre : « Je pourrais tuer Rome par mon rire, pourquoi pas Düsseldorf ! » Larmes de Grabbe, la vieille ophtalmie d'Hannibal : « Pleurez bien, amis sportifs ! Mais à l'heure idoine, quand vous avez tout gagné. » — Mais sans stimulus hilarant et sans bestiole dans l'œil, à jeun, le chien noir à sa botte, Matern vient mettre à mal la belle ville de Düsseldorf qu'en temps de Carnaval gouverne la garde bleu et blanc du Prince, où l'argent verdoie, où la bière couloie, où les beaux-arts flamboient, où l'on se laisse vivre à perpétuité dans la joie, la joie !

Mais la tendance est tout aussi maussade chez les Sawatzki. Inge dit : « Mon petit, t'es devenu chauve. » Ils habitent Schadowstrasse, au-dessus du magasin, dans cinq pièces à la fois, aménagées de première. Jochen parle à côté de l'aquarium de taille moyenne encastré dans le mur ; il ne parle plus que haut-allemand, c'est étonnant, n'est-ce pas ? Du bon vieux temps de Mülheim — « Tu peux encore te rappeler, Walter ? » — est resté ce *Dictionnaire de Conversation* en trente-deux volumes, que tous trois ne se lassaient pas de feuilleter jadis, déjà, à Fliesteden : A comme Appétit. — « Tu veux-t'y dîner avec nous, rien que des choses en boîte ? » B comme Baraque — « C'est comme ça qu'on a commencé à Bedburg, mais ensuite. » C comme Cembalo — « C'en est un italien, qu'on a eu assez bon marché à Amsterdam. » D comme Danzig. — « Tiens, il y a eu ici l'autre jour une rencontre de réfugiés, mais Jochen n'y est pas allé. » E comme Epousé. « Depuis qu'on s'est, le mark vaut plus que cinquante pfennigs à peine. » F comme Fanatique. « T'en es un ; y a rien à en tirer. » G comme Gabardine : « Tâte voir ce tissu, pas écossais, on se respecte, et c'est pourquoi on est moins cher que. » H comme Hérisson. « On se tient à carreau de tous les côtés. » I comme Industrie ; « On a été à la Chambre de Commerce et d'Industrie ; d'abord ils voulaient faire des difficultés, mais quand Jochen y a été et qu'il a fait voir les lettres. » J comme Jardin d'enfants. — « Et tu te rends compte, Walli va à l'école depuis Pâques. » K comme Kaki. « Vous, y vous voulaient pas. » L comme Liquette. « Dans le temps, on n'en avait qu'une. » M comme

Ménage. « L'avant-dernière qu'on avait, au bout de quinze jours seulement elle devenait insolente. » N comme Nature. « Deux hectares de forêt et une mare aux canards sont enclos dans le terrain. » O comme Oscar. « C'est un pays à vous, il a joué du tambour un bout de temps à la Cave aux Oignons. » P comme Perles. « C'est Jochen qui me les a offertes pour mon anniversaire de mariage. » Q comme Quinquina. « On s'en prend un des fois le soir. » R comme Randonnées. « Et l'an dernier on était en Autriche, Burgenland, faut bien changer un peu. » S comme Schilling. « C'est pour rien là-bas, et encore bien folklorique. » T comme Textile. « C'est Bouche-d'Or qui nous a donné le tuyau. » U comme Utile. « Y a une éternité qu'on l'a pas vu. » V comme Volatilisé... « Bah ! P't'êt' qu'y reviendra encore un coup. » W comme Walli. « C'est notre enfant, Walter, pas question de prétentions. » X comme Xylophone, « Ou bien cymbalum, c'est de ça qu'y jouent chez Czikos, si qu'on irait pour voir une petite heure ? » Y comme Yucatan « Ou bien là ? C'est une boîte qui vient d'ouvrir. » Z comme Zut. « On pourrait encore aller à la Cave-aux-Oignons. Et puis non, plutôt à la Morgue. Faut absolument y couler un œil. Abusif, biscornu, choquant. Dégueulasse. Enorme, fantastique. Grenu. Horrible, idiot. Jouissif, komique. La larme à l'œil à force de rire. Médical pour ainsi dire. Naturellement nib de nu. Ollé ollé en dessous. Pris dans la masse. Quollet monté avec ça. Révoltant à t'en rendre malade. Sadique, terrifiant, unique. Vont sûrement l'interdire. Watt, j' te dis. X fois qu'on y a été. Yam à gogo. Zou qu'on y va ; c'est Jochen qui paie. »

Pour bien faire, Pluto devrait rester avec la femme de chambre dans le cinq-pièces et veiller sur le sommeil enfantin de Walli, mais Matern insiste pour être accompagné de Pluto si l'on va au restaurant *Morgue*. Sawatzki opine : « Si on allait plutôt au *Czikos* ? » Mais Inge veut mordicus aller à la *Morgue*. Ils sortent tous trois avec le chien. Remontent la Flingerstrasse descendent la Bolkertstrasse. Naturellement la boîte appelée *Morgue,* comme toutes les boîtes bon teint de Düsseldorf, est située dans la Vieille Ville. On ne sait pas au juste à qui appartient le restaurant. Quelques-uns misent sur F. Schmuh, le propriétaire de la *Cave-aux-Oignons.* Il serait question aussi d'Otto Schuster, le restaurateur du *Czikos.* Mattner, le cinéaste, qui a maintenant la vedette avec son *Teuf-teuf* et sa *Datcha* qui devait d'abord s'appeler *Troïka,* et qui a ouvert l'autre jour un nouveau bazar, le *Marché aux Puces,* est encore tout petit et en est seulement à se lancer à l'heure où Matern sort faire un tour avec le chien et les Sawatzki. Tandis qu'ils longent la Mertensstrasse avant d'oser entrer à la *Morgue,* Inge Sawatzki se creuse sa tête de poupée vieillie de cinq ans entre-temps. « Je voudrais seulement savoir qui a eu cette idée ? Fallait bien que quelqu'un y songe, ou bien ? Par exemple Bouche-d'Or qui disait parfois des choses si drôles. Naturelle-ment on n'a jamais cru ce qu'il radote. Il n'y a qu'en affaires qu'on peut faire fond sur celui-là, mais autrement ? Par exemple il voulait nous faire croire qu'il avait eu un vrai corps de ballet. Et ça pendant la guerre avec le Théâtre aux Armées. Par-dessus le marché il est sûrement pas pure race. Ils s'en étaient bien aperçus, en ce temps-là. Je lui ai demandé une paire de fois : Dites voir, Bouche-d'Or, d'où que vous venez, pour de bon ? Un jour il a dit : de Riga et, une autre fois : ça s'appelle aujourd'hui Swibno. Il n'a pas dit comment il s'appelait avant. Mais il doit y avoir du vrai dans tout ça, dans le ballet. Peut-être qu'effectivement ils ne se sont doutés de rien, en ce temps-là. Schmuh aussi en serait. C'est celui de la *Cave-aux-Oignons.* Celui-là, il s'est planqué tout le temps comme chef d'abri de la défense passive. Mais c'est les deux seuls en leur genre que je connaisse d'un peu près. Et ils sont typiques tous les deux. C'est pourquoi je dis qu'un truc comme la *Morgue* il n'y a qu'un type comme Bouche-d'Or. Tu verras bien. J'ai pas le moins du monde exagéré. Ou bien, Jochen ? C'est tout de suite après la Ruelle Saint-André, en face du Tribunal d'instance, en biais. »

Certes, on voit bien écrit au fronton, en lettres blanches sur plaque funéraire noire : Morgue, et pourtant un coup d'œil fugitif n'y verrait qu'un simple négoce de cercueils. D'ailleurs un cercueil vide pour enfant, couleur ivoire, repose dans la devanture. Et puis les accessoires habituels : lis de cire et garnitures de cercueil d'une beauté singulière. Des estrades garnies de velours noir exaltent des photos d'enterrement de première classe. Des couronnes en forme de ceintures de sauvetage s'appuient l'une à l'autre. A l'avant-scène, impres-sionnante, une urne de pierre de l'âge du bronze. Lieu de la trouvaille, dit un petit écriteau instructif, Goesfeld au pays de Munster.

Avec une circonspection analogue, les clients, à l'intérieur du lokal, sont rappelés à la caducité de l'homme. Bien que les Sawatzki n'aient rien réservé, on leur attribue, ainsi qu'à Matern et au chien, une table près de l'actrice suédoise exposée dans sa bière, après être décédée d'un accident de la route. Elle est sous verre et, naturellement, en cire. Un édredon piqué blanc qui ne révèle aucun détail et dont les bords rebondis sont adoucis d'un nuage de dentelle voile l'actrice jusqu'au nombril ; mais par en haut la moitié gauche, en partant des cheveux noirs légèrement ondulés, en suivant la joue, le menton et l'amorce délicate du cou, en franchissant la clavicule à peine marquée et la poitrine haute et jusqu'à la taille, est chair de cire, quoique peau rose jaunâtre ; à droite en revanche quand on voit ça sous l'angle où sont placés Matern et les Sawatzki, l'illusion s'éveille qu'elle a été mise à nu par un scalpel ; pareillement en imitation, mais au naturel : le cœur, la rate et le rein gauche. Le truc, c'est que le cœur bat pour de bon, et il y a toujours quelques clients du restaurant *Morgue* qui assiègent le coffre de verre et veulent voir comment il bat.

Hésitants, ils s'assoient, Inge Sawatzki la dernière. L'œil qui vagabonde en cercle se voit offrir dans des niches murales à l'éclairage indirect quelques parties du squelette humain, le bras avec le cubitus et le radius, le crâne usuel, mais aussi, dans de grands bocaux étiquetés, un poumon, le petit et le grand encéphale et, criant aussi de vérité, un placenta, comme si l'on allait faire la classe. Même une bibliothèque met à portée de la main, et non pas sous verre, dos contre dos : la littérature spécialisée, richement illustrée, et puis des documents d'accès difficile pour des spécialistes : essais tentés dans le domaine de la transplantation d'organes, ou bien un ouvrage en deux volumes sur l'hypophyse. Et entre les niches murales, toujours dans le même format et encadrés avec goût, sont accrochés des portraits, photos ou gravures de médecins célèbres : Paracelse, Virchow, Sauerbruch, le dieu romain de la médecine appuyé sur son caducée, regardent manger les clients.

A part ça rien d'extraordinaire : escalope viennoise, tendron de bœuf au radis noir, cervelle de veau sur toasts, langue de bœuf au madère, rognons de mouton flambés, même le vulgaire jambonneau devant demi-sel et le demi-poulet rôti pommes frites. En tout cas, le couvert mérite mention plus détaillée : Matern et les Sawatzki mangent du jarret de veau cocotte à l'aide d'un couvert à dissection stérilisé ; autour des assiettes galope en vélodrome l'inscription « Académie de Médecine. — Autopsie » ; la bière, production düssel normale, écume dans des matras ; mais au demeurant rien d'exagéré. N'importe quel hôtelier de peu de classe, ou bien les représentants du Düsseldorf tardif, comme par exemple Mattner le

cinéaste et ses ensembliers, en auraient remis : et de faire
courir sur bande de magnétophone les bruits originaux d'une
opération : le lent comptage des secondes, tenace comme
caoutchouc, jusqu'à ce qu'agisse la narcose, les instructions à
mi-voix, les commandements, le métal s'entrechoque, une scie
travaille, quelque chose bourdonne sur un autre ton, une autre
chose pompe avec un ralenti de plus en plus poignant, puis ça
repart, instructions plus sèches, bruits cardiaques, bruits
cardiaques... Rien de tel. Pas même une musique d'ambiance,
en sourdine, qui remplisse la *Morgue* d'une rumeur n'engageant à rien. Les couverts à dissection heurtent à petit bruit les
plats de résistance. La conversation s'étale également sur
toutes les tables ; ces dernières sont, si l'on fait abstraction de
leurs nappes en damas, de premier ordre en fait d'authenti-
cité : des tables d'opération roulantes, de forme allongée,
réglables, que n'éclairent pas d'impitoyables lampes de chirur-
gie à feu intense mais d'aimables abat-jour à l'ancienne, à coup
sûr d'époque romantique, diffusant une chaude lumière personnelle. Quant aux clients, ce ne sont pas des carabins en
civil, mais bien plutôt, comme les Sawatzki et Matern, des
hommes d'affaires avec des amis, à l'occasion des députés au
Landtag, parfois des étrangers à qui l'on veut offrir quelque
chose de tsoin-tsoin, rarement de la jeunesse par deux, mais
tous les consommateurs qui veulent s'en payer une bonne
tranche le soir ; car la *Morgue* — au début elle devait s'appeler
le Palais des Expositions — n'est pas positivement bon
marché, et les tentations y sont accumulées. Ainsi, ce que l'on
y voit perché sur des tabourets de bar, ce ne sont pas les
banales filles poussant à la consommation ; ce style d'animation
conviendrait au *Rififi* ou au *Tabou ;* ici, ce sont de jeunes
hommes, correctement vêtus, en un mot : des médecins-
assistants qualifiés sont prêts, tout en buvant une flûte de
mousseux, non pas certes à poser des diagnostics définitifs,
mais à tenir des propos éducatifs accessibles à l'entendement
de quiconque.

   Maint client s'est en ces lieux, hors de portée de ce docteur
Tant-Mieux qu'est souvent le médecin de famille, rendu
compte avec netteté pour la première fois que sa maladie
s'appelait comme ci comme ça, disons artériosclérose. Une
matière lipoïde déposée en concrétions, par exemple la cholestérine, a provoqué le durcissement des vaisseaux sanguins. Sur
un ton amical, mais sans le débraillé des banales conversations
de bar, le savant employé du restaurant *Morgue* attire votre

attention sur les suites éventuelles, l'infarctus du myocarde et l'attaque d'apoplexie ; puis il fait signe de venir à un collègue perché en face de l'autre côté du bar en train de siroter un drink : c'est un expert dans le domaine du métabolisme des lipides, un biochimiste qui parle au client — vous nous remettez du mousseux — de graisses animales et végétales : « C'est pourquoi vous pouvez être sans inquiétude, on n'utilise dans notre maison que des graisses dont les acides non saturés abaissent le taux de cholestérine : la cervelle de veau sur toast fut accommodée avec une huile de germe de maïs extra-pure. En outre, nous employons l'huile de tournesol et — je vais vous étonner — l'huile de baleine, mais jamais de saindoux ni de beurre. »

Matern qui, ces derniers temps, se plaint de calculs néphrétiques, est engagé par le ménage Sawatzki, surtout par Inge Sawatzki, à prendre place au bar à côté d'un de ces « docteurs d'animation », comme dit Inge. Comme Matern hésite à l'idée de traverser le lokal, Sawatzki fait signe à l'un de ces messieurs, lequel se présente comme urologue et l'invite à sa table. D'emblée, et à peine prononcé le mot « calcul », le jeune homme insiste pour que soit commandé un double citron pressé chaud à l'intention de Matern : « Voyez-vous, jusqu'à présent on était bien content si, à l'issue de cures pénibles, on réussissait à provoquer l'évacuation de petits calculs ; mais notre cure de citrons est plus efficace et, l'un dans l'autre, moins onéreuse. Nous dissolvons les calculs, les seuls calculs uriques, à vrai dire, de la façon la plus simple : après deux mois, le taux urinaire de nos clients est, en règle générale, redevenu normal. Malheureusement malheureusement à une condition : abstinence d'alcool ! »

Matern repose le verre de bière qu'il venait de saisir. L'urologue — on a appris entre-temps qu'il a travaillé chez des sommités à Berlin et à Vienne — ne veut pas se montrer importun et prend congé : « A vrai dire, en ce qui concerne les calculs oxaliques — vous les voyez là-bas, dans la deuxième vitrine à partir de la gauche — nous sommes toujours désarmés. Cependant notre cure de citrons — peut-être puis-je vous laisser ce prospectus — est dans le fond une histoire toute simple : déjà Hérodote relate les cures de citrons pratiquées à Babylone contre les calculs néphrétiques ; s'il parle, à vrai dire, de spécimens gros comme des têtes d'enfants, il nous faut tenir compte qu'à l'occasion Hérodote se plaisait à exagérer. »

Matern fait toute une histoire de son double citron. Raillerie

bienveillante des Sawatzki. On feuillette le prospectus du
restaurant *Morgue*. Qu'est-ce qu'ils n'ont pas : des spécialistes
des maladies du thorax et de la thyroïde. Un neurologue. Un
extra pour affaires de prostate. Pluto se tient tranquille sous la
table d'opération. Sawatzki salue de loin un marchand de radio
qu'il connaît et sa compagnie. Intense activité au bar. Les
docteurs-animateurs ne marchandent pas leur savoir. Le jarret
de veau était excellent. Et maintenant ? Fromage ou sucré ?
Les garçons viennent sans qu'on ait le mal de les appeler.

Ah oui, les serveurs, ils sont d'après nature. Blouses
blanches discrètement marquées de traces de clinique, bouton-
nées jusqu'en haut ; bonnets blancs de chirurgien et masques
blancs devant le nez et la bouche ; ça les rend anonymes,
stériles, silencieux. Naturellement ils ne servent pas de leurs
doigts nus les plats de tendron de bœuf ou de filet de porc en
pâte feuilletée ; ils ont, selon les règles de la profession, des
gants de caoutchouc. C'est aller trop loin. Pas pour Inge
Sawatzki, mais Matern trouve les gants excessifs : « Faut bien
que la plaisanterie s'arrête quelque part. Tiens, voilà encore
bien un détail typique : d'un extrême à l'autre, et toujours
vouloir chasser le Diable par Belzébuth. Et avec ça d'honnêtes
courtiers, mais à court d'esprit et portés à se gober eux-mêmes.
En outre ils ne tirent jamais les leçons de leur histoire : ils
pensent toujours que c'est les autres. Veulent à tout prix
l'église dans le village et jamais partir en guerre contre les
moulins à vent. Aussi loin qu'on parle allemand : à la santé de
l'essence et du monde. Salomé du néant. Enjambent des
cadavres en se hâtant vers Néphélococcygie. Ont toujours
manqué leur vocation. Veulent à toute heure devenir tous
frères et embrasser des millions. Profitent de la nuit et du
brouillard pour ramener leurs salades catégoriques. Tout
changement les épouvante. Aucune chance ne fut jamais avec
eux. Toute liberté réside sur des montagnes trop hautes. Au
demeurant, une simple expression géographique. Encaqués
dans une effroyable cohue. Jamais fait de révolutions que dans
la musique et jamais balayé devant leur porte. Quand même,
ce sont les meilleurs fantassins, tandis que l'artillerie serait
plutôt chez les Français. Beaucoup de grands compositeurs et
inventeurs le sont. En effet Copernic n'était pas un Polonais,
mais au contraire. Même Marx s'est senti un. Mais faut
toujours qu'ils aillent au bout des choses. Par exemple ces gants
de caoutchouc. Naturellement il faut qu'ils signifient quelque
chose. Je voudrais bien savoir à quoi pense le taulier. A

condition qu'il en soit un. Car à présent on voit pousser comme des champignons des restaurants italiens et grecs, espagnols et hongrois. Et dans n'importe quel bouiboui il y a un mironton qui a cuisiné sa petite idée. On coupe des oignons crus à la *Cave-aux-Oignons*; gaz hilarant chez Grabbe — et ici c'est les gants de caoutchouc de ce loufiat. Tu le connais, ce type! C'est Untel. Si seulement il ôtait le torchon de sa face. Alors, alors. Il s'appelait, dis-moi vite comment qu'il s'appelait, faut revenir en arrière, tourner les pages, on a des noms, des noms marqués dans le cœur, la rate et le gésier... »

Matern est venu pour faire justice avec un chien noir.

Mais le chirurgien-loufiat n'ôte pas le tissu qui oblitère son nez et sa bouche. Sans nom. Les yeux modestement baissés, il ôte de la table d'opération nappée de damas les restes du jarret de veau disséqué. Il reviendra servir le dessert avec les mêmes gants de caoutchouc. Entre-temps, on peut toujours puiser dans les petits plats en forme de haricots et mastiquer de l'igname. Paraît que c'est bon pour la mémoire. Matern bénéficie d'un sursis et grignote les racines tordues : Ah oui, c'est bien Untel. Si ce n'était pas le salaud de jadis, c'est sa faute à lui et aux autres, si tu. Avec celui-là, j'aurais encore un compte à régler. C'était — je n'ai pas la berlue — le numéro quatre, quand nous avons, à neuf hommes, sauté la clôture en venant par le bois. Je l'ai aidé à sauter. Est-ce que Sawatzki ne se doute de rien ? Ou bien il sait, et préfère se taire. Mais je vais lui causer deux mots à moi tout seul. Il a qu'à venir ici avec ses gants de caoutchouc et son torchon blanc sur la tronche. S'il était encore noir comme dans Zorro ou bien de ce temps-là, le jour où. Ç'avait été un rideau. On l'avait découpé avec des ciseaux en neuf triangles : un pour Willy Eggers, un pour Otto Warnke, un et encore un pour Dulleck Frères, un pour Paulo Hoppe, un pour quelqu'un d'autre. Wollschläger un, un pour Sawatzki — foutu hypocrite, il est là qui ne se doute de rien, ma foi — et le neuvième pour qui ça, voyons voir. Et dans cet équipage nous fûmes pour escalader la clôture du terrain où était la villa de l'allée Steffens. Ça fait des chiennes d'années que, jour après jour, faut escalader la même clôture. Cachés par neuf triangles on saute la clôture. Mais ils étaient noirs autrement qu'ici : remontés par-dessus les yeux avec des fentes pour regarder. Tandis que chez celui-ci, tu reconnais bien les yeux. Il y avait des tonnes de neige. Il faisait déjà la salle à l'époque, il avait été à Zoppot et plus tard à l'Eden. Le voilà qui apporte le pudding. Bublitz, voyons. Je vais lui arracher le torchon de sur la physionomie. Alfons Bublitz. Attends un peu, mon ami !

Mais Matern qui est venu pour rendre la justice avec un chien noir et arracher le masque-torchon n'arrache rien et ne rend pas la justice : il ne fait que regarder fixement le pudding, servi dans des coupes de plexiglas comme en utilisent les dentistes. Avec une exactitude minutieuse, un confiseur — c'est leur métier — a reproduit en deux couleurs une denture humaine ; la gencive rose convexe retient ensemble des dents luisantes, nacrées, d'une implantation régulière ; la denture humaine se subdivise en trente-deux dents à savoir, de part et d'autre en haut et en bas : deux incisives, une canine, cinq molaires, recouvertes de sucre candi. Tout d'abord Matern est pris de ce fou rire à la Grabbe qui pouvait comme chacun sait faire crever de rire Rome elle-même ; pour un peu, il aurait ainsi ravagé le Lokal ; mais comme Inge et Jochen Sawatzki ses hôtes, assis à sa droite et à sa gauche, laissent tomber dans leurs propres dentures de pudding des instruments semblables à des spatules de dentiste, le rire à la Grabbe tourne court au fond de Matern où il prenait son élan ; Rome et le restaurant *Morgue* ne tombent pas en miettes mais en lui, qui a déjà emmagasiné du souffle pour une grande tirade qu'on joue rarement, le jarret de veau disséqué se rebelle à l'idée d'un entremets sucré supplémentaire. Lentement il glisse sur son tabouret rond. Péniblement il se largue de la table d'opération à nappe blanche. Il doit s'appuyer à la forte vitrine où bat paisiblement le cœur de la vedette de cinéma suédoise. Entre les tables occupées auxquelles des smokings et beaucoup trop de diams dégustent du foie en brochettes et des ris de veau panés, il va son cours, sans pilote. Voix dans le brouillard. Les médecins animateurs dissertent d'abondance. Feux de position au-dessus du bar. Il tangue, mais passe au large des images floues où figurent les philanthropes Esculape, Sauerbruch, Paracelse et Virchow. L'entrée du port : et celle-là est, mise à part la reproduction de la leçon d'Anatomie de Rembrandt, un W.C. tout à fait normal. Il vomit au fond et pendant des années. Personne ne le regarde que le bon Dieu. Car Pluto doit rester vers la dame des cabinets. A nouveau réuni au chien, il se lave les mains et le visage.

Matern, après, n'a pas sur lui de petite monnaie et donne une pièce de deux marks à la dame des cabinets. « C'est plutôt dur » émet-elle. « Ça fait pareil à beaucoup de gens qui viennent pour la première fois. » Elle lui fait des recommandations pour le retour : « Buvez donc un bon café fort et un schnaps par-dessus, ça vous remettra tout de suite d'aplomb. »

Matern, docile, exécute : il sirote un moka servi dans une porcelaine de clinique ; il se jette un premier schnaps — bois encore un schnaps, sinon il te manquera un schnaps — puis un second esprit de framboise, servis dans des éprouvettes cylindriques graduées.

Inge Sawatzki marque de la sollicitude : « Qu'est-ce que t'as ? Tu ne veux plus rien ? Faut-il qu'on rappelle l'urologue ou bien un autre qu'est spécialisé là-dedans ? »

C'est le même garçon qui, après le jarret de veau, l'igname et la denture-pudding, sert le moka et les schnaps ; mais Matern n'a plus envie d'effacer un prénom ou un nom de famille tenu à l'abri des contagions sous un protège-bouche-et-nez.

Un silence fortuit est meublé par Sawatzki : « L'addition, s'il vous plaît, ou bien comment dit-on, Monsieur le Professeur, Monsieur le Médecin-Chef, hahaha ! » L'homme masqué présente un bulletin de décès où figure l'addition avec tampon, date et signature illisible — griffe médicale — pour le percepteur : « On peut le déduire. C'est des faux frais professionnels. Où c'est qu'on irait, si on pouvait pas régulièrement. Le vautour des finances aimerait mieux vous. Bon, l'Etat paternel prend soin qu'il n'en fasse rien. »

Le chef de salle en costume remercie de tout son corps et accompagne jusqu'à la porte les Sawatzki et leur invité flanqué du chien de berger noir. Arrivée au seuil, Inge Sawatzki jette un coup d'œil rétrospectif dont Matern s'abstient. Elle fait un petit signe « A la revoyure ! » à l'un des médecins-animateurs, probablement le biochimiste ; c'est parfaitement déplacé, surtout devant cette porte double si originale. D'abord du cuir, puis une laque polie blanche courant sur rails. Pas besoin de pousser : elle obéit électriquement à la pression. C'est le chef de salle stérile qui presse le bouton.

Parvenus devant le vestiaire normal, tout en s'aidant l'un après l'autre à enfiler leurs manteaux, ils regardent derrière eux ; au-dessus de la double porte luit en lettres rouges : « Ne pas déranger — Opération en cours. »

« Non ! » soupire Jochen Sawatzki revenu à l'air frais. « Je voudrais pas y aller dîner tous les soirs. Au plus tous les trois quatre jours, hein ? »

Matern respire profondément, comme s'il voulait pièce à pièce absorber la Vieille-Ville de Düsseldorf avec ses vitraux en culs de bouteille et sa vaisselle d'étain, avec le clocher en sifflet

de Saint-Lambert et les ferronneries d'art façon Vieille-
Allemagne. Chaque fois qu'il respire, il lui semble que ce
pourrait être la dernière fois.

Alors les Sawatzki s'éprennent de sollicitude pour leur ami :
« Tu devrais faire du sport, Walter, sinon un de ces jours tu
vas caler. »

LA QUATRE-VINGT-NEUVIÈME MATERNIADE (SPORTIVE)
ET LA QUATRE-VINGT-DIXIÈME (ÉCŒURÉE)

Je fus, suis malade. J'ai, eus la grippe. Mais au lieu de
mettre ma fièvre au lit, je la portai au *Teuf-teuf* où je la hanchai
au bar. C'est une boîte de style Bas-Rhin tardif, genre chemin
de fer, wagon-salon : acajou et cuivre jaune. Entre Untel et
Untel, jusqu'à quatre heures quarante-cinq, toujours la même
sorte de whisky dans le verre et le verre dans la main sans
démordre ; observé le rapetissement progressif de la glace et
tenu la gueule ouverte, en plus, à l'intention des sept mixers.
Propos à bâtons rompus avec des demi-sel juchés au bar : quid
du F.C. Cologne, premier du nom, de la limitation de vitesse
dans les localités ouvertes, de la fin du monde envisagée pour
le 4 prochain, de politicaille, y compris des négociations sur
Berlin, et tout d'un coup Mattner s'est mis en pétard parce
qu'avec mon débourre-pipe je grattais le vernis snob du
revêtement mural : tout du simili ! Faut bien regarder ce qu'il
y a derrière. Et puis tout ce peuple encaqué dans le wagon-
salon, ensaché dans des smoks et équipé de faux-cols en
celluloïd craquants : urf, tsoin-tsoin, meu-meu. Mais pas une
seule pointure à la hauteur. En tout cas, satisfaire l'instinct
ludique masculin : remonter lentement et laisser vite se
dévider. Il en sort une petite musique de nuit. Tout compte
fait, bonne ambiance. Comme Mattner payait une tournée,
j'aurais déclamé *Franz Moor,* acte V, scène I : « Sagesse de la
plèbe ! Crainte de la plèbe ! — On ne saurait encore discerner si
le passé n'est pas révolu, ou bien s'il se trouve un œil qui —
Hum, hum ! Qui m'inspire ? Existe-t-il là-haut un vengeur ? —
Non, non ! — Oui, oui ! Autour de moi j'entends un effroyable
sifflement : il existe ! Aller au-devant de lui, cette nuit-même.
Non ! dis-je. Misérable, derrière qui — triste, solitaire et
sourd, là-haut — Si quand même, eh bien non ! Je commande,
il n'est pas ! »

Ils applaudissent de leurs mains en couvertures de dossiers et elles font mine de happer Matern avec le couvercle de leurs poudriers ; da capo : « Je commande, il n'est pas ! »

Que fait un vengeur quand ses victimes lui tapent familièrement sur l'épaule : « Bien, mon gars. J'ai pigé tout de suite. Si tu commandes, c'est réglé. Passons l'éponge. Changer de disque. T'as pas fait du vol à voile dans le temps ? — Mais si, mais si ! T'as parfaitement raison : tu es un antifasciste de première et tous autant qu'on en est des sales petits nazis. D'accord ? Donc, t'en a jamais été, et quelqu'un m'a raconté que t'avais été joueur de faustball, classe 1 A, joueur de corde, leader d'équipe... »

Bronze, argent et or. Tous les sportifs astiquent leur passé. Tous les sportifs ont été meilleurs dans le temps.

Chaque jour, les deux Sawatzki, avant et après le repas : « Tu devrais te donner du mouvement, Walter. Fais du cross-country ou nage dans le Rhin. Songe à tes calculs néphrétiques. Fais quelque chose contre. Sors notre vélo de la cave, ou bien achète-toi un punching-ball à mon compte. »

On chatouillerait Matern qu'il ne se lèverait pas de sa chaise. Il est assis, les mains entées sur les genoux, ne faisant qu'un avec le meuble, comme s'il devait y rester neuf ans ; ainsi sa grand-mère, la vieille mère Matern, resta neuf ans collée à son fauteuil et ne faisait que ribouler des yeux. Et avec ça, que n'offrent pas Düsseldorf et le monde : trente-deux cinémas, le théâtre Gründgens, la Königsallee à faire dans les deux sens, la petite bière, le Rhin favori des poètes, la Vieille-Ville reconstruite, le parc du Château où se mirent des cygnes, la Société Bach, la Société des Beaux-Arts, la Salle Schumann, les expositions de confection masculine, le 11-XI, 11 h 11, début du Carnaval, et des terrains de sport, en veux-tu ; les Sawatzki les lui dénombrent tous : « Va voir à Flingern par le tram et vise un peu le Stade Fortuna, tout ce qu'on y fait, pas seulement du football. » Mais aucune des disciplines sportives — et Sawatzki en énumère plus qu'il n'a de doigts — ne lui lèverait le cul de sa chaise. Alors, accessoirement — ses amis ont déjà renoncé — tombe le mot faustball. Peu importe qui l'a lancé, Inge ou Jochen, peut-être la petite Walli qui est si mignonne. En tout cas il s'est levé dès que le mot a été prononcé. Au moment où Düsseldorf et le monde allaient le porter manquant, Matern évolue à petits pas sur le tapis aussi épais qu'un portefeuille. Quelques brefs mouvements de décontraction. Craquement étonné des jointures : « Les

enfants, ce que ça peut être loin : le faustball ! En 35 et 36 sur
le terrain Heinrich-Ehlers. A droite les Arts et Métiers, à
gauche le crématoire. On a gagné tous les tournois : enlevez,
c'est pesé ! Tous ! Le Club de Gym et d'Escrime, le T.C.D.,
Schellmühl 98 et même la Police. Je jouais chez les Jeunes-
Prussiens, à la corde. Nous avions un demi excellent. Il me
remontait toutes les balles à la hauteur et servait avec un
flegme inébranlable. Je vous dis : monumentale, sa façon de
ramasser les balles à la cuiller, en manchette rigide, à hauteur
de corde, et moi, comme qui rigole, en balles sèches du radius
et en balles liftées, si bien que ceux d'en face. Juste avant la
guerre, j'ai encore joué un bout de temps ici, aux Amis des
Sports d'Unterrath, jusqu'au jour où. Bah, n'en parlons
plus. »

Ce n'est pas si long, on prend le 12, place Schadow, en
direction de Ratingen. On remonte l'avenue de Grafenberg
jusqu'aux emprises de la firme Haniel & Lueg, on tourne à
main gauche entre les jardins ouvriers, entre Mörsenbroich et
le Bois de la Ville, on passe devant le Foyer Caritas et
Ratherbroich, jusqu'au Stade d'Unterrath, une installation de
grandeur moyenne au pied du Bois d'Aape. Il est bien situé et
offre un panorama de jardins proches jusqu'à la ville dans son
brouillard habituel : églises et industrie alternent de façon
marquante. Des vides, des chantiers de construction, et,
massif, en vis-à-vis : Mannesmann, tubes. Là comme ici : tous
les terrains sont en service. Il y a toujours un endroit où
l'on soigne la cendrée. Des handballeurs juniors se font des
passes imprécises, des coureurs de 3 000 veulent battre leur
record personnel ; et sur un petit terrain bordé de peupliers
rhénans, à l'écart du stade, les vétérans d'Unterrath jouent
contre ceux de Derendorf. Ce doit être un match amical. Le
terrain est abrité du vent, mais les Amis des Sports d'Unterrath perdent. Matern, escorté du chien, voit ça tout de suite. Il
voit aussi pourquoi : le joueur de corde est minable et ne
s'entend pas avec le demi qui en d'autres circonstances ne
serait pas mal du tout.

Les arrières devraient travailler les revers exécutés par-
dessus la tête, mais pas l'homme de corde. L'avant gauche est
comme-ci, comme-ça, mais on ne l'utilise pas assez. Ce qui
manque surtout à l'équipe, c'est un organisateur, car le demi
— Matern lui trouve un air connu, mais cela doit tenir au
costume de sport, car en règle générale il trouve à beaucoup
trop de gens un air de connaissance — ce demi donc se

contente de tenir la balle haute en la faisant rebondir au sol ; alors n'importe qui n'a qu'à s'amener à fond de train : les deux arrières, le joueur de corde ; il ne faut pas s'étonner si les gars de Derendorf, sans être dans le fond une équipe formidable, collectionnent des points en smashant dans les trous du dispositif adverse. Seul l'avant gauche — encore un que Matern croit avoir vu quelque part, il ne sait plus quand — tient sa place et parvient, la plupart du temps en revers, à sauver l'honneur des vétérans d'Unterrath. Le match-retour des locaux s'achève aussi sur une défaite. Certes ils ont fait permuter le joueur de corde avec l'arrière droit ; mais jusqu'au coup de sifflet final le nouveau n'exécute pas davantage d'exploits techniques sauveurs.

Matern avec son chien est à l'entrée du terrain : pour entrer aux vestiaires, il faut passer sous son regard scrutateur ; les voici, les survêtements jetés sur l'épaule, et il est sûr de son fait. Son cœur sautille. Quelque chose lui pèse sur la rate. Il a mal aux reins. Ce sont eux. Comme lui, jadis, chez les Juniors d'Unterrath : Fritz Ankenrieb et Heini Tolksdorf. En ce temps-là, il y a bien des années de chien, déjà Fritz jouait au centre et Heini à l'avant gauche, tandis que Matern opérait à la corde : quelle ligne d'avants ! Quelle équipe dans l'ensemble, car les arrières de l'époque — comment s'appelaient-ils donc ? — avaient aussi la classe. Ils ont torpillé comme une fleur une équipe universitaire de Cologne et les Juniors du régiment S.S. de Düsseldorf ; mais le bazar sauta tout à coup, parce que... Je vais demander aux gars s'ils se rappellent encore pourquoi, et qui c'était qui m'a, et si ce n'était pas un certain Ankenrieb qui m'a, et si même Heini Tolksdorf n'était pas d'avis que...

Mais avant même que Matern n'adresse la parole aux deux hommes : je suis venu avec un chien noir... Ankenrieb l'aborde latéralement : « Est-ce possible ? Est-ce toi ou bien... Regarde donc, Heini, qui c'est qui a regardé notre médiocre partie ! Je me disais bien en changeant de camp, en voilà un que je connais ! Tel qu'il est là, toute l'allure. Il n'a pas changé, sauf par en haut. Bah, nous n'avons pas embelli autant que nous sommes. Jadis nous étions les espoirs des Amis des Sports d'Unterrath, aujourd'hui nous encaissons défaite sur défaite. Seigneur, c'était le bon temps, quand à Wuppartal, à la fête sportive de la Police. Tu étais à la corde. Toujours devant les pieds de la grosse bourrique de Herne. Il faut absolument que tu viennes à notre local, il y a encore aux murs toutes les photos et les diplômes. Tant que tu as été à droite chez nous, on ne craignait personne, mais plus tard, pas vrai Heini, on a dégringolé rapidement. On ne s'en est jamais remis vraiment. Qui casse les verres les paie. Cette chierie de politique ! »

Ils forment un trio, et le chien caracole autour. Ils l'ont placé en leur milieu, parlant de victoires et de défaites, avouent sans détours que c'étaient eux qui avaient fait un rapport au Comité directeur, ce qui avait entraîné l'exclusion de Matern. « Tu n'arrivais pas à la boucler et naturellement tu avais raison sur bien des choses. » Quelques remarques à mi-voix faites au vestiaire suffirent. « Si tu avais dit ça chez moi ou ailleurs, je me serais bouché les oreilles ou bien je t'aurais approuvé, mais c'est comme ça : la politique et le sport n'ont jamais marché ensemble, même aujourd'hui. »

Matern cite : « Voilà ce que tu as dit, Ankenrieb : un joueur de corde qui propage des mots d'ordre judéo-bolchevistes, on n'en a que faire ! Pas vrai ? »

Heini Tolksdorf vient à la rescousse : « On avait le crâne bourré, mon cher, tous autant qu'on était. Toi aussi, une fois ou l'autre, tu parlais comme ça. Ils nous ont jeté de la poudre aux yeux pendant des années. Il a fallu payer pour. Nos arrières, tu te rappelles, le petit Rielinger et Wölfchen Schmelter, ils sont restés tous les deux en Russie. Bon Dieu encore un coup ! Et pour quoi faire ? »

A Flingern, place Sainte-Dorothée, se trouve où il était déjà à l'époque, le bistro du club. Entre quatre cinq vieilles connaissances, Matern est amicalement contraint de se rappeler le match de Gladbach, le quart de finale de Wattenscheid et l'inoubliable finale de Dortmund. Le coin réservé aux Amis des Sports d'Unterrath n'est pas sans ornement : il peut s'admirer sur douze photos d'équipes, toutes encadrées et sous verre, en joueur de corde. De la fin de l'automne 38 au début de l'été 39, Matern opéra, en voici la preuve noir sur blanc, au club d'Unterrath. Sept mois à peine laissèrent ces traces victorieuses. Il en avait une tignasse épaisse et rebelle ! Toujours grave. Toujours au point central, même quand il est à l'extrême droite. Et les diplômes : en calligraphie brune sous l'aigle de souveraineté de l'époque : « Eh bien, vous auriez mieux fait de coller quelque chose par-dessus. Je ne peux plus voir ce bestiau. Les souvenirs, c'est bon, mais pas sous ce vautour à catastrophes liquidé ! »

C'est une proposition qui mérite d'être discutée. A une

heure tardive — au programme : bière et Dornkaat — ils cuisinent un compromis exemplaire : Heini Tolksdorf emprunte au cafetier un tube d'Uhu et, sous les encouragements qu'on lui lance, colle par-dessus les aigles de souveraineté contestés de simples ronds à bière, marque Schwaben-Bräu ; tous les documents honorifiques y passent. Matern en revanche s'engage solennellement — tous les Amis des Sports se lèvent — à ne plus perdre un mot pour cette vieille histoire bête et à remettre ça, tope-là, comme joueur de corde chez les Vétérans d'Unterrath.

« Il suffit d'être de bonne volonté. Nous nous arrangerons. Ce qui nous sépare doit être oublié ; ce qui nous unit doit être cultivé. Si chacun fait de petites concessions, la dispute et la controverse ne sont plus de mise. Car une vraie démocratie est impensable sans esprit de compromis. Nous sommes des pécheurs tous, et nous avons. Qui jettera la première pierre ? Qui peut dire : je suis sans tache ? Qui parmi nous se tient pour infaillible ? Eh bien, en avant ! Nous autres d'Unterrath avons toujours. C'est pourquoi nous voulons d'abord songer à nos camarades qui reposent dans la terre de Russie. Et donc à la santé de notre bon vieil ami qui aujourd'hui parmi nous, enfin à la vieille et nouvelle amitié sportive. Je lève mon verre ! » Chaque toast est l'avant-dernier. Chaque tournée ne veut plus finir. Un homme s'amuse le mieux entre hommes. Sous la table, Pluto lèche la bière répandue.

Ainsi tout s'arrange. Inge et Jochen Sawatzki se réjouissent quand Walter Matern leur montre sa tenue de sport flambant neuve : « Mon petit, t'en as une ligne ! » Mais la ligne fait illusion. Bien sûr, chacun doit d'abord s'adapter au jeu. Ce serait idiot de le mettre tout de suite à la corde. Mais comme arrière il est pour l'instant trop lent — à ce poste, il faut savoir démarrer sec — et comme demi il s'avère insuffisant, parce qu'il veut d'emblée dominer le terrain de jeu, et parce qu'il n'a pas le don pour ramener la balle du fond à la corde de façon constructive. Il ne sert ni l'avant gauche ni le joueur de corde. Il reprend les ouvertures des arrières comme si elles lui étaient destinées, et fauche ainsi les balles sous le nez de ses partenaires, trop souvent pour les gâcher. Il est adroit avec la balle en soliste, mais ses smashes à bras cassé insuffisamment travaillés ne font que donner à l'adversaire l'occasion de smasher. Où faut-il le mettre, s'il n'est pas encore mûr pour la corde ?

« Il faut le mettre à la corde.

— Et je vous dis, il faut d'abord qu'il se remette en jambes.

— Un type comme ça n'est utilisable qu'à la corde.

— Alors il faudrait qu'il réagisse plus vite.

— En tout cas, pour un joueur de corde, il a la taille.

— Il faudrait d'abord qu'il en bave ; ensuite il fera mal.

— Trop ambitieux pour le centre.

— Bon, mettons-le à l'avant. On verra bien. »

Mais à l'avant il ne réussit que rarement des services vicieux placés dans les pieds adverses. Trop rarement il surprend par des balanciers épineux les vétérans d'Oberkassel et de Derendorf ; pourtant, quand la balle liftée rebondit à ras de terre dans le camp adverse sous un angle imprévisible, on peut soupçonner quel joueur de corde Matern fut jadis. Ankenrieb et Tolksdorf échangent des hochements de tête émus : « Zut, quel crack c'était avant ; dommage » et gardent leur patience intacte. Ils le servent attentivement, lui relèvent des balles qu'il envoie misérablement aux pâquerettes. Il est minable : « Mais restons sportifs. Tout le monde ne garde pas la forme des années durant. De plus, il a cette blessure à la jambe. Ça se remarque à peine, mais quand même. Fais-lui une proposition raisonnable, Heini. Par exemple : « Dis donc, Walter, je crois que tu as un peu perdu la flamme. Je te comprends, il y a, Dieu merci, des choses plus importantes que de jouer à la corde pour les Amis des Sports d'Unterrath ; est-ce que tu ne pourrais pas, le prochain match ou celui d'après, histoire de prendre du recul, faire l'arbitre ? »

Les Amis des Sports construisent pour Matern des ponts aux ânes. « Voyons, voyons ! Rien de plus facile. Je peux être content que vous me gardiez. Je ferai tout ce que vous voudrez : juge de ligne, tableau arbitre. Faut-il vous faire un café ou aller vous chercher un coca-cola ? J' peux-t'y souffler dans un vrai sifflet d'arbitre ? » C'était ce que Matern désirait depuis toujours. C'est sa vraie vocation : prendre des décisions. « Cette balle était mordue. Score : dix-neuf à douze pour Wersten. Service perdu. Je connais toutes les règles du jeu. Déjà quand j'étais tout môme chez nous, sur le terrain Heinrich-Ehlers. Mon vieux, on avait un de ces demis. Un gros tas plein de taches de rousseur, mais ingambe, comme souvent les gros, et le calme fait homme. Rien ne pouvait l'ébranler. Avec ça, toujours de bonne humeur. Il connaissait toutes les règles comme moi : lors du service, le serveur doit avoir les deux pieds en arrière de la ligne de service. Au moment où le poing du serveur touche la balle, le serveur doit avoir au moins un pied au sol. Le service à poing fermé ou avec le pouce écarté est irrégulier. La balle ne peut être jouée qu'une fois par un seul et même joueur ; chaque camp a droit à trois mains ; la balle ne peut rebondir qu'une fois avant chaque frappe ; elle ne doit pas toucher le poteau ni le fil, seuls le bras et le poing. — Ah si je pouvais retrouver Eddi, lui au centre, moi à la corde — en cas de faute, la balle est mauvaise et doit être signalée par un double coup de sifflet, ce qui veut dire : la balle est morte ! » Qui l'eût cru : Matern, venu pour rendre la justice avec son chien noir, s'impose comme arbitre et dresse son clebs aux fonctions de juge de ligne : Pluto aboie à toutes les balles sorties ; Matern, qui d'habitude s'accrochait aux chausses de l'ennemi, ne connaît plus d'adversaires, plus que des équipes soumises aux mêmes règles du jeu, sans exception.

Il est un objet d'admiration pour les vieux Amis des Sports que sont Fritz Ankenrieb et Heini Tolksdorf. Ils chauffent l'ambiance en faveur de Matern dans les réunions de Comité et surtout chez les Juniors. « Celui-là, vous pouvez le prendre comme exemple. Quand il s'est aperçu qu'il n'avait plus la forme de jadis, il a rendu sa place à la corde sans un seul mot de travers et s'est offert comme arbitre, en toute abnégation. Ça serait un entraîneur pour vous, un type énorme. Il a fait toute la guerre. Trois fois blessé. Des coups durs en quantité.

S'il vous raconte de ses histoires, vous n'aurez pas fini d'être étonnés. »

Qui l'eût cru : Matern, venu pour juger les vétérans Ankenrieb et Tolksdorf, devint un arbitre impartial ; le jour où de bienveillantes séductions lui offrent chez Mannesmann un poste à mi-temps qui nourrirait son homme et le chien de son homme, il refuse ; et désormais, le chien au pied, il se tient, incorruptible, parmi les Amis des Sports d'Unterrath (Juniors). Les gars en survêtement bleu forment un demi-cercle lâche et lui, en survête rouge vineux, leur explique son poing levé pour frapper : les surfaces de frappe dans le coup de revers et dans la frappe en dedans. Tandis que son poing, en position basse démontre les surfaces de frappe pour la manchette d'avant-bras et la manchette d'avant-main, le soleil du dimanche matin coiffe le crâne sans cheveux de sa tête : ça reluit. A peine si les jeunes d'Unterrath peuvent attendre de mettre en pratique ce que leur inculque Matern : son poing tenu à l'horizontale montre les surfaces de frappe du revers de manchette et de la dangereuse frappe de l'extérieur. De plus, après une partie d'entraînement à cadence soutenue et les exercices de sprint introduits par lui pour les arrières, il raconte aux gens des histoires de guerre et de paix. Assis autour de lui, les survêtements bleu foncé forment un cercle lâche, mais intéressé autour de son training vineux. Enfin quelqu'un qui s'y prend comme il faut avec les jeunes. Aucune question ne tombe à plat sur le gazon du terrain de faustball. Il est partout à l'aise. Matern sait comment on en est arrivé là ; comment on a poussé aussi loin ; ce qu'était l'Allemagne non divisée, ce qu'elle pourrait être ; qui a la responsabilité de tout ; où sont aujourd'hui les tueurs de jadis ; et comment on peut empêcher que ça aille jamais encore jusque-là. Il a le ton qui plaît à la jeunesse. D'un mollusque, il fait une évidence en bois sculpté. Ses leitmotive démasquent des motifs de meurtre. Les labyrinthes, simplifiés, deviennent des artères rectilignes. Quand l'entraîneur Matern dit : « Quand par exemple j'ai demandé des comptes à cet assesseur du tribunal spécial et un peu plus tard à M. le Président du tribunal spécial, les deux salauds se faisaient tout petits, pas plus grands que ça je vous dis, et cette espèce de Sellke, le directeur du groupe local, à Oldenbourg, lui qui avait jadis une si grande gueule, il pleurait quand moi et le chien... » Les références au chien Pluto, toujours présent quand le passé et le présent sont interprétés en demi-cercle lâche, sont le refrain du long poème didactique où s'épanche Matern : « Et quand, avec le chien, dans le pays des Monts de la Weser. Le chien y était, quant à Altena-Sauerland. Le chien est témoin qu'à Passau je. » Les gars applaudissent, quand Matern en a descendu un de plus en flammes, de ceux « d'avant ». Ils sont emballés. Modèle et entraîneur en une seule personne. Dommage seulement que Matern ne puisse s'abstenir, tout en allongeant des nazis dans la tombe, de faire à tout moment, et pas seulement en des incidentes, vaincre le socialisme.

« Qu'est-ce que Marx a donc à voir sur le terrain de sport ? » se demande unanime le Comité directeur du club.

« Pouvons-nous admettre que sur nos terrains on prête main forte au bourrage de crânes oriental ? » telle est la question écrite présentée par le gardien du stade aux Amis des Sports d'Unterrath, reconnus d'utilité publique.

« Notre jeunesse sportive n'est pas disposée à tolérer plus longtemps cette situation », affirme le président d'honneur au local de la place Sainte-Dorothée. Il connaît Matern d'avant la guerre. « Déjà en ce temps-là, il a fait les mêmes difficultés. Ne peut pas s'adapter. Empoisonne l'atmosphère. » Selon son opinion qu'approuvent des hochements de tête et un « très juste » prononcé à mi-voix, un vrai Ami des Sports d'Unterrath ne doit pas seulement s'engager totalement et avec joie au service de sa discipline sportive, il doit aussi être intérieurement propre.

Après *x* années de chien, pour la nième fois dans la vie moyennement longue de Matern, un jury d'honneur s'occupe de lui. Exactement comme les Jeunes-Prussiens sur le terrain Heinrich-Ehlers et comme les miliciens de la Compagnie 84 de S.A. de Langfuhr, les Amis des Sports d'Unterrath décident de rayer pour la seconde fois Matern de leurs contrôles. Comme en 39 : radiation du club et interdiction de fréquenter le terrain, acceptées sans vote contraire. Seuls, les Amis des Sports Ankenrieb et Tolksdorf s'abstiennent, ce qui recueille une approbation générale tacite. Pour terminer, le président d'honneur constate : « Peut être content que l'affaire reste interne. Jadis, le cas avait été transmis à d'autres instances, exactement rue de la Cavalerie, si ça vous dit quelque chose. »

NE FAIS PAS DE SPORT. TU ES LE SPORT DE QUELQU'UN.

Oh Matern, combien de défaites devras-tu comptabiliser comme victoires ? Quel milieu ne t'a-t-il pas rejeté après que tu l'eus assujetti ? Est-ce qu'un jour on ne va pas imprimer des cartes des deux Allemagnes et les dérouler devant les écoliers en guise de moyen audiovisuel pour rendre intuitivement saisissables tes batailles marquées du signe habituel : deux sabres en croix ? Dira-t-on : la victoire de Matern à Witzenhausen était acquise le matin du ? Le jour suivant la bataille de Bielefeld vit le vainqueur Matern à Cologne-sur-le-Rhin ? Quand Matern fut vainqueur à Düsseldorf-Rath, c'était le 3 juin 1954 ? Ou bien tes victoires, veuves de sabres en croix, ne trouveront-elles pas de place dans les dénombrements de l'histoire, ne réveilleront-elles qu'un souvenir semi-véridique chez les grand-mères au milieu du cercle de leurs petits-enfants : « En ce temps-là, dans la quarante-septième année de chien, vint un pauvre chien accompagné d'un chien noir et qui voulait faire des histoires à pépé. Mais alors j'ai pris le gars à part, d'ailleurs il était plutôt bien de sa personne, jusqu'à ce qu'il soit bien gentil et ronronne comme un petit chat, si affectueux. »

Inge Sawatzki, par exemple, a déjà souvent relevé, remonté le vainqueur éprouvé qu'était Walter Matern ; cette fois encore, quand il s'agit de panser les blessures du champ de bataille d'Unterrath. Ça devait arriver. Inge sait attendre. Tout guerrier rentre parfois dans ses foyers. Toute femme accueille à bras ouverts. Toute victoire doit être fêtée.

Jochen Sawatzki lui-même en a les yeux crevés d'évidence. C'est pourquoi il dit à sa femme Inge : « Fais ce que tu ne peux éviter de faire. » Et tous deux, le grand couple classique — Walter et Inge — font ce dont ils ne peuvent toujours pas se passer. L'appartement est assez grand. A vrai dire, maintenant qu'il est passablement usé par les batailles, c'est beaucoup plus amusant qu'au temps où il n'y avait qu'à regarder le zizi du mec et vlan, la mécanique se mettait en branle et faisait mouche plus rapidement qu'il n'était nécessaire. Toujours cette manie du record : « Tu vas voir ! Je vas te montrer ! A toute heure en cinq sec. Je pourrais t'enfiler sept pointures et tout de suite après grimper le Feldberg. C'est ça ma nature. Tous les Matern étaient comme ça. Simon Materna par exemple avait toujours sur le devant un bout de viande comme ça, même à cheval, quand il promenait sa vengeance entre Dirschau, Danzig et Elbing. C'était un gaillard. Et à propos de son frère Grégoire Materna on peut lire encore de nos jours dans les archives de la ville de Danzig : « Après toute sorte de meschef, navrure et effusion de sang chrétien, item à l'automne qui s'en suivit, le sieur Matern fut à passer par Danczk et à faire mainte vilenie, item à pendre par le cou le sieur Claus Bartusch, item pour fourches de justice aurait lors dressé son cas si roide et dur que s'en estomirèrent grandement routiers et merchants. » Ça c'était un homme ; et moi, dans le temps, quand j'étais troufion par exemple, tu n'y aurais pas pendu, bien sûr, un sac de poivre taille normale, mais avec un poids de dix kilos à la gaule, je t'en aurais quand même filé une bonne troussée, et au grand galop. »

O tempora, o mores, quantum mutatus : fini d'enfoncer les clous dans le mur avec son outil au garde-à-vous. A présent il se montre lentement circonspect : « Pas de panique. On a le temps. Car ce sont les plus belles années de la vie quand la puissance virile s'est normalisée et devient précieuse comme un livret de Caisse d'Epargne. Il y a tout de même au monde autre chose que ça. Par exemple on pourrait aller au théâtre, puisque dans le temps tu en as fait toi-même. Tu veux pas ? Bon, alors au cinéma, ou bien avec Walli on ira voir le cortège de la Saint-Martin : lanternes vénitiennes, soleil, lune, étoiles. Ce serait joli d'aller à Kaiserswerth boire un café avec vue sur le Rhin. On pourrait aller aux Six Jours de Dortmund, et cette fois alors on emmènerait Sawatzki. J'ai pas encore été sur la Moselle quand c'est la vendange. Ah, une année merveilleuse avec toi. J'en vivrai encore longtemps. Maintenant tu m'as l'air beaucoup plus équilibré. Même que des fois tu laisses le chien à la maison. Naturellement, il y a toujours des exceptions, par exemple à la dernière foire, à la confection pour hommes, quand on est tombé sur un petit gros qui s'appelait Semrau ; t' as commencé par être furieux et il a fallu discuter avec lui et Jochen derrière notre stand. Mais alors vous avez bu quelques bières ensemble, et Jochen a même fait une affaire avec le Semrau : un assez grand lot de duffle-coats. Ou bien à Cologne, à la cavalcade du Lundi des Roses : ça défilait depuis une bonne heure, v'là qu'arrive un char avec un vrai moulin à vent, et autour du moulin dansaient rien que des nonnes et des chevaliers avec des vraies armures. Mais tous sans tête. Ils la portaient sous le bras. Ou bien ils se lançaient les têtes. Juste comme j'allais te demander ce que ça voulait symboliser, t' étais déjà parti pour passer le barrage et droit sur les nonnes. Heureusement qu'ils ne t'ont pas laissé passer. Qui sait ce que tu leur aurais fait, et ce qu'ils t'auraient fait, parce que le Lundi des Roses c'est pas de la rigolade. T' es redevenu tout de suite bien tranquille, et à la Gare centrale on s'est encore bien amusé. Tu étais en preux du Moyen Age ; Sawatzki était un amiral borgne ; et moi je m'étais mise en vraie fiancée du pirate. Dommage que la photo soit floue. C'est-à-dire que sans ça tu pourrais voir quel bedon tu as pris, mon joli. Ce que c'est que d'être bien soigné. Tu es devenu tout potelé depuis que tu ne fais plus de sport. Ça ne vaut rien pour toi, les clubs et les réunions. Tu es et tu restes un solitaire. Et si tu vas avec Jochen, c'est parce qu'il fait ce que tu veux. Même il est contre la bombe atomique parce que tu es contre et que tu as signé. Mais je suis aussi contre ça, maintenant qu'on est si bien avec toi, plutôt crever que d'être pour. Je t'aime après tout. N'écoute pas. Je pourrais ramasser ta, parce que je, tu entends ? Tout, tout. Comme tu regardes comme à travers les murs et comme tu tiens ton verre serré. Quand tu coupes du lard sur ton pouce. Quand tu parles comme au théâtre et que tu veux attraper avec tes mains je ne sais quoi. Ta voix, ton savon à barbe, ou bien quand tu te fais les ongles, ou ta démarche, tu marches comme si tu avais un rendez-vous avec je ne sais qui. Mais ça ne fait rien. Tout simplement tu n'écoutes pas quand je. Mais je voudrais bien savoir comment avec Jochen, du temps où vous étiez ensemble. Bon, t' as pas

besoin de te remettre à grincer des dents. J'ai dit : n'écoute
pas. Tiens, sur les prés du Rhin y a la fête de tir, t'entends ? Si
on y allait ? Demain ? Sans Jochen ? Jusqu'à six heures faut que
je sois à la succursale, rive gauche. Disons à sept heures, pont
du Rhin. Côté Oberkassel. »

Matern a pris un rendez-vous sans le chien. Ce dernier ne
peut plus aller aussi souvent dans la rue parce que sinon il
pourrait passer sous une auto, le bon vieux Pluto. Matern
marche rapidement droit devant lui, car il a rendez-vous à une
heure précise. Il s'est payé des cerises, une livre entière.
Maintenant il crache les noyaux en direction du lieu de rendez-
vous. Les gens qui viennent à sa rencontre doivent s'écarter.
Les cerises et les minutes s'écoulent. Quand on passe le pont à
pied, on voit comme le Rhin est large : du Planétarium côté
Düsseldorf jusqu'à Oberkassel, il est large d'une bonne livre
de cerises. Il crache par un vent de côté qui chasse les noyaux
vers Cologne ; mais le Rhin les emporte à Duisbourg et au-
delà. Chaque cerise appelle la suivante. Manger des cerises
rend furieux. La fureur monte d'une cerise à l'autre. Quand
Jésus chassa les marchands du Temple, il mangea d'abord une
livre de cerises. Othello aussi, avant, une livre entière. Les
frères Moor, tous les deux, chaque jour, même en hiver. Et si
Matern devait jouer Jésus, Othello ou Franz Moor, il serait
obligé d'en manger une livre avant chaque représentation. Que
de haine mûrit avec elles ou bien est mise en bocaux ? Comme
ça, elles semblent rondes ; en réalité, les cerises sont des
triangles pointus. Surtout les griottes vous agacent les dents.
Comme s'il avait besoin de cela. Il pense moins loin qu'il ne
crache. Devant lui, des hommes sortant du bureau le soir
retiennent leurs chapeaux et n'osent pas regarder derrière eux.
Ceux qui regardent derrière eux ont quelqu'un dans le dos.
Seule Inge Sawatzki — elle a aussi rendez-vous — reflète dans
ses yeux l'approche de plus en plus menaçante de Matern ; elle
est sans crainte, elle est à l'heure. Comment pourrait-elle
savoir qu'il a presque une livre de cerises dans les intérieurs. Sa
petite robe d'été ajustée en haut, bouffante en bas, a la
blancheur du neuf. Tour de taille cinquante-quatre, toujours,
seulement avec ceinture. Elle peut se permettre d'attendre sans
manches. Le vent, dans la robe d'Inge, souligne les genoux
ronds qui cherchent un partenaire : sourire et prévenance,
quatre pas et demi de sandales italiennes ; il l'atteint juste entre
les seins offerts. Mais Inge Sawatzki, que rien ne saurait
démonter, demeure vaillante et s'arrête : « Est-ce que je ne

suis pas à l'heure ? La tache sur la robe ne fait pas si mal. Il y manquait de toute façon quelque chose de rouge. C'étaient des douces ou des aigres ? »

Car le sac en papier a rendu toute sa fureur. Le cracheur de noyaux peut le laisser tomber : « Dois-je t'en acheter d'autres, il y a là-bas un stand. »

Mais ce que voudrait Inge Sawatzki, c'est « faire des tours de tape-cul, et encore des tours ». Ils traversent donc les prés du Rhin, allant droit au but. Avec beaucoup de gens qui veulent se jeter dans la fête. Cependant, pas de description de milieu ici : elle ne veut pas de glace, elle ne sait pas tirer, le grand huit ne l'amuse que dans le noir, dans les baraques de curiosités on est toujours déçu, elle ne veut que faire du tape-cul jusque-là.

D'abord il lui tire deux roses et une tulipe. Puis elle doit se laisser chahuter avec lui dans un auto-skooter. Entre-temps, il médite, extérieurement fermé à clé, sur la masse humaine, le matérialisme et la transcendance. Ensuite en trois coups, il gagne pour Walli un petit ours jaune mais qui ne peut pas grogner. Maintenant il faut qu'il siffle deux demis au comptoir. Maintenant il lui achète des amandes grillées, qu'elle en veuille ou non. Vite encore, tir à la cible : deux huit, un dix. Enfin elle a la permission de faire du tape-cul avec lui, mais pas à perte de vue.

Tout tourne comme convenu. Le tape-cul est tout juste occupé pour un tiers et sort lentement de la mode. Mais Inge raffole de modes anciennes. Elle collectionne des boîtes à musique, des ours danseurs, des découpages, des jeux d'ombres chinoises, des cartes postales à tirette, et elle est comme créée pour le tape-cul. Elle a fait couper sa robe et sa lingerie exprès pour ce voyage en rond. Les cheveux à l'abandon, les genoux dessinés ; quand on est aussi chaude qu'Inge Sawatzki et qu'on a à chaque heure une poussée de fièvre, on aimerait être toujours et avoir toujours le chose au vent. Mais lui n'aime pas obéir aux lois de la pesanteur. Deux minutes et demie à tourner en rond, soit que tu t'enroules, soit que tu te débobines, jusqu'à expiration de la musique. Mais Inge voudrait « Encore, encore ! » se laisser exposer au vent. Pour une fois ne gâche pas le métier. Tu ne peux pas lui donner le vertige à aussi bas prix. Regarde un peu autour de toi pendant que ça tourne. C'est encore et toujours le même clocher en biais de Saint-Lambert qui là-bas marque Düsseldorf. Ce sont toujours les mêmes faces de carnaval qui en bas, avec et sans

glace, avec ce qu'ils ont gagné au tir, aux dés ou payé de leurs
sous, font le cercle et attendent le retour de Matern. La masse
humaine croit en lui, tremble quand il paraît. Sagesse de la
plèbe, crainte de la plèbe ! tous, sans distinction, dans le même
sac. La rente au cœur, la jungle sans morsures, d'hygiéniques
idéaux, et avec ça ni bon, ni mauvais, mais phénoménal, et
tous à la même sauce. Des pois répandus. Si l'on veut, des
raisins secs dans un cake. Oublieux de leur tête, ils cherchent
un succédané de transcendance. Contribuables à motif identique, sauf un. Tous pareils : un seul émerge. Rien d'un défaut
de tissage, néanmoins il frappe l'attention. D'un tour à l'autre,
impossible de n'y plus penser. Il s'est coiffé d'un chapeau de
société de tir comme tous les autres et pourtant il est là,
disparaît, renaît, paraît, disparaît : un sociétaire tout à fait à
part. Des noms ! C'est bien, voyons, un moment ! Parti-
revenu : celui-là me manquait ! Dans un instant, fini de rire,
mon petit camarade commandant de police. Lentement s'étei-
gnent les plaisirs, commandant de police Osterhues. Allons-
nous faire un tour de tape-cul ? Chasser le motif de meurtre par
le leitmotiv ? Heini, dis voir, est-ce qu'on ?

Quelques camarades veulent, mais celui-là ne veut pas. Il
voulait bien tout à l'heure, mais maintenant qu'un quidam
saute à bas du tape-cul à bout de course et crie son nom d'ici au
bout du monde, y ajoute le grade périmé ; alors le camarade
Henri Osterhues, élu municipal, ne veut plus rien savoir ; tout
ce qu'il veut, c'est s'en aller. Ces mots l'offusquent : Commandant de police. Même de vieux amis doivent s'abstenir. Car
c'était jadis et ça n'a rien à voir là.

Ça s'est vu souvent et on l'a souvent filmé : rien n'est plus
facile que de se sauver sur un champ de foire. Car partout ces
braves camarades sociétaires avec leurs chapeaux, à demi-
afrikander, à demi-suroît, sont en état d'alerte et le dissimu-
lent. Ils courent aussi un peu et égarent le loup sur une fausse
piste. Ils le bernent en se divisant, en mettant le loup en deux
ou en quatre. Il faudrait que Matern se coupe en seize pour
aller chasser l'Osterhues. Lui rentrer dedans ! Le leitmotiv
chasse le motif de mort ! Ah, s'il avait avec lui Pluto, celui-là
saurait retrouver Henri Osterhues. Ah, s'il le tenait, le
commandant de police du temps où l'on fracturait les côtes, s'il
l'avait marqué d'un noyau et d'une tache de cerise, et non pas
la robe d'Inge. « Osterhues, Osterhues ! » Ne te retourne pas,
le Grinceur est là.

Après avoir une heure durant appelé et cherché Osterhues

— il a saisi au bouton de leur uniforme et, à regret, relâché un régiment de sociétaires — il retrouve la trace : une photo, vilainement piétinée, qu'il repêche dans l'herbe foulée. Elle ne représente pas n'importe qui, mais le commandant de police périmé Osterhues qui, en 39, dans la cave de la Préfecture de Police, rue de la Cavalerie, interrogea Walter Matern de sa propre main.

Avec cette photo, probablement tombée de la poche de veste du secrétaire en fuite, Matern passe au peigne fin les tentes-brasseries : rien ! Ou bien il l'a jetée : pièce à conviction ! Armé de ce mandat d'arrêt, il court les baraques foraines, farfouille sous les roulottes. Déjà la nuit descend sur les prés du Rhin — la robe blanche d'Inge le suit avec des supplications respectueuses et veut faire des tours de grand huit, et encore des tours — alors, avide d'Osterhues, il entre dans une dernière tente-brasserie. Tandis que dans les autres tentes, la toile ballonnée avait peine à contenir les clameurs chorales, sous cette toile le silence règne. « Chut ! », rappelle le contrôleur à l'entrée de la tente, « on est en train de faire une photo. » D'un pas laborieux, Matern marche sur la sciure de bois où rancit la bière. Ni chaises pliantes, ni rangées de tables. Ses yeux qui cherchent Osterhues saisissent ! Quelle image, quel tableau a en tête le photographe de la fête de tir ! Une estrade élève au beau milieu de l'atmosphère calme cent trente-deux sociétaires étagés en tribune vers le toit de la tente. Devant ils sont agenouillés, ensuite assis, debout derrière, tout à l'arrière ils dominent. Cent trente-deux sociétaires portent leurs chapeaux, à demi-afrikander, à demi-suroît, avec une légère bascule à droite. Fourragères et rosettes sont également distribuées.

Aucun n'expose plus d'argent, nulle poitrine n'est moins garnie ; ce ne sont pas cent trente et un sociétaires et un roi des tireurs, mais cent trente-deux tireurs égaux en grade qui tournent un sourire astucieux, débonnaire ou forcé vers Matern, lequel, ayant à la main la photo du commandant, veut faire son choix. Toute ressemblance est purement fortuite. Toute ressemblance est contestée. Toute ressemblance est admise à cent trente-deux exemplaires : car entre l'estrade et le toit de la tente sourit, s'étage en tribune, se tient à genoux, assis, debout, domine, porte son chapeau avec une discrète bascule à droite, est photographié en une seule exposition cent trente-deux fois le sociétaire Henri Osterhues. Un portrait de famille : cent trente-deux jumeaux. « Terminé, Messieurs ! »

lance le photographe. Cent trente-deux Henris bavards se
lèvent pesamment, alourdis par la bière, descendent de
l'estrade et s'en vont cent trente-deux fois secouer la main d'un
vieil ami cent trente-deux fois connu depuis le temps qu'il était
commandant de police : « Comment ça va ? De retour ? Toutes
les côtes bien en place ? C'étaient alors de rudes époques. On
peut le témoigner, tous les cent trente-deux. Ceux qui ne
marchaient pas, pas de quartier. Mais au moins les petits gars
se mettaient à table, quand on les prenait entre soi. Ce n'est pas
comme aujourd'hui avec ces méthodes de facilité... »

Alors Matern s'enfuit sur les copeaux souillés de bière :
« Ho l'homme ? Où allez-vous si vite ? Ça s'arrose, un pareil
revoir ! » La fête de tir le rejette. O ciel ponctué d'étoiles !
L'infatigable robe d'Inge et le bon Dieu l'attendent. Sous sa
protection et son égide, le matin s'éveille sur les prairies
rhénanes quand elle l'a enfin calmé, son amant qui claque des
dents.

LA QUATRE-VINGT-ONZIÈME MATERNIADE
A DEMI CLAIRVOYANTE

A quoi bon une tête de fer forgé quand les murs à enfoncer
ont été précautionneusement construits à jour ? Est-ce une
vocation d'enfoncer des portes tournantes ? De convertir des
garces ? De trouer du gruyère ? Qui rouvrira des blessures
anciennes si ça l'amuse ? Ou bien creuser la tombe d'un autre
afin qu'il te vienne en aide plus tard ? Boxer contre son ombre ?
Tordre des épingles de sûreté ? Planter des clous dans des
ennemis en caoutchouc plein ? Suivre des annuaires téléphoni-
ques ou des bottins, nom par nom ? — Laisse tomber ta
vengeance, Matern ! Ne fais plus sortir du poêle comme un
autre Faust le chien noir Pluto. C'est suffisamment dénazifié !
Fais la paix avec ce monde ; ou bien relie l'obligation
d'ausculter le cœur, la rate et les reins avec la sécurité de
revenus mensuels. Car tu n'es pas un paresseux. Tu fus
toujours occupé à plein temps : circuler, effacer, circuler. Tu
as déjà fréquemment atteint, voire dépassé, la limite de ton
rendement : des femmes à emporter, des femmes à baiser sur
place. Que peux-tu faire encore, Matern ? Qu'as-tu appris
devant la glace et contre le vent ? A parler fort et net sur le
théâtre. Donc entre dans des rôles, lave-toi les dents, frappe

trois coups et laisse-toi offrir un engagement : comme interprète de caractère, comme phénotype, en Franz et Karl Moor,
selon l'humeur — et dis-le à tous les rangs de loges et aux
chaises du parterre : « Mais un jour prochain j'irai parmi vous
passer une épouvantable revue ! »

C'est trop bête ! Matern n'est toujours pas prêt à faire de la
vengeance une affaire à demi profitable. Dans les fauteuils de
Sawatzki, il médite des néants qui bâillent. Il se traîne et traîne
ses calculs néphrétiques d'une pièce à l'autre. Des amis le
supportent. Sa maîtresse l'invite au cinéma. Quand il va se
promener avec le chien et par vocation, personne n'ose se
retourner. Quel coup de marteau faudrait-il lui assener pour
qu'il cesse de s'en prendre à des gens qui l'entendent grincer
derrière eux.

Alors, en 55, l'année où les enfants nés l'année de la paix en
45 ont dix ans, un article de masse à bas prix est jeté sur le
marché. Un appareil de distribution huilé et, pour ce motif,
silencieux fonctionne en secret, sans être pourtant interdit.
Aucune annonce publicitaire ne le précède, et c'est le succès de
la saison ; aucune devanture ne le montre en tire-l'œil ; l'article
n'est pas en vente à la portée des enfants dans les grands
magasins de jouets et les grands magasins ; aucun expéditeur
professionnel ne le débite franco de port ; mais entre les
baraques de kermesse, sur les terrains de jeux, devant les
édifices scolaires, des marchands à la sauvette offrent leur
camelote ; partout où les enfants s'amassent mais aussi devant
les écoles professionnelles, les foyers d'apprentis et les universités
est en vente un jouet destiné à la jeunesse de six à vingt et un ans.

Il s'agit — pour ne pas monter davantage en épingle secrète
un mystérieux objet usuel — de lunettes. Non, pas des
binocles par où l'on peut étudier des obscénités variables par
les couleurs et les positions. Pas question qu'un fabricant
véreux veuille corrompre la jeunesse ouest-allemande. Ni le
Bureau fédéral de Censure compétent ni des dispositions
provisoires n'ont à intervenir ou à être prises d'urgence. Aucun
prêtre ne s'en autorise pour fulminer du haut de la chaire des
symboles effrayants. Et cependant ce ne sont pas des lunettes
corrigeant des déficiences banales, que l'on offre à un prix
étonnamment bas ; des lunettes d'une autre nature, ni correc-
tive ni corruptive, arrivent sur le marché au nombre d'environ
un million quatre cent mille exemplaires. On en est réduit aux
estimations conjecturales — prix, cinquante pfennigs. Plus
tard, quand dans les länder de Hesse et de Basse-Saxe des

commissions d'enquête devront faire un sort à l'article, les estimations officielles se révèlent exactes : une firme Brauxel & C°, à Gross-Giesen-lez-Hildesheim, a produit un million sept cent quarante mille exemplaires du modèle incriminé à tort et a pu écouler exactement un million quatre cent cinquante-six mille plus trois cent douze produits à la chaîne. Ce n'est pas une petite affaire, surtout que les frais généraux sont minimes : un article en plastique obtenu par un estampage rudimentaire. Seuls les verres, bien qu'ils ne révèlent pas plus de poli qu'un verre à vitres, doivent être le résultat d'un long travail de recherche : des opticiens qualifiés, formés à Iéna, puis transfuges de la DDR, auraient mis leur compétence au service de la firme Brauxel & C° ; mais Brauxel & C° — une entreprise cotée au demeurant — peut prouver aux deux commissions d'enquête que nul opticien ne travaillait dans son laboratoire ; tout au plus la petite verrerie rattachée à l'entreprise fondait-elle un mélange spécial breveté : au classique mélange de sable quartzeux, de soude, de sel de Glauber et de chaux est incorporée une dose calculée au gramme près et secrète de mica tel qu'on en extrait des gneiss, schistes et granits micacés. Pas de diablerie donc, on n'emploie aucun ingrédient interdit ; les rapports de chimistes connus confirment les données scientifiques. Les procédures engagées par les länder de Basse-Saxe et de Hesse sont interrompues ; et pourtant il doit bien y avoir quelque mystère inhérent à ces objets — sans doute les paillettes de mica incorporées — mais seule la jeunesse de six à vingt et un ans pige le truc, car il y a dans ces lunettes un truc qui échappe aux adultes et aux petits enfants.

Comment s'appellent les lunettes ? Différents termes sont en cours, tous n'ayant pas été créés par la firme Brauxel & C°. Les fabricants ont préféré lancer leur article comme un jouet anonyme parmi les jeunes ; mais, dès que le succès de vente devient manifeste, ils adoptent quelques dénominations comme slogans de réclame.

Matern, qui use ses jambes à promener par la main la petite Walli Sawatzki — déjà huit ans — entend pour la première fois parler de « lunettes-miracle » au marché de Noël dans la Bolkerstrasse. Un bonhomme discret, qui pourrait aussi bien vendre du pain d'épice ou des lames de rasoir, se tient avec un carton à demi plein entre une baraque où l'on vend des crêpes à la pomme de terre râpée et un stand qui débite de la brioche de Noël.

Mais ni à gauche, malgré l'attrait des odeurs grasses, ni à droite où l'on ne lésine pas sur le sucre en poudre, il ne se presse autant de clients que devant le carton bientôt vide. Le vendeur, sûrement un saisonnier, ne crie pas, il murmure : « Lunettes-miracle pour les mettre, lunettes-miracle pour regarder. » Mais ce nom aux consonances féeriques s'adresse plutôt aux adultes qui détiennent le porte-monnaie ; car parmi la jeunesse grandissante on s'est déjà dit et redit de quel miracle il s'agit : les gamins de treize ans et les grandes oies de seize les appellent surtout « lunettes à connaître » ; les élèves de première et les mécaniciens auto sortant d'apprentissage, même les étudiants qui n'en sont qu'à leur premier semestre parlent de « lunettes de connaissance ». Moins usuelles et d'origine probablement autre qu'enfantine sont les appellations : « lunettes de reconnaissance paternelle » et « lunettes à identifier les mères » ou « dénonciatrices familiales ».

La maison parentale donc, pour procéder à partir des derniers qualificatifs, est donc rendue transparente par ces lunettes que Brauxel & C° jette sur le marché par centaines de mille. Le père, la mère, bref tout adulte dès qu'il atteint la trentième année est découvert, reconnu, pire encore, démasqué par les lunettes. Ne restent indifférents que les sujets qui, en 55, n'atteignent pas encore trente ans ou dépassent vingt et un ; ceux-là ne peuvent démasquer personne ni être démasqués par des frères et sœurs plus jeunes. Est-ce que ce truc standardisé résout les conflits de générations ? Les indifférents, neuf promotions d'âge complètes, sont-ils éliminés comme insusceptibles de connaissance primaire ? La firme Brauxel & C° a-t-elle des ambitions ; ou bien est-ce que par hasard l'étude moderne du marché serait parvenue, ni plus ni moins, à définir et à satisfaire les besoins de la génération adolescente d'après-guerre ?

Sur ce point contesté, le chef de contentieux de la firme Brauxel & C° a pu apporter des appréciations dont l'objectivité, engraissée de sociologie, a pu dissiper les scrupules de deux commissions d'enquête. « La rencontre du produit et du consommateur », ainsi s'exprime un des rapports d'expertise, « est calculable seulement jusqu'à cet événement relationnel que le consommateur commence à produire de façon autonome et fait du produit son moyen de production, donc quelque chose d'intouchable, de tabou. »

Le sceptique peut se contenter de hocher la tête ; car, quels qu'aient été les facteurs intervenant dans la décision de

produire et de vendre des lunettes-miracle, le succès de cet
article de saison est sans équivoque ; à telle enseigne que peu
importe si cette métamorphose structurelle ou modification du
facies consommateur, comme dit Schelsky, fut ou non inten-
tionnelle.

La jeunesse acquiert la perspicacité. Même si plus de la
moitié des lunettes vendues sont détruites peu de temps après
l'achat, parce que les parents soupçonnent que les lunettes ont
un pouvoir secret, il reste environ sept cent mille porteurs de
lunettes qui parviennent à se faire en toute tranquillité une
image parentale détaillée. Par exemple le soir après dîner, lors
d'excursions en famille, de la fenêtre, pendant que papa tourne
en rond avec la tondeuse à gazon, il se trouve des moments
favorables. Des faits-divers en relation avec les lunettes sont
enregistrés dans tout le territoire de la République fédérale ;
mais des concentrations d'une effrayante densité ne se produisent que dans les länder de Rhénanie-Nord-Westphalie, de
Hesse et de Basse-Saxe, tandis qu'au sud-est ainsi qu'en
Bavière les lunettes sont également réparties dans le commerce. Seul le länd de Schleswig-Holstein, à l'exception de
Kiel et de Lübeck, connaît des districts entiers où aucune paire
de lunettes ne peut être identifiée ; car là-bas, dans les cercles
d'Eutin, Rendsborg et Neumünster, les autorités n'ont pas
hésité à confisquer les lunettes par cartons entiers dans le
commerce. La « disposition provisoire » fut prise après coup.
Certes, la firme Brauxel & C° réussit à faire prévaloir ses
demandes d'indemnisation ; mais les lunettes ne trouvent de
clientèle que dans les villes et aux environs d'Itzehoe ; là, on
peut se créer une image parentale.

Que voit-on exactement dans les lunettes-miracle ? Les
sondages n'ont pas apporté beaucoup de renseignements.
La plupart des jeunes qui se firent une image parentale,
ou bien sont encore en train d'enrichir cette image, refusent
de parler. Tout au plus concèdent-ils que les lunettes-miracle
leur ont ouvert les yeux. Les interviews prises sur les terrains de
sport ou à la sortie des cinémas se déroulent à peu près ainsi :
« Dites voir, jeune homme, quel effet a produit sur vous... ? »

« Que vous dire ? Eh bien, après avoir une paire de fois mis
les lunettes, je vois assez clairement ce qui concerne mon
vieux. »

« Nous voulons dire certains détails. Parlez, je vous prie,
sans réticence, et librement, et ouvertement. Nous venons
de la part des Etablissements Brauxel & C°. Et c'est dans l'in-

térêt de nos clients, si le perfectionnement des lunettes... »

« Y a plus rien à y perfectionner. Elles sont parfaitement au point. Je vous l'ai déjà dit. Rien qu'à regarder deux trois fois, j'y vois clair. Plus clair, pas moyen ! »

Toutes les personnes sondées sont évasives, cependant on peut, sans risque d'erreur, aller jusqu'à dire : l'œil nu d'un jeune voit son père autrement qu'un œil juvénile à l'affût derrière les lunettes-miracle. De plus il se confirme que les lunettes-miracle montrent le passé des parents sous l'aspect d'images variables, souvent, au prix de quelque patience, en succession chronologique. Des épisodes dissimulés aux enfants pour tels ou tels motifs viennent à portée de la main. Les questionnaires de la maison Brauxel & Cⁱᵉ, ainsi que des autorités scolaires, s'orientent aussi dans cette direction, avec des résultats décevants. En tout cas — ô surprise ! — on peut supposer qu'un nombre étonnamment restreint de secrets éro- tiques voit la lumière du jour — le bilan se limite aux pas- sades habituelles — en revanche, ce qui se répète dans le double cercle des lunettes d'identification paternelle, ce sont des actes de violence commis, tolérés, provoqués voici onze, douze, treize ans : des meurtres, souvent par centaines. Assistance à meurtre. Fumer sa cigarette pendant, et regarder. Des meurtriers éprouvés, décorés, acclamés. Le meurtre devient leitmotiv. Partager la table, le bateau, le lit, le mess des assassins. Toasts, ordres de mission, mentions au dossier. Souffler sur les tampons. Souvent, ce ne sont que des signatures et des corbeilles à papier. Bien des chemins mènent à. Des paroles ou un silence peuvent. Tout père en a au moins un à cacher. Beaucoup demeurent comme non avenus, enseve- lis, suspendus, casés, jusqu'à la onzième année d'après-guerre où les lunettes-miracle apparaissent sur le marché et démas- quent les coupables.

Pas de précisions particulières. Sauf si à l'occasion tel ou tel jeune se déclara prêt à fournir à la statistique un matériau utilisable ; mais fils et filles gardent secret ce qui existe, de même qu'auparavant pères et mères demeurèrent discrets jusque dans leurs rêves. Il se peut que la pudeur joue un rôle d'inhibition. Quiconque ressemble extérieurement à son père craint les inductions de similitudes supplémentaires. De plus, lycéens et étudiants ne veulent pas nuire à leurs études, souvent financées par les parents au prix de sacrifices, pour le plaisir de demander des comptes. Ce n'est sûrement pas la firme Brauxel & Cⁱᵉ, mais quelqu'un, le créateur des lunettes-

miracle, celui donc qui détacha des gneiss les petits cristaux de
mica et le mêla à un mélange vitreux commun, qui doit avoir
aperçu, voire espéré une finalité de l'opération lunettes. Mais
nulle révolte des enfants contre les parents ne se produit. Le
sens de la famille, l'instinct de conservation, une spéculation
froide comme un aveugle amour des personnes mises à nu
empêchent une révolution qui aurait valu à notre siècle
quelques manchettes : « Réédition des croisades d'enfants ! —
Des Yé-yé organisés ont occupé l'aérodrome de Cologne-
Wahn ! — Lois d'exception en vigueur ! — Lors des sanglantes
échauffourées de Bonn et de Bad-Godesberg, les forces de
police et les éléments de la Bundeswehr n'ont pu qu'au petit
matin — La Radio de Hesse, à l'exception de quelques
bâtiments secondaires, se trouve. — A ce jour, quarante-
sept mille jeunes, parmi eux des enfants de huit ans. — Une
vague de suicides ravage le secteur de Lauenbourg, Elbe,
où se trouvent refoulés. — La France exécute les clauses
d'extradition. — Les meneurs âgés de quatorze à seize
ans ont déjà avoué. — Après la clôture des opérations
méthodiques de nettoyage, demain, sur tous les émetteurs,
allocution de. — On continue à rechercher les agents communistes qui déclenchèrent et dirigèrent le soulèvement. —
Après un fléchissement initial, la Bourse s'est ressaisie. —
Les valeurs allemandes à nouveau demandées à Londres et
Zurich. — Le 6 décembre promu Jour de deuil national. »

Rien de tel. On signale des cas de maladie. Un nombre non
négligeable de jeunes filles et jeunes gens ne peuvent plus
supporter la terrifiante image parentale. Ils se sauvent :
étranger, Légion étrangère, la musique habituelle. Quelques-
uns reviennent. A Hambourg, coup sur coup, quatre suicides
tentés réussissent, deux à Hanovre, six à Kassel, ce qui induit
Brauxel & Cᵒ à suspendre peu avant la fête de Pâques la vente
des lunettes dites « miracle ».

Le passé à nouveau s'illumine pendant peu de mois, pour à
nouveau s'éteindre comme il faut l'espérer. Seul Matern, dont
il s'agit dans les présentes Materniades, devient clairvoyant
contre son gré ; car le jour où, sur la foire de Noël, à
Düsseldorf, il achète à sa fille Walli une paire de ces lunettes-
miracle, l'enfant la met aussitôt : l'instant d'avant, Walli riait
encore et grignotait du pain d'épice ; maintenant qu'elle voit
Matern à travers les lunettes, elle laisse tomber le pain d'épice
et les paquets à ficelle dorée, pousse un cri et se sauve en
hurlant.

Matern s'élance derrière elle avec le chien. Mais tous deux — car Walli voit aussi le chien sous un aspect véritable et affreux — ne font qu'épouvanter davantage la fillette quand, juste avant la Porte de Ratingen, ils parviennent à la rattraper. Des passants prennent en pitié la gamine hurlante et exigent de Matern qu'il prouve sa paternité. Complications ! Déjà l'on prononce des « Sûrement qu'il voulait attenter à la pudeur de l'enfant ! Regardez-moi ce type. Ça se voit à sa figure. Salaud ! » Alors, enfin, un policier fend la foule. On constate l'identité. Des témoins déclarent avoir vu ou pas vu ceci ou cela. Walli crie ; elle porte toujours les lunettes. Une voiture de patrouille dépose Matern, le chien Pluto et l'enfant hors d'elle-même chez les parents Sawatzki. Même dans l'appartement familier, environnée de jouets coûtex, Walli ne consent pas à se calmer, car l'enfant a toujours les lunettes devant son regard : ce ne sont plus seulement Matern et le chien, mais Jochen et Inge Sawatzki que Walli voit avec des yeux neufs, avec précision, avec épouvante. Ces cris refoulent Pluto sous la table, pétrifient les adultes et emplissent la chambre d'enfant. Des rafales de mots occupent les intervalles, mutilés mais lourds de sens. Walli bredouille en parlant de neige et de sang tombant dans la neige, de dents qui pareillement, du pauvre cher gros homme que papa et l'oncle Walter, avec d'autres hommes tous affreux, frappent, frappent toujours à coups de poing, surtout l'oncle Walter ; et encore ils frappent le cher gros homme qui n'est plus debout, mais dans la neige, parce que l'oncle Walter le... « T'as pas le droit ! Tu ne dois pas faire ça. Frapper et être cruel avec les gens, les fleurs, les animaux. C'est pourtant défendu. Tous ceux qui font ça ne vont pas au ciel. Le bon Dieu voit tout. Arrête, arrête... »

C'est seulement quand Inge Sawatzki ôte à l'enfant folle furieuse les lunettes du nez qu'elle peut se reprendre un peu ; mais encore des heures après, déjà couchée au dodo et environnée de toutes ses poupées, elle continue à sangloter. On mesure et constate la fièvre. Il faut appeler un médecin. Il ne parle ni d'un début de grippe ni de maladies usuelles de l'enfance ; il estime qu'un choc doit avoir déclenché la crise, quelque chose d'imprévisible, donc repos commandé ; les adultes doivent se tenir à l'écart ; si ça ne s'améliorait pas, il faudrait transférer l'enfant en clinique.

Le transfert a lieu. Pendant deux jours et deux nuits, la fièvre ne cède pas ; imperturbablement et sans crainte de se répéter, elle enfante le tableau hivernal : neige au sol, sang qui dégoutte, poings qui parlent, le gros homme tombe, parce qu'Oncle Walter et Papa aussi, dans la neige, où ça ? Dans la neige, et crache tant de dents : une deux, cinq, treize, trente-deux ! Personne ne peut les recompter à mesure. Pour ce motif Walli, avec ses deux poupées favorites, est transportée à l'hôpital Sainte-Marie. Les hommes, Sawatzki et Matern, ne restent pas auprès du lit d'enfant insupportablement vide ; acagnardés dans la cuisine, ils boivent du schnaps dans des verres à eau jusqu'à en tomber de leurs chaises. Jochen a conservé cette prédilection pour l'atmosphère de cuisine : dans la journée, il est homme d'affaires, exemplairement emmail-lotté de tissus presque infroissables. Le soir il traîne en savates du réfrigérateur au réchaud et tire sur ses bretelles. Dans la journée, il parle son agile allemand d'affaires, auquel des résidus de langage militaire confèrent le raccourci imagé et l'économique laconisme : « Pas d'histoires, allons-y ! » disait jadis Guderian, le cerveau militaire, quand il voulait y aller avec des chars ; Sawatzki reprend aujourd'hui ces termes dans un registre mineur quand il veut inonder le marché d'un lot de complets confection à veston droit ; mais sur le soir, à la cuisine, en savates, il se bourre de croquettes refroidies et parle en long, en large, en détail de : « Jadis, en mai, et comment que c'était dans notre froid pays natal. » Matern apprend aussi à goûter la tiède sécurité de la cuisine. Deux copains lar-moyants se tapent sur l'épaule. L'émotion et le schnaps brut font clignoter leurs yeux rétrécis. Des demi-sentiments de culpabilité manœuvrent sur la table ; ils ne se chamaillent plus que lorsqu'il s'agit de données précises. Matern est d'avis que ceci ou cela s'est passé en juin 37 ; Sawatzki lui oppose : « C'était exactement en septembre. Qui nous aurait dit tout bas en ce temps-là que ça devait finir si misérablement. » Mais tous deux sont d'avis qu'à l'époque ils étaient déjà contre : « Tu sais, notre compagnie S.A., c'était comme qui dirait un asile d'émigration intérieure. Tu te rappelles quand on discu-tait le coup au comptoir, Willy Eggers en était, les Dulleck Frères, et puis Fifi Wollschläger en tout cas, Bublitz, Hoppe et Otto Warnke. Et t'arrêtais pas de parler et de parler de lui, l'aurait mieux valu être tous saouls. Et donc, en avant la musique ! Et à c't' heure ? Où qu'on en est ? V'là que votre propre enfant vient vous dire : assassins, assassins ! »

Quand s'éteint cette plainte, l'atmosphère de cuisine observe chaque fois une minute de silence ; tout juste si l'eau du café chantonne sa petite chanson pieuse, puis Sawatzki reprend la parole : « Et tout ça l'un dans l'autre, dis voir, Walterchen, est-ce qu'on l'a mérité ? Ça ? — Non, que je dis. Jamais, au grand jamais. »

Lorsqu'après tout juste quatre semaines Walli Sawatzki sort de l'hôpital, les lunettes dites miracle ont disparu de l'appartement. Ce n'est pas Inge Sawatzki qui les aurait mises à la poubelle, ni Jochen et Walter qui les auraient trouvées dans la cuisine. Peut-être est-ce le chien qui les a mâchées, avalées, digérées. Mais Walli ne pose pas de questions relatives au jouet perdu. Silencieuse, la fillette, assise à son pupitre, doit beaucoup rattraper, car elle a beaucoup manqué. Devenue grave et un peu pointue, Walli sait déjà multiplier et additionner. Tous espèrent que l'enfant ne puisse avoir retenu pourquoi, de ronde et amusante, elle est devenue grave et pointue. Car c'est dans cette intention qu'on avait mis Walli à l'hôpital : de bons soins, afin que Walli oublie. Ce comportement devient de plus en plus la règle de vie de tous les intéressés : oublier ! On brode des axiomes sur des mouchoirs, des serviettes, des taies d'oreiller et des doublures de chapeau : tout homme doit savoir oublier. L'oubli est chose toute naturelle. La mémoire devrait être habitée d'agréables souvenirs et non d'odieuses puanteurs. Il est difficile de se rappeler positivement. C'est pourquoi il faut à chacun quelque chose à quoi il puisse croire : Dieu, par exemple ; ou bien, si ça ne marche pas avec Celui-là, il n'y a qu'à croire à la beauté, au progrès, à la bonté profonde de l'homme ou à une idée quelconque. « Nous autres, à l'Ouest, nous croyons tout à fait mordicus à la liberté, depuis toujours. »

Eh bien, soyons actif ! Pratiquons l'art d'oublier comme activité productrice. Matern se paie une grosse gomme à effacer, s'assied sur une chaise de cuisine et commence à gommer de son cœur, de sa rate et de ses reins tous les noms effacés ou non. Même le chien Pluto, un fragment de passé à quatre pattes, sénile, mais courant partout, serait bon à être vendu, mis dans un foyer pour chiens, effacé ; mais qui achèterait un vieux cabot ? De plus, la mère et la fille s'y refusent : Inge Sawatzki ne voudrait à aucun prix. Elle s'est habituée au chien à la longue. Walli pleure et promet de tomber malade, si. Il reste donc là, noir, évident. Et même les noms opposent à Matern une résistance tenace. Par exemple : tandis qu'il en détruit un et souffle sur sa rate pour en ôter les bribes de gomme, voici qu'en lisant le journal il tombe sur un autre qui écrit des articles sur le théâtre. Voilà ce que c'est

qu'une activité supplétive quand on efface à la gomme. Tout
article a un auteur. Celui-ci est un homme de métier. Il est
arrivé à ramasser des connaissances et dit de sa plume : « Dans
la même mesure où l'homme aspire au théâtre, le théâtre aspire
à l'homme. » Mais il ne tarde pas à déplorer : « Dans cet état
d'aliénation croissante se trouve aujourd'hui l'homme. » Et
avec ça il est sûr de son affaire : « L'histoire de l'humanité
trouve sa contrepartie optimale dans l'histoire du théâtre. »
Mais si, comme il le prévoit, « le théâtre à trois dimensions,
par un processus de banalisation, devait tourner derechef au
stéréoscope de papa », ce monsieur qui signe son article R.Z.
ne pourrait que se référer au grand Lessing et s'écrier : « A
quoi bon le rude travail de la forme dramatique ? » Son article
lance un double jet d'avertissement et de réconfort : « Ce n'est
pas quand finit l'homme que cesse le théâtre : au contraire !
Fermez les théâtres, et l'homme cesse d'être l'homme ! »
Visiblement, M. Rolf Zander — Matern le connaît du temps
de sa carrière théâtrale — en a à l'homme. Citons au hasard :
« l'homme des décennies à venir » ou bien : « Est-ce que tout
cela n'exige pas une explication percutante avec l'homme ? ».
Et de la polémique : « un théâtre déshumanisé ? Jamais ! ».
Ajoutons que R.Z. alias Rolf Zander, docteur ès lettres — ci-
devant président du comité de lecture au Théâtre municipal de
Schwerin — n'est plus professionnellement tenu de suivre sa
« mission théâtrale »; depuis peu de jours, il exerce les
fonctions de conseiller auprès de la Radio ouest-allemande,
ce qui ne l'empêche pas de rédiger des articles, pour les
suppléments du samedi dans plusieurs grands journaux.
« Il ne saurait suffire de montrer à l'homme la catastrophe ;
toute commotion reste fin en soi, si elle ne débouche
pas sur l'exégèse, jusqu'à ce que l'effet purificateur de la
catharsis ôte au nihilisme sa couronne et donne un sens au
chaos. »

Un clin d'œil sauveur nous tend la main entre les lignes.
C'est un homme auquel Matern, qui ma foi est plein de chaos,
aimerait s'adresser, surtout qu'il le connaît fort bien d'avant la
guerre ; et c'est pourquoi il porte avec lui, gravé au couteau
quelque part, le nom de Rolf Zander : soit dans le cœur, soit
dans la rate, ou bien comme inscription rénale ; aucune
gomme, et même pas celle qu'il vient d'acheter, ne saurait le
faire disparaître.

Tout homme habite. Ainsi R. Zander. Il travaille dans la
belle Maison de la Radio toute neuve, à Cologne ; il habite —

selon ce qu'insinue l'annuaire des téléphones — à Cologne-Mariendorf.

Sans chien ou avec chien ? Y aller pour rendre la justice ou bien pour prendre conseil dans une détresse humainement chaotique ? La vengeance dans la musette, ou bien une petite consultation humaine ? Les deux. Matern ne peut renoncer à. Il cherche à la fois du travail et la vengeance. Le même poing prêt à frapper et prêt à s'ouvrir pour recevoir. Accompagné du chien noir à deux éventualités, il va voir l'ennemi et l'ami, loin d'y aller tout à trac et de dire : « Me voici, Zander, pour le meilleur et pour le pire ! » Il rôde à plusieurs reprises — Ne vous retournez pas — autour du vieux bout de jardin et projette, s'il épargne le ci-devant dramaturge, de ne pas rater du moins les arbres du parc.

Par une chaude soirée orageuse du mois d'août — toutes les données concordent : c'était en août, il faisait chaud, et un orage montait — Matern avec le chien saute le mur et atterrrit sur le sol souple du parc Zander. Il n'a ni hache ni scie, seulement une poudre blanche. Matern sait user du poison ! Il a de l'expérience dans ce domaine : trois heures après, Harras était mort. Pas besoin de mettre des yeux de corneille dans des crottes de crapauds : une vulgaire mort-aux-rats. Cette fois c'en est une qui attaque les végétaux. Il court d'un arbre à l'autre avec l'ombre du chien. Danse en l'honneur de la Nature. Menuets et gavottes déterminent l'enchaînement des pas ; un clair-obscur baigne ce séjour des kobolds, ce neuf fois verdoyant refuge des nymphes, ces ramures expertes à l'amour : le parc de M. Zander. Il fait des révérences en exécutant des ports de mains ; il répand sa poudre sur les racines reptiliennes sans murmurer de formules. En tout cas Matern ne grince pas comme de coutume :

> Ne vous retournez pas :
> Le Grinceur est là.

Mais comment les arbres devraient-ils ? Ils n'émettent seulement pas une rumeur, car il n'y a pas un souffle d'air sous le ciel lourd. Aucune pie, aucun geai pour avertir, pour informer. Les angelots baroques n'ont pas envie de rire sous cape. Même Diane, son chien de chasse à son pied agile, ne veut pas se retourner et tendre l'arc infaillible ; du fond ténébreux de la Grotte des Méditations, M. Zander en personne adresse la parole au poudreur zélé : « En croirai-je mes yeux ! Matern, est-ce vous ? Mon Dieu, et à quelle délicate occupation vous vous livrez : vous semez de l'engrais chimique sur les racines de mes arbres géants. Ne les trouvez-vous pas d'une taille suffisante ? Mais cette recherche du gigantesque vous distinguait déjà en ce temps-là. De l'engrais chimique ! Comme c'est insensé et cependant aimable ! Seulement vous ne prenez pas garde au temps qu'il fait. Tout à l'heure, un orage va se décharger sur nous autres hommes et sur le parc. La première averse anéantira, lavera les produits de votre zèle horticole. Cependant ne tardons pas ! Déjà des coups de vent annoncent l'orage. Assurément, là-haut, les premières gouttes sont déjà parties, elles arrivent ! Puis-je vous prier, ainsi que ce magnifique exemplaire de chien, d'accéder à mon modeste foyer ! »

Il a pris le bras rétif de Matern et le conduit vers un toit protecteur. Sur les allées de gravier, ils doivent ailer leurs derniers pas ; ils ne reprennent la conversation qu'une fois parvenus sous la véranda : « Mon Dieu, que le monde est petit ! Combien de fois n'ai-je pas pensé à vous : que peut bien faire Matern ? Cette force de la nature, ce — vous permettez — ce buveur, cet extatique ? — Et maintenant vous voici entre mes livres, qui tâtez mes meubles, laissez errer votre regard ; votre chien aussi ; tous deux, vous projetez des ombres à la lumière de la lampe, avec toute la chaleur de l'affectivité, toute la présence de l'homme — Bienvenue ! »

La gouvernante de M. Zander se hâte de préparer un thé fort pour hommes. Le cognac est prêt. Le milieu, sans avoir besoin d'être décrit, s'impose encore un coup. Tandis que dehors, aux termes de M. Zander, l'orage traverse la scène, un utile dialogue de théâtre prend sa course dans les fauteuils secs effondrés à l'endroit du cul : « Mais voyons, très cher ami — fort bien que vous exposiez tout de suite en long et en large vos difficultés — cependant vous êtes dans l'erreur ou bien vous me marquez une amère injustice. Admettons : c'est moi, il le fallait de toute façon, qui rompis avant échéance votre contrat avec le théâtre municipal de Schwerin. Seulement la raison pour laquelle on vous fit tout cela, et devait vous le faire n'était pas, comme vous le croyez aujourd'hui, dans le domaine politique, mais — comment dois-je m'exprimer — dans celui de l'alcoolisme banal. Bien sûr, nous aimions tous boire notre petit verre. Mais avec votre goût de l'exagération. Disons-le franchement : même aujourd'hui, dans notre petite République fédérale à demi-démocratique, tout intendant, lecteur ou régisseur conscient de sa responsabilité devrait agir : vous veniez ivre aux répétitions, ivre et sans votre texte, vous me démolissiez la représentation. Oh oui ! Et si je me souviens de vos sentences sonores ! Rien à dire, en ce temps-là déjà rien à redire à leur contenu et à leur force expressive, mais tout à redire, jadis comme aujourd'hui, à l'opportunité du lieu et du temps. Quand même, chapeau : vous exprimâtes cent fois ce que nous pensions tous sans oser le confesser publiquement. Toute mon admiration, jadis et aujourd'hui, à ce cran magnifique, car seule la circonstance que vous étiez en état d'ébriété quand vous appeliez par leur nom des choses épineuses ôtait à votre acte son effet ; des dénonciations provenant pour la plupart de machinistes s'accumulaient sur ma table ; j'hésitai, je m'entremis et à la fin je dus pourtant intervenir, non sans, tout compte fait, l'intention de vous protéger, oui, de vous protéger ; car si je ne vous avais pas, en vous intentant une simple procédure disciplinaire, permis de secouer sur Schwerin, un pavé devenu pour vous trop brûlant, la poussière de vos souliers, eh bien mon Dieu, je n'ose imaginer ce qu'il serait advenu de vous. Vous savez, Matern, les gens de cette époque, quand ils s'y mettaient, n'avaient pas coutume de plaisanter. L'homme isolé ne comptait pas ! »

Dehors, le tonnerre ne manque pas une entrée. Dedans, Matern ressasse ce qu'il serait sans doute advenu de lui, n'eût été le docteur Zander, ce philanthrope. Dehors, une saine pluie emporte le poison planticule, lave les racines séculaires des arbres omniscients du parc. Dedans, Pluto, perdu dans ses rêves canins, râle. Une pluie Shakespearienne, dehors, coule en hallebardes. Naturellement, à l'abri, une horloge tique, non, trois horloges diversement accordées tiquent taquent entre l'ancien président du comité de lecture et l'ancien jeune premier. Les entrées du tonnerre ne passent pas la rampe. On s'humecte les lèvres et se masse la peau du front. Les fulgurances extérieures illuminent intérieurement ce tableau : Rolf Zander, hôte avisé, se remet à dialoguer tout seul : « Mon Dieu, Matern ! Vous rappelez-vous encore dans quelles conditions vous vous présentâtes chez nous ? Franz Moor, cinquième acte, scène I : Sagesse de la plèbe, crainte de la plèbe ! — Vous étiez magnifique. Non, non, en effet, renversant. Un Talma n'aurait pu se l'arracher des tripes sur un mode plus sinistre. Une découverte en direct de Danzig, qui a déjà produit plus d'un mime de classe — pensez à Söhnker, même si vous voulez, à Dieter Borsche. Intact et prometteur, vous arriviez. Si je ne m'abuse, c'était le bon Gustave Nord — un homme en effet, et un collègue digne d'affection et qui devait si misérablement périr à la fin de la guerre — qui avait été votre maître. Attendez : vous avez attiré mon attention dans une infecte pièce de Billinger. Ne jouâtes-vous point le fils de Donata Opferkuch ? Exact, et la Bargheer, avec votre Donata, sauva la soirée. Qui aviez-vous encore là-bas ? Naturellement : l'excellente mise en scène de Schneider-Wibbel avec Carl Brückel dans le rôle principal. Absolument crevant quand je repense à Fritzchen Blumhoff qui, avec son accent de Saxe, enlevait le prince d'Arcadie, en trente-six trente-sept je crois. Et puis : Carl Kliewer, l'inusable Dora Ottenburg, Heinz Brede, que je me rappelle dans une représentation tout à fait correcte du Nathan, et toujours votre maître : quel Polonius chatoyant ! Ça, c'était un interprète shakespearien, et pareillement grandiose quand il fallait dire du Shaw. C'était du culot pour le théâtre municipal de jouer encore la Jeanne en trente-huit. Je ne peux que le souligner : s'il n'y avait pas la province ! Comment le peuple appelait-il chez vous cette boîte ? Exact ! Le moulin à café ! Paraît qu'il est totalement détruit, aujourd'hui encore. Mais je me suis laissé dire qu'on songe, au même endroit et dans le même style classique. Etonnants, ces Polonais, toujours ils recommencent. De même le cœur de la Vieille-Ville. La rue Longue, la rue Notre-Dame, la Jopengasse seraient déjà hors d'eau. Je suis du même coin : Memel. Si j'y suis retourné ? Non, mon cher. La même femme, jamais deux fois. L'esprit qui souffle sur la scène ouest-allemande, vraiment, ne me dit rien. Mission Théâtrale ? Le théâtre comme mass-medium ? La scène comme concept générique pur ? Et l'homme, l'optimal ? Où tout demeure fin en soi et où rien ne débouche dans l'exégèse ? Purification ? Epuration ? Katharsis ? — Passé, mon cher Matern — ou bien pas davantage, car le travail que je fournis à la radio me satisfait pleinement et me laisse le temps de m'essayer à de menus travaux critiques qui depuis des années attendent d'être écrits. Et vous ? Plus envie ? Cinquième acte, Scène I : Sagesse de la plèbe ! »

Matern boude et boit. Noué dans ses intérieurs, en serrant le cœur, la rate et les reins torturés, se dévide laborieusement le chapelet : Compagnon de route ! Nazi en puissance ! Demi-sel ! Complice ! Nazi potentiel ! — mais par-dessus le bord de sa tasse, penaud, il émet : « Théâtre ? Jamais plus ! Manque de confiance en moi ? Possible. Et puis la blessure à la jambe. On

s'en aperçoit à peine, mais sur la scène ? Sinon tout y est
encore : la voix, la force et l'envie. Oh oui ! Manque l'occasion. » Voici venir alors, après qu'il fut permis à trois horloges
Empire, une brève minute durant, de distiller en paix, les
paroles libératrices qu'articule Rolf Zander. A mi-voix, avec
habileté, tandis que cet homme jadis gracieux va et vient dans
la pièce appropriée, il tient des propos insinuants. Dehors les
arbres du parc en s'égouttant rappellent la vie brève d'un orage
en août. Tandis que parle le docteur Zander, sa main, sur de
larges rayons, caresse des dos de livres, ou bien il prend un
volume, l'ouvre, tergiverse, envoie une citation qui sans
anicroche s'engrène à son discours, puis apporte à ranger le
livre une sollicitude de bibliophile. Dehors, le crépuscule
resserre les arbres du parc. Dedans, Zander marque un arrêt
devant les débris rescapés d'une pluridécennale passsion de
collectionneur : masques de danse balinais, marionnettes de
démons chinois, danseurs morisques coloriés — sans mettre de
frein à sa logorrhée. Deux fois, la gouvernante entre avec du
thé frais et des gâteaux ; elle aussi, c'est une pièce rare comme
les horloges Empire, les éditions princeps et les instruments de
musique hindous. Matern est vautré dans son fauteuil. Le
lampadaire répond à son crâne raboteux. Pluto dort à grand
bruit : un chien aussi âgé que les arbres du parc, dehors.
Dedans, Zander parle de son travail à la radio. Il couvre les
premières heures de la matinée et l'heure du coucher : Radio
enfantine et Programme de nuit. Pas d'antinomies pour
Zander, au contraire. Il parle de tensions, de pont jeté entre. Il
nous faut trouver un retour afin. Matern, lui aussi, a pu en
son temps gloser dans la radio enfantine. Il était le loup du
Petit Chaperon Rouge ; c'est lui qui a mangé les sept biquets.
« Eh bien donc !, enchaîne Zander, il nous manque des voix,
des voix comme la vôtre, Matern. Des voix qui tiennent dans
l'espace. Des voix apparentées aux éléments. Qui portent, qui
tendent l'arc. Qui font sonner notre passé. Par exemple, nous
préparons une nouvelle série que nous voulons appeler « Discussion avec le passé » ou mieux encore « Discussion avec
notre passé ». Un de nos jeunes collaborateurs, un de vos
compatriotes du reste — doué, voire dangereusement doué —
est en train de dégager de nouvelles formes radiophoniques. Je
pourrais m'imaginer que vous justement, mon cher Matern,
vous pourriez insérer chez nous dans une tâche nouvelle
répondant à vos dons. Une quête urgente de la vérité.
L'éternelle question de l'Homme. D'où viens-je — où vais-je.

Là où jusqu'à ce jour le silence poussa les verrous, le langage rouvre le portail ! — Alors ? »

Alors Pluto, chien hors d'âge, s'éveille avec lenteur, et Matern marche. Entendu ? — Entendu. Après-demain, dix heures du matin. Maison de la Radio ? — Après-demain, dix heures. Prière d'être exact. Exact et à jeun. Dois-je vous appeler un taxi ? — Le docteur Rolf Zander peut tout mettre au compte de la Radio ouest-allemande. Toutes les dépenses peuvent être déduites. Tout risque est exempté d'impôt. Tout Matern trouve son Zander.

LA CENTIÈME MATERNIADE PUBLIQUEMENT DISCUTÉE

Il parle, gronde, brâme. Sa voix pénètre dans toutes les maisons. Matern, l'estimé speaker de la radio enfantine. Les petits rêvent de lui et de sa voix par où s'expriment toutes les angoisses et qui retentira encore à leurs oreilles quand les enfants actuels, devenus des vieillards en voie de rabougrissement, feront la causette : « Dans ma jeunesse il y avait un oncle légendaire dont la voix m'a, me forçait, me prenait, me suggérait de telle sorte qu'encore aujourd'hui, quelquefois ; mais il en va de même de nombreux Maternoïdes qui jadis. » En attendant, ce sont des adultes marqués par d'autres voix qui utilisent la voix de Matern comme moyen éducatif ; quand les mômes ne veulent pas obéir, Maman menace : « Faut-il remettre la radio et faire parler le méchant oncle ? »

On peut, sur ondes moyennes et sur ondes courtes, se faire livrer à domicile un croquemitaine. Son organe est demandé. D'autres émetteurs veulent aussi faire parler, brâmer et gronder Matern dans leurs propres studios. Certes ses collègues, dans le creux de leur main, opinent qu'il ne sait pas parler juste, c'est-à-dire en style Conservatoire, mais doivent cependant admettre que sa voix n'est pas sans avoir un certain quelque chose : « Ce fluide, cette informité barbare, cette naïveté fauve qui, aujourd'hui que nous sommes las de la perfection, paie partout trois fois. »

Matern se paie un agenda car chaque jour, ici ou là et à une heure précise, sa voix est mise en conserve. Il parle, gronde, brâme surtout à la Radio ouest-allemande, souvent à celle de Hesse, jamais à celle de Bavière, occasionnellement à la Radio nord-allemande, très volontiers et en patois bas-allemand à

Radio-Brême, récemment aussi à l'émetteur sud-allemand de Stuttgart et, quand il en a le temps, à Radio-sud-ouest. Il craint d'aller à Berlin-Ouest. C'est pourquoi RIAS et l'émetteur Berlin-Libre doivent renoncer à des productions originales auxquelles la voix de Matern donnerait la note particulière, mais dans le cadre du programme d'échange ils reprennent les émissions données par Matern à la Radio enfantine de l'Emetteur ouest-allemand de Cologne où son riche organe est domicilié.

Il s'est installé, il habite : construction neuve, deux pièces, vide-ordures, cuisinette, placards incorporés, bar, lit à deux places ; car l'inséparable Inge-dame vient pour le Week-end, seule ou avec Walli. Sawatzki, le décorateur pour hommes, envoie le bonjour. Le chien est gênant. On aimerait bien être à part soi et en privé. Le clebs est aussi encombrant qu'une grand-mère qui ne peut plus retenir son eau. Et avec ça, toujours en alerte, bien dressé. Comment se sentir à l'aise avec le chien dans le tableau ? L'œil larmoyant, quelque peu engraissé, mais la peau de la gorge molle. Pourtant personne ne dit : « Faudrait s'en débarrasser. » Matern, Inge et Walli sont d'accord : « Il a droit à ses Invalides. De toute façon notre Pluto n'ira plus bien loin. S'il y a assez pour nous, il y aura pour lui. » Et Matern, devant le miroir où il se rase, se souvient : « A toujours été un ami dans le besoin. Il ne m'a pas lâché quand j'étais mal parti, agité et instable, quand je chassais un fantôme aux noms multiples, impossible à attraper quand même. Le dragon. Le Malin. Léviathan. Le néant. L'erreur. »

Mais il a beau porter des gilets à petits carreaux, ça n'empêche pas Matern à table de soupirer sur son omelette. Son œil de chasseur épargne Inge-dame et parcourt les murs à la recherche d'inscriptions. Mais le motif de l'immeuble est sans équivoque, et même les reproductions d'art encadrées ne délivrent aucun message, en dépit de leur modernité plurisignifiante. Ou bien des radiateurs cognent, Matern dresse l'oreille, Pluto s'agite ; les signaux frappés sont interrompus, et derechef les soupirs jettent des bulles spacieuses. C'est seulement au début du printemps, quand s'animent les premières mouches, qu'il trouve une occupation à côté ; pour des heures, il en oublie de soupirer. Le vaillant petit tailleur saisit d'abord la tapette à mouches et ensuite captura la licorne. Personne ne saura jamais comment il appelle ce qu'il attrape le long des carreaux, quels noms il écrabouille entre ses doigts, comment s'appellent ses ennemis métamorphosés quand sans regret il arrache une patte de mouche après l'autre. Les ailes à la fin. Les soupirs demeurent, se réveillent avec Matern, vont au lit avec lui, s'accoudent en chien de fusil avec lui aux tables de la cantine radio, tandis qu'il doit repasser encore une fois son texte de scélérat. Car l'enregistrement commence tout de suite. Matern doit parler, gronder, brâmer. Autour de lui la meilleure moitié de l'avant-programme : De femme à femme. Le cultivateur a la parole. Musique d'après-midi. Paroles du dimanche. Sepp Obermayer et sa lyre agricole. Nos sœurs et nos frères derrière le Rideau de Fer. Reportage sportif et résultats du Toto. Lyrisme avant minuit. Informations sur le niveau des voies navigables. Jazz. L'Orchestre du Gürzenich. La radio enfantine. Collègues ou collègues de : celui-là, ou celui-ci, ou bien celui qui a la chemise à carreaux sans cravate. Tu le connais, voyons. Ou tu pourrais le connaître. Est-ce que ce n'était pas lui qui, en 43, sur le front du Mious ? Ou bien l'homme en noir et blanc qui agite un shaker à milk-drink ? Est-ce que déjà en ce temps-là ? Ou bien est-ce qu'en ce temps-là il ne t'aurait pas ? Tous, tous, tous ! Mouches noires, mouches à carreaux, mouches pies. Des gros bourdons qui jouent au skat, aux échecs, ou font des mots croisés. Interchangeables. Ça repousse. Oh Matern, toujours te démangent des noms qui lentement se cicatrisent. Voilà que dans la cabine sereinement, ennuyé, il soupire ; et un collègue, saisissant le soupir lourdement chargé que le collègue Matern extrait du centre de notre terre, lui tape sur l'épaule : « Voyons, Matern ! Il n'y a pas de quoi soupirer comme un bœuf ! Vous pourriez être satisfait. Vous êtes pour ainsi dire à plein temps. Par hasard j'allume le poste et qu'est-ce que j'entends ? Ce matin je jette un coup d'œil dans la chambre des enfants. C'est eux qui ont pris le poste. Et qu'est-ce que j'entends dans le truc, que les mômes en restent bouche bée ? Vous en avez de la veine ! »

Matern, le radio-pédagogue tonnant, parle, gronde, brâme sans trêve en bandit, en loup, en insurgé et en Judas. Plus enroué qu'un explorateur du Pôle Nord dans le blizzard. Plus fort qu'un vent de force 12. En prisonnier toussant avec cliquetis de chaînes radiogéniques. En mineur discuteur juste avant l'effrayant coup de grisou. En alpiniste dévoré d'ambition lors d'une expédition himalayenne insuffisamment préparée. En chercheur d'or, en évadé de la zone Est, en valet de bourreau, en sbire de la S.S., en légionnaire, en blasphémateur, en garde-chiourme et en renne dans la Féerie d'Hiver ; il avait déjà dit ce rôle une fois, et même sur scène ; quand il était élève-acteur.

Harry Liebenau, son compatriote qui, conseillé par le docteur R. Zander, dirige la radio enfantine, lui dit : « Je croirais presque que ce n'est pas la première fois que je vous rencontre. Théâtre municipal. Représentation enfantine. La petite Brunies, vous vous rappelez, dansait la Reine de glace, et vous faisiez le renne parlant. Ça m'a formidablement impressionné, sinon marqué. Point fixe en quelque sorte. Impression d'enfance absolument décisive. Ça explique bien des choses. »

Cet emmerdeur avec sa mémoire à tiroirs. Il classe, partout où il va, vient, reste, passe, des petits papiers écrits serré. Pas un sujet qui ne lui inspire des faits ; des facts : Proust ou Henry Miller, Dylan Thomas et Karl Kraus ; des citations d'Adorno et des chiffres de tirage ; collectionneur de détails et chercheur de rapports ; preneur de distances et metteur de noyaux à nu ; rat d'archives et connaisseur du milieu ; sait qui est à gauche et qui écrit à droite ; écrit lui-même des textes vite essoufflés sur la difficulté d'écrire ; rétroviseur et suspenseur du temps en fuite ; metteur en question et expert à la merde ; mais pas un congrès d'écrivains n'échappe à son talent de formulation, à son besoin de reprendre, à sa faculté mémoriale. Et comme il me reluque ! Cas intéressant ! Celui-là pense que je suis un sujet pour lui. Il me fixe sur ses petits grimoires écrits serré. Ça s'imagine sans doute tout savoir parce qu'il m'a entendu une fois en renne qui parle et en tout cas deux fois en uniforme. Etait beaucoup trop jeune pour. Du temps où Eddi et moi, il avait au plus. Mais ces zèbres-là veulent tout en détail. Cette patience à écouter, ce talent de dénonciateur, avec sourire complice : « C'est d'accord, Matern. Je suis au courant. Si j'avais eu quelques années de plus, ils m'auraient poissé exactement comme vous. Je suis à coup sûr le dernier ici à vouloir vous faire la morale. Ma génération, vous savez, en a vu de toutes les couleurs. Au surplus, vous avez démontré à suffisance que vous aussi. On devrait donner tout cela de façon vérace, pour une fois, et en faisant litière des ressentiments habituels.

Eventuellement dans notre série projetée « La Discussion » qu'en pensez-vous ? Ces histoires de radio enfantine, si utiles soient-elles, ne sauraient à la longue. Assistance radio-fracassante pour mettre enfants au lit. En fin de compte, ce n'est

qu'un laborieux chiqué. N'importe quel signal de pause en dit
davantage. Il faudrait pour une fois envoyer dans l'espace
quelque chose de vivant. Ce qui nous manque, ce sont les faits.
Qu'on déballe un bon coup ! Ce qui vous tient à cœur. Quelque
chose qui aille aux tripes et sculpte les rognons ! »

Manque plus que la rate. Et comme il s'habille, ce peigne-
chose ! Chaussures anglaises sur mesure et pull-over de ski. Et
en outre un tantinet, si possible. Si je pouvais me souvenir de
ce galopin. Il n'arrête pas de phraser sur sa cousine et me
cligne de l'œil : équivoque. Dit qu'il serait le fils du maître-
menuisier qui avait le chien — « Voyons, vous savez bien ! Et
ma cousine Tulla — en réalité elle s'appelait Ursula — était
absolument toquée de vous, quand vous étiez à la batterie de la
plage et plus tard à Kaiserhafen. » Il paraît même que j'aurais été son instructeur « Le K. 6 sert la machine à réglage
d'allumage retardé » — et je lui aurais rendu familières les
sentences heideggériennes pour éphémérides — « L'être s'assume en s'effectuant dans l'étant... » Ce gaillard a recueilli sur
le sujet Matern plus de faits que je ne pourrais lui en faire
tomber de ma manche. Et avec ça, une politesse extérieure et
de la complaisance. Tout juste trente ans, le menton déjà un
peu entrelardé, et toujours enclin aux plaisanteries. Dans ce
temps-là, ç'aurait fait une bonne bourrique de la Gestapo.
L'autre jour, il monte à ma piaule — soi-disant pour regarder
un rôle avec moi — et que fait-il ? Il met les doigts dans la
gueule de Pluto et tâte la denture, ou ce qu'il est resté de crocs
dans la gueule de Pluto. Comme un expert en chiens. Et avec
ça toujours mystérieux : « Curieux, extrêmement curieux.
Même le crâne et la ligne entre le garrot et la croupe. Si âgé que
soit l'animal — je parierais pour vingt années de chien
bibliques ou davantage à la coupe de l'avant-train et à la tenue
toujours impeccable des oreilles on reconnaît tout de suite.
Dites-voir, Matern, où avez-vous déniché ce chien ? Non,
mieux encore, nous discuterons la question publiquement. A
mon sens, il y a là un cas qui — nous avons déjà parlé de mon
plan favori — devrait être développé dynamiquement au grand
jour de la publicité. Mais pas suivant un naturalisme plat. Il y
faut une profusion d'idées formelles. Quiconque veut s'atta-
cher son public doit mettre son intellect la tête en bas et le
laisser déclamer quand même. Quasiment un drame classique,
mais réduit au premier acte. Toutefois, le plan qui a fait ses
preuves : exposition, péripétie, catastrophe. Je me représente
le décor comme ceci : une clairière, des hêtres ma foi, un

gazouillis d'oiseaux. Vous vous rappelez certainement le bois de Jäschkental. Donc la clairière entourant le monument de Gutenberg. Excellent ! le vieux Gutenberg, on le fout en l'air. Mais on garde l'édicule. Et à la place du premier typographe nous vous prenons, vous. Oui, le phénotype Matern, nous vous présentons en premier lieu. Bon, vous seriez sous le toit, le regard fixé sur la Butte-aux-Pois — quatre-vingt-quatre mètres au-dessus du niveau de la mer — mais nous ne montrerons pas l'allée Steffens qui, plaçant côte à côte ses villas, court derrière la Butte-aux-Pois ; seulement la clairière en un acte. Pour le public, nous ferons monter, en face de l'ancien monument de Gutenberg, une tribune de bois pour, disons trente-deux personnes. Rien que des enfants et des jeunes gens entre la dixième et la vingt et unième année. A main gauche, peut-être, une petite estrade pour le directeur de la discussion. Et Pluto — étonnant, cet animal, et d'une ressemblance troublante — le chien donc pourra prendre place à côté de son maître. »

Ainsi, et non autrement, presque sans musique, le galopin met sur pied son show. Zander brûle d'enthousiasme et ne fait plus que parler d'une « forme de radio-théâtre émouvante par sa nouveauté ». Il flaire aussitôt, « au-delà du radiophonique », des possibilités théâtrales : « Ni stéréoscope, ni scène dans l'espace. Le parterre et l'estrade se fondent définitivement. Après des siècles de monologues on retrouve le chemin du dialogue ; plus encore, la grande discussion occidentale nous laisse espérer derechef en l'exégèse et en la catharsis, en l'interprétation et la purification. »

Rolf Zander consacre des articles à appeler l'avenir ; mais ce gros malin n'a en vue que l'aujourd'hui. Il n'entend nullement délivrer le théâtre de sa stagnation subventionnée, mais crucifier Matern avec son chien. Il file et tricote une trappe, mais, quand on le questionne sur ses intentions, il susurre, dans le ton bienveillant de la confidence : « S'il vous plaît, croyez-moi, Matern, nous dégagerons avec votre assistance une modalité légitime de découverte de la vérité. Ce n'est pas seulement pour vous, c'est pour n'importe quel homme pareil à vous une nécessité vitale inaliénable de faire ici comme une percée entre le maître et le chien, d'esquisser une fenêtre nous permettant de revoir clair ; car moi-même — vous pouvez vous en assurer grâce à mes modestes essais littéraires — je manque de poigne, je ne saisis pas la réalité en tranches saignantes ; mes capacités formelles manquent de substance, le c'-était-ainsi net et cru ne peut s'instaurer ; aidez-moi, Matern, sinon je me perdrais dans le subjonctif ! »

Et tout ce cirque a lieu sous des arbres. Voire : ce galopin a pu dénicher des hêtres et un édicule de fonte dans lequel le phénotype Johannès Gutenberg attend la relève. Six semaines durant, sans compter les répétitions, Matern est mis à la question devant un public changeant. On lit le manuscrit final auquel le gros malin et son docteur Rolf Zander ont tripatouillé pour des raisons exclusivement artistiques. Ce rôle principal, Matern — « Après tout, vous êtes comédien ! » doit l'apprendre par cœur, afin de pouvoir sans faute au jour dit parler, gronder et brâmer son texte.

UNE DISCUSSION PUBLIQUE

Production : *Radio ouest-allemande. Cologne.*
Manuscrit : *R. Zander et H. Liebenau.*
Date d'émission : (*prévue*) *8 mai 1957.*
Personnages de la discussion :
    Harry L. : *Le chef de la discussion.*
    Walli S. : *Assistante à lunettes magiques.*
    Walter Matern : *L'objet de la discussion.*
    Placé à côté de lui : *Le chien de berger noir Pluto.*
Participent en outre, avec un zèle plus ou moins grand, trente-deux jeunes gens de la génération d'après-guerre. Nul n'a moins de dix ans ; aucun n'a dépassé sa vingt et unième année.

Date de la discussion : il y a environ un an, quand les lunettes magiques ou lunettes de connaissance furent retirées du commerce.

Lieu de discussion : une clairière ovale dans une forêt de hêtres. A main droite s'élève une tribune à quatre étages sur laquelle enfants et jeunes gens, garçons et filles prennent place librement. A main gauche, une estrade élève une table à laquelle sont assis le chef de la discussion et une assistante. De côté, un tableau noir. Entre la tribune et l'estrade, légèrement reculé, un petit temple de fonte à guirlande de chaînes et toit en champignon, surélevé sur trois degrés de granit.

A l'intérieur du temple rond, des déménageurs démontent une figure monumentale en fonte — visiblement la statue en pied de Johannes Gutenberg — l'emballent de couvertures de

laine et finalement l'emportent. Les ouvriers se crient : « Ho !
Hisse ! » Brouhaha de voix du côté des enfants et jeunes
gens.

Le chef de la discussion encourage les ouvriers de ses
apostrophes comme : « Nous allons commencer, Messieurs-
Dames ! Le vieil homme n'est sûrement pas plus lourd qu'un
piano à queue Bechstein. Vous pourrez casser la croûte quand
le temple sera évacué. »

Sur le tout, gazouillis.

Tandis que sortent les déménageurs, Matern, avec le chien
de berger noir, pénètre dans la clairière.

L'assistante Walli S., une fillette de dix ans, tire d'un étui
une paire de lunettes qu'elle ne chausse pas.

Un trépignement enthousiaste des jeunes participants salue
Matern qui ne sait pas où se mettre.

Les chœurs parlés des enfants et jeunes gens et la main du
directeur de la discussion lui indiquent le temple : « D'où
Gutenberg fuit, Matern est chez lui ! Où fut Gutenberg,
Matern va voir clair ! Il répond aux questions, qui ? Matern ! Il
en sera l'objet, où Gutenberg était ! Nous voulons discuter de
l'homme et de la bête ; Matern est arrivé ; bienvenue ! Qu'il
s'apprête ! »

Ovation et trépignements relaient les mirlitons introductifs.
Matern, avec le chien, est debout dans le petit temple.
L'assistante joue avec les lunettes. Le directeur de la discussion se lève, essuie d'un geste tous les bruits, sauf les voix
d'oiseaux, et ouvre la discussion.

Chef de la discussion : Participants ! Jeunes amis ! Le verbe
est redevenu chair et a élu domicile parmi nous. Autrement
dit : nous nous sommes réunis pour discuter. La discussion est
le mode d'expression adéquat à notre génération. Jadis aussi, à
la table familiale, dans le cercle des amis ou bien dans les cours
de récréation, on a discuté discrètement, à voix feutrée ou bien
sans but, par jeu ; mais nous avons réussi à détacher des quatre
murs où elle était captive la grande, la dynamique discussion
qui jamais ne s'achève, pour la replacer en plein air, sous le
ciel, parmi les arbres !

Un participant : La direction a oublié les oiseaux !

Chœur des participants :
> Nous voulons discuter
> Avec l'humanité
> Et l'animalité !

Chef de la discussion : Eh bien oui ! Eux aussi, les moineaux,

les merles et les ramiers nous répondent ! Krou-krou-krou-ou !
Tout le monde parle ! Tout le monde veut s'informer. Toute
pierre comporte un renseignement.

Chœur des participants :

S'il s'appelle Charles
Faut pas qu'il parle !
S'il s'appelle Jules
Qu'il se recule !
Si c'est Walter
Qu'il persévère !

Chef de la discussion : C'est lui. Walter Matern est venu à
nous pour que nous le — et quand je dis « le », je pense le LUI
concret, existant, laissant des traces, une ombre portée — pour
que nous LE discutions.

Un participant : Est-il venu volontairement ?

Chef de la discussion : Nous discutons parce que nous vivons.
Nous n'agissons pas, nous...

Chœur des participants : ... discutons !

Chef de la discussion : Nous ne mourons pas...

Chœur des participants : Nous discutons la mort !

Un participant : Matern est-il venu volontairement ?

Chef de la discussion : Nous n'aimions pas...

Chœur des participants : Nous discutons l'amour !

Chef de la discussion : C'est pourquoi aucun sujet ne se
présente que nous ne discutions dynamiquement. Dieu et
l'assurance-responsabilité ; la bombe atomique et Paul Klee ; le
passé et la Loi Fondamentale ne nous offrent pas de problèmes, mais des sujets de discussion. Seul l'homme avide de
discussion mérite...

Chœur des participants : ... d'être un membre de la société
humaine.

Chef de la discussion : Seul l'amateur de discussion devient,
en discutant, un homme. C'est pourquoi être un homme veut
dire...

Chœur des participants : ... vouloir discuter !

Un participant : Mais Matern le veut-il ?

Chœur des participants :

Matern met-il ses rognons
A notre disposition
Comme objet de discussion ?

Deux filles :

Le lyrisme de son cœur
Nous inspire une langueur.

Deux participants :

> Nous voulons scruter sa rate
> D'une sonde délicate.

Chœur des participants :

> Nous sommes bien convaincus
> D'y découvrir du vécu.

Deux filles :

> Nous voudrions bien qu'on nous dise
> Comment les idées se r'produisent.

Chœur des participants :

> Si Matern répond : d'accord !
> Ça pourra faire un rapport.

Chef de la discussion : Eh bien nous vous interrogeons, Walter Matern, voulez-vous franchement, sans déguisement, être exposé au dynamisme des courants d'air ? Voulez-vous penser ce que vous dites ; voulez-vous révéler ce que vous avez emmagasiné ? En d'autres termes : voulez-vous être l'objet de cette discussion publique dynamique ? Si oui, répondez à haute et intelligible voix : Moi, Walter Matern, je suis avide de discussion !

Un participant : Il ne veut pas. N'ai-je pas déjà dit : il ne veut pas !

Un participant : Ou bien il n'a pas encore pigé.

Un participant : Il ne veut pas piger !

Chœur des participants :

> Si Matern fait des histoires,
> Discussion obligatoire !

Chef de la discussion : Je vous en prie, les interruptions doivent être soit élaborées en forme chorale, soit formulées par écrit. Les émotions populacières ne devraient pas s'exprimer dans une discussion publique. Je vous interroge donc pour la deuxième fois : Walter Matern, éprouvez-vous le besoin de vous communiquer, afin que l'opinion publique puisse prendre part...

(Chuchotements parmi les participants. Matern reste muet.)

Un participant : Fermez le temple, s'il ne marche pas !

Un participant : Passons à la discussion obligatoire. Le cas Matern a valeur de généralité et doit être discuté.

Chef de la discussion (à l'assistance) : Exclusion de la discussion pour les discutants gênants 14 et 22. (Walli S. note les deux nombres au bord du tableau noir.) La direction de la discussion, conformément au dynamisme que nous recherchons, tient compte malgré tout des exclamations informulées et, si l'objet de la discussion persiste dans son attitude hostile à la discussion, pourra décréter la discussion forcée. Ce qui veut dire : notre assistante recourra au moyen exécutif, c'est-à-dire aux lunettes dites de connaissance et dégagera les faits nécessaires comme base de discussion.

Chœur des participants :

> Si la chose n'est pas nette
> On r'garde avec les lunettes.

Chef de la discussion : C'est pourquoi, pour la troisième fois, je pose à Walter Matern la question : êtes-vous d'accord pour, dans ce temple de fonte où se trouvait encore récemment la statue commémorative de Johannes Gutenberg, fournir l'objet de la discussion, c'est-à-dire rendre compte de vos actes ? En un mot : avez-vous envie de discussion ?

Matern : Eh bien... (Silence.) Nom de Dieu ! Je suis... (Silence.) Au nom du Diable et de la Sainte-Vierge : j'ai envie de discussion !

(Walli S. écrit au tableau : Il a envie de discussion.)

Chef de la discussion :

> Il a dit qu'il veut
> Jouer notre jeu.

Matern :

> C'est comme au jour du Jugement
> Où chacun ira parlant.
> J'ai, je fus,
> J'ai touché à un cheveu
> J'ai tiré deux coups de feu
> Sur le miroir et je l'ai
> Réveillé.

Deux participants :

> Matern, qui visait le beurre
> Vit l'eau gicler et dit :

Matern :

> J'ai jeté un pigeon du haut de la tour
> J'ai enterré un lombric dans la terre

Deux participants :

> Son père au sourire si doux.

Deux participants :

> Matern a étranglé son gant dans son courroux.

Matern :

> J'ai étouffé la pierre, j'ai sucré le sel,
> J'ai ôté le chevrotement du cou d'une chèvre.

Chœur des participants :
>   Matern écrivit à la craie sur le mur :
>   Crève demain la souris dans la honte !

Matern : Me voici au centre de la discussion ; on en connaît déjà le résultat final ! (Applaudissements et trépignements chez les discutants. Le chef de discussion se lève et demande le calme d'un geste de la main.)

Chef de la discussion : C'est avec une grande joie et une égale sympathie que nous venons de l'entendre : Walter Matern va se communiquer. Mais avant que questions et réponses, d'abord en modeste ruisseau, puis en fleuve aux larges épaules ne nous entraînent avec lui, prions ensemble ! (Les discussions et l'assistance se lèvent et joignent les mains.) O grand créateur de la discussion mondiale dynamique et continue, toi qui as créé la question et la réponse, qui donnes ou ôtes la parole, sois-nous secourable, puisque nous voulons discuter à fond l'objet Walter Matern, qui a manifesté son désir de discussion. O Seigneur de toutes discussions...

Un participant : ... donne-nous aujourd'hui aussi le minimum de maturité nécessaire.

Chef de la discussion : O sage et omniscient Créateur du langage, toi qui fais discuter les étoiles dans l'univers...

Chœur des participants : ... délie aussi nos langues.

Chef de la discussion : O créateur des grands, sublimes objets de discussion toi-même objet sublimissime, délie aussi la langue de Walter Matern, puisqu'il est avide de discussion...

Chœur des participants : ... délie aussi sa langue.

Chef de la discussion : Et laisse-nous lancer en ton nom cette discussion qui t'honore et n'honore que toi ?

Chœur des participants : Amen. (Tous s'assoient. Murmures contenus. Matern veut demander la parole. Le chef de discussion fait un signe de refus.)

Chef de la discussion : La première question revient aux discutants et non à l'objet de la discussion. Mais avant que nous débutions par les habituelles questions-tests, je présente au public l'assistante du chef de discussion, Walli S. et remercie par la même occasion les Etablissements Brauxel & C°, qui de la façon la plus amicale ont mis à notre disposition pour cette discussion une des paires de lunettes de connaissance devenues si rares entre-temps, depuis qu'elles ont été retirées du commerce. (Applaudissements chez les discutants.) Mais nous ne ferons usage de ce moyen qu'en cas de besoin et sur décret de la majorité, d'autant que l'objet de la discussion s'est déclaré prêt à discuter et que le contrôle permanent du cours de la discussion au moyen des lunettes de connaissance Brauxel n'est autorisé qu'en cas de discussion forcée déclarée. Cependant, et pour définir le rôle des lunettes toujours disponibles et utiles à la fin poursuivie, la direction de la discussion prie maintenant Walli S. d'expliquer aux nouveaux discutants et aussi à l'objet de la discussion ce qu'il en est des lunettes de connaissance, et de même comment Walli S. trouva pour la première fois l'occasion d'employer dynamiquement les lunettes de connaissance.

Walli S. : Sensiblement, de l'automne de l'année dernière jusque peu avant Pâques de l'année en cours, la firme Brauxel & C° produisit en chiffres ronds un million quatre cent quarante mille paires de lunettes qui, à la même époque, furent mises sur le marché et trouvèrent un débit rapide. Ces lunettes-miracle, qu'on appelle aujourd'hui lunettes de connaissance, coûtaient cinquante pfennigs pièce et rendaient capable l'acheteur, quel qu'il fût, pourvu qu'il ne fût pas âgé de moins de sept ans et de plus de vingt et un ans, de connaître tous les adultes dépassant leur trentième année.

Chef de la discussion : S'il vous plaît, Walli, voulez-vous nous dire plus nettement ce qui devenait connu, quand, par exemple, vous mettiez les lunettes ?

Walli S. : Mon oncle Walter, qui est aujourd'hui objet de discussion et à qui je dois l'honneur, parce que je sais sur lui tant de choses, d'appartenir à la direction de la discussion en qualité d'assistante malgré mon jeune âge, mon oncle Walter donc, au troisième Avent de l'an dernier, se rendit avec moi à la Foire de Noël, à Düsseldorf. Il y avait là-bas des réclames lumineuses multicolores et des baraques où l'on pouvait acheter de tout : pain d'épice et pâte d'amandes, canons antichars et bûches de Noël, grenades à main, articles de ménage, tapis de bombes, shakers à cognac, et commandos de mort subite, leitmotive et motifs de meurtre, supports pour arbres de Noël et brassards de corps à corps, poupées à cheveux lavables, chambres de poupées, berceaux de poupées, cercueils de poupées, pièces détachées de poupées, accessoires de poupées, appareils de commande pour poupées...

Chœur des participants : Au fait ! Au fait !

Walli S. : Et l'on pouvait acheter aussi les lunettes dites miraculeuses. Mon oncle Walter — le voici ! — m'en acheta une paire. Je mis aussitôt les lunettes parce que c'est mon genre de toujours essayer tout, et tout de suite ; donc je le regardai à travers les lunettes, et je le vis très nettement tel qu'il avait été auparavant : tout simplement effrayant ! Naturellement je me mis à crier et me sauvai. (Elle jette un cri bref.) Mais cet homme — mon oncle Walter — me courut après et me rattrapa au Ratinger Tor. Il avait avec lui son chien. Mais comme il ne m'ôta pas mes lunettes je le vis, je vis aussi son chien, je continuai à les voir avec leur passé comme des monstres affreux et je ne pouvais me retenir de crier. (Elle crie de nouveau.) Plus tard, mes nerfs étant éprouvés, je dus entrer à l'hôpital Sainte-Marie pour quatre semaines. Je m'y suis beaucoup plu, même si la nourriture n'était pas fameuse. Car les infirmières, une d'entre elles s'appelait Walburga comme moi, et une autre s'appelait Dorothée, et l'infirmière de nuit s'appelait...

Chœur des participants : Au fait, s'il vous plaît !

Un participant : Pas de ragots d'hôpital !

Un participant : Tout à fait superflues, ces digressions.

Walli S. : Telles sont les expériences que j'ai faites avec les lunettes-miracle que je mettrai aujourd'hui en guise de lunettes de connaissance, si l'objet de discussion fait des déclarations de nature à entraver la discussion. Les lunettes de connaissance Brauxel ont leur place dans toute discussion publique. Si le langage ne devait pas suffire...

Chœur des participants : ... les lunettes de connaissance Brauxel ne se détraquent jamais !

Walli S. : Quiconque sera, comme mon oncle, objet de discussion...

Chœur des participants : ... ne devra jamais oublier que les lunettes de connaissance Brauxel sont toujours prêtes.

Walli S. : Beaucoup de gens ont déjà cru que le passé était passé...

Chœur des participants : ... mais les lunettes de connaissance Brauxel peuvent rendre présent le passé.

Walli S. : Si par exemple je mets maintenant les lunettes pour regarder mon oncle Walter, il faudra qu'à l'instant je pousse à nouveau des cris épouvantables comme au troisième Avent de l'an dernier. — Dois-je ? (Matern et le chien donnent des signes d'agitation. Matern tapote l'encolure du chien. Le directeur de la discussion fait signe à Walli S. de s'asseoir.)

Chef de la discussion, (d'un air engageant) : Pardonnez, monsieur Matern, les participants retrouvent à l'occasion, par erreur, leur état normal soit enfantin, soit juvénile. Alors le travail que nous devons fournir risque de tourner en jeu ;

cependant la direction de la discussion, à votre satisfaction comme à la nôtre, saura interdire la prépondérance des plaisanteries écœurantes. Tout en relevant de leur interdiction les participants quatorze et vingt-deux, nous ouvrons maintenant la discussion par des questions-tests simples et aussi directes que possible. Veuillez vous inscrire pour le tour de parole ! (Plusieurs participants lèvent la main. Le directeur de la discussion les interpelle l'un après l'autre.)

Un participant : Première série de questions-tests, posées à l'objet de discussion : combien de stations ?

Matern : Trente-deux.

Un participant : Et si on compte à rebours ?

Matern : Trente-deux.

Un participant : Combien en avez-vous oublié ?

Matern : Trente-deux pièces.

Un participant : Donc vous vous rappelez encore exactement...

Matern : Trente-deux en tout.

Un participant : Comment s'appelle votre mets favori ?

Matern : Trente d'œufs.

Un participant : Votre nombre de chance, c'est ?

Matern : Trente-deux fois trente-deux.

Un participant : Et votre nombre de malchance ?

Matern : Idem !

Un participant : Savez-vous la table de multiplication ?

Matern : Huit... seize... vingt-quatre... trente-deux...

Des participants : Merci. La première série de questions-tests est tenue pour épuisée.

Chef de la discussion : La deuxième série, s'il vous plaît.

Un participant : Pouvez-vous former des phrases simples commençant par « tout, toute, tous, toutes » ?

Matern (rapidement) : Toutes les dents comptent. Toute sorcière brûle mieux. Tout genou est douloureux. Toutes les gares débinent la suivante. Toute Vistule coule dans le souvenir plus largement que tous les Rhins. Toute salle de séjour est toujours excessivement rectangulaire. Tous les trains partent. Toutes les musiques commencent. Tout événement jette une ombre. Tous les anges zozottent. Toute liberté réside sur des monts trop hauts. Tout prodige s'explique. Tout sportif astique son passé. Tout nuage a déjà plusieurs fois plu. Toute parole peut être dernière. Tout sirop est trop sucré. Tout chapeau va. Tout chien occupe une position centrale. Tout secret est chatouilleux...

Chef de la discussion : Ça suffit, merci bien. Et maintenant la troisième et dernière série de questions-tests. S'il vous plaît !

Un participant : Croyez-vous en Dieu ?

Matern : Je propose d'éliminer cette question, étant donné que le problème de Dieu peut à peine être qualifié de question-test.

Chef de la discussion : Le problème de Dieu, tant qu'il n'est pas l'objet d'additions comme « un en trois personnes » ou « seule vraie », est admissible comme question-test.

Un participant : Eh bien, croyez-vous ?

Matern : En Dieu ?

Un participant : Bien sûr, est-ce que vous croyez en Dieu ?

Matern : Vous voulez dire, si je crois à Dieu ?

Un participant : Exactement, à Dieu ?

Matern : A Dieu qui est là-haut ?

Un participant : Pas seulement là-haut, partout.

Matern : Donc si je crois à quelque chose qui est là-haut et ailleurs...

Un participant : Nous voulons dire, non pas n'importe quoi, mais tout crûment : Dieu ! Entendez-vous, croyez-vous en Dieu ?

Chœur des participants : Lard ou cochon, c'est oui ou non !

Matern : Tout homme, qu'il le veuille ou non, tout homme, peu importe l'éducation qu'il a reçue, la couleur de sa peau, quelles que soient ses idées, tout homme, dis-je, qui pense, qui sent, qui s'alimente, qui respire, agit, donc vit...

Chef de la discussion : Monsieur Matern, la question posée par les participants à l'objet de discussion est ainsi conçue : Croyez-vous en Dieu ?

Matern : Je crois au néant. Car parfois, sérieusement, je dois m'interroger : Pourquoi y a-t-il de l'étant et non pas plutôt du néant ?

Un participant : Connu ! signé Heidegger.

Matern : Peut-être l'être pur et le néant pur sont-ils identiques ?

Un participant : Zut ! Encore Heidegger !

Matern : Le néant néantit sans trêve.

Un participant : Heidegger !

Matern : Le néant est à l'origine de la négation. Le néant est plus originel que le non et la négation. Le néant est concédé.

Un participant : Heidegger à poils, Heidegger au feu !
La question était : crois-tu en Dieu ?

Matern : Pourtant il m'arrive de ne pas croire moi-même au néant ; puis à nouveau je crois que je pourrais croire en Dieu, si je...

Un participant : Il n'y a pas lieu de répéter notre question. Oui ou non ?

Matern : Eh bien... (Silence.)... Par la Sainte-Trinité, non.

Chef de la discussion : La troisième et dernière question-test est considérée comme ayant reçu sa réponse. Nous résumons : le nombre de chance et de malchance de l'objet de discussion est trente-deux. L'objet de discussion peut à l'infini former des phrases commençant par les pronoms indéfinis « tout, toute, tous », etc. Il ne croit pas en Dieu. Cette coïncidence trente-deux, tout, toute, Dieu permet de poser une question-test supplémentaire, s'il vous plaît ! (Walli S. note au tableau le résultat des questions-tests.)

Matern (indigné) : Qui impose ces lois de discussion ? Qui est-ce qui commande ici, qui tire les ficelles, qui ?

Chef de la discussion : La discussion, menée par des participants amateurs de discussion, a dégagé d'elle-même le besoin d'une direction garantissant à la discussion la pente dynamique qui lui est nécessaire : la tendance à la catastrophe au sens traditionnel classique. Donc, je vous prie, passons à la question-test subsidiaire fondée sur le résultat : trente-deux, tout toute, Dieu.

Un participant : Aimez-vous les animaux ?

Matern : Absolument ridicule ! Vous voyez bien que j'ai un chien.

Une participante : Cela n'est pas une réponse à ma question-test.

Matern : Le chien est bien tenu. Avec compétence et, s'il le faut, avec rigueur.

Une participante : Théoriquement, il n'y a pas besoin de répétition ; cependant je demande à nouveau : Aimez-vous les animaux ?

Matern : Regardez ici, Mademoiselle. Que voyez-vous ? Un vieux chien à demi aveugle, difficile à nourrir, parce que sa denture est pleine de trous, et quand même...

Une jeune fille : Aimez-vous les animaux ?

Matern : Ce chien...

Le chef de la discussion : Objection de la direction. Etant donné que l'objet de discussion observe une attitude manifestement évasive, les questions utiles sont autorisées dans le cadre de la question-test subsidiaire, s'il vous plaît !

Un participant : Avez-vous déjà tué un animal de votre main ?

Matern : Je l'admets : un canari que j'ai tué de cette main, parce que le propriétaire de l'oiseau — c'était à Bielefeld — avait été un vieux nazi, et que moi, un antifasciste...

Un participant : Avez-vous déjà tué un animal à coups de fusil ?

Matern : Etant troufion : des lapins et des corbeaux, mais dans la guerre tout le monde a tiré des animaux, et ces corbeaux...

Un participant : Avez-vous déjà tué des animaux à coups de couteau ?

Matern : Comme tous les gamins qui possèdent un couteau de poche : des rats et des taupes. Le couteau de poche m'avait été donné par un ami et, avec ce couteau, tous les deux, on s'est...

Un participant : Avez-vous déjà empoisonné un animal ?

Matern (Silence) : Oui.

Un participant : Quelle sorte d'animal ?

Matern : Un chien.

Chœur des participants : Etait-il blanc, bleu ou lilas ?
Rouge, vert, jaune ou lilas ?

Matern : Il s'agissait d'un chien noir.

Chœur des participants : Caniche, basset ou pékinois ?
Saint-Bernard, boxer, pékinois ?

Matern : Il s'agissait d'un chien de berger allemand noir répondant au nom de Harras.

Le chef de la discussion : La question-test subsidiaire, enrichie de questions utiles, a apporté la preuve que l'objet de discussion Walter Matern a tué un canari, plusieurs lapins, des corbeaux, des taupes, des rats et un chien ; c'est pourquoi je répète la question-test subsidiaire fondée sur la formule : trente-deux — tout, toute — Dieu : Aimez-vous les animaux ?

Matern : Que vous le croyiez ou non : oui !

Chef de la discussion : (Il fait un signe à l'assistante Walli S. Elle écrit à la craie sur le tableau les mots : aimant les animaux.) Nous constatons que l'objet de discussion a d'une part empoisonné un chien de berger noir, d'autre part il entretient de façon exemplaire un chien de berger noir. Vu qu'il affirme aimer les animaux, le chien semble — en tant que tel et en l'occurrence en tant que chien de berger noir — devenir le point crucial auquel s'accroche l'objet de discussion. Pour plus de sécurité je demande des questions-tests permettant de tirer au clair le résultat extrêmement dynamique de l'exposition des faits, à savoir « chien de berger allemand à poil noir ».

Chef de la discussion : (Il fait un signe à l'assistante. Walli S. note sur le tableau noir le résultat de l'exposition des faits.)

Un participant : Par exemple : avez-vous peur de mourir ?

Matern : Je suis un trompe-la-mort.

Un participant : Alors voudriez-vous peut-être devenir dix fois centenaire ?

Matern : Mille fois, car je suis un trompe-la-mort.

Un participant : Préféreriez-vous mourir, au cas où vous mourriez quand même, dans votre chambre ou en plein air, dans la cuisine, la salle de bains ou la cave ?

Matern : Quand on est un trompe-la-mort, on s'en fiche.

Un participant : Que préférez-vous : maladie ou accident de la circulation ? Ou bien préférez-vous la lutte ouverte, le duel comme forme d'existence, la guerre comme cause, la révolution en tant que possibilité, ou bien une belle bagarre entre hommes ?

Matern (de bonne humeur) : Mon cher ami, tout cela, pour le trompe-la-mort que je suis, ne sont que des occasions de montrer mes ressources de trompe-la-mort. Vous pouvez me discuter autant que vous voudrez à coups de couteau ou de pistolet ; vous pouvez me précipiter à bas de la tour de Télévision ; et quand même vous voudriez m'enterrer à une toise de profondeur et m'alourdir d'arguments granitiques — demain, je me redresserais à nouveau sur mes semelles lestées de plomb, increvable ! Trompe-la-mort, debout !

Chœur des participants : Nous l'avions mis en terre, nous avions accepté le pari ; enterré comme il est, il ne reviendra plus à la lumière chatoyante pour remuer sa soupe et la manger à la cuillère.

Matern : Car la cuillère elle-même était à la cave, fondue aussi, quand Aurore, ayant de son sifflet à roulette chassé les ténèbres, fut là.

Chœur des participants : Matern aux semelles de plomb, avec son cœur, sa rate, ses reins, eut faim ; il prit sa cuillère, mangea, déféqua et dormit.

Matern : Le coup était bas, je tombai de la tour. Les pigeons ne s'en soucièrent pas. Je n'étais plus qu'une inscription, à plat sur le pavé, et le passant me lisait écrit en cursive.

Chœur des participants : Ci gît, gît, gît à plat, gît, l'homme tombé de là-haut ; aucune pluie ne le lave, ni la grêle ni la mitraille ; ni lettres, ni cils, ni discussions publiques.

Matern :

> Voici qu'Aurore à l'orteil rose
> Touche l'asphalte où je repose ;
> J'en ai le chose en l'air du coup :
> Bonhomme vit encore
> Et se reproduit tout son saoul
> En crevant d'un rire sonore.

Chœur des participants :

> On l'a fusillé jusqu'au bout ;
> Comme on projetait un tunnel,
> On a fait passer par le trou
> Un chemin d' fer existentiel.

Matern :

> Les trains spéciaux des souverains
> Traversaient ma rate et mes reins
> Quand ils allaient voir leurs confrères
> Domiciliés sur mon derrière ;
> Et le pape, en neuf vernacules,
> Parlait dans ce diverticule.

Chœur des participants :

> Entonnoir, tunnel et cornet,
> Et l'uniforme vert des douaniers donnait
> Un air de solitude agreste
> À ses restes.

Matern :

> Mais lorsqu'Aurore avec son lourd
> Marteau de palingénésie
> Vint reboucher mon corps percé à jour,
> Alors Matern, en pleine frénésie,
> Respira, parla, cria !...

(Silence. Walli S. note au tableau l'expression « Trompe-la-mort ».)

Chef de la discussion : Donc en d'autres termes : vous n'avez pas peur de mourir ?

Matern : Même les trompe-la-mort ont leurs moments de faiblesse.

Chef de la discussion : Alors vous ne voudriez peut-être pas vivre mille ans et plus ?

Matern : Par la mère Dieu ! Vous ne soupçonnez pas à quel point des semelles de plomb sont embêtantes.

Chef de la discussion : Donc, le cas échéant, et en admettant que vous ayez le choix entre mourir dans votre lit et mourir en plein air ?

Matern : A l'air frais, tous les jours !

Chef de la discussion : Défaillance cardiaque, accident ou faits de guerre ?

Matern : Je voudrais être assassiné.

Chef de la discussion : Au couteau ou à l'arme à feu ? Voulez-vous être pendu ou électrocuté ? Etouffé ou noyé ?

Matern : Je voudrais être empoisonné et m'effondrer soudain devant le public d'une première sur un théâtre en plein air !

(Il simule l'effondrement.)

Chœur des participants : Oyez ! Encore le poison ! Matern ne jure que par le poison !

Un participant : Quel poison veut-il dire ?

Un participant : Des yeux de crapaud à l'ancienne ?

Un participant : Du venin de serpent ?

Un participant : Peut-être de l'arsenic ou des champignons vénéneux : russule émétique, amanite tue-mouche, polypore soufré, bolet Satan ?

Matern : Tout simplement de la mort-aux-rats.

Le chef de la discussion : La direction de la discussion pose la question intermédiaire suivante : lorsque vous empoisonnâtes le berger allemand noir Harras, à quel poison recourûtes-vous ?

Matern : Tout simplement : à la mort-aux-rats !

Chœur des participants : Phénoménal ! Deux fois de la mort-aux-rats !

Chef de la discussion (à Walli S.) : Peut-être voulez-vous retenir également ces faits : sous « trompe-la-mort », nous notons : Mort du chien Harras, deux points, mort-aux-rats. (Walli S. écrit en capitales.) Mais, sans vouloir poursuivre tout d'abord la première confirmation du point fixe « chien de berger noir », je prie de poser une seconde question-test destinée à contrôler le point fixe, s'il vous plaît !

Un participant : Sous quel signe astral êtes-vous né ?

Matern : Aucune idée du signe où c'était, le dix-neuf avril.

Walli S. : En ma qualité d'assistante je dois rappeler à l'objet de discussion que des déclarations fausses déclenchent automatiquement la discussion forcée : mon oncle, je veux dire l'objet de discussion, naquit le 20 avril 1917.

Matern : Ô cette môme ! Bien sûr c'est dans mon passeport ; mais ma mère a toujours affirmé que j'étais né le 19, exactement à minuit moins dix. La question qui se pose est de savoir si le monde croira ma mère ou mon passeport.

Un participant : Que ce soit le 19 ou le 20 avril, en tout cas vous naquîtes sous le signe du Bélier.

Chœur des participants : Que ce soit dans la matrice ou au fichier de police, il est enfant du Bélier.

Un participant : Hormis vous, quels hommes célèbres sont-ils nés quand le soleil était dans le signe du Bélier ?

Matern : J' sais-t'y, moi ! Le professeur Sauerbruch.

Un participant : Allons donc ! Sauerbruch, c'est le Cancer.

Matern : Eh bien, John Kennedy.

Un participant : Un Gémeaux typique.

Matern : Alors son prédécesseur.

Un participant : On aurait dû se redire entre-temps que le général Eisenhower naquit lorsque le soleil était dans le signe de la Balance.

Chef de la discussion : Monsieur l'objet de discussion Walter Matern, concentrez-vous, s'il vous plaît. Qui naquit, comme vous, sous le signe du Bélier ?

Matern : Gâcheuse, gros malin ! Ce n'est pas une discussion publique, ça tourne au sabbat. Mais je sais où vous voulez en venir. Eh bien attrape : le même mois et, selon le passeport, un 20 avril, fut mis bas Adolf Hitler, le plus grand criminel de tous les temps.

Chef de la discussion : Objection ! On ne retiendra que le nom (Walli S. écrit.) et non l'addition subjective. Nous ne sommes pas venus pour proférer des insultes, mais pour discuter. La direction du débat constate : l'objet de discussion Walter Matern est né sous le même signe, et un 20 avril comme l'objet d'une discussion récente « Adolf Hitler, constructeur des autoroutes nationales. » Donc sous le signe du Bélier !

Un participant : Avez-vous autre chose de commun avec le natif du Bélier nommé Adolf Hitler ?

Matern : Tous les hommes ont quelque chose de commun avec Adolf Hitler.

Un participant : Je vous ferai remarquer que ce ne sont pas « tous les hommes » ou même « l'humanité », mais vous et vous seul qui êtes l'objet de la discussion.

Walli S. : En cas de besoin, je saurais quelque chose. Je pourrais l'attester sans avoir besoin de mettre les lunettes de connaissance. Il le fait même en dormant et en se rasant. Pour faire ça, il n'a même pas besoin de sucer d'abord un citron.

Matern : En effet, à l'école et aussi plus tard, on m'appelait « Grinceur » parce que parfois, quand une chose ne va pas comme je veux, je grince des dents, comme ça. (Il grince longuement dans le microphone.) Et il paraît que ce Hitler l'aurait fait aussi quelquefois : grincer des dents ! (Walli S. note « Grincement de dents ou le Grinceur ».)

Chœur des participants : Ne vous retournez pas, le Grinceur est là !

Un participant : Autres points communs avec le constructeur des autoroutes nationales ?

Chœur des participants : Ne t'en va plus au bois ; quand on va au bois, qu'on cherche les arbres, personne ne vous cherche plus.

Un participant : Nous aimerions savoir si l'objet de discussion Walter Matern, dit le Grinceur, a d'autres choses en commun avec le sujet d'une discussion antérieure, Adolf Hitler.

Chœur des participants : N'aie pas peur, la peur n'évite pas la peur. Si tu sens la peur, tu es senti par des héros sentant comme des héros.

Un participant : L'objet de discussion s'humecte les babines.

Chœur des participants : Ne bois pas d'eau de mer, elle a un goût de revenez-y. Si tu bois l'eau de la mer, tu n'auras plus soif que de l'Océan.

Un participant : A l'horizon que ne tache aucun panache de fumée, voici pointer, voici venir la discussion dynamique forcée.

Chœur des participants : Ne te construis pas de maison, sinon tu seras chez toi. Quand on est chez soi, on attend un visiteur tardif et on ouvre.

Un participant : Or voici que notre assistante Walli S. extrait des documents de sa valise : cartes postales, traces de sang, attestations, échantillons, certificats, cravates, lettres...

Chœur des participants : N'écris jamais de lettres ; ça va aux archives. Ecrire une lettre, c'est marquer de sa signature ce qu'on laisse derrière soi.

Un participant : Lui qui se vit toujours au centre du monde, lui le phénotype, l'increvable trompe-la-mort, le grinceur, lui dont nous examinerons la succession de son vivant, il s'imagine être toujours au centre du monde.

Chœur des participants : Ne t'expose pas à la lumière ; la lumière ne te voit pas.

Deux participants : Evite le courage. Pour en avoir, il en faut.

Deux jeunes filles : Ne chante pas dans le feu. Ça ne se fait pas.

Deux participants : Ne te confine pas dans le silence, sinon tu rompras le silence.

Chœur des participants : Ne vous retournez pas ! Le grinceur est là !

Matern : Pour que vous voyiez clair, je parle à nouveau ! Que voulez-vous savoir, entendre, que dois-je vous offrir ?

Un participant : Des faits. Ce que vous avez de commun avec d'autres natifs du Bélier. Pour le grincement de dents, nous sommes déjà informés.

Chœur des participants : Ne vous retournez pas !

Matern : Histoire de vous satisfaire : voici le chien. Cet Hitler aimait comme moi les bergers allemands à poil noir. Et ce berger noir, Harras, qui appartenait à un menuisier...

Chef de la discussion : Voici le point fixe : le chien de berger noir est définitivement confirmé. Est-ce que les participants désireraient cependant, par sécurité, poser des questions subsidiaires ? (Walli S. note et souligne le point fixe.)

Un participant : Le point fixe Chien de berger devrait être encore testé au point de vue érotique.

Un participant : Le participant 28 veut assurément dire par là le contenu sexuel du point fixe Chien de berger à poil noir.

Chef de la discussion : La question subsidiaire peut être posée. S'il vous plaît !

Un participant : Avec quelles femmes célèbres avez-vous ou auriez-vous volontiers entretenu des relations sexuelles ?

Matern : En 1806, deux fois coup sur coup, avec la reine Louise de Prusse. Elle fuyait alors devant Napoléon et passa la nuit avec moi dans le moulin à vent de mon père, lequel était gardé par un chien de berger noir nommé Perkun.

Un participant : La reine en question est largement inconnue dans les milieux où l'on discute...

Le chef de la discussion : Pourtant, Walli S., je vous prie, nous retiendrons le chien de garde Perkun mais nous y ajouterons le mot « légendaire » point d'interrogation.

Matern : De plus, de l'automne 38 au printemps 39, j'ai eu un commerce assez régulier avec la Vierge Marie.

Un participant : Tout catholique croyant peut reproduire à part soi le commerce fictif avec la Vierge Marie ; en outre, cette reproduction est à la portée de tous ceux qu'on appelle incroyants.

Matern : En tout cas c'est elle qui m'a persuadé d'empoison-

ner à la mort-aux-rats le chien de berger noir Harras parce que
ce Harras...

Chef de la discussion : Donc à la demande de l'objet en
discussion nous notons devant la formule « Mort du chien
Harras par mort-aux-rats » entre parenthèses « influence
mariale ».

Un participant : Il nous manque encore un exemple univoque non fondé sur l'irrationnel.

Matern : Voilà du nanan : j'ai, quand elle était déjà sa
maîtresse, couché avec Eva Braun.

Un participant : Décrivez-nous, s'il vous plaît, le déroulement du coït dans tous ses détails.

Matern : Un homme qui se respecte ne parle pas de ses
aventures d'alcôve !

Un participant : Ce n'est pas fair-play. Est-ce qu'en fin de
compte il s'agit d'une discussion publique ?

Une jeune fille : Cette sotte affectation de secret n'est pas
admissible en présence de participantes.

Chœur des participants :
> Attention, attention !
> Attention, attention !
> Voici pointer à l'horizon,
> L'obligatoire discussion !

Chef de la discussion : Objection de la direction : l'objet en
discussion n'a pas répondu de façon suffisante à la question
concernant le coït accompli avec des femmes célèbres. En
dernier lieu, après un commerce légendaire avec la partenaire
Louise, reine de Prusse, largement inconnue ici, après avoir
avoué un commerce fictif avec la Vierge Marie, il reconnut
avoir accompli le coït avec Mademoiselle Eva Braun. Pour
ce motif, toutes questions relatives au déroulement de ce
commerce sont superflues ; en tout cas il faut demander à
l'objet de discussion si l'acte sexuel entre les partenaires
Matern et Braun fut accompli en l'absence ou en présence de
spectateurs.

Un participant : Est-ce que par exemple le constructeur des
autoroutes était présent ?

Matern : Lui et son chien noir favori Prinz, ainsi que le
photographe du Führer, Hoffmann.

Chef de la discussion : La question-test a reçu une réponse et
confirmé le contenu sexuel du point fixe déjà identifié « Chien
de Berger à poil noir ». Peut-être noterons-nous encore le nom
du chien Prinz. Le photographe, n'est-ce pas, on peut s'en

passer. (Wallis S. note.) Avant que nous ne songions à discuter à fond l'appropriation du chien ici présent, lequel se tient au pied de l'objet discuté non seulement comme point fixe, mais encore effectivement, l'objet de discussion peut poser une question aux participants.

Matern : A quoi rime tout cela ? Pourquoi suis-je ici à la place de Johannes Gutenberg ? Pourquoi cet interrogatoire public s'appelle-t-il discussion publique ? Pourquoi dynamique si moi, à qui conviendrait une démarche dynamique, je dois rester au garde-à-vous entre des colonnes. Car moi, en qualité d'acteur et de phénotype, en Karl Moor et en Franz Moor, « Sagesse de la plèbe, épouvante de la plèbe ! », je réclame des allées et venues, des entrées soudaines et inattendues, des mots qu'on jette par-dessus la rampe, et des sorties faisant attendre une nouvelle, effrayante entrée en scène : « Mais quant à moi, un de ces jours, j'irai parmi vous et je vous passerai en revue, affreusement ! » — Au lieu de cela, un statique petit jeu de questions. De quel droit m'interrogent-ils, ces corniauds et ces pédants ? Ou bien, par ma barbe, pourquoi discute-t-on en ces lieux ?

Chef de la discussion : Dernière question, valable.

Un participant : Nous nous informons tout en discutant.

Un participant : Dans toute démocratie, la discussion publique a sa place légitime.

Un participant : Pour prévenir des malentendus : la discussion démocratique publique par le fait qu'elle s'accomplit en pleine lumière se distingue fondamentalement de la confession catholique.

Un participant : De même il serait erroné de mettre nos efforts en parallèle avec les prétendues autocritiques publiques des pays à gouvernement communiste.

Un participant : Du fait surtout que la discussion démocratique publique n'est suivie d'aucune absolution tant du sens profane qu'au sens religieux ; bien au contraire elle s'achève sans sanction, c'est-à-dire que la vraie discussion ne s'achève jamais par définition, car après la grande discussion publique nous discutons en petit comité le résultat de la discussion et recherchons des sujets de discussion intéressants pour les discussions publiques à venir.

Un participant : Après l'objet Walter Matern, par exemple, nous voulons discuter l'école confessionnelle, ou bien nous nous pencherons sur la question de savoir si l'épargne détaxée a de nos jours retrouvé un sens.

Un participant : Nous ne connaissons pas de tabous !

Un participant : L'autre jour, nous avons discuté le philosophe Martin Heidegger, l'homme et l'œuvre. Je crois pouvoir avancer que ce sujet de discussion ne nous pose plus de problèmes.

Chœur des participants :
> Le philosophe au casque à mèche
> Loin de prendre tout à rebours
> Mit l'existence en calembours.

Un participant : Car au fond, si l'on y met quelque patience, tous les problèmes se dissolvent, se résolvent d'eux-mêmes, par exemple la question juive. Cela n'aurait pu arriver à notre génération. Nous aurions discuté avec les juifs jusqu'à ce qu'ils émigrent volontairement et au comble de la conviction. Nous méprisons toute violence. Même si nous procédons à une discussion forcée, le résultat de la discussion n'est pas opposable à l'objet de la discussion forcée ; qu'après clôture du débat il se pende ou aille boire un demi, ça le regarde absolument. Ne vivons-nous pas en démocratie ?

Un participant : Nous vivons pour discuter.

Un participant : Au commencement était le dialogue !

Un participant : Nous discutons pour n'avoir pas à monologuer.

Un participant : Car c'est ici, et ici seulement que s'effectuent nos connexions sociales... Ici personne n'est seul !

Un participant : Ni l'idée de la lutte des classes ni l'économie politique bourgeoise ne sauraient remplacer le modèle de stratification de sociologie appliquée, à savoir la discussion publique.

Un participant : Bref, l'effectivité technique de notre appareil existentiel dépend de grandes organisations sociales comme de l'organisation mondiale des discutants libres et enthousiastes.

Un participant : Discuter, c'est dominer l'existence !

Un participant : La sociologie moderne a prouvé que dans un moderne Etat de masse, seule la discussion menée en public offre l'occasion de former des personnalités aptes à la discussion.

Chœur des participants : Nous sommes une seule famille publique, internationale, indépendante, discutant dynamiquement !

Deux participants : Si nous n'étions pas d'humeur à discuter, il n'y aurait pas de démocratie, pas de liberté, et par conséquent pas de vie dans une libre société démocratique de masse.

Un participant : Donc résumons (Tous se lèvent.) : l'objet de discussion nous a demandé pourquoi nous discutons. Voici notre réponse : nous discutons pour prouver l'existence de l'objet de discussion ; si nous nous taisions, l'objet de discussion Walter Matern n'existerait plus !

Chœur des participants :
> C'est pourquoi nous disons tous :
> Pas de Matern sans nous !

(Walli S. note.)

Chef de la discussion : Voici qui répond à la question posée par l'objet de discussion. Nous demandons : demandez-vous une question supplémentaire ?

Matern : Continuez. Je vois à peu près où j'en suis et j'entre dans le jeu sans réticence.

Chef de la discussion : Nous revenons donc au point fixe Chien de berger noir qui s'est démontré à trois reprises, et en dernier lieu dans son contenu sexuel.

Matern, (avec un trémolo) : Puisque je dois vomir, amis, tenez-moi la cuvette ! Je veux, sans aucune retenue, vous livrer les pois cassés des années de chien !

Chef de la discussion : Ce qu'il faudrait à présent élucider et discuter, c'est l'appropriation d'un chien de berger noir.

Matern, (même jeu) : Les patates bouffées pendant les années de chien vous apporteront en ce jour la preuve qu'en ce temps-là elle existait déjà, la patate ! Les motifs de meurtre de jadis sont les leitmotive d'aujourd'hui.

Chef de la discussion : Et en vérité nos questions concernent un chien noir qui représente *in persona* le point fixe Chien de berger noir.

Matern : Car, ici, plus de barrière. Ce que j'aimais jadis me débecte aujourd'hui. Ce qui prit ce chemin, grimpa sur le Caucase, descendit jusqu'à l'eau blême du lac Ladoga, doit maintenant refluer sur des positions préparées d'avance, à demi digéré, âcrement bilieux ; ça va répandre une odeur à vous donner des renvois acides.

Chef de la discussion : Je demande donc des questions susceptibles de définir le propriétaire du chien de berger effectivement présent.

Matern : Meurtre, que ce mot a vieilli !

Un participant : Comment s'appelle le chien de berger noir ici présent ?

Matern : Le cran de mire et le grain d'orge ; la mouche dans l'axe de l'œil. Respirer à fond, saisir la crosse.

Un participant : Je réitère la question relative au nom du chien présent.

Matern : Cadavres, qui compte encore les cadavres ? Tous les os sont réutilisés. Le sang coule sur le théâtre. Les cœurs battent moderato. La mort est interdite de séjour ! (Silence). Et le chien s'appelle, qui l'ignore ? Pluto.

Un participant : A qui appartient Pluto ?

Matern : A celui qui lui donne à manger.

Un participant : Avez-vous acheté le chien Pluto ?

Matern : Il m'a suivi spontanément.

Un participant : Avez-vous fait des recherches pour savoir à qui le chien Pluto avait appartenu auparavant ?

Matern : Il s'est attaché à moi peu après la fin de la guerre. A cette époque, beaucoup de chiens erraient sans maître.

Un participant : L'objet de discussion a-t-il quelque idée de la personne à qui le chien Pluto peut avoir appartenu, probablement sous un autre nom ?

Matern : Je veux bien dire ce que je mangeais, touchais, faisais, vivais, mais je refuse de laisser discuter mes pressentiments.

Chef de la discussion : Puisque l'objet de discussion, pour motif d'hostilité à la discussion, veut dérober ses pressentiments à la discussion, les participants sont autorisés à questionner directement le chien de berger noir Pluto, puisque le chien appartient effectivement, en qualité de point fixe, à l'objet de discussion. Nous jouerons au chien trois morceaux de musique ; faites des propositions s'il vous plaît ! (Walli S. note : Interrogatoire musical du chien Pluto.)

Un participant : Peut-être commencerons-nous l'interrogatoire par la *Petite Musique de Nuit !* (Walli S. met un disque. Musique brève.)

Chef de la discussion : Nous constatons que le chien Pluto ne réagit pas à la musique de Mozart. Deuxième proposition.

Un participant : Si on essayait Haydn ? Ou bien quelque chose de ce genre, peut-être l'hymne national allemand ? (Walli S. met le disque. Le chien remue la queue dès que commence la musique.)

Chef de la discussion : Le chien réagit par une émotion joyeuse et prouve par cette réaction que son ancien propriétaire était citoyen allemand. D'où il ressort qu'il ne saurait être attribué à des membres des armées d'occupation de l'époque.

Nous pouvons renoncer à la musique de Haendel ainsi qu'à des thèmes extraits de l'opéra français *Carmen*. Ni *Casse-Noisettes*, ni *Cosaques du Don*. De même il n'est plus question de gospels et d'airs populaires du temps des pionniers américains. La troisième proposition, s'il vous plaît !

Un participant : Pour nous éviter des tergiversations, je propose la voie directe : un extrait typique de Wagner, le thème de Siegfried ou le chœur des matelots...

Un participant : Alors plutôt allons-y du *Crépuscule des Dieux !*

Chœur des participants, (sur l'air des lampions) : Cré-pus-cule-des-Dieux ! Cré-pus-cule-des-Dieux !

(Walli S. met le disque. Longuement retentit la musique du Crépuscule des Dieux. Le chien hurle sans arrêt.)

Chef de la discussion : Voici suffisamment administrée la preuve que le chien Pluto doit avoir appartenu à un admirateur de Wagner. Sur la base des résultats obtenus jusqu'à présent — veuillez considérer nos notations — nous sommes dans le vrai en supposant que l'ancien chancelier du Reich Adolf Hitler, que nous avons récemment discuté en tant que constructeur des autoroutes et dont la prédilection pour la musique de Wagner nous a été transmise par la tradition, est le propriétaire légitime du chien de berger noir ici présent, nommé actuellement Pluto. Pour ne pas ralentir inutilement le cours de la discussion publique, nous passons maintenant à la confrontation dynamique : Chien de berger noir — Portrait d'Hitler, s'il vous plaît.

Matern : Ça ne tient pas debout. Le chien est presque aveugle.

Chef de la discussion : L'instinct d'un chien ne devient jamais aveugle. Mon père, par exemple, un honorable maître-menuisier, avait pour chien de garde un chien de berger qui s'appelait Harras et qui fut empoisonné à la mort-aux-rats. Etant donné que la direction de la discussion a littéralement grandi avec ce chien Harras, elle ose, sans avoir pratiqué la cynologie comme une science, se juger suffisamment capable d'apprécier des chiens, surtout des chiens de berger noirs. S'il vous plaît, la confrontation ! (Walli S. se lève et déroule sur le tableau un grand portrait en couleurs d'Hitler. Ensuite elle amène le tableau roulant au premier plan et le place vis-à-vis du petit temple de fonte. Silence prolongé. Le chien donne des signes d'agitation. Il lève le nez vers le portrait, s'élance subitement, gémit devant le portrait et commence à lécher le visage en couleurs d'Hitler. Sur un signe du directeur de la discussion, Walli S. roule l'image. Le chien continue à gémir et ne se laisse qu'à grand-peine ramener par Walli S. jusqu'au petit temple. Le tableau rejoint sa place. Agitation chez les participants.)

Un participant : L'affaire est claire.

Un participant : Une fois de plus, la confrontation dynamique a fait ses preuves comme moyen de faciliter la discussion.

Chœur des participants :
> On lui montre le portrait ;
> Il jappe et le reconnaît ;
> Puis il lèche le Führer
> Après qu'il l'a découvert.

Chef de la discussion : La confrontation a produit un résultat qui, indépendamment de son importance pour le déroulement de la discussion, a présenté tous les signes d'un événement historique. Pour ce motif, nous vous prions de vous lever et, dans un brève méditation, de considérer cette circonstance : O grand créateur de la discussion mondiale permanente, ô divin plasmateur des sublimes objets de discussion... (Silence prolongé. Les participants ont l'âme pénétrée de solennité.) Amen ! — (Les participants se rassoient.) Entre-temps, nos archives de discussion ont produit les faits suivants.

Walli S. (elle n'a pas participé à la prière ; elle tient des papiers à la main) : Dans le chenil de l'ancien chancelier du Reich Adolf Hitler, parmi plusieurs chiens de berger, un chien de berger noir nommé Prinz était particulièrement remarquable. C'était un cadeau du Gauleiter de Danzig, Adolf Forster, au chancelier du Reich. Après que le chien Prinz eut passé les premiers mois de sa vie au chenil de police de Danzig-Langfuhr, il fut amené à la résidence du Führer, connue sous le nom de Berghof. Il put s'y ébattre en liberté dans la nature jusqu'au début de la guerre. Mais alors les événements guerriers le conduisirent d'un quartier-général du Führer à l'autre, jusqu'à son transfert définitif dans le Bunker du Führer, à la Chancellerie du Reich.

Chef de la discussion : Et ici intervient ce qui suit :

Walli S. : Le 20 avril 1945...

Un participant : Le jour même donc où le constructeur des autoroutes et notre objet Walter Matern célèbrent leur anniversaire...

Walli S. : Pendant les congratulations officielles auxquelles participent le feld-maréchal Keitel, le lieutenant-colonel von John...

Un participant : Le capitaine de corvette Lüdde-Neurath...

Un participant : Les amiraux Voss et Wagner...

Un participant : Les généraux Krebs et Burgdorf...

Walli S. : Le colonel Von Below, le Reichsleiter Bormann, l'ambassadeur Hewel, des Affaires étrangères...

Un participant : Mademoiselle Braun !

Walli S. : Le capitaine S.S. Günsche et le général S.S. Fegelein...

Un participant : Le docteur Morell...

Walli S. : Ainsi que M. le Docteur Gœbbels et Madame avec leurs six enfants au complet, tandis qu'on est encore à se congratuler, le chien de berger allemand à poil noir Prinz échappe à son maître.

Un participant : Et alors ? Est-il identifié, appréhendé, fusillé ?

Un participant : Quelqu'un l'a-t-il vu fuir ? Passer à l'ennemi ?

Un participant : A quel ennemi ?

Walli S. : Après un bref instant de réflexion, le chien se décida : obéissant aux impératifs de l'heure, il décrocha en direction de l'ouest. Comme au moment où il projeta et mit à exécution sa fuite la capitale du Reich de ce temps était au centre de violents combats, le chien Prinz, malgré l'inlassable ardeur des commandos cherche-chiens aussitôt mis en ligne, ne put être rattrapé. Le 8 mai 1945, à 4 h 45 du matin, le chien Prinz traversa l'Elbe à la nage en amont de Magdebourg et se chercha un nouveau maître à l'ouest du fleuve.

Chœur des participants :
Comme successeur du Führer,
Le chien prit pour maître Walter.

Walli S. : Mais comme l'ancien Führer et chancelier du Reich, dans son testament du 29 avril de l'année de l'Exode du chien, fit don au peuple allemand de son chien de berger à poil noir Prinz...

Chef de la discussion : ... nous constatons que l'objet de discussion Walter Matern ne peut être le possesseur légal du chien de berger Prinz — aujourd'hui Pluto. En tout cas, nous pouvons voir en lui l'administrateur de la propriété du défunt Führer dite « Chien de berger noir Prinz ».

Matern : Quelle supposition déplacée ! Je suis antifasciste.

Chef de la discussion : Pourquoi un antifasciste ne serait-il

pas administrateur de la succession du Führer ? Nous aimerions connaître sur ce point l'opinion des participants.

Matern : J'étais dans les Faucons Rouges, plus tard membre
inscrit au P.C...

Un participant : L'objet de discussion, en sa qualité d'administrateur des biens du Führer, peut se prévaloir de qualités le
prédestinant à cette mission historique...

Matern : Jusqu'en 36 j'ai distribué des tracts...

Un participant : Par exemple, comme l'ancien propriétaire
du chien, il est né sous le signe du Bélier.

Matern : Quand plus tard j'entrai dans la S.A., ce ne fut
qu'un bref intermède d'une année.

Un participant : De même l'administrateur de la succession
canine Matern peut grincer des dents comme le défunt
propriétaire du chien.

Matern : Puis ils m'ont foutu à la porte, les nazis. Jury
d'honneur !

Un participant : Mais ne pouvons-nous faire autrement que
d'invoquer en revanche le fait que l'actuel administrateur de la
succession canine Matern a une fois déjà empoisonné un chien
noir ?

Matern : C'était avec de la mort-aux-rats, parce que ce chien
nazi, qui appartenait à un maître-menuisier, avait couvert une
chienne au chenil de la Schupo, laquelle plus tard...

Un participant : Cependant l'objet de discussion prétend
aimer les animaux.

Un participant : Nous suggérons de discuter maintenant le
point fixe « Chien de berger noir Prinz », présentement Pluto,
en relation avec le pedigree du chien de berger noir Pluto et
avec le passé dynamique de l'objet discuté.

Matern : Etant antifasciste, je proteste hautement contre cet
accouplement de rencontres fortuites !

Chef de la discussion : Objection admise. Nous rectifions en
ces termes : le point fixe et le pedigree du chien seront discutés
dynamiquement en rapport avec le passé antifasciste de l'objet
discuté.

Un participant : Mais le résultat définitif de la discussion
peut montrer si l'actuel détenteur du chien est apte à
administrer en confiance le bien posthume du Führer dit
Prinz, aujourd'hui Pluto.

Chef de la discussion : La suggestion est retenue. En vue de
définir éventuellement un point fixe ultérieur, la direction de
la discussion demande en premier lieu des questions ne

touchant pas directement l'actif « Chien de berger noir » ; s'il vous plaît ! (Walli S. note : « Point fixe 2, deux points. »)

Une jeune fille : L'objet de discussion peut-il énumérer des souvenirs d'enfance importants qui l'aient marqué ?

Matern : Concrets, ou plutôt du genre ambiance ?

La jeune fille : Nous saurons extraire de toutes les strates de la conscience des données de nature à éclairer la discussion.

Matern (grand geste de la main) : Voici Nickelswalde — là-bas Schiewenhorst.

Perkunos, Pikollos, Potrimpos !

Douze nonnes sans tête et douze chevaliers sans tête.

Gregor Materna et Simon Materna.

Le géant Miligedo et le bandit Bobrowski.

Froment de Cujavie et froment Urtoba.

Mennonites et brèches dans les digues...
Et la Vistule coule
et le moulin moud,
et le tacot circule
et le beurre fond
et le lait se coagule ;
un peu de sucre dessus,
et la cuiller tient debout,
et le bac qui vient
le soleil qui va
et le sable marin chemine
et la mer lèche le sable...
Nu-pieds courent les enfants, pieds nus
ils trouvent des mûres bleues
et cherchent de l'ambre
et marchent sur des chardons
et déterrent des souris
et grimpent pieds nus dans les saules...
Mais si tu cherches de l'ambre,
marches sur le chardon,
grimpes d'un bond dans le saule
et déterres la souris,
tu trouveras dans la digue la momie d'une jeune fille :
c'est la petite fille du duc Swantopolk
qui cherchait toujours des souris dans le sable
avec sa pelle
et mordait avec deux pelles à four, ses incisives,
ne portait ni bas, ni souliers...
Pieds nus courent les enfants,

et les saules s'ébrouent,
et coule, coule la Vistule
et le soleil tantôt est là, tantôt s'en va
et le bac s'approche ou s'éloigne
ou bien, à l'amarre, grince,

tandis que le lait se coagule jusqu'à ce que la cuiller y tienne debout, que lentement le tacot circule et entre dans la courbe en carillonnant précipitamment. De même le moulin grince quand le vent est à huit mètres-seconde. Et le meunier entend ce que dit le ver de farine. Et les dents grincent quand Walter Matern, de gauche à droite. De même la grand-mère : tout à trac, au beau milieu du jardin, elle pourchasse la pauvre Lorchen. Noire et pleine, Senta se faufile à travers un espalier de haricots grimpants. Car elle s'avance, terrible, élève un bras fléchi ; et dans la main, au bout du bras est fichée la cuiller de bois dont l'ombre frappe la pauvre Lorchen et grandit, grossit, engraisse à mesure... De même Eddi Amsel...

Un participant : Cet Eddi Amsel serait-il un ami de l'objet discuté ?

Matern : Ce fut le seul.

Un participant : Cet ami est-il décédé ?

Matern : Je ne peux m'imaginer qu'Eddi Amsel soit mort.

Un participant : L'amitié avec le susdit Eddi Amsel était-elle intime ?

Matern : Nous étions frères de sang ! Avec un seul et même couteau de poche, nous nous sommes écorché le bras...

Un participant : Qu'est-il advenu du couteau ?

Matern : Aucune idée.

Chef de la discussion : La question est répétée de façon pressante : destinée du couteau de poche ?

Matern : A vrai dire, je voulais jeter un zellack dans la Vistule ; chez nous, on appelait les pierres zellacks.

Un participant : Nous attendons le couteau de poche !

Matern : Donc, j'en cherchais un, caillou ou zellack, dans mes deux poches, mais ne trouvai rien que le...

Un participant : Destinées du couteau de poche ?

Matern : Trois lames, un tire-bouchon, une scie et un poinçon...

Un participant : ... avait ce couteau de poche.

Matern : Cependant je lançai...

Un participant : ... Le couteau !

Matern : Dans la Vistule. — Que charrie un fleuve ? Couchers de soleil, amitiés, couteaux de poche ! Qu'est-ce qui arrive, nageant à plat ventre, et remonte au souvenir grâce à la Vistule ? Couchers de soleil, amitiés, couteaux de poche ! Toute amitié n'a pas d'existence. Les fleuves qui visent l'Enfer se jettent dans la Vistule...

Chef de la discussion : Et c'est la raison pour laquelle nous retiendrons ceci : lorsqu'ils étaient enfants, l'objet discuté Walter Matern et son ami Eddi Amsel, à l'aide d'un couteau de poche, s'unirent par la fraternité du sang. Le même couteau de poche fut jeté dans la Vistule par Matern quand il était enfant. Pourquoi le couteau de poche ? Parce qu'il n'avait pas de pierre à portée de la main. Mais pourquoi le lancer ?

Matern : Parce que la Vistule n'arrêtait pas de couler tout droit. Parce que le couchant, derrière la digue de l'autre rive, parce que le sang de mon ami Eddi, après que nous eûmes conclu la fraternité du sang, coulait dans mes veines, parce que... parce que...

Un participant : Votre ami était-il nègre, tzigane ou juif ?

Matern (avec ardeur) : Il n'était que demi-juif. Son père l'était. Sa mère, non. Il avait les cheveux roux de sa mère, et de son père fort peu de chose. A part ça un type énorme. Il vous aurait plu, les petits gars. Toujours de bonne humeur et des idées fumantes. Mais il était assez gros et je devais souvent le protéger. Mais quand même je l'ai aimé, admiré ; aujourd'hui encore, si...

Un participant : Par exemple, si vous étiez fâché contre votre ami, ce qui à coup sûr arrivait de temps à autre, quelles injures lui adressiez-vous ?

Matern : Eh bien, en mettant les choses au pis, parce qu'il était, ma foi, informe d'être gras, je disais : gros porc. Histoire de rire, je l'appelais : chiure de mouche. En effet il avait des taches de son partout. Je l'appelais aussi, mais plutôt pour rire, et non quand nous étions brouillés, passementier, parce qu'il n'arrêtait pas de bâtir des figures comiques avec de vieilles frusques, et les paysans les plantaient dans leur blé en guise d'épouvantails.

Un participant : N'auriez-vous pas remembrance d'autres noms d'oiseaux ?

Un participant : Tout à fait spécifiques ?

Matern : C'était tout.

Un participant : Par exemple, quand vous vouliez le vexer ou l'offenser fortement ?

Matern : Ni l'un ni l'autre ne fut jamais de mes intentions.

Chef de la discussion : Nous devons attirer l'attention de l'objet discuté sur le fait que nous ne discutons pas ici des intentions, mais des actes. Eh bien, quelle était l'injure majeure, terrible, ultime, renversante, dynamique ?

Chœur des participants :

> Nous voulons entendre le mot ;
> c'est le mot précis qu'il nous faut.
> Et s'il ne veut pas y passer
> Le directeur doit l'y forcer.

Walli S. : Pour en finir, il faudrait que je prenne les binocles de connaissance et scrute des situations de longtemps abolies dans le dénouement desquelles mon oncle Walter, objet de la discussion, ne put se dominer.

Matern, (il fait un geste de refus) : Alors, alors, si je ne peux pas me dominer parce qu'une fois de plus, ou bien parce qu'il ne pouvait en finir de, ou bien parce qu'Eddi... Alors je le traitais de juif.

Chef de la discussion : Nous faisons une courte trêve à la discussion, le temps d'utiliser le mot juif employé comme injure. (Pause ; léger brouhaha de voix basses ; Walli S. se lève.) Je demande votre attention pour notre assistante Walli S.

Walli S. : Itzig, « juif » avec G sonore, mais assez fréquemment avec ch sourd, s'est formé à partir des prénoms Isaac et Jizchak, fréquents chez les juifs, et s'emploie depuis le milieu du XIXe siècle comme désignation péjorative des juifs. Cf. également Gustav Freytag, *Doit et Avoir* ainsi que la rengaine satirique apparue seulement au XXe siècle dans le parler populaire...

Chœur des participants :

> Juif au nez pointu
> Qu'a les jambes tordues
> Et qui pue du cul.

Un participant : Mais l'ami que l'objet de discussion traitait péjorativement de juif n'était-il pas gros et rond ?

Chef de la discussion : Les injures, nous avons pu l'apprendre lors de précédentes discussions publiques, ne sont pas toujours appliquées avec une logique rigoureuse ; par exemple, les Américains appellent Krauts tous les Allemands, bien que tous ces derniers ne mangent pas volontiers et régulièrement de la choucroute. C'est pourquoi le mot pointu « juif » peut concerner aussi un juif, ou — comme dans le cas qui nous préoccupe — un demi-juif enclin à l'embonpoint.

Un participant : Dans les deux cas, nous avons cependant à noter la tendance de l'objet discuté à proférer des énoncés antisémites.

Matern : Je proteste en tant qu'homme et que philosémite déclaré. Car si parfois la colère m'a induit à des explosions incontrôlées de cette sorte, j'ai toujours pris Eddi sous ma protection quand d'autres le traitaient de juif ; par exemple quand vous-même, Monsieur Liebenau, encouragé par votre morveuse de cousine, insultâtes grossièrement mon ami, dans la cour de la menuiserie de votre père, pour le seul motif qu'il dessinait le chien de garde Harras, alors je me suis mis devant mon ami pour rejeter vos interjections puériles, mais cependant blessantes.

Un participant : L'objet de discussion a visiblement le désir d'élargir la base de discussion en déballant les histoires privées de notre chef de discussion.

Un participant : C'est ainsi qu'il parle de la cousine du directeur et la qualifie de morveuse.

Un participant : Il cite la cour de la menuiserie où, comme nous le savons, notre chef de discussion grandit et vécut une insouciante enfance entre la remise à bois et les pots de colle.

Un participant : De même il mentionne le chien de garde Harras, appartenant à la menuiserie, lequel est identique au chien de berger noir Harras, empoisonné plus tard par l'objet de discussion.

Chef de la discussion : La direction du débat se voit contrainte d'apprécier les attaques lancées contre elle sous une forme grossièrement privée exclusivement comme la preuve des réactions incontrôlées qu'a parfois l'objet de discussion ; nous nous permettons une question en retour : y avait-il entre le légendaire chien Perkun déjà noté, la chienne Senta déjà notée qui appartenait au père de l'objet de discussion, donc au meunier Matern, et le chien de berger noir Harras qui appartenait au père du directeur de la discussion, donc au maître menuisier Liebenau, un autre rapport que celui résultant du fait que d'une part Walter Matern, fils du meunier, et d'autre part le fils du menuisier, Harry Liebenau, et sa cousine Tulla Pokriefke traitèrent de juif l'ami de l'objet discuté ?

Matern : O années de chien qui l'une à l'autre vous mordez la queue ! Au commencement il y avait une louve lithuanienne. Celle-ci fut croisée avec un berger allemand. Cet acte contre nature donna le jour à un mâle dont aucun pedigree ne donne le nom. Et lui, l'anonyme, engendra Perkun. Et Perkun engendra Senta...

Chœur des participants : Et Senta mit bas Harras...

Matern : Et Harras engendra Prinz qui aujourd'hui sous le nom de Pluto peut manger à mes côtés le pain de ses vieux jours. O années de chien, enrouées à force de hurler ! Ce qui surveillait le moulin d'un meunier, ce qui servait de chien de garde à une menuiserie, ce qui se frottait aux bottes de votre constructeur d'autoroutes en qualité de chien favori, eh bien cela vint se jeter dans mes jambes d'antifasciste. Comprenez-vous le symbole ? Vous rendez-vous compte de ce qu'est l'addition des maudites années de chien ? Etes-vous satisfaits ? Avez-vous encore des paroles ? Est-ce que Matern peut s'en aller avec son chien et boire un demi ?

Chef de la discussion : Si cet important résultat partiel de la discussion publique et dynamique ici menée et courant à son terme nous permet une fierté justifiée, il ne siérait point cependant que nous fussions prématurément satisfaits. Il reste quelques fils à nouer. Rappelons-nous ! (Il montre le tableau.) L'objet de discussion tua de nombreux animaux...

Un participant : Il empoisonna un chien !

Chef de la discussion : Et pourtant il prétendit...

Un participant : ... aimer les animaux...

Chef de la discussion : ... être un ami des bêtes. Provisoirement nous savons que l'objet de discussion, qui se donne volontiers pour antifasciste et philosémite, tandis que d'une part il protégeait son ami, le demi-juif Eddi Amsel, des taquineries d'enfants ignorants, d'autre part l'insultait à l'occasion de façon blessante en le désignant comme un « Itzig ». Nous posons donc la question ?

Chœur des participants : Matern aime les animaux ; Matern aime-t-il aussi les juifs ?

Matern (pathétique) : Par Dieu et par le néant ! On a fait beaucoup de tort aux juifs !

Un participant : Répondez sans détour ni faux-fuyant : aimez-vous les juifs comme vous aimez les animaux, ou bien n'aimez-vous pas les juifs ?

Matern : Nous avons tous fait grand tort aux juifs.

Un participant : Tout le monde le sait. Les statistiques parlent par elles-mêmes. L'indemnisation, un sujet de discussion que nous avons récemment traité, est en cours depuis des années. Mais nous, nous parlons d'aujourd'hui. Les aimez-vous aujourd'hui ou bien toujours pas ?

Matern : Au besoin je mettrais ma vie en jeu pour n'importe quel juif.

Un participant : Qu'entend l'objet de discussion par « au besoin » ?

Matern : Par exemple mon ami Eddi Amsel, une froide journée de janvier fut assommé par neuf miliciens SA sans que je puisse rien faire.

Un participant : Comment s'appelaient les neuf assommeurs SA ?

Matern (à mi-voix) : Comme si des noms pouvaient désigner des criminels ! (A haute voix) : Mais voici : Jochen Sawatzki, Paul Hoppe, Franz Wollschläger, Willy Eggers, Alfons Bublitz, Otto Warnke, Egon Dulleck et Bruno Dulleck.

Chœur des participants (ils ont recompté sur leurs doigts) : Nous n'en avons compté que huit, comment s'appelait le neuvième ? Neuf Souabes, neuf corbeaux et neuf symphonies, neuf muses et neuf rois mages à nos yeux plièrent le genou.

Chef de la discussion : Les participants, bien que neuf noms d'assommeurs leur aient été promis, n'ont compté que huit noms. Afin de prévenir la discussion dynamique forcée, devons-nous admettre que l'objet de discussion était le neuvième assommeur ?

Matern : Non, non ! Vous n'avez pas le droit...

Walli S. : Nous avons même le binocle de connaissance ! (Elle met les lunettes et s'approche à mi-distance du petit temple.) Neuf hommes escaladèrent la clôture du jardin ; mon oncle en était. Neuf hommes foulèrent la neige de janvier ; mon oncle en était dans la neige. Un chiffon noir devant chaque visage, mon oncle en était, masqué. Neuf poings frappaient un dixième visage ; le poing de mon oncle frappa. Et quand neuf poings furent las, le poing de l'oncle faisait encore de la bouillie. Et quand l'autre eut craché toutes ses dents, mon oncle réprima un cri. Et juif, juif, juif, telle était la litanie de mon oncle. Neuf hommes s'échappèrent en franchissant la clôture ; mon oncle en était ! (Walli S. ôte les lunettes, retourne au tableau et dessine neuf bonshommes.)

Chef de la discussion : Ainsi nous n'avons plus à poser que les questions suivantes :

Un participant : Quelle compagnie SA ?

Matern (au garde à vous) : Langfuhr-Nord, 88, Brigade SA n° 6.

Un participant : Votre ami se défendit-il ?

Matern : D'abord il voulait nous faire du café, mais nous n'en voulions pas.

Un participant : Quel était donc le but de votre visite ?

Matern : Nous voulions lui administrer un petit avertissement.

Un participant : Pourquoi aviez-vous masqué vos visages ?

Matern : Parce que c'est le bon genre : ce sont des hommes
masqués qui administrent des avertissements.

Un participant : Sous quelle forme administrez-vous ?

Matern : Cela n'a-t-il pas été établi ? — Il reçut une raclée, le
juif ! Et aïe donc, vas-y donc ! Toujours dans la gueule.

Un participant : Votre ami y a-t-il perdu ses dents ?

Matern : Toutes les trente-deux.

Chœur des participants : Ce nombre ne nous est pas inconnu ;
trente-deux reste trente-deux.

Chef de la discussion : Nous constatons par conséquent que
ce nombre de chance et de malchance, dégagé grâce à une série
de questions-tests, est identique au nombre des dents que neuf
miliciens SA masqués, parmi eux l'objet de discussion, firent
sauter à son ami Eddi Amsel. Dorénavant nous savons qu'en
dehors du point fixe « Chien de berger noir » il existe encore
un autre point fixe, d'où le regard embrasse dynamiquement
l'objet de discussion Walter Matern : le nombre trente-deux !
(Walli S. note en capitales.) Une fois de plus, la forme de la
discussion publique dynamique a fait pleinement ses preuves.

Un participant : De quoi faut-il en fin de compte qualifier
l'objet de discussion ?

Chef de la discussion : Si l'objet de discussion était interrogé
de la sorte se désignerait-il lui-même ?

Matern : Vous pouvez phraser et ramener votre fraise et
faire ce que vous voulez ! Moi, Matern, je fus et je suis un
antifasciste déclaré. Je l'ai prouvé trente-deux fois et sans
relâche...

Chef de la discussion : Nous voyons donc en l'objet de
discussion Walter Matern un antifasciste qui nourrit l'actif
posthume d'Adolf Hitler, le chien de berger noir Pluto — ci-
devant Prinz. Donc, maintenant que le résultat de la discussion est établi, remercions et prions. (Les participants se lèvent
et joignent les mains.) O grand directeur et créateur de la
perpétuelle discussion dynamique universelle, toi qui nous as
donné un objet de discussion idoine à discuter et doué de
signification générale, laisse-nous te remercier en célébrant
trente-deux fois sous forme d'hymne le chien de berger
allemand à poil noir. C'était, c'est lui !

Chœur des participants : Une bête allongée, à poil dur, aux
oreilles dressées et à la longue queue.

Deux participants : Il a une gueule aux babines sèches et fermant bien.

Cinq participants : Ses yeux sombres sont légèrement obliques.

Un participant : Les oreilles sont droites et penchent légèrement en avant.

Chœur des participants : Le cou est net, sans fanons et sans peau flottante sous la gorge.

Deux participants : La longueur du tronc excède de six centimètres la hauteur à l'épaule.

Participantes : Vues de tous les côtés, les pattes sont droites.

Chœur des participants : Les orteils sont bien joints. Cette croupe longue, légèrement tombante. Les pelotes convenablement dures.

Deux participants : Epaules, cuisses, jarrets...

Une participante : ... Robustes, bien musclés.

Chœur des participants : Et chaque poil isolé : droit, bien couché, rude et noir.

Cinq participants : De même le duvet : noir.

Deux participantes : Pas de coloration sombre genre loup sur fond gris ou jaune.

Un participant : Non, partout, jusque sur les oreilles droites, à peine inclinées vers l'avant, jusque sur la poitrine profonde, le long des cuisses, aux poils de longueur moyenne, luit son poil noir.

Trois participants : Noir comme un parapluie, un tableau noir, une soutane, une veuve...

Cinq participants : Noir SS, noir phalange, noir merle, noir Othello, noir comme la Ruhr...

Chœur des participants : Noir comme la violette, la tomate, le citron, noir farine, noir comme le lait, la neige...

Chef de la discussion : Amen. (La discussion se dissout.)

LA CENT UNIÈME MATERNIADE, AVEC MOUVEMENT DE FUGUE

Matern relit à la cantine de la Maison de la Radio la version radio définitive d'une discussion publique. Mais vingt-cinq minutes plus tard — les discutants n'ont pas encore débobiné leur oraison finale que déjà Matern est appelé par haut-parleur au studio d'enregistrement 4 — en compagnie de Pluto il quitte la Maison de la Radio flambant neuve par la porte de

verre. Il ne veut pas parler. Sa langue non plus. Il pense que
Matern n'est pas un objet de discussion publique. Des
renifleurs et des fouille-merde lui ont construit, en apportant
leurs contributions à la controverse, une petite maison étanche
où il ne veut pas habiter, jamais seulement le temps d'une
émission ; mais il lui reste à toucher des honoraires importants
gagnés par sa voix dans l'émission enfantine. Le certificat,
saupoudré de signatures, peut être présenté à la caisse : juste
avant de quitter la Maison de la Radio de Cologne, il palpe des
papiers crissants fraîchement émis par la banque.

Au début, quand Matern était en route pour sévir, la Gare
centrale de Cologne et la cathédrale de Cologne lui parlaient un
langage éloquent par leur seule juxtaposition ; maintenant qu'il
a en poche ses derniers honoraires et a repris goût aux voyages,
il abandonne le triangle Gare centrale-Cathédrale-Maison de la
Radio ; il en a assez de ce champ de forces, il perce, il se
dérobe, il fuit.

Et se trouve des motifs de fuir comme s'il en pleuvait :
premièrement cette écœurante discussion dynamique ; deuxièmement il en a plein le dos de cet Etat partiel ouest-allemand
capitaliste, militariste, revanchard et entrelardé d'ex-nazis —
ce qui le séduit, c'est la constructive, la pacifique, la presque
sans classes, la saine République démocratique allemande
d'Ost-Elbie ; et troisièmement Inge Sawatzki, depuis que cette
taupe veut divorcer de ce bon vieux Jochen, commence à lui
taper suffisamment sur les nerfs pour lui donner envie de lever
le pied.

Adieu à la fourche gothique, mangeoire à pigeons, adieu à la
Gare centrale toujours traversée de courants d'air. Il reste assez
de temps pour boire une bière en guise de coup de l'étrier dans
la sainte salle d'attente de Cologne, entre les bavards et les
abrutis. Juste assez de temps pour tirer un demi terminal dans
le chaud pissoir catholique aux senteurs fortes et douces,
décoré de briques émaillées. Oh non ! Pas de sentimentalités !
Au Diable et à ses équivalents philosophiques tous ces noms
qui, gribouillés dans les stalles émaillées, faisaient bondir son
cœur, enfler sa rate, souffrir ses reins. Un phénotype a besoin
d'être remplacé. Un poussah veut changer de lit. Un gérant de
succession ne se sent plus obligé à rien. Matern, qui parcourut
le camp occidental pour rendre la justice avec son chien noir,
s'en va maintenant sans chien à l'est dans le camp de la Paix :
car il confie Pluto, alias Prinz, au Secours en Gare. Auquel ? Il
y en a deux qui se font concurrence. Mais le protestant est plus

ami des bêtes que le catholique. Oh, Matern s'y connaît, quand il le veut bien, en religions et en idéologies : « S'il vous plaît, voudriez-vous avoir l'obligeance de me garder le chien pour une demi-heure. J' suis blessé de guerre. Voilà ma carte. Je suis pour l'instant de passage. Et là où je vais pour raisons professionnelles je peux pas emmener le chien. Le bon Dieu vous le rendra. Si je veux un petit coup de café. Quand je reviendrai, avec plaisir et mille joies. Sois bien sage, Pluto. Rien que pour une demi-heure ! »

Partir et fuir. Vite, dans les courants d'air, faire trois signes de croix. Par la pensée, on brûle ses vaisseaux ; on les brûle en paroles et en œuvres. Secouer en marchant la poussière de ses souliers ! Quai 4, le train interzones par Düsseldorf, Duisbourg, Essen, Dortmund, Hamm, Bielefeld, Hanovre, Helmstedt, Magdebourg, direction Berlin-Zoo, et Berlin-Gare de l'Est est prêt à partir. Fermez les portières s'il vous plaît et attention au départ !

O certitude propre aux fumeurs de pipe ! Tandis que le chien Pluton, selon toute probabilité, lappe son lait au Secours évangélique, Matern sans chien s'en va en seconde classe. Sans arrêt jusqu'à Düsseldorf. Faire des yeux innocents et avoir l'air étranger ; il pourrait monter des amis de sport, des confrères en tir, des membres de la famille Sawatzki ; il serait obligé de descendre, du seul fait de leur présence. Mais Matern peut rester assis et porter sans gêne sur ses épaules sa tête de caractère bien connue. On n'a pas grand confort à voyager dans un seul compartiment avec sept voyageurs interzones. Rien que des amis de la paix, il ne tarde pas à le constater. Aucun d'entre eux ne veut rester à l'ouest, bien que ça soit beaucoup plus doré que.

Car chacun a de la parenté de l'autre côté. L'autre côté, c'est toujours là où on n'est pas. « Il était de l'autre côté jusqu'en mai dernier, puis il est venu par ici. Ceux qui sont de l'autre côté savent pourquoi. Et qu'est-ce qu'il ne faut pas abandonner de l'autre côté. De ce côté-ci il y a de la sauce tomate italienne, de l'autre côté, quelquefois il y en a de la bulgare. » Conversations jusqu'à Duisbourg : remâchée, molle, filandreuse, prudente. Seule la Mémé de l'autre côté suit son idée : « Chez nous de l'autre côté, un bout de temps y avait pas de fil bis. Eh bien, a dit mon gendre, prenez-en ce qu'il faut, qui sait quand vous reviendrez. De ce côté-ci, je pouvais d'abord pas m'habituer. Y a tant de monde. Et la réclame. Mais alors quand j'ai vu les prix. Ils voulaient me garder de ce côté-ci :

Mémé, reste donc. Qu'est-ce que tu vas encore faire de l'autre
côté, puisque tu es de l'autre côté chez nous. Mais je leur ai dit
tout de suite : Je vous suis seulement à charge, et chez nous de
l'autre côté ça s'améliore lentement peut-être. Les jeunes gens
se réadaptent plus vite. La dernière fois que je suis venue par
ici, je dis tout de suite : Eh bien, vous vous êtes bien arrangés
de ce côté-ci. Alors le mari de ma deuxième me dit : Bien sûr
Mémé. De l'autre côté, c'était plus une vie. Mais il ne croient
ni l'un ni l'autre à la réunification. Le patron de ma deuxième,
celle qui est passée par ici il y a quatre ans, paraît qu'il a dit :
Le Russe et l'Amerloque, dans le fond, ils sont d'accord. Mais
maintenant il dit autre chose. Y a pas que chez nous de l'autre
côté, y a aussi de l'autre côté ici. Et chaque fois que c'est Noël
je me dis : Bon, au prochain Noël. Et chaque automne, quand
je rentre les fruits du jardin et que je fais des bocaux, je dis à
ma sœur Lisbeth, savoir si à Noël on mangera les prunes tous
ensemble et pacifiques ? Bon, cette fois-ci, j'ai apporté deux
bocaux de conserve. Ils ont été bien contents et ils ont dit : Ça
a le goût de chez nous. Et pourtant de ce côté-ci ils ont de tout
à ne savoir qu'en faire. Tous les dimanches de l'ananas ! »
    Cette musique corne aux oreilles de Matern, tandis qu'au-
dehors passe un film : *Le paysage industriel de plein emploi sous
le signe de la libre Economie de Marché.* Sans commentaire. Les
cheminées sont suffisamment éloquentes. Si on veut, on peut
recompter. Aucune n'est en carton. Toutes montent vers le
ciel. Le Cantique des Cantiques du travail. Soutenu, dynamique, grave. On plaisante mal avec les hauts fourneaux. Salaires
de pointe jusqu'à nouvel ordre. On se regarde dans le blanc de
l'œil avec le partenaire tarifaire. Carbochimie, Fer et Acier,
Rhin et Ruhr. — Ne regarde pas par la fenêtre, sinon tu
verras des fantômes ! Cette provende pour l'œil commence dès
le Pays Noir et va augmentant dans le plat pays. Une rengaine
emplit le compartiment des fumeurs : « Mon gendre qui est de
l'autre côté dit, et ma deuxième qui est de l'autre côté ici veut
se... » tandis qu'au-dehors — Regarde pas par la fenêtre ! — la
jacquerie se propage : ça commence par les jardins ouvriers, ça
continue par les champs où les céréales sont déjà comme une
herbe verte, car on est en mai. Mobilisation — Dynamique des
fantômes — Mouvement. Epouvantail. Ils courent tandis que
le train interzones circule sans retard. Non qu'ils le dépassent.
Aucun fantôme ne monte négligemment en marche. Simple
course sans arrêt, tandis que dans le compartiment de fumeurs
la Mémé dit : « Si c'était pas ma sœur, je repasserais pas de

l'autre côté, bien qu'elle m'ait dit dix fois : Bon va de l'autre
côté, qui sait combien de temps on pourra encore » dehors, les
épouvantails s'arrachent aux lieux où ils furent plantés —
Regarde pas par la fenêtre ! — Des porte-manteaux rationnel-
lement drapés quittent les carrés de salade et le blé qui monte
au genou. Des rames à haricots emmitouflées de frusques
hivernales prennent le départ et sautent des haies. La silhouette aux larges manches qui bénissait des groseilles à
maquereau dit amen et part au trot. Mais ce n'est pas une
débandade, c'est plutôt une course de relais. Pas question que
tous détalent vers l'est, vers le camp de la paix, vers l'autre
côté ; il s'agit plutôt de transmettre quelque chose de ce côté-
ci, une nouvelle ou un mot d'ordre ; car des épouvantails
s'extirpent de leurs jardins potagers, remettent le témoin creux
où se trouve enroulé l'horrible texte à d'autres épouvantails qui
jusqu'alors veillaient un seigle grandissant et, tandis que des
épouvantails potagers reprennent haleine dans le seigle, s'élancent parallèlement au train interzones, jusqu'au moment où ils
rencontrent des épouvantails qui, prêts au départ dans un orge
bien parti, reprennent le courrier des fantômes, allègent de
leur mission des épouvantails de seigle et soutiennent la
cadence de l'horaire ferroviaire au pas souple de leurs rames à
haricots vêtues de grands carreaux, jusqu'à ce que derechef
d'autres épouvantails de seigle, décorés de motifs en arête de
poisson exécutent la prise de témoin. Un, deux, six épouvantails — car ce sont des équipes qui luttent pour la victoire —
portent six lettres roulées en un bâton facile à saisir, un original
et cinq copies — ou bien faut-il que six rédactions à variantes
rendent le même sens perfide d'un seul et identique message ?
A quelle adresse ? Aucun Zatopek ne relaie un Nurmi. Aucun
maillot ne permet de conclure : Bleu et Blanc Wersten est en
tête, mais voici que les Amis des Sports d'Unterrath remontent, lâchent les gars de Derendorf, luttent coude à coude avec
Lohhausen 1907. C'est en costume civil à toutes les modes
qu'on surmonte ici des distances : sous des chapeaux taupés,
des bonnets de nuit et des casques de tous ordres flottent des
redingotes de cochers, des capes à la Blücher et des tapis où
quelqu'un s'est fait les dents ; des jambes de pantalon prennent
la foulée et débouchent sur des galoches, des souliers à boucle,
des bottes de la Wehrmacht et des sandales à la Jésus-Christ.
Un duffle-coat relaie un housard du corps-franc Glasenapp.
Un loden tous-les-temps passe le témoin à une coupe raglan.
Rayonne à mousseline. Ecarlate à fibre synthétique. Popeline à

baleine. Nankin et piqué lancent brocart et tulle. Coiffe
papillon et trench-coat sont distancés. Un lourd ulster double
un négligé farci de vent et un Second Empire. Le Directoire et
la Réforme remettent le témoin à Années Vingt et à Ancien
Régime. Un authentique Gainsborough démontre la transmission de témoin classique avec le prince Pückler-Muskau.
Balzac revient fort. Les suffragettes restent sur leurs positions.
Et une petite jupe princesse garde longtemps la tête. O
couleurs explosives et brisées : changements de ton, pastel,
polychromie ! Oh, vous, motifs : semis de fleurettes et bandes
décentes. O le relais des tendances : la touche antiquisante
tourne au rationnel, la militaire au frivole. La taille est à
nouveau plus basse. L'invention de la machine à coudre
contribue à démocratiser la mode. Les crinolines sont au bout
de leur rouleau. Mais le peintre Makart, qu'appréciait le
maître de Prinz, ouvre tous les coffres et remet en liberté le
velours et la peluche, les houppes et les glands : regardez-les
courir : ne regarde pas par la fenêtre, sinon tu verras des
fantômes ! Tandis que dans le compartiment de fumeurs ! Oh,
cette histoire qui n'en finit pas — la Mémé parle de l'autre
côté-ci et de l'autre côté-là ; cependant, petit à petit, le paysage
de Westphalie commence à passer le témoin, avec une
promptitude d'épouvantail, au paysage de Basse-Saxe, afin
qu'il passe de ce côté-ci à ce côté-là : car les épouvantails ne
connaissent pas de frontières : parallèlement à Matern, le
message des épouvantails court vers le camp de la paix, secoue
sa poussière, laisse derrière soi la seigle capitaliste, est repris
dans l'avoine du Peuple par des épouvantails dotés de
conscience de classe : il passe de l'autre côté-ci à l'autre côté-là
sans contrôle ni laisser-passer. Car les épouvantails ne sont pas
soumis au contrôle comme Matern, comme aussi la Mémé qui
fut de l'autre côté-là et maintenant revient de l'autre côté-ci,
qui en est cette fois un autre.

Matern aurait comme une envie de respirer librement : oh !
combien différente est l'odeur des cervelas dans le camp de la
paix socialiste ! Finie, balayée toute l'odeur du curry capitaliste, le cœur de Matern rompt des liens de fer : Marienborn !
Comme les hommes sont beaux ici, même les baraques, les
vopos, les caisses de fleurs et les crachoirs. Et comme ils sont
bien nourris de rouge les petits drapeaux, comme se gonflent
les calicots à slogans. Après toutes les mauvaises années où l'on
eut le chien noir au pied, enfin le socialisme l'emporte. Alors
Matern, à peine le train interzones s'est-il remis en marche,

voudrait confier à quelqu'un à quel point son cœur est réjoui
de rouge. Mais comme il parle et commence à louer la paix qui
règne dans le camp socialiste, le compartiment se vide
doucement, dans un grand branlebas de valises. La fumée est
trop épaisse ; sûrement qu'il y a encore de la place dans le
compartiment de non-fumeurs. Merci pour la salade et bonne
continuation.

Tous les voyageurs qui veulent aller à Oscherleben, Halber-
stadt et Magdebourg, la Mémé en dernier lieu, qui change à
Magdebourg pour aller à Dessau, le quittent. Matern, resté
seul succombe au rythme des rails : fenêtres, fantômes,
fenêtres, fantômes.

Ils sont déjà repartis, lourds de messages. A présent, ils sont
en partisans et en spartakistes. Des piquets de grève se
relaient. Les sans-culottes flairent le sang. Jusque dans les
forêts mixtes, Matern croit subodorer des prolétaires insur-
gés. Des bois crachent des épouvantails en blouse tempête. Les
ruisseaux ne sont que de chétifs obstacles. Des haies prises
dans la foulée. A longues pattes, ils franchissent les rideaux de
terrain. Engloutis, revenus. Sans chaussettes dans des sabots,
coiffés de bonnets phrygiens. Epouvantails à travers champs.
Par monts et par vaux. Fantômes de jacquerie : le Buntschuh
et le pauvre Konrad, les batteurs d'estrade et les compagnons
des mines, les frocards et les anabaptistes, le moinillon
Pfeiffer, Hipler et Geyer le condottière, la furie d'Allstedt, les
lansquenets de Mansfeld et ceux du sire d'Eichsfeld, Balthaser
et Bartel, Krumpf et Velten, en route pour Frankenhausen, où
déjà se tend l'arc-en-ciel de guenilles et de nippes mendigotes,
de leitmotive et de motifs de meurtre... Alors Matern change
de paysage ; mais côté couloir aussi, derrière les vitres coulis-
santes du train interzones, il s'épouvante, il s'épouvante des
mêmes fantômes à sens unique.

Descendre ! Il a envie de quitter le train à chacune des gares
où il ne s'arrête pas. La méfiance germe. Tous les trains vont
quelque part. Est-ce que le camp de la paix m'accueillera
réellement en ami quand cette locomotive, attelée aux premières et secondes classes, mais aussi à mes désirs, dira enfin ouf ?
Matern contrôle son ticket : tout est exact et tout est payé. Ce
qui, vu par les portières, se passe dehors, se passe gratis. Qui
est-ce qui va se faire des idées s'il voit courir un quarteron
d'épouvantails de lotissement ? Pour finir, c'est la plaine de
Magdebourg, propriété du peuple et richement betteravière, et
non pas le désert capitaliste du Nevada, que parcourt ici la

course dynamique des épouvantails. En outre, ils ont toujours existé. Il ne fut pas le premier et ne sera pas le dernier qui en ait fait des douzaines avec des hardes et du fil d'archal. Mais ceux-là — un coup d'œil par la fenêtre — pourraient être de lui. C'est son style. Ce sont ses produits. Les doigts habiles d'Eddi !

Alors Matern fuit. Où peut-on fuir dans un train interzones que des fenêtres, coincées pour la plupart, rendent transparent de chaque côté, sinon aux cabinets ? On peut même aller à la selle et motiver ainsi sa fuite. Détends-toi ! Sois chez toi. Dépose toute crainte ; car les fenêtres des cabinets de tous les trains rapides et lents sont, en bonne règle, vitrées de verre dépoli. Les fenêtres dépolies nient les fantômes. O paisible idylle. Sainte quasiment et tout aussi catholique que les urinoirs de cette gare, pareillement idyllique de Cologne. Là aussi, des gribouillages dans le vernis endommagé. Comme d'habitude : des vers, des aveux, des conseils de faire quelque chose comme ci ou comme ça, des noms qu'il ne connaît pas ; car ni son cœur, ni sa rate, ni ses reins ne sursautent tant qu'il essaie de déchiffrer des écritures individuelles. Mais qu'est-ce ? Grand comme la main, un dessin à traits serrés lui saute aux yeux : le chien noir Perkun-Senta-Harras-Prinz-Pluto saute une clôture de jardin, son cœur se nuance de sombre, sa rate pourprée se trouble, le suc de ses reins se coagule. Encore une fois Matern fuit — cette fois devant un chien excellemment dessiné.

Mais où aller, où fuir dans un train interzones en marche quand on quitte l'unique refuge que ses vitres dépolies protègent des fantômes ? D'abord, logique, il veut descendre à Magdebourg, mais il reste, comme un cobaye fasciné, fidèle à sa destination et espère son salut de l'Elbe. L'Elbe se mettra en travers. L'Elbe est la barrière naturelle du camp de la paix. Les épouvantails-fantômes, et tout ce qui à part eux bat la campagne, s'arrêteront sur la rive ouest de l'Elbe et lanceront vers le ciel leur cri d'épouvante — et leur — rail fantôme, quel qu'il soit, tandis que le train interzones franchira en hâte le pont de l'Elbe qu'on n'a toujours pas fini de réparer.

Matern, et le train qui entre-temps s'est vidé à demi — car la plupart des voyageurs sont descendus à Magdebourg — ont dépassé le pont de l'Elbe, événement sauveur ; dans les roseaux de la rive est se lève un surcroît de malheur : il y a toujours les épouvantails habituels, courants lourds d'un message comme le Marathon à Athènes, mais ils ne sont plus seuls ; avec eux, le poil encore mouillé d'Elbe, un chien noir d'encre au pelage luisant ne connaît qu'une direction : il suit le train interzones ! Il entame un coude à coude avec le rapide qui traverse en flèche le camp de la paix. Bientôt le chien a distancé le train qui a pris un peu de retard, car pour être à l'heure il ne doit pas aller trop vite, si souple est dans le camp de la paix l'infrastructure des rails, mais il se laisse remonter pour que Matern puisse se rassasier de cette noirceur vue. Ah ! Si seulement tu avais donné le chien Pluto à la Mission catholique en gare, et non à sa concurrente zoo-phile ! Si tu lui avais administré d'un poison éprouvé, ou bien d'une trique qui, bien maniée, aurait ôté à ce clebs à demi aveugle le goût de la chasse et de la saillie ! Mais de la sorte un chien, entre Genthin et Brandebourg, rajeunit de plusieurs années de chien. Les ondulations de terrain l'engloutissent. Les chemins creux le restituent. Les dents le divisent par seize. Beau mouvement régulier de course. Reprise de contact au sol en douceur. L'arrière-main est puissante. Il n'y a que lui pour bondir comme ça. Cette ligne du garrot à la croupe. A huit, à vingt-quatre, à trente-deux pattes, Pluto regagne du terrain et emmène le peloton d'épouvantails. Le soleil vespéral encadre des silhouettes découpées aux ciseaux. La XIIᵉ Armée pousse sur Beelitz ? Crépuscule des dieux. Structure finale. S'il y avait une caméra : coupez, coupez ! Totale des fantômes, totale de la victoire finale ! Mais il est défendu, quand on est dans le train, de filmer le camp de la paix. Invisibles à toute caméra, le Groupe d'armée Wenck camouflé en épouvantails et un chien nommé Perkun-Senta-Harras-Prinz-Pluto courent à hauteur de Walter Matern qui grince des dents derrière la vitre de la portière : va-t'en, chien ! Go ahead, dog ! Vade retro, kyôn !

Mais il faut attendre après Wender, avant Potsdam, entre la confusion du Plateau lacustre et les ténèbres qui submergent le pays, pour que s'égarent les épouvantails et le chien. Matern colle au revêtement de plastique de son siège en seconde classe et s'hypnotise sur la photo encadrée qui lui fait face : en format transverse, elle vante le paysage déchiqueté du Massif gréseux de l'Elbe. Randonnées à travers la Suisse saxonne. Il faudrait songer à faire un peu autre chose, tant que surtout ni les épouvantails ni Pluto ne vagabondent dans les champs ; il faudrait des brodequins solides et confortables, si possible à double semelle. Des bas de laine, mais sans reprises. Sac à dos et carte du Touring Club. Grands gisements de granit, gneiss et quartz. Brunies, en ce temps-là, correspondait avec un

géologue de Pirna et échangeait avec lui des gneiss micacés et
du granit micacé. De plus, il y a du grès elbien en masse. C'est
là que tu veux aller. Là-bas, c'est plus tranquille. Là-bas rien
ne te rattrapera par derrière. Là-bas tu n'as jamais été avec ou
sans chien. On ne devrait aller que là où l'on ne fut jamais
encore : par exemple jusqu'à Flurstein, et ensuite en remontant le Knotenweg, par la route du Dos-de-Chèvre, jusqu'au
point de vue Polenz, une dalle rocheuse sans garde-fou qui
permet un magnifique panorama de la vallée de Polenz ; là-bas,
l'Amselgrund — le Fond des Merles — conduit à l'Amselfall
— la Chute des Merles — et aux rochers de Hockstein. Plus
tard, prendre quartier au petit château du Fond des Merles. Je
ne suis pas du pays. Matern ? Connais pas. Pourquoi l'Amselgrund et l'Amselfall s'appellent-ils ainsi ? Cette dénomination
n'a rien à voir avec votre ami homonyme. De plus, il y a encore
ici le Trou-des-Merles et la Roche-aux-Merles. Votre passé ne
nous intéresse pas. Nous avons d'autres soucis socialistes.
Nous participons à la reconstruction de la belle ville de Dresde.
Le vieux Zwinger refait en grès elbien. Nous confectionnons
des éléments de façade pour le camp de la paix dans des
carrières devenues propriété du peuple. Ça fait passer à tout le
monde le grincement de dents ; ça vous le fera passer. Pour ce
motif, montrez voir vos pièces d'identité et déposez votre
laissez-passer. Evitez Berlin-Ouest ; c'est une ville du front.
Traversez jusqu'à la gare de l'Est et visitez ensuite notre Massif
gréseux elbien constructif. Restez tranquillement assis quand
le train devra s'arrêter à la gare des bellicistes et revanchards.
Soyez patient jusqu'à ce que la gare de Friedrichstrasse vous
souhaite la bienvenue. Ne descendez pas à la gare du Zoo, pour
l'amour du ciel !

Mais, peu avant que le train interzones ne s'arrête au jardin
zoologique, Matern se rappelle qu'il a sur lui le reliquat
florissant de ses honoraires de speaker. Il veut à tout prix,
comme ça au passage, changer ses Deutschmarks de l'Ouest en
Marks de l'Est en profitant des avantages du cours capitaliste :
quatre contre un ; ensuite, par le métro, il gagnera le camp de
la paix. En outre il faut qu'il s'achète un rasoir mécanique et
des lames, deux paires de chaussettes et une chemise pour se
changer ; qui sait si en face ils ont en magasin le strict
nécessaire ?

Ayant conçu ces modestes désirs, il descend. D'autres avec
lui, qui ont sûrement des désirs plus grands. Des gens de
même famille se saluent sans prendre garde à Matern que

n'attend personne de sa famille. Telles sont ses pensées où se mêle une part d'amertume ; mais pourtant on a veillé à recevoir Matern. L'accueil lui saute au cou avec ses pattes de devant. L'accueil le lèche à grands coups de langue. Enthousiasme jappant. Tu ne me reconnais pas ? Tu ne m'aimes plus ? M'aurait-il fallu rester jusqu'à ma mort de chien dans cette minable mission en gare ? Ne puis-je être fidèle comme un chien ?

Mais si ! Mais si ! Bon, bon chien, Pluto ! Voilà ton maître. Laisse-toi regarder. C'est lui et ce n'est pas lui. Un mâle manifestement noir répond au nom de Pluto, mais la denture est complète à la palpation. Plus d'îlots gris sur le crâne, plus d'yeux embués. A tout casser, le brave chien a tout juste huit ans. Rajeuni, remis à neuf. Il n'a gardé que sa plaque d'identification. Il a été perdu, retrouvé et — c'est ainsi que cela se passe dans les gares — voilà que se présente l'honnête auteur de la trouvaille : « Vous permettez, est-ce là votre chien ? »

Il ôte son Borsalino qui découvre une chevelure calamistrée : un mince godelureau aux allures affectées, enroué comme une pioche et qui cependant tire sur une clope : « Cette bonne bête est venue à moi et m'a entraîné à la gare du Zoo ; sur quoi il m'a remorqué par la halle des guichets, fait monter l'escalier jusqu'ici, d'où arrivent d'habitude les trains à long parcours. »

Veut-il une récompense ou cherche-t-il à lier connaissance ? Toujours le chapeau à la main, il ne ménage pas ses cordes vocales : « Sans vouloir paraître importun, je suis heureux de vous avoir rencontré. Appelez-moi comme vous voudrez. Ici, à Berlin, on m'appelle d'habitude Bouche-d'Or. Une allusion à mon aphonie chronique et à cet ersatz de denture premier titre que je suis contraint de porter dans la bouche. »

Alors Matern fait banqueroute : toutes les devises dégringolent pêle-mêle. Son cœur, jusqu'à l'instant présent enflammé de rouge, se plaque d'or à la feuille. La rate et les reins pèsent leur poids de rixdales : « Eh ben, en v'là une surprise. Et ça en pleine gare. Je ne sais pas de quoi je dois m'étonner le plus, d'avoir retrouvé mon Pluto — j'ai perdu l'animal à Cologne — ou bien de cette rencontre que j'oserai qualifier de pleine de sens.

— Ben ma foi !

— Et n'avons-nous pas des amis communs ?

— Qui voulez-vous dire ?

— Voyons, les Sawatzki. Ils seraient étonnés s'il...

— Oui, ainsi donc, si je ne m'abuse, j'ai affaire à monsieur Matern ?

— En chair et en os. Mais il faut arroser cette rencontre fortuite.

— J'en suis.

— Quel local proposez-vous ?

— Comme il vous plaira.

— Je ne connais pour ainsi dire pas les lieux.

— Alors commençons par une petite tournée chez la Barfuss.

— Je suis d'accord sur tout. Mais tout d'abord je voudrais, mon voyage étant survenu à l'improviste, me payer une chemise de rechange et un rasoir mécanique. Au pied, Pluto ! Regardez seulement comme le chien est content.

LA CENT DEUXIÈME MATERNIADE A L'ÉPREUVE DU FEU

Voici le danseur mondain du bon Dieu avec son unique accessoire ! — ce type, en effet, tout en marchant avec affectation sur des œufs, fait tourbillonner une petite canne d'ébène à poignée d'ivoire. On le connaît dans toutes les gares, y compris donc dans celle-ci, et on lui donne le bonjour : « Holà Bouche-d'Or ! De nouveau dans le pays ? Comment vont les amours ? »

Il n'arrête pas de fumer du Navy-Cut, et à toute vitesse. A l'intérieur de la gare, la galerie marchande reste ouverte jusqu'à une heure tardive ; Matern s'y procure cet important rasoir et les lames afférentes ; pendant ce temps, le type fume et, comme il n'a plus d'allumettes, se fait donner du feu par un schupo de service : « Bonsoir, brigadier ! » Ce dernier fait le salut militaire au flâneur fumant.

Et tout le monde lui fait de l'œil et, à ce qu'il paraît à Matern, le montre du doigt, de même le chien rajeuni. On est entre frères. D'accord. Bravo, Bouche-d'Or. Mais entre nous tu as attrapé un drôle d'oiseau.

Encore des oiseaux ! Quand Matern revient avec deux paires de chaussettes de laine et la chemise de rechange, cinq, six éphèbes environnent son ami de fraîche date. Et que font-ils ? Entre les guichets du métro et les vitrines arrière de la librairie Heine ils dansent autour de lui qui, de sa canne d'ébène, donne légèrement la mesure, gazouillent comme des lignes à haute tension, émettent un crépitement comme bruit de fond, tournent leurs petites vestes à gauche, et la doublure en dehors, ressemblent aux membres d'une famille composée d'épouvantails qui aurait organisé une course de relais de chaque côté du train interzones qui vient d'arriver — comme si, dès avant l'arrivée du train en gare de Berlin-Zoo, ils avaient projeté de faire connaître une nouvelle, un message, un mot d'ordre, de le transmettre et de le proclamer à voix haute : « Le voici ! Le voici ! Il arrive à l'instant ; il faut qu'il se paie un rasoir mécanique ainsi que des chaussettes et des chemises de rechange. »

Mais tous les charmants éphèbes s'évaporent dès que Matern s'approche avec le chien rajeuni et le petit paquet pour dire à Bouche-d'Or : « Eh bien, on y va ? »

Ce n'est pas loin. Ça n'existe plus aujourd'hui, mais quand le trio traverse la rue Hardenberg, c'est en face d'Aki, lequel aujourd'hui est toujours actuel, mais ailleurs. Ils n'entrent pas aux grands magasins Bilka, mais près de chez Grün, passé la rue de Joachimstal, ils remontent la rue Kant pendant quelques pas et, derrière le magasin de sports *le Chalet de Ski*, au-dessus de la réclame habituelle du Berliner Kindl, c'est écrit en lettres de lumière : Anna-Hélène Barfuss — aujourd'hui, derrière le comptoir céleste, elle rince des verres ; mais au moment où le trio s'approche, elle préside à la caisse terrestre. Dans le temps, c'était un bistro de cochers. Maintenant, c'est là que fréquentent les agents de la circulation après la relève. Aussi des professeurs des Beaux-Arts de la place Stein et des couples d'amoureux chez qui le cinéma n'a pas encore commencé. A l'occasion émergent des gens qui doivent souvent changer de profession. Alors ils se tiennent debout au comptoir et, d'un verre à l'autre, changent leur jambe d'appui. En supplément, il y aurait encore une vieille taupe frétillante qui occupe une table libre sous son chapeau toujours pareil ; en revanche de quoi elle a mission impérative de rapporter à Anna-Hélène ses souvenirs du Théâtre populaire depuis le dernier Adamov jusqu'à la plus récente ovation d'Elsa Wagner ; car la Barfuss ne peut pas aller au théâtre : la caisse chez elle sonne trop souvent.

Et en ces lieux aussi Bouche-d'Or est connu. Sa commande : « Un citron pressé chaud, s'il vous plaît ! » n'étonne personne que Matern. « Sans doute est-ce pour la gorge ? Mais vous avez attrapé un méchant refroidissement. Ce serait plutôt un

catarrhe des fumeurs. C'est fou ce que vous pouvez fumer. »
   Bouche d'Or écoute attentivement cette voix. Par le canal
d'un chalumeau, il se branche sur le citron chaud. Mais
écouter Matern et aspirer le citron ne sont que deux activités :
en troisième lieu, il fume coup sur coup des cigarettes, allume
la nouvelle au dernier tiers de la précédente, jette le mégot
derrière lui ; et la Barfuss, que le récit d'une intrigue théâtrale
sollicite de la table où est la taupe, fait signe au garçon, en
haussant les sourcils, d'écraser le mégot pour l'éteindre ; puis
ces messieurs, chacun pour soi, paient deux Pils, un jus de
citron et trois boulettes. Matern paie pour le chien.
   Mais Bouche-d'Or et Matern, avec le chien récupéré, n'ont
pas à aller bien loin : ils remontent la rue de Joachimsta!,
traversent le Ku-Damm par le passage protégé à bandes
jaunes, et au coin de la rue d'Augsbourg, entrent au *Nègre
blanc*. Là ils consomment : Matern deux Pils et deux eaux-de-
vie de grain ; Bouche-d'Or aspire un citron chaud jusqu'au
fond sucré ; on sert au chien une portion de boudin-maison
frais. Le garçon doit écraser quatre mégots en tout derrière le
dos du fumeur. Cette fois, ils ne s'agglutinent pas au comptoir ; s'accrochent aux tables où l'on boit sa bière debout.
Chacun devient le vis-à-vis de l'autre. Et Matern compte aussi
quand le garçon réduit en cendres ce que Bouche-d'Or, d'une
pichenette, envoie derrière lui : « Vous ne devriez pas fumer
de façon si déraisonnable, si vous êtes à ce point enroué. »
   Mais le fumeur, en dépit de plusieurs avertissements, émet
comme en passant l'opinion que son enrouement chronique n'a
pas pour cause la tabagie ; il faut remonter bien plus loin en
arrière ; du temps qu'il était encore non fumeur et se pliait à la
discipline sportive, quelque chose, quelqu'un, avait éraillé ses
cordes vocales : « Voyons, vous vous souvenez sûrement.
C'était début janvier. »
   Matern a beau secouer ce qui reste de bière dans son verre :
impossible de se souvenir : « A quoi voulez-vous ? Voulez-
vous me passer au crible ? Mais blague à part, vous ne devriez
réellement pas comme ça tout le temps. Vous allez vous gâter
complètement la voix. Garçon, l'addition ! Où va-t-on à
c't'heure ? »
   Cette fois, Bouche-d'Or paie tout, même le boudin pour le
chien de fraîche date. Pas question de s'user les quilles à
marcher, naturlich. Ils remontent la rue d'Augsbourg sur la
longueur d'un jet de pierre. Scène du revoir, enveloppée du
souffle du zéphyr — on est en mai — qui soutient un combat

douteux contre l'odeur de curry que relancent les kasse-kroûte-haus environnantes. Des dames seules expriment leur joie sans devenir importunes : « Bouche-d'Or par-ci, Bouche-d'Or par-là ! » et c'est la même chanson que leur offre *la Boîte à Paul* où ils occupent des tabourets de bar, parce que le sofa circulaire et la table du patron sont garnis : rien que des transporteurs en bonne compagnie, traînant des histoires, plus longues qu'un procès en Souabe, que même l'arrivée de Bouche-d'Or, thème d'acclamations, ne saurait interrompre que pour un temps : en effet, on se penche sur le chien avec le sentiment de ce qui est dû : « Ma foi — assis, Hasso ! — il a bien dix ans. » Propos techniques et curiosité : « C'est une bête de race. D'où c'est que vous l'avez, le vôtre ? » Comme si le maître du chien n'était pas Matern, mais ce fumeur qui, survolant toutes les questions, commande : « Hop ! Hannchen ! Un Pils pour Monsieur. Pour moi comme d'habitude. Et à Monsieur encore une eau-de-vie de grain. Si vous n'en avez pas, un Dornkaat, ça va ? »

Ça va. Ne pas boire à tort et à travers. Prudence, afin de garder la tête claire et la main sûre, pour le cas où surgiraient des difficultés, on ne sait jamais.

Matern reçoit son couvert. Bouche-d'Or aspire avec une paille sa consommation habituelle. Le récupéré, qualifié d'animal de race par un transporteur, est régalé d'un œuf dur que Hannchen, de sa propre main, lui épluche derrière le bar. Le ton familier qui règne permet d'échanger de table à table, et du bar à la table ronde, des questions, des réponses et des remarques quasiment équivoques. C'est ainsi qu'une table de dames proche du ventilateur veut savoir si Bouche-d'Or est de retour pour des raisons professionnelles ou privées. La table ronde qu'ornent à l'arrière-plan des photos de catcheurs et de boxeurs, debout pour la plupart, attendant la prise à la nuque ou la feinte en retrait, s'informe, sans laisser d'autant chômer ses conversations internes, des affaires de Bouche-d'Or. On évoque des tracasseries des Finances. Bouche-d'Or déplore l'excessive longueur des délais de livraison. « Un tour de force, vu les commandes que vous avez à l'exportation ! » riposte en contre le divan circulaire. Comment vont les amours, demande Hannchen. Une question déjà posée dans l'animation de la gare du Zoo ; ici comme là-bas, Bouche-d'Or y répond par les fluides signaux de fumée qu'émet sa cigarette.

Mais jusque dans ce local où tout le monde est au courant, sauf le novice Matern, le fumeur ne peut s'empêcher de balancer derrière lui les mégots, d'une pichenette, chaque fois que Matern lui met sous le nez le cendrier : « Dois-je vous le dire : vous avez de ces manières ! Voyons, les gens d'ici connaissent votre truc depuis longtemps. En voulez-vous une avec filtre ? Ou bien essayer de combattre ça en mangeant du chewing-gum ? Ce n'est rien que de la nervosité. Et cette histoire de gorge. Ça me regarde pas. Mais à votre place j'arrêterais radicalement deux semaines. Ça m'inquiète sérieusement. »

Bouche d'Or est enchanté d'apprendre en détail que Matern s'inquiète. Cependant il lui rappelle à tout coup que son enrouement chronique ne vient pas d'un excès de tabagie mais peut être daté avec précision : « Un après-midi de janvier, il y a des années. Vous vous souvenez certainement, mon cher Matern. Il y avait de la neige en masse. »

A quoi Matern oppose qu'en janvier il y a la plupart du temps de la neige en masse. Ce n'est qu'une sotte échappatoire pour détourner l'attention de ce gâchis de cigarettes, car c'étaient elles, ces clous de cercueil qui étaient à l'origine des maux de gorge, et non pas un refroidissement hivernal, tout à fait normal, remontant à des années.

La tournée suivante est offerte par la table ronde, sur quoi Matern se sent induit à faire servir aux transporteurs et à leur compagnie sept genièvres. — « Je suis du pays d'où il vient ! De Nickelswalde, et Tiegenhof était notre sous-préfecture. » Mais, en dépit de l'ambiance qui monte, Bouche-d'Or, Matern et le chien de fraîche date ne moisissent pas dans *la Boîte à Paul*. Malgré les chaudes invitations à rester que lancent la table des trois dames — dont l'équipage change d'ailleurs fréquemment — la table à effectif constant des transporteurs et la chère Hannchen — « Vous ne faites jamais qu'un saut. Et y a longtemps que vous ne nous en avez pas raconté une bien bonne » — ces messieurs se décident pour « L'addition ! », ce qui n'empêche pas Bouche-d'Or — il est déjà sous le ventilateur avec Matern et le chien — de servir une histoire.

« Racontez voir comment vous faisiez du ballet ! »

« Ou bien votre période d'occupation, quand vous étiez officier culturel, comme on dit. »

« Pas mal non plus, celle des vers. »

Mais Bouche-d'Or, pour cette fois, tourne ses pensées bien ailleurs. Vers la table ronde, tangentiellement à la table à trois et tout en visant aussi Hannchen, il lance d'une voix enrouée des paroles que les transporteurs, en hochant la tête, chargent et emportent, car elles sont pondéreuses.

« Une histoire tout à fait brève, parce qu'on est si heureusement réunis. Il était une fois deux jeunes garçons. L'un d'eux donna à l'autre, par amitié, un fabuleux couteau de poche. Le garçon au cadeau fit du couteau-cadeau ceci et cela, et un jour il égratigna son bras et celui du jeune garçon que l'amitié rendait généreux, toujours avec ce seul et même couteau. Ainsi les deux jeunes garçons devinrent frères de sang. Mais un jour que le jeune garçon à qui avait été donné le couteau voulait jeter une pierre dans une rivière, mais qu'il ne trouvait pas de pierre pour ça, il jeta le couteau dans la rivière. Et le couteau disparut pour toujours. »

C'est une histoire qui rend Matern pensif. Les voilà déjà repartis : ils remontent la rue d'Augsbourg, traversent celle de Nuremberg. Le fumeur serait pour prendre à droite pour aller dans la rue Ranke donner le bonsoir à un qu'il appelle le prince Alexandre, quand il remarque le tour sinistre qu'ont pris les méditations de Matern ; alors il se permet, il lui permet, il permet au chien gagné de frais une promenade pour se dégourdir les jambes : ils remontent la rue Fugger, coupent la place Nollendorf pour prendre ensuite à gauche la rue Bülow. On peut aussi bien fumer en plein air.

« Dites voir. (C'est Matern.) J'ai comme une idée que je connais cette histoire de couteau.

— Rien d'étonnant, cher ami, répond le catarrhe de Bouche-d'Or, cette histoire est pour ainsi dire une histoire pour images d'Epinal. Tout le monde la connaît. Et même les messieurs de la table ronde hochaient la tête aux bons endroits, parce qu'ils connaissaient l'histoire. »

Matern flaire là-dessous autre chose et perce des trous plus profonds pour extraire le sens et le contenu de l'énigme : « Et le contenu symbolique ?

— Allons donc ! Une histoire si banale ! Je vous prie, cher ami : deux jeunes garçons, un couteau de poche et une rivière. C'est une historiette que vous pouvez trouver dans n'importe quel livre de lecture allemand. Morale et facile à retenir. »

Bien que l'histoire le tracasse moins depuis qu'il a décidé de la qualifier de symbolique, Matern doit revenir à la charge : « Vous surestimez largement la valeur des livres de lecture allemands. C'est toujours plein des mêmes conneries. Pas un qui éclaire la jeunesse sur le passé et caetera. Rien que des menteries ! Rien d'autre que des menteries ! »

Bouche-d'Or cerne d'un sourire sa cigarette : « Cher bon ami, mon histoire pour livre de lecture, bien qu'absolument morale et facile à retenir, est également une menterie. Voyez. La conclusion de la fable relate que le jeune garçon jeta le couteau de poche dans la rivière. Et il disparut pour toujours. — Mais qu'est-ce que j'ai là ? Hein ! Regardez-le bien. Il a pris mauvais aspect après tant d'années. Hein ? »

Sur sa main plate gît, tombé du ciel, un couteau de poche rouillé. Le bec de gaz sous lequel sont Matern, le chien et Bouche-d'Or se penche sur l'objet : il avait jadis trois lames, une vrille, une scie et un poinçon.

« Et vous êtes d'avis que c'est le même qui apparaît dans votre histoire ? »

Joyeux, toujours prêt à exécuter avec sa petite canne d'ébène des tours de prestidigitation, Bouche-d'Or affirme tout : « Le couteau de poche de mon histoire pour livre de lecture ! Je vous prie, au nom de tout, ne tenez plus de propos péjoratifs sur le livre scolaire allemand. Il est comme ci comme ça. La plupart des pointes, comme justement celles de ce couteau de poche retrouvé, ont dû être supprimées par égard pour l'insupportable vérité, susceptible de blesser une âme enfantine. Mais ils sentent bon, les livres de lecture allemands, ils sont pleins de moralité et se marquent dans la mémoire. »

Le trio est sur le point d'échouer au *Bar Bülow*, et Bouche-d'Or de rendre à l'atmosphère, ce vaste magasin d'accessoires, le couteau de poche retrouvé ; déjà son imagination hâtive place le trio devant le comptoir ou l'assied dans le salon vert ; déjà le *Bar Bülow* va les happer pour les restituer seulement au petit matin — car aucune boîte voisine de l'église des Saints-Apôtres ne s'entend à garder plus allègrement des clients en son estomac — quand le fumeur se sent d'humeur à faire des cadeaux.

Tandis qu'ils traversent la chaussée pour s'abandonner, à droite et en remontant, aux obligations de la rue de Potsdam, Bouche-d'Or formule sa déclaration de donation : « Un instant d'attention, cher ami — la nuit — à peine nuageuse et munie d'un gâchis de lune — me rend magnanime : prenez ! — Certes, nous ne sommes plus des enfants ; il serait dangereux de s'égratigner le bras avec des lames ainsi rouillées, même pour conclure une fraternité de sang ; prenez quand même. Cela vient du cœur. »

Tard dans la nuit, tandis que le mois de mai enrichit toutes les avenues, tous les cimetières, le Tiergarten et le parc Kleist,

Matern, ayant gagné un chien rajeuni, reçoit en cadeau un couteau de poche pesant et — comme il doit le constater — coincé. Il exprime ses remerciements sur le mode qui convient, mais ne peut s'empêcher, en guise de réciproque, d'exprimer une inquiétude authentique touchant le larynx aphone de Bouche-d'Or : « Pour me faire plaisir. Je ne suis pas une brute et ne demande pas l'impossible, mais vous devriez vous refuser une cigarette sur trois. Il n'y a pas plus de quelques heures que je vous connais, mais quand même. Il se peut que cela vous paraisse ridicule et importun. Cependant vous m'inspirez de sérieuses craintes. »

Pourquoi faut-il que le fumeur remette sans cesse en avant la source vraie de son enrouement chronique, les froids de janvier, les frimas subitement retournés au dégel ; Matern continue à charger les cigarettes que Bouche-d'Or déclare anodines et cependant indispensables à l'existence : « Pas aujourd'hui, cher ami ! Je suis enthousiasmé d'avoir fait votre connaissance. Mais demain, oui, demain nous vivrons dans l'abstinence. Pour ce motif, entrons quelque part. Car je dois l'admettre : un citron pressé chaud me ferait du bien ainsi qu'à ma gorge. Là-bas, cette baraque en planches, un local assurément provisoire, et pourtant une boîte où l'on nous subira tous deux avec le chien. Vous y aurez demi et votre petit verre ; moi, on me servira comme d'habitude ; le bon Pluto pourra se taper des boulettes ou des saucisses viennoises, des œufs durs ou une côtelette en gelée — le monde est si riche ! »

Quelle toile de fond ! A l'arrière-plan, menaçant, le Palais des Sports, une grange dont le blé est déjà battu ; à l'avant-scène, avec des terrains vagues intercalés, des baraques de planches servant à diverses industries. L'une propose des occasions. La deuxième y va du chachlik en brochette et des saucisses grillées, dans l'immortelle odeur du curry. Là, les dames peuvent, à toute heure du jour, faire reprendre les mailles filées. La quatrième baraque fait miroiter des gains au Toto-football. Et le septième cagibi en fragments de baraque assemblés — ça s'appelle *Chez Jenny* — doit fournir au trio un nouveau milieu.

Mais avant qu'ils n'y entrent une question se fortifie dans l'âme de Matern ; elle ne veut pas sortir dans la septième boîte, elle veut se déployer dans la douceur de mai : « Dites voir, le couteau de poche — maintenant qu'il m'appartient — où l'avez-vous eu ? Je n'arrive pas à me représenter qu'il s'agisse du même qu'un jeune garçon — je veux dire celui de votre histoire — aurait jeté dans la rivière. »

De la poignée ivoirine de sa canne, le fumeur accroche déjà la poignée de la porte — il est entré pareillement dans toutes les boîtes : la boîte à Hélène Barfuss, le *Nègre blanc* de Lauffersberger, *Chez Paul* et, pour un peu, le *Bar Bülow* — et Jenny, la tenancière du local qui ne s'appelle pas *Chez Jenny* par mégarde, va se réjouir d'accueillir de nouveaux clients — elle sent qui arrive et commence à presser des citrons — alors les cordes vocales éraillées de Bouche-d'Or exigent des explications : « Pourrez-vous me suivre, cher ami ? Nous parlâmes et parlons de couteau de poche. Tout couteau de poche est, à son prime début, neuf. Ensuite tout couteau est utilisé ou bien comme ce qu'il est ou devrait être, ou bien il est détourné de sa destination véritable et trouve un emploi comme presse-papier, comme contrepoids ou — à défaut d'engins de jet en pierre — comme projectile. Tout couteau de poche se perd un jour. Il est volé, oublié, confisqué ou jeté. Or la moitié de tous les couteaux existant en ce monde sont des objets trouvés. Lesquels à leur tour se subdivisent en simplement trouvés et en trouvés exprès ; c'est parmi ces derniers que se range celui que je trouvai pour vous le restituer à vous, son propriétaire d'origine. Ou bien voulez-vous peut-être ici, au coin de la Pallas et de la Potsdam, ici, à la face de l'historique et actuel Palais des Sports, ici, devant que ce réduit de planches nous engloutisse, affirmer, soutenir que jamais vous n'en possédâtes, qu'en outre vous n'en auriez jamais perdu, oublié ou jeté, enfin bref, que vous n'en auriez pas retrouvé ? — J'ai pourtant eu mes difficultés pour préparer cette petite fête des retrouvailles. Dans mon livre de lecture il est dit : le couteau de poche tomba dans une rivière et fut perdu pour toujours. « Toujours » est un mensonge. Car il y a des poissons qui avalent les couteaux de poche et finissent, devenus manifestes, sur la table de cuisine ; en outre il existe de vulgaires dragues qui ramènent tout à la lumière et, du même coup, les couteaux de poche jetés ; sans parler du hasard, mais il n'avait rien à voir ici — des années, pour raconter mes efforts, des années, ne reculant devant aucune dépense, je fis réclamation sur réclamation, ne craignant pas de suborner de hauts fonctionnaires de telle ou telle commission de régulation des cours d'eau ; enfin, et grâce à la bonne volonté des autorités polonaises, j'obtins l'autorisation demandée : dans l'embouchure de la Vistule — car le couteau, comme vous et moi le savons, fut lancé dans la Vistule

— une drague mise en œuvre exprès pour moi par un service central de Varsovie ramena l'objet trouvé sensiblement à l'endroit où il avait disparu en mars ou avril de l'an 1926 : entre les villages de Nickelswalde et de Schiewenhorst, mais plus près de la digue de Nickelswalde. Quelle découverte univoque ! Et dire que j'avais pendant des années fait draguer le long de la côte méridionale de la Suède et dans le Golfe de Bothnie ; la zone d'atterrissements de la presqu'île de Hela fut fouillée et refouillée à mes frais et sous ma surveillance. Nous pouvons donc, pour en finir avec le thème objet trouvé, dire avec quelque apparence de fondement : il est insensé de jeter des couteaux de poche dans des cours d'eau. Tout cours d'eau restitue sans conditions les couteaux de poche. Et ma foi, pas rien que les couteaux ! Il était tout aussi stupide d'immerger dans le Rhin le Trésor dit des Nibelungen. Car s'il venait un homme qui s'intéressât pour de bon aux trésors amoncelés par ce peuple agité — de même que, par exemple, je pris part au destin du couteau de poche — le Trésor des Nibelungen reverrait le jour et — à l'opposé du couteau de poche dont le régime possesseur est au nombre des vivants — entrerait au musée du Land compétent. — Mais assez parlé entre l'arbre et l'écorce. Ne me remerciez pas, je vous prie ! En tout cas patientez suffisamment pour entendre mon petit conseil : prenez mieux soin de l'objet fraîchement rentré en votre possession. Ne le jetez pas, comme jadis dans la Vistule, aujourd'hui dans la Sprée ; bien que la Sprée rende les couteaux de poche avec aussi peu de résistance que cette Vistule aux rives de laquelle vous grandîtes — ça s'entend encore à votre accent. »

Et derechef Matern, le chien à son pied, se retrouve debout à un comptoir de bar et se cramponne à gauche à un verre de bière, à droite à une eau-de-vie de grain format dégustation. Tandis qu'il ratiocine : d'où sait-il, d'où a-t-il... Bouche-d'Or et l'hôtesse du bar vide par ailleurs jouent une scène de salutations où des titres comme « Jenny de mon cœur, Jenny mon âme et très chère Jenny » démontrent que la personne desséchée qui se tient derrière le comptoir signifie pour Bouche-d'Or bien plus que n'en peuvent contenir les quatre murs d'une baraque. Tant que le châssis fané en veste de tricot pendouillante ôte le jus aux demi-citrons, Matern s'entend assurer que cette Jenny est accessoirement une Jenny d'argent et par-dessus le marché une Reine de glace : « Cependant nous ne voulons pas l'appeler Angustri, parce que ce nom, son vrai

nom, la rend mélancolique et lui rappelle Bidandengero, pour
le cas où vous auriez déjà entendu parler de ce monsieur. »

Matern, toujours intérieurement aux prises avec le couteau
de poche, refuse de charger sa mémoire d'imprononçables
noms tziganes et de prendre en considération un anneau
d'argent usé. Pour lui, l'adorable Jenny — ça se voit du
premier coup d'œil — est une quelconque fille de bastringue
garée des voitures ; une observation pénétrante que confirme la
décoration de la cahute : si *Chez Paul*, c'étaient les photos de
boxeurs ou de catcheurs au nez aplati qui faisaient l'ornement
imagé, Jenny a paré sa boîte de tout un corps de ballet figuré
par des chaussons de danse usagés : du plafond bas ils
pendent, rose pâle, ci-devant argentés, blancs comme un lac de
cygnes. Naturellement il y a là aussi les photos de telle ou telle
Giselle. Bouche-d'Or pointe un index déformé sur les attitudes
et les arabesques : « En bas, à gauche, la Deege. Toujours
lyrique, toujours lyrique ! Là-bas Svea Köller, la Skorik,
Maria Fris dans son premier grand rôle : en Dulcinée ; la
Verjotrinska, la Kroutchova et, à côté de la malheureuse
Leclercq, notre Jenny Angustri avec son partenaire Marcel qui
jadis, quand Jenny dansait la fille du jardinier, s'appelait,
simple et frappant, Fenchel. »

Donc c'est une boîte d'artistes. Avant la représentation, on
jette encore vite un œil *Chez Jenny* et, quand on a de la chance,
on y rencontre le petit Bredow ou Reinholm, les sœurs Fesco,
Colas Geitel ou le photographe des danseuses, Rama, qui
retoucha la majorité des photos ici exposées, car nul cou ne
doit révéler la crampe, et tout cou-de-pied entend être le plus
cambré.

Ah, que d'ambition, que de secondes de beauté ces chaussons ont-ils dansées ! Le local, du coup, malgré la pompe à
bière et les odeurs de Reedemeister, de Mampe-Koen et de
genièvre Stobbes, se met à sentir la craie, la sueur et le tricot
aigri. Et puis cette face de chèvre renfrognée derrière le
comptoir ; Bouche-d'Or prétend qu'elle sait préparer le meilleur des citrons pressés chauds, celui qui lui réussit le mieux.
Dès maintenant — à ce qu'affirme le fumeur enthousiasmé —
dès les premières gorgées avides, un apaisement se propage
dans sa gorge ; sa voix — étant petit garçon, il chantait plus
haut qu'un clocher d'église — se rappelle les airs les plus
affûtés de Mozart, peu s'en faudrait, quelques verres de plus
pleins de citrons pressés par Jenny, chauds de Jenny, qu'en lui
l'ange s'éveille et chante alléluia.

L'oreille de Matern lui suffit pour percevoir quelques sons plus ou moins rabotés émis par la voix de Bouche-d'Or ; mais il faut qu'il exprime encore une fois sa sollicitude : « Peut-être que le citron est bon dans ce cas et, ma foi, si vous voulez, savoureux. Vous n'en auriez qu'une raison de plus pour vous en tenir à ce jus et arrêter de fumer immodérément, je dirais presque même cyniquement. »

Les voici revenus à ce vieux sujet : « Ne fume pas tant, sinon tu fumes trop ! » Sur quoi le fumeur, d'un ongle exercé, ouvre un nouveau paquet de Navy Cut, n'en offre ni à Matern ni à l'hôtesse Jenny, se sert en priorité et renonce à l'allumette en mettant le nouveau bâtonnet au contact de la clope en retraite : snip ! le mégot vole par-dessus son épaule et tombe sur les planches du sol, continue à y rougeoyer tranquillement, s'y éteint ou y trouve un aliment — qui sait ?

Car cette fois il n'y a pas de garçon de café qui, évoluant silencieusement dans le dos de Bouche-d'Or, écrase de son talon usé en biais les excréments incandescents d'un client à part ; c'est ainsi que Bouche-d'Or qualifie ses résidus de mégot qu'il envoie derrière lui d'une pichenette : « Ceux-ci, cher ami, représentent pour ainsi dire mes fèces existentielles. Rien à dire contre le mot et le processus indispensables. Déchets, déchets ! N'en sommes-nous pas ? Ou bien n'en devenons-nous pas ? N'en vivons-nous pas ? Voyez, mais, s'il vous plaît, sans horreur, ce verre de citron chaud. Vous devez — n'est-ce pas, chère Jenny — devenir dépositaire d'un secret — Car ce qui fait, de ce verre plein de quotidien une chose extra, ce ne sont pas les citrons choisis et l'eau cuvée spéciale ; une pointe de couteau de mica extrait du gneiss et du granit micacés, est additionnée au verre — considérez, je vous prie, ces paillettes argentées flottant dans le liquide ! — ensuite — je vous dévoile une recette tzigane — trois gouttes d'une essence aussi précieuse que délicieuse que ma chère Jenny me garde toujours en réserve, donnent à ce mien breuvage favori cette teinte enchanteresse qui le fait couler dans ma gorge comme un baume. Vous le pressentez. Vous avez sur le bout de la langue le mot laid et pourtant grand, vous voulez détourner le visage et, de l'écœurement aux deux commissures labiales, vous écrier plein d'horreur : De l'urine ! De l'urine ! De l'urine de femme ! — mais ma Jenny et moi sommes habitués à être soupçonnés de faire une sale cuisine de sorcières ; mais — n'est-ce pas, Jenny ! — l'on nous a déjà pardonné ; déjà, et derechef, l'harmonie nous ramène sous un ciel de chaussons de

danse usés, déjà, et non pour la dernière fois, les verres à
nouveau se remplissent : mon hôte se trouve bien de la bière et
d'une limpide eau-de-vie de blé ; le chien s'accommode de
boulettes de viande hachée ; mais moi qui fume pour que tout
le monde comprenne : Voyez, il vit encore, puisqu'il fume
encore ! moi, de qui le brusque dégel d'une journée de janvier
érailla la voix, moi, pour qui nul couteau de poche ne reste
introuvable, moi, qui sais par cœur les histoires pour livres de
lecture — comme celle de cette oie de baptême roussie, comme
celle des anguilles buveuses de lait, comme celle des douze
chevaliers sans tête et des douze nonnes sans tête, comme cette
histoire hautement morale d'épouvantails tous créés à l'image
de l'homme — moi, le fumeur à la chaîne survivant qui jette
derrière moi ce qui l'instant d'avant brûlait pendu à ma
bouche, moi donc, le fumeur aux dents d'or — un ami me
permit d'accéder à leur possession en me délivrant de ma
denture naturelle — moi, le délivré, le citron additionné d'une
pincée de particules micacées par la biotite et la muscovite, le
citron ennobli par l'essence de Jenny veuille remplir mon
verre, afin qu'on puisse trinquer — trinquer à quoi ? — à
l'amitié, à l'inlassable flot de la Vistule, à tous les moulins à
vent en marche et à l'arrêt, à un soulier verni noir à barrette
appartenant à la petite fille du maire de village, aux moineaux
— xuaeniom ! — par-dessus la mer onduleuse des blés, aux
grenadiers de la garde du Second Frédéric de Prusse, qui
aimait trop le poivre, au bouton d'uniforme d'un dragon
français, témoin demeuré de l'histoire dans le sous-sol de
l'église de la Trinité, aux jeunes grenouilles sauteleuses et aux
palpitantes queues de salamandres, au jeu allemand de thèque,
non — à l'Allemagne en général, aux ragoûts du destin
allemand, aux boulettes de nuages allemands, au pudding
originel et à l'intériorité spaghettiforme, idem et ditto à la
cigogne Adebar qui apporte les enfants, item au faucheur qui
inventa le sablier, mais aussi à la brasserie Adler et au zeppelin
planant bien haut sur le stade Heinrich-Ehlers, aux maîtres-
menuisiers et aux pianistes virtuoses, aux bonbons de sucre
d'orge et à ce feu follet à la gélatine d'os, aux lambris de chêne
et aux machines à coudre Singer, au moulin à café municipal et
aux cent fascicules Reclam pleins de rôles, à l'être de
Heidegger et au temps de Heidegger, et de même à l'ouvrage
classique de Weininger, donc au chant choral et à l'idée pure, à
la simplesse, à la pudeur et à la dignité, à la timidité avant et à
l'émotion après, à l'honneur et à l'érotisme en profondeur, à la

grâce, à l'amour, l'humour, à la foi, au chêne druidique et au
motif de Siegfried, à la trompette et à la compagnie S.A.84 ;
donc au bonhomme de neige de cette journée de janvier qui me
libéra pour que, fumant, je survécusse : je fume, donc je suis !
A moi et à toi, Walter, trinquons ! C'est moi, donc trinquons !
Tu dis qu'il y a le feu ; ça ne fait rien, trinquons quand même !
Tu es d'avis qu'il faudrait appeler les pompiers ; trinquons
sans pompiers ! Tu dis que mes excréments que tu nommes
mégots auraient incendié cet asile de chaussons épuisés que tu
traites de cabanon ; je t'en prie, ne trouble pas l'incendie et
trinquons enfin, afin que je puisse boire : citron chaud,
délicieux citron chaud ! »

Maintenant les amis trinquent, tandis que le feu du plancher
progresse et commence à lécher les parois de la baraque. Le
verre de bière et le verre à citron se rencontrent et tintent
docilement, tandis que dans la chaleur croissante le corps de
chaussons martyrisés commence à danser sous le plafond ;
échappé croisé, échappé effacé, assemblé assemblé, petits
battements sur le cou-de-pied. Quel chorégraphe inspiré que le
feu ! Mais c'est le jus de citron chaud qui produit le miracle
véritablement digne d'être colporté : les gouttes de Jenny et les
paillettes de mica sont capables d'effets prodigieux : d'une
voix douce, un peu trop haute, plutôt trop sourde que parfois,
le temps d'un mot, recouvre la rumeur studieuse du feu
ballettomane, Bouche-d'Or raconte, tout en persistant à fumer
des cigarettes au mépris de son environnement de flammes,
raconte de passionnantes histoires pour livres de lecture, avec
et sans pointe. Matern, de son côté, sans se lasser, y va
d'histoires qui complètent quelques histoires fragmentaires de
Bouche-d'Or. La barmaid Jenny sait aussi des histoires.
Autour de ce quatuor qui réciproquement s'amuse — car le
chien Pluto écoute — le feu raconte une histoire qui plaît au
ballet de l'air chaud sous le plafond : le corps de ballet réagit
en exécutant avec précision le pas de chat, n'en finit pas
de chasser-croiser : pas de bourrée, pas de bourrée ! Et tandis que les photos pleines d'attitudes et d'arabesques bru-
nissent en commençant par le bord inférieur ; tandis qu'au
comptoir l'histoire de Bouche-d'Or, soutenue de Materniades,
débouche dans une histoire au citron chaud de Jenny ; tandis
donc que les photos se gondolent, se ratatinent, que les
histoires n'en finissent plus et que le ballet déchaîné au-
dessus du feu bondit maintenant en glissades hardies, dehors,
les pompiers commencent à faire connaître leur histoire,

longue comme un tuyau d'arrosage pour jardin de banlieue.
Presto ! Bouche-d'Or doit précipiter ses histoires d'épouvantails ; Matern, dérouler plus vite ses histoires de chien ; Jenny
ferait bien de mener plus vivement à leur terme, à la fête finale
et au festin de hérisson, ses histoires de gneiss micacé où des
housards de la nuit, des bohémiens, des rôms, des manouches,
des tziganes, des gitans et des caraques vont à la chasse aux
hérissons ; car ni Bouche-d'Or ni l'hôtesse, ni Matern, quand il
utilise le chien comme symbole, ne peuvent raconter aussi vite
que le feu mange le bois. Déjà l'attitude et l'arabesque sont
passées de la rigidité photographique au jeu des flammes. Déjà
une chorégraphie inspirée mêle le pas assemblé du groupe de
danseuses sur pointes au large pas jeté de flammèches viriles.
En un mot : déjà toute la boutique, à l'exception d'un
fragment de comptoir imprégné d'histoires, flambe haut et
clair. Pour ce motif, vite encore, l'histoire de l'intervention des
épouvantails pendant la bataille de Leuthen. Tout de suite par-
dessus l'histoire de Matern : comment par l'intercession de la
Vierge Marie il empoisonna un chien noir. La barmaid Jenny
— comme le feu lui va bien, comme la chaleur ranime à son
avantage, une fois encore, la Giselle déjà fanée — une beauté
brusquement rallumée raconte avec des mots pailletés de mica
comment une addition de rien du tout fit d'un banal jus de
citron chaud l'élixir de longue vie qui soutient Bouche-d'Or.
« Allez-y, les enfants, racontez ! » En ces termes Bouche-d'Or,
avec sa cigarette toujours neuve, stimule la compagnie perchée
à croupetons sur le bar avec le chien ensommeillé. « Ne laissez
pas se rompre le fil, les enfants ! Car, tant que nous racontons
encore des histoires, nous vivons. Tant qu'une idée nous passe
par la tête, avec ou sans pointe ; histoires de chien, histoires
d'anguilles, d'épouvantails, de rats, de crues, de recettes, de
mensonges et de livres de lecture, tant que des histoires
peuvent encore nous amuser, il n'y a pas d'Enfer qui puisse
nous distraire. A ton tour, Walter ! Raconte, tant que tu aimes
ta vie ! »
Exit le ballet, que relaie un crépitement d'ovations. Des
flammes à neuf queues se flattent et se lutinent. Le bois à
baraques poursuit sa destruction. Les pompiers accomplissent
leur mission. La chaleur serait accablante si Matern ne faisait
pas valoir des histoires de janvier poudrées à frimas : « Des
hivers aussi froids, on n'en voit que dans l'Est. Et quand la
neige tombait, c'était pour de bon et des jours entiers. Elle
recouvrait tout, oui ma foi ! C'est pourquoi, dans l'Est, les

bonshommes de neige venaient plus tôt et plus grands que dans l'Ouest. Et quand le dégel intervenait, alors il y avait à faire, oui ma foi ! Déjà mes ancêtres qui s'appelaient encore Materna, opéraient de préférence en janvier, quand la glace portait depuis Hela jusqu'aux bouches de la Vistule... »

Oh ! Matern s'y entend à remonter très loin quand l'éclairage s'y prête. Le feu sert le second service, crache des os rongés recuits et les clous rougis, mange bruyamment, lèche la bière répandue, fait exploser des batteries de bouteilles : le Reedmeister et le Stobbes-genièvre, les cruchons de Steinhäger et le double genièvre, le tord-boyau et les produits nobles, l'esprit de framboise et le Bisquit doux, l'eau-de-vie de coupage et l'arrak authentique, le Halb und halb de chez Mampe, les chevaux blancs, le cherry, la mûre noire, la chartreuse et le gin, le kummel mince, le curaçao si doux si doux, l'abbaye d'Ettal, le café des hussards... le cassis de lutteur, les spiritueux ! Quel beau mot qui va muguetant la transcendance. L'esprit s'enflamme à l'esprit, tandis que Matern, par de vastes circuits, enchaîne l'une à l'autre des Materniades. « C'étaient en effet deux frères. Et avec Gregor Materna l'histoire débute en 1488. Cette année-là, venant de Danzig, il fut à Londres où on l'outragea en lui reprochant de vendre du sel pesé à faux poids. Sur quoi le sang coula, par la mort-diable ! Alors il vint et réclama son dû, mais il ne fut pas fait droit à sa requête. Et aussitôt il fit du rébecca devant l'Artushof où personne ne devait porter d'armes, mais il en portait et en fit usage. Sur quoi il fut frappé de bannissement, palsambleu ! Mais comme il ne rechignait pas à l'ouvrage il s'aboucha avec des acolytes : les débris de la bande taillée en pièces qui, sous les yeux du compagnon-boucher Hans Briger, avait allumé des incendies comme celui-ci et commis des meurtres ; Bobrowski s'unit à lui, et Hildebrand Berwald, pour n'en nommer que quelques-uns. Bref : à Subkau il y eut ceci, à Elbing réussit cela, il s'en alla par les terres de l'Ordre teutonique, de-çà de-là, par les froids de janvier, coupa le souffle au conseiller Martin Rabenwald en le farcissant de plomb et, comme le froid ne se relâchait pas, se spécialisa dans l'incendie : Langgarten et l'église Sainte-Barbe avec l'hôpital Sainte-Barbe glapissant furent livrés aux flammes. Il mit rez-terre la jolie rue Large aux gaies peintures. Au bout du compte il fut pris et pendu par Zandor, voïvode de Posnanie. Le 14 septembre, par le diantre, 1502 ! Mais quiconque croit que l'histoire s'arrête là, il se trompe et s'en mordra les doigts. Car voici venir le frère Simon Materna qui vengera Grégoire et, été comme hiver, incendie les maisons de colombage et les magasins aux pignons ostentatoires. Dans le pays de Putzig, il entretient un dépôt de poix, de goudron et de soufre et occupe plus de trois cents filles, qui toutes doivent être vierges, à fabriquer des mèches d'amadou. Il paie les monastères d'Oliva et de Karthaus afin que les moines studieux lui confectionnent des torches. Ainsi équipé, il coiffe du coq rouge la rue du Persil et la rue des Tourneurs. Douze mille saucisses, cent trois moutons et dix-sept bœufs — sans compter la volaille, les oies du Werder et les canards kachoubes — sont rôtis à des feux allumés exprès ; quand ils ont une belle croûte dorée, il en nourrit les pauvres de la ville, les pauvres diables de l'œuvre Hakel, les infirmes de l'hôpital du Saint-Esprit, tout ce qui clopin-clopant arrive de Mattenbuden et de la Jeune-Ville. Et de passer au vernis rouge les maisons des patriciens. Dans l'élément nourri de sacs de poivre mitonne l'aliment des affamés et des malades. Oh ! Simon Materna, s'ils ne l'avaient pris et pendu, il aurait mis le feu au monde afin de donner à toute créature asservie un succulent rôti à la broche. Et c'est de lui, le premier artificier doué d'une conscience de classe que je descends, oui, ma foi ! Le socialisme vaincra, cornediable ! »

Ces clameurs, et le fou rire interminable immédiatement subséquent — Bouche-d'Or a lancé quelques histoires marrantes pour livre de lecture — vus du dehors, doivent conférer à l'incendie une touche d'infernale horreur ; car les curieux habituels, aisément sensibles à la contagion superstitieuse, ne sont pas seuls saisis d'horreur ; même les pompiers de Berlin-Ouest — bien que de naissance ils soient bons protestants — esquisseraient hâtivement un signe de croix. La vague suivante de rires infernaux balaie les quatre convois d'urgence. Les hommes casqués prennent tout juste le temps de rouler leurs précieux tuyaux. Les pompiers plantent là tout à trac l'incendie de baraque — qui, singulièrement, ne s'étend pas au reste de la rangée de baraques — et s'en vont avec leur vacarme habituel. Et nul guetteur ne se présente pour surveiller l'incendie, parce que toutes les oreilles regorgent d'épouvante : au beau milieu du feu se gobergent des hôtes infernaux qui alternativement profèrent des mots d'ordre communisants, puis éclatent d'un rire bestial et à la fin produisent en scène un ténor qui peut chanter plus haut et plus clair que les jets de flamme et la lueur du feu : des paroles latines, telles qu'on en chante dans les églises catholiques, déflorent la rue de Potsdam depuis le bâtiment du Conseil de Contrôle jusqu'au-delà de la rue Bülow.

Le Palais des Sports n'avait encore jamais entendu chose pareille : un *Kyrie* qui jette des étincelles, un Gloria in excelsis Deo qui fait joindre les mains des flammes aux longues phalanges. C'est Bouche-d'Or qui sait exécuter ces musiques. D'une voix micacée qu'amincit le citron, il croit, tandis que le feu a exterminé le troisième service et, toujours en appétit, grignote le dessert, lui, comme un enfant, franchement, il croit *in unum Deum.* Au souple *Sanctus* succède un Hosanna auquel Bouche-d'Or sait insinuer un écho polyphone. Mais comme dans l'andante sirupeux le *Benedictus* bat des records de hauteur, Matern, dont les yeux ont résisté à toutes les fumées, ne peut plus retenir ses larmes : « Epargnons-nous l'*Agnus Dei !* » Mais c'est seulement le joyeux cantique qui intercepte l'émotion de Matern, elle se communique au chien Pluto et à l'hôtesse Jenny dans un petit mouchoir de soie : Bouche-d'Or chante *Dona Nobis* le temps qu'il faut pour rendre une contenance aux auditeurs reconnaissants, le temps que toutes les flammes, flammèches et étincelles aillent dormir. Un amen à circonvolutions multiples s'étend pianissimo, comme une courtepointe sur les poutres carbonisées, le verre fondu et le ballet à air chaud incinéré de lassitude.

Et, las eux-mêmes, ils quittent, enjambant le comptoir intact, le lieu endormi de l'incendie. Prudemment, pas à pas, le chien en tête, ils gagnent la rue de Potsdam déserte que veillent seuls les lampadaires. Jenny dit combien elle est fatiguée, et veut se mettre au lit tout de suite. Il faut encore payer. Bouche-d'Or se déclare l'hôte invitant. Jenny voudrait rentrer seule : « De toute façon, personne ne me fera rien. » Mais les messieurs insistent pour la protéger. Dans la rue Manstein, en face de chez Leydicke, ils se disent bonne nuit. Devant la porte, Jenny, cette malheureuse qui est toujours de trop, opine : « Allez donc au pucier. Tas de traîneux. Demain il fera jour. »

Mais pour les deux autres, plus enclins à survivre qu'à être de trop, la nuit n'est pas encore achevée. La créature immortelle, alerte et attentive, est à quatre pattes : « Pluto, au pied ! »

Car il existe encore un reste qu'il faut épuiser. Tandis que d'une part il s'agit d'un résidu de cigarettes qui, allumées l'une à l'autre, remontent la rue Yorck, veulent longer la Bibliothèque mémoriale, il faut parler d'autre part d'un reste sans objet : il l'a entre les dents et les agace toutes les trente-deux.

Mais Bouche-d'Or apprécie cette musique : « Comme cela me fait du bien, cher Walter, comme aux défunts temps d'Amsel, de t'entendre grincer des dents. »

Matern en revanche ne veut pas s'entendre. Dans son for intérieur — car le Grinceur en a un — il organise des matches de lutte. En passant le pont de Zossen, le long du Port-Urban, les catcheurs sont aux prises. Le Diable sait qui veut tout se mettre sur le dos ! Probable que toute la gent Materna est à l'ouvrage dans le ring : rien que des colosses invaincus cherchant des adversaires à leur mesure. Bouche-d'Or est-il peut-être apte à combattre ? Voilà qu'il a repris ses propos cyniques et fume cyniquement des cigarettes qui remettent tout en question. Sa voix qui au sein du feu exultait dans un Credo univoque se brise, proche le Pont des Amiraux, en des si et des mais dissonants et rauques. Rien pour lui n'est pur. Et toujours les valeurs cul par-dessus tête, histoire que les pantalons leur tombent sur les genoux. Son sujet favori : « Les Prussiens en général et les Allemands en particulier. » Rien que de perfides louanges à l'adresse de ce peuple sous lequel il a souffert avant et après le bonhomme de neige. Ça n'est pas bien, Bouche-d'Or ! Même si on est en mai et que les bourgeons pètent : comment peut-on être amoureux de ses assassins !

Même son amour de l'Allemagne, il n'y a qu'à bien l'entendre, tresse un laurier cynique, ôté aux guirlandes de cire qui ornent les enterrements. Par exemple Bouche-d'Or sau-poudre d'aveux le Canal de la Landwehr : « J'ai, tu peux me croire, pu établir que c'est entre l'Adige et la Memel, le Belt et la Meuse, pour nous en tenir à l'hymne national, qu'est fabriquée et employée la meilleure, la plus indélébile, l'absolu-ment indestructible encre grasse. »

D'une voix à nouveau enrouée à fond, le fumeur suspend des sentences aux intervallles griffus du Quai Maybach. Le clou de cercueil qu'il fait aller d'un coin à l'autre de sa bouche parle avec lui : « Non, cher Walter, tu peux tant que tu voudras bouder ta grande patrie — moi, j'aime les Allemands quand même. Ah, comme ils sont secrets et pleins d'un oubli agréable à Dieu ! Ainsi ils font cuire leur soupe aux pois sur la flamme bleue du gaz et n'en pensent pas davantage. De plus, nulle part au monde on ne prépare des sauces farineuses aussi brunes et aussi filantes que dans ce pays. »

Mais comme le cours d'eau canalisé au courant insensible et rectiligne bifurque — à main gauche il gagne le Port de l'Est ; en face, il touche le secteur soviétique ; en remontant à droite, il se jette dans le Canal navigable de Neukölln — comme ils se trouvent avec le chien fidèle en ce lieu important — en face, c'est Treptow : qui ne connaît pas le Monument ? — Bouche-d'Or se permet un énoncé digne du canal bifurqué, mais lourd cependant d'alluvions déplorables, Matern doit entendre : « Assurément on peut dire : de chaque homme on peut tirer un épouvantail ; car enfin, il ne faut pas l'oublier, l'épouvantail est créé à l'image de l'homme. Mais parmi tous les peuples qui se maintiennent en guise d'arsenaux pour épouvantails, c'est en priorité le peuple allemand qui, plus encore que le juif, a en lui toute l'étoffe pour donner à l'univers un beau jour l'Archi-Epouvantail. »

Matern ne souffle mot. Même les petits oiseaux déjà réveillés se rendorment. L'habituel grincement de dents se fait entendre. La chaussure cherche au hasard quelque chose sur le pavé uni : il n'y a pas de pierre. Avec quoi ? Nulle part un zellack. Peut-être les chemises et chaussettes de rechange ? J'ai oublié mon rasoir dans ce bistro enfumé. Il le faut bien. Ou bien je me tire, je passe dans le secteur Est. Je voulais de toute façon, et je suis encore englué ici. Alors je...

Et il rejette en arrière sa main fermée, arme largement : quelle belle, forte pose de lanceur ! Bouche-d'Or goûte ce geste équilibré. Pluto tend les jarrets. Et Matern lance — quoi ? — le couteau retrouvé. Il donne au Canal de Landwehr, à Berlin, à l'endroit où il bifurque, ce que la Vistule rendit non sans défense. Mais à peine le couteau a-t-il disparu dans le jaillissement habituel et, à ce qu'il paraît, pour toujours, que Bouche-d'Or fait face et, bienveillant, conseille : « Eh bien, cher Walter, ne te fais pas de soucis. C'est une vétille pour moi. On asséchera la portion de canal considérée comme lieu de découverte probable. Le courant ici est imperceptible. D'ici quinze jours au plus tu auras encore ton bon vieux couteau de poche — Tu sais, il fit de nous des frères de sang. »

O impuissance qui couve des œufs d'où sortira la fureur : nue et non duveteuse ! Matern lâche un mot. O humaine fureur qui cherche toujours des mots et à la fin en trouve un ! Matern lance un seul mot ajusté qui fait mouche. Fureur, humaine fureur, jamais rassasiée, qui se répète en s'accroissant ! Plusieurs fois de suite le mot. Le chien est en arrêt. Le canal bifurque. Bouche-d'Or omet de prendre du feu à sa cigarette presque consumée. Le leitmotiv s'insinue dans le motif de mort, Matern vise et dit : « JUIF ! »

Les moineaux s'éveillent définitivement. O beau, doux matin de mai qui se lève sous le ciel biparti. O nuit passée et jour encore ailleurs. O heure intermédiaire où le mot fut prononcé : « Juif ! » ne veut pas tomber à terre, veut flotter dans l'air encore un instant.

Matern s'affaisse. Il a présumé de ses forces. C'en était trop : « D'abord le voyage interzones avec tout le tralala. Puis la tournée des bistros. Le changement d'air. La joie du revoir. Tout le monde n'y résiste pas. Toute déclaration ne concerne que les circonstances. Tout mot est de trop. Fais de moi ce que tu veux ! »

Alors la canne d'ébène de Bouche-d'Or hèle un taxi : « Aérodrome de Tempelhof. Départ. S'il vous plaît. Ce monsieur que voilà, le chien et moi sommes pressés. Nous voulons prendre le premier avion de Hanovre. Il s'agit d'inspecter une entreprise minière : les Etablissements Brauxel & Cᵒ. Ça vous dit quelque chose ? »

LA CENT TROISIÈME MATERNIADE AU NIVEAU LE PLUS BAS

Pour voyager sous terre, il faut prendre de l'élan par voie aérienne : Par British European Aiways jusqu'à Hanovre-Langenfeld. Réduire la distance résiduelle en surface plane est l'affaire de la voiture d'entreprise : on dépasse des vaches et des chantiers de construction, on prend des dérivations et des rocades qui traversent le paysage printanier, pâle pourtant. Remarquable de loin, le but est collé sur l'horizon : le terril conique, les bâtisses rouge brique ; le laboratoire, l'abri, la chaufferie, l'administration, le magasin — et dominant tous les toits, le terril et son transporteur à bennes basculantes : le chevalement aux pattes de cigogne.

A quoi bon construire encore des cathédrales quand un pareil décor soutient le ciel ! C'est la firme Brauxel & Cᵒ qui, bien qu'enregistrée au Syndicat de la Potasse de Hanovre et responsable devant l'Office des Mines de cette ville, ne produit plus une tonne de potasse et fait pourtant descendre en trois équipes : le chef porion, le chef d'équipe, le chef de canton, les ventilateurs et les piqueurs, haveurs et compagnons brevetés, en tout cent quatre-vingt-deux mineurs.

Le premier à descendre de la B.M.W. d'entreprise, c'est Bouche-d'Or ; mais tant que fonctionneront les tambours à câble du chevalement, il faudra l'appeler Monsieur le Directeur ou Monsieur Brauxel ; ainsi s'exprime le chauffeur, s'exprime le portier.

Et celui qui derrière Brauxel quitte la voiture d'entreprise n'est toujours pas Matern ; c'est un chien de berger noir adulte que tous deux, Brauxel et Matern qui enfin descend, appellent Pluto.

Ils franchissent le portail de fer forgé de l'usine, lequel fut monté au temps où s'exploitait la potasse ; le portier, pour saluer Monsieur le Directeur Brauxel, ôte sa casquette. Là-dessus Matern, dont une nuit riche en événements fabuleux, non dépourvue de propos singuliers, et un trajet merveilleusement serein par le corridor aérien Berlin-Hanovre n'ont pas entamé la faculté d'étonnement, ne peut retenir la question : « Comment se fait-il que le portier qui fonctionne ici ressemble si furieusement à mon père, le meunier Anton Matern ? »

Le Directeur Brauxel détient la réponse définitive ; il conduit son hôte vers l'abri et siffle au pied le chien Pluto comme s'il lui appartenait. « Le portier Anton Matern ne ressemble pas au meunier Matern, c'est le meunier, c'est le père. »

Matern essaie également, mais sans succès, de siffler Pluto au pied ; puis il tire la conclusion obscure mais sonore que voici : « Tout père devient le portier de tout fils. »

Le surveillant de l'abri présente ensuite à Matern un papier à signer. Car aux termes de la Police des Mines les personnes étrangères désireuses d'effectuer une descente aux fins de visite doivent confirmer leur intention par leur signature. Matern signe ; on le conduit à une cabine de bain où il doit déposer ses vêtements de voyage à côté de la baignoire sèche et mettre un vêtement de treillis clair, des chaussettes de laine, de gros brodequins, un cache-col de laine et un casque protecteur médiocrement seyant, verni jaune et neuf. Il se change pièce à pièce et, à travers la cloison de la cabine contiguë, interroge le Directeur Brauxel : « Où donc est resté Pluto ? »

Et Brauxel qui, tout directeur qu'il est, doit se changer complètement et mettre la tenue professionnelle, répond à travers la même cloison : « Pluto est près de moi. Où serait-il autrement ! »

Brauxel et Matern, suivis de Pluto, quittent l'abri. Tous deux portent à la main gauche des lampes à carbure. Ce luminaire, la tenue de treillis et le double casque jaune effacent les différences entre le directeur de l'exploitation et le néophyte. Tandis qu'ils suivent l'allée bordant le bâtiment administratif, un petit homme bossu, que ses protège-manches désignent comme un chef-comptable, sort du portail et contraint le double travesti à faire une pause. Brauxel, à la requête du comptable supposé, doit délivrer quelques signatures échues en son absence. Le comptable se réjouit de faire la connaissance de Monsieur Matern junior, et, en lançant le salut traditionnel : « *Glück auf !* », libère l'accès du chevalement.

Et tous deux, Matern et Brauxel, suivis du chien, traversent l'emprise ; des bulldozers, sur l'avant desquels sont montés des élévateurs, véhiculent en tous sens des quantités de caisses clouées ; mais ce qu'on entrepose, conditionne ou stocke en silos n'est pas de la potasse.

Et comme ils arrivent au pied du chevalement et que Brauxel va pour gravir en tête l'escalier de fer conduisant au palier de chargement, Matern demande : « Le chien va-t-il peut-être descendre ? » Brauxel, sans plaisanter, dit : « Tout chien vient d'en bas et doit retourner en bas, à la fin. »

Matern a des scrupules : « L'animal n'est encore jamais descendu au fond. »

A quoi Brauxel, d'un ton sans réplique : « Le chien appartient à l'entreprise ; il faudra qu'il s'habitue. »

Matern qui voici quelques heures possédait encore un chien, ne peut s'accommoder de cette perte : « C'est mon chien. Au pied, Pluto ! » Mais Brauxel siffle, et le chien de berger noir s'engage devant eux, dans l'escalier menant au palier de chargement qui engaine le chevalement à mi-hauteur. Le vent balaie la plateforme. La machine motrice placée obliquement en contrebas, par l'intermédiaire d'une poulie Koepe, met en mouvement au-dessus d'eux les tambours à câbles. Le câble supérieur et le câble inférieur filent et laissent à peine deviner que la benne est en mouvement.

Des coups de cloche — quatre fois le signal annonciateur : « Ralentir ! » — annoncent que la benne remonte de la recette. Matern fait une proposition avant qu'il ne soit trop tard : « Si on laissait Pluto sur le palier de chargement. Qui sait comment il va supporter une descente aussi rapide ; et en bas ce doit être une chaleur infernale. »

Ils alourdissent déjà la cage — Pluto se tient entre Brauxel et Matern — quand le directeur est disposé à répondre. Des

grilles ferment la cage. Le garde-taquet frappe trois coups pour
« Chargez ! » ; cinq coups déclenchent la descente, et Brauxel
dit : « Tout enfer a son climat. Il faudra que le chien
s'habitue. »

Déjà la dernière lumière du jour est restée là-haut. La
descente de la plateforme — trente-cinq mètres au-dessus du
sol — jusqu'à la recette située au niveau principal d'exploitation — huit cent cinquante mètres au-dessous de la surface du
sol — inaugure la visite officielle de l'exploitation, organisée
pour le touriste Walter Matern afin qu'il se cultive sur place.

Et il lui est conseillé d'ouvrir la bouche et de respirer
régulièrement. La pression dans les oreilles s'explique par la
vitesse de descente ; la légère odeur de brûlé par le frottement
de la cage descendante contre les rails-guides du puits de
sortie. Le courant d'air venu d'en bas a les doigts toujours plus
méridionaux et se faufile dans le treillis par les jambes de
pantalon. Matern croit avoir remarqué que Pluto tremble ;
mais Brauxel est d'avis que n'importe qui tremblerait en
descendant aussi bas en moins d'une minute.

Avant qu'ils n'atteignent le chantier de chargement il
explique à Matern, afin qu'il se cultive, les rendements
enregistrés au temps où l'on exploitait la potasse, et ceux que la
firme Brauxel & C° a derrière elle. Les mots poids mort et
charge utile tombent à quinze mètres-seconde. Tandis que la
descente se poursuit à vitesse constante, on parle de pauses de
relève et de vérifications de câbles : sept fois trente-deux fils et
un noyau d'acier habillé de chanvre-sisal forment le câble
porteur. Des relâchements extérieurs du câble, ayant pour
effet de surcharger le noyau d'acier, des déformations spirales,
dites « klanken » et les torons sautés sont les causes principales
des ruptures de câbles, rares d'ailleurs. Ne pas oublier la
rouille qui entame le câble même pendant qu'il court. C'est
pourquoi il faut un graissage, mais non acide ; mais jamais sur
toute la longueur du câble ; chaque fois sur cent mètres
seulement afin que le lubrifiant frais n'aille pas sur la poulie
Koepe ; car le câble au bout duquel nous tombons est l'âme de
toute l'exploitation, l'alpha et l'amen ; il ramène au jour et
emmène au fond ; donc malheur, s'il !

Ainsi Matern ne trouve pas le loisir de prendre garde aux
titillations gastriques qu'on observe déjà lors d'un vulgaire
parcours en ascenseur. La pression aux tempes et les yeux
saillants restent virtuels parce que Brauxel lui décrit schémati-
quement l'aménagement du puits depuis le toit abritant les

tambours à câbles jusqu'à la station inférieure et au puisard.

Par quatre coups avertisseurs, et un coup d'arrêt, le garde-taquet met fin à cette leçon que Brauxel, en moins d'une minute, put entonner au néophyte Matern. La chute au bout d'une corde stimule l'aptitude de l'homme à recevoir et à retenir.

Le chantier de chargement offre un éclairage électrique. Pluto en tête, ils foulent le niveau d'exploitation et répondent au « *Glück auf !* » du chef de canton Wernicke lequel, sur injonction de la surface, quitta le niveau de foudroyage où il avait à contrôler les portes étanches afin de donner au néophyte Matern un tableau de la mine.

Mais Brauxel, qui sait par cœur toutes les chambres à degrés déblayées, tous les niveaux secondaires, tous les couloirs d'entrée et tous les puits aveugles, comme si c'était cette Vieille-Ville biscornue où il fit ses études, avertit le chef de canton : « Mais pas de digressions, Wernicke ! Commencez, selon l'usage du pays, par décrire la situation après 45 et venez-en ensuite à l'essentiel, à savoir l'arrêt de l'exploitation de la potasse et le début de l'exploitation des produits finis portant le label des Etablissements Brauxel & C°. »

Ainsi admonesté, et soutenu par le trafic sur trois voies fonctionnant sur le chantier, le chef de canton commence à brosser un tableau de la mine : « Après 45 donc, comme l'a déjà dit Monsieur le Directeur, nous n'avions maintenu que trente-neuf pour cent de la production de potasse d'avant-guerre. Le reste et, je dois le dire, les mines de potasse les plus modernes et les plus grandes de l'époque étaient à la disposition de l'Allemagne centrale sous occupation soviétique. Mais, si défavorables qu'aient été pour nous les perspectives initiales, au milieu de 53 nous avions déjà largement débordé la production de la Zone orientale, bien qu'à cette date notre mine ait déjà arrêté l'exploitation de la potasse et se soit mise aux produits finis. Mais pour en revenir à la production de potasse : nous avions ici affaire à des gisements déjà exploités à la mine de Salzdetfurth, s'étendant de la partie orientale de la forêt de Hildesheim par Gross-Giesen, où nous exploitions, jusque vers Hasede, Himmelsthür, Emmerke et Sarstedt. Ce sont des couches de sel situées normalement à trois mille mètres de profondeur, mais relevées par compression latérale en plis diapirs recouverts par les seules couches de grès bigarré. Nous pouvions compter sur une dorsale suivant l'axe du pli diapir sur une longueur de quelque dix-neuf kilomètres, dont six virgule cinq étaient accessibles par puits de mine au moment où la firme Brauxel & C° arrêta l'exploitation. Notre mine dispose de deux puits séparés par une distance de trois kilomètres et atteignant la cote 850 au niveau principal d'exploitation. Les deux puits, l'un comme puits d'exploitation, de descente et de ventilation, l'autre comme puits d'évacuation d'air, sont reliés horizontalement par quatre niveaux principaux ou étages. A ces niveaux sont poussées les galeries d'accès aux chambres à degrés. Jadis, le niveau principal d'exploitation était à la cote 734. C'est là que fut exploité l'excellent gîte de Ronneberg : presque toujours 24 % de sylvinite et tout juste 14 % de carnallite sur une puissance atteignant vingt mètres. Quand, en février 52, on commença à travailler à la foreuse et aux explosifs le gisement de réserve de Stassfurt, la Wintershall A.G. reprit les Mines de Potasse de Burbach et notre mine, sous prétexte que le gisement de Stassfurt s'était avéré d'une puissance insuffisante, fut d'abord louée, puis cédée aux Etablissements Brauxel & C°. Mais la plus grande partie du personnel resta cependant à l'entreprise parce qu'en sus du dédit et de la prime de fond de deux marks cinquante par équipe, nets d'impôt, on nous promit une indemnité supplémentaire pour activité non-minière. Mais cette prime ne nous est versée régulièrement que depuis juin 53, date à laquelle nous fîmes quinze jours de grève contre la direction. Il faudrait encore mentionner qu'une centrale thermique autonome, avec turbines à vapeur et centrale de distribution annexées, nous fournit le courant-force et la chaleur. Parmi les soixante-huit chambres à degrés incomplètement évacuées à l'époque, trente-six durent être foudroyées pour raisons de sécurité ; les trente-deux autres, après des semaines d'enquêtes menées par la Police des Mines compétente, furent déclarées bonnes pour les besoins d'exploitation de la firme Brauxel & C°. Au début, nous autres mineurs chevronnés, nous eûmes du mal à renoncer à nos habitudes, à l'abattage dans les chambres à degrés, à la desserte des trémies, des scrapers et des couloirs à secousses ; cependant nous nous sommes habitués aux nouvelles conditions de travail qu'au début nous trouvions aberrantes, surtout que, grâce à l'attitude intransigeante de Monsieur Brauxel vis-à-vis de l'Office des Mines compétent, nous sommes demeurés inscrits à la Confrérie des Mineurs. »

Brauxel, le directeur, prend la parole : « Bon, bon, Wernicke ! Et que personne ne s'avise de placer la potasse, la houille et le minerai au-dessus de nos produits finis. Ce que nous amenons à la lumière du jour est présentable sous quelque angle qu'on le regarde ! »

Mais le néophyte Walter Matern demande pourquoi le chantier de chargement est hanté d'une odeur, une odeur de quoi, venant d'où, résultant de quels mélanges ; le directeur et le chef de canton concèdent que l'odeur date encore du temps où l'on extrayait la potasse : « On retrouve dans le mélange l'émanation des eaux saturées de sel natif, telle que la dégagent les déblais humides ; l'odeur terreuse du grès bigarré et les fumées des tirs restées en suspension : elles contiennent du salpêtre parce qu'on a jadis employé la Donarite-gélatine pour abattre les fronts de taille. De plus, des combinaisons sulfurées formées à partir des algues et animalcules marins, mêlées à l'ozone produit par les étincelles des locomotives électriques à trolley, chargent l'atmosphère à tous les niveaux et dans les chambres à degrés. Autres composants de l'odeur : poussières salines mobiles ou en dépôts, fumées de carbure provenant des lampes, traces d'acide carbonique, graisse et — quand la ventilation laisse à désirer — on peut subodorer quelle bière était bue ici du temps qu'on exploitait la potasse, et quelle bière on boit encore maintenant que sont exploités les produits finis Brauxel : Pils de Herrenhausen, la bière en bouteilles marquée à l'emblème de la Basse-Saxe : le cheval. »

Et le néophyte Matern, instruit de l'odeur qui prédomine dans toutes les galeries bien aérées et toutes les chambres faiblement aérées, trouve que non seulement ça sent fort, mais que l'air arrivant du niveau principal d'exploitation à la recette apporte une écrasante chaleur, bien qu'il existe à la surface un stock considérable d'air printanier.

Ils se mettent en route ; le chien les suit ; ils se meuvent d'abord à l'horizontale au moyen de la draisine électrique, le long du niveau d'exploitation ; puis ils s'élèvent à la verticale jusqu'au niveau de foudroyage — cote 630 — pénètrent dans une accablante atmosphère d'août, faite par en haut de lessive saline, par en bas de combinaisons sulfurées et, tout en bas, de fumées d'explosifs anciennes et d'ozone frais émoulu du trolley. La sueur sèche plus vite qu'elle ne sort.

Alors Matern dit : « Ma foi, ici c'est l'Enfer ! »

Mais le chef de canton Wernicke rectifie : « Ici l'on se contente de préparer les matériaux destinés à la mise en œuvre. C'est-à-dire, suivant le programme de notre visite, que dans la première chambre à degrés sont déflorés les matériaux neufs importés de la surface. »

Le chien en tête, ils pénètrent par l'étroit couloir d'accès dans la première chambre à degrés. S'ouvre une halle vaste comme un vaisseau d'église. Les strates salines — en haut le toit, sur les côtés les flancs, en bas le plancher — marquées de trous de barres de mine proprement coupés verticalement par leur milieu, courent vers le front de la chambre ; on y pressent l'emplacement d'un autel, tant elle s'élève en sa sublimité sacrée. Mais il n'y a que de vastes bacs, seize de chaque côté, alignés de l'entrée de la chambre jusqu'au fond, à hauteur de lit ; en leur milieu ils laissent assez de place pour une coursive de desserte où évolue Heinrich Schrötter, ci-devant tireur, armé d'une longue perche qui se termine en cuiller.

Et le préparateur de tous les bains alcalins de la première chambre à degrés informe le néophyte Matern : « Nous travaillons pour l'essentiel des cotonnades, des fibrannes, des popelines, du sergé et des flanelles à rétrécissement rapide, de même des tricots, des taffetas et des tulles, mais aussi des soies artificielles ou grèges, l'autre jour un poste assez important de velours lavable et douze balles de moiré ; à l'occasion on nous demande aussi des contingents petits à moyens de cachemire, de batiste et de chiffons au mètre. Aujourd'hui, depuis le début de l'équipe de nuit, huit balles de lin d'Irlande, en vingt et un pouces de largeur non lavé, se trouvent au premier état de la défloration, de même un lot de peaux brutes, en majorité du poulain, de la patte d'astrakan ou de la chèvre du Cap ; et dans les trois dernières cuves, en haut à gauche, sont quelques brocarts, un assortiment de malines, ainsi que de petites quantités de piqué, de crêpe de Chine et de cuir naturel en cours de défloration. Les autres cuves de grande capacité déflorent des doublures, du treillis, des sacs à oignons, de la toile à voile anglaise et des cordages de toutes grosseurs. Nous travaillons surtout avec des bains décomposants à froid, obtenus à partir d'eau de déblais banale avec une petite dose de chlorure de magnésium. Quand on nous demande une forte défloration de matériaux neufs, alors seulement nous déflorons à l'aide de bains sylviniques à chaud avec addition de bromure de magnésium. Tous les bains décapants, en particulier les bromurés, demandent une aération très au-dessus de la moyenne. Mais malheureusement, et Monsieur Wernicke, notre chef de canton, le confirmera, le niveau 630 n'était pas encore réglementairement aéré quand on travaillait encore à la dynamite pour ouvrir ici des chambres à degrés. »

Mais Brauxel, le directeur, prend à la légère le rappel à l'ordre concernant l'aérage insuffisant : « Ça s'arrangera, les enfants, dès que nous aurons les ventilateurs centrifuges pour accélérer le débit de la ventilation. »

Et ils quittent la première chambre à degrés où, sur les bains, se tordent en écheveaux des vapeurs blanches et, suivant le chef de canton qui élève sa lampe, ils accèdent à la seconde chambre à degrés dans laquelle des étoffes déjà décapées et des étoffes neuves sont déflorées à sec : une excavatrice, actionnée par un système de treuils, portée par un câble, roule une montagne d'étoffes sur du stérile demeuré du temps où l'on extrayait la potasse.

Mais quand avec le chien alerte ils entrent dans la troisième chambre à degrés, pas de treuils bruyants, pas de fumées de chlorure de magnésium ; des récipients pareils à des armoires exposent à la silencieuse injure des mites la confection pour hommes et les pièces d'uniformes. La confection ici déflorée n'a besoin d'être travaillée que pendant une semaine. Mais Wernicke, le chef de canton, dispose de la puissance des clés et ouvre l'une des armoires spéciales : aussitôt, un nuage argenté de mites s'en échappe. La porte est refermée.

Quatrième chambre à degré : il faut subir l'explication d'un parc de machines qui, servies par de ci-devant transporteurs et haveurs, d'une part déchirent encore un coup les tissus déflorés par les bains, les excavatrices et les mites, les exposent à une chaleur brûlante, les tachent d'huile, d'encre et de vin ; qui d'autre part recoupent les tissus au terme de la défloration selon des patrons, les doublent et les cousent. Le directeur avec le chien, le chef de canton et le néophyte Matern entrent dans la cinquième chambre à degrés ; elle n'est pas sans ressembler à un chantier de casse.

Des ferrailles comme on en obtient en surface, là tout s'use ; comme il s'en empile dans les cimetières d'autos, comme en pondent les grandes actions guerrières, comme les démontages les rendent superflues, des ferrailles sélectionnées après des explosions de chaudières ; une anthologie de la ferraille gît ici entassée, circule sur des tapis roulants, est démêlée par des chalumeaux, prend des bains antirouille, se cache pour peu de temps, se galvanise et reprend le tapis roulant ; le montage progresse, les articulations à genouillère l'actionnent, le sable d'épreuve n'arrête pas les mécanismes, des tambours à godets entraînés par chaînes sans fin et déplaçables s'organisent en trajets de transport acheminant des wagonnets vides. Des bielles, des transmissions, des palans, des centrifugeuses oscillantes et autres bricoles obéissent à des moteurs électriques. Dans des carcasses à hauteur d'homme sont suspendus des monstres mécaniques. Dans des squelettes industrieux, des monte-charges, sur un rythme traînant, rampent à la verticale de palier en palier. Dans des thorax bombés, rigides, des martinets ont assumé la charge interminable d'attendrir de bruyantes billes d'acier. Quel vacarme !

Il s'accroît dans la sixième chambre explorée aux fins de visite instructive. Et vient à leurs oreilles ce qui d'abord inspire au chien Pluto une certaine agitation, puis des hurlements qui s'élèvent le long des degrés tardivement gothiques.

Alors le néophyte Matern dit : « C'est réellement l'Enfer ! Nous aurions dû laisser le chien là-haut. Cet animal souffre. »

Mais Brauxel, le directeur, estime que le hurlement de chien, envoyé perpendiculairement dans les degrés, se mêle harmonieusement à l'électronique préalablement testée des armatures en cours de fabrication : « Ce qu'on appelle ici, non sans précipitation, l'Enfer, donne en tout cas leur salaire et leur pain à trente mineurs par équipe, instruits par des métalloplasticiens de renommée internationale et des acousticiens ayant reçu une formation universitaire. Notre chef de canton, le bon Monsieur Wernicke, nous confirmera que des compagnons et des piqueurs travaillant aux mines depuis vingt ans sont prêts à trouver l'Enfer partout à la surface, mais ne trouvèrent au fond la confirmation d'aucun Enfer ; même quand la ventilation travaille mollement. »

Alors le chef de canton plein d'expérience hoche la tête à plusieurs reprises en guise d'affirmation ; il conduit son directeur, dont le chien persiste à hurler, et le néophyte de passage hors de la sixième chambre où le bruit se poursuit sans arriver à se rattraper ; ils traversent le couloir d'accès ; la galerie d'exploitation les accueille par un silence croissant.

Et ils suivent sa bourdonnante lampe à carbure jusqu'au puits d'exploitation qui, au début de la visite, les amena du niveau principal d'exploitation au niveau de foudroiement et à celui du refoulement de l'air usé.

Nouvelle descente, brève, jusqu'au niveau partiel courant sous eux que le chef de canton, selon l'usage ancien, appelle « niveau principal d'abattage » tandis que le directeur l'appelle « secteur des disciplines de premier rang ».

Dans les septième, huitième et neuvième chambres à degrés sont démontrées au néophyte, histoire de l'instruire, trois émotions de base et leur effet d'écho.

Et une fois encore Matern est assez présomptueux pour s'écrier : « C'est l'Enfer, ma parole ! » bien que les lamentations, avec toutes leurs variétés humaines, n'entraînent aucune effusion de larmes. L'émotion à sec transforme la chambre en une vallée des gémissements. Des armatures, à peine ressuscitées de la ferraille sous forme de squelettes, pourvues de mécanismes silencieux ou bruyants, puis mises à l'épreuve de séries de tests acoustiques, se trouvent maintenant enveloppées de lamentables guenilles et forment, sur le sol scrapé à vif, des cercles où la plainte court en rond. Et chaque cercle s'est proposé une autre tâche lacrimatoire et qui pourtant se perd dans les sables arides. Ici, ça commence. Le cercle voisin ne peut pas cesser de geindre. Ce cercle-ci sanglote profondément dans ses intérieurs. Un hurlement qui s'enfle et se rétrécit bossèle et étire ce cercle-là. Des pleurnichements, étouffés, comme par des oreillers ; ça couine comme si le lait avait brûlé. Ça mouine, le mouchoir entre les dents. La détresse est contagieuse. On est tordu de spasmes et menacé du hoquet. Geignard à pleurard : Susi qui piaule, et Lisi qui miaule. Et par-dessus les épaules secouées, les poings qui frappent les poitrines, et la délectation morose, une voix prête à pleurer lamentablement débobine des histoires à mouchoirs, des histoires à morve au nez, des histoires à l'eau courante, des histoires à fendre les pierres. « Et alors le méchant bailli dit à la pauvre petite marchande de fleurs transie. Mais lorsque le pauvre enfant éleva ses mains implorantes devant le riche paysan. Et comme la disette allait croissant, le roi ordonna qu'à un sur trois de ses sujets. La vieille femme aveugle se sentait si seule qu'elle crut devoir. Et comme le jeune et vaillant guerrier gisait dans son sang. Alors, comme un linceul, le deuil s'étendit sur la contrée. Les corbeaux croassaient. Le vent gémissait. Les chevaux boitaient. Dans la charpente, le ver des morts faisait tic-tac. Malheur ! Malheur ! Malheur sur vous ! Il ne restera pierre sur pierre et nul œil ne demeurera sec. Malheur ! »

Mais celui qui, en la chambre septième, est soumis à la discipline des pleurs n'a pas de glandes disponibles pour ouvrir les écluses à l'eau des yeux. Même le jus d'oignon serait ici d'un médiocre secours. Les automates pleurent, mais la pièce de monnaie ne tombe pas. Et comment cela serait-il possible, sous le toit de sel, sur le sol de sel, entre les parois de sel, de faire jaillir par cet entraînement des sources dont le résidu cristallin séduirait une chèvre ?

Et, après tant de vanités, le directeur avec chien et le chef de canton, escorté du visiteur, quittent la septième chambre de la première émotion pour suivre en silence la galerie d'exploitation ; puis la lampe du porion les introduit, par la galerie d'accès, dans la huitième chambre qui semble presque trop exiguë pour une vaste rigolade.

Alors Matern, une fois de plus, ne peut garder pour lui son exclamation : « Quels rires d'Enfer ! » Mais en vérité — ainsi que le rappelle aussitôt le directeur Brauxel — on ne recueille dans la huitième chambre que les possibilités de la seconde émotion, celle du rire humain. Nous connaissons la gamme depuis le rire sous cape jusqu'au rire à en crever. « Il est nécessaire de souligner » ainsi parle le chef de canton Wernicke, « que dans le cadre de l'entreprise la huitième chambre est la seule qui, par suite des constants ébranlements saccadés qu'elle subit, ait dû être protégée contre l'éboulement du toit par trois séries de piliers du meilleur bois de mine. »

C'est assez compréhensible quand on entend des châssis qui l'instant d'avant, enveloppés de toiles à sac, travaillaient la tristesse et le deuil, maintenant hennir, raire, braire, rire, bruire, déguisés de motifs écossais et de chemises de cow-boy également déflorés. Ils se plient, se couchent, se roulent par terre. La mécanique qui leur est propre leur permet de se tenir le ventre, de se taper sur les cuisses et de trépigner. Et tandis que les membres accèdent à l'autonomie, par un orifice de la grosseur du poing s'échappent : le rire qui tue et qui guérit, le rire de vieillard, soutiré de tonneaux à bière ou de caves à vin, le rire d'escalier et d'antichambre, le rire insolent, l'irraisonné, le satanique, le sardonique, voire le rire fou et désespéré. Cela résonne dans la futaie de pierre d'une cathédrale, se mêle, se copule, se multiplie, c'est un chœur à bout de souffle ; voici rire la compagnie, le régiment, l'armée, toutes les volailles ; homériquement, les dieux ; tous les gens de Rhénanie ; toute l'Allemagne rit de, avec, malgré, sans fin, son rire d'épouvantail.

C'est le visiteur profane Walter Matern qui prononce en premier lieu la parole qualifiante. Et comme il n'a été corrigé ni par le directeur, ni par le chef-porion, quand il a parlé de « rires d'Enfer », il donne à ces plaisanteries qui circulent entre les automates hilares qu'il faut bien appeler épouvantails l'étiquette de plaisanteries pour épouvantails. « Tu connais celle-ci ? Deux merles et un sansonnet se rencontrent à la Gare centrale de Cologne... Ou celle-là ? Une alouette veut aller à Berlin par le train interzones pour la Semaine Sainte et, quand elle arrive à Marienborn... Ou bien celle-ci, la dernière : trois mille deux cent trente-deux moineaux veulent aller ensemble au claque-dents et, quand ils en sortent, l'un d'eux est plombé. Lequel ? Non ! Ecoute, écoute ! Je recommence : Trois mille deux cent trente-deux moineaux... »

Alors le visiteur Matern opine qu'à son goût cette sorte d'humour est exagérément cynique. Pour lui, l'humour aurait un effet de libération, de guérison, voire souvent de rédemption. Il regrette l'absence de chaleur humaine ou encore de bonté, de l'humain. On lui promet ces qualités pour la neuvième chambre. Sur quoi tous, avec le chien Pluto qui ne rit jamais, se détournent des rires d'épouvantails et suivent la galerie de desserte jusqu'à un diverticule qui prend à gauche et promet la chambre qu'habite la troisième émotion principale.

Et Matern soupire, parce que l'avant-goût de l'aliment non encore servi sur table lui frappe d'amertume le palais. Alors Brauxel se doit d'élever une lampe curieuse et de demander en quoi il y a ici matière à soupirs. « Le chien me fait de la peine ; au lieu de galoper là-haut où est le vert mois de mai, il faut qu'il reste au pied et supporte cet Enfer organisé. »

Mais Brauxel, qui ne tient pas à la main la simple canne traditionnelle, mais une mince canne d'ébène à poignée d'ivoire qui, peu d'heures auparavant, appartenait à un fumeur immodéré qui se laissait appeler Bouche-d'Or, ne fume jamais au fond, mais parle : « Si cette exploitation qui est nôtre doit absolument être appelée Enfer par un visiteur profane, il lui faut aussi un chien d'Enfer qui lui appartienne en propre ; voyez seulement comment, par l'office de la lampe, la bête apprend à jeter devant soi une ombre infernale qui dévore la galerie de desserte ; déjà elle est aspirée par la galerie d'accès. Nous devons la suivre ! »

La haine aux yeux rapprochés, la fureur inoxydable, la vengeance froide et chaude tiennent école ici. Des épouvantails qui, drapés de guenilles, servaient une pompe lacrimale votant toujours non, des épouvantails qui, en carreaux multicolores et barbouillés en tape-à-l'œil, laissaient se dévider leur dispositif humorigène incorporé, les mêmes, en tenue de combat, gonflés de vent, tendus à éclater, dont sept batailles d'encerclement gravèrent les déflorations multiples, sont là dans la salle bien dégagée, chacun à part. Ce sont là des devoirs de classe imposés à la rage, à la haine et à la vengeance : il faut tordre en points d'interrogation et autres arabesques des barres de mine normalement constituées. La fureur déjà souvent recollée éclate pour se regonfler du souffle de ses propres poumons. La haine aux yeux rapprochés doit se percer le genou au fer rouge. La vengeance froide et chaude doit faire les cent pas — Ne vous tourmentez pas, la vengeance est là ! et broyer entre ses dents grinçantes des cuillerées de cailloux quartzeux.

Tel est le son émis par l'aliment dont le néophyte Matern avait saisi l'avant-goût. Ordinaire de pension. Pitance pour épouvantails. Car la fureur et la haine qui ne se suffisent pas d'éclater et de se percer au fer rouge, à qui la flexion des barres de mines ne semble pas suffisamment expressive, la haine de la fureur briseuse de soupapes et du cautère se gavent à pleines cuillerées à des crèches que deux manœuvres des Etablissements Brauxel & C°, d'heure en heure, regarnissent à belles pelletées des cailloux entreposés, à la surface où verdit le mois de mai, afin d'alimenter le grincement de dents.

Alors Matern, qui depuis sa jeunesse grinçait des dents au moindre attouchement de la fureur, à la moindre injonction de regarder quelque part que lui formulait la haine, et lorsque la vengeance le faisait aller et venir, Matern se détourne de ces épouvantails qui ont élevé sa manie au rang d'une discipline universelle.

Et au chef de canton qui, la lampe haute, les conduit de la neuvième chambre à la galerie de desserte, il dit : « Je peux me représenter que ces épouvantails exagérément expressifs se vendent bien. L'humanité aime voir son image en proie à une aussi aveugle fureur ! »

Mais Wernicke, le chef de canton, rétorque : « Certes, nos modèles à acoustique dentaire étaient très demandés au début des années cinquante, tant en Allemagne qu'à l'étranger ; mais aujourd'hui que la décennie a gagné en maturité, nous ne plaçons plus que dans les jeunes Etats africains des assortiments basés sur la troisième émotion principale. »

Sur quoi Brauxel, avec un fin sourire, tapote l'encolure du chien Pluto : « Ne vous faites pas de soucis pour des difficultés de vente des Etablissements Brauxel & C°. Même la haine, la fureur et la haine vagabonde reviendront un jour à la mode. Une émotion principale favorisant le grincement de dents n'est pas, tout compte fait, un quelconque succès d'une saison.

Quiconque veut supprimer la vengeance se venge par là même de la vengeance. »

Voilà une phrase qui monte avec eux dans la draisine électrique et a besoin d'être ruminée au long d'un parcours traversant deux portes étanches, devant des puits hors service grillagés et des chambres à degrés foudroyées. Il leur faut atteindre le terminus, où le chef de canton leur promet la visite des chambres dixième à vingt-deuxième pour que la phrase formulée par Brauxel sur l'impossibilité de supprimer la vengeance tombe dans l'oubli sans pourtant y perdre de sa concision.

Car dès les chambres à degrés dixième, onzième et douzième où sont effectués les exercices sportifs, religieux et militaires, c'est-à-dire où l'on travaille les relais, les processions à cloche-pied et les relèves de la garde, la fureur, la haine et la vengeance vagabonde, donc impossible à supprimer, et avec elles la pompe lacrimale sans effet et le dispositif humorifique incorporé, bref, les larmes, le rire et le grincement de dents, donc les émotions principales forment la base fondamentale sur laquelle des épouvantails sportifs, des pénitents-épouvantails et des recrues-épouvantails de fraîche date peuvent amener presque au niveau du record le saut à la perche, la course sur pois secs et le combat rapproché. Leur façon de se battre d'une tête, de réussir en un temps toujours plus réduit l'érection de la croix, de franchir les barrages de barbelés non pas à l'aide d'une cisaille renforcée vieux style, mais en les avalant y compris les barbelures, pour les éliminer ensuite sans épines à la façon des épouvantails, cela mérite d'être inscrit sur des tablettes, et d'ailleurs y est inscrit : des membres du personnel de Brauxel & C° mesurent et enregistrent des meilleurs temps d'épouvantail et des longueurs de chapelets. Trois chambres ouvertes au temps où l'on extrayait la potasse et portées aux dimensions d'une salle de gym, d'un vaisseau d'église, d'une tour de DCA aux larges épaules fournissent par équipe à plus de quatre cents épouvantails ayant l'esprit d'équipe, d'épouvantails-alléluia et d'épouvantails du dernier quart d'heure l'espace nécessaire au déploiement de leurs forces à commande électronique. Provisoirement commandées à distance — la Centrale se trouve où était jadis la plate-forme des treuils — donc téléguidées, les fêtes sportives indoor, les messes pontificales et les manœuvres d'automne, et inversement aussi le sport pour recrues, les offices divins en campagne et la bénédiction des armes-épouvantails bonnes pour la ferraille remplissent les emplois du temps afin que plus tard, en cas de besoin, comme on dit, tout record soit battu, tout hérétique démasqué, tandis que tout héros trouvera victoire à sa pointure.

Le directeur avec son chien et le chef de canton Wernicke avec le visiteur quittent les sportifs souillés de lessive, les épouvantails aux frocs miteux et, déshonoré par le scraper, ce treillis d'armée qui doit crapahuter, progresser par bonds vers l'ennemi, tandis qu'identiquement l'ennemi-épouvantail crapahute ; car sur l'horaire il est écrit : Crapahutage. Progression par bonds. Prise de contact en crapahutage.

Mais tandis qu'au cours de la visite qui se déroule les chambres treizième et quatorzième sont embrassées du regard, ce ne sont plus le maillot de sport, le rouge enfant de chœur et les tenues de panthère qui vêtent les collections d'épouvantails à l'instruction ; au contraire, le ton des deux chambres est résolument civil. Car en la familière et l'administrative chambre on développe, éduque et met au service de la pratique, c'est-à-dire de la vie quotidienne, les vertus démocratiques de l'Etat-épouvantail, dont la constitution prend en juste considération les besoins civils. En bonne harmonie, les épouvantails sont à table, devant l'écran de télévision ou bien dans des tentes de camping mangées aux mites. Des familles d'épouvantails — car elles sont les cellules de l'Etat ! — sont instruites de tous les articles de la Loi fondamentale fédérale. Des haut-parleurs proclament ce que les lignées répètent unanimes, le préambule pour épouvantails : « En pleine conscience de sa responsabilité devant Dieu et les hommes, animé de la volonté de garantir l'unité-épouvantail national et politique... » Ensuite, l'article Un de la dignité des Epouvantails, qui serait intangible. Ensuite le droit, consigné à l'article Deux, au libre développement de la personnalité épouvantaillante. Puis celui-ci et celui-là, enfin l'article Huit accordant à tous épouvantails le droit de se rassembler paisiblement et sans armes sans préavis ni autorisation. De même l'article vingt-sept : « Tous les épouvantails de sang allemand sont égalitairement frappés de la marque de fabrique des Etablissements Brauxel & Cᵒ » est salué d'un hochement de tête respectueux par les familles d'épouvantails ; de même est accueilli sans contradiction l'article seize, alinéa deux : « Les personnes en butte à la persécution politique jouissent du droit d'asile au fond. » Et toute cette politologie, depuis l' « universelle liberté d'engueulade » jusqu'à l' « indignité nationale d'office », est travaillée

dans la quatorzième chambre : des épouvantails munis du
droit de vote vont aux urnes ; des épouvantails discuteurs
discutent les dangers de l'Etat-Providence ; des épouvantails
dont la verve journalistique s'épanche dans une gazette à
parution quotidienne renvoient à la liberté de la presse ; le
Parlement se réunit ; la Cour de Cassation-Epouvantail rejette
en dernière instance ; l'opposition soutient le parti gouvernemental dans les affaires de politique étrangère ; on pratique le
monolithisme ; le Fisc tient la main ; la liberté de coalition
associe des chambres situées à des niveaux d'exploitation
différents ; aux termes de l'article un B, trois a, la psychanalyse
d'épouvantails à l'aide du détecteur de mensonge lancé par les
Etablissements Brauxel & Cᵒ est prohibée comme anti-consti-
tutionnelle ; l'Etat fleurit ; rien n'entrave la communication ;
l'auto-administration des épouvantails garantie par l'article
vingt-huit, a trois commence sous terre et s'étend à la surface
plane ou montueuse du sol jusqu'aux champs de blé canadiens,
jusqu'aux rizières indiennes, jusqu'aux immenses régions que
l'Ukraine emblave en maïs, partout où des produits des
Etablissements Brauxel, donc où des épouvantails de telle ou
telle fabrication remplissent leur office et crient halte aux
voracités des oiseaux.

Mais le néophyte Walter Matern, après que les niveaux
d'exploitation treize et quatorze ont montré leur face civile et
civique, répète cependant plusieurs fois : « Mon Dieu, c'est
l'Enfer ! L'Enfer véritable ! »

Pour démentir l'opinion du visiteur Matern, le chef de
canton Wernicke, lampe haute, conduit Walter Matern, le
directeur et le chien docile aux quinzième, seizième et dix-
septième chambres où sont logés l'Eros déchaîné, l'Eros inhibé
et le solipsisme phallique.

Car ici l'on tourne en dérision toute discipline uniforme et
toute dignité civile, parce que la haine, la rage et la vengeance
vagabonde qui à l'instant semblaient domptées puisque objet
d'administration, de nouveau s'épanouissent, tendues de peau
déflorée malgré le rose de la chair. Car tous les épouvantails
déchaînés, inhibés et solipsistes phalliques rongent tous le
même gâteau dont la recette mêle à sa pâte tous les désirs, et
qui pourtant ne rassasie personne, quelque ardeur que mette
cette foule au cul nu à baiser et à foutre dans toutes les
positions. A vrai dire, seule la quinzième chambre enregistre
de tels résultats, car l'Eros déchaîné ne permet à aucun
épouvantail échauffé de mettre un point d'orgue à l'érection

commencée depuis plusieurs équipes. Avec ce dégorgement, pas de bouchon qui tienne. Pas de cloche annonçant la pause à l'orgasme perpétuel. Sans retenue se déverse la semence d'épouvantail, un produit, selon le commentaire explicatif du chef de canton Wernicke, riche en sylvinite, raffiné dans les laboratoires des Etablissements Brauxel & C° et vacciné par leurs soins au moyen d'agents analogues aux gonocoques, afin que les irritations et démangeaisons, telles qu'on les observe dans la blennorragie banale, dopent les épouvantails-à-jet-continu déchaînés. Cependant cette épidémie n'est pas admise à s'étendre aux chambres seizième et dix-septième. Car ni dans l'une ni dans l'autre il ne se produit d'effusion, et même, dans la chambre inhibée, pas même l'indispensable érection. Et dans la chambre du solipsisme phallique, les épouvantails solitaires se consument en vains efforts, en dépit d'une musique lascive sur laquelle on a mis des paroles salaces, si luxurieuses que soient les scènes de film emplissant les écrans disposés sur les petits côtés des chambres inhibée et solipsiste. Aucune sève ne monte. Tout serpent dort. Toute satisfaction resta en surface ; car Matern qui, sans rien connaître aux mines, vient de la surface, dit : « C'est contre nature. Ce sont des tourments infernaux ! La vie, la vraie offre davantage. Je le sais. J'y ai goûté. »

Or le chef de canton Wernicke émet l'opinion que le visiteur regrette l'absence de l'esprit au fond de la mine ; il le conduit, ainsi que le directeur qui sourit finement à part soi et guide négligemment par son collier le chien Pluto, aux dix-huitième, dix-neuvième et vingtième chambres, toutes situées au niveau le plus proche, soit à 790 mètres : chacune fait place respectivement aux connaissances, acquisitions et oppositions philosophiques, sociologiques et idéologiques.

A peine arrivé à ce niveau, Matern se détourne : le visiteur n'en peut plus : l'Enfer le fatigue ; il voudrait à nouveau respirer à l'air libre ; mais Brauxel, le directeur, frappe avec sévérité de la petite canne d'ébène qui, voici quelques heures, appartenait encore à un certain Bouche-d'Or, et montre quelque chose que Matern aurait fait là-haut : « Le visiteur a peut-être oublié en quelles circonstances il jeta, au petit matin de ce jour, un couteau de poche dans le canal de la Landwehr lequel traverse Berlin, une ville située à la surface ensoleillée de la terre ? »

Donc le visiteur Matern ne peut détourner ses pas ; il faut qu'il entre par le couloir d'accès, affronte les connaissances philosophiques qui se répandent en flots verbeux dans la dix-huitième chambre.

Mais là point d'Aristote, de Descartes ou de Spinoza ; de Kant à Hegel, personne ! De Hegel à Nietzsche : peau de balle ! Pas davantage de néo-kantiens ou de représentants du néo-hégélianisme, pas de Rickert à crinière léonine, pas de Max Scheler, pas de phénoménologie barbichue à la Husserl pour emplir d'éloquence la chambre et faire oublier au visiteur quels tourments infernaux offrait l'Eros démotique ; nul Socrate ne médite au fond le monde de la surface ; mais Lui, le Présocratique, Lui, tiré à cent exemplaires, cent fois coiffé d'un casque à mèche ci-devant alémanique défloré par la lessive, Lui, en souliers à boucles, en blouse de lin : cent fois Lui, Il déambule ! Et pense. Et parle. Il a mille mots pour l'être, pour le temps, pour l'essence, l'étance et l'ontisme, le monde et le fond, pour l'avec et pour le maintenant, pour le néant et pour l'épouvantail en tant que schéma. C'est pour-quoi : épouvante, épouvantation, épouvantisme, co-épou-vante, etc., structure épouvantique, perspective épouvanti-forme, Non-épou-vantail, épouvantement, contre-épouvanta-tion, épouvantoïde, l'épouvantant, la localité épouvantable, désépouvante, épouvantise finale, temporalisation épouvantes-que, totalité épouvantielle, épouvantidés de base et : la formule résumant l'essence d'iceux épouvantails considérés globalement : « Car l'essence des épouvantails est la triple dispersion transcendantalement jaillissante de l'épouvantisme dans le pro-jet du monde. Se pro-jetant dans le néant, l'épou-vantisme a de tout temps dépassé l'épouvantant dans son ensemble. »

Et transcendance de ruisseler goutte à goutte aux bonnets de coton de la dix-huitième chambre. Cent philosophes outragés de lessive sont d'un seul avis : « L'être-épou-vantail signifie : être pro-jeté dans le néant. » Et la question haletante du visiteur Matern qui met sa voix dans la dix-huitième chambre : « Mais, et l'homme à l'image duquel est pro-jeté l'épouvantail à moineaux ? » reçoit de cent philosophes une seule réponse : « La question relative à l'épouvantisme nous met, nous les questionneurs, en question. » Alors Matern retire sa voix. Cent philosophes synchronisés vont et viennent sur le sol de sel, se saluant l'un l'autre essentiellement : « L'épouvantisme existe en vue de soi. »

Leurs souliers à boucles à l'ancienne ont même tracé des sentiers foulés. Parfois ils font silence, alors Matern entend leurs mécaniques. La formule sur l'épouvantisme reprend son élan.

Mais avant que le centuplement présent philosophe, mangé aux mites, râpé au scraper et pollué de lessive potassique, ait à nouveau déroulé le ruban magnétique qu'il a en lui, Matern se sauve dans la galerie d'exploitation ; il voudrait fuir, mais il ne le peut, parce qu'il n'est pas encore familier de la mine et s'égarerait à coup sûr : « L'épouvantant est effectué dans l'errance au moment où ils circumambule l'épouvantation et, de ce fait, institue l'erreur. »

Contraint de suivre le porion compétent Wernicke, et rappelé par le chien noir Pluto au souvenir de l'Enfer, il est piloté par des chambres dont la numérotation révèle qu'aucune ne lui est épargnée.

Sous le dix-neuvième plafond s'entassent les connaissances sociologiques, les formes de l'isolement, la théorie de la stratification sociale, la méthode introspective, le nihilisme valoriel pratique et le comportement non-réflexif, les inventaires et les analyses conceptuelles, de même la statique et la dynamique, idem le double aspect sociologique et l'ensemble des structures stratifiées sont représentés par des mobiles. La défloration est différentielle : la société globale moderne écoute des conférences sur le thème de la conscience collective. Des épouvantails d'habitude se fondent en épouvantails de milieu. Des épouvantails secondaires correspondent à la norme épouvantielle. Des épouvantails déterminés épuisent avec des indéterminés une controverse dont le résultat ne sera attendu ni par le visiteur Matern ni par le directeur compétent, escorté du chien et du chef de canton :

car en la vingtième chambre sont mises en scène trois oppositions idéologiques ; une grève d'épouvantails à laquelle Matern peut adhérer, car un mêli-mêlo du même genre sévit en lui. Ici, comme au cœur de Matern, il s'agit de la question : « Y a-t-il un Enfer ? Ou bien ce dernier est-il déjà sur terre ? Les épouvantails vont-ils au ciel ? L'épouvantail descend-il de l'ange, ou bien y avait-il des épouvantails avant que ne fussent pensés les anges ? Les épouvantails sont-ils déjà des anges ? Sont-ce les anges ou les épouvantails qui ont inventé les oiseaux ? Y a-t-il un dieu, ou bien Dieu est-il l'archi-épouvantail originel ? Si l'homme fut créé à l'image de Dieu, et l'épouvantail à celle de l'homme, l'épouvantail est-il la réplique de Dieu ? » Oh, Matern aimerait répondre oui à chaque question et simultanément en entendre une douzaine d'autres

auxquelles il répondrait oui en bloc : « Tous les épouvantails
sont-ils égaux ? Ou bien y a-t-il des épouvantails d'élite ? Les
épouvantails sont-ils propriété du peuple ? Ou bien chaque
cultivateur peut-il revendiquer son bien en épouvantails ?
L'épantiau germanique surpasse-t-il le slave ? Est-ce qu'un
épouvantail allemand peut séjourner chez un juif ? Oui, n'est-il
pas vrai que les juifs n'ont pas le don ? Est-il possible de
concevoir l'épouvantail sémitique ? Judépouvantail ! Judépouvantail ! » — Et derechef Matern se réfugie dans la galerie de
desserte qui ne posa pas de questions auxquelles il faille
répondre, aveuglément et en bloc : oui.

Salutaire, comme si le directeur de la mine et le chef de
canton voulaient coller un emplâtre au visiteur épuisé, s'ouvre
à lui la vingt et unième chambre : spectacle à contempler sans
mot dire. Ici se trouvent épouvantaillifiés les tournants de
l'Histoire. Déflorée et pourtant dynamique, s'y effectue dans
l'ordre et selon les millésimes, dans un chapelet de défenestra-
tions et de signatures et traités de paix, l'Histoire figurée en
épouvantails. L'abécédaire vieux style et le chapeau Wellington, le col à la Stuart et le calabrais à la ruffiane, la dalmatique
et le bicorne à voiles, après l'injure du détergent et des mites,
personnifient les heures cruciales et les années où sonne le
Destin. Ça se tourne et se fait la révérence à la mode.
Contredanse et valse, polonaise et gavotte relient les décennies.
Des citations-drapeaux claquent : Ici Guelfe, ici Gibelin ! —
Dans mon État chacun peut à sa façon... — Donnez-moi
quatre ans... ! — et demeurent immobiles dans l'air, attendant
la relève. Et tous les tableaux frappants, qui fixes, qui
pantomimes : le massacre de Verden. La victoire du Lechfeld.
Le chemin de Canossa. Et Conradin de chevaucher plus oultre.
Madones gothiques ne lésinent pas sur le drapé. La zibeline
prévaut quand statue le comité électoral de Rense. Qui marche
sur la traîne de houppelande longue d'une toise et demie ?
Hussites et Turcs ottomans changent les mœurs. Chevaliers
s'adonnent à la rouille. La munificente Bourgogne répand à
profusion le rouge, le brocart et les tentes de soie doublées de
velours. Mais au temps même où s'enflent les ponts de
chausses et que braguettes ne peuvent qu'à peine endiguer
l'exubérance des testicules, le moine augustin épingle ses
thèses sur la porte. O lippe habsbourgeoise dont l'ombre
couvre un siècle. La jacquerie du Buntschuh se répand et
gratte les images des murs. Pourtant Maximilien tolère les
pourpoints à crevés, les couvre-chefs et les barrettes plus

grandes que nimbes au front des saints d'église. Au-dessus du noir à l'espagnole s'érigent fraises aphrogènes, c'est-à-dire de l'écume nées, et trois fois amidonnées à godrons. La rapière succède à l'épée et déclenche la Guerre de Trente Ans, qui modifie la mode à sa mode. Des pennaches exotiques, des collets de buffle et des bottes à revers prennent ici et là leurs quartiers d'hiver. Et à peine les guerres de Succession ont-elles esquissé les perruques à marteaux que le tricorne, pendant trois guerres en Silésie, se fait de plus en plus austère. Idem bourse à cheveux, baigneuses, trompeuses décevantes, trembleuses, dormeuses et baiseuses ne vous protègent pas des rémouleurs et des sans-culottes : il y va du cigare ! Figuré sous forme de mobile achevé dans la vingt et unième chambre. Et pourtant, en dépit de tout le blanc bourbonien du Directoire se dégage la Restauration à fleurs. Le Congrès danse en jupe-culotte et en nankin pinçant le mollet, le frac survit à la censure et aux agitations de mars. Les bonshommes quarante-huitards de l'église Saint-Paul parlent dans leurs gibus. Aux accents de la *Marche d'York,* on escalade les retranchements de la Düppel. La dépêche d'Ems, enfant chéri de tous les profs d'histoire. Sortie du chancelier en cape. En redingote arrivent : Caprivi, Hohenlohe et Bülow. Le Kulturkampf, la Triplice et l'insurrection des Hereros fournissent des tableaux hauts en couleur : ne pas oublier de dolman rouge des hussards de Zieten à Mars-la-Tour. Alors, en milieu balkanique défloré par les mites, éclatent les coups de feu. En cas de victoire, on carillonne. Le petit cours d'eau s'appelle la Marne. Le casque d'acier supplante le casque à pointe. Impossible de traiter par prétérition le masque à gaz. Avec crinolines de choc et bottines à lacets, l'empereur se tire en Hollande, rapport au coup de poignard dans le dos. S'ensuivent conseils de soldats sans cocardes. Spartacus se soulève. Kapp putsche. Froissements de papier-monnaie. Stresemann en complet-veston vote pour les pleins pouvoirs. Retraites au flambeau. Livres qui brûlent. Culotte demi-saumur brune. Brun en tant qu'Idée. Brun domine. Un tableau de novembre : le caftan bourré de paille. Là-dessus, fêtes en costumes folkloriques. Puis rayures de forçat. Bottes d'ordonnance, communiqués spéciaux, secours d'hiver, protège-oreilles, survêtements blancs, tenues camouflées, communiqués spéciaux... Et à la fin les Philharmoniciens, en tenue de travail brune, jouent un extrait du *Crépuscule des Dieux.* Ça fait toujours l'affaire et ça circule, fantomatique, comme leitmotiv, comme motif de meurtre, à

travers l'histoire en images, ressuscitée sous forme d'épouvantails, qui emplit la vingt et unième chambre.

Alors le visiteur Matern dénude son chef et éponge à l'aide
du foulard d'entreprise les perles de son crâne. Déjà, quand il
allait à l'école, les dates historiques tombaient comme du
mercure de son livre et s'enfilaient entre les lames du plancher.
Seule, son histoire familiale tient le coup pour les dates ; mais
ici des épouvantails miment des materniades non régionales,
ici ont lieu : la Querelle des Investitures et la Contre-Réforme ;
ça se négocie exclusivement à la mécanique au moyen de
moteurs électriques gros comme le poing : le Traité de
Westphalie ; en pur style épouvantail se rassemblent ceux qui,
quand, où, avec qui, contre qui, sans l'Angleterre, crient ceci,
mettent au ban de l'Empire cela et, au total, font de l'Histoire :
d'un tournant à l'autre en costume d'époque.

Alors, tandis qu'à nouveau la ronde à l'ancienne mode
commence, s'envole par le Lechfeld vers Canossa et met à
cheval le jeune épouvantail du sang de Barberousse, le visiteur
ne peut couper la tête à son mot de la fin toujours disponible :
« L'Enfer ! L'Enfer ! »

Semblablement il profère des paroles infernales, comme ils
quittent avec le chien la vingt-deuxième chambre qui, compa-
rée à la corbeille de la Bourse, semble trop étroite pour
l'expansion économique, c'est-à-dire pour les technocrates
investisseurs, conquérants de marchés et chauffeurs de
conjoncture. Le seul aspect de cartellisation-express, façon
épouvantail, le charme acoustique des discrètes oscillations de
cours, la séance de conseil d'administration élevée au plan
monumental arrachent à Matern son cri incompétent : « L'Enfer, l'Enfer — SARL. »

Il ne sera pas plus choisi dans ses termes lorsqu'il évacuera la
vingt-troisième chambre dont la hauteur maximale atteint seize
mètres et fait place, entre le sel gemme des flancs et le sel
gemme du sol, à une discipline extrêmement acrobatique qui
se nomme « Emigration intérieure ». On croirait que seuls des
épouvantails peuvent se nouer d'aussi inextricable façon,
qu'aux seuls épouvantails il est donné de se replier dans leurs
propres entrailles, que seule la gent épouvantail est susceptible
de donner au mode conditionnel ou subjonctif une existence
interne et un uniforme externe. Mais étant donné — aux
termes des statuts — que l'épouvantail reflète l'image
humaine, il existera de même, sur le calme plancher des
vaches, des subjonctifs évoluant selon des modalités identiques.

Le sarcasme a chargé la voix du touriste profane : « Votre Enfer n'a oublié personne. Pas même les ichneumons ! »

Alors Brauxel, le directeur, lui répond en s'accompagnant du jeu d'ombres auquel vaque sa badine d'ébène : « Que nous reste-t-il ? La demande est considérable. Nos catalogues expédiés dans le monde entier brillent par leur caractère exhaustif. Nous ne savons pas ce qu'est un invendu. Spécialement, la vingt-troisième chambre est un facteur essentiel de notre programme d'exportation. On émigre toujours à l'intérieur. Il y fait chaud, on s'y retrouve aisément, on y est à part soi. »

Moins rond-de-cuir, et souple pourtant, est le régime de la vingt-quatrième chambre où se déflorent les opportunistes. On y étalonne la capacité de réagir. Des lampes pendues au plafond, analogues aux feux tricolores de la surface, font scintiller pour un temps donné des couleurs univoques ou des symboles créés par des Etats ; des épouvantails nus, dont le mécanisme apparaît sans voile dans le squelette, doivent alors, rapidement et sous la mécanique incitation du chronomètre, changer de déguisement, et de même déplacer la raie qui sépare leurs cheveux souillés de potassique : tantôt la coiffure est fendue à gauche ; tantôt on porte la raie à droite ; voilà qu'on redemande de la raie au milieu ; et toutes les nuances : un quart à gauche, un quart à droite ; il se peut ou se pourrait qu'une coiffure sans raie soit demandée.

Ce numéro de dressage divertit Matern — « Quelle farce d'Enfer ! » — surtout que son casque de protection verni jaune abrite un crâne dont le changement d'opinions sévissant à la surface, et souvent à courte période, a d'abord prolongé le front pour ensuite, avec l'aide des femmes — cela, Matern doit en convenir — interdire la repousse à toute la prairie. Le visiteur est ravi qu'on ne puisse plus lui réclamer de peigner autrement sa coiffure. « Si vous avez essayé en outre d'autres canulars que ceux-ci, eh bien je veux bien prendre l'Enfer pour une salle de spectacles ! »

Matern s'habitue à vivre au fond. Mais Wernicke, le chef de canton, élève sa murmurante lampe à carbure ; il a encore un numéro d'épouvante à présenter au niveau 790, dans la vingt-cinquième chambre. Cette pièce en un acte, presque sans intrigue, inscrite au programme sous le titre de *Solipsismes atomiques* depuis les temps où l'on tirait la potasse, jette aussitôt une ombre sur la belle humeur de Matern, bien qu'en ces lieux des sentences de poètes classiques soulignent l'action muette. Ce que le monde de la surface qualifie d'absurde prend au fond le goût du réel : les membres agissent chacun pour leur compte. Des têtes sauteuses, dont le cou était déjà de trop pour leur esprit bizarre, ne parviennent pas à se gratter. Bref : ce qui fait le corps aux plusieurs membres continue à vivre séparément. Bras et jambe, main et torse prennent la pose selon des paroles grandioses qui prononcées habituellement devant la rampe, le sont ici derrière le rideau : « Dieu ! Dieu ! Le mariage est épouvantable — mais éternel ! » « Bienvenue, mes dignes amis ! Quelle importante affaire vous conduit-elle aussi nombreux à moi ? » « Mais un de ces jours je descendrai parmi vous, et je vous passerai en revue... épouvantable-ment ! »

Certes Schiller, arrivé là, écrit entre parenthèses : « Ils se retirent en tremblant », mais les parties autonomes de ces épouvantails sont mimes à long terme et ne quittent jamais la scène. L'inépuisable répertoire de citations permet des génu-flexions solitaires. Des mains en solo parlent toutes seules. Des têtes, comme des galets, sont entassées en pyramides, ayant à la bouche un lamento choral : « Il n'y a pas plus grande douleur que de se rappeler les temps heureux quand on est dans le malheur. »

Pendant que s'effectue une lente descente — le garde-taquet annonce par un coup double le niveau inférieur où se trouvent la recette et par conséquent l'espoir que l'Enfer est à bout de course, que la remontée est décidée — alors seulement, entre le directeur et le chef de canton, en compagnie du chien, coincé dans l'exiguïté de la cage, Matern est informé que ce qu'il vient de voir, les fragments mobiles d'épouvantails, est depuis peu l'objet d'une forte demande, surtout en Argentine et au Canada, où les vastes dimensions des champs de blé exigent une implantation échelonnée des épouvantails.

Les voici tous trois, additionnés du chien, au niveau 850 ; le chef de canton parle ; parce que le directeur lui donna le signal de prononcer le texte qui a pour but d'introduire la phrase finale de la visite de la mine : « Après avoir suivi le processus de production sur les trois niveaux situés au-dessus de nous, été donc témoins des déflorations différentielles, puis du montage, après avoir tenté de vous expliquer comme quoi toutes les disciplines, de la sportive jusqu'à la solipsiste atomique, se basent sur trois motifs principaux, il nous reste à présent à montrer comment tous les épouvantails se voient familiariser avec des tâches auxquelles ils devront se soumettre couramment à la surface. Dans les vingt-sixième, vingt-septième et vingt-huitième chambres, nous observerons des exercices exécutés sur l'objet, des épreuves auxquelles n'a pu se soustraire à ce jour aucun épouvantail produit par les Etablissements Brauxel & C°. »

« Mauvais traitements à animaux ! » dit Matern avant que ne s'ouvre la vingt-sixième chambre. « Cessez de torturer les animaux ! » crie-t-il vers le plafond quand il est contraint d'entendre que des moineaux — Brauxel les appelle « Mes chers et discrets citoyens du monde » — ne peuvent, même sous terre, s'abstenir de piailler.

Et le directeur parle : « Ici nos épouvantails d'exportation sont familiarisés avec les moineaux ainsi qu'avec les variétés de céréales qu'ils devront par la suite protéger contre la voracité de la gent volatile. L'épouvantail à éprouver — ici une collection d'épouvantails pour seigle de Zélande dont le secteur d'activité sera la partie sud-ouest de la colonie du Cap — doit préserver de l'intrusion des moineaux de contrôle un rayon d'attraction limité, rendu séduisant par une profusion d'orge. Par cette équipe, à ce que je vois, seront encore contrôlées les collections suivantes : douze assortiments d'épouvantails Odessa qui auront à s'imposer sur du blé Girka de Russie méridionale ainsi que sur le blé Sandomir d'Ukraine. Ensuite nos épouvantails La Plata, très demandés, qui ont contribué aux récoltes record des cultures de blé argentines. Puis seront familiarisés avec la protection de la variété Kubanka huit assortiments d'épouvantails Kansas ; il s'agit d'un blé dur d'été, cultivé du reste également dans le Dakota. Des postes moindres d'épouvantails à blé auront à maintenir la distance entre les moineaux de contrôle et la Sandomirka polonaise ainsi que le blé à barbe et d'hiver du Banat. Ici, comme dans les vingt-septième et vingt-huitième chambres, sont en outre contrôlées des collections réclamées pour l'orge Poltawa à deux rangs, l'orge de brasserie du Nord de la France, l'avoine paniculée scandinave, le cucuruz moldave, le maïs Cinquantino italien, et les variétés de maïs tant nord-américaines que soviétiques de Russie du Sud et des plaines basses du Mississipi. — Or tandis qu'en cette chambre ce sont exclusivement des moineaux qu'il s'agit de tenir éloignés du rayon d'attraction, dans la chambre suivante ce seront des colombidés, en particulier des pigeons bisets, nuisibles aux graines de colza comme à celles de lin, qui seront engagés contre les épouvantails d'exportation faisant l'objet du contrôle. A l'occasion, des corbeaux, choucas et alouettes champêtres sont

également admis, tandis que dans la vingt-huitième chambre
grives et merles font passer l'examen à nos épouvantails
arboricoles, et que des sansonnets étalonnent nos épouvantails
viticoles. — Cependant nous pouvons rassurer notre visiteur :
tous nos oiseaux de contrôle, des moineaux et bisets jusqu'aux
pinsons, alouettes et sansonnets sont prélevés à la surface et
introduits ici avec accord des autorités. Chaque trimestre, les
Sociétés protectrices des Animaux de Hanovre et de Hildesheim supervisent nos chambres de contrôle. Nous ne sommes
pas des ennemis des oiseaux. Nous travaillons avec les oiseaux ;
la carabine à air comprimé, les gluaux et filets ou panneaux
sont suspects à nos épouvantails. Oui, c'est à bon droit que les
Etablissements Brauxel & C° ont protesté à plusieurs reprises
et publiquement contre la barbare capture d'oiseaux chanteurs
qui se pratique en Italie. Nos succès sur tous les continents,
nos épouvantails Ohio et Maryland, nos épouvantails pour
Urtoba sibérien, nos Manitoba canadiens, nos épouvantails de
rizière, lesquels protègent le riz de Java et la variété italienne
Ostiglione cultivée dans la région de Mantoue, nos modèles
Kukurutz, qui ont contribué à amener les rendements soviétiques en maïs à proximité des récoltes record des Américains,
tous nos épouvantails avifuges, qu'ils aillent protégeant contre
le bec de l'oiseau le seigle indigène, l'orge Hanna de Moravie,
l'avoine Milton originaire du Minnesota, le célèbre blé de
Bordeaux, les rizières indiennes, le maïs Cuzco péruvien du
Sud ou le millet chinois et le sarrazin écossais, tous, tous les
produits des Etablissements Brauxel & C° se trouvent en
harmonie avec la Nature, sont eux-mêmes Nature : oiseaux et
épouvantails s'harmonisent, oui, s'il n'y avait pas l'épouvantail, il n'y aurait pas l'oiseau ; et tous deux, l'oiseau et
l'épouvantail — créatures sorties de la main de Dieu —
contribuent à résoudre les problèmes croissants que pose
l'alimentation mondiale, dans le temps où l'oiseau happe les
acariens et les rhynchophores du blé, le noir charançon et la
mauvaise graine de lierre terrestre, où l'épouvantail posté au-
dessus du blé mûrissant coupe court au roucoulement du
pigeon comme au babil du moineau, et repousse des vignobles
les merles comme les grives des cerisiers. »

Pourtant, et avec quelque arroi d'éloquence que le directeur
célèbre l'harmonie instaurée entre oiseaux et épouvantails, les
mots de « mauvais traitements à animaux » retombent sans
arrêt de la bouche du visiteur. Et que doit-il apprendre : que la
firme, dans sa recherche de rationalisation, en est venue à faire

nicher, couver et éclore dans la mine moineaux, bisets et merles ! Lentement la conviction émerge en son esprit que des générations d'oiseaux ne connaissent pas l'éclat du jour et valorisent en ciel le toit des galeries ; il parle des tourments infernaux d'oiseaux infernaux, bien que dans chacune des trois chambres à degrés tout se passe dans l'allégresse du joli mois de mai, comme dans la chanson : la ritournelle du pinson et la roulade de l'alouette, le roucoulement de la tourterelle et le tchieng du choucas, le raffut inorganisé des moineaux francs, bref, le concert d'une journée de mai éclatante de sève emplit les trois chambres. Et il n'arrive que très rarement, c'est seulement quand la ventilation au niveau 850 s'époumonne que les membres du personnel d'entreprise Brauxel & C° ramassent en tas des créatures ailées auxquelles le dosage atmosphérique du fond a ôté la joie de vivre.

Le visiteur exprime sa stupéfaction. Il crée la tautologie « honte d'Enfer ». Si le chef de canton ne lui promettait pas qu'en la vingt-neuvième chambre finira l'instruction des épouvantails, qu'aura lieu la fête terminale, le grand meeting des épouvantails, il courrait aussitôt tête basse à la recette et là — si jamais il y arrivait — il crierait à la lumière et à l'air, à la lumière du jour et au mois de mai.

Mais il se résigne et, du bord, regarde les prestiges de baraque foraine. En cette exposition des épouvantails sont représentés tous les catéchumènes instruits dans toutes les chambres à degrés. Des épouvantails Alléluia et des épouvantails de combat rapproché ; ce que fournit la classe des civils : des familles nombreuses d'épouvantails, le coq en tête. Des épouvantails mâles déchaînés, inhibés, pleins d'eux-mêmes. En hardes chimiquement déflorées, ils se rassemblent pour le sabbat, la ducasse, le tam-tam et le pilou-pilou : l'épouvantail au casque à mèche et les subépouvantails secondaires normalisés, les surépouvantails d'élite qui tiennent de l'ange, et tout le fatras de l'Histoire : nez bourguignon et lippe habsbourgeoise, col Danton à la Schiller et bottes à la Souvarof, noir à l'espagnole et bleu de Prusse ; par-ci par-là, les margoulins de la libre économie de marché ; des émigrants indécelables parce que retirés au sein de leur propre fressure ; qui c'est qui parle le loucherbem pour épouvantemuches rouscaillant ligorné ? Qui se charge de l'ambiance épou et de l'évolution vantail ? Ce sont les opportunistes que partout on a à la bonne, parce que sous le rouge ils portent le brun et enfileront aussitôt le noir ecclésiastique. Et à la goguette populaire — car une entité politique fait ici jouer un rôle à l'homme quelconque — se mêlent les opiniâtretés atomiques si entichées de théâtre. On en voit de toutes les couleurs : façon épouvantail. Le cher idiome allemand d'épouvantails noue des contacts. Une musique adéquate adoucit la haine, la rage et la vagabonde vengeance, bref les émotions principales sélectionnées dans les chambres, lesquelles graissent la mécanique de tous les épouvantails et brandissent les abats des épouvantails du service d'ordre : « Malheur si ! Malheur si vous ! »

Mais les catéchumènes confirmés ont de bonnes manières, bien qu'à l'occasion ils inclinent aux farces. Des épouvantails à califourchon chahutent un chœur chantant d'épouvantails salutistes. Le vautour-épouvantail ne peut s'abstenir de faire des pieds-de-nez. Au groupe historique « Mort de Wallenstein » se sont associées des souris au carbol pâlies à l'hôpital. Qui l'eût cru ? Une piétaille d'épouvantails présocratiques à bonnet de coton pourrait se trouver impliquée dans un colloque avec la théorie rebouillie de la stratification sociale ? Des flirts s'amorcent. Le rire appris dans la septième chambre et improprement qualifié d'infernal se mêle aux pleurs de la huitième et au grincement de dents de la neuvième ; car où a-t-on jamais célébré une fête où l'on n'ait pas ri à des bons mots, pleuré la perte d'un sac à main et enterré en grinçant des molaires un différend bientôt aplani ?

Mais comme les catéchumènes réunis pour la fête finale, accompagnés de M. le Directeur de la mine avec chien et du visiteur suivant le chef de canton, sont acheminés sur la proche trentième chambre, soudain un instant de silence.

Matern, honteux, détourne la tête au moment où la corporation rassemblée des épouvantails, téléguidée comme il le sait, et « psychautomatique... » comme il dit, prête serment aux Etablissements Brauxel & C°. Et des épouvantails osent répéter : « Aussi vrai que Dieu m'aide. » Ce qui commence par le traditionnel : « Je jure sur... » s'achève après que serment a été fait de ne jamais renier son origine, le fond de la mine, de ne jamais abandonner de propos délibéré le champ attribué à l'épouvantail, de faire constamment aux oiseaux, conformément à sa destination originelle, une guerre rigoureuse, mais loyale ; et l'on jure par Celui dont l'œil veille aussi sous terre : « Aussi vrai que Dieu m'aide ! »

Reste seulement à mentionner que dans la trente et unième chambre sont emballés épouvantails à la pièce et collections d'épouvantails ; on les couche dans des caisses et leur donne le label d'exportation ; que dans la trente-deuxième chambre on marque les caisses, établit les lettres de voiture et répartit les chargements des berlines.

« Ainsi, dit le chef de canton Wernicke, nous sommes parvenus à la fin du long processus de production. Nous espérons que vous avez pu vous faire une idée approximative. Quelques services ou dépendances, comme tous les laboratoires situés à la surface, l'automation et nos ateliers électrogènes, sont interdits à la visite. De même, notre verrerie ne peut être visitée qu'avec une autorisation spéciale. Peut-être que si vous demandiez à Monsieur le Directeur. »

Mais le touriste profane Walter Matern en a son compte. Ses yeux en bavent. L'élan qui le jette vers la lumière marche plus vite que la draisine ne gagne la recette. Matern est gavé.

C'est pourquoi il ne réussit pas à protester quand Brauxel, le directeur, prend par le collier le chien noir Pluto et l'enchaîne à l'endroit où commença la visite, où s'achève le tableau de la mine, où selon l'injonction de Brauxel prend place le panneau où s'inscrit le salut des mineurs : « *Glück auf !* » ; mais où, selon la proposition de Matern, il faudrait inscrire : « Laissez toute espérance, vous qui entrez. »

Déjà la cage s'ouvre pour la remontée quand le visiteur trouve un reste de paroles : « Dites donc, c'est mon chien. »

A quoi Brauxel répond le mot de la fin : « Quel objet digne d'être gardé aurait offert à un chien de ce genre la gaie surface du sol ? Sa place est ici. Là, où le puits d'exploitation dit amen et où les zéphyrs supérieurs respirent l'air de mai. Qu'il soit ici de garde et ne s'appelle pas Cerbère pour autant. L'Orcus est là-haut ! »

O remontée à deux : le chef de canton est resté en bas.

O les quinze mètres gagnés à chaque seconde.

O sentiment connu qu'inspire tout ascenseur.

Le bruit dans lequel ils se taisent bourre de l'ouate dans chaque oreille. Et chacun sent que ça sent le brûlé. Et chaque prière implore le câble porteur de rester uni, pour que la lumière, la lumière du jour, pour qu'une fois encore le mois de mai broché de soleil...

Mais quand ils accèdent au plancher de tôle du palier de chargement, dehors il pleut, et le crépuscule venu du Harz rampe sur la campagne.

Et Celui-ci et Celui-là — qui désormais consent à les appeler encore Brauxel et Matern ? — je et il, moi et lui, notre luminaire éteint, nous entrons dans l'abri où le gardien nous prend les casques protecteurs et les lampes à carbure. Il me et le conduit dans des cabines où furent conservés les vêtements de Matern et de Brauxel. Nous quittons nos vêtements de fond, lui et moi. Pour moi et lui on a rempli les baignoires. De l'autre côté, j'entends Eddi qui barbote. A mon tour, j'entre dans mon bain. L'eau nous lessive. Eddi siffle un air indéterminé. J'essaie de siffler un air semblable. Mais c'est difficile. Nous sommes tous deux nus. Chacun se baigne à part.

Table

Le Tambour
roman
Prix du meilleur livre étranger
Seuil, 1961
et « Points », n° P347

Le Chat et la Souris
roman
Seuil, 1962
et « Points », n° P417

Les Plébéiens répètent l'insurrection
théâtre
Seuil, 1968

Évidences politiques
Seuil, « Combats », 1969

Anesthésie locale
roman
Seuil, 1971

Théâtre
Seuil, 1973

Journal d'un escargot
récit
Seuil, 1974

Le Turbot
roman
Seuil, 1979
et « Points », n° P418

Une rencontre en Westphalie
roman
Seuil, 1981
et « Points Roman », n° R553

Les Enfants par la tête ou
les Allemands se meurent
récit
Seuil, 1983

La Ballerine
essai
Actes Sud, 1984

Essais de critique (1957-1985)
Seuil, 1986

La Ratte
roman
Seuil, 1987
et « Points Roman », n° R355

Écoutez-moi : Paris-Berlin, aller, retour
(avec Françoise Giroud)
Maren Sell, 1988

Tirer la langue
Seuil, 1989

Wang-Loun
(de Alfred Döblin)
essai
Fayard, 1989

Propos d'un sans-patrie
Seuil, « L'Histoire immédiate », 1990

L'Appel du crapaud
Seuil, 1992
et « Points », n° P 15

Toute une histoire
roman
Seuil, 1997

IMPRESSION : BUSSIÈRE CAMEDAN IMPRIMERIES À SAINT-AMAND (CHER)
DÉPÔT LÉGAL : SEPTEMBRE 1997. N° 32369 (1/2141)